Mirjam Schweizer
BLINDE ERINNERUNG

Mirjam Schweizer

Blinde Erinnerung

francke

Über die Autorin:
Mirjam Schweizer ist verheiratet, Mutter von zwei Töchtern und lebt in der Schweiz. Die gelernte Krankenschwester arbeitet seit über zehn Jahren als Finanzfachfrau in der öffentlichen Verwaltung. Neben Lesen und Diskutieren ist das Austüfteln von kriminalistischen Rätseln ihre liebste Freizeitbeschäftigung.

Bibliografische Information Der Deutschen Bibliothek
Die Deutsche Bibliothek verzeichnet diese Publikation in der Deutschen Nationalbibliografie;
detaillierte bibliografische Daten sind im Internet über http://dnb.ddb.de abrufbar.

ISBN 978-3-86827-396-0

35037 Marburg an der Lahn
Umschlagbild: © shutterstock.com / Creative Travel Projects
Umschlaggestaltung: Verlag der Francke-Buchhandlung GmbH / Christian Heinritz
Satz: Verlag der Francke-Buchhandlung GmbH
Druck und Bindung: CPI Moravia Books, Korneuburg

www.francke-buch.de

Prolog

Juli 1988

Ich bin ihnen gefolgt.

Es ist nicht das erste Mal und doch ist heute alles anders. Es ist dunkel, die Dämmerung ist schon hereingebrochen. Sonst schleiche ich ihnen immer nur bei Tageslicht hinterher. Aber die Dunkelheit ist kein Hindernis für mich. Im Gegenteil. In ihrem Schutz ist das Nachschleichen ein richtiges Kinderspiel. Zudem sind die beiden so mit sich selbst beschäftigt, dass sie meine Gegenwart gar nicht wahrnehmen. Ich bin Luft für sie. Auch in der Schule beachten sie mich nicht. Sie merken nicht, dass ich sie beobachte. Sie merken nicht, dass ich alles dafür geben würde, wenn ich mich ihnen anschließen könnte.

Sie merken gar nichts.

Für sie bin ich Luft. Einfach Luft.

Ich beobachte sie stets aus der Ferne. Vielleicht müsste ich meinen sicheren Beobachtungsposten aufgeben und ihnen offen sagen, wie sehr mir ihre Ideen gefallen und wie gern ich bei ihren Spielen dabei sein möchte. Aber das kann ich nicht. Ich habe Angst, dass sie mich abweisen. Und das würde mir den Rest geben. Damit könnte ich nicht leben. Lieber beobachte ich sie weiterhin aus der Ferne, als von ihnen zurückgewiesen zu werden. So kann ich mir immer noch einreden, dass sie mich mit offenen Armen aufnehmen würden, wenn ich nur den Mut aufbrächte, sie auf mich aufmerksam zu machen.

Natürlich würden sie das.

Sie würden mich mit offenen Armen aufnehmen. Ich weiß es einfach.

Es liegt nur daran, dass ich es ihnen nicht zeigen kann.

Heute, am letzten Schultag vor Beginn der großen Sommerferien, habe ich mitgekriegt, wie sie sich für den späten Abend in der alten Kulturfabrik verabredet haben. Sie möchten herausfinden, ob es dort spukt oder nicht. Und das können sie nur nachts. Sie haben keine Angst vor der Dunkelheit. Ich zum Glück auch nicht. Obwohl ich mich natürlich lieber tagsüber draußen herumtreibe als nach Einbruch der Dämmerung.

Auf dem Weg zur Kulturfabrik haben sie eines ihrer Spiele gespielt. Sie machen oft Rate- oder Wortspiele. Heute haben sie wieder einmal Sprichwörter abgeändert (wir haben erst kürzlich in der Schule das Thema „Sprichwörter" durchgenommen). Es war richtig lustig. Sie sagten zum Beispiel: „Morgenstund hat Gold im Fuß". Oder: „Es ist noch kein Monster vom Himmel gefallen". Oder: „Wer nichts sagt, der nichts gewinnt". Sie waren so in ihr Spiel vertieft, dass es für mich, wie schon erwähnt, nicht schwer war, unsichtbar zu bleiben.

Und jetzt sind wir also auf dem Gelände der Kulturfabrik. Woher der Name eigentlich stammt, weiß ich nicht. Ich weiß nur, dass die alte Fabrik in der Dunkelheit richtig gespenstisch wirkt. Die baufälligen Gebäude strahlen etwas Bedrohliches aus. Sie sehen aus wie riesige, zu Stein erstarrte Monster mit leeren Augenhöhlen. Haben da früher wirklich einmal Menschen gelebt und gearbeitet?

Eigentlich ist es verboten, sich auf diesem Gelände aufzuhalten. Die Stadtverwaltung hat die ehemalige Zufahrtsstraße mit einem rot-weißen Band abgesperrt und ein Schild danebengestellt, auf dem groß BETRETEN VERBOTEN steht. Hoffentlich sind die alten Gebäude nicht einsturzgefährdet. Ich bin nämlich alles andere als lebensmüde und ein Fan von Kamikaze bin ich auch nicht.

Die Nacht ist unruhig. Wenn ich mich nicht täusche, ist Sturm im Anzug. Noch leuchtet der Mond und es ist hell genug, dass ich schnell einige Eindrücke in meinem Notizbuch, das ich immer bei mir habe, festhalten kann. Doch die schwarzen Wolken, die sich neben dem Mond auftürmen, gefallen mir nicht. Ich bin mir sicher, dass ein Sturm aufzieht.

Auch die Mücken spüren das. Sie sind blutrünstiger denn je. Ihr Sirren macht mich fast verrückt. Aber noch schlimmer ist das monotone Schreien eines Käuzchens irgendwo in den Bäumen. Es klingt unheimlich. Als würde es mich auslachen. Oder nein, es klingt eher so, als würde es etwas Furchterregendes ankünden, etwas Entsetzliches, das niemand aufhalten kann.

Ich schäme mich, es zuzugeben. Aber ich habe Angst. Richtige Angst.

Dabei habe ich keine Ahnung, wovor ich eigentlich Angst haben sollte. Es ist alles so harmlos. Nachdem wir das Fabrikareal betreten haben, haben meine Schulkameraden zuerst einmal ausgiebig Winnetou und Old Shatterhand gespielt. Sie sind auf dem Bauch durch das wild wuchernde Unterholz gerobbt, haben sich hinter leer stehenden Gebäudeteilen ver-

steckt und sich zwischendurch auch mal aneinander herangeschlichen. Ich habe es mir währenddessen hinter einem dicken Baumstamm bequem gemacht und mein Notizbuch hervorgeholt.

Bis halb elf sind wir die einzigen Personen auf dem Gelände gewesen. Dann war plötzlich das Knirschen von Schritten im von Unkraut überwucherten Kies zu hören. Dazu Lachen und Gesprächsfetzen.

Mein Herz hat ausgesetzt.

Die Gespenster!

Auch meine Schulkameraden sind wie versteinert gewesen. Sie haben sich auf den Bauch fallen lassen und reglos abgewartet, was weiter passiert.

Wie gesagt, ich hätte keine Angst haben sollen. Es ist alles so harmlos. Die Gespenster sind natürlich keine Gespenster gewesen, sondern ein Mann und eine Frau. Das habe ich sofort gemerkt, als sie, nur etwa fünf Meter von meinem Versteck entfernt, über den zugewucherten Kiesweg gegangen sind. Eng umschlungen – ein Liebespaar. Igitt, das würde mir nie passieren. Leise redend und lachend sind sie direkt aufs Bootshaus zugesteuert, haben die morsche Holztür geöffnet und sind im Inneren des kleinen Hauses verschwunden.

Das Bootshaus ist eigentlich gar kein Bootshaus. Es ist ein Holzschuppen, nicht größer als ein Gartenhaus. Die Hinterseite des Schuppens steht auf Pfählen. Und die wiederum sind in dem schmalen Fluss, der sich wie eine silberne Schlange durch das ehemalige Fabrikareal windet, verankert.

Das ist vor etwa zwanzig Minuten gewesen. Seither ist alles wieder ruhig. Meine Schulkameraden halten sich noch immer im Unterholz versteckt. Sie haben sich etwas näher ans Bootshaus herangeschlichen, doch ihr sorgloser Übermut scheint verschwunden zu sein. Ob sie die eigentümliche Spannung, die in der Luft liegt, wohl ebenfalls spüren? Oder warten sie einfach gespannt auf die spukenden Gestalten, die hier nachts ihr Unwesen treiben sollen?

Der Mond kämpft immer noch verbissen mit den Wolken. Ein bösartiger Wind zerrt an meinem Notizbuch. Sonst ist der Wind meistens gutmütig und voller Schalk. Doch dieser hier nicht. Er birgt etwas Zerstörerisches in sich, das spüre ich ganz genau. Die drei dunklen Tannen neben dem monsteräugigen Hauptgebäude spüren das auch. Ihr Rauschen hat etwas Klagendes, Wimmerndes. Dafür ist das Käuzchen endlich verstummt. Doch die finsteren Tannen im Wind sind ebenso Furcht einflößend wie der Schrei des Käuzchens. Vielleicht sind sie sogar noch unheimlicher.

Ich habe Angst. Richtige Angst.

Ich sollte nach Hause gehen, bevor es zu spuken beginnt.

Zu spät!

Die Gespenster sind da. Es sind zwei. Sie schweben auf das Bootshaus zu. Sie sind nicht weiß, sondern schwarz. Ganz schwarz. Aber das Schlimmste ist, dass sie kein Gesicht haben.

Kapitel 1

Freitag, 5. Juli, 6.30 Uhr

Andrea wusste nicht, ob sie wach war oder träumte. Irgendetwas stimmte ganz und gar nicht. Sie hatte Lukas' gesamten Teenklub eingeladen. Und das waren exakt fünfzehn Personen. Fünfzehn Jugendliche mit Bärenhunger. Dazu kamen noch Lukas, sie selbst und die Kids – im Ganzen machte das neunzehn Personen. Sie hatte alles minutiös geplant, Steaks und Würste zum Grillen eingekauft, Salate, Chips, frisches Brot und verschiedene Dip-Saucen zubereitet. Der Erfolg des Abends war vorprogrammiert. Alle würden ihre Kochkünste loben, niemand würde hungrig vom Tisch aufstehen, die Stimmung wäre ausgelassen, aber nicht unanständig. Doch das Wichtigste war, dass Lukas sie mit einem seiner *Ich-bin-stolz-auf-dich-Blicke* anstrahlen würde und für einen kurzen Augenblick würde es nur sie beide geben und diese stillschweigende Verbundenheit zwischen ihnen.

Die Jugendlichen hatten sich bereits erwartungsvoll in die Festbänke gequetscht, die Lukas draußen im Garten aufgestellt hatte. Ihr lärmendes Gelächter drang bis in die Küche, laut, übermütig und ein wenig aufdringlich. Zu aufdringlich. Denn Andrea war im Moment überhaupt nicht nach Lachen zumute. Irgendetwas lief hier völlig aus dem Ruder. Wo war bloß ihr liebevoll zubereitetes Essen geblieben? Wo war das Fleisch zum Grillen, wo waren die Salate, das Brot und die Dip-Saucen?

Hektisch blickte sie sich in der Küche um. Eben hatten die Schüsseln und Platten doch noch hier gestanden! Hatte sie sie vielleicht in der Hitze des Gefechts irgendwohingeschleppt, wo es kühl war, ohne es richtig wahrzunehmen? Oder hatte sie ein eifriger Jugendlicher bereits nach draußen befördert?

Sie musste unbedingt nachschauen. Aber sie hatte keine Ahnung, wo sie beginnen sollte. Im Keller? Im Kühlschrank? Draußen im Garten? Ja, vielleicht sollte sie zuerst im Garten nachschauen. Dann konnte sie sich auch gleich noch vergewissern, dass sonst alles in Ordnung war und Lukas mit der fünfzehnköpfigen Horde zurechtkam. Nein, korrigierte sie sich sogleich, das war eigentlich nicht der Punkt. Lukas kam mit Jugendlichen immer problemlos zurecht. Sein gutes Aussehen, seine lässig lockere Art und seine witzigen Sprüche erstickten jegliche Oppositionsgelüste oder Missstimmungen im Keim, bevor sie überhaupt richtig aufgekommen waren. Das war auch gut so, denn als Jugendpastor hätte er sonst einen sehr schweren Stand gehabt. Immerhin hatte er fast jeden Tag mit Jugendlichen zu tun. Andrea hätte eigentlich froh und dankbar sein müssen, dass ihn die Kids nicht nur gezwungenermaßen in ihrer Nähe duldeten, sondern mit Begeisterung an seinen Lippen hingen, wenn er etwas erzählte, ihn überall dabeihaben wollten und ihn mit der ganzen schwärmerischen Verehrung umgaben, die für die erste Phase der Pubertät so typisch war.

Doch tief in ihrem Inneren nagte ein diffuser Schmerz. Lukas gehörte nicht ihr und ihren gemeinsamen Kindern, sondern er gehörte seinen Teenies. Sie waren das, was in seinem Leben wirklich zählte, wofür er sich einsetzte, wofür er kämpfte. Ihnen gehörte sein Lachen. Ihnen gehörte seine Aufmerksamkeit. Manchmal erhaschte sie einen Blick, den ihm eines dieser modisch gekleideten Girlies zuwarf, und dann lief es ihr kalt den Rücken hinunter. Wie konnte sie sich sicher sein, dass er der Versuchung standhalten würde?

Reiß dich zusammen, flüsterte sie halblaut vor sich hin, *schau im Garten nach, wo das Essen abgeblieben ist. Und ja, du bist eifersüchtig. Du willst ihn kontrollieren. Du willst nachschauen, ob die Mädels ihm schmachtende Blicke zuwerfen, und du willst sehen, wie er darauf reagiert. Ob du ihm mehr wert bist als die schmachtenden Blicke pubertierender Mädchen. Dann geh halt in den Garten und vergewissere dich selbst.*

Sie straffte die Schultern und wollte sich in Bewegung setzen. Aber es ging nicht. Ihre Füße waren am Boden festgewachsen. Je mehr sie versuchte, sie hochzuheben, desto zähflüssiger wurde die Masse, die sie am Boden festhielt. Zornig ballte sie die Fäuste. Sie musste hier weg. Sie musste in den Garten und nachschauen, wo das Essen war. Sie hatte Gäste zu bewir…

Schwer atmend schlug Andrea die Augen auf. Sie brauchte nicht lange, um sich zu orientieren. Bleiches Licht flutete durch die leicht nach unten gekippten Jalousien. Ihre Funkuhr stand auf fünf nach halb sieben. Um halb hatte der Wecker geklingelt. Sie musste wieder eingedöst sein und sich diesen ganzen Wirrwarr über verschwundenes Essen, lärmende Jugendliche und schmachtende Girlies in Minutenbruchteilen zusammengeträumt haben.

Erleichtert seufzte sie auf. Alles war gut. Die Welt war in Ordnung. Der Tag hatte eben erst begonnen und es würde ein guter Tag werden.

Würde es das wirklich? War wirklich alles in Ordnung? Erschrocken stellte Andrea fest, dass der nagende Schmerz in ihrem Inneren nicht einfach mit dem Ende des Traums irgendwo in die Vergessenheit abgetaucht war, sondern immer noch unangenehm bohrende Signale aussandte. Plötzlich sah sie alles gestochen scharf vor sich und was sie sah, hatte nichts mehr mit ihrer verschwommenen Traumwelt zu tun: Lukas, dem die Mädchen schmachtende Blicke zuwarfen. Lukas, der für seine Teenies durchs Feuer gehen würde. Lukas, der die Prioritäten so ganz anders setzte, als sie selbst es sich wünschte. Was, wenn er sie gar nicht liebte? Wenn sie für ihn bloß eine Art Haushälterin war, eine Zierde des Hauses, die sich nach Belieben wie ein Schmuckstück aufsetzen und danach wieder abstreifen ließ?

Ruckartig setzte sie sich im Bett auf und schwang die Beine über den Rand. Ein leichtes Schwindelgefühl erfasste sie. Sie biss die Zähne zusammen und schüttelte energisch den Kopf. Sie durfte diesen rabenschwarzen Gedanken keinen Raum lassen. Sie war übermüdet. Eva-Lea hatte sie die halbe Nacht hindurch mit Heulattacken auf Trab gehalten, da war es kein Wunder, dass sie für Zweifel und bohrende Gedanken empfänglich war. Lukas liebte sie, auch wenn er es vielleicht nicht immer so offen zur Schau stellte. Aber das musste er auch nicht, schließlich war er ein Mann und Männer waren in der Regel eher zurückhaltend im Offenbaren ihrer Gefühle.

Andreas Kopf fühlte sich immer noch leer an. Sie atmete einige Male tief durch, erhob sich dann vorsichtig und tappte ins angrenzende Badezimmer.

Lukas stand breitbeinig vor dem Spiegel. Er hatte sich das Gesicht eingeseift und fuhr mit der Rasierklinge in gleichmäßig kräftigen Strichen über Wangen, Kinn und Hals. Auf seinem Rücken perlten kleine, kugelrunde Wassertropfen – er hatte sich wie üblich nach dem Duschen nur nachlässig trocken gerieben. Seine hellbraunen Locken waren ebenfalls noch feucht und kräuselten sich in golden schimmernden Wellen um seinen gebräunten Nacken. Er sah aus wie ein germanischer Krieger, der gerade einen Siegeszug feierte. Oder wie einer dieser Surfer, die sich an den Stränden von Miami Beach herumtrieben, ihr Gesicht in die Sonne streckten und mit ihren Brettern sorglos über die Kämme von meterhohen Wellen glitten.

Ein Strom von Liebe breitete sich in Andrea aus. Sie umschlang Lukas von hinten und presste sich an seinen kräftigen Oberkörper. Dampfende Feuchtigkeit drang durch ihr rosafarbenes Baumwoll-T-Shirt.

„Ah, du kitzelst mich!" Lachend unterbrach Lukas seinen gleichmäßigen Rasierrhythmus, drehte sich schwungvoll zu ihr um, hob ihr Kinn mit der freien Hand hoch und drückte ihr einen langen Kuss auf die Lippen. Weißer, herb riechender Rasierschaum heftete sich wie klebriger Kaugummi überall an ihrem Gesicht fest. Kichernd befreite sie sich aus seinem Griff und wischte den Schaum mit der Hand weg. Sie zögerte einen kurzen Augenblick. Sollte sie Lukas von ihrem Traum und ihren Befürchtungen berichten oder nicht? Der Moment war günstig – die Stimmung zwischen ihnen war so ausgelassen wie schon lange nicht mehr, die Kids schliefen endlich einmal und Lukas' Blick war noch immer zärtlich auf sie gerichtet. Sie gab sich einen Ruck.

„Ich hatte einen furchtbaren Traum", sagte sie stockend. „Wir hatten Gäste eingeladen und –"

„Gäste eingeladen ... warte, da kommt mir doch was in den Sinn", unterbrach sie Lukas lebhaft. „Habe ich dir schon gesagt, dass das Teenklub-Grillfest morgen Abend bei uns stattfindet? Daniels Kinder sind an den Windpocken erkrankt, da ist es wegen der Ansteckungsgefahr zu riskant, das Fest wie geplant bei ihm zu Hause durchzuführen. Er hat mir gestern Abend eine Mail geschrieben und mich gefragt, ob wir für sie einspringen könnten. Ich habe natürlich sofort zugesagt. Das ist für dich doch okay, oder? Ich hätte das Grillfest ohnehin von Anfang an lieber bei uns abgehalten, aber du weißt ja, wie Daniel ist … er muss alles gleich an sich reißen, sobald es was zu organisieren gibt. Aber nun sind die Verhältnisse ja wieder klar, und ich bin, ehrlich gesagt, nicht wirklich unglücklich darüber."

Andrea fühlte sich, als hätte ihr jemand einen Vorschlaghammer ins Gesicht geschmettert.

„Morgen Abend?", wiederholte sie wie ein Roboter. „Das ... das geht unmöglich. Wenn es gehen würde, wäre ich schon bereit, also ich meine, ich würde das Grillfest gerne bei uns abhalten, aber eben, leider,

leider geht es wirklich nicht. Obwohl ich gerne dazu bereit wäre, ehrlich."

Lukas verzog seinen Mund zu einer ungehaltenen Grimasse, was ihn wie eine beleidigte Bulldogge aussehen ließ.

„Weshalb geht es denn nicht, obwohl du so beharrlich beteuerst, dass du gern würdest, wenn du könntest? Ich wüsste echt nicht, was dagegenspricht, dass das Grillfest bei uns stattfindet. Fühlst du dich nicht wohl? Oder hast du einfach keine Lust, Gäste zu bewirten?"

Andrea streckte beide Arme aus und machte einen Schritt auf ihren Mann zu, doch er wich zurück. „Lass das", brummte er unwirsch, „ich bin jetzt nicht in der Stimmung für Zärtlichkeiten. Was ist bloß mit dir los? Sonst bist du doch auch immer bereit, mich in allem zu unterstützen. Und du weißt doch, dass ich als Jugendpastor eine Stellung zu verteidigen habe, und dass es Leute gibt, die mich nur zu gerne aus meiner hart verdienten Position verdrängen würden."

„Lukas, ich weiß, wie wichtig das für dich ist." Andrea klopfte das Herz bis zum Hals, was ihre Stimme brüchig und ein wenig zittrig klingen ließ. „Deshalb unterstütze ich dich auch, wo ich nur kann. Ich würde es dir zuliebe gern tun, aber diesmal geht es nicht. Ich habe diesen Abend doch schon vor Wochen im Kalender markiert, weil dann mein Klassentreffen ist, erinnerst du dich nicht mehr? Und weil ich wusste, dass zur selben Zeit bei Daniel das Grillfest stattfindet, habe ich jemanden zum Babysitten organisiert, damit du unbesorgt weggehen kannst."

„Aber das kannst du mir doch nicht antun! Ist denn dieses Klassentreffen wirklich so wichtig? Ich kann an einer Hand abzählen, wie oft du in den sechs Jahren unserer Ehe abends weg gewesen bist und ausgerechnet morgen muss es wieder so weit sein? So ein dummes Zusammentreffen, ich fasse es einfach nicht!"

„Lass uns doch deswegen nicht streiten, ja?" Andrea verschränkte die Arme vor der Brust und schaute Lukas bittend an. „Ich werde zu diesem Klassentreffen gehen. Es ist mir wichtig, meine Schulkameraden aus der Grundschule nach über zwanzig Jahren wiederzusehen und zu hören, was aus ihnen geworden ist. Und wegen dem Grillfest: Weshalb geht ihr nicht spontan in den Wald und grillt euer Fleisch über dem offenen Feuer? Der Wetterbericht für Samstag ist gut – viel Sonne und kaum Schauerrisiko. Die Kids sollen Picknick und Getränke selbst mitbringen, wir organisieren das Fleisch. Du wirst sehen, schon allein die Lagerfeuerromantik wird dafür sorgen, dass es für alle ein unvergesslicher Abend wird."

„Ein Lagerfeuer?" Lukas runzelte skeptisch die Stirn. Dann begannen seine Augen plötzlich zu funkeln. „Das ist es! Ein Lagerfeuer!", rief er begeistert. „Wir nehmen unsere Gitarren mit und lassen es so richtig krachen. Die Idee ist gut, sie ist wirklich gut. Du bist einfach ein Schatz!" Er öffnete die Arme, zog Andrea an seine Brust und tanzte mit ihr im Kreis herum. Der Rasierschaum auf seinem Gesicht spritzte in alle Richtungen und hinterließ klebrig weiße Flecken auf Spiegel, Waschbecken, Boden und Duschvorhang.

„Scht", Andrea legte ihm die Hand auf den Mund und versuchte, seinen begeisterten Reigen zu stoppen. „Ich glaube, Joel-Henri ist aufgewacht. Wir sollten etwas leiser sein, vielleicht schläft er dann wieder ein. Seit er keinen Mittagsschlaf mehr macht, wird er gegen Abend richtig ungenießbar, wenn er am Morgen zu früh wach ist."

Angespannt lauschte sie auf das leise Wimmern ihres fünfjährigen Sohnes. Joel-Henri war ein anstrengendes Kind, das sie mit seiner Neugierde und seinem draufgängerischen Wesen schon an guten Tagen mehr oder weniger permanent auf Trab hielt. An schlechten Tagen hatte sie manchmal das Gefühl, in einem Irrenhaus gelandet zu sein und es keine Sekunde länger aushalten zu können. Und wenn sie dann, wie in dieser Nacht, noch alle zwei Stunden von Eva-Leas Gebrüll geweckt wurde, wünschte sie sich weit weg auf eine einsame Insel, wo einfach nur absolute Ruhe herrschte.

„Ja, klar, da hast du recht." Lukas' Stimme senkte sich zu einem leisen Flüstern. „Hoffentlich schläft der kleine Racker noch mal ein." Er hauchte Andrea einen flüchtigen Kuss auf die Stirn und wandte sich wieder seiner Rasiertätigkeit zu.

Joel-Henris Wimmern war inzwischen in ein handfestes Geschrei übergegangen.

„Mama, kommen!", brüllte er. „Mama, ich will, dass du kommst! Mamaa! Mamaaa!"

Mit einem resignierten Seufzer schleppte sich Andrea aus dem Badezimmer. Ihre Hoffnung, dass Joel-Henri noch einmal einschlafen würde, hatte sich als frommer Wunsch entpuppt. Er war nicht nur mindestens eine Stunde zu früh wach, er war auch noch mit dem falschen

Bein aufgewacht. Sie lächelte grimmig über ihren eigenen Vergleich. *Mit dem falschen Bein aufgewacht.* Man stand mit dem falschen Bein auf, aber konnte man auch mit dem falschen Bein aufwachen? Nein, wohl eher nicht, aber das war ja auch egal. Tatsache war, dass ihr fünfjähriger Sohn im Moment gerade Zeter und Mordio brüllte und, wenn sie jetzt einen Fehler machte, unweigerlich mit dem falschen Bein in den Tag starten würde.

Sie musste ihn so schnell wie möglich beruhigen. Wenn er nämlich so weiterbrüllte, würde sein Geschrei Eva-Lea aufwecken, und dann hätte sie gleich zwei übermüdete Kleinkinder am Hals, die sie irgendwie durch den Tag hätscheln musste.

Leise öffnete sie die Tür zu seinem Zimmer. Sie brauchte einige Sekunden, bis sich ihre Augen an das Dämmerlicht gewöhnt hatten. Joel-Henri hatte sich vollständig unter der Decke verkrochen. Seine wilden Schluchzer erschütterten das ganze Bett. Zwischendurch trommelte er mit den Fäusten auf die Matratze. Andrea setzte sich auf den Bettrand und nahm das wild strampelnde Bündel mitsamt Decke in ihre Arme. Augenblicklich hörte das Schluchzen auf.

„Hallo, mein Großer", sagte sie sanft. „Was ist denn mit dir los? Hast du schlecht geträumt?"

Joel-Henri kuschelte sich dicht an sie. „Der Jäger wollte mich erschießen", schniefte er. Zwei dicke Tränen kullerten über seine Wangen. „Zuerst hat er Bambi abgeknallt und dann wollte er mich erschießen. Sein Gewehr war sooo groß und seine Augen haben ganz böse geguckt."

Sachte strich ihm Andrea die Tränen aus dem Gesicht. Seine Wangen fühlten sich warm und samtig an, wie die Haut eines Pfirsichs. Und mit einem Mal war es ihr einerlei, wie stressig und nervenaufreibend der Tag werden würde. Ihr Leben war so erfüllt. Sie hatte eine wunderbare Familie, zwei süße Kinder und einen Mann, der ihr vertraute und dem sie ein Zuhause bieten konnte, einen Mann, der sie liebte, der ihren Rat brauchte und ihre Meinung schätzte. Als Jugendpastor hatte er eine großartige Aufgabe, die ihn manchmal bis zum Letzten forderte, und sie konnte ihn darin unterstützen und an dem, was ihn bewegte, teilhaben. Ihr Kindertraum, nämlich Pastorenfrau zu werden, war Wirklichkeit geworden. Sie hatte genau das erreicht, was sie sich immer gewünscht hatte. Was wollte sie noch mehr?

Kapitel 2

Freitag, 5. Juli, 7.45 Uhr

„Mama, warum hat der böse Jäger Bambis Mama getötet?" Joel-Henris Stimme hatte jenen beharrlichen Unterton, der Andrea ankündigte, dass er nicht lockerlassen würde, bis alles restlos geklärt und auch der letzte Hauch eines Zweifels beseitigt worden war.

„Das ist nur im Film so", erklärte sie geduldig, „richtige Jäger töten keine Mamas. Und schon gar nicht vor den Augen ihrer Kinder. Aber im Film musste Bambis Mutter sterben, damit Bambi seinen Vater, den großen König des Waldes, kennenlernt. Wenn Bambi seinen Vater nicht kennengelernt hätte, hätte er nie richtig kämpfen gelernt."

„Mama, ich will noch eine Scheibe Brot mit Butter und Marmelade!" Zur Bekräftigung seines Wunsches klopfte Joel-Henri nachdrücklich mit seinem Löffel auf die Tischplatte.

„Mama, da-da, Mama, da-da!" Begeistert ahmte die zweijährige Eva-Lea ihren großen Bruder nach und klopfte ebenfalls beharrlich mit dem Löffel auf die Holzlehne ihres Kinderstuhls.

„Schscht." Andrea wand Eva-Lea den Löffel aus der Hand und blickte Joel-Henri streng an. „Tut mir leid, aber auf dem Ich-will-Ohr bin ich taub. Du kriegst dein Marmeladebrot, aber erst, wenn du deinen Wunsch höflicher formuliert und *bitte* gesagt hast. Also, ich warte."

„Ich will bitte eine Scheibe Brot mit Butter und Marmelade!" Joel-Henri legte den Kopf leicht schief und lächelte Andrea schelmisch von unten herauf an. Sie konnte sich ein Schmunzeln nur schwer verkneifen. Schade, dass Lukas nicht mehr da war, um sich mit ihr über den charmanten Lausbubenauftritt seines Sohnes zu amüsieren. Aber er war vor knapp zehn Minuten zum Frühgebet mit Daniel aufgebrochen. Sie hoffte inständig, dass Daniel den garstigen Windpockenviren seiner Kinder nicht als unfreiwilliger Wirt diente und die aggressiven Erreger an den ebenso unwissenden Lukas weitergab, der sie dann zu Hause nichts ahnend auf seine eigenen Kinder übertrug. Obwohl, früher oder später mussten sie die ekelhafte Krankheit ohnehin durchstehen, weshalb also nicht jetzt gleich? Nein, der Zeitpunkt war nicht optimal. Es war Sommer und es war heiß. Die Pusteln würden ekelhaft jucken und Eva-Lea war noch zu klein, um zu verstehen, dass sie sich nicht kratzen durfte.

„Mama, ich will jetzt bitte noch eine Scheibe Brot mit Butter und Marmelade!", wiederholte Joel-Henri nachdrücklich.

„Auf dem Ich-will-Ohr bin ich immer noch taub. Ich warte, bis du die Bitte netter formuliert hast."

„Mama, bla-bla-bla, tuut, bi-te, bi-te, nein, ja." Eva-Lea quietschte vergnügt und wedelte mit den Armen seltsam geformte Hieroglyphen in die Luft.

„Schmierst du mir bitte noch ein Marmeladenbrot?", wiederholte Joel-Henri kleinlaut.

„Na, siehst du, geht doch." Andrea angelte nach einer Scheibe Brot, bestrich sie mit Butter und Marmelade, schnitt sie in vier Stücke und verfrachtete sie eines nach dem anderen auf Joel-Henris Teller.

„Mama, weshalb sind echte Jäger lieb und nicht böse? Wenn sie keine Mamas töten, was töten sie dann? Bambis oder Papas?"

Langsam fragte sich Andrea, ob es wirklich sinnvoll gewesen war, Joel-Henri den *Bambi*-Film vorzusetzen. Vielleicht hätte sie bei den *Teletubbies* oder *Pingu* bleiben sollen, vielleicht war ihr Sohn tatsächlich noch nicht reif für einen Zeichentrickfilm, der den Kindern nicht einfach nur eine wunderschön heile Welt vorspielte.

„Echte Jäger töten nur kranke und alte Tiere. Tiere, die sonst lange und viel leiden müssen, wenn sie nicht jemand mit einem gezielten Schuss erlöst."

„Was passiert mit den kranken und alten Tieren, wenn kein Jäger da ist, um sie zu erschießen? Müssen sie dann sehr leiden?"

„Nein, dann werden sie von ihrer Familie gepflegt und umsorgt und dann sind sie so glücklich, dass sie die Schmerzen und das Alter gar nicht mehr spüren."

„Aber dann ist es ja vielleicht doch nicht so gut, wenn der Jäger sie erschießt, dann reißt er sie ja von ihrer Familie weg."

„Weißt du, kranke Tiere sind einfach froh, wenn sie nicht mehr leiden müssen."

„Und du bist ganz sicher, dass echte Jäger wirklich nur kranke und alte Tiere töten? Ganz, ganz sicher?" Joel-Henris Stimme klang drängend.

Andrea atmete tief durch. „Ja, ganz, ganz sicher." Sie fragte sich, weshalb sie sich so schwertat, ihn mit der unbarmherzigen Wahrheit zu konfrontieren. Weshalb schönte sie die Realität? War es wirklich nur, um ihren fünfjährigen Sohn nicht zu überfordern?

„Nein, Eva, niicht! Mama, Eva-Lea verschüttet ihre Schokolade!" Joel-Henri war aufgestanden und versuchte seiner Schwester die Schnabeltasse, die sie genüsslich mit dem Deckel nach unten hielt und aus der dickflüssige, dunkelbraune Schokoladenmilch tröpfelte, aus den Händen zu reißen. Eva-Lea war über sein schulmeisterliches Eingreifen alles andere als begeistert und quittierte seine Versuche mit lautem Gebrüll.

„Schluss damit!", befahl Andrea mit erhobener Stimme. „Joel, lass bitte deine Schwester los. Und du, Eva-Lea, gibst mir sofort die Tasse." Langsam, aber bestimmt löste sie die beiden Kinder voneinander, drückte Joel-Henri auf seinen Stuhl zurück, entwand Eva-Lea die Schnabeltasse, ging damit zur Spüle und schüttete den noch verbliebenen Inhalt ins Abwasser. Sie nahm das blau-gelb karierte Tuch, das über dem Spülbecken hing, feuchtete es an und kehrte damit zum Tisch zurück. Mit geübten Bewegungen wischte sie Eva-Leas Hände und ihren Platz sauber, dann hob sie ihre quengelnde und wild fuchtelnde Tochter aus dem Kinderstuhl. Sanft küsste sie ihr die Tränen von den Wangen.

„Schscht. Es ist doch alles gar nicht so schlimm. Mama hat dich ganz fest lieb, Schätzchen. Komm, wir setzen uns noch ein wenig hin und schauen uns dein *Winnie-Pooh*-Bilderbuch an."

„Mama, hast du mich auch lieb?", fragte Joel-Henri dazwischen.

„Ja, natürlich. Und danke, dass du mich vorhin gewarnt hast, das war ganz doll aufmerksam von dir." Andrea ließ sich mit Eva-Lea im Arm auf ihrem Stuhl nieder und angelte nach dem reißfesten Pappkinderbuch, das am anderen Tischende lag. „Ach ja, bevor ich es vergesse – morgen Abend kommt Nicki, um auf euch aufzupassen. Papa ist mit den Jungs und Mädels vom Teenklub im Wald beim Grillen und Mama geht zu einem Klassentreffen. Nicki wird sicher viele lustige Spiele mit euch machen."

„Was ist das, ein Klassentreffen?", fragte Joel-Henri wissbegierig. „Kann ich da nicht mitkommen?"

„Bei einem Klassentreffen treffen sich ehemalige Schüler. Menschen, die zusammen in derselben Klasse die Schule besucht haben. Das Treffen, zu dem ich morgen gehe, wird von Mitschülern aus der Grundschule organisiert. Wir haben zusammen die vierte bis sechste Klasse besucht. Danach ist die Klasse aufgeteilt worden. Die einen sind aufs Gymnasium gegangen, die anderen auf die Realschule oder auf die Hauptschule. Ich bin unheimlich gespannt, was aus meinen ehemaligen Schulkameraden geworden ist!"

„Sind das nette Leute, die du morgen triffst? Und warum kann ich nicht mitkommen?", bohrte Joel-Henri weiter.

Andrea zuckte mit den Schultern. „Ich denke schon, dass es nette Leute sind. Aber ich kann es nicht genau sagen, denn ich habe sie schon, warte mal ...", sie hob beide Hände in die Höhe und begann an den Fingern abzuzählen, „... zehn, zwanzig, vierundzwanzig Jahre lang nicht mehr gesehen. Wir waren zwölf, als die sechste Klasse zu Ende war. Da waren wir alle noch Kinder. Inzwischen sind wir erwachsene Menschen geworden."

„Und, sehen sie nett aus? Sind es liebe Kinder gewesen? Darf ich sie morgen auch sehen?"

„Das geht leider nicht, Joel. Diese Einladung ist nur für große Leute. Für Mamis und Papis, die erwachsen sind und nicht schon um zwanzig Uhr zu Bett gehen müssen. Aber wenn du möchtest, kann ich dir ein Foto aus meiner Schulzeit zeigen, auf dem alle meine Klassenkameraden zu sehen sind." Sie setzte Eva-Lea, die ganz in ihr *Winnie-Pooh*-Bilderbuch vertieft war, auf den Boden, erhob sich und ging mit schnellen Schritten zum Schreibtisch in Lukas' Arbeitszimmer. Die Einladung zum Klassentreffen lag zuoberst auf dem Stapel unerledigter Korrespondenz. Sie hatte sie per E-Mail erhalten und sogleich ausgedruckt, mitsamt dem im Anhang eingescannten Farbfoto, auf dem die Köpfe der einzelnen Schüler erstaunlich scharf und deutlich zu sehen waren. Einen Moment lang starrte sie blicklos auf das farbenfrohe Foto mit den mehr oder weniger lächelnden Gesichtern. Es stimmte nicht, was sie Joel-Henri vorhin gesagt hatte. Die Schüler aus ihrer Klasse waren nicht alle immer nur nett gewesen. Und sie selbst auch nicht.

Ein leises Gefühl der Unsicherheit beschlich sie. War es richtig, dass sie morgen zu diesem Treffen ging? Hatte sie wirklich die richtige Entscheidung getroffen? Wollte sie die Geister der Vergangenheit noch einmal aufleben lassen? Sie hatte lange darüber gebetet und war sich ganz sicher gewesen, dass sie sich der Vergangenheit stellen musste. Doch nun, wo das Treffen vor der Tür stand, war das alles plötzlich gar nicht mehr so klar.

„Mama, wo steckst du?", rief Joel-Henri aus der Küche.

Andrea schreckte aus ihren Gedanken auf. „Ich bin schon unterwegs!" Hastig nestelte sie das DIN-A4-Blatt mit dem ausgedruckten Klassenfoto vom Papierstapel und eilte in die Küche zurück. Sie legte das Papier vor Joel-Henri auf den Tisch und setzte sich neben ihn. Mit einem Mal fühlte sie sich müde und erschöpft.

Joel-Henri studierte das Foto mit großen Augen. „Bist du das, Mama?" Er deutete mit dem rechten Zeigefinger auf ein Mädchen mit altmodischen Kleidern und rotzfrechem Gesicht, dessen langes blondes Haar so strähnig wirkte, als wäre es mindestens eine Woche lang nicht mehr gewaschen worden.

Andrea lächelte. „Nein, das ist Jolanda. Sie war der größte Wildfang, den es überhaupt gab. Ihre Eltern hatten eine Gärtnerei am Stadtrand und Jolanda und ihre drei Brüder sind pausenlos in den Gewächshäusern herumgerannt, haben Fangen und Verstecken gespielt und alle Leute, die dort arbeiteten, mit ihrem Herumgetolle rasend gemacht. Auch in der Schule war sie ständig in Bewegung. In Sport war sie ganz große Klasse, deshalb war sie bei den Jungs auch richtig beliebt. Sie durfte als einziges Mädchen mit ihnen zusammen Fussball spielen. Manchmal war ich fast etwas neidisch auf sie."

Joel-Henri hatte aufmerksam zugehört. Nun vertiefte er sich wieder in das Klassenfoto. Andächtig musterte er die siebzehn Kindergesichter, fuhr mit dem rechten Zeigefinger die Konturen nach, murmelte leise vor sich hin. Endlich gab er entnervt auf.

„Ich kann dich nirgends finden, Mama", jammerte er, „bist du überhaupt auf dem Foto?"

„Ja, natürlich. Aber es ist nicht so einfach, mich zu finden." Andrea zeigte mit dem Finger auf ein Mädchen ganz links am Rand. Es hatte weißblondes Haar, das zu einem Pagenkopf geschnitten war, und einen breiten, lächelnden Mund. „Hier, das bin ich. Ich hatte früher ganz hellblondes Haar. Es war fast weiß. Meine Schwester hat mich immer damit aufgezogen, weil sowohl meine Eltern als auch sie dunkelhaarig waren und ich so hellblond. Keine Ahnung, woher dieses Blond kommt. Außer der Schwester meines Vaters sind in unserer Familie alle dunkelhaarig."

„Warum sind deine Haare denn heute nicht mehr so weiß?" Joel-Henri stützte sein Kinn auf die rechte Hand und schaute Andrea aufmerksam an. „Sie sind nur noch ein bisschen heller als meine Haare und meine Haare sind braun", stellte er nüchtern fest.

„Ja, weißt du, das ändert sich eben mit der Zeit. Die Haare werden dunkler. Vielleicht werden deine Haare einmal schwarz sein, wenn du groß bist."

„Ich? Schwarze Haare?" Joel-Henri strahlte über das ganze Gesicht. „Das wäre lustig. Dann würde ich ja aussehen wie Großpapa. Mama, weshalb habe ich nicht schon heute schwarze Haare? Ich hätte so gerne schwarze Haare!"

Sachte strich ihm Andrea die braunen Locken aus der Stirn. „Du gefällst mir genau so, wie du bist", sagte sie leise. „Und wenn deine Haare später einmal schwarz werden, gefällst du mir auch mit schwarzen Haaren."

„Mama, wer ist das Mädchen neben dir?" Joel-Henris Aufmerksamkeit war schon wieder auf das Klassenfoto gerichtet. Er deutete mit dem Finger auf ein Mädchen, dessen Lockenschopf problemlos jenem der roten Zora hätte Konkurrenz machen können, nur dass er nicht flammend rot, sondern mahagonifarben war. Der Lockenschopf war jedoch das Einzige an dem Mädchen, das mit der roten Zora in Verbindung gebracht werden konnte – von dem spitzbübischen Schalk, der Kurt Helds Romanheldin auszeichnete, war an ihr nichts zu sehen. Ihr schmales Gesicht war ernst und verschlossen, die Augen starr geradeaus gerichtet.

Andrea legte den Arm um Joel-Henris Schultern und ihr Blick wanderte in die Ferne. „Das ist Carol, meine Freundin. Sie war nicht immer so ernst, wie sie hier auf dem Foto dreinblickt. Ich glaube, sie fühlte sich in diesem Moment einfach nicht wohl – das Posieren inmitten einer Schar von Leuten lag ihr nicht so. Sie konnte ganz lustig sein, aber nur im vertrauten Umfeld, in ihrer Familie, zum Beispiel, oder wenn sie mit mir zusammen war."

„Sie hat trotzdem etwas Trauriges im Gesicht. Sie sieht aus, als würde sie gleich anfangen zu weinen. Mama, bist du sicher, dass sie überhaupt lachen konnte?"

„Ja, ganz sicher. Sie war meine Freundin und ich war oft mit ihr zusammen."

„Mama schau, dieser Junge hier, der ist lustig!" Joel-Henri zeigte auf einen Jungen mit einer fast schulterlangen blonden Mähne. „Der macht ja eine richtige Grimasse, fast so, als würde er jemandem die Zunge herausstrecken! Wie heißt dieser Junge, Mama? Ist er nett?"

Andrea lachte. „Das ist Stefan. Er war eigentlich immer gut gelaunt und zu irgendwelchen Dummheiten und Späßen aufgelegt. Und er hat von allen die lustigsten Witze und Geschichten erzählt. Wir haben uns oft schon vor Lachen gekugelt, bevor er überhaupt den Mund aufgemacht hat. Es war ihm immer wichtig, dass die Stimmung in der Klasse gut war. Er hat jetzt auch das Klassentreffen organisiert."

„Der gefällt mir, den finde ich nett", stellte Joel-Henri abschließend fest. „Aber Carol, die gefällt mir nicht. Die macht so ein böses Gesicht. Die ist nicht nett." Er sprang vom Stuhl auf und fegte dabei seinen Esslöffel mit dem schwarz-gelb gestreiften Tigerstiel zu Boden. Klumpige Müslireste spritzen in alle Richtungen. Joel-Henri bedachte die klebrigen Spritzer auf dem Boden mit einem kurzen, verächtlichen Blick, dann hüpfte er unbekümmert zu seinem Spielzeugtraktor, dessen Anhänger mit verschiedenfarbigen Bauklötzen beladen war. Mit geübtem Griff wuchtete er das Steuer herum und beförderte das Gefährt mitsamt Ladung zur Großbaustelle im Kinderzimmer.

Geistesabwesend angelte Andrea nach dem blau-gelb karierten Tuch, das noch immer auf dem Esstisch lag. Dann hob sie den verschmutzten Löffel vom Boden hoch und wischte die klebrigen Müslireste auf. Ihre Gedanken waren meilenweit entfernt. Was hatte Joel-Henri gesagt?

Stefan ist nett. Carol ist nicht nett.

Wenn das so einfach wäre. Alles schwarz-weiß. Nett oder nicht nett. Oder noch besser: wenn sich alle einfach immer nur liebhaben würden. Wenn es keinen Streit, keinen Neid, keine Eifersucht gäbe. Wenn niemand den anderen verletzen würde.

Mit brennenden Augen betrachtete sie das Klassenfoto, musterte jedes einzelne Gesicht. Bei zwei Gesichtern verharrte sie besonders lange. Diese beiden Gesichter hatten sie jahrelang bis in ihre Träume verfolgt. Die versteinerten Mienen, das Entsetzen, das in ihnen zu lesen gewesen war, die Enttäuschung. Sie hätte viel dafür gegeben, wenn sie dies alles hätte ungeschehen machen können. Aber es war zu spät gewesen. Der

Schaden war schon angerichtet gewesen, unwiderruflich, unverzeihlich, unentschuldbar.

Sie hatte die Last ihrer Schuld bis heute mit sich herumgeschleppt. Manchmal hatte sie schwerer gedrückt, manchmal weniger schwer. In den letzten Jahren hatte sie sie sogar fast vergessen gehabt. Zu viel Neues war in ihr Leben gekommen, mit Lukas, den Kindern, ihren vielfältigen Aufgaben als Pastorenfrau. Doch die Einladung zum Klassentreffen hatte alles von Neuem aufleben lassen. Wie ein eiterndes Geschwür war die ganze Schuld in ihrer abgründigen Hässlichkeit wieder aufgebrochen.

Sie musste sich ihr stellen. Sie musste die Sache in Ordnung bringen. Wenn es denn überhaupt noch möglich war, nach all den Jahren die Absolution zu erlangen.

Kapitel 3

Freitag, 5. Juli, 12.00 Uhr

„Und, wohin wollen wir heute essen gehen?“ Dominik Meissner hatte sich mit verschränkten Armen vor Carol Petersens Schreibtisch aufgepflanzt und musterte sie erwartungsvoll. Er war etwas mehr als mittelgroß, hatte kurz geschnittenes grau meliertes Haar, einen stämmigen Körperbau und freundliche braune Augen. Seine Kleidung war leger – dunkelblaue Jeans im Used-Look, weißes kurzärmliges Hemd und modisch geschnittene Sportschuhe. Trotz seines angegrauten Haars wirkte er höchstens wie Ende dreißig und nicht wie fünfundvierzig, was er hauptsächlich seinem spitzbübischen Lächeln und seiner lockeren, unbekümmerten Haltung zu verdanken hatte. Seine jugendlichen Klienten sahen in ihm denn auch weniger den Ehrfurcht gebietenden Sozialpädagogen, sondern eher einen ebenbürtigen Ansprechpartner, den sie in ihre Alltagssorgen und Probleme einweihen konnten. Er arbeitete schon seit über fünfzehn Jahren beim Jugendamt der Stadt Zürich und kannte alle Institutionen, Auffangeinrichtungen, Gesetzesparagrafen und Gesetzesschlupflöcher in- und auswendig.

Für Carol, die erst seit etwas mehr als drei Jahren beim Jugendamt arbeitete, war er ein verlässlicher Teamkollege, der immer für sie da war, sie unterstützte und ihr bei den schwierigen Entscheidungen, die sie tagtäglich treffen musste, mit Rat und Tat zur Seite stand. Manchmal streifte sie flüchtig der Gedanke, dass er es mit seiner Hilfsbereitschaft fast ein wenig zu weit trieb, dass weniger mehr gewesen wäre. Aber sie verbannte diesen Gedanken stets sofort wieder. Sie achtete und schätzte Dominik als Teamkollegen und Gesprächspartner und wollte ihre reibungslos funktionierende Zusammenarbeit nicht durch spitzfindige Überlegungen aufs Spiel setzen.

„Heute Mittag?“ Carol nahm einen dunkelblauen Stift in die Hand und spielte gedankenverloren damit herum. „Hm, habe ich dir gestern nicht gesagt, dass ich mich heute mit Sofia treffe? Wir haben uns schon ellenlang nicht mehr gesehen und deshalb haben wir uns ziemlich kurzfristig zum Essen verabredet."

Ein kleiner Schatten der Enttäuschung huschte über Dominiks Gesicht, aber er hatte sich schnell wieder im Griff. „Nein, ich glaube nicht, dass du mir gestern etwas davon gesagt hast", meinte er ruhig. „Aber das macht nichts, ehrlich. Ich schließe mich einfach Tom, Yasmin und Annika an, die gehen heute zum Chinesen, wenn ich mich nicht irre."

Carol atmete erleichtert aus. „Ja, das ist eine gute Idee. Die drei werden sich bestimmt freuen, wenn sie Zuwachs kriegen. Vor allem Yasmin in ihrer Wie-hast-du-das-gemeint-lass-uns-darüber-reden-Phase wird über einen weiteren geduldigen Diskussionspartner begeistert sein."

Dominik lächelte. „Sei nicht zu streng mit ihr, Carol. Sie ist noch in der Ausbildung und das hier ist ihr erstes Praktikum als Sozialpädagogin. Sie wird sich dieses Psychogetue, das sie in der Schule lernen, bestimmt bald abgewöhnen."

„Da hast du recht", Carol zuckte reumütig mit den Schultern, „ich sollte mich nicht so darüber lustig machen. Aber ich amüsiere mich halt doch immer über ihre eifrigen Versuche, jedes noch so kleine Detail bis auf den Grund zu analysieren und auszudiskutieren. Als ob wir bei unseren Klienten und all den Stellen, mit denen wir zusammenarbeiten, nicht schon genug rhetorische Überzeugungsarbeit leisten müssten."

Plötzlich wurden im Flur, unmittelbar vor Carols Büro, Stimmen laut. „Nein, das habe ich doch nicht so gemeint! Ich wollte nur sagen, dass das ganze Gerangel um Kompetenzen und Zuständigkeiten auch etwas Gutes hat – jeder muss nämlich seine eigene Position noch einmal überdenken und sich fragen, weshalb und wozu etwas gut ist." Das war Yasmins Stimme, energisch und ein klein wenig zu laut. Ganz im Gegensatz zu der von Tom, der langsam und überlegt antwortete. „Von der Theorie her ist das vielleicht schon so, aber in der Praxis ist es einfach nur hinderlich. Das Wichtigste ist das Kindeswohl und solange sich die involvierten Stellen nicht einig sind, wer wofür verantwortlich ist, leiden das betroffene Kind und seine Familie oder Pflegefamilie darunter und das ist schlicht verantwortungslos."

„Ja eben, deshalb sollten wir uns doch alle an den runden Tisch setzen und die Zuständigkeiten klar und deutlich ausdiskutieren. Nicht wahr, Dominik, du bist doch auch meiner Meinung?" Yasmin hatte einen Schritt über die Schwelle von Carols weit geöffneter Bürotür gemacht und schaute Dominik Hilfe suchend an. Sie war klein und drahtig und die kurzen, dunklen Haarstoppeln, die von ihrem Kopf abstanden, hätten jeder Männerfrisur Ehre gemacht. Carol wusste, dass die Praktikantin einige Jahre älter war als sie, trotzdem wirkte sie höchstens wie Anfang dreißig.

„So einfach ist das nicht und ich kann mir jetzt auch nicht in zehn Sekunden eine Meinung bilden." Dominik schaute erst Yasmin, dann Tom an. „Ich schlage vor, dass wir das Thema beim Mittagessen weitererörtern – wenn ihr nichts dagegenhabt, würde ich mich euch nämlich gern anschließen."

Yasmin strahlte. „Nein, natürlich haben wir nichts dagegen. Oder was meinst du, Tom?"

„Vielleicht könntet ihr ja eine Diskussionsrunde starten, in der ihr die Pros und Contras sorgfältig abwägt", meinte Carol trocken. „Wenn ihr Glück habt, seid ihr bis zum Ende der Mittagspause damit fertig und könnt danach direkt wieder an die Arbeit gehen."

Tom, ein schlaksiger Mittfünfziger mit Schnauzbart, ausgebeulter Jeanshose und Birkenstocksandalen, lachte laut. „Die Idee ist gut, wirklich gut! Haha! Komm, Yasmin, hol deine Argumente hervor! Du wirst bestimmt hundert Gründe finden, die dafürsprechen, dass Dominik uns begleitet. Ich könnte ja den Gegenpart einnehmen und Argumente suchen, die dagegensprechen. Das wird lustig, haha!"

„Wie bitte? Was? Ich verstehe nicht ...", stotterte Yasmin.

„Ist schon gut." Dominik legte ihr den Arm um die Schultern und schob sie sanft aus Carols Büro. „Ich habe einen Bärenhunger und die Mittagspause wird durch unser Herumtrödeln nicht länger. Kommt, lasst uns Annika ins Schlepptau nehmen und so schnell wie möglich zum Chinesen aufbrechen. Ich brauche echt dringend was zu essen!"

Yasmin, die endlich begriffen hatte, worum es ging, begann plötzlich laut zu lachen. „Ihr seid so was von gemein!", japste sie, immer noch lachend. „Ich kann doch nichts dafür, wenn es mir wichtig ist, dass möglichst immer alle in einen Entscheidungsprozess mit einbezogen werden!" Neckisch drohte sie Carol und Tom mit dem Finger. „Macht euch auf etwas gefasst. Das nächste Mal werde ich mich nicht mehr einfach so mir nichts, dir nichts von euch veräppeln lassen!"

Sie packte Dominik und Tom am Arm und zog sie mit sich fort. „So, jetzt gehen wir essen. Ich habe nämlich ebenfalls einen Bärenhunger!"

Carol lächelte trocken, als die drei aus ihrem Blickfeld verschwunden waren. Sie war froh, dass sie die Mittagspause nicht mit vier aufgedrehten Sozialpädagogen verbringen musste. Sosehr sie ihr berufliches Umfeld liebte, manchmal wurde es ihr doch fast ein wenig zu viel. Selbst auf Dominiks Gesellschaft hätte sie liebend gern ab und zu verzichtet, obwohl er noch der Ruhigste von allen war. Doch in beharrlicher Regelmäßigkeit holte er sie Mittag für Mittag zum Essen ab, vielleicht weil er Angst hatte, dass sie sonst sozial verkümmern oder zu sehr zur Eigenbrötlerin mutieren würde.

Sie angelte ihre Gucci-Handtasche, die sie sich zu ihrem fünfunddreißigsten Geburtstag von den Geldgeschenken ihrer Familie geleistet hatte, unter dem Schreibtisch hervor und vergewisserte sich kurz, dass Geldbörse, Schlüssel und Handy an ihrem gewohnten Platz verstaut waren. Sie legte sonst keinen großen Wert auf Marken. Ihre Kleider kaufte sie normalerweise bei H&M, Zara, Mango oder wo ihr sonst gerade etwas Passendes ins Auge stach. Aber diese Handtasche hatte sie sich schon seit Langem gewünscht, seitdem sie sie bei einer Shoppingtour in Mailand im Schaufenster einer Edelboutique gesehen hatte. Sie war aus feinstem schwarzen Stoff im typischen Gucci-Muster. Der größte Blickfang jedoch waren die beiden silbernen Ringe vorn auf der Tasche, die durch ein silbernes Kettchen und verschiedene schwarze Lederriemchen miteinander verbunden waren. Die Tasche, nicht viel größer als ein DIN-A4-Blatt im 3D-Format, war zu Carols tagtäglichem Begleiter geworden. Egal, ob sie leger oder elegant gekleidet war, die Gucci-Tasche musste mit.

Im Eilschritt wetzte sie aus ihrem Büro. Weiter hinten im Flur hörte sie ihre Teamkollegen miteinander herumalbern. Wie üblich war sie spät dran. Es war bereits Viertel nach zwölf – genau um diese Zeit hatte sie sich mit Sofia beim Italiener verabredet. Zwar befand sich *Brunos Pizzabar* gleich um die Ecke, aber sie würde trotzdem zu spät kommen.

Carol verließ das Gebäude, durchquerte den Park beim Bahnhof Oerlikon, der um diese Zeit bereits von sonnenhungrigen Stadtangestellten belagert war, die ebenfalls gerade Mittagspause hatten, und bog in eine Seitengasse ein. *Brunos Pizzabar* war hauptsächlich ein Pizza-Lieferdienst, dem ein winzig kleines Lokal, in dem höchstens drei Zweiertische und ein Vierertisch Platz fanden, angegliedert war. Nur Insider wussten darüber Bescheid. Carol hatte das Lokal vor einigen

Monaten zufällig entdeckt, als sie in einer der selteneren Mittagspausen ohne Dominik ein wenig die Gegend erkundet hatte. Von außen war das Gebäude völlig unauffällig, aber innen hatte es einen ganz speziellen Charme, den nur echte Italianità ausstrahlen konnte. Der Boden war mit Terrakotta-Fliesen gekachelt, auf Regalbrettern an den Wänden standen Boccalinos und Grappaflaschen in allen Formen und Größen. Das Herzstück jedoch bildete der monströse Pizzaofen hinter dem schmalen Tresen. Er wurde mit Holz befeuert und verbreitete eine Behaglichkeit, die an die Wärme einer Berghütte nach einer langen Wanderung im eisigen Gebirge erinnerte.

Sofia hatte sich bereits an einem der drei Zweiertische niedergelassen und nippte an einem Glas Tomatensaft. Jetzt, im Sommer, war es nicht nötig, einen Tisch zu reservieren, da die meisten Leute draußen picknickten oder in einer Gartenwirtschaft saßen, aber im Winter war die Pizzabar meistens schon über eine Woche im Voraus ausgebucht.

„Tut mir leid, ich habe mich verspätet." Carol winkte Bruno, der am Tresen stand, einen Gruß zu, dann steuerte sie auf den Zweiertisch zu, an dem Sofia bereits Platz genommen hatte, und ließ sich auf den freien Stuhl ihr gegenüber fallen. Sie hängte die Gucci-Tasche an die Stuhllehne und rückte den Stuhl in bequeme Distanz zum Tisch.

„Diesen Spruch kenne ich doch." Sofias Stimme war angenehm tief und hatte einen leicht spöttischen Beiklang. Carol hatte Sofia bei einem Interview kennengelernt. Sie war freischaffende Journalistin, schrieb aber vor allem Lokalreportagen für das Tagblatt der Stadt Zürich. Damals hatte sie einen Bericht über das Stadtzürcher Jugendamt verfasst. Als Erstes war Carol ihre Stimme aufgefallen. Erst auf den zweiten Blick hatte sie dann ihr Alter (sie war bestimmt über sechzig) und ihre üppige Figur (sie wog sicherlich mehr als fünfzig Kilogramm zu viel) bemerkt. Obwohl sie vom Äußeren her völlig verschieden waren, hatten sie sich bei diesem Interview vor bald drei Jahren tiefer aufeinander eingelassen, als sie beide es ursprünglich vorgehabt hatten, und mittlerweile war daraus eine richtige Freundschaft geworden, die sie mit allen Mitteln pflegten und auf die sie um keinen Preis mehr verzichtet hätten.

„Ich musste erst Dominik abwimmeln." Carol faltete die Hände vor sich auf dem Tisch und lächelte Sofia an. „Ich war davon überzeugt, dass ich ihm schon gestern von unserer Verabredung erzählt hatte, aber er war völlig ahnungslos, der Arme."

In Sofias stahlblauen Augen blitzte Belustigung auf. „Der Gute mag dich mehr, als ihm selbst bewusst ist. Hoffentlich gibt es nicht ein plötzliches böses Erwachen für ihn."

Bruno war inzwischen mit den Speisekarten an ihren Tisch getreten. „Einen Aperitivo für die beiden Signore? Eute wir aben Amaro Lucano – Kräuterbitter direkt aus bella Italia."

„Für mich nicht, danke", wehrten Sofia und Carol gleichzeitig ab. „Und die Speisekarten brauchen wir, denke ich, auch nicht", fuhr Sofia fort. „Ich nehme wie üblich einen gemischten Salat, eine Pizza di Casa und einen halben Liter Mineralwasser ohne Kohlensäure."

„Ich schließe mich dem an", sagte Carol lächelnd, „exakt dasselbe noch einmal. Außer das Mineralwasser, das nehme ich gern mit Kohlensäure, wenn es möglich ist."

„Keinen Aperitivo, dafür einmal Mineralwasser mit Kohlensäure und einmal ohne", wiederholte Bruno augenzwinkernd. „Zweimal gemischte Salat und zwei Pizze di Casa. Grazie, Signore, für die Bestellung, ich immer stehen zu Ihre Diensten." Er verbeugte sich leicht und entschwebte auf lautlosen Sohlen.

Sofia lehnte sich auf ihrem Stuhl zurück und verschränkte die Hände hinter dem Kopf. „Falls du heute in Erzähllaune bist, würde ich gern noch etwas mehr über dieses Klassentreffen, das du gestern bei unserem Telefongespräch kurz erwähnt hast, erfahren", sagte sie neugierig.

Carol lächelte schief. „Eigentlich würde ich lieber hören, was du so in den letzten Wochen erlebt hast, aber es gibt da etwas – im Zusammenhang mit diesem Klassentreffen – zu dem ich ganz gern deine Meinung hören würde."

Sie öffnete ihre Gucci-Tasche und entnahm ihr ein zusammengefaltetes DIN-A4-Blatt. Langsam faltete sie es auseinander und schob es ihrer Freundin mit einer betont lässigen Bewegung über den Tisch zu. Es war eines dieser typischen Klassenfotos, auf denen die Schüler in Reih und Glied standen, der Rücken durchgestreckt, die Arme wie überflüssige Teile einer Stoffpuppe in der Luft baumelnd und die Gesichter in einem steifen Lächeln erstarrt.

„Dieses Foto wurde am Ende der sechsten Grundschulklasse aufgenommen." Carols Stimme klang belegt. „Stefan, der das Klassentreffen organisiert, hat es eingescannt und uns mitsamt der Einladung per E-Mail zugeschickt. Sozusagen als Erinnerungsauffrischung. Hier, das bin ich", sie deutete mit dem rechten Zeigefinger auf ein Mädchen mit mahagonifarbenem Lockenschopf. Neben ihr, ganz links außen, stand ein Mädchen mit fast weißblondem Pagenkopf. „Das hier ist Andrea, meine Schulfreundin. Ich kann mich gut an sie erinnern. Sie war nicht gerade meine Wunschfreundin, ich war eher der Einzelgängertyp und von daher nicht wirklich erpicht auf eine richtige Schulfreundschaft. Aber sie hatte so eine Art sozialen Tick, ein richtiges Helfersyndrom. Wahrscheinlich sah sie es als ihre Aufgabe an, mir möglichst oft Gesellschaft zu leisten. Sie war ganz lustig und nett, aber manchmal ging sie mir gehörig auf den Keks. Ich weiß, dass ich in der vierten und fünften Klasse, wenn ich nicht gerade etwas für mich allein machte, oft mit ihr zusammen war – aber jetzt kommt es: An die sechste Klasse der Grundschule kann ich mich überhaupt nicht mehr erinnern. Irgendwie habe ich das Gefühl, dass ich mich im letzten Jahr der Grundschule von Andrea distanziert habe, aber ich kann es nicht wirklich sicher sagen. Es ist, als würde ich in ein großes schwarzes Loch blicken. Meine gesamte Erinnerung ist wie ausgeblendet."

Sofias Augen begannen zu funkeln. „Das klingt ja nach einer richtig spannenden Story", meinte sie lebhaft. *„36-jährige Frau kann sich nicht mehr an die sechste Klasse der Grundschule erinnern. Welch gruseliges Ereignis hat sich wohl in ihrer Vergangenheit zugetragen, dass sie eine solch lange Zeitspanne einfach aus ihrem Gedächtnis gestrichten hat?"*

„Du und dein Reporterherz!" Lächelnd ergriff Carol ihre Gabel und klopfte Sofia damit spielerisch auf den Handrücken. „Kannst du auch einmal einfach nur zuhören, ohne gleich eine Sensationsstory zu wittern? Es gibt nämlich zig natürliche Erklärungen für meine Gedächtnislücke."

„Was für welche denn?", fragte Sofia herausfordernd.

Carol zuckte mit den Schultern. „Vergesslichkeit. Keine spannenden Erlebnisse. Vorpubertäre Phase, die zu peinlich ist, um sich noch daran zu erinnern."

Sofia stützte das Kinn auf ihre gefalteten Hände. „Was ist die letzte Begebenheit aus dieser Zeit, an die du dich noch erinnern kannst?"

„Warte mal." Gedankenverloren fuhr sich Carol mit der linken Hand durch den noch immer mahagonifarbenen Lockenschopf. „Huch …", sie zuckte zusammen, als Bruno wie ein Geist neben ihnen auftauchte. Elegant balancierte er ein Tablett mit zwei bauchigen Mineralwasserflaschen und zwei mit Eiswürfeln und einem Zitronenstück gefüllten Gläsern.

„La bella Signora muss keine Angst aben, ich ihr nichts machen", meinte er lächelnd, während er die Gläser schwungvoll und ohne einen Spritzer danebenzugießen bis zum Rand auffüllte. „Hierr, für Sie mit Kohlensäure und für Sie ohne. Salute, die Damen." Und schon war er wieder verschwunden – ebenso geräuschlos, wie er gekommen war.

„Ich erinnere mich an den Umzug, oder besser gesagt, an die Zeit danach", sagte Carol versunken. „In den Sommerferien zogen wir von Zürich weg. Nach Uster. Meine Eltern hatten sich dort ein Haus gekauft und sich somit den Traum vom Eigenheim erfüllt. Sie wohnen übrigens immer noch dort. An den Umzug selbst kann ich mich, wie gesagt, nicht mehr wirklich erinnern, dafür an die Zeit danach. Ich war sehr traurig, weshalb, kann ich nicht genau sagen. Vielleicht wollte ich nicht von Zürich weg, vielleicht hatte ich Angst vor der neuen Schule – nach den Sommerferien wechselte ich ans Gymnasium. Ich saß die ganze Zeit über in meinem Zimmer und starrte vor mich hin."

„Vielleicht hattest du Liebeskummer?", mutmaßte Sofia.

„Liebeskummer?" Carol lächelte zynisch. „Mit zwölf? Na, hör mal, das ist jetzt aber ziemlich aus der Luft gegriffen. Außerdem: Ich und Liebeskummer? Nein, das halte ich für ganz und gar ausgeschlossen."

„Und deine Eltern? Wie haben sie auf deine traurige Stimmung reagiert?"

„Überhaupt nicht. Meine Mutter hatte sich für den Umzug Urlaub genommen, aber kurz danach musste sie wieder arbeiten gehen. Ich war oft allein. Ich glaube, sie hat gar nicht bemerkt, dass es mir nicht gut ging." Carol nippte gedankenversunken an ihrem Glas. „Es gibt da noch etwas", sagte sie zögernd. „Ich bin mir nicht sicher, was ich davon halten soll, und deshalb wäre ich froh über deine fachkundige Meinung."

Sie zog das Klassenfoto zu sich heran und deutete auf den Jungen direkt hinter ihr. Er war etwa einen halben Kopf größer als die Jungs neben ihm und sah auf eine ganz spezielle Art attraktiv aus. Sein dunkles Haar war halblang und leicht gewellt, sein Gesicht ebenmäßig, wenn auch vielleicht ein wenig zu kantig. Er hätte mit Abstand der coolste

Junge der Klasse sein können, wäre da nicht etwas Unsicheres, Angespanntes an ihm gewesen. Trotz seines guten Aussehens wirkte sein Lächeln verkrampft, seine Haltung steif. Er sah aus wie jemand, der entweder etwas zu verbergen oder in seinem Leben schon viel zu viel gesehen hatte.

„Dieser Junge", sagte Carol. „Ich weiß nicht, wer er ist. Ich gucke ihn an und er erscheint mir völlig fremd."

Sofia schnipste mit den Fingern. „Ich habe es dir ja gesagt, die Story ist brandheiß! *36-jährige Frau kann sich weder an die sechste Klasse der Grundschule erinnern noch an den Schüler XY. Welches gruselige Geheimnis birgt ihre Vergangenheit?*"

„Sofia, könntest du nicht für einen Moment die gruselige Story vergessen und mir einfach ganz sachlich sagen, was du davon hältst?", bat Carol leicht genervt.

„Ja, klar." Sofia überlegte kurz, dann erwiderte sie langsam, als würde sie jedes Wort sorgfältig abwägen: „Also, ganz koscher erscheint mir die Sache, ehrlich gesagt, nicht. Es ist doch wirklich zu seltsam, dass du dich an ein ganzes Jahr aus deiner Jugendzeit nicht mehr erinnern kannst. Und dass du einen deiner Mitschüler nicht mehr erkennst, finde ich auch ziemlich merkwürdig. Andererseits könnte eine Art globaler Filmriss theoretisch tatsächlich möglich sein. Unsere Erinnerung geht manchmal verschlungene Wege, die nicht immer ganz erklärbar sind."

Carol nickte. „Das habe ich mir auch schon überlegt. Ich erinnere mich ohnehin nicht gern an meine Schulzeit zurück, weil ich mich im Klassenverband nie wirklich wohlgefühlt habe. Vielleicht bewahrt mich mein Gedächtnis einfach vor den Erinnerungen an einsame Stunden und Gefühle des Ausgeschlossenseins und nicht Dazugehörens."

Sofia trank einen Schluck ihres eisgekühlten Mineralwassers. „Hast du das Foto deinen Eltern gezeigt?"

Wieder nickte Carol. „Ja, das habe ich. Aber wie ich erwartet hatte, hatten sie keine Ahnung. Mein Vater war ohnehin nicht besonders oft zu Hause, und wenn er es war, war er immer müde. Meine Mutter hat sich mehr um ihre Karriere und ihre eigenen Interessen gekümmert als um mich, wie hätte sie da meine Klassenkameraden kennenlernen sollen? Ich habe selten jemanden zu uns nach Hause eingeladen, auch Andrea war nicht oft bei mir. Nein", sie zuckte ein wenig hilflos mit den Schultern, „auf meine Eltern kann ich in diesem Fall wirklich nicht zählen."

„Tut mir leid, l'insalata at ein bisschen Verspätung." Gewandt stellte Bruno zwei raffiniert garnierte Salatteller vor Sofia und Carol hin. „Aber ich abe eine Bestellung immensa, colossale, enorme. Von einer – wie sagt man? Auf Italienisch es eißt Falegnameria."

„Schreinerei", sagte Sofia trocken.

„Genau, Schreinerei. Zwölf Pizze, alle aufs Mal. Und die Männer aben Unger, aben sie gesagt. Ich also mache Pizze extra groß, so", er formte mit den Händen ungefähr den Umfang eines Wagenrads. „Aber Ihre Pizze auch bald fertig, Sie nur noch warten vielleicht zehn Minuten. Ist okay?"

„Natürlich." Sofia schenkte ihm ihr großzügigstes Lächeln, während Carol wortlos nickte. „Wir sind nicht in Eile und wir haben auch genügend Gesprächsstoff, um der Langeweile vorzubeugen."

„Danke, ich Ihnen ewig sein dankbar für Geduld." Bruno hastete zu seinem Pizzaofen, wo er der Küchenhilfe und dem Fahrer des Pizzalieferdienstes lautstark Anweisungen erteilte.

„Dieser italienische Charmeur." Sofia schüttelte erheitert den Kopf. „Der wird bestimmt auch noch als zittriger Tattergreis seine *Pizze* an den Mann, beziehungsweise an die Frau bringen, mit hunderttausend Entschuldigungen, weshalb sie zu dunkel, zu hell, zu verzottelt, zu scharf oder zu bunt geraten sind." Sie kicherte vergnügt, doch dann wurde sie plötzlich wieder ernst. „Kehren wir zu dem namenlosen Jungen auf dem Klassenfoto zurück. Es könnte ja auch sein, dass du ihn vergessen hast, weil er ein solcher Langeweiler war. Weißt du, so ein richtiger Null-acht-fünfzehn-Typ – nichtssagend, fantasielos, geistlos und einschläfernd ..."

Carol lächelte zweifelnd. „Ein Junge, der so aussieht? Das kann nicht sein. Hast du sein Gesicht gesehen? Den undefinierbaren Ausdruck in seinen Augen? Wenn das deiner Vorstellung von einem Langeweiler entspricht, dann wechsle ich noch heute meinen Beruf und werde Schornsteinfegerin. Oder ich verschlinge heute Mittag anstelle einer Pizza einen zwei Meter langen Besen, mitsamt Stiel und Borsten."

„Kindchen", Sofias Augen blitzten belustigt auf, „hast du noch nicht gelernt, dass nicht alles so ist, wie es aussieht? Der Junge mag auf dem Foto vielleicht geheimnisvoll wirken, trotzdem kann er im Schulalltag dermaßen nichtssagend gewesen sein, dass du ihn schlicht aus deinem Gedächtnis verbannt hast. Ist dir das noch nie passiert? Du lernst Leute kennen, arbeitest vielleicht sogar eine Zeit lang mit ihnen zusammen, gehst mit ihnen essen, unterhältst dich mit ihnen. Dann verlierst du sie aus den Augen und wenn du sie nach Jahren wieder triffst, kennst du weder ihren Namen noch kannst du dich daran erinnern, jemals mit ihnen zusammengearbeitet zu haben. Unser Gedächtnis ist selektiv. Wenn wir Leute nicht mit bestimmten Ereignissen verknüpfen oder sie erinnerungswürdige Emotionen in uns auslösen, löscht unser Gedächtnis die gespeicherten Informationen, sobald sich unsere Wege trennen. Das ist notwendig, um Platz für neue Informationen zu schaffen."

„Meinst du?", fragte Carol skeptisch.

„Ich weiß es aus eigener Erfahrung." Sofia spießte eine Tomatenscheibe auf und führte sie langsam zum Mund. Dunkelbraune Balsamicosoße tropfte zähflüssig von der Gabel auf den Teller zurück. „Vor meinem Journalismus-Studium habe ich ein Praktikum in der Verwaltungsabteilung eines Krankenhauses absolviert. Ich freundete mich mit einer im Krankenhaus tätigen Sozialarbeiterin an. Wir gingen oft zusammen in die Pause oder nahmen gemeinsam das Mittagessen ein. Sie war eine sehr hübsche Frau Ende zwanzig. Als mein Praktikum nach einem halben Jahr beendet war, verloren wir uns aus den Augen. Sieben oder acht Jahre später treffen wir uns beim Eislaufen wieder. Sie erkennt mich sofort, ich jedoch habe keine Ahnung, wer sie ist! Auch als sie mir ihren Namen nennt, klingelt bei mir nichts. Einfach nichts. Kannst du dir das vorstellen? Mein interner Speicher hatte alle Informationen, die mit dieser Frau verknüpft waren, sang- und klanglos gelöscht. Und weißt du weshalb? Weil sie außer ihrem hübschen Gesicht und ihrer netten Art nichts zu bieten hatte. Sie hatte weder Ecken noch Kanten, keine Originalität, und besonders geistreich war sie auch nicht. Das Zusammensein mit ihr war einfach nichtssagend und leer."

„Und nun denkst du, dass es mir mit diesem Jungen ebenfalls so ergangen sein könnte?"

„Ja. Es könnte doch sein, dass es in deiner Schulzeit einfach kein markantes Ereignis gab, das du irgendwie mit ihm in Verbindung bringen kannst. Deshalb hat dein Gedächtnis alle Verknüpfungen zu seiner Person gelöscht."

„Wenn wir bei dieser These bleiben, würde sich damit auch die fehlende Erinnerung an mein letztes Grundschuljahr erklären", meinte Carol nachdenklich. „Keine markanten Ereignisse, keine Verknüpfungen, keine Erinnerungen."

Sofia lächelte. „Eine dieser kleinen, vergnüglichen Kapriolen, die das Leben manchmal so schlägt. Amüsiere dich darüber und warte ab, was das Klassentreffen so an erheiternden Aha-Erlebnissen mit sich bringt."

Carol begann ebenfalls zu lächeln. „Wie banal die Realität doch manchmal ist!" Umständlich spießte sie einige Tomatenscheiben auf und führte sie zu ihrem Mund. „Schließen wir eine Wette ab? Falls sich der namenlose Junge vom Foto als braver Familienvater entpuppt, der einen langweiligen Bürojob irgendwo in der städtischen Verwaltung ausübt, hast du gewonnen, falls nicht, na ja, dann spendierst du mir die nächste Pizza inklusive Aperitif, Vorspeise und Nachtisch, okay?"

Sofia nickte belustigt. „In diesem Fall fängst du lieber gleich jetzt mit dem Sparen an, du kannst nämlich Gift darauf nehmen, dass er genau das ist: ein braver Familienvater, der als Buchhalter bei der städtischen Verwaltung arbeitet, am Abend in eintöniger Regelmäßigkeit eine abonnierte Tageszeitung liest und sich nach dem Essen ins Fernsehzimmer zurückzieht, um sich entweder mit der Sportschau, der Tagesschau oder einer Talkshow berieseln zu lassen."

„Der wahrhaftige Biedermann also", spöttelte Carol. „Ich werde ihn morgen mit Fragen löchern und jede seiner Gewohnheiten gnadenlos ans Licht zerren. Und wehe, wenn er deinem Klischee nicht entspricht, dann werde ich auf deine Kosten eine extra große Pizza bestellen, mit Trüffelpaste als Vorspeise und einer doppelten Eiscreme als Nachspeise!" Sie schob sich einige weitere Tomatenscheiben in den Mund, während ihr Blick zu den Regalbrettern mit den Grappaflaschen wanderte. Ein flüchtiger Gedanke streifte sie wie ein kühler Lufthauch, glitt vorüber, kehrte wieder zurück, nistete sich in ihrem Kopf ein.

War wirklich alles so belanglos, wie sie es sich jetzt zurechtgelegt hatten? Weshalb war sie dann in der ersten Zeit nach dem Umzug so traurig gewesen? Und weshalb konnte sie sich an die Zeit nach *dem Umzug erinnern, nicht aber an die Zeit* davor*? Hatte das irgendeine Bedeutung? Und wenn ja, welche?*

Irritiert schüttelte sie den Kopf. Es brachte nichts, sich darüber das Gehirn zu zermartern. Die Erinnerung kehrte dadurch nicht zurück. Und morgen würde sie ohnehin auf alle Fragen eine Antwort finden.

Kapitel 4

Freitag, 5. Juli, 15.30 Uhr

Das aufdringlich laute Klingeln des Telefons riss Carol aus ihrem halbherzigen Brüten über dem Finanzplan eines neuen Klienten. Ohne auf das Display zu schauen, riss sie den Hörer von der Gabel und leierte ihren Namen herunter.

„Ach, guten Tag Frau Petersen, hier spricht Cornelia Vogel vom Kreissozialamt sieben." Die aufgesetzt forsche Stimme am anderen Ende weckte in Carol aufrichtiges Bedauern über ihr Versäumnis. Hätte sie doch vor dem Entgegennehmen des Anrufs kurz einen Blick auf das Telefondisplay geworfen, dann hätte sie die Nummer der an maßloser Selbstüberschätzung leidenden Sozialvorsteherin des Kreissozialamts sieben erkannt und den Anruf elegant ignorieren können. Doch nun war sie direkt ins Meer gelaufen.

„Ich bin so froh, dass ich Sie endlich an der Strippe habe", flötete die Stimme am anderen Ende weiter, „ich möchte mich nämlich mit Ihnen über den Rechenschaftsbericht, den Sie letzte Woche eingereicht haben, unterhalten. Dzaferi Biljana, Sie erinnern sich bestimmt daran."

„Ja, natürlich", antwortete Carol kühl.

„Nun, Frau Petersen, dann erinnern Sie sich bestimmt auch daran, dass ich ausdrücklich sämtliche Originalbelege von allen in der Berichtsperiode getätigten finanziellen Transaktionen angefordert habe. Wie ich mit einiger Überraschung feststellen musste, haben Sie mir jedoch nur Kopien geliefert. Das kann ich nicht akzeptieren."

„Soweit ich weiß, sind Sie kürzlich von unserer Amtsstellenleitung darüber informiert worden, dass wir keine Originalbelege herausgeben dürfen." Carols Stimme wurde noch eine Spur frostiger. „Falls Sie trotzdem Einsicht in die Originalbelege nehmen wollen, können Sie jederzeit mit unserer Buchhaltung einen Termin vereinbaren."

„Ja, Frau Petersen, wissen Sie, mit dieser Regelung bin ich absolut nicht einverstanden." Frau Vogels Tonfall wurde um eine Nuance schriller. „Die Regelung wurde von Ihrer Amtsstelle absolut einseitig getroffen. Wir Sozialvorsteherinnen wurden dabei vorsätzlich übergangen. Ihre Amtsstelle hätte uns zu einem Gespräch einladen sollen, anstatt einfach über unsere Köpfe hinweg eine absolut einseitige Weisung zu erlassen!"

„Frau Vogel, es tut mir leid, dass Sie sich übergangen fühlen." Carol sprach langsam, wie zu einem enttäuschten Kind. Aus den Augenwinkeln bemerkte sie, wie Dominik vor ihrer Bürotür stehen blieb. Er grinste über das ganze Gesicht, tippte sich mit dem Finger an die Stirn und schnitt belustigte Grimassen. Carol grinste zurück, dann scheuchte sie ihn mit einem Handzeichen weg. Mit einer letzten amüsierten Gebärde verschwand er.

„… schließlich die zuweisende Stelle." Frau Vogel war in der Zwischenzeit zum Angriff übergegangen. „Wir erteilen Ihnen die Kostenbewilligung und wir übernehmen die gesamten Kosten. Ich empfinde das als persönlichen Affront."

„Das tut mir leid, Frau Vogel. Und es tut mir auch leid, dass ich Ihnen nicht weiterhelfen kann. Dieser Entscheid wurde auf Leitungsebene getroffen und ich muss Sie daher an Frau Rückamp, unsere Amtsstellenleiterin, verweisen. Sie ist heute außer Haus, aber ich werde ihr eine Aktennotiz zukommen lassen, dann wird sie sich sobald wie möglich bei Ihnen melden."

„Ich hoffe, dass das nicht nur leere Worte sind. Sonst werden wir alle unsere Kostenbewilligungen nochmals gründlich überdenken." Mit dieser bedeutungsschwangeren Drohung verabschiedete sich Frau Vogel.

Carol lächelte spöttisch. Die Zusammenarbeit mit dem Kreissozialamt sieben war ohnehin schon mehr als schwierig, viel schlimmer konnte es also gar nicht mehr werden. Zudem war sie sich sicher, dass Elise Rückamp mit ihrem Sinn für Diplomatie die erregte und sich ihrer Kompetenzen beraubt fühlende Sozialvorsteherin wieder beruhigen und sogar für die neue Sachlage erwärmen konnte.

„Hatte die Vogel mal wieder einen Vogel?" Lachend trat Dominik in Carols Büro und tippte sich dabei erneut mit der Hand an die Stirn. Carol hatte das Gefühl, dass er im Flur gewartet und die letzten Sätze ihres Telefonats lückenlos mit angehört hatte.

„Zum Glück ließ sie sich heute, im Vergleich zu anderen Malen, recht schnell abspeisen", erwiderte sie und zuckte mit den Schultern. „Elise wird bestimmt mehr Mühe haben, ihr unsere neue Regelung narrensicher verständlich zu machen. Aber dafür hat sie ja auch eine Weiterbildung in Krisenmanagement und Persönlichkeitsentwicklung."

„Weißt du noch, wie die Vogel gleich in der ersten Woche nach deinem Stellenantritt hier bei uns im Jugendamt angerufen hat und sie dachte, sie hätte mich am Apparat?", fragte Dominik, immer noch lachend. „Und wie sie dann reagiert hat, als du ihren Anruf entgegennahmst?"

„Ja." Carol verzog den Mund zu einem spöttischen Lächeln.

„Wie du mir erzählt hast, flötete sie in ihrer sanftesten Stimme: *Guten Tag, Herr Meissner, wie geht es Ihnen denn heute?*" Dominik ließ seine Stimme butterweich klingen. „Und dann, als du dich vorgestellt und gesagt hast: *Nein, hier ist nicht Meissner, sondern Petersen am Apparat*, da verwandelte sich ihre samtige Stimme in ein herrisches Blaffen: *Ach so. Na, dann könnten Sie mir bitte sagen, weshalb das Gesuch um Kostenbewilligung für den Klienten XY diesen inakzeptablen Formfehler enthält? So etwas können wir absolut nicht akzeptieren!* Es war ein großartiger Einstand, den du da hattest. Sie hätte sich selbst nicht besser inszenieren können."

„Da hast du recht." Wieder lächelte Carol spöttisch.

Von ferne hörte man das penetrante Klingeln eines Telefons. Dominik stutzte und ging einige Schritte in den Flur. „Das könnte meines sein!", rief er über die Schulter zurück. „Ich gehe schnell ran, vielleicht können wir ja nachher zusammen in die Pause gehen!"

Carol seufzte. Merkte Dominik denn nicht, dass sie zwischendurch auch ganz gern einmal allein war? Musste er immer um jeden Preis versuchen, sie in der Teamrunde mit dabeizuhaben? Wenn es nach ihr ginge, würde sie den Nachmittagskaffee ohnehin am liebsten an ihrem Schreibtisch im Büro trinken, dazu vielleicht ein wenig im Internet surfen oder auch einfach nur ihren Gedanken nachhängen.

Mit fliegenden Fingern klickte sie sich in ihr E-Mailkonto. Hoffentlich war Dominik länger am Telefon beschäftigt. Sie musste unbedingt noch einmal einen Blick auf das digitalisierte Klassenfoto werfen, das Stefan zusammen mit seiner Einladungs-Mail verschickt hatte. Es war nicht das erste Mal, dass sie das Foto betrachtete. Seit dem Erhalt der Einladung hatte sie hin und wieder mit gerunzelter Stirn vor dem eingescannten Bild gesessen und sich Gedanken über den Jungen direkt hinter ihr gemacht.

Sie klickte die Einladungs-Mail zum Klassentreffen an und öffnete das digitalisierte Klassenfoto im Anhang. Dann startete sie das Bildbearbeitungsprogramm, das serienmäßig auf den Computern des Jugendamts installiert war. Nur wenige Sekunden später hatte sie das Klassenfoto ins gestartete Programm hinüberkopiert und musterte es nun mit zusammengekniffenen Augen.

Wer war der Junge direkt hinter ihr?

Sie klickte auf sein Gesicht und zoomte es näher heran. Je größer das Bild wurde, desto schlechter wurde die Auflösung, bis nur noch aneinandergereihte Pixel sichtbar waren. Ungeduldig schob sie den Bildrahmen nach innen. Langsam wurden die Konturen wieder schärfer und die Farben klarer. Mit höchster Konzentration musterte sie die kantigen Gesichtszüge, das halblange dunkle Haar, das angespannte Lächeln.

Wer war der Junge?

Er war größer als die Jungs neben ihm, was bedeuten könnte, dass er auch älter war als sie. Hatte er vielleicht eine Klasse wiederholt und war erst später in ihre Klasse gekommen? Aber dann müsste sie sich doch umso mehr an ihn erinnern, weil ein Neuer in der Klasse immer besonderes Aufsehen erregt. Ihre Augen glitten forschend über sein Gesicht. Konzentriert suchte sie nach einem Anhaltspunkt. Doch der erlösende Gedankenblitz blieb aus.

Wer war der Junge?

Weshalb konnte sie sich nicht an ihn erinnern?

Ein kalter Schauer machte sich in ihren Schultern breit, rieselte von dort in ihren Nacken und die Wirbelsäule hinunter bis zum Becken. Irgendetwas war nicht in Ordnung.

Ach, Unsinn, wies sie sich selbst zurecht. Jetzt sah sie schon am helllichten Tag Gespenster. Warum sollte etwas nicht in Ordnung sein? Es konnte doch mal passieren, dass man einen Menschen einfach vergaß. Wenn sie morgen zum Klassentreffen ging, würde sie die Antworten finden, die sie suchte. Bestimmt würde eine Begegnung mit dem namenlosen Jungen ihrer Erinnerung auf die Sprünge helfen.

Sie schnitt dem lächelnden Jungengesicht auf dem Foto eine Grimasse. *Morgen werde ich dein Geheimnis lüften und dann bist du kein rätselhaftes Phantom mehr, sondern ein ganz normaler rotznasiger Junge mit Hochwasserhosen, schwarzen Schmutzrändern unter den Fingernägeln und einem übertriebenen Interesse an Fußball und irgendwelchen doofen Sportveranstaltungen. Wie jeder andere Junge in deinem Alter auch.*

Resolut klickte sie das Foto weg. Ihre Augen glitten zu den Zeichnungen, die sie an der gegenüberliegenden Wand aufgehängt hatte. Sie stammten von Angelina, einem zwölfjährigen Mädchen, das über Jahre hinweg von seinem Großvater sexuell missbraucht worden war. Als Angelina mit ihrer Mutter zum ersten Mal im Jugendamt aufgekreuzt war, war sie ein verschüchtertes, verschlossenes Etwas gewesen, trotzig, zurückhaltend, schweigsam. Jetzt, nach einem Jahr therapeutischer Begleitung, polizeilich verfügtem Hausverbot für den Großvater und regelmäßiger Unterstützung durch die Betreuerin einer Institution, die sich um Opfer familiärer Gewalt kümmerte, war Angelina ein wenig aufgetaut. Sie hatte eine Reihe Acrylbilder für Carol gemalt und dabei ein erstaunliches Talent offenbart. So erstaunlich, dass Carol die schönsten drei Bilder hatte rahmen lassen und sie in ihrem Büro aufgehängt hatte.

Das Bild links zeigte ein Mädchen beim Reiten. Das Pferd war ein kraftstrotzendes Prachtexemplar und das Gesicht des Mädchens enthüllte sowohl höchste Konzentration als auch verhaltenen Stolz. Das mittlere Bild zeigte einen Sonnenaufgang über dem Meer, hier dominierten helle und leuchtende Farben. Auf dem dritten Bild war ein überdimensionierter *Converse-All-Star*-Schuh zu sehen. Die Grundfarbe des Schuhs war schwarz, über den Rist züngelten jedoch rot-gelbe Flammen nach oben in Richtung Schuhende.

Carol gefielen die Bilder. Angelina hatte nicht nur einen kühnen Pinselstrich, sondern auch ein Auge für Proportionen und Perspektiven. Sie hatte unverkennbar Talent. Aber Carol hatte die Bilder nicht nur deswegen aufgehängt, sondern auch, weil sie sie jeden Tag daran erinnerten, dass sich auch die hoffnungslosesten Situationen zum Guten wenden konnten. Und das spornte sie jedes Mal, wenn sich wieder neue Unmöglichkeiten vor ihr auftürmten, an, ihr Bestes zu geben und sich mit ganzer Kraft zu investieren.

Widerstrebend riss sie ihren Blick von den Bildern los und wandte sich wieder dem Finanzplan zu, über dem sie vor dem Anruf der Vogel gebrütet hatte. Wenn sie die Berechnung der komplizierten Finanzen ihres neuen Klienten heute noch fertigstellen wollte, musste sie sich sputen. Auf der einen Seite standen die monatlichen Kosten wie Heimkosten, Nebenkosten, Krankenversicherungsprämien, Arztkosten und das Schulgeld für die sonderpädagogische Betreuung in der Kleinklasse. Auf der anderen Seite befanden sich die Renteneingänge sowie die Alimentenzahlungen und Kinderzulagen. Alles mit eingerechnet sollten die Zahlungseingänge eigentlich die monatlichen Auslagen decken, sodass es am Ende ein Nullsummenspiel war. Aber es ging einfach nicht auf. Sie konnte es drehen und wenden, wie sie wollte, immer blieb unter dem Strich ein Aufwandsüberschuss.

Carol begann zu schwitzen. Die Kosten durften die Renteneingänge nicht übersteigen, auf gar keinen Fall. Die Sozialbehörde hatte bereits deutlich gemacht, dass sie nicht bereit war, ein etwaiges Defizit zu übernehmen. Und Carol hatte Mirko, ihren neuen Klienten, bereits im Heim Neumünsterallee, einer teuren Institution für verhaltensauffällige Jugendliche, platziert, nachdem sie die Finanzen grob überschlagen und festgestellt hatte, dass am Ende sogar ein kleiner Einnahmeüberschuss übrig bleiben würde. Weshalb ging die Rechnung denn jetzt nicht mehr auf? Was hatte sie vergessen? Hatte sie zu voreilig gehandelt? Gedankenverloren begann sie auf ihrem Schreibstift herumzukauen. Falls sie sich tatsächlich verrechnet hatte, wären die Folgen absolut fatal. Sie müsste Mirko umplatzieren, ihn aus dem Umfeld, an das er sich gerade langsam zu gewöhnen begann, wieder herausreißen. Und das würde dem Vierzehnjährigen, der bereits einige kleinere Delikte begangen hatte und unter diversen schwerwiegenden Lernstörungen litt, vollends den Todesstoß versetzen.

Hilfe suchend starrte sie aus dem Fenster auf die gegenüberliegende Häuserfront und den schmalen Streifen Himmel, der sich darüber erstreckte. Er war von einem strahlend klaren Blau, ohne eine einzige Wolke oder Schattierung. Normalerweise fühlte sie sich bei klarem Himmel gleich besser, aber heute weckte das helle Blau bloß ein seltsames Gefühl der Irritation in ihr. Es war zu hell, zu freundlich, zu klar und passte überhaupt nicht zu ihrer momentanen Befindlichkeit. Seufzend konzentrierte Carol sich wieder auf die Zahlenreihen vor ihr, die, jede für sich gesehen, sinnlos und abstrakt waren. Doch bei der Gegenüberstellung ergaben sie plötzlich einen tragischen Sinn, der über Sein oder Nichtsein entscheiden konnte.

In diesem Moment klingelte das Telefon. Wieder griff Carol nach dem Hörer, ohne einen Blick aufs Display zu werfen.

„Carol, wie gut, dass du da bist." Die Stimme von Melika, der Empfangssekretärin, die sicher hinter durchsichtigen Panzerglasscheiben im Empfangsbüro thronte, klang erleichtert. „Hier sind Klienten für dich. In deinem elektronischen Kalender habe ich gesehen, dass du keinen Termin eingetragen hast, trotzdem bestehen sie darauf, dich zu sprechen. Herr und Frau Debrunner. Sie wirken sehr entschlossen. Wäre es dir vielleicht möglich, sie trotzdem zu empfangen?"

Die Zahlen von Mirkos Finanzplan tanzten vor Carols Augen auf und ab. Wenn sie die Debrunners empfing, müsste sie ihre Berechnungen auf nächste Woche oder den späten Abend verschieben. Sie müsste noch einmal ganz von vorn beginnen und sich von Neuem in die Zahlenkolonnen hineindenken. Das wäre nicht nur ein sinnloser Ressourcenverschleiß, sondern auch eine Nervenfrage. Andererseits konnte sie die Debrunners auf keinen Fall einfach so abblitzen lassen. Dass sie unangemeldet hier aufkreuzten, bedeutete, dass ihnen das Wasser bis zum Hals stehen musste.

„Sag ihnen, dass ich sie in wenigen Minuten bei dir am Empfang abholen werde", antwortete Carol deshalb nach einem kurzen Moment des Zögerns. „Ich muss nur noch schnell ihr Dossier heraussuchen und in meinem Büro etwas Ordnung schaffen."

„Danke, Carol, du bist ein Schatz", sagte Melika und hängte auf.

Ja, ja, ich weiß, murmelte Carol vor sich hin. *Immer für andere da und – ach – so anspruchslos. So richtig prädestiniert für ein zünftiges Burn-out in ein, zwei Jahren, wenn das so weitergeht. Und dann? Wer fragt dann nach mir? Und wen interessiert es dann, wie es* mir *geht?*

Mechanisch stapelte sie die auf dem Konferenztisch herumliegenden Akten aufeinander und verstaute sie in dem abschließbaren Rollschrank, der die ganze Breite ihres Büros einnahm. Dann öffnete sie den Aktenschrank mit den aktuellen Klientendossiers. Ihr Blick glitt suchend über die alphabetisch sortierten Aktenordner. *Arbenz, Aschwanden, Ballauf, Bislimi, Brtic, Czemaijli, Danner, Debrunner.* Ruckartig zog sie den Ordner heraus und schlug ihn auf.

Sie begleitete die zehnjährige Ramona Debrunner nun schon seit ihrem Stellenantritt beim Jugendamt. Ramonas Mutter, ein heroinabhängiger Junkie, war an einer Überdosis gestorben, als Ramona noch nicht einmal ein Jahr alt gewesen war. Nach dem Tod seiner Lebenspartnerin hatte sich Achim Debrunner, Ramonas Vater, aus dem

Staub gemacht, und Ramona war vom Jugendamt bei einer Pflegefamilie untergebracht worden. Vor vier Monaten hatte sich Achim Debrunner jedoch überraschenderweise bei Carol gemeldet und den Wunsch geäußert, Ramona zu sich zu nehmen. Er lebe nun in stabilen Verhältnissen, habe einen festen Job, sei verheiratet und seine Frau erwarte ihr erstes Kind. Es wäre doch schön, wenn Ramona bei ihnen leben und ihre kleine Familie vervollständigen würde. Carol war zuerst mehr als skeptisch gewesen. Achim Debrunner wirkte wankelmütig und nicht sehr charakterfest. Sein Händedruck war schlaff, sein Blick unstet und seine Haut von einer ungesunden Blässe. Er erzählte viel und ausführlich von sich und schien sich für alles andere, nur nicht für Ramona, zu interessieren. Einige Gespräche später hatte Carol ihren ersten Eindruck zwar nicht vollständig revidiert, aber trotzdem ein wenig abgemildert. Achim mochte zwar wankelmütig sein, aber er war nicht bösartig. Zudem hatte Ramona unheimlich positiv auf ihn und seine neue Frau, eine zierliche Philippinin, reagiert. Nachdem sie bereits einige Wochenenden bei ihnen verbracht hatte und es jedes Mal schwerer geworden war, sie wieder zur Rückkehr in ihre Pflegefamilie zu bewegen, hatte Carol mit den Debrunners vereinbart, dass sie sie in den Sommerferien definitiv zu sich nehmen könnten. So hätten sie genügend Zeit, sich vor der Geburt des Babys, das Ende September zur Welt kommen sollte, aneinander zu gewöhnen, und Ramona könnte den Status als Einzelkind noch einige Wochen lang so richtig auskosten.

Ramona war außer sich gewesen vor Begeisterung. Auch Achim und seine Frau hatten sich aufrichtig gefreut. Was also war in den letzten beiden Wochen passiert, dass sie sich jetzt notfallmäßig bei ihr meldeten?

Plötzlich klopfte Carol das Herz bis zum Hals. Sie schlug den Aktenordner wieder zu und legte ihn akkurat auf den Konferenztisch. Eine innere Stimme sagte ihr, dass die Debrunners keine guten Nachrichten brachten. Etwas war passiert, etwas, das alle schönen Pläne über den Haufen werfen würde.

Mit großen Schritten eilte sie aus ihrem Büro und ging durch den Flur bis zum Empfang, wo sie bereits von Melika erwartet wurde. „Danke“, sagte Melika leise, „ich hätte die beiden unmöglich abwimmeln können.“ Sie wies mit der Hand zum Warteraum vor der Glastür, wo Achim und seine Frau mit versteinerten Gesichtern Platz genommen hatten. Achim war noch blasser als sonst und seine Frau, die für gewöhnlich übers ganze Gesicht strahlte, sah aus, als hätte sie einen zentnerschweren Eisklotz verschluckt. Sie hatte die Hände im Schoß gefaltet und starrte blicklos vor sich hin.

Carol öffnete die Glastür und bat die beiden herein. Wortlos stapften sie hinter ihr her durch den Flur, ließen sich wie Marionetten in ihr Büro schieben, warteten, bis sie die Tür hinter ihnen geschlossen hatte, und nahmen dann, immer noch wortlos, auf den angebotenen Stühlen am Konferenztisch Platz.

„Sie möchten gern etwas mit mir besprechen?", fragte Carol vorsichtig.

Achim Debrunner nickte, sah aber nicht auf. Seine Frau hatte ein Taschentuch aus ihrer winzig kleinen Kunstlederhandtasche geklaubt und rollte es mit fahrigen Bewegungen erst um die linke, dann um die rechte Hand. Täuschte sich Carol, oder sah ihr Babybauch, der sich bei der letzten Besprechung deutlich unter dem figurbetonten Baumwoll-T-Shirt gewölbt hatte, mit einem Mal flacher aus? Allerdings konnte das auch daran liegen, dass sie heute eine weite Schlabberbluse trug, die alle Formen unter ihren großzügig fallenden Falten verbarg.

„Das Kleine ist tot", stieß Achim plötzlich hervor. Ein Schwall alkoholgeschwängerter Luft waberte aus seinem Mund, sammelte sich mitten über dem Konferenztisch und zerstäubte dann langsam in winzige Geruchskringel. Carol fiel auf, dass er sich seit mehreren Tagen nicht rasiert hatte – dunkelbraune, spärliche Bartstoppeln wucherten auf Kinn, Wangen und Hals und ließen die bleiche Haut dazwischen umso schlaffer und mehliger erscheinen.

„Sumaya hat es vor drei Tagen tot zur Welt gebracht." Sein Kinn begann zu zittern, seine Gesichtszüge entgleisten. „Sie musste es richtig gebären, mit allem Drum und Dran, Wehen und Hebamme und so, obwohl wir bereits wussten, dass es nicht mehr lebte. Ein kleines Mädchen, wir haben es Aurora genannt. Ramona hätte eine kleine Schwester bekommen."

Sumaya begann leise zu weinen. Ihr Lidstrich zerbröselte in winzige, rauchig schwarze Klümpchen, die sich überall auf ihren Wangen verteilten. Hastig rollte sie das nun wieder um ihre linke Hand gewickelte Taschentuch ab und presste es vor ihr Gesicht. Achim legte den Arm um sie, doch seine Bewegungen waren so kraftlos, dass sie eher wie eine

Alibiübung wirkten als wie ein ernsthafter Versuch, seiner Frau Kraft zu spenden.

„Das tut mir leid", sagte Carol leise, „das tut mir so leid. Ich weiß, wie sehr Sie sich auf das Baby gefreut haben und ich kann Ihren Schmerz nachfühlen."

„Wir können Ramona nicht zu uns nehmen." Achims Stimme zitterte. „Sumaya muss sich zuerst erholen. Sie verkraftet es nicht, ein fremdes Mädchen im Haus zu haben, wenn unser eigenes Kind tot ist. Das verstehen Sie doch, oder? Sie verstehen das, nicht wahr? Dass wir Ramona nicht zu uns nehmen können?" Ein hysterisches Funkeln hatte sich in seinen Blick geschlichen, seine Stimme war lauter und kräftiger geworden.

Carol schluckte krampfhaft. *Jetzt nur nichts falsch machen, sonst rastet er aus,* dachte sie in einem Anflug von plötzlicher Panik. *Und ja nicht zu viel Mitgefühl zeigen, sonst entgleitet mir die Situation. Ich muss professionelle Distanz bewahren, mich herausnehmen und das Ganze nüchtern aus der Entfernung betrachten.* Ihr Blick wanderte zu den drei Bildern an der Wand hinüber. Es gab immer eine Lösung, auch wenn es aussah, als wäre eine Katastrophe unvermeidlich. Und je neutraler sie die Sache anging, desto eher würde sich diese Lösung finden lassen.

„Haben Sie es Ramona schon gesagt?", fragte sie ruhig.

Achims Augen begannen zu flackern. „N-nein", stotterte er, „s-sie weiß es noch nicht. Und w-wir können es ihr auch nicht sagen, einfach so, wissen Sie, d-das geht nicht. Ich kann das nicht. Sie – sie hat sich so gefreut, wissen Sie. Ich kann sie nicht enttäuschen, das geht nicht. Vielleicht – können Sie es ihr nicht sagen? Wenn Sie es ihr sagen, ist es vielleicht nicht ganz so schlimm, oder? Sie verstehen doch, was ich meine, oder? Dass Sie es ihr besser sagen können?" Seine Stimme wurde immer drängender und wieder streifte Carol eine Fahne alkoholgeschwängerter Luft.

„Ja, natürlich", sagte Carol sanft. „Ich werde das übernehmen. Ich werde es Ramona sagen und ich werde dafür sorgen, dass sie noch eine Weile bei ihrer Pflegefamilie bleiben kann. Es ist wichtig, dass Sie sich jetzt beide von dem schweren Schicksalsschlag erholen, der Sie getroffen hat. Ich weiß einen guten Therapeuten, der Sie bei diesem Prozess unterstützen kann, ich denke, es wäre gut, wenn Sie sich externe Hilfe holen würden."

„Ich brauche keinen Therapeuten!" Wütend schlug Achim Debrunner mit der geballten Faust auf den Tisch. „Das sind doch alles nur elende Schwätzer! Ich will mein Kind zurück, ich will, dass Aurora wieder lebendig wird, und da hilft mir das Geschwätz eines Quacksalbers überhaupt nichts! *Ach, Herr Debrunner, ja, Sie sind ein Verlierer, das Schicksal meint es nicht gut mit Ihnen, vielleicht müssen wir uns Ihre Kindheit genauer anschauen, ich bin mir sicher, dass wir da einen Grund für Ihre ewige Pechsträhne finden: Wie war denn das Verhältnis zu Ihren Eltern?*" Höhnisch äffte er den ruhigen Singsang eines wissensdurstigen Psychoanalytikers nach. „Dabei wissen sie gar nichts, rein gar nichts! Im Krankenhaus wurde uns ebenfalls ein solcher Schwätzer empfohlen. *Es ist wichtig, dass Sie das Ganze verarbeiten, Herr Debrunner. Lassen Sie sich dabei von einem Therapeuten unterstützen.* Einen Dreck werde ich tun, dass Sie's nur wissen!"

„Jetzt reicht es", sagte Carol ruhig, aber bestimmt. „Ich helfe Ihnen gerne und das mit Ramona werde ich alles regeln, aber Sie müssen auch selbst Ihren Teil dazu beitragen. Ich kann Ihnen die Verarbeitung der Totgeburt Ihres Babys nicht abnehmen." Sie blickte dem Mann direkt in die geröteten Augen. „Lassen Sie sich jetzt nicht gehen. Nehmen Sie die Hilfe an, die wir Ihnen bieten. Nur so können Sie Ihre Familiensituation so weit stabilisieren, dass Sie Ramona später, wenn Sie dazu bereit sind, auch wirklich zu sich holen können." Sie stockte kurz, entschloss sich dann aber, aufs Ganze zu gehen, obwohl ihr Vorgehen alles andere als schul- und regelkonform war. „Einem Vater, der sein eigenes Leben nicht im Griff hat und seine Sorgen in Alkohol ertränkt, werde ich sie nämlich nicht anvertrauen."

„Ich –", brauste Achim Debrunner auf, doch dann sackte er plötzlich wie ein leerer Ballon in sich zusammen. „Sie haben ja so recht", sagte er weinerlich. „Ich bin ein Versager. Ich kriege mein Leben nicht in den Griff. Ich werde es nie schaffen. Nie!"

„Das stimmt nicht", sagte Carol energisch, „und das wissen Sie selbst ganz genau. Sie haben eine wunderbare Frau, Sie haben einen Job und Ramona vergöttert Sie. Ich werde jetzt gleich einen Termin bei einem Therapeuten für Sie vereinbaren und dann nichts wie hin!"

Achim Debrunner zog lautstark die Nase hoch und fuhr sich mit der Hand durch das verstrubbelte braun-grau melierte Haar. „Meinen Sie?", fragte er kläglich.

Carol erhob sich wortlos, ging zu ihrem Schreibtisch, zog ein Blatt mit Telefonnummern unter ihrer Schreibunterlage hervor, klemmte sich den Telefonhörer zwischen Kopf und Schultern und tippte in rascher Folge einige Zahlen in den Apparat. Zwei Minuten später hatte sie mit der Sekretärin eines auf derartige Situationen spezialisierten Therapeuten einen Termin für den folgenden Tag vereinbart. Sie schrieb Namen, Anschrift, Telefonnummer und Termin auf eine Karte und reichte sie Achim Debrunner.

„Hier, das ist die Adresse eines Experten, mit dem wir oft und gern zusammenarbeiten. Er erwartet Sie morgen um halb zehn."

„Am Samstag?", fragte der Mann kläglich.

Carol lächelte trocken. „Sie haben Glück", antwortete sie leichthin, „er arbeitet samstags jeweils bis zwölf." Sie machte einen Schritt auf ihre Bürotür zu und drückte die Klinke herunter. „Sie packen das", sagte sie ermutigend, während sich die Debrunners langsam und wie in Trance von ihren Stühlen erhoben. „Und seien Sie unbesorgt wegen Ramona. Sie ist ein starkes Mädchen, sie wird es verkraften können."

„Danke", sagte Achim Debrunner leise. Seine Hand, die er Carol zum Abschied reichte, war schlaff, kraftlos und eiskalt. Sumayas Händedruck hingegen war warm und fest. Sie blickte Carol wortlos in die Augen und glitt dann wie eine grazile Nebelsäule hinter ihrem Mann zur Tür hinaus.

Kapitel 5

Freitag, 5. Juli, 22.30 Uhr

Jetzt ist morgen also das Klassentreffen. Ich bin so gespannt. Werden die beiden kommen? Erinnern sie sich noch an das, was geschehen ist?
Falsch. Ich habe die Frage falsch gestellt. Natürlich werden sie sich erinnern. Wie könnte man so etwas vergessen? Die richtigen Fragen lauten: In welchem Maß erinnern sie sich? Wie sehr hat die Vergangenheit ihre Gegenwart und Zukunft vergiftet? Können sie mit den Schuldgefühlen leben?

Wenn ich bloß mit ihnen reden könnte. Aber das geht nicht. Ich kann ihnen ja nicht sagen, dass ich es ebenfalls weiß. Dass ich Zeuge war von dem, was geschehen ist. Es wäre zu gefährlich.

Es ist zu gefährlich.

Eine falsche Frage und die Folgen wären fatal.

Ich darf mich nicht zu erkennen geben. Ich muss im Schatten bleiben, mich hinter mir selbst verstecken und mich ganz diskret umhören. Ich konnte mich schon immer gut verstellen. In der Schule haben die beiden auch nicht gemerkt, dass es mein größter Wunsch war, mich ihnen anzuschließen. Ich werde sie auch dieses Mal täuschen können. Mit meiner harmlosen Fassade. Mit meinem naiven Blick. Mit meinem unschuldigen Gesichtsausdruck.

Niemand wird auch nur im Geringsten vermuten, dass ich ES weiß. Dafür bin ich zu harmlos. Wenn ich meiner Fassade treu bleibe, wird mir morgen nichts geschehen. Ich werde unentdeckt bleiben. Mein Wissen bleibt für immer in mir verschlossen. Und das ist gut so.

Denn Plaudern wäre gefährlich.

Lebensgefährlich.

Obwohl ich so gerne mehr wüsste.

Ich muss schauen, wie ich mehr in Erfahrung bringen kann. Denn ich hasse diese Ungewissheit. Sie ist fast das Schlimmste an der ganzen Sache. Ich muss mir etwas einfallen lassen. Irgendwie muss ich die beiden aus der Reserve locken. Ohne dass sie es merken. Ohne dass es für mich gefährlich wird. Denn wenn sie wüssten, dass ich ebenfalls dort war – nein, ich will mir gar nicht ausmalen, was dann passieren könnte.

Was mir am meisten Angst macht, ist, dass die ganze Sache nie an die Öffentlichkeit gekommen ist. Als hätte es den Vorfall nie gegeben. Warum hat niemand die Polizei gerufen? Und weshalb sind keine Leichen gefunden worden? Habe ich vielleicht alles nur geträumt? Nein, das kann nicht sein. Ich sehe alles noch vor mir, als wäre es gestern gewesen.

Die Gespenster, die kein Gesicht hatten.

Die Flammen, die in die Höhe schossen.

Ich höre sie prasseln. Und ich höre die Schreie.

Und dann sehe ich mich selbst rennen. Allein in die Nacht, die von den Flammen erhellt wird. Ich renne ins Nichts. In die Finsternis. Die Schreie verfolgen mich. Und dann wird alles schwarz. Ich weiß nicht mehr, wie ich nach Hause gekommen bin.

Kapitel 6

Samstag, 6. Juli, 16.45 Uhr

Andrea stand im Badezimmer und musterte sich unter dem unbarmherzig kalten Licht der Neonröhre über dem Spiegelschrank. Je näher das Klassentreffen rückte, desto unsicherer wurde sie. Sie hatte sich selbst nie wirklich schön gefunden, aber jetzt fühlte sie sich nicht nur nicht schön, sondern fast wie eine Aussätzige. Ihre Haut war rau und trocken, auf der Nasenspitze und den oberen Wangenabschnitten bildeten sich hässliche rote Flecken. Wahrscheinlich eine beginnende Couperose, eine vererbbare Hautkrankheit, unter der schon ihr Großvater, ein ehemaliger Alkoholiker, und ihre Mutter seit Jahren litten oder gelitten hatten. Harmlos, aber trotzdem eklig und abstoßend. Sie sollte ihre Wangen mit Make-up zukleistern, alle richtigen Damen machten das so, aber sie war weder eine Dame noch hatte sie je zu künstlichen Hilfsmitteln gegriffen, um sich äußerlich zu verschönern.

Sie spürte, wie ihr der Schweiß aus allen Poren brach. Was würden ihre ehemaligen Klassenkameraden von ihr denken? Dass sie eine erbarmungswürdige, kleine Hausfrau geworden war? Oder dass sie sich überhaupt nicht verändert hatte, weil sie schon immer das hässliche Entlein gewesen war?

Ihr Blick ging von ihren ein wenig zu eng stehenden blauen Augen über die gerade Nase zu ihren Lippen, die eigentlich eine harmonische Form gehabt hätten, wären da nicht der verkniffene Ausdruck und die tief eingegrabenen Falten zwischen Nase und Mundwinkel gewesen. Was hatten die Jahre bloß aus ihr gemacht? Wo waren ihre glatte Haut, der strahlende Ausdruck, die lachenden Lippen geblieben? Hatten die zwei Schwangerschaften und Geburten sie vor der Zeit altern lassen? Oder war es etwas anderes, etwas, das tiefer lag?

Ach was. Andrea schnitt sich im Spiegel eine Grimasse und schüttelte den Kopf. Sie war in den letzten Tagen so seltsam grüblerisch. Das passte gar nicht richtig zu ihr. Normalerweise nahm sie das Leben von der praktischen Seite, organisierte, erledigte den Haushalt, zog die

Kinder groß, unterstützte ihren Mann, ohne sich über dieses und jenes Gedanken zu machen. Aber seit sich das Klassentreffen mit Riesenschritten näherte, hörten die leisen Stimmen in ihrem Kopf einfach nicht auf, sich bemerkbar zu machen. Was war aus ihr geworden? Hatten sich ihre Träume und Wünsche wirklich erfüllt? War sie zufrieden mit ihrem Leben?

Sie seufzte. Weshalb hatte sie in den letzten Jahren nicht wenigstens ein bisschen mehr auf ihr Äußeres geachtet? Feuchtigkeitsspendende Cremes waren ein Fremdwort für sie, ebenso wie Kajalstift, Eyeliner, Mascara, Lidschatten und Lipgloss. Und selbst wenn dies nicht so gewesen wäre, hätten die hundertachtzig Franken Taschengeld pro Monat, aus denen sie alle persönlichen Bedürfnisse finanzieren musste, niemals für zusätzliche Kosmetika irgendwelcher Art ausgereicht. Und Lukas um eine Erhöhung des Taschengeldes zu bitten, wäre ihr nie im Leben in den Sinn gekommen. Auch so war ihr monatliches Einkommen schon genug strapaziert – trotz niedriger Wohnungsmiete in einer Genossenschaftswohnung und Sparbemühungen an allen Ecken und Enden.

Frustriert angelte Andrea nach ihrer Haarbürste und fuhr in kräftigen Zügen durch ihr glattes, etwas mehr als schulterlanges Haar. Es war dicht und schimmerte in einem weichen Honigblond. In den ersten Ehejahren hatte Lukas ihr Haar oft mit flüssigem Gold verglichen, aber wenn sie jetzt so darüber nachdachte, hatte er das schon seit einiger Zeit nicht mehr getan. Vielleicht fand er sie ebenfalls hässlich, vorzeitig gealtert und verbraucht. Wenn sie bloß die Zeit zurückdrehen könnte, wenn sie bloß ein bisschen mehr auf sich geachtet hätte, als sie noch jung und unverbraucht gewesen war, wenn sie vielleicht …

„Andrea, wo bist du?“, riss sie Lukas’ verärgerte Stimme aus ihren Gedanken. „Ich suche verzweifelt unseren Gaskocher und kann ihn einfach nirgendwo finden! Hast du eine Ahnung, wo er stecken könnte?“

Mit der Haarbürste in der Hand öffnete Andrea die Badezimmertür und trat mit einem Fuß auf den Flur hinaus. „Ich habe keine Ahnung!“, rief sie zurück. „Aber ich bin in zwei Minuten angezogen und dann helfe ich dir suchen.“

„Was hast du denn so lange im Bad gemacht?“ Lukas drängte sich an ihr vorbei durch den Türspalt und blickte missbilligend auf die verschiedenen Haarspangen und Klammern, die sie auf dem Rand des Waschbeckens ausgebreitet hatte.

„Ich – ich war gerade am Kämmen. Für das Klassentreffen heute Abend, weißt du. Ich bin mir noch nicht ganz sicher, wie ich die Haare tragen soll, ob offen oder zusammengebunden oder hochgesteckt. Was meinst du?"

„Das ist doch egal." Lukas zuckte gleichgültig mit den Schultern. „Es ist ein Klassentreffen und kein Schönheitswettbewerb. Trag die Haare doch offen wie sonst auch."

„Aber wäre es nicht vielleicht besser, wenn ich sie hochstecken würde? Das wirkt gleich viel eleganter."

„Andrea, was ist bloß los mit dir?", platzte es unbeherrscht aus Lukas heraus. Er ging rückwärts aus dem Badezimmer und lehnte sich an die vergilbte und an einigen Stellen mit großen weiß-bräunlichen Flecken übersäte Wand im Flur. „Dein Aussehen steht doch sonst für dich auch nicht an oberster Stelle! Ich verstehe nicht, weshalb du plötzlich so erpicht auf einen glanzvollen Auftritt bist. Sei einfach du selbst, okay? Und außerdem muss ich jetzt wirklich wissen, wo der Gaskocher steckt. Mir bleibt nicht mehr viel Zeit, um halb sechs treffen wir uns vor dem Gemeindesaal und ich muss noch unsere ganze Picknick-Garnitur zusammenpacken."

Andrea hatte sich während Lukas' monologartigem Vortrag in ihre bequemen Alltagskleider – ein weißes T-Shirt und eine ausgeblichene hellblaue Jeans – gezwängt und ihre Haarklammern beiseitegeräumt. Das Klassentreffen begann um halb sieben, Treffpunkt war das Restaurant Rigiblick, wo sie auch den Abend verbringen würden. Die Fahrt von Zürich Seebach bis zum Rigiblick dauerte eine halbe Stunde. Wenn Lukas um zwanzig nach fünf zum Grillen aufbrechen würde, hätte sie also noch etwa vierzig Minuten Zeit, um sich für das Klassentreffen zurechtzumachen.

„Hast du schon im Keller gesucht?" Ihre Stimme klang ruhig und beherrscht.

„Ja, das habe ich", sagte Lukas so ungeduldig, als spräche er mit einem quengelnden Kind. „In unserer Picknick-Box war nur so Plastikgeschirr und weit und breit kein Gaskocher."

„Hast du in den drei Camping-Boxen auch nachgeschaut?"

„In den Camping-Boxen? Nein, wie hätte ich denn auf diese absurde

Idee kommen sollen? Du und dein pedantisches Sortiersystem – ich blicke da einfach nicht durch, nach welchen Kriterien du Dinge in Kisten einordnest, die normale Menschen einfach irgendwie ins Regal räumen würden. Aber wir sind ja keine normalen Menschen, bei uns muss alles seinen ganz klar definierten Platz haben, in sterilen Plastikboxen, die wie Zinnsoldaten stramm nebeneinander aufgereiht sind."

„Aber Lukas, du hast doch selbst gesagt, dass unser Kellerabteil viel zu klein ist und dass man sehr sorgfältig mit dem wenigen Platz umgehen muss. Und da bin ich eben auf die Idee mit den Boxen gekommen und bis heute hast du dich nie darüber beklagt. Aber warte mal, ich gehe selbst nachschauen, ich glaube, ich kann mich sogar daran erinnern, in welche Kiste ich unsere beiden Gaskocher damals gepackt habe." Sie hastete an Lukas vorbei durch den Flur, schnappte sich den Kellerschlüssel vom Schlüsselbrett an der Wand, trat aus der Wohnung und eilte die breite Treppe hinunter ins Kellergeschoss. Ihr Kellerabteil befand sich ganz hinten auf der linken Seite – ein hässlicher und viel zu kleiner Bretterverschlag, dessen Holzlatten von unten her zu vergammeln begannen.

Das Schloss klemmte wie üblich. Andrea benötigte drei Anläufe, bis sie den Schlüssel endlich ganz herumdrehen konnte und die Tür sich quietschend öffnete. Der knappe Platz im Kellerabteil war optimal ausgenutzt. An Bretterwänden entlang standen hohe Regale, auf denen sich, nach Farben geordnet, Dutzende von Plastikboxen türmten. Jede Box war mit schwarzem Filzstift beschriftet. Andrea hatte Stunden damit verbracht, ihr gesamtes Hab und Gut zu sortieren und alles, was sie nicht unmittelbar für den täglichen Gebrauch benötigten, ordentlich im Keller zu verstauen.

Die drei Camping-Boxen standen auf dem zweitobersten Regalbrett hinten rechts. Andrea musste sich auf die Zehenspitzen stellen, um einen Blick auf den Inhalt zu erhaschen. In *CAMPING 1* befanden sich ein Zweierzelt und zwei Trekkingrucksäcke, in *CAMPING 2* verschiedene Schlafsäcke und Schlafmatten und in *CAMPING 3* wie erwartet zwei Gaskocher, ein Grillgitter, Holzkohle, Brennspiritus, drei Petrolelampen und verschiedene Reinigungsbürsten.

Ächzend hievte sie die neongrüne Plastikkiste aus dem Regal, ging damit rückwärts durch die Kellertür und stellte sie im schmalen Durchgang vorsichtig auf den Boden, damit sie die Hände zum

Abschließen der Kellertür frei hatte. Der Schlüssel befand sich noch immer im Schloss. Erstaunlicherweise ließ er sich diesmal ganz leicht bewegen, als wäre der ganze Schließmechanismus mit weicher Butter eingerieben worden. Andrea verstaute den Schlüssel in ihrer Hosentasche, dann wuchtete sie sich die Kiste mit einem weiteren Ächzen auf ihren rechten Beckenknochen und schleppte sie durch den Kellerflur über die breite Treppe hoch in die Wohnung.

Schon von Weitem hörte sie das Geschrei. Es war selbst durch die geschlossene Wohnungstür zu hören. Joel-Henri und Eva-Lea im Duett. Andrea seufzte und drückte mit dem linken Ellenbogen auf die Türklinke.

„Mama! Mama!" Joel-Henri stürzte auf sie zu und klammerte sich an ihr fest, als wollte er sie nie mehr loslassen. „Mama! Ich hatte solche Angst!", schluchzte er.

„Mama, Ang, Ang!" Eva-Lea stolperte, ebenfalls herzzerreißend schluchzend, auf sie zu und krallte sich mit beiden Armen an ihr linkes Hosenbein.

Lukas stand wie ein begossener Pudel daneben und zuckte hilflos mit den Schultern. „Ich weiß nicht, was sie haben. Joel-Henri kam plötzlich aus seinem Zimmer gestürzt, und als er gesehen hat, dass du nicht da bist, hat er zu heulen begonnen …" Als sein Blick auf die neongrüne Plastikbox fiel, leuchteten seine Augen auf. „Ah, da sind ja die beiden Gaskocher", meinte er erfreut, „und Holzkohle hast du auch noch mit hochgebracht, das ist ja toll! Und ein Grillgitter und Brennspiritus. Andrea, du bist eine tolle Frau, einfach perfekt organisiert!" Schwungvoll nahm er Andrea die Kiste aus den Armen und drückte ihr einen begeisterten Kuss auf den Mund. „Weißt du, der Grillplatz, zu dem wir gehen, ist super gut ausgerüstet, mit drei Feuerstellen und einem riesengroßen Grillgitter. Aber es ist nie schlecht, noch weitere Grillutensilien bei sich zu haben, man kann ja nie wissen. Ich werde mit den Jungs und Mädels das größte Grillfeuer machen, das sie je gesehen haben. Unsere Glut wird perfekt sein. Und wenn die Glut erst da ist, dann darf man nie zu lange warten, dann muss das Fleisch sofort –"

„Mama!", schluchzte Joel-Henri dazwischen, „Mama, ich habe solche Angst!"

Andrea beugte sich zu ihm hinunter und hob ihn hoch.

„Warum hast du denn solche Angst?", fragte sie liebevoll.

„Weil … weil ich gedacht habe, dass du weggehst, ohne mir Tschüss zu sagen, zu … zu diesem Treffen da, weißt du, wo das Mädchen ist, das ich nicht mag, und der Junge, der so lustig lacht. Weißt du, der Junge mit dem lustigen Gesicht, den ich so gern mag."

„Nein, mein Schatz." Andrea strich ihm beruhigend das Haar aus der Stirn. „Ich gehe doch nicht weg, ohne mich von dir zu verabschieden. Erst kommt Nicki und dann spielt ihr ein wenig zusammen und dann erst gehe ich zu diesem Treffen. Aber vorher drücke ich euch noch ganz fest, versprochen!"

„Mamaaa! Ang – Ang – Mamaaa – Ang!", heulte Eva-Lea. Hektisch schlug sie mit ihren kleinen Fäusten auf Andreas Bein ein.

Andrea ließ Joel-Henri, der sich wieder etwas gefasst hatte, zu Boden gleiten und hob Eva-Lea hoch. „Was ist denn, mein Mäuschen? Es ist alles gut, Mama ist da, du musst gar keine Angst haben. Mama ist da und Mama hat dich ganz fest lieb." Tröstend drückte sie ihre Tochter an sich, gab ihr einen Kuss auf die erhitzte Wange und stellte sie dann neben Joel-Henri wieder auf den Boden.

„Mamaa!" Sogleich begann Eva-Lea wieder zu schreien. Fordernd streckte sie Andrea die Arme entgegen. „Mamaa! Hoch! Mamaa!"

„Nein, Mäuschen." Andrea ging in die Hocke und umfasste Eva-Leas Händchen, die sie von Neuem zu Fäusten geballt hatte. „Mama muss noch einiges für heute Abend vorbereiten. Nicki kommt bald. Sie wird den ganzen Abend mit euch spielen. Hol doch schon mal deine Puppen und zieh sie ganz schön an, damit sie Nicki gefallen, ja?"

Eva-Lea schniefte noch einige Male und fuhr sich mit den Händen über die Augen, dann trottete sie langsam davon.

„Mama, kommt der nette Junge denn auch heute Abend?", fragte Joel-Henri forschend. „Und das Mädchen mit dem traurigen Gesicht, weißt du, dieses Mädchen, das ich nicht mag, das gar nicht lachen kann?"

„Welcher nette Junge?", rief Lukas dazwischen. Er hatte sich mitsamt Camping-Kiste in die Küche verzogen und fuhrwerkte wie ein wild gewordener Bienenschwarm zwischen Schränken, Schubladen, Spülbecken und Kühlschrank herum.

„Mama hat mir ein Foto gezeigt", rief Joel-Henri zurück, „so ein altes Foto von ihrer Klasse." Er drehte Andrea den Rücken zu und marschierte mit gewichtigen Schritten in die Küche. „Und weißt du, auf diesem Foto ist ein Junge, der sieht richtig nett aus. Er lacht übers ganze Gesicht und ich finde ihn richtig nett. Und ein Mädchen, das sieht so traurig aus, als könnte es gar nicht lachen. Dieses Mädchen finde ich nicht nett. Nein, das finde ich gar nicht nett."

„Andreaa!", rief Lukas, ohne Joel-Henris Erklärungen zu beachten. „Wo ist das Fleischmesser? Ich finde hier nur Küchenmesser, aber ich suche das große Tranchiermesser, das, das wir von den Felbers zur Hochzeit geschenkt gekriegt haben! Weißt du, welches ich meine?"

„In der untersten Schublade gleich –"

In diesem Moment klingelte es an der Haustür.

„... links neben dem Spülbecken", vervollständigte Andrea ihren Satz. Dann ging sie zur Wohnungstür, blickte durch die Linse des Türspions und seufzte erleichtert auf. Es war Nicki. Wie gewohnt zur rechten Zeit am rechten Ort.

„Ich habe es gefunden! Yeah!", rief Lukas aus der Küche.

Andrea öffnete die Wohnungstür und begrüßte Nicki mit einem herzlichen Händedruck. „Schön, dass du kommen konntest", sagte sie warm. „Bei uns geht es im Moment ein wenig drunter und drüber, aber das wird schon wieder. Die Kids freuen sich jedenfalls riesig auf dich."

„Das beruht auf Gegenseitigkeit", sagte Nicki lächelnd. Sie war groß und stämmig, hatte kurz geschnittene dunkelbraune Haare und strahlend blaue Augen. Seit etwas mehr als einem Jahr leitete sie mit Andrea zusammen den Frauengebetskreis, der zweimal pro Monat jeweils am Mittwochvormittag bei den Binders zu Hause stattfand. Nicki, die im sechsten Semester Agronomie studierte, blieb meistens nach der Gebetsrunde noch zum Mittagessen, bevor am Nachmittag dann ihre Vorlesungen wieder begannen.

„Nicki, Nicki! Ich muss dir unbedingt etwas zeigen!" Joel-Henri stürmte aus der Küche und warf sich Nicki in die Arme. „Papa hat sooo viele Messer eingepackt und dann noch Fleisch und Sachen zum Grillen und ganz viele andere Dinge, das musst du dir unbedingt anschauen!" Er zupfte Nicki am Arm und zog sie Richtung Küche.

„Andrea, kannst du mir sagen, wie spät es ist?", rief Lukas aus der Küche.

Hastig blickte Andrea auf ihre Armbanduhr. „Zwei Minuten nach halb sechs!", rief sie zurück.

„Waas?", schrie Lukas. „Weshalb hast du mir nicht gesagt, dass es schon so spät ist? Mann, ich bin zu spät, die warten alle schon auf mich!“ Er stürzte in den Flur, in jeder Hand mindestens drei Taschen. Die Campingkiste hatte er sich unter den rechten Arm geklemmt. „Hallo Nicki“, sagte er im Vorbeihasten, dann rief er Andrea zu: „Nimmst du bitte die Kühlbox mit dem Fleisch und trägst sie zum Wagen? Und dann rufst du Daniel auf dem Handy an und teilst ihm mit, dass ich in zehn Minuten beim Gemeindesaal bin, okay?“

„Ja, mache ich“, sagte Andrea gehorsam.

Eine Viertelstunde später, nachdem sie Lukas glücklich verabschiedet, Daniel angerufen, Nicki über alles instruiert und Eva-Lea nochmals gewickelt hatte, kam sie endlich dazu, sich um ihr eigenes Outfit für den Abend zu kümmern. Es blieben ihr genau fünf Minuten, bis sie das Haus verlassen musste, um noch rechtzeitig zur Busstation zu gelangen. Panisch betrachtete sie sich im Spiegel. Ihre Haut wirkte immer noch spröde und glanzlos, sie strahlte Müdigkeit, Erschöpfung und Abgespanntheit aus. Mutlos fuhr sie sich mit der Bürste durchs Haar. Lukas hatte recht. Sie ging zu einem Klassentreffen und nicht zu einem Schönheitswettbewerb. Es war egal. Und es war ohnehin zu spät.

Eilig schlüpfte sie in eine olivgrüne Dreiviertelhose und zog sich ein frisch gewaschenes weißes T-Shirt über den Kopf. Flache braune Sandalen und eine schlichte selbst gemachte Planentasche vervollständigten ihre Aufmachung. Die Haare trug sie offen, wie Lukas es ihr geraten hatte. Schnell verabschiedete sie sich von Nicki und den Kindern, die von Nicki so gut unterhalten wurden, dass sie ihr Weggehen kaum bemerkten.

Erst als sie auf dem Weg zur Bushaltestelle war, fiel Andrea ein, dass sie ganz vergessen hatte, für das Treffen heute Abend zu beten. Sie war so mit sich selbst und ihrer Familie beschäftigt gewesen, dass sie für kurze Zeit das Ziel des heutigen Abends aus den Augen verloren hatte. Denn für sie war es nicht nur einfach ein vergnügliches Wiedersehen oder eine fröhliche Party. Nein, es war ein Gang nach Canossa, ein Ersuchen um Absolution. Es ging darum, der hässlichen Fratze der Vergangenheit ein neues Gesicht zu geben und dafür benötigte sie alle Kraft, derer sie irgendwie habhaft werden konnte.

Ihr Herz begann laut und heftig zu pochen. *Ich – brau – che – Ver – ge – bung,* hämmerte es im Rhythmus ihrer Schritte. *Ich – brau – che – Ver – ge – bung. Ver – ge – bung.* Ihre Schritte wurden schneller, das

Pochen ihres Herzens lauter. Unter ihren Achselhöhlen bildeten sich schweißnasse Flecken.

Ruhig durchatmen, befahl sie sich. *Das ist nicht das Ende der Welt. Ich suche mir im Bus ein ruhiges Plätzchen und dann nehme ich die ganze Sache mit ins Gebet. Gott hört mich auch im Bus, für ihn ist es nicht wichtig, ob ich in der Abgeschiedenheit meines Zimmers oder im hektischen Feierabendverkehr mit ihm rede. Er hört mich überall und noch nie habe ich ihn vergeblich um Hilfe gebeten.*

Langsam beruhigte sich ihr Herzschlag wieder. Sie würde es schaffen. Mit Gottes Hilfe. Er hatte sie in der Not noch nie im Stich gelassen.

Kapitel 7

Samstag, 6. Juli, 18.40 Uhr

Das Restaurant Rigiblick thronte hoch über den Dächern von Zürich am Rande des als snobistisch verschrienen Zürichbergquartiers mit seinen prunkvollen Villen, die sich hinter großräumigen Gartenanlagen verbargen. Bis 1976 vom Zürcher Frauenverein als alkoholfreie Gaststätte geführt, hatte das Restaurant in den Sechziger- und Siebzigerjahren eher einer Militärkantine als einem edlen Gourmettempel geglichen. Doch seit der vollständigen Renovierung im Jahr 2004 und der Übernahme durch einen Spitzenkoch mit fünfzehn Gault Millau-Punkten hatte sich das im Biedermeierstil erbaute Gebäude immer mehr auch zum Ausflugsziel für gehobenere Ansprüche gemausert.

Carol japste erstaunt nach Luft, als sie das schicke, in hellem Weiß erstrahlende Bauwerk mit dem turmartigen Gebilde links neben dem Haupthaus erblickte. In ihrer Erinnerung hatte sie das Restaurant Rigiblick als schmuckloses Nullachtfünfzehn-Gebäude mit fleckigen grauen Mauern und einer tristen rechteckigen Terrasse gespeichert. Bis zu ihrem zehnten Lebensjahr, bevor ihre Mutter wieder zu arbeiten begonnen hatte, waren sie an den freien Mittwochnachmittagen oft zusammen zum Rigiblick spaziert, hatten dort etwas Kleines gegessen und getrunken, und Carol hatte sich danach auf dem nahe gelegenen Kinderspielplatz mit der großen Schaukel ausgetobt. Jetzt war der Kinderspielplatz verschwunden, dafür ragte eine elegant geschwungene, halbkreisförmige Terrasse in edlem Holz und Bambus, die von schlanken grünen Stahlpfeilern gestützt wurde, weit über den Vorplatz bis knapp an den Rand des steilen Zürichberghangs.

Die Festbänke und Lounges auf dem Vorplatz waren alle besetzt. Suchend blickte Carol sich um. Das Publikum waren vor allem eifrig plaudernde Senioren und Familien mit kleinen Kindern. Dazwischen war auch hin und wieder ein Pärchen zwischen vierzig und fünfzig zu sehen. Keine Jugendlichen, keine jungen Leute. Keine Spur von ihren ehemaligen Klassenkameraden.

Sie quetschte sich zwischen einem Kinderwagen auf drei Rädern und einem elektrischen Rollstuhl durch. Irgendwo musste die Gesellschaft doch stecken. In den vergangenen zehn Minuten hatte sie sich wohl kaum in Luft aufgelöst. Carol schüttelte über sich selbst den Kopf. Weshalb brockte sie sich durch ihr ständiges Zuspätkommen nur immer solche Unannehmlichkeiten ein? Aber anscheinend ging es einfach nicht anders. Immer kamen ihr im letzten Moment noch die unmöglichsten Dinge in den Sinn. Heute hatte sie beim Verlassen des Hauses plötzlich das Gefühl gehabt, dass es besser war, wenn sie die Haare nicht offen trug, sondern hochsteckte. Sie war noch einmal umgekehrt, hatte sich ihr lockiges, knapp schulterlanges Haar mit geübten Bewegungen einmal um den Handteller gewunden und es anschließend mit einer mahagonifarbenen Klammer am Hinterkopf festgesteckt. Dadurch hatte sie den Bus verpasst, aber es hatte sich gelohnt – sie fühlte sich besser als zuvor und dieses Gefühl verlieh ihr die trügerische Zuversicht, dass sie für alles, was ihr an diesem Abend begegnen würde, gewappnet war.

„Hallo, Carol, hier sind wir!“ Carol zuckte zusammen, als sie jemanden ihren Namen rufen hörte. Reflexartig schaute sie hoch und erblickte einen Mann, der sich über die elegant geschwungene Holzbalustrade der Terrasse beugte und ihr gut gelaunt zuwinkte. Sie erkannte ihn sofort. Stefan. Er hatte noch immer dasselbe jungenhafte Gesicht mit dem spitzbübischen Grinsen, das unschuldig und wissend zugleich wirkte. Und in diesem Moment spulte sich, Nebelfragmenten gleich, eine Szene in ihrem Gedächtnis ab, die sie weder chronologisch einordnen noch in einen sinnvollen Zusammenhang setzen konnte.

„Wollt ihr wissen, wie die Geschichte ausgeht?“, fragt Stefan seine Mitschüler, die ihm gebannt zuhören. Carol wirft einen Blick in die Runde, sieht aber nur verschwommene Gesichter. „Der Maler wird immer reicher“, fährt Stefan fort, ohne eine Reaktion abzuwarten. „Bald schwimmt er fast so in seinem Geld wie Dagobert Duck. Aber die schöne Lady kann er damit nicht gewinnen. Sie reist ab und er sieht sie nie wieder. Kurz danach dreht er durch. Er isst nichts mehr und trinkt nichts mehr. Stattdessen zählt er nächtelang sein Geld, klimpert mit den Münzen, baut ganze Türme von Geldscheinen vor sich auf. Schließlich stirbt er. Und seitdem geistert er durch die Räume des alten Gebäudes. Manchmal hört man es rascheln, dann klimpern, dann scheppern. Er zählt sein Geld, schichtet es um, wirft

die Münzen an die Wände. Ich kenne jemanden, der es mit eigenen Ohren gehört hat. Echt gruselig, sage ich euch."

„Brr", sagt Regina, die direkt neben Carol steht. Carol sieht nur ihre Augen. Sie sind groß und blau und erinnern ein wenig an die einer Märchenfee. „Mich würden keine zehn Pferde dorthin bringen. Nicht einmal bei Tageslicht, das kann ich euch versprechen."

„Am Tag passiert dir nichts", sagt Stefan beruhigend. „Man hört ihn nur in der Nacht. Und auch nur bei Vollmond oder wenn es stürmt."

„Das glaube ich nicht." Das ist Dieters Stimme. Mit einem Mal sieht Carol sein Gesicht gestochen scharf vor sich. Sie kann ihn nicht leiden – er hat etwas Heimtückisches an sich, das er jedoch geschickt vor den anderen verbergen kann. „Für die nächtlichen Geräusche gibt es eine viel einfachere Erklärung: Bei alten Häusern ist das einfach so, irgendwo knackt und knarrt immer etwas – Dielenbretter, Fensterläden, ein Luftzug, der hindurchfährt. Ich bin jedenfalls überzeugt, dass dort ganz sicher kein Gespenst umgeht."

Stefan lächelt listig. „Dann würdest du also problemlos eine Nacht dort verbringen, wenn ich dich richtig verstanden habe, oder?"

„Carol, träumst du? Wir sind hier oben auf der Terrasse!" Schlagartig verblasste die Erinnerung und Carol kehrte in die Gegenwart zurück. Sie sah, dass Stefan immer noch an der Balustrade stand und ihr fröhlich zuwinkte.

Mechanisch hob sie die Hand und winkte zurück. Was war das eben gewesen? Kehrte ihre Erinnerung jetzt vielleicht zurück? Krampfhaft versuchte sie, sich die verschwommenen Gesichter ihrer Mitschüler, die in ihrem Erinnerungsfragment aufgetaucht waren, zu vergegenwärtigen.

Hatte der namenlose Junge vom Foto auch in der Runde gestanden? Und von welchem alten Gebäude war in Stefans Geschichte die Rede gewesen? Hatte Dieter tatsächlich eine Nacht dort verbracht oder hatte er die Herausforderung nicht angenommen?

Wie ein Roboter schritt sie zur Treppe, die auf die Terrasse führte. *Ein altes Gebäude. Nächtliche Geräusche. Schüler, die im Kreis standen.* Sie musste sich einfach erinnern. Dieter war dabei gewesen, Stefan, Regina – weshalb sah sie denn die anderen Gesichter nicht klar vor sich? *Geduld,* ermahnte sie sich, während sie die letzten Treppenstufen erklomm. *Bald ist es so weit. Ich werde meine Antworten kriegen, und wenn ich sie dem namenlosen Jungen einzeln aus der Nase ziehen muss!*

„Carol, wie üblich die Letzte!“ Stefan eilte auf sie zu, umarmte sie und gab ihr die obligaten drei Küsschen auf die Wangen. Er war nur wenig größer als sie, dafür kräftig gebaut. Aus der Nähe sah sein Gesicht noch jungenhafter aus. Seine Augen strahlten. Er fühlte sich in seinem Element.

„Unsere Runde ist nicht allzu groß“, fügte er lebhaft hinzu, „dafür wird unser Abend so richtig schön familiär.“

Carols Augen überflogen die Gesichter der sechs am Tisch sitzenden Personen. Sie kannte alle. Francesca Caprio, Andrea Kellermann, Gregor Beglinger, Dieter Haller, Regina Liedtke und Mark de Fries. Sie verspürte einen leichten Stich in der Brust.

Der namenlose Junge vom Foto war nicht aufgetaucht.

Mit dieser Möglichkeit hatte sie überhaupt nicht gerechnet. Sie hatte sich alles so einfach vorgestellt. Sie würde dem Jungen, besser gesagt, dem Mann, zu dem sich der Junge entwickelt hatte, in die Augen blicken, ihre Erinnerung würde zurückkehren und sie könnte dieses Kapitel aus ihrer Vergangenheit mit einem belustigten Lächeln abhaken. Sie hatte sich bereits lebhaft vorgestellt, wie sie sich mit Sofia über den Nullachtfünfzehn-Jungen, der zu einem Nullachtfünfzehn-Mann mit eingefleischten Gewohnheiten mutiert war, amüsieren würde. Und jetzt hatte er ihr durch sein Nichterscheinen einfach einen Strich durch die Rechnung gemacht.

„Bin ich wirklich die Letzte?“, fragte sie Stefan mit dünner Stimme, bemüht, sich ihre Enttäuschung nicht allzu sehr anmerken zu lassen.

„Ja, aber du brauchst dir deswegen keine Sorgen zu machen.“ Stefan, der ihre Frage falsch gedeutet hatte, klopfte ihr lachend auf die Schulter. „Weißt du noch? Du kamst eigentlich immer als Letzte auf den Pausenplatz, keine Ahnung, was du immer noch so lang im Klassenzimmer herumgetrödelt hast. Oder nach dem Sport – da bist du regelmäßig zu spät zur nächsten Stunde eingetrudelt, ich kann mich noch ganz genau daran erinnern, haha!“

Carol lächelte, aber das Lächeln blieb in ihren Mundwinkeln stecken. „Stimmt, jetzt, wo du es sagst, erinnere ich mich ebenfalls“, erwiderte sie langsam. „Herr Bachmann hat mit allen Mitteln versucht, mich zur Eile anzutreiben, aber er war nicht sehr erfolgreich, wie man sieht.“

Sie hielt inne und umfasste dann mit einer lockeren Handbewegung die am Tisch sitzende kleine Gesellschaft. „Erwartest du noch weitere Leute oder sind wir komplett?“

„Nein, das sind alle.“ Stefan zuckte bedauernd mit den Schultern. „Ich hätte mich auch gefreut, wenn sich mehr Leute angemeldet hätten, aber anscheinend habe ich den Zeitpunkt schlecht gewählt. Einige befinden sich mit ihren Familien bereits in den Sommerferien, andere feiern sonst wo eine Party und wieder andere hatten, wie's scheint, einfach keine Lust zu kommen. Dabei habe ich mir solche Mühe gegeben, alle ehemaligen Kameraden möglichst lückenlos aufzutreiben. Das war nämlich gar nicht so einfach.“ Er fuhr sich mit der linken Hand durch sein kurz geschnittenes hellbraunes Haar und lächelte. „Ich habe beim Volksschulamt eine Liste mit den Namen unserer ehemaligen Mitschüler beantragt. Dazu musste ich erst ein ellenlanges Formular ausfüllen und zusammen mit einer Kopie meiner Ausweispapiere einreichen. Als ich die Klassenliste endlich hatte, fing die Arbeit erst richtig an. Recherchen im Internet, Dutzende von Anrufen bei Familienangehörigen oder Leuten mit demselben Nachnamen. Es war echt eine mühselige Arbeit, vor allem bei den Mädels, die ja teilweise geheiratet haben und nicht mehr unter ihrem alten Nachnamen zu finden waren.“

Carol nickte. „Das kann ich mir vorstellen“, sagte sie nachdenklich. „Hast du alle gefunden?“

„Alle, bis auf Peter Müller. Und wie du dir bestimmt vorstellen kannst, war das ein echter Rückschlag für mich, wo ich mich doch schon in der Rolle als neuer, verjüngter Josef Matula gesehen habe.“ Er grinste spitzbübisch. „*Ein Fall für zwei* ist meine Lieblingsserie, musst du wissen. Und Claus Theo Gärtner als Josef Matula finde ich einfach genial!“

Peter Müller. Josef Matula. Claus Theo Gärtner.

Peter Müller. Carols Kopf fühlte sich plötzlich leer an. Der namenlose Junge auf dem Foto. Wie ein Ungeheuer aus der Tiefe tauchte das Gesicht von dem Foto vor ihrem inneren Auge auf, das dunkle, leicht gewellte Haar, die ebenmäßigen Gesichtszüge, sein verkrampftes Lächeln. Doch sosehr sie sich auch mühte, sie konnte seinem Gesicht einfach kein Leben einhauchen. Alles, was sie sah, war das angespannte Gesicht vom Foto, diese Augen, die entweder etwas zu verbergen oder schon zu viel gesehen hatten.

„Carol, geht es dir nicht gut?", drang Stefans Stimme wie aus weiter Ferne an ihr Ohr.

Sie zuckte zusammen, dann atmete sie tief durch. „Nein, nein, es geht schon", sagte sie schnell, „mir ist etwas schwindlig, wahrscheinlich, weil ich seit heute Mittag nichts mehr gegessen habe. Sobald ich etwas zu mir genommen habe, fühle ich mich mit Sicherheit wieder topfit." Sie lächelte Stefan zu, dann steuerte sie an ihm vorbei zu dem Tisch, an dem sich ihre ehemaligen Klassenkameraden bereits angeregt miteinander unterhielten.

Peter Müller. Wer ist Peter Müller?, hämmerte es ununterbrochen gegen ihre Schläfen, während sie die Runde machte und alle mit Küsschen rechts – Küsschen links – Küsschen rechts begrüßte. *Peter Müller. Pe-ter Mül-ler. P-e-t-e-r M-ü-l-l-e-r. Wer ist Peter Müller?*

Kapitel 8

Samstag, 6. Juli, 18.55 Uhr

„Ich freue mich, dass ihr alle gekommen seid.“ Stefan klopfte an sein Proseccoglas und wartete, bis er die volle Aufmerksamkeit seiner ehemaligen Schulkameraden hatte. „Es hat großen Spaß bereitet, dieses Treffen zu organisieren“, fuhr er fröhlich fort, „auch wenn ich mir manchmal eher wie ein Detektiv als wie ein biederer Versicherungsfachmann und Familienvater vorkam.“

Carol nippte an ihrem Orangensaft, den ihr ein überhöflicher Kellner mit steifem Gesicht vor fünf Minuten gebracht hatte, und beobachtete die Leute am Tisch. Sie hatte sich auf den freien Platz neben Regina am rechten Tischende gesetzt. Direkt ihr gegenüber saß Mark de Fries und neben ihm Dieter Haller, gefolgt von Gregor Beglinger und Francesca Caprio. Stefan hatte am linken Tischende, gegenüber von Francesca, Platz genommen. Und schließlich Andrea – sie hatte sich zwischen Stefan und Regina niedergelassen.

„Bei den Jungs war es ja noch relativ einfach, da konnte ich die Namen einfach googeln oder über das elektronische Telefonverzeichnis auftreiben.“ Stefan war ganz in seinem Element. „Aber bei den Mädels gestaltete sich die Sache schon schwieriger. Na ja, nicht bei allen, aber bei jenen natürlich, die sich in der Zwischenzeit unter die Haube begeben und den Namen ihres Mannes angenommen haben. Francesca und Andrea“, er zwinkerte den beiden zu, „habe ich glücklicherweise ziemlich schnell ausfindig machen können, weil ihre Eltern noch an derselben Adresse wohnen wie vor vierundzwanzig Jahren, aber bei Jolanda musste ich schon alle meine detektivischen Fähigkeiten in die Waagschale werfen, um an ihren neuen Namen und ihre Anschrift zu kommen.“

„Und? Wie hast du es schließlich bewerkstelligt?“, fragte Francesca interessiert.

Carol hörte nur mit halbem Ohr zu. Verstohlen musterte sie die Gesichter ihrer ehemaligen Klassenkameraden.

Francesca hatte immer noch dasselbe leicht borstige blonde Haar, nur dass sie es heute nicht mehr zu einem Zopf geflochten trug, sondern kurz geschnitten, mit unzähligen rötlich eingefärbten Strähnen. Zwischen dem Kragen ihrer hellen Knitterbluse und dem Haaransatz lugte ein dunkel eingefärbtes Tattoo hervor, das diagonal über ihren Nacken lief und aus verschiedenen kunstvoll verschnörkelten Einzelzeichen bestand. Ihr Gesicht war breit und ebenmäßig und ihre leicht nach oben weisenden Mundwinkel deuteten darauf hin, dass sie dem Leben mehr positive als negative Seiten abgewinnen konnte. Gregor neben ihr wirkte wie der typische Geschäftsmann. Er trug einen leichten Sommeranzug aus cremefarbenem Leinen und ein hellblaues Hemd mit offenem Kragen. Sein braunes, leicht gewelltes Haar lichtete sich vorne bereits ein wenig, wodurch er älter wirkte, als er tatsächlich war. Auch Dieter hatte bereits Geheimratsecken und in seinem Gesicht hatten sich Spuren eingegraben, die von Enttäuschung, ausschweifendem Lebenswandel und Zynismus zeugten. Mark hingegen hätte glatt einem Hochglanzmagazin für Filmstars und A-Promis entsprungen sein können. Breitschultrig, kantiges Gesicht, halblanges, locker frisiertes dunkles Haar und ein intensiver Blick aus geheimnisvollen grün-grau schillernden Augen.

„… dass Jolandas Eltern vor fünf Jahren nach Basel gezogen sind", drang Stefans Stimme aus weiter Ferne zu Carol durch. „Dort leben sie auch heute noch und so kam ich schlussendlich dann doch noch zu ihrem neuen Nachnamen und ihrer aktuellen Adresse. Sie wohnt in der Ostschweiz, in Chur. Leider beginnen dort die Sommerferien eine Woche früher als bei uns und Jolanda hatte den Urlaub an der Adria bereits gebucht, als ich die Einladungen zu unserem Klassentreffen verschickt habe."

„Schade", sagte Regina bedauernd. „Ich hätte sie gern wiedergesehen."

Carol verlagerte ihre Sitzhaltung ein wenig nach links und betrachtete Regina diskret von der Seite. Sie strahlte feminine Eleganz und Weichheit aus. Langes hellbraunes Haar umrandete ein Gesicht mit sanft gerundeten Wangen. Sie war dezent geschminkt und teuer gekleidet – eine weiße Kurzarmbluse von Joop mit Paillettenknopfleiste, Armani-Jeans und flache Riemchensandaletten von Prada. Andrea neben ihr sah dagegen wie ein graues Mauerblümchen vom Land aus.

Spröde Haut, farblose Kleidung, müde Gesichtszüge. Selbst ihr dichtes, honigblondes Haar wirkte matt und strohig.

Ein seltsam schmerzlicher Stich fuhr durch Carols Brust. Was war bloß aus ihrer ehemaligen Freundin geworden? Welche Enttäuschungen hatte sie erlebt, dass sie derart müde und entmutigt wirkte?

„Du scheinst dich da ja ziemlich reingekniet zu haben.“ Gregors Stimme klang kultiviert und ließ auf eine gute Kinderstube schließen. Elegant angelte er nach einem länglichen Stück Salzgebäck und schwenkte es wie einen Zigarettenstummel zwischen Zeige- und Mittelfinger der rechten Hand. „War bestimmt ein Erfolgserlebnis, uns alle ausfindig gemacht zu haben.“

„Na ja“, Stefan zögerte einen kurzen Moment, „wie ich zu Beginn schon gesagt habe – einen gibt es, den ich auch mit allen detektivischen Kunstkniffen nicht aufspüren konnte. Peter Müller ist wie vom Erdboden verschluckt. Eine wirklich seltsame Geschichte.“

„Ehrlich?“, fragte Dieter. „Wie das denn?“

Stefan machte eine weit ausladende Handbewegung. „Ich gebe seinen Namen im elektronischen Telefonverzeichnis ein und was passiert? Das System spuckt über tausenddreihundert Personen aus, die Peter Müller heißen. Ich gebe also die Adresse ein, wo er vor vierundzwanzig Jahren gewohnt hat, in der Hoffnung, dass jemand aus seiner Familie vielleicht immer noch dort wohnt. Leider Fehlanzeige – in der Fichtenstraße 12 gibt es keine Person mit Namen Müller. Da ich wegen Jolanda ohnehin beim Einwohnermeldeamt vorstellig werden muss, erkundige ich mich dort auch gleich nach Peters Familie. Und jetzt geschieht etwas Seltsames. Die nette Dame am Schalter findet keine Familie Müller in der Fichtenstraße 12, egal, wie viele Jahre sie sich auch in die Vergangenheit klickt. Sie fragt mich, ob die Adresse auf der Klassenliste nicht vielleicht fehlerhaft sein könnte. Da ich das nicht mit Sicherheit ausschließen kann, sucht sie alle Personen heraus, die vor vierundzwanzig Jahren in der Fichtenstraße gewohnt haben. Und siehe da, sie wird tatsächlich fündig! In der Fichtenstraße 10 gab es eine Familie Müller, die jedoch im Jahr 1998 nach Lausanne umgezogen ist. Sie gibt mir die neue Adresse, ich schaue wieder im elektronischen Telefonverzeichnis nach, aber es ist wie verhext: Familie Müller ist nicht mehr in Lausanne wohnhaft, sondern schon wieder umgezogen. Und dann habe ich zähneknirschend aufgegeben. Mein Schulfranzösisch ist derart grauenhaft, dass es nicht den geringsten Sinn gemacht hätte, mich durch irgendwelche französischsprachigen Ämter zu kämpfen, um an weitere Informationen zu gelangen."

„Seltsam", sagte Dieter nachdenklich, „das mit der Adresse, meine ich. Haben die beim Volksschulamt vielleicht einen Tippfehler gemacht?"

„Das kann ich mir eigentlich nicht vorstellen." Francesca unterstrich ihre Worte mit heftigem Kopfschütteln. „Ich habe selbst mal beim Volksschulamt gearbeitet, die gehen sehr sorgsam mit ihren Daten um."

„Carol, du warst doch mit Peter befreundet – hast du keinen Kontakt mehr zu ihm?", fragte Mark.

„Was?" Wie von einer Tarantel gestochen fuhr Carol herum. „Ich soll mit ihm befreundet gewesen sein? Das ist ganz und gar unmöglich. Ich kann mich ja nicht einmal mehr an ihn erinnern!"

„Du machst Witze!", rief Dieter ein wenig ungeduldig. „Komm, spann uns nicht auf die Folter, bestimmt seid ihr auch heute noch die dicksten Freunde!"

„Nein." Carol schüttelte vehement den Kopf. „Ich kann mich wirklich nicht mehr an ihn erinnern. Und die einzige Erklärung, die ich dafür habe, ist, dass er ein solcher Langeweiler gewesen sein muss, dass ich ihn schlicht und einfach aus dem Gedächtnis gestrichen habe."

„Du weißt echt nicht mehr, dass du in der sechsten Klasse sozusagen jede Pause mit ihm verbracht hast?" Gregor musterte sie befremdet.

„Und ein Langeweiler war er auch nicht, im Gegenteil." Francesca reckte den Kopf vor, um sich besser Gehör zu verschaffen. „Als er neu in unsere Klasse kam, waren wir alle hin und weg. Er war gutaussehend, verschlossen und geheimnisvoll. Wir Mädchen hätten alle wer weiß was dafür gegeben, wenn er sich für uns interessiert hätte. Aber er hat sich ausgerechnet dich ausgesucht, obwohl du so ziemlich die Einzige warst, die ihn nicht anhimmelte."

„Wenn ich mich nicht täusche, hattet ihr denselben Heimweg", warf Mark ein. „Ihr wart schon nach kurzer Zeit ein eingeschworenes Zweiergespann und wir haben immer ein wenig über euch gelacht, aber eigentlich waren wir alle neidisch auf eure Freundschaft."

Carol blickte an ihm vorbei auf den dunkelgrün schimmernden Hügelzug der Albiskette, die sich am Ufer des Zürichsees entlang weit nach

Osten erstreckte und dort in die voralpinen Gipfelkämme des Glärnischmassivs überging. Der Kontrast zwischen dem strahlend blauen Himmel und den dunklen Wäldern war so gestochen scharf, dass sie fast jeden einzelnen Baum am Horizont erkennen konnte. Langsam wandte sie den Blick wieder zurück auf Mark und schaute ihm direkt in die Augen. „Das kann einfach nicht sein. Ich sehe weder sein Gesicht vor mir noch kommen mir irgendwelche Situationen aus dem Schulalltag in den Sinn, in denen er eine Rolle gespielt hätte. Wann ist er denn zu unserer Klasse dazugestoßen?"

„Das war im Sommer 1987", mischte sich Andrea ins Gespräch ein, während aller Augen gebannt auf Carol gerichtet waren, „zu Beginn des sechsten Schuljahres. Kannst du dich noch daran erinnern, dass du und ich damals befreundet waren?"

Carol nickte nachdenklich. „Ja, das kann ich. Ich war, glaube ich, eher eine Einzelgängerin, doch wenn ich mit jemandem auf dem Schulhof zusammen war, dann mit dir. Und wir haben uns auch hin und wieder in der Freizeit getroffen, nicht wahr?"

„Ja, genau." Andrea ergriff ihr Proseccoglas und schwenkte es wie einen Dirigentenstock durch die Luft. „Peter kam nach den Sommerferien zu uns in die Klasse. Wir Mädels haben ihn angehimmelt, er war nämlich wirklich süß, so groß und stark, und er hatte die schönsten Augen, die man sich vorstellen kann: ganz dunkel und geheimnisvoll. Die Jungs haben ihn ebenfalls gemocht, weil er in Sport so gut war. Aber ihn hat das alles nicht groß gekümmert. Er nahm es zur Kenntnis, aber es war ihm egal. Und dann mussten wir diese Buchpräsentation machen, das war, glaube ich, vor den Herbstferien. Darüber habt ihr euch gefunden, du und er, und das hat euch beide verändert."

„Buchpräsentation?", fragte Carol verständnislos.

„Immer zwei Schüler mussten gemeinsam ein Buch vorstellen. Herr Bachmann hatte eine Bücherliste im Klassenzimmer aufgehängt, dort konnte man sich freiwillig eintragen. Es waren größtenteils bekannte Jugendbücher, wie *Robinson Crusoe, Robin Hood, Prinz und Bettelknabe, David Copperfield, Onkel Toms Hütte, Heimatlos, Richard Löwenherz, Lederstrumpf* und so weiter. Darunter war ein Titel, über den wir alle gelacht haben: *Wer die Nachtigall stört*, von Harper Lee. Nur du und Peter habt nicht darüber gelacht. Ihr habt euch für diese Präsentation eingetragen und nach dieser Präsentation hatte sich etwas verändert.

Ihr wart oft zusammen, aber nicht so wie ein verliebtes Pärchen, sondern eher wie Geschwister, unzertrennlich, und einer immer für den anderen da. Und ihr wurdet beide ganz allgemein offener, fröhlicher, lustiger und habt euch auch besser in den Klassenverband integriert."

Wer die Nachtigall stört. Ein kalter Schauder jagte über Carols Rücken. Wie leuchtende Blitze zuckten einzelne Szenen aus dem Buch durch ihren Kopf. Thomas Robinson, wie er vor Gericht seine rechte Hand zum Schwur hebt, während seine verkrüppelte Linke von der Bibel auf den Tisch des Gerichtsdieners zurückrutscht. Der gespenstisch bleiche Boo Radley. Das hohle Astloch im Baum, in dem Scout und Jem jeweils Geschenke gefunden haben. Scout, wie sie in ihrem Schinkenkostüm über eine Wurzel stolpert und danach von Mr Ewell angegriffen wird. Jem, der den Garten von Mrs Dubose verwüstet. Der tollwütige Hund, der das ganze Quartier in Angst und Schrecken versetzt und danach von Atticus erschossen wird. Und zwischen den Buchszenen geisterte ein Gesicht durch die Tiefen ihrer Erinnerung. Ein Jungengesicht. Angespannt, intelligent, engagiert. Er hatte sich so über die Ungerechtigkeit in der Welt aufgeregt. Er konnte es nicht verwinden, dass Thomas Robinson trotz erwiesener Unschuld nicht freigesprochen, sondern verurteilt worden war. Und er hatte ihr gesagt, dass er die Welt verändern, besser machen wollte. So etwas durfte nie, nie wieder passieren.

„Er wollte Anwalt werden", sagte Carol wie aus weiter Ferne. Ihre eigene Stimme kam ihr völlig fremd vor. „Oder Polizist. Er wollte die Welt verändern. Soziale Ungerechtigkeit war für ihn das Schlimmste überhaupt."

„Deine Erinnerung kehrt zurück?", fragte Regina überrascht.

Carols Kopf wurde plötzlich leer. Das Gesicht verblasste, löste sich in seine Konturen auf.

„Ich weiß es nicht", antwortete sie kläglich, „da war so ein Fragment, das aus der Tiefe aufgetaucht ist, aber jetzt ist plötzlich alles wieder weg."

„Tja, wir werden halt alle älter", Stefan lachte und ahmte mit seiner rechten Hand, die das Proseccoglas umschlossen hielt, eine parkinsonsche Zitterattacke nach. „Bei dir hat einfach die Vergreisung ein wenig früher eingesetzt als bei uns anderen, sehe ich das richtig?"

Dieter, Gregor, Regina und Francesca brachen in lautes Gelächter aus.

„Ich weiß nicht, was ihr daran lustig finden könnt", sagte Mark, als sich alle wieder ein wenig beruhigt hatten. „Das sieht doch ein kleines Kind, dass dies eine Form von posttraumatischer Amnesie ist und nicht einfach eine harmlose Vergreisungserscheinung."

„Haha, seht mal, unser Mark ist unter die Psychofritzen gegangen!" Dieter versetzte Mark einen kameradschaftlichen Schlag auf die Schulter. „Gleich diagnostiziert er bei mir eine multiple Persönlichkeitsstörung, bei Stefan eine akute Psychose, bei Regina eine Soziophobie, bei Andrea – hm, was könnte er bei Andrea finden?"

„Ein Borderline-Syndrom?", schlug Regina vor.

„Das ist nicht lustig", wiederholte Mark. „Meine Frau ist Fachärztin für Psychiatrie und behandelt in ihrer Praxis vor allem Leute, die schwere Traumata erlebt haben – Opfer oder Zeugen von Gewaltverbrechen, Missbrauch, Unfällen und was es noch so alles an schlimmen Dingen gibt. Sie hat mir erzählt, dass es zuweilen vorkommt, dass sich ihre Patienten weder an die Situation selbst noch an die dabei involvierten Personen erinnern können. So als wäre das traumatische Ereignis nie geschehen."

Carol spürte, wie ihr die Farbe aus den Wangen wich. „Du meinst ...?" Sie wagte es nicht, die Frage zu Ende zu stellen.

Dieter beugte sich zu Carol vor und sein stechender Blick wanderte von ihrem Gesicht über den Hals bis zu ihrem Dekolleté und wieder zurück. „Lass dich von einer kleinen Gedächtnisstörung nicht gleich zum Psychiatriepatienten machen. Vergiss Peter und seine Weltverbesserungsversuche. Carpe diem – lebe im Hier und Jetzt, alles andere ist Unsinn."

„Dieter hat recht." Francesca beugte sich ebenfalls vor. „Es ist wirklich nicht nötig, gleich den Teufel an die Wand zu malen. Traumata, Verdrängung – muss es denn unbedingt so was Dramatisches sein? Vielleicht hatten Carol und Peter einfach einen ganz normalen Streit und daraufhin hat Carol beschlossen, ihn aus ihrer Erinnerung zu streichen."

„Oder es ist etwas Peinliches passiert", warf Regina ein. „Etwa in der Art, dass du Peter deine Gefühle offenbart hast, und er dich hat abblitzen lassen oder so."

Carol lachte ungläubig auf. „Nein, das ist ganz und gar unmöglich! Ich habe mich zu dieser Zeit doch überhaupt nicht für Jungs interessiert!"

„Wenn ich du wäre, würde ich der Sache auf den Grund gehen", insistierte Mark. „Es ist alles andere als normal, dass man eine Person, mit der man derart intensiv befreundet war, einfach so vergisst. Vielleicht könntest du dich mal mit meiner Frau treffen, ich kann sie dir als Therapeutin nur empfehlen. Warte, vielleicht habe ich sogar eine Karte von ihr dabei."

Er zog seine Geldbörse aus der Hosentasche, wühlte sich durch die verschiedenen Fächer und förderte endlich eine an den Ecken schon leicht eingerissene Visitenkarte zutage. „Hier", er streckte sie Carol hin, „das ist die Praxisadresse meiner Frau. Du kannst sie jederzeit anrufen und einen Termin mit ihr vereinbaren."

Carol nahm die Karte entgegen und drehte sie gedankenverloren zwischen den Fingern hin und her. „Ich werde es mir überlegen", sagte sie zögernd, während ihre Augen ziellos von einem Gesicht zum anderen hüpften. Trotz der Hitze war ihr eiskalt. Was, wenn Mark recht hatte? Wenn damals in der Vergangenheit tatsächlich etwas Ungeheuerliches passiert war, etwas, das sie mit allen Mitteln zu verdrängen versucht hatte?

„Seht mal, da kommt ja unser Essen!", rief Stefan plötzlich. Wie aus dem Nichts war der überhöfliche Kellner mit dem steifen Gesicht aufgetaucht. In seinen Händen balancierte er drei kunstvoll garnierte Teller. Hinter ihm folgten zwei weitere Kellner mit den restlichen fünf Tellern.

Stefan lächelte entzückt. „Die *Kleine Vorspeisenvariation mit Fisch, Fleisch und vegetarischen Köstlichkeiten*. Leute, da kann ich nur sagen: Vergessen wir sämtliche Gedächtnislücken und anderen Vorfälle und hauen wir einfach rein!" Er wartete, bis alle Teller verteilt und sämtliche Gläser mit Weißwein gefüllt waren, dann brachte er einen frisch-fröhlichen Trinkspruch auf alte Kameraden und wiedergefundene Schulfreunde aus und eröffnete das Diner.

Erleichtert registrierte Carol, dass sich die allgemeine Aufmerksamkeit von ihr wegbewegte und dem Essen zuwandte. Sie entspannte sich ein wenig und begann mit Mark, Dieter und Regina über ihre beruflichen Werdegänge, Familiensituationen und Lebensziele zu plaudern.

Die Zeit verging wie im Flug. Auf die Vorspeise folgte eine Dreiviertelstunde später der Hauptgang. *Rinderfiletsteak mit Rotwein-Schalottenbutter, Topinambur-Kartoffelgratin und gebratenem Wurzelgemüse an*

Balsamicojus. Die Weißweingläser wurden durch Rotweingläser ersetzt. Wieder brachte Stefan einen Trinkspruch aus, diesmal auf die gute Stimmung und den weiteren Verlauf des Abends.

Als um halb zehn der Nachtisch gebracht wurde, stellte Carol verwundert fest, dass die Sonne bereits untergegangen und die Hügelzüge auf der anderen Seite des Zürichsees zu tiefschwarzen Schemen geworden waren. Der Himmel war metallisch blau, fast leuchtend, aber in diesem Leuchten lauerten die verborgenen Schatten der Nacht. Wie auf ein geheimes Kommando hin gingen in diesem Moment die Gartenleuchten an und die Terrasse erstrahlte im gedämpften Licht der schlichten Designerlampen.

Gedankenverloren griff Carol nach ihrer Cappuccinotasse, die einer der steifbeinigen Kellner vor wenigen Augenblicken vor sie hingestellt hatte. Doch plötzlich stockten ihre Hände mitten in der Bewegung. Auf der Untertasse befand sich ein kleiner, zusammengefalteter Zettel, der nicht ins Bild passte. Ihre Augen glitten über die glatte weiße Fläche der Untertasse. Der Kaffeelöffel, die farbige Zuckertüte und das dunkelbraune Schokoladenplätzchen gehörten unverkennbar dazu. Aber der unscheinbare, zusammengefaltete Zettel hatte hier, auf ihrer Untertasse, nichts zu suchen. Vielleicht ein Notizzettel, der zufällig bei ihr gelandet war? Ein alter Einkaufszettel, eine Quittung, die nicht mehr benötigt wurde? Eine schnell hingekritzelte Handynummer, die nicht für sie, sondern für jemand anderen aus der Runde bestimmt war?

Zögernd ergriff Carol den schlichten weißen Zettel und beförderte ihn unauffällig unter die Tischkante. Sie fühlte sich wie früher während der Schulstunde, als geheime Botschaften von Hand zu Hand weitergegeben wurden, bis sie den Empfänger erreicht hatten und dieser den zusammengefalteten Zettel verschämt unter der Tischkante auffaltete, hin und her schwankend zwischen Stolz, Furcht und Verlegenheit.

ICH WEISS, WESHALB DU DICH NICHT MEHR ERINNERN KANNST.

Die Buchstaben starrten sie wie glühende Augen an. Groß, leicht geneigt, Schülerdruckschrift. Keine Ecken und Kanten, keine versteckten Hinweise.

ICH WEISS, WESHALB DU DICH NICHT MEHR ERINNERN KANNST.

Verstohlen blickte Carol in die Runde. Der Zettel war alles andere als zufällig bei ihr gelandet. Irgendeiner ihrer ehemaligen Klassenkameraden wusste mehr. Irgendjemand spielte ein Katz-und-Maus-Spiel mit ihr. Eiseskälte rann durch ihre Adern, breitete sich wie langsam wirkendes Gift in ihrem ganzen Körper aus. Hier, in dieser Runde, wusste jemand Bescheid. Jemand, der ihr einen anonymen Zettel ohne jeglichen weiteren Hinweis zugesteckt hatte.

Täuschte sie sich oder waren die Gespräche leiser geworden? Blickten da nicht mindestens zwei Augenpaare gespannt zu ihr hin? Sie beugte sich vor, ergriff ihre Cappuccinotasse, nahm langsam einen Schluck und ließ ihre Augen gemächlich über die Gesichter ihrer ehemaligen Klassenkameraden gleiten. Nein, da war nichts. Ihre Nerven mussten ihr einen Streich gespielt haben. Die Gespräche gingen weiter wie zuvor. Andrea unterhielt sich mit Francesca und Gregor. Regina plauderte mit Dieter und Stefan. Und Mark war vor einiger Zeit auf die Toilette verschwunden und noch nicht zurückgekehrt. Niemand beobachtete sie, niemand interessierte sich für ihre Reaktion. Es schien, als wäre der Zettel auf ihrer Untertasse ein reines Zufallsprodukt.

Und doch wusste sie es besser. Es gab etwas in der Vergangenheit, das ihren Gedächtnisverlust ausgelöst hatte, etwas, von dem auch noch eine andere Person Kenntnis hatte. Wollte diese andere Person sie vielleicht einfach nur schützen, indem sie sie nicht vor den anderen bloßstellte? Oder hatte sie Angst, weil die ganze Sache komplizierter war und noch andere Leute aus der Runde involviert waren? Aber dann hätte sie sich doch zu erkennen geben und einen Treffpunkt nennen können, wo sie sich treffen und über die Sache reden könnten. Wenn sie es wirklich gut meinte, hätte sie Carol bestimmt nicht erschrecken, sondern beruhigen wollen.

ICH WEISS, WESHALB DU DICH NICHT MEHR ERINNERN KANNST.

Wieder rann ihr eine eisige Kälte durch die Adern. Diese Worte waren definitiv nicht beruhigend gemeint.

Kapitel 9

Samstag, 6. Juli, 21.45 Uhr

Andrea hätte nie gedacht, dass sie den Abend ohne Familie so genießen würde. Die wenigen Male, die sie in den letzten Jahren allein ausgegangen war, konnte sie an einer Hand abzählen. Lukas war nicht gerade ein begnadeter Babysitter – ob er bloß keine Lust zum Kinderhüten hatte oder ob er tatsächlich hoffnungslos überfordert war, hatte Andrea bis heute nicht herausgefunden.

Auf alle Fälle war es bisher immer äußerst schwierig für sie gewesen, sich aus dem Familienalltag herauszunehmen und für sich allein etwas zu unternehmen. Es hatte ihr auch nicht allzu sehr gefehlt, für sie war es immer selbstverständlich gewesen, für Lukas und die Kinder da zu sein und keine übermäßigen eigenen Bedürfnisse zu entwickeln. Zudem hatten ihre seltenen Versuche, sich eine kurze Auszeit zu gönnen, meist einen schalen Nachgeschmack hinterlassen.

Ungern erinnerte sie sich an einen Abend vor etwas mehr als einem Jahr. Sie hatte über mehrere Monate eine ehemalige Arbeitskollegin begleitet, die eine schwierige Lebensphase durchmachte, hatte ihr zugehört, sie immer wieder ermuntert und mit ihr zusammen gebetet. Als es ihr wieder ein wenig besser gegangen war, hatte sie Andrea zum Dank in ein nobles Yuppie-Restaurant zum Abendessen eingeladen. Nach längerem Nachdenken hatte Andrea schließlich eingewilligt. Sie hatte einen Abend gewählt, den Lukas mit seinem Teenklub auswärts verbrachte, und ein Nachbarsmädchen zum Babysitten engagiert. Es war einer der unangenehmsten Abende ihres Lebens geworden. Nicht nur hatte sie sich in dem schicken Lokal völlig fehl am Platz gefühlt und das erlesene mexikanische Essen gar nicht richtig genießen können, sie hatte auch permanent an ihre beiden Kinder zu Hause denken müssen und sich den Kopf darüber zerbrochen, ob es ihnen wirklich gut ging, ob sie schon eingeschlafen waren und ob das Nachbarsmädchen nicht vergessen hatte, Eva-Lea vor dem Zubettgehen eine frische Windel zu verpassen. Schließlich hatte sie es nicht mehr ausgehalten und das

Yuppie-Restaurant noch vor dem Nachtisch verlassen. Zu Hause war alles in bester Ordnung gewesen, aber sie hatte sich geschworen, sich nie mehr gegen ihren Willen zu etwas überreden zu lassen, von dem sie nicht von Anfang an überzeugt war.

Doch inzwischen hatte sich etwas Grundlegendes verändert. Sie war müder geworden. Der Alltag lastete auf ihr und sie war froh, den Kindern und ihren ewigen Quengeleien einen Abend lang zu entrinnen.

Andrea tauchte ihren Löffel in die knusprig karamellisierte Crème-Brûlée und führte ihn langsam zum Mund. Bis jetzt war der Abend harmonisch und erstaunlich herzlich verlaufen. Zwar war sie sich, als sie die schicke Aufmachung von Regina und Francesca gesehen hatte, einen kurzen Moment lang wie ein graues Mäuschen vorgekommen und all ihre Bedenken wegen ihrer spröden, geröteten Haut hatten sich wie eine schwarze Wolke über ihr zusammengeballt, doch durch die herzliche Begrüßung und das echte Interesse an ihrer Person, das sie bei ihren ehemaligen Klassenkameraden verspürte, hatte sich dieses Gefühl schnell wieder verflüchtigt. Es war verblüffend, wie wenig die alten gruppendynamischen Prozesse und Beliebtheitsmuster zum Tragen kamen. Man lernte sich sozusagen wieder von Grund auf neu kennen.

Mit halbem Ohr hörte Andrea der Unterhaltung zwischen Franziska und Gregor zu. Franzsika arbeitete als Kundenberaterin bei der UBS, und das Gespräch drehte sich um Offshore-Geschäfte, Anlagestrategien, Steuerhinterziehung und Datenklau durch verschiedene europäische Regierungen. Zuerst hatte Andrea noch mitdiskutiert, doch dann hatte das Thema sie zu langweilen begonnen. Lieber widmete sie sich ihrem Nachtisch – es ergab sich nicht oft, dass sie in den Genuss solcher kulinarischer Leckerbissen kam.

Zudem war da noch die zu bereinigende Sache aus der Vergangenheit, die ihr mehr und mehr auf dem Magen zu liegen begann. In der ersten hektischen Betriebsamkeit des Sich-wieder-neu-Kennenlernens hatte sie sic erfolgreich aus ihrem Bewusstsein verdrängen können, doch nun kehrte das nagende Schuldgefühl allmählich zurück und baute sich wie ein drohendes Ungetüm vor ihrem inneren Auge auf. Würde sie den Mut haben, die Angelegenheit anzusprechen? Und wenn ja, würde sich ihr die passende Gelegenheit dazu bieten?

Andrea atmete tief durch. Sie musste es einfach wagen.

Suchend blickte sie sich im gedämpften Licht der Designer-Gartenleuchten um. Dieter unterhielt sich mit Stefan, Mark stand mit Carol vorn an der Balustrade und rauchte eine Zigarette. Regina nestelte ein wenig ziellos in ihrer Handtasche herum und zog schließlich eine volle Zigarettenpackung und ein Feuerzeug heraus. Mit einer graziösen Bewegung erhob sie sich und gesellte sich zu Mark und Carol an die Balustrade.

Andrea zögerte nicht lange. Sie erhob sich ebenfalls und erreichte die Balustrade fast gleichzeitig mit Regina.

„Das war jetzt aber höchste Zeit", sagte sie lächelnd, „wenn ich mich nicht zum Aufstehen durchgerungen hätte, wäre ich bestimmt bald auf meinem Stuhl festgewachsen."

„Genau so habe ich mich auch gefühlt." Umständlich zog Regina einen Glimmstängel aus der noch unangebrochenen Packung, zündete ihn mit einer routinierten Bewegung an und inhalierte genüsslich den ersten Zug.

„Du hast bei der Vorstellungsrunde erzählt, dass du im Krankenhaus arbeitest", fuhr Andrea fort. „Auf welcher Abteilung genau?"

„Auf der Herzchirurgie der Zürcher Universitätsklinik. Die meisten Patienten kommen für Bypass- oder Klappen-Operationen, aber wir führen auch Korrekturen von Herzfehlbildungen durch. Nach der Operation werden die Patienten auf der Intensivstation überwacht, bis sie einigermaßen stabil sind, danach werden sie zu uns auf die Abteilung verlegt. Wir führen oft sehr komplexe medizinisch-pflegerische Behandlungen durch, angefangen von elektrischen Infusionspumpen über Spritzenpumpen bis hin zu permanenten EKG-, Blutdruck- und Pulsmessungen."

„Wie lange arbeitest du schon dort?"

Regina musste kurz überlegen. „Seit etwas mehr als fünf Jahren. Davor habe ich eine Ausbildung in Intensivpflege absolviert, aber die Arbeit auf der Intensivstation hat mir nicht besonders gut gefallen. Mir fehlte die Beziehung zu den Patienten. Auf der Herzchirurgie kann ich beides vereinen – anspruchsvolle technische Pflegemaßnahmen und die emotionale Betreuungskomponente. Die Patienten bleiben oft mehrere Wochen bei uns, bevor sie dann in Kur gehen. Da lernt man sich recht gut kennen. Mein Freund wird manchmal ganz eifersüchtig, wenn ich ihm von all den Komplimenten erzähle, die ich von den männlichen Patienten erhalte. Obwohl es natürlich fast ausschließlich ältere Herren sind, haha!“ Sie lachte glockenhell und schnipste mit dem rechten Zeigefinger die Zigarettenasche über die Balustrade.

Verwirrt registrierte Andrea, dass sich ein leises Gefühl der Eifersucht in ihr breitmachte. Regina war so herrlich ungebunden. Sie übte einen Beruf aus, der sie erfüllte und ihr Komplimente einbrachte. Und sie hatte einen Freund, dem es nicht gleichgültig war, wenn andere Männer sie anhimmelten. Lukas reagierte kein einziges Mal eifersüchtig, wenn sie sich mit anderen Männern unterhielt oder als Gastgeberin Komplimente von männlichen Gästen einheimste. Es schien ihm völlig egal zu sein. So, als ob er sie nicht als Frau, sondern bloß als Mutter, Haushälterin und Assistentin wahrnahm.

Noch vor wenigen Monaten hätte sie mit niemandem auf der Welt tauschen wollen. Sie war überzeugt gewesen, dass es keine andere Lebensform mit der von ihr gewählten aufnehmen könnte. Zwar war sie auch heute noch davon überzeugt, dass ihre Aufgabe eine der wichtigsten Aufgaben überhaupt war, aber trotzdem hatte sie zunehmend das Gefühl, dass in ihrem Leben etwas Wesentliches fehlte, etwas, das sie weder beziffern noch konkreter ausformulieren konnte.

„Du hast ebenfalls als Pflegefachfrau gearbeitet, nicht wahr?“, riss sie Reginas melodiöse Stimme aus ihren Gedanken.

Andrea nickte. „In einem kleinen Regionalkrankenhaus. Natürlich bei Weitem nicht vergleichbar mit der herzchirurgischen Abteilung der Zürcher Uniklinik. Unsere Patientenschaft bestand vor allem aus betagten Personen, die entweder gestürzt waren, einen Schlaganfall erlitten hatten oder zu Hause nicht mehr gepflegt werden konnten. Aber mir hat die Arbeit dort sehr gut gefallen – es war richtig familiär. Meist fanden sich gemeinsame Bekannte wie der Dorflehrer, der Postbote oder die Besitzerin des Dorfladens. Man war sozusagen regional verankert und hatte deshalb auch ein ganzheitlicheres Bild von den Patienten und ihrem Umfeld.“

„Das klingt richtig charmant.“ Regina lächelte und entblößte dabei eine Reihe perlend weißer Zähne. „Wenn ich mich richtig erinnere, hast du bei der Vorstellungsrunde gesagt, dass du nicht mehr dort arbeitest, stimmt das?“

Andrea zog mit der linken Hand geistesabwesend die Konturen der Balustrade nach. „Ja, das ist wahr. Kurz vor meiner Hochzeit habe ich gekündigt. Mein Mann ist Jugendpastor in einer ziemlich großen Kirchengemeinde. Er meinte, dass ich ihn bei seiner Arbeit unterstützen könne."

„Und? Wie gefällt dir die Arbeit in der Kirche?"

„Es ist nie dazu gekommen", erwiderte Andrea mit leichtem Bedauern in der Stimme. „Ziemlich bald nach der Hochzeit wurde ich schwanger und musste mit Unterbrechungen fast fünf Monate lang liegen, um das Baby nicht zu gefährden. Und nach der Geburt war eine Mitarbeit bei den Jugendprojekten erst recht nicht mehr drin. Joel-Henri war von Anfang an ein sehr anstrengendes Kind, das meine ganze Aufmerksamkeit beanspruchte."

„Manchmal denke ich, es wäre schön, eine eigene Familie zu haben", sagte Regina verträumt. „Aber dann halte ich mir immer vor Augen, wie sehr ich dadurch meine Unabhängigkeit verlieren würde. Ich könnte nur noch reduziert arbeiten, wäre auf Kinderkrippen und wohlmeinende Nachbarinnen angewiesen und meine Partnerschaft würde sich – Statistiken zufolge – mit fast hundertprozentiger Sicherheit zum Schlechteren verändern. Nein", sie zog die Schultern zusammen und schauderte theatralisch, „das ist die Sache dann doch nicht wert."

Andrea registrierte aus den Augenwinkeln, dass Mark seine Zigarette zu Ende geraucht hatte und die Kippe in hohem Bogen über die Brüstung der Terrasse in die steil abfallende Böschung warf. Er streckte sich und wandte sich dann an seine ehemaligen Mitschülerinnen. „Ich entziehe euch nur ungern meine werte Gesellschaft", sagte er mit einem entwaffnenden Lächeln, „aber ich höre bis hierher, dass die Jungs noch einen guten Kenner der Fußballszene brauchen. Wenn ihr mich also entschuldigen wollt …" Er warf den drei Frauen eine imaginäre Kusshand zu und schlenderte mit weit ausholenden Schritten zum Tisch zurück.

„Na, dann sind wir jetzt ja in der perfekten Konstellation für ein richtiges Frauengespräch." Regina lachte ihr glockenhelles Lachen und wandte sich an Carol. „Was denkst *du* übers Kinderkriegen, Carol? Möchtest du auch lieber deine Unabhängigkeit bewahren oder bist du schon aktiv daran, deine Familienplanung zu gestalten?"

„Ich bin überzeugter Single, habe ich das bei der Vorstellungsrunde nicht gesagt?", erwiderte Carol.

„Schlechte Erfahrungen gemacht, wie?" Regina schien den abweisenden Ton in Carols Stimme bewusst zu ignorieren.

Carol lächelte sybillinisch. „Wie kommst du denn darauf? Hast *du* etwa schlechte Erfahrungen mit Männern gemacht, Regina?"

„Ich? Ja, klar. So wie alle Frauen. Ist doch das Natürlichste auf der Welt. Die meisten Männer sind nun mal selbstverliebte Machos, oder etwa nicht? Mein Ex zum Beispiel hat mich vor einigen Jahren nach fast zehnjähriger Beziehung wegen einer Jüngeren sitzen lassen."

„Oh, das war sicher nicht einfach für dich."

Täuschte sich Andrea oder hatte sich ein leicht sarkastischer Ton in Carols Stimme geschlichen? Sie beugte sich ein wenig vor und musterte ihre ehemalige Freundin diskret.

Als Kind hatte Carol, außer ihrer mahagonifarbenen Haarmähne, nichts Bemerkenswertes aufzuweisen gehabt. Ihr Gesicht war Durchschnitt gewesen, die Nase ein wenig zu groß, das Kinn ein wenig zu spitz. Ihre Ausstrahlung hatte aus einer Mischung aus Schüchternheit und unsicherer Überlegenheit bestanden und bestimmt nicht dazu eingeladen, sich näher mit ihr einzulassen.

Nun stellte Andrea fest, dass sich aus dem farblosen Entlein eine auffallend gut aussehende Frau entwickelt hatte. Carols feine Gesichtszüge wirkten aristokratisch, die Augen waren dunkel und geheimnisvoll. Nur ihre Lockenmähne war noch immer so unbändig und wild wie während der Grundschulzeit, darüber konnte auch die elegante Hochsteckfrisur nicht hinwegtäuschen.

Was sich ebenfalls nicht allzu sehr verändert hatte, war ihre Ausstrahlung. Sie bestand immer noch aus Überlegenheit, zu der sich als zweite Komponente allerdings nicht mehr unbedingt Schüchternheit, sondern eher amüsierte Distanz gesellte. Eine Synthese, die zwangsläufig dieselben Gefühle wie früher auslöste: Man fühlte sich auf eine seltsame Art unterlegen und aus Carols Leben ausgeschlossen.

War das womöglich der Grund, weshalb es keinen Mann an ihrer Seite gab? Vielleicht war Carol gar nicht aus wirklicher Überzeugung Single, sondern aus reiner Notwendigkeit. Weil kein Mann den Mut besaß, sich mit ihr anzufreunden. Was mochte sie wohl erlebt haben, dass sie die Leute derart auf Distanz hielt?

Mit ihrem Aussehen hätte sie der Prototyp einer Femme fatale sein können, die jedem Mann den Kopf verdrehte, wenn sie gewollt hätte. Andrea hatte beobachtet, wie die Augen ihrer ehemaligen Mitschüler bei Carols verspäteter Ankunft zu ihr hingeschnellt waren und sich an ihr festgesogen hatten. Die Unterhaltung hatte für einen kurzen, peinlichen Augenblick gestockt, bis sich alle gefasst und höflich wieder ihrem jeweiligen Gesprächspartner zugewandt hatten. Carol schien das nicht einmal bemerkt zu haben – entweder war sie es gewohnt, dass ihr Auftreten diese Wirkung erzielte oder aber sie hatte keine Ahnung davon. Weil sie sich nämlich aus unerfindlichen Gründen mit aller Kraft da-rum bemühte, die Leute auf Distanz zu halten.

Reginas bitteres Lachen holte Andrea aus ihren Gedanken zurück.

„Ich gebe es ja nicht so gern zu, aber wenn ich ehrlich bin, habe ich die Hölle durchgemacht. Musste fast ein ganzes Jahr lang Psychopharmaka schlucken, um einigermaßen wieder auf die Beine zu kommen. Spätestens da wurde mir klar, dass man keinem einzigen Mann wirklich trauen kann."

Mit einer hektischen Bewegung schnippte sie die Asche ihrer fast zu Ende gerauchten Zigarette über das Geländer und schleuderte die Kippe in weitem Bogen die Böschung hinunter, um sogleich ihre Tasche nach einer neuen Zigarette zu durchwühlen. Fünf Sekunden später inhalierte sie bereits den ersten Zug.

„Deine grundsätzliche Einschätzung von Männern überrascht mich, ehrlich gesagt, überhaupt nicht." Carols Stimme klang trocken wie ein Streichholzpaket. „Was mich viel mehr irritiert, ist, dass du trotz dieser Erkenntnis scheinbar wieder mit einem Mann zusammen bist. Hast du keine Angst, nochmals verletzt zu werden und den Boden unter den Füßen zu verlieren?"

Einen Moment lang starrte Regina schweigend in die Nacht hinaus. „Ich brauche einfach einen Mann an meiner Seite", sagte sie schließlich schulterzuckend. „Ich bin nicht geschaffen fürs Alleinsein. Als Singlefrau würde ich mich einsam und irgendwie zweitklassig fühlen. So, als würde ich nirgends dazugehören. Erlebst du dieses Gefühl nicht auch hin und wieder, Carol? Wenn du zum Beispiel allein in einem Restaurant sitzt oder dir allein im Kino einen Film anguckst? Oder wenn zu einer Teamveranstaltung auch die Partner eingeladen sind und du allein aufkreuzen musst? Hast du dich da noch nie zweitklassig gefühlt?"

Carols Blick wurde abweisend. „Nein, das habe ich nicht", sagte sie gleichmütig.

„Ich weiß nicht, ob man bei diesem Thema so schwarz-weiß malen kann", warf Andrea vorsichtig ein. „Eine Partnerschaft hat nicht für alle denselben Stellenwert. Es gibt nun einmal Frauen und Männer, die lieber für sich allein sind, als in einer für sie einengenden Partnerschaft zu leben. Es ist deshalb nicht unbedingt zwingend, dass sich ein Single minderwertig oder zweitklassig fühlt. Es sei denn, du kennst deinen eigenen Wert nicht und definierst dich nur über den Status und die soziale Stellung, die das Leben als verheiratete oder in einer festen Beziehung lebende Person mit sich bringt."

Andrea brach ab und erschrak über ihren eigenen Mut. Es war schon lange nicht mehr vorgekommen, dass sie ihre Meinung so kategorisch vorgebracht hatte. Und schon gar nicht Leuten gegenüber, die sie nicht einschätzen konnte und deren Gegenwart sie nicht nur verunsicherte, sondern in ihr auch ein Gefühl der Unterlegenheit auslöste. Zudem hatte sie sich eigentlich gar nicht auf eine Diskussion einlassen wollen. Sie benötigte all ihre Kraft und Energie, um den richtigen Zeitpunkt abzuwarten, damit sie die hässliche Sache aus der Vergangenheit zur Sprache bringen konnte. Sie durfte sich keinen Patzer erlauben, nicht jetzt, wo sie so nahe am Ziel war.

Doch was, wenn sie das Ziel gar nicht erreichte, weil ihre Bitte um Vergebung nicht angenommen wurde?

Bitte, Gott, gib mir den richtigen Einstieg. Hilf mir, die richtigen Worte zu finden.

„Willst du damit sagen, ich würde meinen eigenen Wert nicht kennen?" In Reginas melodische Stimme hatte sich ein drohender Beiklang gemischt.

„Nein", versicherte Andrea schnell, „das war überhaupt nicht persönlich gemeint, sondern ganz allgemein. Und außerdem heißt das nicht, dass ich Beziehungen an und für sich nicht wichtig finde. Im Gegenteil. Ich bin überzeugt, dass kein Mensch ohne Beziehungen, sei es zu Freunden, der Familie, dem Lebenspartner oder Arbeitskollegen leben kann. Sonst würde seine Seele verkümmern."

Sie bemerkte, dass sich der abweisende Ausdruck in Carols dunklen Augen verstärkte. Es war, als würde sie in einen tiefen, schwarz glänzenden Krater ohne Boden blicken. Was hatte ihre ehemalige Schulfreundin bloß erlebt, dass sie eine solch feindliche Distanz ausstrahlte?

„Hallo Mädels, in irgendeiner Tasche hier klingelt ununterbrochen ein Handy!" Stefan winkte mit beiden Armen, als wäre er sich nicht sicher, ob seine Stimme allein genügte, um ihre Aufmerksamkeit zu erregen. „Der Anrufer startet jetzt schon mindestens den fünften Versuch – wahrscheinlich schaltet sich zwischendurch immer wieder die Mailbox ein …"

Wie elektrisiert rannte Andrea zum Tisch zurück. Intuitiv wusste sie, dass das ununterbrochen klingelnde Mobiltelefon ihr gehörte. Den Kindern war etwas zugestoßen. Lukas war etwas zugestoßen. Und sie amüsierte sich hier, genoss den Abend ohne ihre Familie. Mit zitternden Fingern nestelte sie ihr Handy aus der großen, selbst genähten Planentasche. Es hatte aufgehört zu klingeln. Einen kurzen Moment hoffte sie, dass sie sich getäuscht hatte. Dass es Carols oder Reginas Telefon gewesen war. Doch ein Blick aufs Display genügte und ihre Hoffnung löste sich in winzig kleine Luftpartikel auf.

Fünf verpasste Anrufe. Hastig klickte sie sich in die Anrufliste ein. Nicki. Eine kalte Hand griff nach ihrem Herzen. Bestimmt befand sich Nicki mit den Kindern irgendwo in der Notaufnahme des nächsten Krankenhauses. Eine Flut von möglichen Diagnosen flimmerte wie ein Endlosfilm über die Leinwand ihres inneren Auges. Eine Platzwunde im Gesicht. Ein durchgebrochener Blinddarm. Ein gebrochener Arm. Ein Erstickungsanfall durch einen irrtümlich verschluckten Gegenstand.

Bevor sie die Rückruftaste betätigen konnte, klingelte das Telefon erneut.

„Ja?" Ihre Stimme klang schrill und seltsam krächzend.

„Andrea, gut, dass ich dich endlich erreiche", sagte Nicki ein wenig atemlos. „Es ist nichts Schlimmes passiert, aber –"

Im Hintergrund hörte Andrea lautes Gebrüll. Sie unterschied Eva-Leas hohes Wimmern von Joel-Henris tief aus der Brust kommenden Schluchzern.

„Ist ihnen etwas zugestoßen? Seid ihr im Krankenhaus?", keuchte sie.

„Nein", sagte Nicki beruhigend. „Sie brüllen einfach wie am Spieß. Ohne erkennbaren Grund. Joel-Henri ist vor zwanzig Minuten aufgewacht und hat gemerkt, dass du nicht da bist. Seither ist er untröstlich. Ich habe schon alles versucht – ihm eine Limo zu trinken gegeben, eine Geschichte erzählt, mit seinen Plüschtieren ein kleines Theaterstück aufgeführt. Es hat alles nichts gebracht. Im Gegenteil. Sein Gebrüll hat Eva-Lea aufgeweckt und nun schreien die beiden stereo und wetteifern miteinander, wer mehr Ausdauer in der Stimme hat. Es tut mir leid, dass ich dich störe, aber ich bin wirklich mit meinem Latein am Ende."

Erleichterung durchflutete Andrea wie ein klarer Wasserstrahl, der über ausgedörrte Erde fließt und langsam darin versickert. Die Kinder waren gesund und unversehrt. Niemand war im Krankenhaus. Es war alles gut. Unwillkürlich streifte ihr Blick die Leute am Tisch. Erst jetzt bemerkte sie, dass alle in der Runde sie erstaunt und ein wenig besorgt anstarrten.

„Alles in Ordnung?", formte Stefan mit den Lippen.

Sie nickte und zeigte mit dem Daumen nach oben, während ein abwesendes Lächeln über ihr Gesicht zuckte.

„Hallo, Andrea, bist du noch dran?", drang Nickis erschöpfte Stimme an ihr Ohr.

„Ja. Gib mir doch bitte mal Joel-Henri ans Telefon."

„Ist gut." Sie hörte Nicki etwas flüstern, dann vernahm sie nur noch die unkontrollierten Schluchzer ihres Sohnes. Sie entfernte sich ein wenig vom Tisch, um ungestört mit ihm sprechen zu können.

„Joel, kannst du mich hören? Mama ist da, hörst du? Mama kommt bald nach Hause, du musst keine Angst haben."

„Mamaaa!", heulte Joel-Henri ins Telefon. „Mamaaa! Wo bist du? Ich habe solche Angst! Ich will nicht bei Nicki bleiben!"

„Sch-t. Es ist alles gut, hörst du? Mama kommt sofort nach Hause. Sei tapfer und geh jetzt wieder ins Bett. Nicki wird sonst ganz traurig, wenn ihr so schreit."

Allmählich verebbten Joel-Henris Schluchzer. „Ich gehe nicht ins Bett", sagte er schniefend, „ich warte, bis du kommst. Aber ich bin lieb zu Nicki. Sie soll nicht traurig sein."

„Okay", sagte Andrea resigniert. „In einer halben Stunde bin ich zu Hause." Sie verabschiedete sich von ihrem jetzt plötzlich ganz vernünftig wirkenden Sohn und ging langsam zum Tisch zurück. Die Erleichterung, die sie im ersten Moment verspürt hatte, war einer tiefen Mutlosigkeit gewichen. Sie musste sofort aufbrechen. Sie würde nicht mehr dazu kommen, die Sache aus der Vergangenheit zu bereinigen. Wenn sie bloß nicht so lange gezögert hätte! Nun blieb ihr nichts anderes übrig, als unverrichteter Dinge nach Hause zurückzukehren und die ganze Last weiter mit sich herumzuschleppen.

Mechanisch packte sie ihre Sachen zusammen, während sie ihre ehemaligen Klassenkameraden über die Gründe für ihren überstürzten Aufbruch informierte. Die Leere, die in ihrem Herzen klaffte, war so groß, dass sie ihr fast die Tränen in die Augen trieb.

Der Abend war auf der ganzen Linie ein Reinfall gewesen.

Kapitel 10

Sonntag, 7. Juli, 1.30 Uhr

Ich habe es getan. Ich habe mich auf das Spiel eingelassen. Ein mehr als einseitiges Spiel, wie ich freimütig zugebe. Ein Spiel, das nur ich durchschaue und das nach meinen Regeln gespielt wird.

Nie hätte ich gedacht, dass ich mein Teilwissen einmal auf diese Weise einsetzen kann. Immer war ich im Nachteil, der Spielball, zur Nichtbeachtung verurteilt. Aber nun sind die Machtverhältnisse vertauscht. Ich weiß etwas, das sie nicht weiß. Und dieses Wissen kann ich beliebig einsetzen.

Ich bestimme, in welchen Häppchen ich es ihr verfüttere. Wie viele und welche Informationen ich preisgebe. Endlich einmal habe ich die vollständige Kontrolle über die Situation.

Denn ihr Wissen ist verloren gegangen. Es ist tief unter den Schichten ihrer Erinnerung verborgen. Wenn ich an die Hilflosigkeit denke, die sie den ganzen Abend hindurch ausgestrahlt hat, fühle ich mich immer noch wie berauscht. Genau diese Hilflosigkeit hat mich gelockt, den Ball, den sie mir unwissentlich zugespielt hat, aufzufangen und zum Gegenwurf auszuholen.

Und meine Spielstrategie hat sich ausgezahlt.

Ich habe gesehen, wie blass sie geworden ist, als sie den Zettel gelesen hat. Ich habe den Ausdruck der Fassungslosigkeit in ihren Augen gesehen. Die Angst, die sie verspürt hat.

Ja, sie hatte Angst.

Nackte Angst.

Ich habe es genau gesehen.

Natürlich bin ich mir bewusst, dass ich die Spielregeln nicht ewig bestimmen kann. Irgendwann wird sich das Spiel verselbständigen, von einer Eigendynamik erfasst werden. Es wird mir entgleiten. Dann nämlich, wenn ihre Erinnerung zurückkehrt.

Sie wird zurückkehren, davon bin ich überzeugt.

Ich werde ihr dabei behilflich sein und mich über die Fassungslosigkeit in ihren Augen amüsieren. Ich werde das Gefühl der Macht, das ich über sie besitze, in vollen Zügen auskosten. Und wenn ihre Erinnerung zurückkehrt, werde ich einen doppelten Triumph feiern. Die Schmach der Vergangenheit, die Schmach des Nichtbeachtetwerdens, wird für immer getilgt sein. Nie mehr werde ich diese nagende Sehnsucht verspüren, die mir vor vielen Jahren in meiner unsichtbaren Beobachterrolle manchmal fast das Herz zerrissen hat. Nein, ich werde mich nur noch an das berauschende Gefühl der Macht erinnern.

Und ich werde die ganze Geschichte kennen. Wenn sie ihr Gedächtnis wiedergefunden hat, wird sie in der ersten Erleichterung alles ausplappern. Ich muss einfach dafür sorgen, dass ich dann zur Stelle bin.

Denn meine Ungewissheit macht mir immer noch zu schaffen.

Immer noch höre ich die Schreie in der Nacht. Höre, wie die Flammen prasseln. Höre mich selbst atmen im gespenstisch erleuchteten Dickicht vor der kleinen Holzhütte.

Und ich spüre die Hitze, die von den Flammen ausgeht, eine Hitze, die alles in ihren heißen Sog zu zerren scheint. Wie ein schwarzes Loch, das alles verschlingt.

Das Grauen schnürt mir die Kehle zu. Ich bin wie festgewachsen, kann mich nicht bewegen. In das Grauen mischt sich eine makabre Art von Faszination. Noch nie habe ich die Macht der Flammen in ihrer ganzen zerstörerischen Urgewalt gesehen.

Sie lodern, sie reißen, sie zerren, sie lecken, sie züngeln, sie spielen.

Ein Spektakel, das ich nie mehr vergessen werde.

Kapitel 11

Sonntag, 7. Juli, 8.15 Uhr

Ruckartig setzte sich Carol im Bett auf. Sie war schweißgebadet. Ihr Kopf hämmerte und hinter ihren Schläfen pochte ein unangenehmer Schmerz. Es dauerte einen Augenblick, bis sie sich orientieren konnte. Doch dann schoss die Erinnerung an letzte Nacht wie glühende Nadelstiche durch das dumpfe Pochen in ihren Schläfen.

ICH WEISS, WESHALB DU DICH NICHT MEHR ERINNERN KANNST.

Sosehr sie sich auch bemüht hatte, die Person, die ihr den Zettel zugesteckt hatte, ausfindig zu machen, es war ihr einfach nicht gelungen. Niemand hatte sich auf irgendeine Art und Weise verraten, niemand hatte sie besonders lange oder intensiv gemustert, niemand durch eine beiläufig hingeworfene Bemerkung verlauten lassen, dass er oder sie eventuell mehr wusste. Sie hatte sich große Mühe gegeben, mit jedem Einzelnen aus der Runde ins Gespräch zu kommen, hatte sich sogar nach dem offiziellen Ende des Ehemaligentreffens noch in eine Bar mitschleppen lassen, um weiterzufeiern – aber es war alles umsonst gewesen.

Als sie um halb drei endlich bei sich zu Hause angekommen war, hatte sie als Erstes ihren Computer gestartet und den Namen *Peter Müller* durch sämtliche existierenden Suchmaschinen gejagt. Google. Yahoo. Infoseek. Lycos. Wie sie vermutet hatte, war es vergebliche Liebesmüh gewesen. Allein Google hatte den Namen auf über 350.000 Websites in der Schweiz aufgespürt. Sie hatte sich halbherzig durch die ersten dreißig Sciten geklickt und mindestens zehn verschiedene Personen gefunden, die Peter Müller hießen. Einen Arzt, einen Hochschuldozenten, einen Tischler, einen Maler, einen Klempner, einen Bürofachangestellten. Seufzend hatte sie den Computer wieder heruntergefahren und war zu Bett gegangen.

Wie erwartet hatte sie schlecht und unruhig geschlafen. In rasch wechselnder Reihenfolge waren der Name *Peter Müller*, der handgeschriebene Zettel mit den großen, leicht geneigten Druckbuchstaben und die Gesichter ihrer ehemaligen Schulkameraden durch ihre wirren Träume gegeistert.

Mit zitternden Händen strich sich Carol die verschwitzten Locken aus der Stirn. Sie musste nachdenken. Was sollte sie als Nächstes tun?

Das Pochen hinter ihren Schläfen wurde heftiger. Mühsam schälte sie sich aus dem Bett und wankte ins Bad, wo sie ihre kleine Hausapotheke aufbewahrte. Sie drückte zwei Paracetamol-Tabletten aus der Blisterverpackung, füllte ihren Zahnputzbecher mit Wasser und spülte die länglichen Pillen hastig hinunter. Dann ließ sie sich auf den Badezimmerboden sinken, winkelte ihre Knie an, stützte das Kinn auf die verschränkten Arme und versuchte nachzudenken.

Laut ihren ehemaligen Klassenkameraden war Peter Müller zu Beginn der sechsten Grundschulklasse zu ihnen gestoßen. Alle hatten ihn sofort ins Herz geschlossen – die Jungs, weil er gut in Sport war, die Mädels, weil er gut aussah. Nur sie hatte sich seinem Charme gegenüber scheinbar verschlossen. Bis zu dieser Buchpräsentation. Bis sie herausgefunden hatte, dass sie Seelenverwandte waren, dass hinter seinem stattlichen Äußeren und der Sportbegeisterung mehr steckte. Sie hatten über die Ungerechtigkeit in der Welt gesprochen. Und er hatte Anwalt oder Polizist werden wollen.

Andrea war, wie sie aus den verschiedenen Erzählungen herausgefiltert hatte, alles andere als glücklich über ihre Freundschaft mit Peter gewesen. Sie hatte sich jahrelang alle erdenkliche Mühe gegeben, Carol aus ihrer selbstgewählten Isolation herauszulocken, und dabei nur mäßigen Erfolg verbuchen können. Und dann war aus heiterem Himmel ein unbedeutender Junge aufgekreuzt, dem es in kürzester Zeit gelungen war, sie nicht nur aus der Isolation zu locken, sondern aus ihr einen anderen Menschen zu machen.

Wenn sie den gestrigen Erzählungen Glauben schenken konnte.

Ächzend erhob Carol sich vom gekachelten Badezimmerboden und tappte mit bloßen Füßen ins Wohnzimmer.

Normalerweise freute sie sich jedes Mal über das fröhlich bunte Farbendurcheinander, das dort herrschte – angefangen beim grasgrünen Alcantarasofa, auf dem sich unzählige gelbe und orangefarbene Seidenkissen stapelten, weiter über den tropfenförmigen Riesensitzsack in denselben Farbtönen und die beiden weiß lackierten Sideboards bis hin zu den dezenten hellblauen Tüllvorhängen, die in verspielten Bahnen vor den doppelt verglasten Sprossenfenstern baumelten. Carol liebte Farben über alles und als sie vor drei Jahren dieses alte, für den Sechzigerjahrebaustil typische Vorstadtreihenhaus in Zürich Schwammendingen mit den knarrenden Holzdielen, dem verwilderten Vorgarten, der gelb gestrichenen Küche und dem erst kürzlich renovierten Badezimmer besichtigt hatte, hatte sie sofort gewusst, dass dies ihr neues Zuhause werden würde. Sie hatte sich im Bewerbungsverfahren um das Haus gegen über dreißig Mitbewerber durchgesetzt und war schließlich stolze Mieterin einer Liegenschaft im ruhig gelegenen Stadtrandquartier Schwammendingen geworden.

Als Erstes hatte sie sich um die Hauseinrichtung gekümmert und möglichst farbenfrohe Wandbehänge, Sitzkissen und Dekogegenstände gekauft. Danach war der verwilderte Vorgarten an der Reihe gewesen. Sie hatte das Dornengestrüpp in mühseliger Kleinarbeit herausgerissen, die teilweise abgestorbenen Hecken und Sträucher entfernt und einen Rosenbaum, Fliederbüsche und ein ganzes Heer von bunten, duftenden Blumen angepflanzt. Im Frühjahr blühten Tulpen und Narzissen in den verschiedensten Farben und Formen, im Sommer Dahlien, Lilien, Rosen und Gladiolen, und im Herbst Astern und Chrysanthemen. Die Blumenbeete waren asymmetrisch angelegt, die Pflanzen wucherten teilweise wild durcheinander, aber das kümmerte sie nicht im Geringsten. In ihrem Garten konnte sie abschalten, den nervenaufreibenden Alltag vergessen, die Gedanken und die Seele baumeln lassen.

Sie war gern allein. Die sozialen Kontakte, die sich durch ihre Arbeit beim Jugendamt ergaben, genügten vollständig, um jedes Gefühl von Einsamkeit im Keim zu ersticken. Sie war immer richtig froh, wenn sie sich am Abend in ihr eigenes behagliches Heim zurückziehen und in ihre Gedankenwelt versinken konnte, ohne dass sie neugierige Fragen über ihren Tagesablauf beantworten musste. Was sie am ehesten vermisste, war eine Katze. Aber sie war schon als Kind gegen Katzenhaar allergisch gewesen und im Lauf der Jahre war ihre Allergie eher noch schlimmer geworden.

Carol ließ sich aufs Sofa plumpsen und hoffte, dass die farbenfrohe Stimmung im Raum ihre Gedanken in die richtige Richtung lenken würde.

Andrea. Könnte sie vielleicht den ominösen Zettel geschrieben haben? Sie war eifersüchtig gewesen, hatte es nicht gut verkraftet, dass sie sich von ihr abgewandt und Peter zugewandt hatte. War das jetzt ihre Art von Rache?

Nein. Carol schüttelte den Kopf und merkte, dass ihre Schläfen immer noch schmerzhaft pochten. Andrea litt vielleicht an einem etwas übermäßig ausgeprägten Helfersyndrom, aber bösartig war sie nicht. Sie wäre niemals in der Lage, anderen Leid zuzufügen und heimlich darüber zu frohlocken.

Doch wer war es dann? Wer wusste, was ihre Gedächtnislücke verursacht hatte?

Seufzend erhob Carol sich vom Sofa und schlurfte in die Küche. Sie musste Sofia anrufen. Sofia würde wissen, was zu tun war. Vielleicht hatte sie sogar die nötigen Kontakte, um Peter Müller ausfindig zu machen. Und falls nicht, könnte sie ihr wenigstens dabei behilflich sein, Erklärungsversuche für die sie immer stärker beunruhigende Erinnerungslücke zu finden. Denn wenn Peter weder ein Langeweiler gewesen war noch ein nichtssagender Rotzjunge, den sie nur von fern wahrgenommen hatte, weshalb dann dieser totale Filmriss?

Hatte Marks These vom Verdrängungsmechanismus vielleicht tatsächlich eine gewisse Berechtigung?

Mit fahrigen Bewegungen legte sie eine Kapsel extrastarken Kaffees in den sündhaft teuren Kaffeeautomaten, den sie sich vor zwei Monaten angeschafft hatte, füllte den Behälter mit frischem Wasser, stellte eine Espressotasse unter den verchromten Auslauf und drückte den Startknopf. Wenig später waberte der aromatisch-würzige Duft von frisch gebrühtem Kaffee durch sämtliche Räume.

Carol ergriff die zierliche Tasse mit beiden Händen und nahm einen vorsichtigen Schluck. Doch anstatt der erwarteten wohligen Wärme durchströmte sie ein jähes Gefühl der Übelkeit. Sie setzte die Tasse ab, ließ sich auf einen der gelb-orange gestreiften Küchenstühle sinken und presste die Hände auf ihren Oberbauch. Ihr Atem ging flach. Wahrscheinlich hätte sie die Tabletten weder auf leeren Magen nehmen noch mit Kaffee nachspülen sollen. Doch sie hatte so selten Kopfschmerzen, dass sie jedes Mal wieder von Neuem ausprobieren musste, was im Moment gerade half. Und noch nie hatte sie gleichzeitig zu den Kopfschmerzen auch Übelkeit verspürt.

Angestrengt versuchte sie sich auf ihre Atmung zu konzentrieren. Ein

– aus – ein – aus – ein – aus. Ihre Brust hob und senkte sich in rhythmischem Gleichmaß. Langsam ließ die Übelkeit ein wenig nach.

Carol blieb noch einen Augenblick sitzen, dann erhob sie sich vorsichtig, ging zur Spüle, füllte ein Glas mit kaltem Wasser und nahm ein paar zaghafte Schlucke. Das kühle Nass beruhigte ihre aufgewühlten Magennerven so plötzlich, wie sie zu rebellieren begonnen hatten. Carol trank das Glas bis zum letzten Tropfen leer und atmete ein paarmal tief durch. Der dumpfe Druck hinter ihren Schläfen war zwar immer noch da, aber die Schmerzintensität hatte deutlich abgenommen.

Nach einem weiteren Glas Wasser fühlte sie sich halbwegs in der Lage, Sofia anzurufen. Doch zu ihrem großen Erstaunen meldete sie sich weder auf dem Festnetzanschluss noch auf dem Handy. Das war merkwürdig. Normalerweise führte sie ihr Mobiltelefon immer mit sich, für den Fall, dass sie von einem ihrer Auftraggeber über eine neue Story informiert wurde und sich sofort zum Ort des Geschehens begeben musste.

Carol wählte ihre Handynummer ein zweites und ein drittes Mal, aber der Erfolg blieb aus: Sofia meldete sich nicht. Beim vierten Mal hinterließ sie ihr eine Nachricht auf dem Anrufbeantworter, in der sie sie bat, sobald wie möglich zurückzurufen. Danach steckte sie das Telefon wieder auf die Basisstation und überlegte sich, was sie mit dem angefangenen Morgen tun sollte. Auf ein ausgiebiges Frühstück hatte sie im Augenblick keine Lust, zum Lesen war der Schmerz hinter ihren Augen noch zu stark, Sport treiben war zu anstrengend und auf eine Plauderei mit einer x-beliebigen Kollegin konnte sie problemlos verzichten. Entweder legte sie sich noch einmal ein wenig hin und wartete, bis ihr Kopf wieder vollständig in Ordnung war, oder sie raffte sich zu einem Spaziergang an der frischen Luft auf. Nach längerem Nachdenken entschied sie sich für die zweite Möglichkeit. Es war noch nicht zu heiß, die vom Tau benetzte Morgenluft würde ihre Lebensgeister neu beleben und vielleicht würde sich der Gedankennebel, der sich wie ein eisernes Spinnennetz um ihren Kopf gelegt hatte, von selbst in Luft auflösen.

Fünf Minuten später hatte sie ihre Freizeitkleidung – hellblaue kurze Jeans, ein weißes T-Shirt mit der Aufschrift *Pulp Fitness* und weiße Sportschuhe – angezogen und befand sich auf der kleinen Straße, die von ihrem Haus zum nahe gelegenen Wald führte. Von Weitem hörte sie die Kirchenglocken neun Uhr schlagen und danach übergangslos in das sonntägliche Glockengeläut übergehen, das die Kirchgänger daran erinnern sollte, den Gang ins Gotteshaus nicht zu verpassen.

Ein wehmütiges Gefühl stieg in Carol hoch, eine Mischung aus Sehnsucht und Nostalgie. In ihrer Kindheit war sie jeden Sonntag mit ihren Eltern zusammen in die Kirche gegangen. Sie erinnerte sich an den betagten Pastor mit seinen gütigen Augen und der wohlklingenden Stimme. Andächtig hatte sie seinen Predigten gelauscht und sich kein Wort entgehen lassen. Auch an das Orgelspiel und die getragenen Harmonien der Kirchenchoräle erinnerte sie sich. Oder wie sich das Licht in den in allen Regenbogenfarben schillernden Glasfenstern gespiegelt und kleine bunte Strahlen zu ihr hingeschickt hatte.

An eine Predigt erinnerte sie sich besonders gut. Der Pfarrer hatte über Isobel Kuhn, eine Missionarin, die in China tätig gewesen war, gesprochen. Isobel stammte aus einem christlichen Elternhaus, hatte sich aber als junge Erwachsene vom Glauben abgewandt und erst durch einige schwere Lebensenttäuschungen wieder zu Gott zurückgefunden. Ihre Erfahrungen schrieb sie Jahre später in einem Buch nieder. Sie verglich dabei das Leben mit zwei verschiedenen Wegen. Und zwar nicht mit einem breiten und einem schmalen Weg, wie es in der Bibel zu finden und von zahlreichen Künstlern durch die Jahrhunderte hindurch in den verschiedensten Variationen aufgegriffen worden war, sondern mit einem Höhenweg und einem Weg in den dunstigen Ebenen. Der Ausdruck *dunstige Ebenen* hatte Carol damals schwer beeindruckt. Sie hatte sich die schattenhaften Umrisse der Personen vorgestellt, die in den dunstigen Ebenen herumirrten, sich aneinander stießen, sich nach Sonnenlicht und frischer Luft sehnten, aber immer nur von demselben undurchdringlichen Nebel umhüllt waren. Damals hatte sie sich vorgenommen, nie in die dunstigen Ebenen hinabzusteigen, sondern immer auf dem Höhenweg zu bleiben, dort, wo die Sonne schien, wo es keinen Nebel gab und wo Gott mit seiner Liebe zu finden war.

Aber es war anders gekommen. Nach dem Umzug nach Uster waren sie in eine neue Kirche gegangen. Carol hatte dort nie Fuß fassen können. Der Pfarrer war jung und politisch sehr engagiert gewesen. Anstatt über den Höhenweg und die dunstigen Ebenen hatte er über Entwicklungsprojekte in Afrika gepredigt, gegen die Umweltverschmutzung gewettert und für die Teilnahme an Demonstrationen gegen die Unterdrückung von Minderheiten geworben. Auch die Musik war anders gewesen, moderner, dynamischer. Carol hatte die andächtige Atmosphäre, die altehrwürdigen Choräle und die gütigen Augen des alten, weisen Pfarrers vermisst. Nach und nach waren ihre Kirchenbesuche immer seltener geworden.

Ein plötzliches Frösteln durchfuhr sie. Die Predigt über den Höhenweg und die dunstigen Ebenen musste der Pfarrer kurz vor ihrem Umzug nach Uster gehalten haben. Sie erinnerte sich an die Hitze, die ihr nach dem Verlassen der Kirche entgegengeschlagen war, an eine strahlende Sommersonne und ein anschließendes Picknick im Wald mit ihren Eltern.

Und sie erinnerte sich noch an etwas anderes. Wieder durchfuhr sie ein eisiges Frösteln.

Sie hatte sich mit Peter über die Predigt unterhalten.

Sie gehen zusammen eine Straße entlang. Es duftet nach Sommerflieder und frisch geschnittenem Gras. In den Vorgärten der dicht besiedelten Straße blühen bestimmt Hunderte von Blumen. Aber sie haben keinen Blick für die bunte Pracht. Sie sind in eines jener Gespräche vertieft, die ihrer Beziehung diesen besonderen Reiz verleihen.

„Nehmen wir an, du kannst zwischen zwei Wegen wählen – einem Höhenweg und einem Weg in der flachen, breiten Ebene. Um den Höhenweg zu erreichen, musst du zuerst steil bergauf gehen. Wenn du ihn dann erreicht hast, ist es unheimlich anstrengend, darauf zu bleiben, denn er ist unwegsam, gebirgig und teilweise zerklüftet. Dafür hast du eine wunderschöne Aussicht, es scheint pausenlos die Sonne und die Luft ist frisch und rein. Der Weg in der Ebene hingegen ist flach und gut gepflastert. Du kannst nicht ausrutschen und es ist auch nicht gefährlich, darauf zu gehen. Der Nachteil ist, dass es in der Ebene immer neblig ist. Alles wird von einem schattenartigen Dunst umfangen, der alle Farben einfach verschluckt. Also – welchen Weg würdest du wählen?“

Sie blickt Peter gespannt an.

Er zögert keine Sekunde. „Den Höhenweg natürlich. Gefahren finde ich spannend und ohne Farben könnte ich sowieso nicht leben.“ Seine dunklen Augen blicken sie unverwandt an. „Und du, welchen Weg würdest du wählen?“

„Fragst du das jetzt im Ernst?“ Lächelnd schüttelt sie den Kopf. „Natürlich ebenfalls den Höhenweg. Und weißt du, wofür der Höhenweg steht?“

Sie wartet Peters Antwort nicht ab, sondern fährt gleich fort: „Es ist der Weg mit Gott. Das hat unser Pfarrer in der letzten Predigt gesagt. Die meisten Menschen leben in den dunstigen Ebenen, aber sie merken nicht einmal, dass ihnen die Farben fehlen und alles im Schatten liegt, weil der Weg in der Ebene so bequem ist. Der Weg mit Gott hingegen ist steil und unwegsam, aber dafür scheint dort immer die Sonne und man sieht alles von oben. Ist das nicht ein interessanter Vergleich?"

Peters markante Gesichtszüge verfinstern sich. „Ich glaube nicht, dass es Gott gibt", antwortet er langsam.

„Aber natürlich gibt es Gott", sagt Carol lebhaft, „das sieht man doch schon in der Natur. Nimm zum Beispiel die Ameisen, die haben wir doch erst kürzlich im Biologieunterricht durchgenommen. Weshalb funktioniert ihre Zusammenarbeit so reibungslos? Wer teilt ihnen ihre Aufgaben zu? Bestimmt nicht der Zufall, sondern ein geniales Gehirn, eine schöpferische Macht, die nur Gott sein kann."

Peters Gesichtszüge verfinstern sich noch mehr. Eine steile Falte bildet sich zwischen seinen Augenbrauen. „Wenn es Gott gäbe, weshalb lässt er dann zu, dass der Schwächere unterdrückt wird, dass es Kriege, Not, Schmerz und Ungerechtigkeit gibt? Weshalb lässt er Hungersnöte, Missbrauch, Vergewaltigungen und Misshandlungen zu? Weshalb –"

Ein leises Geräusch riss Carol jäh aus der inneren Rückblende. Ruckartig schnellte sie herum. Der Weg hinter ihr war leer, das niedrig wachsende Unterholz ebenso. Nichts deutete auf die Gegenwart eines anderen Menschen in ihrer Nähe hin. Das Geräusch musste durch ein Tier verursacht worden sein, durch einen Vogel vielleicht oder eine Maus.

Schon wollte sie sich beruhigt umdrehen und weitergehen, als sich plötzlich ihre Nackenhaare aufstellten. Irgendetwas störte sie, aber sie kam nicht gleich darauf, was es war. Doch dann wurde es ihr mit einem Schlag bewusst.

Es war zu still.

Das Zwitschern der Vögel hatte aufgehört. Es war, als hielte die Natur den Atem an.

Ein eisiger Schauer rann durch Carols Adern, ihr Puls begann zu rasen. Befand sich außer ihr sonst noch jemand im Wald? Eine Person, die sich vielleicht irgendwo hinter einem Baum oder einer Wegbiegung versteckte? Sollte sie zurückgehen und nachschauen? Oder war es besser, einfach weiterzuschlendern und so zu tun, als hätte sie nichts gehört?

Fieberhaft versuchte Carol, das undurchdringliche Grün des Waldes mit den Augen zu durchpflügen. Nichts. Kein Laut, keine Gestalt, keine Bewegung. Nur das leise Rascheln der Blätter im sanften Sommerwind.

Sie atmete tief durch. Nach den gestrigen Ereignissen und dem soeben durchlebten Erinnerungsflash war es kein Wunder, dass sie überall Gespenster sah. Ihre Nerven waren völlig überreizt. Irgendein größeres Tier hatte die Vögel zum Verstummen gebracht, ein Marder vielleicht oder ein Fuchs. Niemand verfolgte sie, niemand lauerte ihr auf, sonst hätte sie es bestimmt schon früher bemerkt. Sie drehte sich um und straffte trotzig die Schultern. Sie würde ihren Sonntagsspaziergang ruhig und ohne Eile beenden, sich zu Hause mit einem guten Buch in den Garten setzen – die Kopfschmerzen hatten sich zum Glück an der frischen Luft in Nichts aufgelöst – und warten, bis Sofia sich meldete. Auf gar keinen Fall würde sie sich von einem unbestimmbaren Geräusch im Wald ins Bockshorn jagen lassen. Je ruhiger und entspannter sie war, desto eher würde ihre Erinnerung an Peter Müller und an das, was damals geschehen war, zurückkehren.

Kapitel 12

Montag, 8. Juli, 0.40 Uhr

Wenn ich gewusst hätte, dass die Beschattung so enden würde, hätte ich gar nicht erst damit begonnen.

Zuerst ging alles ganz gut. Ich habe sie vor ihrem Haus abgepasst. Ich wollte sie im Auge behalten. Vielleicht würde sie sich mit jemandem treffen, um sich über das Klassentreffen und den kleinen weißen Zettel zu unterhalten. Am Samstagabend war sie auf der Hut gewesen, weil sie nicht wusste, wem sie trauen konnte und wem nicht. Aber jetzt, einen Tag später, würde sie bestimmt mit einer ihr nahestehenden Person Kontakt aufnehmen, um sich Rat und Unterstützung zu holen.

Wie selbstverständlich schlug sie den Weg zum Wald ein. Ich folgte ihr mit großem Abstand, versteckte mich zwischendurch hinter Hecken, Büschen oder Bäumen. Ich kam mir vor wie damals, fühlte mich ganz in meinem Element. Alte Pfadfinderkenntnisse verliert man nie und im heimlichen Verfolgen bin ich von jeher unschlagbar gewesen.

Doch dann kam der Jäger.

Plötzlich geriet er in mein Blickfeld. Er trug eine grün-braune Militärhose und ein dunkelgrünes T-Shirt. Sein Haar wurde von einer braunen Baseballmütze verdeckt. In der linken Hand hielt er eine doppelläufige Flinte, wie man sie aus alten Militär- oder Abenteuerfilmen kennt. Er war mittelgroß, drahtig und unglaublich wendig. Schlangengleich huschte er von Baum zu Baum. Zuerst dachte ich, dass er vielleicht einen Hasen, ein Reh oder ein anderes Waldtier verfolgen würde, und dass alles nur ein merkwürdiger, dummer Zufall war.

Ich stellte mich hinter einen Baum und wartete.

Der Weg machte eine leichte Biegung. Unvermittelt begann der Jäger zu rennen. Weiter vorn erhob sich, groß und klotzig, ein Holzstapel. Der Jäger erreichte den Stapel, suchte hinter ihm Deckung, begab sich in Position und legte das Gewehr an. Doch er zielte nicht etwa auf ein Tier. Das hätte ich bemerkt, auch wenn ich nicht das geübte Auge eines Jägers besitze.

Nein, er zielte auf sie, *und zwar direkt auf ihr Herz. Wie eine Statue stand er da, reglos, bedrohlich, düster, unheilschwanger.*

Mein Puls beschleunigte sich, meine Atmung wurde unregelmäßig. Was hatte er vor? Wollte er sie etwa erschießen, hier mitten auf dem Waldweg? Oder bloß erschrecken? Wie würde er reagieren, wenn er mich erblickte?

Im Bruchteil einer Sekunde hatte ich meine Entscheidung getroffen. Ich tat dasselbe wie damals. Ich nahm meine Beine in die Hand und lief weg. Nur fort von hier, und zwar so schnell wie möglich.

Ich rannte wie von einer ganzen Hundemeute getrieben. Meine Nerven waren bis zum Äußersten gespannt. Gehetzt wartete ich auf das trockene Knallen des unvermeidlichen Schusses. Doch ich hörte nichts. Hatte der Jäger vielleicht einen Schalldämpfer auf die Flinte geschraubt? Verschiedene Bilder nahmen vor meinem inneren Auge Gestalt an, überlagerten sich, formten sich zu einem großen Ganzen. Der Jäger, wie er sie ins Visier nahm, eiskalt, völlig empfindungslos. Routiniert berechnete er die Schussdistanz, wartete, bis sie sich im richtigen Winkel zu ihm befand. Dann drückte er ab. Sie sackte nach hinten, war so überrascht, dass sie nicht einmal einen Schrei ausstoßen konnte.

Keuchend erreichte ich den Waldrand. Endlich wagte ich es, einen Blick über die Schulter zurückzuwerfen. Nichts. Niemand verfolgte mich. Ich verringerte mein Tempo ein wenig und lief zu ihrem Haus, wo ich mich hinter einer Hecke auf der gegenüberliegenden Straßenseite verbarg. Diesmal musste ich wissen, wie die Geschichte ausging. Ein weiteres unvollendetes Gemälde würde mich in den Wahnsinn treiben.

Ich wartete mindestens eine Stunde. Dann, endlich, wurde ich von meiner Ungewissheit erlöst. Mit weit ausholenden Schritten marschierte sie auf ihr Haus zu, quicklebendig und nicht im Mindesten eingeschüchtert oder verstört. Sie ging durch den Vorgarten, öffnete die Haustür und verschwand im Hausinneren. Ich hatte genug gesehen. Die Beschattung war ein Reinfall gewesen, fürs Schnüffeln war ich definitiv zu alt. Wenn ich wirklich etwas über ihre Gedanken und den Inhalt ihrer Gespräche erfahren wollte, musste ich mir etwas anderes einfallen lassen.

Und ich wusste auch schon, was.

Kapitel 13

Montag, 8. Juli, 7.05 Uhr

Mit fliegenden Fingern ergriff Carol ihre Gucci-Tasche und hastete aus dem Haus. Es blieben ihr knapp zwei Minuten, um die Straßenbahn der Linie zehn, die sie direkt vor das Gebäude des Jugendamts bringen würde, zu erwischen. Falls sie diese verpasste, würde sie mindestens sieben volle Minuten auf die nächste warten müssen. Sie warf sich die Träger ihrer Tasche über die rechte Schulter und hetzte durch den Vorgarten zum großen, schmiedeeisernen Gartentor. Als sie die Klinke nach unten drückte, fiel ihr Blick auf den Briefkasten gleich neben dem Tor. Ein zusammengefaltetes weißes Papier steckte in der halb geöffneten Klappe.

Carol stutzte für den Bruchteil einer Sekunde, dann zerrte sie das Papier mit einer hektischen Bewegung unter der Klappe hervor und faltete es auf, ohne dabei ihre Schritte zu verlangsamen.

PETER MÜLLER WAR AUCH DABEI.

Sie blieb so abrupt stehen, als hätte sie einen Schlag auf den Kopf bekommen. Es war dieselbe Schülerdruckschrift wie auf dem ersten Zettel, die Großbuchstaben waren leicht nach rechts geneigt, und nirgendwo gab es charakteristische Ecken und Kanten, die irgendwelche versteckten Hinweise über den Absender geliefert hätten. Fassungslos starrte Carol abwechselnd auf den Zettel, dann auf die Häuserreihen rechts und links von ihr, und wieder zurück auf den Zettel. Die Straßenbahn, die soeben an der gut hundert Meter entfernten Haltestelle einfuhr, hatte sie völlig vergessen. Unter ihren ehemaligen Klassenkameraden gab es eine Person, die weit mehr wusste, als sie am Samstag in der allgemeinen Gesprächsrunde zu erkennen gegeben hatte, eine Person, die im Dunkeln bleiben wollte und deren häppchenweise verfütterten Informationen alles andere als beruhigend anmuteten.

Gehetzt blickte sie sich um. War der anonyme Verfasser des so unschuldig wirkenden Zettels möglicherweise noch in der Nähe, um ihre Reaktion zu beobachten? Wenn ja, dann konnte er sich überall verbergen: Hinter einem üppig blühenden Strauch in einem der Vorgärten, hinter einer der zahlreichen herumstehenden Mülltonnen für die Grünabfuhr oder hinter dem Fahrradschuppen, den jeder in der kleinen Siedlung benutzen konnte. Vielleicht war er aber auch schon längst über alle Berge.

Ein Gedanke blitzte in ihr auf. Die Totenstille gestern im Wald, als alles den Atem angehalten hatte, ihre Nackenhaare, die sich aufgestellt hatten, das Gefühl der Bedrohung, das sie plötzlich empfunden hatte – war das alles womöglich doch nicht nur ihrer überreizten Fantasie entsprungen? Hatte sich vielleicht tatsächlich jemand dort in ihrer Nähe aufgehalten? Jemand, der sie auf Schritt und Tritt beobachtete und nur auf eine günstige Gelegenheit wartete, um ihr den nächsten Zettel zuzustecken? Oder jemand, der dabei sein wollte, wenn sie ihr Gedächtnis wiedererlangte, weil das, was damals geschehen war, auch ihn unmittelbar betraf?

Eine plötzliche Wut ergriff von ihr Besitz. Ohne zu überlegen, sprintete sie zum Fahrradschuppen, umrundete ihn einmal, blickte durch die Lücken zwischen den dunkel gestrichenen Balken ins Innere und nahm danach jeden Busch, jeden Strauch und jede Mülltonne unter die Lupe.

Nichts.

Die Luft war sauber wie nach einem soeben niedergegangenen heftigen Gewitterregen. Keine Fußabdrücke, keine geduckte Gestalt, die sich hinter irgendeinem Busch gegen das Blattwerk drückte, keine niedergetrampelten Blumen, keine verräterischen Gegenstände an Orten, wo sie nicht hingehörten.

Carol zwang sich, tief durchzuatmen. Jetzt nur nicht hysterisch werden. Sie musste sachlich vorgehen, durfte sich nicht von zwei anonymen Zetteln ins Bockshorn jagen lassen. Vielleicht wollte sie der Verfasser ja gar nicht erschrecken, sondern womöglich hatte er selbst Angst und operierte deshalb im Verborgenen. Aber weshalb waren dann seine Botschaften derart mysteriös? Er hätte ihr doch einfach in kurzen, klaren Worten mitteilen können, was damals genau geschehen war. Dabei hätte er weder seinen Namen preisgeben noch einen Hinweis auf seine Identität liefern müssen. Sie konnte es drehen und wenden, wie sie wollte – das machte alles überhaupt keinen Sinn.

Nachdenklich ging sie zur Straßenbahnhaltestelle, die im Moment gähnend leer war. Hatte Mark mit seiner Traumatheorie vielleicht doch recht? War die in ihrem Gedächtnis klaffende Erinnerungslücke möglicherweise tatsächlich das Resultat eines schlimmen Ereignisses, das sie mit aller Kraft zu verdrängen versuchte? Sie musste unbedingt am Mittag mit Sofia darüber reden, die sich heute Morgen endlich per SMS bei ihr gemeldet hatte. In ihrem abgehackten Telegrammstil hatte sie ihr erklärt, dass sie sich am Sonntag eine Auszeit ohne Mobiltelefon genommen und ihre Mitteilungen deshalb erst spätnachts erhalten habe. Gleichzeitig hatte sie ihr ein gemeinsames Mittagessen in Brunos Pizzeria vorgeschlagen.

Beim Gedanken an Sofia legte sich Carols Anspannung ein wenig. Trotz ihres manchmal überbordenden Reporterverhaltens war Sofia eine nüchterne Frau. Sie konnte systematisch denken, war klug, besaß Lebenserfahrung und ihre Recherchen waren sorgfältig und gut durchdacht. Wenn jemand in der Lage war, eine Situation richtig einzuschätzen, dann sie.

Inzwischen war Carol bei der Haltestelle, die sich langsam wieder mit Leuten füllte, angekommen. Sie stellte sich zwischen zwei Männer, die sich ungefähr fünf Meter voneinander entfernt aufgebaut hatten. Beide hatten die Nase tief in der allmorgendlich erscheinenden frisch gedruckten Pendlerzeitung im DIN-A4-Format stecken – der einzigen Gratiszeitung, die die verschiedenen Verlagsfusionen der letzten Jahre überlebt hatte und nun ein Monopol auf alle leer gewordenen Zeitungsautomaten an den Zürcher Haltestellen und Bahnhöfen besaß.

Sechs Minuten später traf die nächste Straßenbahn ein und nochmals fünfundzwanzig Minuten später öffnete Carol die gepanzerte Glastür, die zu den Büroräumlichkeiten des Jugendamts führte. Es war genau zwanzig vor acht. Normalerweise lag der Bürotrakt um diese Zeit noch wie ausgestorben da – Carols Teamkollegen waren alles andere als Frühaufsteher, dafür waren sie sehr flexibel, was abendliche Überstunden betraf. Obwohl Carol ebenfalls eher ein Nachtmensch war, waren ihr diese ruhigen Minuten am frühen Morgen so wichtig, dass sie dafür gern auf etwas Schlaf verzichtete.

Sie ging den Flur entlang zu ihrem Büro – und hielt plötzlich inne. In der Luft hing der Geruch von Rasierwasser. Eine Mischung aus Sandelholz und Meerwasser, unaufdringlich, leicht herb und unverkennbar männlich. Für einen Augenblick stockten nicht nur ihre Schritte, sondern auch ihr Herzschlag. Sie war nicht allein. Jemand war hier, jemand, der um diese Zeit definitiv nicht hierhergehörte.

Der anonyme Zettelschreiber?

Gehetzt blickte sie sich um. Wenn er es war, wie hatte er dann den Bürotrakt betreten können, ohne die gepanzerte Scheibe zu knacken? Besaß er vielleicht einen Schlüssel? Oder hatte er die Fähigkeit, unsichtbar durch Mauern zu schlüpfen und dabei nichts weiter als seinen Duft zu hinterlassen?

„Hallo, Carol – Achtung, nicht erschrecken!"

Carol machte einen Satz zur Seite und unterdrückte nur mit Mühe einen leisen Aufschrei.

„Tut mir leid, ich hätte dich früher warnen sollen." Dominik, der mit zwei leeren Teetassen bewaffnet aus seinem Büro trat, hob beschwichtigend die Hände. Dabei stülpten sich die beiden Tassen über seine Daumen und baumelten nun wie zwei farbige Glocken rechts und links von seinem Gesicht in der Luft.

„Nein, nein, macht nichts. Ich war bloß in Gedanken versunken." Carol hob ebenfalls die Hände und lächelte zögernd. Sie hätte sich ohrfeigen können. Was war bloß mit ihr los? Natürlich kannte sie Dominiks Rasierwasser. Ihr Gehirn hätte die Verknüpfung herstellen und den in der Luft hängenden Geruch nicht als drohende Gefahr, sondern als etwas wohltuend Bekanntes wahrnehmen sollen. Doch was tat es stattdessen? Es narrte sie mit völlig abstrusen Vorstellungen, versetzte ihren ganzen Körper in Alarmbereitschaft und ließ sie gänzlich unangemessen reagieren.

„Du bist so blass." Dominik musterte sie besorgt, während er die Hände mit den beiden Teetassen wieder sinken ließ. „Bist du dir sicher, dass es dir gut geht?"

Sie blickte in sein offenes Gesicht, seine warmen, braunen Augen. Er war nicht nur vertrauenswürdig, sondern auch ein guter Freund und Berater in schwierigen Fragen und Alltagssituationen. Weshalb sträubte sich dann alles in ihr, ihn in die seltsamen Vorkommnisse rund um das Klassentreffen einzuweihen?

„Natürlich geht es mir gut", sagte sie abwehrend. „Außer, dass es Montagmorgen ist und eine lange, strenge Arbeitswoche vor mir liegt."

„Das kannst du laut sagen. Ich habe um elf Uhr einen Besprechungstermin im Jugendheim Sternen im Berner Oberland – die Mutter eines meiner Klienten veranstaltet einen Riesenwirbel, weil sie mit dem Entzug des Sorgerechts und der Heimplatzierung ihres Kindes nicht einverstanden ist. Stell dir vor, sie hat sich eine Wohnung gleich neben dem Jugendheim gemietet und kreuzt nun jeden Tag dort auf, begleitet ihren Sohn zur Schule und verbringt möglichst jede freie Minute mit ihm. Die Betreuer im Heim sind ratlos, weil keine polizeiliche Verfügung besteht, die ihr verbietet, außerhalb des Heimareals mit ihrem Sohn in Kontakt zu treten. Nach langem Hin und Her habe ich es nun wenigstens geschafft, die Parteien an einen Tisch zu bringen, damit alle ihre Sichtweise darstellen können. Wer weiß, vielleicht findet sich ja ein halbwegs annehmbarer Kompromiss, der die Situation ein wenig entschärft, bevor sie gänzlich aus dem Ruder läuft." Dominik zuckte mit den Schultern und warf dann einen Blick auf die beiden Teetassen in seinen Händen. „Hast du auch Lust auf einen Rooibos-Tee? In einer Viertelstunde muss ich aufbrechen, die Zeit reicht gerade noch für eine Tasse. Wenn du möchtest, braue ich dir ebenfalls eine, sozusagen als Wiedergutmachung für den Schreck, den ich dir vorhin eingejagt habe."

Carol nahm das Angebot dankend an und verzog sich in ihr Büro, während Dominik auf die kleine Küchenzeile zusteuerte, wo der Teekocher, die Kaffeemaschine und sämtliche für die Kaffeepause benötigten Utensilien untergebracht waren. Zwei Minuten später, sie hatte gerade den Computer hochgefahren und sich ins System eingeloggt, überreichte er ihr eine bis zum Rand gefüllte, dampfende Tasse, die wunderbar nach einer Mischung aus fruchtigem Rooibos und Vanille duftete. Carol bedankte sich lächelnd und fragte sich nicht zum ersten Mal, ob sich hinter seiner zuvorkommenden Aufmerksamkeit nicht womöglich tiefere Gefühle verbargen. Könnte es sein, dass sie für ihn mehr als nur eine gute Freundin war?

Hoffentlich nicht. Sie war keine Frau zum Verlieben. Vorsichtig nippte sie an der heißen Teetasse. Sie war nicht beziehungsfähig. Ihre einzige Beziehung, die sie zu einem Mann gehabt hatte, lag etwas mehr als drei Jahre zurück. Sie hatte knapp fünf Jahre gedauert und war rein platonisch geblieben. Hin und wieder ein gemeinsames Abendessen bei Kerzenschein, ein Spaziergang am Ufer des Zürichsees, eine Wanderung in den Zürcher Hausbergen, eine Schneeschuhtour, vereinzelte E-Mails und Telefongespräche. Jedes Mal, wenn Jonas die Beziehung hatte intensivieren wollen, war sie auf Distanz gegangen – sie wusste selbst nicht, weshalb – und irgendwann hatte er aufgegeben. Sie war traurig gewesen, aber nicht am Boden zerstört. Obwohl sie seine Gesellschaft genossen hatte, hatte sie immer gewusst, dass es nicht die große Liebe war. Sie konnte nicht lieben. Lange Zeit hatte sie gedacht, dass es einfach daran lag, dass der Richtige noch nicht gekommen war, doch heute sah sie das anders. Es lag an ihr. Ihr Herz war erstarrt. Auch wenn der Richtige in doppelter Ausführung erscheinen würde, könnte sie ihn nicht lieben.

Die Beziehung zu ihren Klienten und deren Familien war anders gestrickt. Da konnte sie ihre beruflich antrainierte Distanz auch einmal zur Seite schieben und richtig mitfühlen und mitfiebern. Und wenn die emotionale Seite eine ungesunde Dimension anzunehmen begann, war es auf der beruflichen Ebene weniger schwierig als auf der privaten, sich wieder auszuklinken. Deshalb musste sie auch mit allen Mitteln verhindern, dass ihr Verhältnis zu Dominik die Ebene wechselte und verwickelt und unkontrollierbar wurde.

Gedankenverloren trank Carol einen weiteren Schluck Tee. Weshalb war ihr Leben im Moment bloß so unübersichtlich? Weshalb glitt ihr alles aus den Händen, was sie bisher mehr oder weniger erfolgreich festgehalten und im Griff gehabt hatte?

Es gab keine Antworten auf diese Fragen. Wie in ihrem Gedächtnis schien auch in ihrem Herzen ein riesengroßes Loch zu klaffen.

Mit einer ruckartigen Kopfbewegung verscheuchte Carol die lähmenden Gedanken und drückte entschlossen den Startknopf zum Abhören ihres Anrufbeantworters. Es waren fünfzehn neue Mitteilungen aufgezeichnet. Neun davon waren leer, was bedeutete, dass die Anrufer zwar ihre Ansage bis zum Ende angehört, aber kurz nach dem Piepton aufgelegt hatten. Vier Mitteilungen waren nicht dringend. Blieben noch zwei, und die klangen nach Ärger und sofortigem Handlungsbedarf. Die beiden Anrufe waren kurz hintereinander wenige Minuten nach halb acht eingegangen.

Der erste war von Ramonas Pflegemutter. In abgehackten Worten berichtete sie, dass Ramona seit Sonntagmittag kein Wort mehr gesprochen und jedes Essen verweigert habe. Sie habe sich deshalb kurzerhand entschlossen, mit Ramona vorbeizukommen. In einigen Minuten breche sie auf und werde ungefähr um Viertel nach acht im Jugendamt sein. Sie sei sich darüber im Klaren, dass sie unangemeldet erscheine, und es mache ihr nichts aus, warten zu müssen, Hauptsache, Ramona könne dazu gebracht werden, ihre Verweigerungshaltung aufzugeben.

Kopfschüttelnd hörte sich Carol die Mitteilung ein zweites Mal an. Nach dem Gespräch mit den Debrunners am Freitagnachmittag hatte sie sofort mit Ramonas Pflegemutter Kontakt aufgenommen, ihr die Sachlage erklärt und ihr angeboten, Ramona selbst in die unangenehmen Neuigkeiten einzuweihen. Es sei besser, wenn eine neutrale Person dies übernehme, damit sich die hilflose Wut des Kindes nicht gegen sein näheres Umfeld richte, hatte sie ihr gesagt. Die Pflegemutter war skeptisch gewesen und hatte schließlich darauf bestanden, die Sache selbst in die Hand zu nehmen.

Die zweite Nachricht stammte von einem Sozialarbeiter des Pestalozziheims in Russikon. Die sechzehnjährige Fabienne, ebenfalls eine von Carols Schützlingen, war seit Sonntagabend spurlos verschwunden. Sie hatte seit einigen Wochen einen Freund, der Drogen vertickte und sozusagen auf der Straße lebte, deshalb vermutete der Sozialarbeiter, dass sie in die Zürcher Straßenszene abgetaucht war.

Carol blickte auf die digitale Uhr neben dem Telefon. Fünf vor acht. Falls Fabienne nicht innerhalb von achtundvierzig Stunden wieder im Heim aufkreuzte, musste die Polizei benachrichtigt werden – eine rein formelle Angelegenheit, die außer bürokratischen Umtrieben kein brauchbares Resultat einbringen würde. Der Einzige, der hier helfen konnte, war Max Birch, ein Streetworker, mit dem Carol oft und gern zusammenarbeitete. Er kannte die Zürcher Straßenszene in- und auswendig und verfügte über die nötigen Kontakte, um verschwundene Jugendliche innerhalb kürzester Zeit wieder aufzuspüren. Mit fahrigen Bewegungen wählte Carol seine Handynummer. Wie üblich meldete er sich sofort, hörte sich Carols Ausführungen ohne Zwischenkommentare an und versprach ihr schließlich, sich um die Sache zu kümmern. Als Carol den Hörer fünf Minuten später wieder auflegte, fühlte sie sich um einiges zuversichtlicher.

Dafür gestaltete sich das Gespräch mit Ramona, die pünktlich um Viertel nach acht mit ihrer Pflegemutter vor der gepanzerten Glastür gestanden hatte, umso schwieriger. Die Kleine war eine einzige Mauer des Schweigens. Sie saß an Carols Konferenztisch, ein für sein Alter zu klein geratenes Mädchen, das auf dem plötzlich riesig erscheinenden

Stuhl winzig und verloren wirkte. Der dritte Stuhl war leer – Carol hatte es für sinnvoll erachtet, zuerst mit Ramona allein zu sprechen und ihre Pflegemutter nur im Notfall zu dem Gespräch dazuzuholen.

„Deine Pflegemutter hat dir also gesagt, dass dein Papa dich vorerst nicht zu sich nehmen kann, weil er so traurig ist, dass Sumaya ihr Baby verloren hat“, sagte Carol sanft. „Was denkst du darüber? Wie fühlst du dich?“

Von Ramona kam keine Reaktion. Ihre dunklen Augen schienen durch Carol hindurchzublicken und irgendeinen unsichtbaren Punkt an der Wand zu fixieren.

„Bist du traurig?“

Ramona schwieg.

„Bist du wütend?“

Keine Reaktion.

„Bist du enttäuscht?“

Schweigen.

„Ich an deiner Stelle wäre so wütend, dass ich laut geheult, getobt und gestampft hätte. Ich meine, dein Papa hat dir etwas versprochen und dann hält er sein Versprechen nicht. Findest du das nicht ganz, ganz gemein?“

Ramonas dunkle Augen fixierten noch immer den unsichtbaren Punkt an der Wand.

„Dein Papa hat dich verraten, nicht wahr?“

Schweigen.

„Was dein Papa getan hat, ist nicht richtig. Er lässt dich hängen, hält sein Versprechen nicht. Ein solches Verhalten ist unfair. Das macht man nicht. Und das darfst du ruhig laut sagen, denn wenn du schweigst, glauben alle, dass du damit einverstanden bist. Schweigen ist ein Zeichen von Zustimmung. Du sagst damit: *Ja, mein Papa hat recht, es ist in Ordnung, wenn er mir etwas verspricht und es dann nicht hält.*“

Carol bemerkte, dass sich in den dunklen Augen des ihr schräg gegenübersitzenden Mädchens etwas regte, ein kleines, fast unmerkliches Zucken.

„Du würdest so etwas nie machen, habe ich recht?“, fragte sie weiter. „Du würdest deine Schulfreundin nie hängen lassen, wenn du ihr etwas versprochen hast, oder?“

Ramonas Augen begannen zu flackern. Sie lösten sich von dem unsichtbaren Punkt an der Wand und glitten unruhig hin und her.

„Nehmen wir einmal an, deine Schulfreundin möchte dein neues Stickeralbum sehen“, fuhr Carol fort, „und du versprichst ihr, dass du es am nächsten Tag in die Schule mitbringst. Du hast doch ein Stickeralbum, oder? Was sammelst du gerade? Prinzessin Lillifee oder Hannah Montana oder High School Musical?“

Ramona zuckte unschlüssig mit den Schultern.

„Gut, das ist auch nicht so wichtig. Ich nehme jetzt einfach einmal an, dass du Hannah-Montana-Sticker sammelst, für Prinzessin Lillifee bist du schon fast ein bisschen zu groß. Du versprichst also deiner Freundin, dass du am nächsten Tag dein Hannah-Montana-Stickeralbum mit zur Schule bringst, und dann vergisst du es versehentlich zu Hause. Gehst du dann zu ihr hin und sagst: ... Hm, wie heißt deine Freundin überhaupt?“

„Jessie“, antwortete Ramona leise.

„Also, sagst du dann zu ihr: *Jessie, tut mir leid, ich habe mein Stickeralbum zu Hause vergessen. Irgendwann bringe ich es dir sicher mit, aber ich weiß nicht genau, wann. Vielleicht in einem Monat, vielleicht in einem Jahr, vielleicht in zwei Jahren, ich weiß es einfach nicht?* Nein, so was tust du sicher nicht! Schließlich hast du es ihr versprochen! Du gehst zu ihr hin und sagst: *Es tut mir leid, dass ich mein Stickeralbum zu Hause vergessen habe. Aber morgen bringe ich es sicher mit, Ehrenwort!* Das würdest du doch tun, oder?“

Ramona nickte.

„Und dein Papa, der hat das nicht getan. Er hat gesagt: *Es tut mir leid, Ramona, du kannst jetzt doch nicht bei uns wohnen. Ich habe es dir zwar versprochen, aber nun hat Sumaya ihr Baby verloren und wir sind traurig. Irgendwann kannst du sicher zu uns kommen, aber ich weiß nicht, wann. Vielleicht in einem Jahr, vielleicht in zwei Jahren, vielleicht in fünf Jahren.* Und das tut weh, nicht wahr? Er hat sein Versprechen nicht gehalten und ich an deiner Stelle hätte deswegen einen richtig deftigen Wutausbruch. Ich würde heulen, toben, stampfen, schreien und ganz laut und lange weinen. Und dann würde ich mich besser fühlen. Tränen tun immer gut. Sie lösen etwas in dir, etwas Hässliches, etwas, das wehtut, und danach sieht alles plötzlich gar nicht mehr so schlimm aus.“

Unvermittelt griff Ramona nach Carols leerer Teetasse, die auf dem

Tisch stand, und warf sie mit aller Kraft gegen die Wand. Mit einem lauten Klirren brach die Tasse auseinander. Blau-rot-gelbe Scherben mit Blümchenmuster splitterten in alle Richtungen und fielen dann fast aufreizend langsam zu Boden.

Ramona legte den Kopf auf ihre Arme und begann laut und herzzerreißend zu schluchzen.

Kapitel 14

Montag, 8. Juli, 12.15 Uhr

„Der Junge heißt also Peter Müller", stellte Sofia nüchtern fest. Sie saßen in *Brunos Pizzabar* und hatten soeben ihre Bestellung aufgegeben. „Und er war nicht etwa ein Langeweiler, sondern, wie es scheint, dein bester und einziger Freund."

„Ja."

„Und wenn ich dich richtig verstanden habe, vermuten deine ehemaligen Schulkameraden hinter deinem Gedächtnisverlust etwas ganz Übles wie ein Gewaltverbrechen, Missbrauch oder sexuelle Nötigung."

Carol zuckte mit den Schultern. „Nicht alle, aber einige."

„Zudem hat dir einer oder eine von ihnen schon zum zweiten Mal einen anonymen Zettel mit mysteriösen Hinweisen zugesteckt. Jemand scheint also zu wissen, worum es geht."

Wieder zuckte Carol mit den Schultern. „Scheint so."

„Erzähl mir etwas über deine ehemaligen Schulkameraden. Was arbeiten sie heute? Wie leben sie?"

„Hm", Carol überlegte kurz, „Mark de Fries hat Archäologie und Geschichte studiert und arbeitet als Kurator beim Landesmuseum. Er ist verheiratet. Dieter Haller ist Buchhalter in der Hirslandenklinik und Single. Gregor Beglinger hat Biochemie studiert, arbeitet als Forscher in einem Pharmaunternehmen und hat eine Wochenendbeziehung. Francesca Grispino ist als Kundenberaterin bei der UBS tätig. Sie ist geschieden und hat ein Kind, das sie allein aufzieht. Andrea Binder ist gelernte Krankenschwester, verheiratet, zwei Kinder, im Moment nicht berufstätig. Stefan Eberhardt, warte mal …", sie machte eine kurze Pause, wobei ihre Augen blicklos zu den Boccalinos und Grappaflaschen auf dem ihr gegenüberstehenden Wandregal glitten, „Stefan Eberhardt, ach ja, der arbeitet als Versicherungskaufmann, ein Job, der richtig gut zu ihm passt. Er ist frisch verheiratet und seine Frau erwartet ihr erstes Kind. Und schließlich Regina Liedtke: Pflegefachfrau auf der Abteilung für Herzchirurgie in der Uniklinik, lebt in einer festen Partnerschaft."

Sofia blickte Carol nachdenklich an. „Und wer von ihnen glaubt an die Traumathese?"

„Vor allem Mark. Seine Frau hat Psychoanalyse studiert und behandelt in ihrer Praxis Patienten, die schwere Traumata erlebt haben. Er hat gesagt, dass es vorkommt, dass sich jemand weder an das traumatische Ereignis selbst noch an die daran beteiligten Personen erinnern kann. Deshalb glaubt er, dass ich damals womöglich etwas hochgradig Traumatisches erlebt habe und nun die Erinnerung daran gewaltsam aus meinem Gedächtnis verbanne. Dieter, Francesca und Regina plädierten jedoch eher dafür, dass meine Erinnerungslücke auf einen Streit mit Peter oder eine peinliche Situation zurückzuführen ist."

Sofias Blick wurde noch nachdenklicher. „Ich fürchte, dass dein studierter Archäologe recht haben könnte. Falls du wirklich so gut mit Peter befreundet warst, fällt mein erster spontaner Erklärungsansatz mit dem perfekten Langeweiler komplett ins Wasser. Dann war er weder belanglos noch nichtssagend, sondern im Gegenteil eine solch interessante Persönlichkeit, dass du dich, obwohl du eine Eigenbrötlerin und eher beziehungsscheu warst, auf das Wagnis einer Freundschaft eingelassen hast. Und wenn man deine Gedächtnislücke unter diesem Aspekt betrachtet, eröffnen sich einem nicht gerade angenehme Erklärungsmöglichkeiten."

Carol begann trotz der Wärme im Lokal zu frösteln. „Du meinst also, dass tatsächlich etwas Schlimmes passiert sein könnte?"

„Ja", sagte Sofia knapp.

„Und was, glaubst du, könnte es gewesen sein?" Carol hörte ihre Stimme wie aus weiter Ferne, so als würde sie gar nicht zu ihr gehören.

„Wie gesagt, es gibt verschiedene Möglichkeiten", antwortete Sofia langsam, „und glaub mir, es bereitet mir keine Freude, sie dir alle aufzuzählen. Zumal du die denkbaren Antworten ja wahrscheinlich selbst alle kennst." Gedankenverloren streckte sie die Hand nach dem Salatteller aus, den Bruno soeben mit schwungvoller Geste vor ihr auf den Tisch gestellt hatte, und drehte ihn einmal um die eigene Achse.

„Ah, Signora, l'insalata nicht ist in ordine?", fragte Bruno, der Sofias Bewegung wie ein Sperber mit den Augen verfolgt hatte, ein wenig pikiert. „Weshalb Sie drehen Teller um und um? Irgendetwas nicht gut?"

„Nein, nein, Bruno", sagte Sofia entschuldigend, „ich war in Gedanken versunken und habe gar nicht gemerkt, dass ich den Teller gedreht habe. Der Salat sieht wie immer exzellent aus."

„Grazie, Signora, grazie." Bruno deutete einen kleinen Knicks an und entschwebte beruhigt Richtung Küche.

Carol hatte währenddessen lustlos mit der Gabel in ihrem Teller herumgestochert. Dann, in einem plötzlichen Anflug hilfloser Wut, spießte sie eine birnenförmige, gelbgold-rote Cherrytomate auf und richtete die Gabel auf Sofias Gesicht. „Natürlich kenne ich die denkbaren Antworten!", fauchte sie. „Am wahrscheinlichsten ist, dass Peter mir etwas angetan hat, die klassische Opfer-Täter-Situation. Dieses Etwas ist so schrecklich, dass ich es gewaltsam aus meinem Gedächtnis verbanne. Es kommt weder zu einer Anzeige noch erfährt sonst jemand etwas von der Geschichte."

„Du vergisst die Person aus der Reihe deiner ehemaligen Klassenkameraden, die genau zu wissen scheint, worum es geht."

„Nein, ich habe diese Person nicht vergessen." Carols Stimme klang ein wenig ungeduldig. „Ich wollte nur sagen, dass der unbekannte Mitwisser es bestimmt nicht von *mir* erfahren hat. Ich war nicht der Typ, der Geheimnisse ausplauderte. Das bin ich auch heute noch nicht, wie du sehr wohl weißt. Meine Eltern waren zu dieser Zeit meine einzigen Ansprechpartner, obwohl ich auch ihnen nur sehr wenig Persönliches erzählt habe. Ich rief sie gestern nochmals an und fragte sie, ob ich je einen Peter Müller erwähnt hätte, und ob ihnen sonst noch irgendetwas aus meinem letzten Grundschuljahr in den Sinn gekommen sei. Sie verneinten und sagten bloß, dass ich in den letzten Monaten vor dem Umzug ein wenig fröhlicher gewesen sei als in den Jahren davor. Aber ich sei immer noch sehr verschlossen gewesen und hätte nie etwas von meinen Schulkameraden berichtet. Als Einziges sei ihnen aufgefallen, dass ich in der freien Zeit oft zurück zum Schulhof gegangen sei, um dort zu spielen. Nach dem Umzug sei ich dann eine Zeit lang sehr traurig gewesen, was sie auf die Entwurzelung, das veränderte Umfeld und den Wechsel aufs Gymnasium zurückgeführt hätten."

„Dann hast du dich mit Peter also immer auf dem Schulhof getroffen. Das könnten deine Schulkameraden gewusst haben. Vielleicht wart ihr sogar eine ganze Gruppe."

„Das glaube ich nicht. Am Klassentreffen haben sie gesagt, dass Peter und ich ein eingeschworenes Zweiergespann gewesen seien."

„Alles klar." Sofia zuckte mit den Schultern. „Vielleicht hat euch jemand beobachtet. Ein zufälliger Zeuge, unbeabsichtigt zur selben Zeit am selben Ort. Und was er gesehen hat, war so schockierend, dass er oder sie die ganzen Jahre über geschwiegen hat."

„Ich kann mir einfach nicht vorstellen, dass Peter mich zum Beispiel sexuell genötigt", Carol dehnte das Wort verächtlich in die Länge, „oder gar vergewaltigt hat. Es würde einfach nicht zu dem passen, woran ich mich gerade langsam wieder zu erinnern beginne. Zudem hat mir die Frauenärztin bei meinem ersten Besuch, als ich siebzehn war, bestätigt, dass das Hymen in Ordnung sei. Er kann mich also nicht vergewaltigt haben."

„Es muss etwas gewesen sein, das man von außen nicht wahrnehmen konnte, sonst hätten deine Eltern postwendend reagiert. Eine Prügelei können wir ausschließen, ebenso einen Unfall, ein Gewaltverbrechen oder schwere körperliche Misshandlungen."

Carol spießte eine weitere birnenförmige Cherry-Tomate auf. „Das war ja auch erst *eine* Möglichkeit von drei oder vier", sagte sie lakonisch. „Möglichkeit Nummer zwei wäre nämlich, dass nicht Peter *mir* etwas angetan hat, sondern ich *ihm*. Nicht *ich* hatte einen Unfall oder eine schwere Verletzung, sondern *er* – und zwar durch meine Schuld. Aus Fairness hat er geschwiegen und so kam es weder zu einer Anzeige noch zum Bekanntwerden des Vorfalls."

„Womöglich hat er auch aus Angst geschwiegen", sagte Sofia. „Nehmen wir einmal an, ihr hättet etwas Verbotenes getan, etwas, von dem niemand erfahren durfte. Vielleicht habt ihr ein Bushaltestellenhäuschen mit Graffiti besprüht. Oder ihr seid irgendwo eingebrochen. Oder ihr habt geparkte Autos mit Rasierschaum verziert. Dann beginnt ihr zu streiten, es kommt zu einem kleinen Handgemenge und Peter stürzt unglücklich. Du rennst panikerfüllt davon …"

„Meinst du, Peter könnte tot sein?", unterbrach Carol sie bestürzt. „Hat Stefan ihn deshalb nicht finden können?"

Sofia schüttelte den Kopf. „Das glaube ich nicht. Man hätte Peter gefunden und dann hättest du die Polizei am Hals gehabt. Nein, das ist schlicht nicht möglich", wieder schüttelte sie den Kopf, „viel wahrscheinlicher ist, dass er bei dem Abenteuer verletzt wurde, aber Angst hatte, zu viel zu erzählen. Du hast dich so geschämt, dass du ihn im Stich gelassen hast, dass du danach aus Scham alles verdrängt hast."

„Dann müsste uns ein Mitschüler oder eine Mitschülerin bei dieser verbotenen Sache beobachtet haben", sagte Carol nachdenklich. „Diese Person müsste in diesem Fall ebenfalls geschwiegen haben – ist das realistisch?"

„Ich denke schon. Vielleicht steckte sie in dieser verbotenen Sache mit drin. Oder sie schwieg aus Solidarität oder Angst. Denkbar wäre alles."

„Hm", Carols Augen wanderten zum x-ten Mal zu den Boccalinos und Grappaflaschen auf dem ihr gegenüberstehenden Wandregal und ihr Blick saugte sich an einem mittelgroßen grau-blauen Krug mit Traubenmuster fest. Trotz der relativ großen Distanz konnte sie jede einzelne Traube klar erkennen. „Ich weiß nicht. Vielleicht haben Peter und ich auch beobachtet, wie diese andere Person etwas Verbotenes getan hat."

„Oder du und diese andere Person haben beobachtet, wie Peter etwas Verbotenes getan hat."

Carol nickte langsam. „Möglichkeit Nummer drei und Möglichkeit Nummer vier." Sie seufzte und schob ihren Salatteller, der noch fast zur Hälfte voll war, mit einer müden Handbewegung zur Seite. „Irgendwie ist mir der Appetit vergangen", sagte sie freudlos, „zum Glück habe ich als Hauptgericht keine Pizza, sondern bloß eine kleine Lasagne bestellt."

Die Erschöpfung, die im Lauf des Gesprächs nach und nach von ihr Besitz ergriffen hatte, war mehr als bloße Müdigkeit. Sie fühlte sich, als würde sie nach einem Albtraum erwachen und feststellen, dass der Traum fließend in die Realität überging. Dass die schrecklichen, furchterregenden Monster der Traumwelt auch in der Wirklichkeit existierten. Natürlich hatte sie nach dem Klassentreffen, nachdem sie erfahren hatte, dass sie mit Peter Müller befreundet gewesen war und dass es ein konkretes Ereignis in der Vergangenheit gab, von dem auch noch jemand anders Kenntnis hatte, mehrere Möglichkeiten für ihren seltsamen Gedächtnisverlust in Betracht gezogen. Verschiedene Formen von Missbrauch, sexuelle Nötigung, psychische Abhängigkeiten. Solange sie diese Punkte jedoch einfach als theoretische Eventualitäten hatte abtun können, hatte sie sich emotional problemlos von den möglichen Implikationen distanzieren können. Aber nun hatte Sofia ihre schlimmsten Befürchtungen laut ausgesprochen. Die theoretischen Eventualitäten waren plötzlich konkret geworden, furchterregende Fratzen, die ihre ganze Existenz bedrohten.

„Wenn du wirklich erfahren willst, was damals passiert ist, bleibt dir nichts anderes übrig, als Peter Müller zu finden." Sofias tiefe Stimme mit dem leicht sarkastischen Unterton riss Carol aus ihren beunruhigenden Gedanken.

„Und wie soll ich das anstellen?", fragte sie müde. „Peter ist wie vom Erdboden verschluckt und seine Spuren sind nicht zurückzuverfolgen, weil an der Adresse, die auf der Klassenliste angegeben ist, nie eine Familie Müller gewohnt hat."

Sofia strich sich mit der Hand durch das graue, kurz geschnittene Kraushaar, das in kleinen, drahtigen Büscheln von ihrem Kopf abstand. „Das hat Stefan gesagt, oder? Was, wenn er euch nicht die Wahrheit erzählt hat? Wenn er Peter gar nicht dabeihaben wollte und euch deshalb dieses Märchen von der falschen Adresse aufgetischt hat?"

„Das glaube ich nicht. Dazu ist Stefan nicht fähig. Er ist viel zu harmlos für solch ausgeklügelte Schachzüge. Und zudem ist sein Ehrgeiz, sich vor seinen ehemaligen Schulkameraden als Hobby-Privatdetektiv zu profilieren, viel zu groß."

„Vielleicht steckt hinter seiner harmlosen Fassade weit mehr, als du ihm zutraust", sagte Sofia nachdenklich. „Wenn du möchtest, kann ich der Sache gern auf den Grund gehen. Eine ehemalige Kollegin von mir arbeitet bei der Steuerverwaltung – sie wird mir bestimmt die nötigen Angaben heraussuchen. Dann können wir überprüfen, ob Stefans Geschichte wahr ist, und vielleicht lässt sich ja auch die Fährte der verschwundenen Familie Müller wieder aufnehmen."

Carol lächelte trübsinnig. „Ich müsste schon ziemlich dämlich sein, um dein Angebot auszuschlagen. Wenn es jemandem gelingt, Peter Müller ausfindig zu machen, dann dir mit deinen Beziehungen. Allein hätte ich da keine Chance."

Sie drehte den Kopf zur Seite und starrte an den dunkelbraun gestrichenen Fenstersprossen vorbei ins Freie. Das Sonnenlicht, das noch vor einer Viertelstunde auf den Pflastersteinen gefunkelt und jedem einzelnen Stein eine besondere, fast geheimnisvolle Ausstrahlung verliehen hatte, war einem eintönigen, düsteren Grau gewichen. Mit einem Mal strahlte die Gasse und die daran angrenzende Häuserzeile etwas Trostloses, ja fast Bedrohliches aus.

So schnell können sich die Dinge ändern, dachte Carol emotionslos. Noch vor Kurzem war ihre Welt in Ordnung gewesen, doch von einem Moment auf den anderen waren am Horizont dunkle Wolken aufgezogen, der Himmel hatte sich verfinstert, die Sonne war verschwunden. Ihr Leben, das bis vor einigen Tagen noch in geruhsamen Bahnen vor sich hingedümpelt war, hatte sich innerhalb kürzester Zeit verändert, war unberechenbar und unkontrollierbar geworden. Und das war vielleicht das Schlimmste an dem Ganzen: Sie hatte die Kontrolle verloren, hielt die Fäden ihres eigenen Lebens nicht mehr in der Hand. Und das war ihr seit jenen Sommerferien vor genau vierundzwanzig Jahren nicht mehr passiert. Seit jenen Wochen, die sie grübelnd in ihrem neuen Zimmer im brandneuen Eigenheim, für das ihre Eltern so lange gespart hatten, verbracht und Löcher in die Luft gestarrt hatte.

Kapitel 15

Montag, 8. Juli, 21.45 Uhr

Andrea fühlte sich unwohl. So, als würde sie eine Grippe ausbrüten. Mit letzter Kraft hatte sie Joel-Henri und Eva-Lea zu Bett gebracht und sich dann ins Wohnzimmer geschleppt, wo sie sich todmüde aufs Sofa hatte sinken lassen. Ihre Beine fühlten sich an wie Gummi, ihr Kopf brummte und eine drückende Übelkeit hatte sich in ihrem ganzen Körper breitgemacht. Sie war allein zu Hause, Lukas war um kurz vor acht zu einem Gebetstreffen mit Daniel aufgebrochen und würde frühestens um zehn wieder zu Hause sein.

Seit ihrem überstürzten Aufbruch vom Klassentreffen am letzten Samstag fühlte Andrea eine seltsame Leere in sich. Sie konnte nicht einmal genau benennen, woher diese Leere kam. War es, weil die unbereinigte Sache aus der Vergangenheit immer noch auf ihr lastete? Weil sie nicht den Mut gehabt hatte, sie rechtzeitig anzusprechen und deshalb auch keine Absolution empfangen hatte? Oder war es, weil sie am Samstagabend die Luft der Freiheit geschnuppert hatte? Weil sie aus nächster Nähe gesehen hatte, was aus ihren ehemaligen Klassenkameraden geworden war, wie sie die Karriereleiter hochgeklettert waren und sich ein unabhängiges, materiell sorgenfreies Leben leisten konnten?

Die Übelkeit wurde stärker. Plötzlich stieg ein Brechreiz in ihr auf, der ihr für einen Augenblick die Luft abklemmte. Mit letzter Kraft rappelte sie sich hoch und wankte ins Bad. Sie ließ sich vor der Toilettenschüssel auf die Knie sinken, hielt sich die Haare aus dem Gesicht und wartete ergeben auf die unfreiwillige Entleerung ihres Mageninhaltes. Zehn Sekunden vergingen, zwanzig, dreißig, eine Minute, zwei Minuten. Langsam ließ die Übelkeit ein wenig nach.

Erschöpft lehnte sich Andrea zurück, zog die Knie an und schlang die Arme um ihre Unterschenkel. Ihr ganzer Körper war schweißüberströmt, ihr Atem ging schnell und flach. Ein erster Versuch aufzustehen misslang kläglich. Die Leere in ihrem Kopf war erdrückend, schwarze

Punkte tanzten vor ihren Augen, die Welt stand kopf. Ermattet ließ sie sich wieder zu Boden sinken. Sie wusste nicht, was schlimmer war – ihre momentane Schwäche oder das erdrückende Gefühl der Einsamkeit. Sie war in letzter Zeit so oft allein. Lukas hetzte in der halben Weltgeschichte herum, ein Gebetstreffen hier, ein Jugendevent dort, eine Informationsveranstaltung da, eine Pastorenweiterbildung dort. Und wenn er dann einmal zu Hause war, war er mit seinen Gedanken schon wieder bei der Planung des nächsten Events.

Andrea biss die Zähne zusammen und startete den nächsten Versuch, diesmal mit Erfolg. Sie fühlte sich zwar immer noch wie gerädert, aber ihr Blick war wieder klar, die Welt hatte aufgehört sich zu drehen. Langsam erhob sie sich, klammerte sich am Waschbecken fest und starrte in den Spiegel. Sie sah grässlich aus. Die Haare zerzaust, die Augen rot gerändert, Kinn und Nase spitz und seltsam hervorstechend. Wenigstens war die Übelkeit fast verschwunden.

Mit müden Bewegungen putzte sie sich die Zähne, schmierte ihr Gesicht mit der billigen Allzweckfeuchtigkeitscreme ein, die sie heute im Supermarkt für einen Spottpreis erstanden hatte, und schleppte sich dann ins Schlafzimmer, wo sie sich wie ein Klotz aufs Bett plumpsen ließ. Normalerweise wartete sie immer, bis Lukas nach Hause kam, um seine Erlebnisse mit ihm zu verarbeiten, gemeinsam zu beten und sich von ihm in den Arm nehmen zu lassen. Aber heute brachte sie einfach nicht die Kraft dazu auf. Sie sprach ein kurzes Gebet, löschte das Licht und legte sich schlafen.

Doch kaum war sie unter die Decke gekrochen, fühlte sie sich plötzlich überhaupt nicht mehr müde. Unablässig kreisten ihre Gedanken um das Klassentreffen und das seltsam schale Gefühl der Leere, das es in ihr ausgelöst hatte.

Hatte sie mit ihrer Entscheidung für ein Leben als Familienfrau wirklich den schlechteren Weg gewählt als ihre ehemaligen Mitschüler? War es nicht genau das, was sie sich immer gewünscht hatte? Natürlich waren Joel-Henri und Eva-Lea manchmal nervenaufreibend und anstrengend und strapazierten ihre Geduld bis zum Äußersten, aber sie hätte sie trotzdem niemals gegen eine Karriere im Krankenhaus eintauschen wollen. Nur zu gut erinnerte sie sich an ermüdend lange Arbeitstage, ätzende Teamstreitereien, belastende Patientensituationen. Klar hatte es auch die schönen Seiten gegeben – spannende Gespräche, abwechslungsreiche Arbeit, Anerkennung durch Patienten, Angehörige und Vorgesetzte. Doch wenn sie sich heute nochmals entscheiden könnte, würde sie wieder denselben Weg wählen.

Weshalb nur fühlte sie sich dann so müde und ausgelaugt?

In diesem Moment hörte sie die Haustür ins Schloss fallen. Wenige Sekunden später öffnete sich die Wohnungstür, Licht flutete durch den Flur und sammelte sich in der Ritze zwischen Schlafzimmerboden und Türunterkante. Lukas' fröhliches Pfeifen schmetterte durch die Wohnung, gefolgt von seinen entschlossenen, weit ausholenden Schritten. Er ging in die Küche und goss sich etwas in ein Glas ein. *Wahrscheinlich eine Cola oder einen Fruchtsaft,* dachte Andrea, deren Ohren unwillkürlich auf Empfang geschaltet hatten. Etwa eine halbe Minute später hörte sie Lukas' Schritte wieder im Flur, diesmal langsamer, zögernder. Sie bewegten sich Richtung Schlafzimmer, hielten kurz inne. Dann wurde vorsichtig die Klinke nach unten gedrückt.

„Andrea, bist du noch wach?", drang ein Flüstern durch den halb geöffneten Türspalt.

„Ja", flüsterte Andrea zurück. „Mir war ein wenig übel, deshalb bin ich schon mal zu Bett gegangen."

Lukas trat zögernd über die Schwelle. Seine sehnige Gestalt zeichnete sich als scharf umrandeter, dunkler Umriss gegen das helle Licht ab, das vom Flur her ins Zimmer strömte.

„Ist dir immer noch übel oder fühlst du dich schon ein wenig besser?", fragte er behutsam.

„Es geht wieder." Andrea lächelte schwach, bis ihr bewusst wurde, dass Lukas sie im Dunkeln höchstens als vagen Schemen wahrnehmen konnte. Sie streckte die Hand über die Bettkante und winkte ihren Mann zu sich. „Komm, setz dich doch und erzähl mir, wie es dir heute Abend ergangen ist."

Lukas ließ sich nicht zweimal bitten. Mit dem Colaglas in der Hand setzte er sich im Schneidersitz neben Andrea aufs Bett. „Daniel und ich haben ein neues Projekt", sagte er strahlend und mit jungenhafter Begeisterung. „Es geht darum, die Bibel auch im normalen Alltag umzusetzen, etwas, mit dem sich unsere Teens naturgemäß ziemlich schwertun. Wir haben gedacht, dass wir eine Art Experiment wagen könnten: Wir bilden Gruppen von zwei oder drei Leuten, die regelmäßig miteinander in der Bibel lesen, das Gelesene diskutieren, sich damit auseinandersetzen und sich dann überlegen, wie es in den Alltag umgesetzt werden kann. Daniel und ich coachen die Teens, unterstützen sie in ihrer Suche, fordern sie heraus und zeigen ihnen Lösungen auf. Wir haben auch schon einen Namen für das Projekt gefunden – *Zwei oder Drei*. Klingt doch gut, oder?"

„Wie wollt ihr denn die jungen Leute dazu bringen, sich mit der Bibel auseinanderzusetzen? Die gucken sich doch lieber Filme an oder Videoclips auf YouTube."

„Wir fordern sie heraus. In der nächsten Jugendstunde stellen wir ihnen das Experiment vor, zeigen ihnen auf, wie öde ihr Alltag ist, wenn sie sich nicht hundertprozentig auf Jesus einlassen. Es ist ein Abenteuer, den Glauben auch im Alltag zu leben, und wenn wir ihnen das so richtig verklickern können, werden sie bestimmt begeistert mitmachen." Lukas leerte das Colaglas in einem Zug und stellte es dann vorsichtig neben sich auf den Boden.

„Und wo werden sich die Teens zum Bibellesen treffen? Im Gemeindezentrum?"

Lukas schüttelte den Kopf, Andrea konnte seine graublauen Augen im Dämmerlicht leuchten sehen.

„Nein, ganz locker bei irgendwem zu Hause. Jede Gruppe stellt einen Plan auf, wann sie sich wo trifft. Daniel und ich werden dann bei jeder Gruppe möglichst oft vorbeischauen, um Unklarheiten mit ihnen auszudiskutieren, Fragen zu beantworten und die Kids zum Weitermachen zu motivieren."

„Hm, ich weiß nicht so recht." Andrea wiegte nachdenklich den Kopf. „Ob es die Kids nicht ein wenig überfordert, sich selbständig zu organisieren? Wie wäre es, wenn ihr Leute aus der Gruppe 20+ mit ins Boot nehmen würdet? Sie könnten als Zugpferde fungieren, die Termine koordinieren und den ganzen organisatorischen Kram abwickeln. Außerdem ..."

„Was?", fiel Lukas ihr aufgebracht ins Wort. „Traust du Daniel und mir etwa nicht zu, das Ganze in den Griff zu kriegen? Hast du womöglich das Gefühl, dass die Kids lieber mit Leuten aus der Gruppe 20+ über ihre Gedanken und Fragen reden? Dass Daniel und ich zu alt sind, um mit ihnen ein solches Projekt durchzuführen?"

Andrea seufzte. „Nein, das wollte ich nicht sagen. Und wenn du mich hättest ausreden lassen, wärst du gar nicht erst auf diesen abwegigen Gedanken gekommen. Ich wollte sagen, dass es für dich und Daniel entlastend wäre, wenn ihr auf Unterstützung zurückgreifen würdet. Stell dir doch einmal den zeitlichen Aufwand vor, wenn ihr zusätzlich zu euren normalen Terminen jede Kleingruppe möglichst oft besuchen wollt. Da seid ihr nonstop unterwegs. Stattdessen könntet ihr Gruppenverantwortliche aus der Gruppe 20+ auswählen, die die Kids bei ihrem Bibelleseprojekt begleiten und dir und Daniel regelmäßig Bericht erstatten, wo sie gerade stehen und mit welchen Fragen sie sich auseinandersetzen. Dann ist es an euch, zu beurteilen, ob eure Unterstützung, Beratung oder Intervention gebraucht wird."

„Mit anderen Worten: Wir setzen Gruppenverantwortliche ein, und wir, Daniel und ich, sind sozusagen die Coachs dieser Gruppenverantwortlichen?"

„Genau. Das hat sogar zwei Vorteile: Ihr könnt euer Projekt mit voller Kraft durchziehen, seid aber trotzdem entlastet, und die Leute aus der Gruppe 20+ haben eine sinnvolle Aufgabe, die sie herausfordert und ihre Gedanken positiv fokussiert."

Lukas ließ sich der Länge nach neben Andrea auf die Matratze plumpsen. Er rollte sich halb auf die Seite, umschlang ihre Schultern mit seinen starken Armen, kuschelte sein Gesicht in ihre Halsbeuge und küsste sie zärtlich. Dann wanderten seine Lippen langsam weiter, vom Hals zum Kinn, über die Wangen, die Augen, die Nase, bis sie schließlich auf ihren leicht geöffneten Mund trafen. Der Kuss dauerte lange und raubte Andrea fast den Atem.

„Du bist einfach genial", murmelte Lukas, nachdem sich seine Lippen von ihren gelöst hatten. „Was wäre ich bloß ohne dich? Du bist die vollkommene Hilfe, die wunderbare Ergänzung, die starke Frau hinter dem starken Mann ..." Er lachte leise, wobei Andrea nicht beurteilen konnte, ob sich ein ironischer oder zumindest selbstkritischer Unterton in seine Stimme eingeschlichen hatte oder ob er es vollkommen ernst meinte. „Ich liebe dich, Andrea, du bist wirklich genau die Frau, die ich brauche!"

Wieder fanden seine Lippen ihren Mund und dieser Kuss war noch intensiver als der vorhergehende.

Andrea fragte sich, wie sie je an ihrer Berufung als Ehefrau und Mutter hatte zweifeln können. Das hier war das wahre Leben, die wahre Erfüllung. Lukas so nahe bei ihr, seine Lippen, die nach einer Mischung aus Minze und salziger Erde schmeckten, ihre Herzen, die im Gleichklang füreinander schlugen ...

„Ach, ja, fast hätte ich es vergessen." Lukas hob seinen Kopf leicht an, sodass sein Gesicht dicht über Andreas schwebte. „Daniel hat gefragt, ob du morgen vielleicht seiner Frau ein wenig unter die Arme greifen könntest. Sie scheint völlig am Ende zu sein, die Arme. Zwei kleine Kinder mit Windpocken, laut Daniels Schilderung fast eine Vorstufe zur Hölle. Anscheinend hat Susanne schon seit zwei, drei Nächten nicht mehr richtig geschlafen. Die Kinder schreien fast ununterbrochen und kratzen sich die Bläschen auf, die sie jeweils sofort mit einer Tinktur bestreichen muss, damit keine Narben entstehen. Ich habe gesagt, dass du bestimmt gern einspringst, um ihr den Alltag ein wenig zu erleichtern."

„Und *unsere* Kinder?", fragte Andrea tonlos. „Die Windpocken sind hoch ansteckend. Wenn ich Joel-Henri und Eva-Lea zu Daniel und Susanne mitnehme, befinden wir uns in zehn bis vierzehn Tagen in derselben Horrorsituation, und das mitten im Sommer, wo die Bläschen durch die Hitze noch mehr jucken."

Lukas rollte sich auf die Seite und blickte Andrea aus zusammengekniffenen Augen an. „Ich hätte nicht gedacht, dass du so kleingläubig bist", sagte er nach kurzem Schweigen und in seiner Stimme schwang Enttäuschung mit. „Da bietet sich dir eine Aufgabe gleich vor deiner Haustür, ein gutes Werk, das Gott zuvor für dich bereitet hat, und du kannst an nichts anderes als unser eigenes Wohlbefinden denken?"

„Ich ..." Andrea spürte, wie die drückende Übelkeit, die sie den ganzen Abend über gequält und die sie eben erst überwunden hatte, wieder in ihr hochstieg. „Es – es ist nicht nur, dass ich Angst habe wegen der Ansteckungsgefahr", sagte sie stockend. „Ich habe mich den ganzen Abend über nicht wohlgefühlt und ich weiß nicht, ob ich die Kraft habe, neben meinem eigenen Haushalt auch noch bei Susanne nach dem Rechten zu schauen."

Lukas machte eine wegwerfende Handbewegung. „Ach, diese kleine Attacke. Stell dich doch nicht so an. Weißt du, dass du mich in eine ganz dumme Situation bringst, wenn du Daniel einen Korb gibst? Ich habe ihm sozusagen *versprochen*, dass du bei Susanne einspringst. Kannst du dir vorstellen, wie ich dastehen werde? Wie ein Mann, auf dessen Wort kein Verlass ist!"

„Lukas, ich ..."

Aber Lukas war schon aufgesprungen und mit demonstrativ beleidigten Schritten im Bad verschwunden.

Als er zwanzig Minuten später frisch geduscht mit noch feuchten Haaren und nach seinem unverkennbar männlich herben Duft riechend zurück ins Schlafzimmer getapst kam, stellte Andrea sich schlafend. Sie hatte sich ganz nah an die Bettkante auf ihrer Bettseite manövriert, um jeglichen zufälligen Körperkontakt mit ihrem Mann zu vermeiden. Angestrengt lauschte sie auf seine Bewegungen. Wie er das Fenster einen Spaltbreit öffnete, seine Decke auffaltete, sich auf die Bettkante setzte, um sein Nachtgebet zu sprechen. Es schien ein kurzes Gebet zu sein, denn schon nach wenigen Augenblicken ließ er sich schwer auf die Matratze fallen, rollte sich auf den Bauch und nestelte noch ein bisschen am Kopfkissen herum, bis er eine ideale Schlafposition gefunden hatte. Dann wurden seine Atemzüge ruhiger und regelmäßiger und kurz darauf begann er leise zu schnarchen.

Andrea atmete auf. Jetzt endlich konnte sie ihren Tränen freien Lauf lassen.

Kapitel 16

Dienstag, 9. Juli, 0.45 Uhr

Es ist überhaupt nicht schwierig gewesen. Nachdem ich in der Morgendämmerung zu ihrem Haus gefahren bin und den zweiten Zettel gut sichtbar in ihren Briefkasten gesteckt habe, bin ich in meinen Wagen gestiegen und habe gewartet. Es dauerte nur etwas mehr als eine halbe Stunde, bis sich die Haustür öffnete. Sie war in Eile, das habe ich sofort bemerkt. Mit großen Schritten hetzte sie durch den Vorgarten, machte beim Briefkasten kurz Halt und entdeckte den Zettel. Leider war ich zu weit weg, um ihren Gesichtsausdruck beim Lesen zu beobachten, aber ich bin mir sicher, dass sie vor Schreck riesengroße Augen gehabt hat. Auf alle Fälle ist sie kurz danach wie von einer Tarantel gestochen losgerannt, hat hinter alle Büsche und Hecken geguckt, aber natürlich nichts gefunden. Auf die Idee, auch in die an der Straße geparkten Autos zu gucken, ist sie nicht gekommen.

Ich habe noch gewartet, bis sie in die nächste Straßenbahn gestiegen ist. Dann bin ich zu ihrem Haus geschlendert, habe die ganze Häuserzeile umrundet und bin zum Hintereingang gegangen. Wie ich erwartet hatte, war die Tür abgeschlossen, aber gleich daneben befand sich ein Fenster, das nur angelehnt war. Es gelang mir, durch die Lücke zu greifen und den Griff des Nachbarfensters zu öffnen. Alles Weitere war ein Kinderspiel.

Das Abhörgerät, eine streichholzschachtelgroße Wanze mit GSM-Sender und Hightech-Mikrofonverstärker, habe ich hinter ihrer Bücherwand im Wohnzimmer angebracht. Es ist das modernste Gerät, das derzeit im Handel erhältlich ist. Man muss nur mit einem Telefon oder einem Handy die SIM-Nummer des Abhörgeräts anwählen und schon ist man akustisch im Zielbereich. Ich habe es am Sonntagmittag als Eilsendung übers Internet bestellt und bereits nach wenigen Stunden wurde es mir von einem Kurier gebracht. Ein wirklich kundenfreundlicher Service, auf den ich bei Bedarf gern wieder zurückgreifen werde.

Nun kann ich bequem zu Hause sitzen und in aller Ruhe ihre Gespräche abhören. Und ich bin mir sicher, dass ich auf etwas stoßen werde, das mir bei meiner Suche nach der Wahrheit weiterhilft. Denn ich muss einfach herausfinden, was damals wirklich geschehen ist.

Und ich muss herausfinden, was es mit dem Jäger auf sich hat. Weshalb ist er ihr letzten Sonntag gefolgt? Ist er womöglich ebenfalls in die alte Geschichte verstrickt? Oder steht das alles in gar keinem Zusammenhang? Vielleicht ist sie ja in etwas Neues hineingeraten, das würde ich ihr jedenfalls mühelos zutrauen.

Geduld.

Ich muss Geduld haben. Bald werde ich mehr wissen.

Kapitel 17

Dienstag, 9. Juli, 16.50 Uhr

Monatliche Zahlungseingänge: Invalidenrente, Halbwaisenrente, Zusatzrente, Kinderzulagen, Alimentenzahlungen vom Vater. Monatliche Kosten: Heimkosten, Nebenkosten, Krankenversicherungsprämien, Arztkosten und das Schulgeld für die sonderpädagogische Betreuung in der Kleinklasse.

Carol fuhr sich mit dem Stift durchs Haar und zwirbelte einzelne Strähnen an ihrem Hinterkopf fest. Es half alles nichts. Mirkos Finanzplanung ging einfach nicht auf. Sie konnte es drehen und wenden, wie sie wollte, immer blieb ein Aufwandsüberschuss von knapp zweihundert Franken übrig. Was hatte sie übersehen? Wo lag der Fehler? Hatten sich die Tagessätze des Heimtarifs geändert? Oder das Schulgeld für die sonderpädagogische Betreuung? Oder waren die Rentenleistungen gekürzt worden, ohne dass sie es bemerkt hatte?

Stöhnend rieb sich Carol die müden Augen. Wenn sie sich nicht bald eine kurze Entspannungspause gönnte, würde sie heute Abend mit bohrenden Kopfschmerzen zu Bett gehen. Sie war von einem Termin zu andern gejagt, hatte stundenlang telefoniert und dazwischen Achim und Sumaya Debrunner, die zum zweiten Mal innerhalb einer Woche unangemeldet vor ihrer Tür gestanden hatten, empfangen.

„Wir möchten Ramona nun doch zu uns nehmen“, hatte ihr Achim Debrunner eröffnet. „Der Typ, zu dem ich am Samstag gegangen bin, der Psychodoc da, der hat mir klargemacht, dass ich Ramona jetzt nicht einfach hängen lassen darf. Und dass es Sumaya helfen würde, wenn sie ein Kind um sich hat, für das sie sorgen kann. Wir haben jetzt dreimal darüber geschlafen und wir sind fest entschlossen, Ramona zu uns zu nehmen.“

„Na, dann schlafen Sie noch eine weitere Woche darüber und wenn Sie am nächsten Dienstag immer noch derselben Meinung sind, rufen Sie mich an“, hatte Carol trocken erwidert. „Dann, und erst dann, werde ich Ramona und ihre Pflegeeltern benachrichtigen und alles für den

Umzug in die Wege leiten. Eine erneute Enttäuschung würde Ramona nicht verkraften. Deshalb muss ich wirklich sicher sein, dass Sie Ihre Meinung nicht wieder ändern."

Achim Debrunner hatte noch eine Weile zu argumentieren versucht, aber Carol war hart geblieben. Eine zusätzliche Woche Bedenkzeit war das Mindeste, was sie Ramona schuldig war. Achim Debrunner sollte ruhig ein wenig kämpfen und sich seine Entscheidung ein bisschen was kosten lassen. Ramona war keine Ware, die man nach Belieben bestellen, herumschieben und danach wieder abbestellen konnte.

Carol wandte sich wieder Mirkos Finanzplan zu, aber die Zahlen verschwammen vor ihren Augen. Seufzend stand sie auf. Vielleicht würde ein kurzer Schwatz mit Dominik den Nebel aus ihrem Kopf vertreiben. Sie streckte ihren Kopf in den Flur hinaus und spähte zum Nachbarbüro. Dominiks Bürotür war verschlossen.

„Er hat ein Klientengespräch", sagte Elise Rückamp, die gerade um die Ecke bog. Sie war Anfang fünfzig, elegant gekleidet und ihr Gesicht wurde von einer dichten, dunkelbraunen Löwenmähne umrahmt. Sie war nicht direkt hübsch, strahlte aber dennoch eine eigentümlich intensive Präsenz aus. Carol hatte sich schon oft gefragt, ob Elises Erscheinung ohne ihre auffallende Haarpracht wohl ebenso imposant wäre. Sie hatte sich sogar schon vorzustellen versucht, wie sie mit dicht an den Kopf geklatschten nassen Haarsträhnen aussehen mochte, ob ihre Gesichtszüge bedeutsam genug wären, um auch ohne aufsehenerregende Frisur aus der großen Menge hervorzustechen, doch sie war zu keinem Ergebnis gekommen. Sicher war nur, dass Elise eine hervorragende Teamleiterin war, die mit ihrem Sachverstand und ihrer Fähigkeit zur logischen Analyse schon viele knifflige Probleme ihrer Mitarbeitenden gelöst hatte, bevor diese sich zu unüberwindbaren Bergen getürmt hatten.

„Der Fall kam vor einer halben Stunde bei uns rein", fuhr sie fort. Auch ihre sonore, fast männlich klingende Stimme hatte etwas Überlegenes an sich. „Häusliche Gewalt, Verdacht auf jahrelangen sexuellen Missbrauch, der Vater ist Alkoholiker, die Mutter kommt aus Brasilien und kann kein Wort Deutsch. Der Junge, vierzehn und ziemlich kräftig für sein Alter, hat gestern zum ersten Mal zurückgeschlagen, als sein Vater ihn und seine Mutter verprügelt hat. Eine Nachbarin hat die Polizei gerufen, als sie die Schreie hörte, und nun, nach der polizeilichen Intervention, dürfen wir vom Jugendamt die ganze verfahrene Situation wieder ins Lot bringen. Weshalb kommen die Leute immer erst dann, wenn es zu spät ist?" Elise schüttelte heftig den Kopf und steuerte, ohne Carols Antwort abzuwarten, mit weit ausholenden Schritten auf ihr Büro am anderen Ende des Flurs zu.

Carol zuckte mit den Schultern, dann ging sie in die Kaffeeküche und ließ sich ein Glas eiskalten Wassers einlaufen. In hastigen Schlücken trank sie es leer und schenkte sich gleich ein zweites ein. Diesmal trank sie bedächtiger, fast genussvoll, obwohl das Wasser leicht bitter schmeckte. Langsam klarte ihr Kopf auf. Sie verfrachtete das leere Glas in die Spülmaschine und ging in ihr Büro zurück.

Als sie über die Schwelle trat, fiel ihr Blick auf den geöffneten Aktenschrank an der Wand. Sie bewahrte dort nicht nur ihre Klientendossiers auf, sondern auch alle Fachbücher, die sie während ihres Studiums durchgeackert hatte. Und plötzlich kam es ihr wieder in den Sinn. Gestern Nachmittag, nach dem Gespräch mit Sofia, hatte sie in ihrem Fachbuch für angewandte Psychologie den Begriff *Amnesie* nachschlagen wollen. Ganz schwach erinnerte sie sich nämlich daran, sich irgendwann in einer Psychologievorlesung mit diesem Thema befasst zu haben.

Schwungvoll nahm sie das Buch aus dem Aktenschrank und suchte im Register nach dem Begriff *Amnesie.* Kapitel 19, Absatz 1, bis Kapitel 19, Absatz 4. Sie schlug die angegebene Seitenzahl auf und vertiefte sich in den Text.

Posttraumatische Amnesie: Nach einem Trauma auftretender Gedächtnisverlust. Meist in Verbindung mit einem durch einen Unfall ausgelösten Schädel-Hirn-Trauma.

Anterograde Amnesie: Unfähigkeit, sich an die direkt auf ein Trauma folgenden Ereignisse zu erinnern.

Retrograde Amnesie: Unfähigkeit, sich an die Ereignisse zu erinnern, die zu einem Trauma geführt haben.

Carol presste die Lippen zusammen. Das passte nicht. Es gab kein konkretes Trauma in ihrem Leben. Ihr Gedächtnisverlust war eine Lücke in ihrer Erinnerung, ein schwarzes Loch, so als wäre ein Teil ihrer Biografie ausgelöscht oder nie geschehen. Hastig las sie den nächsten Absatz.

Dissoziative Amnesie: Unfähigkeit, sich an wichtige, persönliche Infor-

mationen zu erinnern, die zumeist traumatischer oder belastender Natur sind; diese Unfähigkeit kann sich auf die persönliche Identität oder Details aus dem Lebenslauf beziehen.

Unwillkürlich beschleunigte sich Carols Herzschlag. Genau das war es! Dissoziative Amnesie, die Unfähigkeit, sich an wichtige, persönliche Informationen oder Details aus dem Lebenslauf zu erinnern. Sie fühlte sich in einem seltsamen Schwebezustand, so als würde sie über einem Abgrund hängen und dennoch nicht in die Tiefe stürzen, weil sich unter ihren Füßen eine zerbrechliche Brücke aus Luft und Nebel gebildet hatte.

Die dissoziative Amnesie wird in verschiedene Formen von Gedächtnisstörungen eingeteilt: Bei der lokalisierten Amnesie kann sich die betroffene Person nicht mehr an Ereignisse während eines umschriebenen Zeitabschnitts erinnern (zum Beispiel an die ersten zwei Tage nach einem schweren Trauma). Bei der selektiven Amnesie kann sich die betroffene Person an einige, aber nicht an alle Ereignisse während eines umschriebenen Zeitabschnitts erinnern. Die generalisierte Amnesie umfasst das ganze Leben und die ganze Identität der betroffenen Person. Die kontinuierliche Amnesie ist eine permanente Vergesslichkeit von einem bestimmten Zeitpunkt an bis in die Gegenwart. Bei der systematisierten Amnesie schließlich kommt es zu einem Verlust des Gedächtnisses für bestimmte Kategorien von Informationen, wie beispielsweise Erinnerungen an eine bestimmte Person oder an Ereignisse, die mit dieser Person zusammenhängen.

Erinnerungen an eine bestimmte Person oder an Ereignisse, die mit dieser Person zusammenhängen.

In Carols Kopf begann sich alles zu drehen. Erinnerungen an eine bestimmte Person. Erinnerungen an Ereignisse, die mit dieser Person zusammenhängen.

Sie stützte sich mit beiden Händen auf der Tischplatte ab und zwang sich, ganz ruhig durchzuatmen. Sie litt also an einer systematisierten Amnesie. Wenigstens hatte die unheimliche Lücke in ihrem Erinnerungsvermögen nun einen vernünftigen medizinischen Namen. Und wenn sie versuchte, möglichst viel über dieses Syndrom herauszufinden, würde sie vielleicht auch über einige Erklärungen stolpern, die sie zur Ursache ihres Gedächtnisverlusts führen könnten.

Der nächste Unterabschnitt handelte von den verschiedenen Hirnfunktionen. Carol war gerade bei den Aufgaben des Stammhirns angelangt, als ihr Handy klingelte. Sie zuckte zusammen. Ihr Herz klopfte in einem unregelmäßigen Stakkato. Wie ein Roboter erhob sie sich von ihrem Bürostuhl und angelte das Handy aus ihrer Handtasche, die sie nach der Mittagspause achtlos neben dem Aktenschrank auf den Boden hatte fallen lassen. Während sie den Anruf entgegennahm, kam ihr die letzte Zeile aus Annett Louisans *Telefonchanson* in den Sinn: *Willst du mir nen Gefallen tun und meine Nerven schon', dann drück einfach die Taste mit dem kleinen roten Telefon.* Wahrscheinlich würde sie sich ebenfalls einen Gefallen tun, wenn sie anstatt den grünen den roten Knopf betätigen und den Anruf einfach wegdrücken würde.

„Ja, hallo?"

„Carol, bist du es?" Eine männliche Stimme drang an ihr Ohr, die ihr im ersten Moment völlig unbekannt war. Wie auf Knopfdruck begannen sämtliche Alarmglocken in ihrem Kopf zu schrillen.

„Mit wem spreche ich?" Sie versuchte, ihrer Stimme professionelle Festigkeit und Distanz zu verleihen.

„Carol, hier ist Dieter. Ich habe deine Handynummer auf der Klassenliste gefunden, die Stefan uns geschickt hat. Ich weiß, dass ich dich am letzten Samstag nicht ernst genommen habe. Aber ich habe nachgedacht und mir ist noch etwas zu Peter Müller in den Sinn gekommen."

Vor Carols innerem Auge entstanden die Konturen eines von Zynismus und ausschweifendem Lebenswandel gezeichneten Gesichts. *Vergiss Peter und seine Weltverbesserungsversuche. Carpe diem – lebe im Hier und Jetzt, alles andere ist Unsinn.* Das waren seine Worte gewesen, während er sie mit stechenden Augen gemustert hatte. Was hatte seinen Sinneswandel bewirkt? Was wollte er von ihr?

„Darf ich dich auf einen kurzen Drink nach Feierabend einladen? Ich würde dir meine Information lieber direkt mitteilen als am Telefon."

Wieder sah Carol Dieters verlebtes Gesicht vor sich, die tiefen Falten, die Unmäßigkeit und Enttäuschung in seine Züge gegraben hatten.

„Ich habe gedacht, wir könnten uns in der *Kronenbar* treffen. Der Scotch, den sie dort servieren, ist Original-Single-Malt aus Schottland – einfach einzigartig, sage ich dir. Diese Bar ist ein echter Geheimtipp."

„Ich weiß nicht so recht", sagte Carol zögernd. „Eigentlich gehe ich lieber in Cafés als in Bars und Whisky trinke ich auch keinen. Wie wär's mit dem *Le Pavillon*? Es ist zwar keine Bar, aber sie servieren immerhin eine gewisse Auswahl an alkoholischen Drinks, wenn ich mich richtig erinnere."

„Wie Sie wünschen, meine Dame." Carol konnte trotz des leichten Rauschens in der Telefonleitung den amüsierten Unterton aus Dieters Stimme heraushören.

Eine Dreiviertelstunde später saßen sie sich auf der stilvoll eingerichteten Dachterrasse des *Le Pavillon* gegenüber, einem In-Lokal im Café-Stil hoch über Zürichs Dächern, das vor allem von Bankern, erfolgreichen Geschäftsfrauen und wohlhabenden Senioren frequentiert wurde. Von der Terrasse aus hatte man einen herrlichen Ausblick auf die ganze Stadt. Die cremefarbenen Bambussonnenschirme waren perfekt auf die hellbraunen Gartenmöbel aus Rattan mit den lindgrün gestreiften Sitzkissen abgestimmt. In den formschön geschmiedeten Eisengeländern der umliegenden Dachterrassen spiegelten sich die schräg fallenden Strahlen der Abendsonne. Weit unter ihnen, in den von oben fast unwirklich scheinenden Straßenschluchten, dröhnte und brummte der Verkehr, Menschen hasteten aneinander vorbei und drängten sich wie lebendig gewordene Spielzeugfiguren an den Straßenbahnhaltestellen.

Entgegen Carols Befürchtungen entpuppte sich Dieter als erstaunlich angenehmer Gesprächspartner. War er in der Gruppe eher mit lauten und zynischen Bemerkungen aufgefallen, so war er im geschützten Rahmen eines Vieraugengesprächs überraschend rücksichtsvoll, aufmerksam und liebenswürdig. Sie sprachen über Carols Arbeit beim Jugendamt, die geplanten Sparmaßnahmen der Zürcher Regierung, die auf einen Abbau der öffentlichen Leistungen hinausliefen, und das neue Kinder- und Jugendhilfegesetz, das zurzeit beim Gesetzgeber in der Vernehmlassung war. Danach erzählte Dieter von seiner Arbeit als Buchhalter bei der Hirslandenklinik. Mit einem Mal wirkte er viel jünger. Seine Gesichtszüge wurden weicher, die Augen strahlender. Die tief eingegrabenen Falten zwischen Nase und Mundwinkel, die Carol beim Klassentreffen aufgefallen waren, verloren ihre Härte, es schien, als wären die Jahre des Überdrusses und der Unzufriedenheit, die sein Gesicht gezeichnet hatten, einfach von ihm abgefallen.

Carol spürte, wie sie sich entspannte. Das war nicht der Dieter, den sie am Samstag kennengelernt hatte. Vor ihr saß ein Mann, der seine Arbeit liebte, Verantwortung übernahm und seine Erzählungen mit humorvollen Pointen würzte. Einen Augenblick lang überlegte sie, ob sie ihm von den anonymen Zetteln erzählen sollte. Vielleicht könnte er ihr einen Rat geben. Vielleicht hatte er beim Klassentreffen etwas beobachtet. Es war eine alte Wahrheit, dass vier Augen mehr sahen als zwei. Aber dann entschied sie sich dagegen. Vertrauen war gut, Wachsamkeit war besser. Solange sie nicht wusste, worum es bei ihrer Erinnerungslücke wirklich ging, musste sie größtmögliche Vorsicht walten lassen.

„Das mit deiner Gedächtnislücke hat mich schwer beschäftigt“, sagte Dieter endlich, nachdem er sich bereits das zweite Glas Rotwein bestellt hatte. „Deshalb habe ich auch mein Hirn nach Informationen über Peter Müller durchforstet und mir ist tatsächlich etwas in den Sinn gekommen.“

Carol blickte ihn gespannt an. „Schieß los, ich bin ganz Ohr.“

„Man hat damals etwas gemunkelt ...“ Dieter stützte seine Ellbogen auf den Tisch und beugte sich zu ihr vor. „Du weißt, wie das ist: Gerüchte, die hinter vorgehaltener Hand die Runde machen. Jemand setzt sie in die Welt, sie werden weitererzählt und jedes Mal kommt eine zusätzliche Komponente hinzu. Im Kern beinhalten sie meist eine wahre Aussage, aber am Ende sind sie dermaßen aufgeblasen, dass man die Wahrheit nicht mehr von der Lüge unterscheiden kann.“

Carol umfasste ihr Colaglas, das mit einer kunstvoll zurechtgeschnittenen Zitronenscheibe garniert war, mit beiden Händen. „Was für Gerüchte?“, erkundigte sie sich leise.

Dieter zögerte einen kurzen Moment. In seine Augen trat ein Funkeln, das Carol nicht so richtig einordnen konnte. War es die Wärme des Rotweins, die ihm langsam, aber sicher zu Kopf stieg? Oder war es etwas anderes, das durch den Alkohol zum Vorschein kam?

„Es wurde gemunkelt, dass Peter Müllers Mutter, na ja, wie soll ich es ausdrücken, Männerbesuch empfangen hat. Und zwar bei sich zu Hause.“

„Männerbesuch? Hatte sie wechselnde Partnerschaften?“

„Nein, nicht so. Sie hat sie gegen Bezahlung empfangen, wenn du verstehst, was ich meine.“

„Du willst sagen, dass sie sich prostituiert hat, und zwar bei sich zu Hause?“, fragte Carol entsetzt.

Dieter nickte zustimmend. „Ja, genau. Und den Gerüchten zufolge soll Peter alles mitgekriegt haben. Alle schmutzigen Details, die Geräusche, einfach alles.“

Dieters Stimme explodierte hinter Carols Stirn. Sein Umriss wurde unscharf, wurde zu einer wankenden Silhouette, die sich langsam in Nichts auflöste. Dafür bauten sich andere Bilder vor ihren Augen auf, überlagerten sich, spiegelten sich ineinander. Peter, wie er nachts in seinem Zimmer lag und sich verzweifelt die Ohren zuhielt. Peter, wie er seine Mutter in aufreizender Kleidung die Wohnungstür öffnen sah. Peter, wie er zusehen musste ... wie er vielleicht selbst ...

Eine schreckliche Gewissheit überfiel sie wie ein wütender Tiger, der schon seit Tagen gehungert hatte. Peters verkrampfte Haltung auf dem Foto. Sein Gesichtsausdruck, der darauf schließen ließ, dass er entweder etwas zu verbergen oder schon zu viel gesehen hatte. Peter war ein gebranntes Kind gewesen. Er war ein Wissender, der seine Unschuld viel zu früh verloren hatte. Und er musste sich ein Ventil gesucht haben, um seine grausigen Erlebnisse irgendwie zu verarbeiten. Missbrauchsopfer gaben ihre Erfahrungen normalerweise eins zu eins an andere weiter. Sie wurden vom Opfer zum Täter.

Vom Opfer zum Täter.

Peter musste zum Täter geworden sein.

Was hatte er ihr angetan? Eine Vergewaltigung im klassischen Sinn kam nicht infrage, sonst wäre ihr Hymen mit siebzehn nicht mehr intakt gewesen. Auch grobe Gewaltanwendung konnte sie ausschließen, ihre Eltern hätten sonst postwendend reagiert. Was konnte es dann gewesen sein? Was gab es Schlimmeres als eine Vergewaltigung?

„Wie gesagt, es war ein Gerücht", erreichte sie Dieters Stimme wie aus weiter Ferne. Langsam wurde sein Umriss wieder scharf und sie bemerkte den besorgten Blick in seinen blaugrauen Augen.

„Carol, bist du in Ordnung?", fragte er behutsam. „Hattest du einen Flashback? Du wirkst so abwesend."

Carol hob das Colaglas an ihre Lippen und trank hastig einen Schluck. Langsam schüttelte sie den Kopf. „Nein, ich hatte keinen Flashback", sagte sie, wobei sie krampfhaft versuchte, ihre Stimme so gleichmütig wie möglich klingen zu lassen. „Ich habe bloß darüber nachgedacht, ob ich mich an das Gerücht erinnern kann. Leider Fehlanzeige. Ich entsinne mich nicht, je davon gehört zu haben."

Das stimmte. Sie hatte keinen Flashback gehabt. Ihre Vorstellung hatte ihr bloß Bilder vorgegaukelt. Und dann war die Erkenntnis in ihr aufgeblitzt. Aber an das Gerücht selbst konnte sie sich nicht erinnern.

Niemand hatte ihr von Peters Mutter erzählt. Niemand hatte ihr gesagt, dass sie sich prostituiert hatte.

Peters Mutter.

Mirkos Mutter!

Mirkos Mutter hatte sich ebenfalls prostituiert. Aber nicht bei sich zu Hause, sondern auf dem Straßenstrich. Vor zwei Monaten war sie an AIDS gestorben und Carol war zu Mirkos Vormund ernannt worden. Bei der Nachlassregelung hatte sie die Lebensversicherungspolice entdeckt, die seine Mutter schon vor Jahren zu Mirkos Gunsten abgeschlossen hatte. Es war keine astronomische Summe, aber Mirko würde nach ihrem Tod eine monatliche Rente von etwas mehr als zweihundert Franken erhalten.

Die fehlende Summe, die seinen Finanzplan ins Lot brachte.

Wie durch einen Schleier spürte Carol Dieters Blick auf sich ruhen. Trotz des nebelartigen Vorhangs vor ihrem geistigen Bewusstsein nahm sie den Ausdruck wachsender Besorgnis in seinen Augen wahr.

„Wenn ich dir bloß helfen könnte, dein Gedächtnis wiederzufinden." Seine Stimme klang warm und mitfühlend. „Es muss echt schlimm sein, wenn man sich nicht mehr erinnern kann und stattdessen eine gähnende Lücke im Kopf klafft. Was das Gerücht betrifft, von dem ich dir erzählt habe, könnte Stefan dir vielleicht weiterhelfen. Wenn ich mich richtig entsinne, hat er es damals in Umlauf gebracht."

„Stefan?"

„Ja. Es muss in einer Pause oder irgendwann nach Schulschluss gewesen sein. Wir Jungs standen im Kreis und wie üblich führte Stefan das große Wort. Er hat von Peters Mutter gesprochen und diese Dinge über sie erzählt. Und du weißt ja, wie Jungs in diesem Alter sind. Wir fanden das peinlich und haben einige schmutzige Witze darüber gemacht, aber niemand von uns hat es gewagt, Peter damit zu konfrontieren. Dafür war er viel zu beliebt."

Carol schluckte. Stefan, der integere Versicherungskaufmann mit dem strahlenden Lächeln. Stefan, der werdende Familienvater, dessen Frau ihr erstes Kind erwartete. Natürlich hatte sie gewusst, dass seine Sprüche nicht immer ganz astrein gewesen waren. Jeder Klassenclown amüsierte sich zuweilen auch auf Kosten anderer. Aber dass er der Urheber eines so bösartigen Gerüchts war, hätte sie ihm nie und nimmer zugetraut. Über solche Dinge machte man keine Witze, selbst wenn sie sich als wahr erwiesen. Vielleicht hatte Sofia mit ihrem Verdacht doch recht gehabt. Vielleicht steckte tatsächlich weit mehr hinter Stefans harmloser Fassade, als auf den ersten Blick ersichtlich war.

Kapitel 18

Mittwoch, 10. Juli, 11.40 Uhr

Charakteristisch für die dissoziative Amnesie ist, dass bewertete und sinnvolle Informationen im Großhirn kaum vorhanden sind, und auch durch noch so starkes Nachdenken nichts zutage gefördert werden kann. Personen, die von dissoziativer Amnesie betroffen sind, wissen oft nicht einmal von der Existenz des Traumas; wegen der fehlenden Hinweise haben sie auch nur eine sehr geringe Chance, von allein draufzukommen.

Um die Informationen in den nicht vom Großhirn gesteuerten Teilen des Gedächtnisses wieder abzurufen, müssen die Trauma-Erinnerungen aktiviert werden. Dabei begibt man sich in eine ähnliche Situation wie beim Trauma selbst. Die Erinnerungen, die dadurch ausgelöst werden, nennt man Flashback.

Carol schob das Psychologiebuch ein wenig zur Seite und stützte das Kinn auf ihre ineinanderverschränkten Finger. Im Zusammenhang mit ihrer Erinnerungslücke hatte sie schon mindestens drei Flashbacks gehabt. Der erste war aufgetreten, als sie Stefan wiedergesehen hatte, der zweite bei der Erwähnung des Buchs *Wer die Nachtigall stört* und der dritte, als sie sich an die Predigt über Isobel Kuhn erinnert hatte. Die ersten beiden Flashbacks hatte sie ungehindert durchleben können, doch aus dem dritten war sie durch das unheimliche Gefühl, beobachtet zu werden, abrupt und ohne Vorwarnung herausgerissen worden.

„Carol, kommst du heute mit uns essen?“ Yasmins dunkler Stoppelkopf schob sich durch den halb geöffneten Türspalt von Carols Büro. Sie hielt sich mit der einen Hand an der Türklinke und mit der anderen am Türrahmen fest und wippte wie eine aufziehbare Karussellfigur vor und zurück. „Elise, Tom, Dominik und ich kaufen uns was in der Bäckerei und danach gehen wir in den Park. Bei diesem herrlichen Sommerwetter ist ganz klar Sonnentanken angesagt, findest du nicht auch?“

Carol lehnte sich in ihrem Bürostuhl zurück und verschränkte die Arme hinter dem Kopf. „Wie lange dauerte die Diskussion, bis ihr euch für den Park entschieden habt?“, fragte sie trocken.

„Du bist einfach gemein! Als wäre Diskutieren eine ansteckende Krankheit oder eine Art Pest. Dabei wäre ein Leben ohne die vertiefte Auseinandersetzung mit verschiedenen Themen einfach ätzend langweilig!"

„Ist das jetzt eine Feststellung oder der Startschuss für eine neue Diskussion?"

„Carol!" Yasmin ließ die Türklinke los, machte einen Satz auf Carols Schreibtisch zu und drohte ihr lachend mit dem Zeigefinger. „Wenn du so weitermachst, zettle ich über Mittag absichtlich eine todlangweilige Diskussion über das Kompetenzgerangel mit den Stadtbehörden an, das verspreche ich dir!"

„Du weißt ja noch gar nicht, ob ich mitkomme oder nicht", gab Carol ebenfalls lachend zurück.

„Das nehme ich jetzt einfach stillschweigend an. Ich lasse nämlich nicht zu, dass du dich sang- und klanglos aus der Diskussionsverantwortung stiehlst, schließlich hast du uns Praktikanten gegenüber eine Vorbildfunktion."

Carol fuhr sich mit der Hand durchs Haar. Beim Lesen des Artikels über Flashbacks war ihr spontan die Idee gekommen, über Mittag ihrer alten Wohngegend einen Besuch abzustatten. Vielleicht wäre das genau der Auslöser, den ihr Gedächtnis brauchte, um die Erinnerung wiederzufinden. Doch andererseits würde es ihr guttun, in der Mittagspause einfach ein wenig auszuspannen, mit ihren Arbeitskollegen zusammen zu sein und Unsinn zu schwatzen. Den Besuch ihrer alten Wohngegend konnte sie auch auf den Abend verschieben.

„Okay, du hast mich überzeugt, mit der Vorbildfunktion lässt sich nicht spaßen, das muss man ernst nehmen." Sie gab Yasmin einen freundschaftlichen Stups in die Seite. „Schließlich sind unsere Praktikanten ja noch nicht erwachsen genug, um selbst die richtigen Schlüsse zu ziehen, nicht wahr?" Sie hielt inne und überlegte einen kurzen Moment. „Da ich mein Mittagessen schon dabeihabe, werde ich direkt in den Park gehen und euch an unserem gewohnten Platz treffen, in – warte mal – ungefähr zwanzig Minuten. Ist das okay oder müssten wir das eventuell noch ausdiskutieren?"

„Du bist einfach unmöglich!", grinste Yasmin, dann drehte sie sich um und marschierte mit zackig militärischen Schritten aus Carols Büro.

Carol rückte das Psychologiebuch auf ihrer Schreibtischunterlage zurecht und vertiefte sich wieder in ihre Lektüre.

Bei einem Flashback kommen einzelne Szenen als eine Art Stummfilm wieder hoch. Diese können mit scheinbar nebensächlichen Details verziert sein, die wegen der fehlenden Interpretation und Sinngebung durch das Großhirn möglicherweise einen bizarren oder gespenstischen Charakter tragen, gleichzeitig aber mit Gefahrensignalen und Alarmgefühlen verbunden sind. Nach dem Verlassen des Flashbacks tritt die Amnesie wieder ein, am Gesamterinnerungsbild hat sich durch den Flashback praktisch nichts geändert.

Flashbacks können unzählige Male auftreten, ohne dass es zu einer sichtbaren Verarbeitung des Traumaprozesses kommt. Da Trauma-Opfer eine erhöhte Sensibilität für Flashback-Auslöser (sogenannte Trigger) besitzen, kommt es im Alltag oft zu solchen Erinnerungsrückblenden.

Bei den drei Flashbacks, die sie gehabt hatte, waren zwei durch einen direkten Auslöser verursacht worden – das Erblicken von Stefan an der Balustrade und die Erwähnung des Buchs *Wer die Nachtigall stört*. Der dritte Flashback hingegen war durch ein bloßes Gedankenfragment entstanden. Es gab also kein bestimmtes Auslösemuster und auch keine Garantie, dass ein Flashback durch ein unverhofftes Ereignis oder Wiedersehen provoziert werden konnte. Während des Gesprächs mit Dieter zum Beispiel hatte sich keine einzige Stummfilmszene vor ihrem inneren Auge abgespielt, obwohl die Erwähnung des Gerüchts eigentlich eine ganze Palette von Filmsequenzen hätte auslösen sollen.

Nachdenklich schlug Carol das dicke Buch zu und stellte es zurück in den Aktenschrank. Ein Besuch in ihrer alten Wohngegend würde ihrem Gedächtnis auf jeden Fall neuen Input liefern, auch wenn es vielleicht nicht zu einem klassischen Flashback kam. Sie musste einfach alles versuchen, um die klaffende Leere in ihrem Gehirn möglichst bald mit erlösenden Bildern aufzufüllen.

Sie holte ihr Mittagessen, einen Müsli-Joghurt und einen Reissalat, den sie am Vorabend zubereitet hatte, aus dem Kühlschrank und verstaute alles in ihrer schwarzen Gucci-Tasche. Ihre Teamkollegen waren erst vor Kurzem mit dem üblichen großen Getöse aufgebrochen – bis zum vereinbarten Zeitpunkt würden ihr also noch einige Minuten für eine kleine Extrarunde im Park bleiben. Mit großen Schritten verließ sie ihr Büro und trat in die gleißende Mittagssonne hinaus.

Das Markenzeichen des weitläufigen Parks am nördlichen Stadtrand von Zürich waren Kastanienbäume in allen Größen und Formen. Im Frühjahr blühten sie weiß und rosa um die Wette, im Sommer spendeten sie mit ihren ausladenden Ästen genügend Schatten, damit man auch in der größten Hitze bequem auf dem Rasen sein Mittagessen verzehren oder sich ein wenig hinlegen und in den durch das grüne Blätterdach nur teilweise sichtbaren Himmel blicken konnte.

Carol wählte einen Nebenweg, der an farbenprächtigen Blumenrabatten vorbei zu einem kleinen Teich führte. Der süßlich-schwere Geruch von Lilien und Sommerflieder hing in der Luft, ganz in der Nähe war das laute Brummen eines Rasenmähers zu hören. Auf den Parkbänken rund um den Teich hatten sich Liebespärchen, Schüler und Berufstätige niedergelassen. Die einen verzehrten in aller Ruhe ein ausgiebiges Mittagessen, andere hatten nur Augen füreinander und ihr kleines selbst erschaffenes Universum und wieder andere tippten wie wild auf ihren Mobiltelefonen herum, lasen ein Buch oder nervten ihre Umgebung durch lautes Kreischen und Gelächter.

Gemächlich umrundete Carol den Teich und bog dann in einen Weg ein, der in einen etwas abgelegeneren Teil des Parks führte. Dort, hinter üppig wuchernden Rhododendronbüschen verborgen, befand sich eine etwa fünf Meter lange, niedrige Holzbank ohne Lehne, die für mindestens sechs bis sieben Personen Platz bot. Yasmin hatte sie vor einigen Wochen entdeckt und seither war sie zu ihrem Team-internen Geheimtipp geworden.

Kurz bevor Carol die Rhododendren erreicht hatte, verspürte sie plötzlich ein merkwürdiges Kribbeln im Nacken. Sie kannte das Gefühl. Sie hatte es schon einmal gehabt. Am letzten Sonntag. Im Wald. Als plötzlich alle Laute ringsherum verstummt waren. Damals hatte sie die warnende Stimme in ihrem Innern ignoriert und hunderttausend Erklärungen für das seltsame Gefühl gesucht. Doch diesmal ließ sie sich nicht täuschen. Jemand war da, jemand, der nicht hierhergehörte.

Abrupt drehte sie sich um.

Einige Meter hinter ihr gingen zwei ältere Frauen, die sich beieinander eingehakt hatten. Beide trugen dunkle Sonnenbrillen und napfförmige Sonnenhüte. Neben ihnen watschelte ein hellbrauner Pudel, dessen Fell wie luftige, kleine Wölkchen um Kopf und Füße geföhnt war. Ein elegant gekleideter Herr in dunklem Anzug, der ein

Mobiltelefon an sein Ohr drückte, folgte den Damen mit dem Pudel in etwa drei Meter Abstand. Alles wirkte normal, alltäglich und nicht im Geringsten bedrohlich.

Verwirrt schüttelte Carol den Kopf. Was war bloß los? Wurde sie tatsächlich verfolgt oder bildete sie sich das nur ein? Mit hängenden Schultern schlenderte sie um die Rhododendren – und zuckte zurück. Auf der Bank saß ein Mann, den Kopf über ein Buch gebeugt. Bei ihrem Erscheinen hob er den Blick. Es dauerte einige Sekundenbruchteile, bis sie ihn erkannte.

„Dominik!" Vor Erleichterung hätte sie ihn am liebsten umarmt. „Du bist schon hier?"

Er lächelte breit. „Ich habe mich vorsorglich abgesetzt. Die anderen wollten sich noch ein Stück ofenfrischer Pizza in der Schnellimbissbude holen. Da sich die Wartezeiten dort immer endlos in die Länge ziehen, habe ich mich mit einem belegten Brötchen aus der Bäckerei zufriedengegeben und bin dann gemütlich durch den Park zu unserer Bank hier geschlendert."

Mit einem Mal fiel Carol auf, wie männlich seine Gesichtszüge wirkten. Sie hatte in ihm immer den guten Kumpel gesehen, den netten, hilfsbereiten Arbeitskollegen, der ihr mit seiner Freundlichkeit und seiner ewig guten Laune manchmal fast ein wenig auf den Keks ging. Doch nun sah sie ihn zum ersten Mal als Mann. Er war zwar nicht gerade ein Hollywood-Beau, dafür war sein Kinn zu wenig kantig, seine Nase zu rundlich, sein Profil zu uneben. Aber er hatte etwas an sich, das in einem unwillkürlich den Wunsch nach männlichem Schutz aufkommen ließ. Er war vertrauenswürdig und beständig, ein sicherer Hafen inmitten der Unwägbarkeiten des Lebens. Carol ertappte sich bei dem Gedanken, wie es wäre, sich an seine stämmigen Schultern anzulehnen. Sie fühlte, wie ihr die Röte ins Gesicht stieg.

„Was bist du gerade am Lesen?", fragte sie, verzweifelt bemüht, die plötzlich aufgekommene Verlegenheit irgendwie zu überspielen.

„*Der Papalagi*, die grüne Bibel der Umweltschützer." Dominik hielt das Buch senkrecht in die Luft, damit sie das Umschlagbild sehen konnte.

„Nie davon gehört. Wer hat es verfasst?"

„Ein Südseehäuptling namens Tuiavii aus Tiavea. Und es ist eines meiner Lieblingsbücher", erklang Yasmins helle Stimme von den

Rhododendronbüschen her. Wie aus dem Nichts tauchte sie vor den dunkelgrünen Sträuchern auf, die im Frühjahr in fast allen Farben des Regenbogens blühten, schlenderte mit schlaksigen Schritten auf die Bank zu und ließ sich etwa zwei Meter von Dominik entfernt nieder. Umständlich kramte sie in ihrem kleinen, von Zeit und häufigem Gebrauch dunkel gewordenen Lederrucksack und förderte schließlich ein belegtes Schinkenbrot, eine Karotte, einen Apfel und eine Flasche Wasser zutage. Während sie alles fein säuberlich neben sich ausbreitete, blickte sie erwartungsvoll von Dominik zu Carol, von Carol zu Dominik.

„Das Buch ist absolut Kult", bestätigte Dominik, „ich habe es schon mindestens fünfmal gelesen. Und immer noch verschlinge ich jede einzelne Seite, als würde sie etwas völlig Neues offenbaren. Dieser Häuptling ist schon ein sehr weiser Mann gewesen."

„Und er besaß Humor", nickte Yasmin eifrig. „Wie er die europäische Zivilisation beschrieben hat … geistreich, scharfsinnig, witzig und klug. Es ist schon erstaunlich, dass ein ungebildeter Südseeinsulaner eine derart differenzierte Sichtweise besaß."

„Worum geht es in dem Buch denn? Und weshalb heißt es *Der Papalagi?*", erkundigte sich Carol, während sie sich neben Yasmin auf die Bank setzte.

„*Papalagi* bedeutet so viel wie *Europäer*", erklärte Dominik. „Das Wort kommt aus dem Samoanischen und das Buch stammt, wie Yasmin gesagt hat, aus der Feder des Häuptlings Tuiavii aus Tiavea, der Anfang des zwanzigsten Jahrhunderts als Mitglied einer Völkerschaugruppe Europa bereist hat. Als er wieder zurück auf Samoa war, zeichnete er seine Eindrücke vom Leben der Europäer in Form von elf verschiedenen Reden an seine Landsleute auf, dachte jedoch nicht im Entferntesten daran, diese Reden je zu halten oder gar zu veröffentlichen. Irgendwann zeigte er sie dem Samoa-Reisenden Erich Scheurmann, einem deutschen Schriftsteller und Weltenbummler, der sie sammelte und schließlich ohne Tuiaviis Wissen in Deutschland veröffentlichte. Diese Reden sind eine hervorragende Kritik der westlichen Lebensweise, sie stimmen nachdenklich, sind aber auch voller Humor und tiefsinniger Redewendungen. So nennt er zum Beispiel das Kino *den Ort des falschen Lebens* oder die Zeitungen *die vielen Papiere*."

„Der Ort des falschen Lebens und die vielen Papiere haben den Papalagi

zu dem gemacht, was er ist", zitierte Yasmin mit leuchtenden Augen, „*zu einem schwachen, irrenden Menschen, der das liebt, was nicht wirklich ist, und der das, was wirklich ist, nicht mehr erkennen kann, der das Abbild des Mondes für den Mond selber hält und eine beschriebene Matte für das Leben selber*. Ach, ich liebe seine Sprache, sie klingt so urtümlich und ungekünstelt!"

„Ihr sprecht bestimmt über den *Papalagi*, nicht wahr?", schaltete sich Tom ins Gespräch ein. Leise und unbemerkt hatten er und Elise sich zu der auf der Bank sitzenden Gruppe gesellt. Die Pizzastücke, die sie in der Hand hielten, dufteten so intensiv, dass Carols Reissalat daneben plötzlich fade und irgendwie schal schmeckte.

„Ja, genau." Yasmin nickte lebhaft, dann hob sie ihre Wasserflasche hoch, legte sie an ihren Mund und trank einen kräftigen Schluck.

Tom legte sein Pizzastück neben sich auf die Bank. „Während meiner Studienzeit haben wir den *Papalagi* von vorn nach hinten und von hinten nach vorn durchgekaut, während wir am Fluss saßen und unsere selbst gedrehten Zigaretten pafften", sagte er und seine Stimme klang ungewohnt nachdenklich. „Wir haben über die steinernen Truhen, das runde Metall und das schwere Papier, den Ort des falschen Lebens und die vielen Dinge, die den Papalagi arm machen, philosophiert. Es ist wirklich ein glücklicher Zufall, dass Tuiavii den deutschen Schriftsteller Scheurmann kennengelernt hat, und dass Scheurmann den Mut hatte, Tuiaviis Reden zu veröffentlichen. Die Welt wäre um einiges ärmer, wenn uns seine Gedanken nicht überliefert worden wären."

„Nach neueren wissenschaftlichen Erkenntnissen hat es den Tuiavii nie gegeben. Es scheint, dass Scheurmann ihn samt und sonders erfunden hat." Elise, die bis dahin schweigend zugehört hatte, lehnte sich ein wenig vor und blickte Tom herausfordernd an.

„Erfunden???" Yasmin schnappte nach Luft und es klang, als hätte sie sich an ihrer gesamten Wasserflasche verschluckt.

„Ja genau, erfunden", erwiderte Elise mit ihrer sonoren Stimme. „In der Clique, mit der meine Tochter in ihrer Freizeit herumhängt, ist das Buch im Moment *das* Gesprächsthema und so habe ich es mir zwangsläufig einmal vorgenommen und zugleich im Internet ein wenig nach Sekundärliteratur recherchiert. Dabei habe ich einige ganz interessante Dinge herausgefunden."

„Im Internet?" Dominik machte eine wegwerfende Handbewegung.

„Das sagt überhaupt nichts aus. Das Internet verbreitet einfach alles, angefangen von harmlosen Witzeleien bis hin zu bösartigen Verleumdungen."

„Da gebe ich dir recht, aber dies ändert nichts an der Tatsache, dass Scheurmann mit dem Tuiavii identisch zu sein scheint. Sowohl Ethnologen als auch Literaturkritiker haben dies anhand von Scheurmanns Biografie belegt. Den Tuiavii – das ist übrigens keine Eigenname, sondern ein samoanischer Titel – gibt es nicht. Scheurmann reiste im Jahr 1914 nach Samoa, mit einem Vorschuss seines Verlegers in der Tasche. Er sollte dort an einem neuen Buch arbeiten. Zwei Monate später brach jedoch der Erste Weltkrieg aus und Scheurmann wurde von den Neuseeländern interniert. Im Herbst 1915 durfte er nach Nordamerika ausreisen, wo er dann die fiktiven Reden des Häuptlings Tuiavii aus Tiavea niederschrieb."

„Na und?", hakte Dominik nach, „das heißt doch noch lange nicht, dass er in diesen zwei Monaten nicht tatsächlich den samoanischen Häuptling Tuiavii kennengelernt hat. Er freundet sich mit ihm an, sammelt seine unveröffentlichten Reden und publiziert sie schließlich in Deutschland."

Elise schüttelte den Kopf. „Scheurmanns Text weist so viele sprachwissenschaftliche und ethnologische Ungereimtheiten auf, dass er unmöglich von einem Samoaner verfasst worden sein kann. Ein Samoaner würde zum Beispiel Kleidung nie als *Matten* bezeichnen oder Kühe als *rote, hässliche, gehörnte Tiere* oder Geld als *rundes Metall und schweres Papier.* Auch die von Scheurmann gerühmte sexuelle Freizügigkeit der Samoaner ist frei erfunden. Studien belegen, dass auf Samoa ein Jungfräulichkeitskult betrieben wurde und dass die Sittsamkeit heranwachsender Mädchen mit Argusaugen überwacht wurde. So gesehen ist Scheurmanns Weltenschönfärberei nichts als eine naive Zivilisationskritik, die weder besonders intelligent klingt noch etwas umwerfend Neues offenbart."

„Da bin ich aber anderer Meinung", sagte Tom hitzig. „Niemand hat die Laster und Abhängigkeiten unserer westlichen Kultur so nachhaltig auf den Punkt gebracht wie Scheurmann. Und selbst wenn er den Tuiavii erfunden hätte, würde dies an den großen Wahrheiten über unser System nichts ändern."

„Wir sind, wie Tuiavii so schön sagt, Sklaven des Systems, das wir selbst in Gang gesetzt haben." Yasmin nahm einen weiteren Schluck aus ihrer Wasserflasche. „Und wir werden es auch bleiben, solange wir dieser Lawine, die wir losgetreten haben, keinen Einhalt gebieten."

„Und wir leben in unseren steinernen Truhen, ohne unsere Nachbarn zu kennen, jeder für sich allein, einsam, raffgierig und ohne moralischen Rückhalt", ergänzte Dominik.

Elise strich sich mit der Hand durch ihre dunkle Löwenmähne. „Ich bleibe dabei – Scheurmann ist ein Lügner und Hochstapler, der seine Leser bewusst in die Irre führt. Zudem outet er sich in seinen späteren Werken als Anhänger der nationalsozialistischen Grund-und-Boden-Ideologie und ich war überhaupt nicht erstaunt, als ich las, dass er ein Mitglied von Hitlers NSDAP war und begeisterte Gedichte schrieb, um den Geburtstag von Deutschlands selbst ernanntem ‚Führer' zu feiern."

„Wenn das wirklich wahr wäre, wäre ich der Letzte, der die Tragweite eines solchen Verhaltens herunterspielen würde; trotzdem finde ich es nicht ganz richtig, Scheurmanns Biografie mit seinem Werk zu verknüpfen. Das Buch steht für sich selbst und lebt nicht von Scheurmanns Biografie, sondern von den nachdenklich stimmenden Lebensweisheiten, die sich zwischen den Seiten offenbaren. Und diese Gedanken und Erkenntnisse sind zeitlos und haben uns allen etwas zu sagen, Verfasser hin oder her." Dominik klopfte mit den Fingern auf das aufwendig bedruckte Exemplar des *Papalagi*, dann hob er es hoch und schwenkte es wie einen spanischen Originalfächer durch die Luft, so als wollte er sich damit die drückende Sommerhitze aus dem Gesicht fächeln.

Carol hörte der Diskussion mit gemischten Gefühlen zu. Falls Elise recht hatte – und eigentlich zweifelte sie keinen Moment am Urteilsvermögen ihrer Teamchefin – hatten Dominik, Yasmin und Tom jahrelang blauäugig an ein Lügenkonstrukt geglaubt, das den Leser nicht nur in die Irre führte, sondern ihn zudem auch für dumm verkaufte. Es sei denn, die Wahrheiten, die Scheurmann in seinem Buch verkündete, waren tatsächlich so bedeutsam, dass seine Biografie daneben irrelevant wurde.

Sobald sie das Rätsel der anonymen Zettel und ihres unerklärlichen Gedächtnisverlusts geknackt hatte, würde sie sich das Buch von Dominik ausleihen und sich selbst eine Meinung zu Scheurmanns Gedanken- und Lebenskonstrukten bilden. Aber zuerst musste sie ihre eigene Lebensbasis, die so plötzlich zu schwanken begonnen hatte, wieder stabilisieren, und dabei um jeden Preis verhindern, dass das überraschend fragil gewordene Gebilde vollends auseinanderbrach.

Kapitel 19

Mittwoch, 10. Juli, 18.10 Uhr

Römerhof. Hölderlinstraße. Klusplatz – Endstelle. Die Namen der Straßenbahnhaltestellen klangen in Carols Ohren vertraut und zugleich seltsam fremd. Als Kind war sie diese Strecke oft gefahren – wenn sie mit ihrer Mutter zusammen in die Stadt zum Arzt, Zahnarzt oder Frisör oder auch einfach nur einkaufen gegangen war. Sie hatte sich jeweils ein Spiel daraus gemacht, die Namen der Haltestellen vor der Lautsprecheransage des Schaffners leise in Gedanken vor sich hin zu sprechen (damals hatte es noch keine automatisch generierten Haltestellenansagen gegeben, die in einer wohltemperierten, überklaren Frauenstimme von Band kamen). Das Interessante an dem Spiel war, dass sie die Haltestellennamen so knapp wie möglich vor der Durchsage des Schaffners herunterleiern musste. Dazu musste sie genau kalkulieren. Zwischen ihrer letzten Silbe und dem Beginn der Durchsage durften höchstens zehn Sekunden liegen. Falls sie zu früh oder zu spät war, ging der Punkt an den Schaffner. Je länger die Fahrt, desto länger wurden die Namenfolgen. *Klusplatz – Hölderlinstraße. Klusplatz –Hölderlinstraße – Römerhof. Klusplatz – Hölderlinstraße – Römerhof – Hottingerplatz.*

Ihre Mutter hatte von ihrem Spiel nie etwas mitbekommen. Sie hatte entweder in einer Illustrierten geblättert oder war in ihre eigenen Gedanken versunken gewesen. Überhaupt war ihre Mutter nie sehr gesprächig gewesen, was bestimmt mit dazu beigetragen hatte, dass sich zwischen ihnen auch in späteren Jahren nie eine wirkliche Mutter-Tochter-Beziehung eingestellt hatte. Sie führten ab und zu ein eher oberflächliches Telefongespräch, besuchten sich gelegentlich, schickten sich zu Weihnachten und an den Geburtstagen hübsche Glückwunschkarten. Manchmal fragte sich Carol, ob ihre Mutter neben ihrer beruflichen Karriere einfach noch das Projekt *Kind* hatte verwirklichen wollen und sich nie ganz darüber klar geworden war, dass Muttersein kein Projekt, sondern eine Art Berufung war.

Klusplatz – Endstelle, wiederholte die überklare, computergesteuerte Frauenstimme. Mit kreischenden Bremsen kam die Straßenbahn zum Stehen. Die Fahrgäste wurden nach vorn geschleudert und fielen anschließend in ihre Sitze zurück. Aus den Augenwinkeln erhaschte Carol einen Blick auf den Grund für diesen abrupten Stopp: ein Junge im Skaterlook, der sich mit seinem Skateboard zwischen den Straßenbahnschienen hindurchschlängelte und dabei weder Rücksicht auf einfahrende Straßenbahnen noch auf Fußgänger oder vorbeifahrende Autos zu nehmen schien.

Eine ältere Dame begann lautstark über die heutige Jugend zu schimpfen, während sie sich mühsam aus ihrem gepolsterten Sitz hochrappelte.

Carol lächelte unmerklich, dann ließ sie die Rückenlehne des Vordersitzes, an die sie sich bei dem Bremsmanöver des Schaffners reflexartig geklammert hatte, los, erhob sich und strebte hinter den anderen Fahrgästen durch die sich automatisch öffnenden Türen ins Freie. Brütende Hitze empfing sie. Obwohl es bereits nach achtzehn Uhr war und die Sonne den Zenit längst überschritten hatte, schien der Asphalt regelrecht zu dampfen. In unermüdlichem Gleichmaß sandte er die gespeicherte Hitze an Wartehäuschen, Fußgängerüberwege, Bordsteine, Zeitungsständer und Sitzbänke, die die Hitzesignale gleichmütig reflektierten und an den nächstbesten Gegenstand mit Speicherkapazität weitergaben.

Carol atmete einige Male tief durch. Der überhitzte Asphalt trieb ihr den Schweiß aus allen Poren. Die angenehm kühle Brise, die am Mittag noch geweht und das Gefühl von drückender Sommerschwüle gar nicht erst hatte aufkommen lassen, war abgeflaut. Es war fast windstill. Mit dem Wind schien sich auch die Energie, die die Stadt normalerweise in der Feierabendzeit ausstrahlte, davongeschlichen zu haben. In der Straßenbahn hatten sich erstaunlich wenige Menschen befunden, die Blechlawinen, die sonst durch Zürichs Straßen rollten, waren auf wenige einzelne Autos zusammengeschrumpft, und selbst die Straßencafés waren ungewöhnlich leer. Die ganze Szenerie wirkte surreal und hatte fast etwas Albtraumhaftes an sich. Oder lag das nur daran, weil Carol sich plötzlich wie eine Riesin fühlte, die in einem Spielzeugpark herumtrampelte?

Seit sie vor vierundzwanzig Jahren zum letzten Mal in dieser Gegend gewesen war, hatte alles eine seltsame Metamorphose durchlaufen. Der Platz war viel kleiner, als sie ihn in Erinnerung hatte. Als Kind waren ihr die Straßen, die sie überqueren musste, um zur Straßenbahnhaltestelle in der Mitte des Platzes zu gelangen, wie breite, unüberwindbare Flüsse vorgekommen. Heute waren es ganz gewöhnliche Straßen, nicht einmal doppelspurig, weder besonders breit noch besonders schmal. Auch die Häuser waren nicht halb so imposant, wie sie sie aus ihrer Kindheit in Erinnerung hatte. Es waren nette Vorstadthäuser, sorgfältig renoviert, und keine hohen, etwas düsteren Ungetüme, wie sie gemeint hatte.

Wie eine Traumwandlerin überquerte Carol die Fahrbahn und bog in die Hegibachstraße ein, die in einem sanften Bogen auf eine kleine Anhöhe führte. Auch hier wirkte alles kleiner und gewöhnlicher, als ihre Kindheitserinnerungen ihr die ganze Zeit über suggeriert hatten. Gepflegte Vorgärten schmiegten sich an gut in Schuss gehaltene Reihenhäuser aus der Gründerzeit. Längs der Straße befanden sich Parkfelder, die mit dicken, blauen Linien markiert waren. Die auf den Gehsteigen gepflanzten Ahornbäume waren jung und dürr, und alles deutete darauf hin, dass sie erst kürzlich eingepflanzt worden waren. Nur das rosarote Jugendstilhaus, das Carol von ihrem ehemaligen Zimmerfenster aus direkt im Visier gehabt hatte, war noch genauso auffällig kitschig wie vor vierundzwanzig Jahren. Es wirkte in seinen verschiedenen zuckersüßen Rosatönen wie ein überdimensioniertes Bonbon, ein Märchenhaus, das die Gegend in eine Hello-Kitty-heile-Welt-Märchenlandschaft verwandelte und Kindern automatisch ein Leuchten in die Augen zauberte.

Ihre Mutter hatte dem Haus nie viel abgewinnen können. Sie hatte es als einen Schandfleck bezeichnet, einen Stilbruch, der die behäbige Bürgerlichkeit der umliegenden Häuser auf eine zynisch affektierte Weise parodierte.

Carol lächelte – ein vieldeutiges Lächeln, das nur gerade knapp ihre Mundwinkel erreichte und weit davon entfernt war, bis in ihre Augen vorzudringen. Das Zuckerbonbon-Haus war wie der berühmte Strohhalm im Wasser, der ihrer aus dem Gleichgewicht geratenen Welt eine hauchdünne Form von Beständigkeit verlieh und die rosafarbene Kindermärchenwelt über die illusionslose Sachwelt der Erwachsenen triumphieren ließ.

Kurz vor dem rosafarbenen Haus machte die Straße eine kleine Biegung nach links, und nach gut zwanzig Metern kam Carols ehemaliges Wohnhaus zum Vorschein. Es war ein kubusförmiger Flachdachbau mit drei Stockwerken, dessen unterste Etage in den sanft ansteigenden Hang gebaut und deshalb nur von vorn her zugänglich war. Wenn Carol sich nicht täuschte, hatte in der untersten Wohnung eine Familie mit einem Jungen in ihrem Alter gewohnt. Er hatte eine Privatschule besucht, weshalb sie nie groß mit ihm in Berührung gekommen war. Im mittleren Stockwerk hatten die Vermieter, ein ältliches Ehepaar mit zwei putzigen Zierhündchen, gewohnt. Sie selbst waren im obersten Stockwerk mit großer Terrasse und Blick auf einen winzig kleinen Teil des Zürichsees zu Hause gewesen.

Nachdenklich blieb Carol vor der breiten Steintreppe mit dem schmiedeeisernen Geländer stehen, die zu den beiden oberen Wohngeschossen führte. Wie im Traum berührte sie die durch die Sonne aufgeheizten Metallstäbe, langsam, vorsichtig, tastend.

Und plötzlich schossen die Erinnerungen in schneller Folge durch ihren Kopf.

Wie sie sich vor der finsteren Kellertreppe, die sich neben der Eingangstür der Vermieter direkt in den Hang hineinzuschlängeln schien, gefürchtet hatte. Wie sie ihrer Mutter geholfen hatte, die schweren Einkaufstüten von der Tiefgarage über die breiten Steintreppen in die Wohnung hinaufzuschleppen. Wie sie im Winter einmal einen Nachmittag lang die vorbeifahrenden Autos von der Terrasse aus mit Schneebällen beworfen hatte und deshalb von ihrem Vater mit einer Ohrfeige bestraft worden war. Wie sie manchmal auf der Treppe vor der Wohnungstür gesessen und über irgendetwas nachgegrübelt hatte. Wie die Vermieter im Winter immer vergessen hatten, die Treppen rechtzeitig zu salzen, und ihr Vater einmal auf den vereisten Stufen ausgeglitten war und sich den Fuß verstaucht hatte. Wie sie mit Andrea an genau dieser Stelle vor dem Haus gestanden und nicht gewusst hatte, worüber sie sich mit ihr unterhalten sollte.

Ihre Eltern, die Vermieter, Andrea.

Von Peter Müller keine Spur.

Keine Erinnerungssequenz, kein Gespräch, kein gemeinsames Erlebnis.

Nichts wies darauf hin, dass er etwas mit diesem Haus zu tun gehabt oder sich je bei ihr zu Hause aufgehalten hatte. Konnte es tatsächlich möglich sein, dass sie ihn nie zu sich nach Hause eingeladen hatte, obwohl sie doch so gute Freunde gewesen waren? Wenn ja, weshalb? Die Tatsache, dass sie sich daran erinnerte, mit Andrea zusammen vor dem Haus gestanden zu haben, deutete zumindest an, dass sie ihre Freunde nicht grundsätzlich von ihrem Zuhause ferngehalten hatte.

Carol biss sich auf die Lippen und schüttelte unmerklich den Kopf. Hatten sie sich vielleicht bei Peter in der Fichtenstraße getroffen? Das würde auch erklären, weshalb sich ihre Eltern nicht an ihn erinnern konnten. Wenn er, aus welchen Gründen auch immer, nie bei ihnen zu Hause gewesen war und sie ihren Eltern nie von ihm erzählt hatte, war es kein Wunder, dass sie nicht wussten, wer er war. Außerdem hatten ihre Eltern gesagt, dass sie im letzten Grundschuljahr in ihrer Freizeit oft zum Schulhof zurückgegangen war, um dort zu spielen. Vielleicht hatte sie sich ja dort mit Peter getroffen. Oder sie hatte ihre Eltern angelogen und war gar nicht zum Schulhof, sondern direkt in die Fichtenstraße gegangen.

Sie musste das unbedingt nachprüfen. Wenn sie sich immer bei Peter getroffen hatten, würde sie das Haus wiedererkennen, davon war sie überzeugt.

Nachdenklich wandte Carol sich um und schlug den Weg zur Fichtenstraße, einer etwa fünfhundert Meter entfernten Querstraße, ein.

Sie war ernüchtert und frustriert. Nach der Lektüre des Artikels über Amnesie hatte sie sich einiges von dem Wirkungsmechanismus der Gedächtniswiederfindung versprochen. Sie hatte angenommen, dass sie nur an die alten Orte aus ihrer Kindheit zu spazieren brauchte, und dass sich dann auf Knopfdruck eine aufschlussreiche Filmsequenz über eine tief in ihrem Inneren verschüttete Begebenheit aus dem letzten Grundschuljahr vor ihren Augen abspulen würde. Wie sie jetzt einsehen musste, war das bloßes Wunschdenken gewesen, eine absurde Hoffnung, dem Geheimnis, das Peter Müller und ihre gemeinsam verbrachte Zeit umgab, auf die Spur zu kommen.

Mit einer leicht ungeduldigen Handbewegung wischte sich Carol den Schweiß von der Stirn. Obwohl es kurz nach halb sieben war, brannte die Sonne immer noch erbarmungslos auf den schon mehr als überhitzten Asphalt. Zum Glück war die Fichtenstraße bereits in Sicht. Auch hier strahlten die Häuser dieselbe behäbige Bürgerlichkeit aus wie in der Hegibachstraße. Renovierte Stadthäuser mit gepflegten Vorgärten. Wie eine Buchhalterin, die mit akribischer Genauigkeit die Zahlen für den Jahresabschluss zusammentrug, zählte Carol die Hausnummern auf der rechten Straßenseite ab: zwei – vier – sechs – acht – zehn – zwölf.

Das Haus Nummer zehn war ein hellgraues Reiheneckhaus mit einer kleinen Dachterrasse. Carol wusste auf Anhieb, dass sie dieses Haus noch nie gesehen hatte. Die Dachterrasse wäre ihr bestimmt in Erinnerung geblieben. Auch das Haus Nummer zwölf sagte ihr nichts. Es war ein großzügiger, dreistöckiger Bau in strahlendem Weiß, der von einem hellgrün gestrichenen hüfthohen Metallzaun mit spitz zulaufenden Eisenstreben umgeben war. Neben der ebenfalls hellgrün gestrichenen Eingangstür rankte sich eine üppig wachsende Wildrebe an der Mauer entlang in die Höhe.

Neugierig warf Carol einen Blick auf den Briefkasten von Haus Nummer zehn, der direkt neben der Straße angebracht war. *D. & K. Heller.* Der Briefkasten von Haus Nummer zwölf stand ebenfalls direkt an der Straße. Unschlüssig ging Carol darauf zu. *Heiko & Dagmar Fürpasz* prangte in verschnörkelten Lettern auf einem messingfarbenen Schild. Carol lächelte bitter. Was hatte sie eigentlich erwartet? Dass sie an diesem Ort zufällig über Peters Familie stolpern würde? Dass ihr seine gesamte Familiengeschichte auf einem Silbertablett präsentiert würde?

Gedankenverloren entfernte sie sich vom Briefkasten der Familie Fürpasz und machte einige Schritte auf das Haus von D. & K. Heller zu. Laut Klassenliste hatte Peter in Nummer zwölf gewohnt, aber Stefan hatte gesagt, dass die Dame vom Stadtarchiv dort keine Familie Müller hatte finden können. Ihr zufolge hatte Peters Familie in der Fichtenstraße zehn gewohnt und war im Jahr 1992 von Zürich nach Lausanne umgezogen, wo sich ihre Spur dann verloren hatte.

Carol seufzte. Ganz egal, in welchem der beiden Häuser Peter gewohnt hatte, in einem von ihnen hatte er gelebt, geträumt und vielleicht auch gelitten. In einem dieser beiden Häuser hatte seine Mutter Männerbesuch empfangen, sofern an dem Gerücht, das Stefan damals scheinbar in die Welt gesetzt hatte, etwas Wahres dran war. Peters Eltern mussten vermögende Leute gewesen sein, sonst hätten sie sich eine solch gepflegte Wohnlage niemals leisten können. War Peters Vater vielleicht einer jener Geschäftsleute, die internationale Kundenbeziehungen pflegten und sich die meiste Zeit im Ausland aufhielten, wo sie es sich gutgehen und von diversen exotischen Geliebten verwöhnen ließen? Hatte Peters Mutter womöglich deshalb Männerbesuch empfangen, weil ihr Mann sie vernachlässigt hatte? Oder hatte sie aus irgendeinem Grund Geld gebraucht?

Peter, wo bist du? Was ist damals passiert? Weshalb haben wir uns aus den Augen verloren?

„Kann ich Ihnen helfen? Suchen Sie etwas?"

Carol zuckte zusammen, als wäre sie bei etwas Verbotenem entdeckt worden. Mit hochrotem Kopf drehte sie sich in die Richtung, aus der sie die freundliche Stimme vernommen hatte, und erblickte eine stilvoll gekleidete, grauhaarige Dame mit rassigem Kurzhaarschnitt, die sich an den hellgrün gestrichenen Metallzaun von Haus Nummer zwölf lehnte. *Frau Dagmar Fürpasz*, schoss es Carol durch den Kopf.

„Ja, nein, nicht direkt", stotterte sie verlegen.

„Nicht direkt? Dann vielleicht indirekt?"

Carol zögerte einen Sekundenbruchteil, dann machte sie einen unentschlossenen Schritt auf den Zaun zu. Beim Näherkommen entdeckte sie, dass ihr Gegenüber klare graue Augen hatte, in denen eine Mischung aus verhaltenem Humor, amüsierter Distanz und nachsichtigem Verständnis funkelte.

„Ich bin auf der Suche nach einem ehemaligen Schulkameraden, der vor vierundzwanzig Jahren hier gewohnt hat. Peter Müller. Ich weiß, dass er in der Fichtenstraße gewohnt hat, aber ich bin mir nicht mehr sicher, ob in Hausnummer zehn oder in Hausnummer zwölf, wo Sie jetzt wohnen."

„Fichtenstraße zehn oder zwölf? Warten Sie", nachdenklich legte Frau Fürpasz einen Finger an ihren Mund, „wir sind im Jahr 1997 hierhergezogen. Das ist jetzt ungefähr fünfzehn Jahre her. Unsere Vormieter habe ich leider nie kennengelernt, das Haus stand vor unserem Einzug einige Monate lang leer. Aber im Nachbarhaus, da wohnte tatsächlich eine Familie mit zwei erwachsenen Jungs. An den Familiennamen kann ich mich leider nicht mehr erinnern. Gut möglich, dass sie Müller geheißen haben. Etwa ein Jahr nach unserem Einzug sind sie weggezogen."

Trotz der brütenden Hitze begann Carol zu frösteln. „Die Jungs", brachte sie heraus, „können Sie sich noch daran erinnern, wie sie ausgesehen haben? War einer von ihnen groß, dunkelhaarig, mit markanten Gesichtszügen?"

Frau Fürpasz überlegte einen Moment lang, dann schüttelte sie bedauernd den Kopf. „Ich weiß es nicht mehr. Unsere Töchter waren bereits ausgeflogen und wir hatten keinen besonders intensiven Kontakt zu unseren Nachbarn." Wieder schüttelte sie den Kopf. „Nein, ich erinnere mich wirklich nicht mehr. Es ist zu lange her."

„Schade." Carol bemühte sich, nicht allzu enttäuscht zu klingen. „Und Sie wissen nicht zufälligerweise, wohin diese Familie gezogen ist oder wo sie heute wohnt? Hin und wieder hört man doch in der Nachbarschaft irgendwelche Geschichten oder Gerüchte über Ehemalige …"

„Wenn ich mich nicht irre, sind sie in die französische Schweiz gezogen, aber danach habe ich nie mehr etwas von ihnen gehört. Es tut mir leid, ich hätte Ihnen wirklich gern geholfen. Worum geht es bei Ihrer Suche denn überhaupt? Organisieren Sie ein Klassentreffen?"

„So etwas in der Art", antwortete Carol ausweichend. Unauffällig fingerte sie in ihrer Handtasche nach der Geldbörse und förderte schließlich eine Karte mit ihrer Geschäftsanschrift zutage. „Falls Ihnen noch etwas einfällt …" Verlegen lächelnd reichte sie Frau Fürpasz die Karte und fühlte sich dabei wie eine dieser übertrieben umtriebigen Polizeibeamtinnen in einem schlecht aufgemachten Nullachtfünfzehn-Kriminalfilm, „… hier sind meine Telefonnummer und meine E-Mail-Adresse. Sie können mich jederzeit kontaktieren."

„Natürlich, das werde ich gern tun. Es ist eine gute Sache, sich auf die Suche nach ehemaligen Schulkameraden zu begeben, das sollte man viel öfter tun. Alte Erinnerungen austauschen und in vergangenen Zeiten schwelgen. Peter Müller heißt der Junge, nicht wahr? Ich werde auch meinen Mann fragen, vielleicht ist sein Gedächtnis nicht ganz so durchlöchert wie meins." Sie lächelte Carol ermutigend zu. „Ich wünsche Ihnen jedenfalls viel Glück bei Ihrer Suche. Und wenn Sie beharrlich dranbleiben, werden Sie am Ende bestimmt fündig, da bin ich mir ganz sicher."

„Ja, das denke ich auch. Danke jedenfalls für Ihre Hilfe."

Carol hob die Hand zu einem angedeuteten Abschiedsgruß und ging gedankenversunken am Haus mit der Nummer zwölf vorbei zur nächsten Straßenkreuzung. Dort bog sie rechts in eine schmale Seitenstraße ein, die wieder zurück zur Hegibachstraße führte und von dort in einem lang gezogenen Linksbogen in die Zufahrt zum Schulhaus *Hofacker* mündete.

Die Zufahrtsstraße sah immer noch genauso aus wie vor vierundzwanzig Jahren – eine schmale, von Kastanienbäumen gesäumte Allee, die schnurgerade auf das Hauptgebäude des Schulhauskomplexes zusteuerte. Rechts und links davon befanden sich verschiedene Nebengebäude wie die Sporthalle, das ehemalige Hausmeisterhaus und ein Unterstand für Fahrräder, Maschinen und Reinigungsgeräte.

Messerscharf nahm Carol jede Einzelheit ihrer Umgebung wahr. Die niedrigen Steinmauern, die das Schulgelände von der Zufahrtsstraße abgrenzten, den dunkelgrauen Asphalt, der noch immer eine fast unerträgliche Hitze ausstrahlte, die dunkelgrünen, länglich-elliptischen Kastanienblätter, die spitzen Kieselsteinchen, die quadratförmig um die Stämme der Kastanienbäume herumgestreut waren, ein paar Fliegen, die sich an einer toten, seltsam ausgedörrten Waldschnecke festsaugten.

Herumschwirrende Fliegen. Fliegen, die ihre Beute umkreisen wie Aasgeier. Verletzte Tiere. Tote Tiere. Verletzte Tiere, die in ihrem Todeskampf von Fliegen umschwärmt werden.

Kapitel 20

Mittwoch, 10. Juli, 18.50 Uhr

Sie wartet unter der ersten Kastanie auf der rechten Straßenseite. Ungeduldig stochert sie mit dem rechten Fuß in den Kieselsteinchen, die rund um den Baumstamm gestreut sind. Wie jeden Morgen hat sie sich hier vor der Schule mit Peter verabredet. Meistens ist Peter vor ihr hier, aber heute scheint er sich, ganz gegen seine Gewohnheit, verspätet zu haben.

Es ist Frühling, die Kastanienbäume stehen in voller Blüte. Altrosa, weiß und helles Blattgrün. Doch der Himmel ist alles andere als frühlingshaft freundlich. Dunkle Wolken türmen sich über den Hausdächern und aus Nordosten weht eine unangenehm kalte Brise. Trotzdem hat Carol ihr neues Sommerkleid mit dem Blümchenmuster angezogen. Es ist schmal geschnitten und reicht bis knapp zu den Knien. Der hellblaue Stoffgürtel um die Taille ist eher dekorativ als zweckmäßig. Carol hat ihn vorne zusammengeknüpft und die losen Enden zu einem Vierstrangzopf geflochten. Über dem Kleid trägt sie eine hellblaue Wolljacke, dazu einen hellblauen Schal und blaue Stoffturnschuhe. Ihren Schulranzen aus weißem Krokodillederimitat, den ihre Oma ihr zum zehnten Geburtstag geschenkt hat und den sie ihr am liebsten postwendend zurückgegeben hätte – hat sie achtlos neben den kleinen, spitzen Kieselsteinen auf den Boden geworfen.

Wo Peter bloß bleibt? Ist er vielleicht krank geworden? Aber dann hätte er doch am Vortag schon über Beschwerden oder Unwohlsein geklagt. Außerdem ist Peter nie krank, das passt einfach nicht zu ihm. Vielleicht hatte er auch einen Unfall. Ist von einem Auto angefahren worden. Von einem Baum gestürzt. Vielleicht liegt er jetzt irgendwo, unfähig, sich zu bewegen, und wartet verzweifelt auf Hilfe. Vielleicht hat er sie aber auch einfach nur versetzt. Es wäre zwar das erste Mal, aber man kann ja nie wissen.

Carol wird immer unruhiger. Sie bückt sich und hebt einen kleinen, weißen Kieselstein hoch, der genau vor ihrer linken Schuhspitze liegt. Mit zusammengekniffenem Mund betrachtet sie ihn, dann schleudert sie ihn wütend in das hellgrüne Blätterdach der Kastanienbäume.

In diesem Moment erblickt sie die grün-schwarz schillernden Schmeiß-

fliegen. Sie kreisen über einem etwa faustgroßen bräunlichen Bündel, das ungefähr drei Meter von ihr entfernt auf dem Boden liegt. Sie vergisst Peter und alle möglichen Gründe für sein Zuspätkommen. Sie hat nur noch Augen für das flaumige Etwas auf den spitzen Kieselsteinen und die grünschwarzen Schmeißfliegen. Ihr monotones Summen erfüllt die Luft wie das unheilbringende Grollen eines langsam aufwachenden Vulkans.

Weshalb hat sie das Geräusch nicht schon vorher wahrgenommen? Vorsichtig nähert sie sich dem auf dem Boden liegenden Bündel, verscheucht die bösartig aufsummenden Fliegen und geht neben dem Federknäuel in die Hocke.

Ein junges Rotkehlchen.

Es lebt noch, denn ein winziges Beinchen zuckt unkontrolliert hin und her. Aber der Kopf und die Flügel sind so verdreht, dass seine restliche Lebensdauer nur noch eine Frage von Minuten, wenn nicht Sekunden ist. Carol spürt, wie ihr die Tränen in die Augen schießen. Sie hat es geahnt, als sie die Fliegen gesehen hat. Zu viele Fliegen auf einmal sind immer ein Zeichen von Fäulnis, Zersetzung und Verwesung. Sie denkt an das Buch Onkel Toms Hütte, *das sie vor Kurzem gelesen hat. Darin wird eine Frau erwähnt, die im Daueralkoholrausch von Fliegen aufgefressen wird. Fliegen sind bösartig. Sie kleben an den Augen von Kühen und Pferden, sie umschwirren wehrlose Lebewesen, die verletzt oder zu schwach sind, um sie zu verscheuchen.*

„Ist es tot?“, keucht eine atemlose Stimme neben ihr.

Carol zuckt zusammen. Sie möchte antworten, aber da hat Peter sich schon neben ihr auf den Boden gekniet und den schwer verletzten Vogel in seine Hände genommen.

„Halt! Das darfst du nicht!“ Verzweifelt zupft sie Peter am Ärmel seiner dunkelblauen Sportjacke. „Wenn du einen jungen Vogel anfasst, nimmt ihn seine Mutter nie mehr in ihr Nest auf, weil er nach Mensch riecht, und dann geht er elendig zugrunde.“

„Er wird sowieso sterben“, sagt Peter rau. In seiner Stimme schwingt ein Schmerz mit, den Carol noch nie an ihm bemerkt hat. „Ich darf ihn jetzt nicht im Stich lassen. Er muss spüren, dass er nicht allein ist.“ Behutsam bettet er den verletzten Vogel an seine Brust und streicht mit dem linken Daumen über sein rotbraun gefiedertes Köpfchen. Seine Augen verschleiern sich, seine Bewegungen haben etwas Trotziges, Verbissenes an sich.

Ein ungutes Schweigen senkt sich zwischen sie. Peter ist in eine ferne Welt abgedriftet, eine Welt, die Carol nicht kennt und an der sie keinen Anteil hat.

Mit einem Ruck kam Carol zum Stehen. Sie befand sich direkt vor dem Haupteingang des Schulhauses. Die breite, geschwungene Flügeltür mit den milchigen Butzenscheiben und den dunkel laminierten Holzquerverstrebungen war verschlossen. Carol starrte sie an, ohne sie richtig wahrzunehmen. Wie war sie hierhergelangt? Geistesabwesend strich sie sich eine Haarsträhne aus dem Gesicht. Trotz der Hitze kroch ein unangenehmes Frösteln durch ihre Glieder. Sie vergegenwärtigte sich das letzte Bild, das sie in ihrem Flashback gesehen hatte, und ließ es noch einmal vor ihrem inneren Auge Gestalt annehmen. Das ungute Schweigen zwischen Peter und ihr. Sein Blick, der in eine ferne Welt abgedriftet war, die trotzig zusammengepressten Lippen, seine verbissenen Bewegungen. War ihr diese Verbissenheit als Kind auch schon aufgefallen? Oder hatte sie einfach zu Peter gehört wie sein gutes Aussehen, sein Humor, seine Geschicklichkeit im Fußballspielen und seine Fähigkeit, sich über den tieferen Sinn des Lebens Gedanken zu machen?

Wenn sie diesen Flashbacks trauen durfte, war Peter ein Gerechtigkeitsfanatiker gewesen. Er hatte an der Existenz Gottes gezweifelt, weil er die in der Welt herrschende Ungerechtigkeit nicht mit einem liebenden Vater im Himmel in Einklang bringen konnte. Allem Anschein nach hatte er Anwalt oder Polizist werden wollen, um auf diese Weise seinen Anteil zu einer gerechteren Welt beizusteuern. Und es schien, als habe er mit allen Mitteln verhindern wollen, dass ein unschuldiges Lebewesen vor seinen Augen starb, und als er gesehen hatte, dass das nicht möglich war, hatte er es in seinen letzten Lebensminuten wenigstens nicht im Stich lassen wollen.

Was hatte ihn dazu gedrängt? Welche Kraft hatte ihn angetrieben? Carol hatte es auch fast nicht ausgehalten, dem kleinen Vogel beim Sterben zuzusehen, aber sie hatte bloß einen undefinierbaren nagenden Schmerz verspürt und nicht den verbissenen Drang, den Lauf der Dinge zu ändern. Peter hatte die Welt verbessern wollen, aber nicht aus Menschenliebe, sondern aus einer Art Rebellion gegen das Unrecht heraus.

Wenn das Gerücht, das Stefan damals anscheinend verbreitet hatte, wahr war, wenn Peters Mutter tatsächlich fremde Männer bei sich zu

Hause empfangen hatte, dann konnte niemand wissen, was Peter alles hatte mitansehen müssen. Niemand konnte garantieren, dass diese fremden Männer bloß seine Mutter besucht und ihn in Ruhe gelassen hatten. Peter mit seinem attraktiven Äußeren musste ihnen aufgefallen sein. Vielleicht war er die Zugabe gewesen. Oder der Lockvogel.

Carols inneres Frösteln wurde stärker, wuchs sich zu einem eisig kalten Schauder aus, der sich langsam durch ihren ganzen Körper fraß. Wie ein Roboter umrundete sie das Schulhaus. Die Erkenntnis, die sie soeben gestreift hatte, war so ungeheuerlich, dass sie am liebsten laut geschrien hätte.

Als sie wieder vor der breiten, geschwungenen Eingangstür stand, wurden die beiden Türflügel mit einem plötzlichen Ruck geöffnet. Carol zuckte zusammen und konnte gerade noch einen überraschten Schrei unterdrücken. Den Mann, der mit schwungvollen Schritten ins Freie trat, hatte sie erst vor wenigen Tagen gesehen.

„Stefan", japste sie verblüfft, „was machst du denn hier?"

„Carol!" Er lächelte und breitete die Arme aus. „Welch eine Überraschung! Gerade habe ich an dich gedacht und was passiert? Du läufst mir direkt in die Arme, haha! Komm, lass dich erst mal richtig drücken!"

Zögernd erwiderte Carol seine Umarmung. Trotz der Hitze roch er nach einer Mischung aus frischem Deo und kühlem Aftershave.

„Unser Quartierverein organisiert die große Schulhausreinigung während der Sommerferien", Stefan lächelte sein jungenhaftes Lächeln, „und ich habe mir soeben noch mal die Situation vor Ort angeschaut, damit ich die Arbeitszuteilung machen kann. Pläne studieren ist nämlich nicht so mein Ding, ich muss den Duft des großen Ganzen einatmen, um mir eine ungefähre Vorstellung machen zu können."

Carol nickte mechanisch. „Ja, natürlich."

„Und du? Bist du vielleicht auf der Suche nach deinem Gedächtnis? Ich habe auch danach gesucht, es aber im Schulhaus nirgends gefunden." Stefan lachte, als hätte er eben den Witz des Jahres zum Besten gegeben. Dann wurde er wieder ernst. „Tut mir leid, ich wollte mich nicht über dich lustig machen. Es ist nämlich wirklich nicht lustig, wenn man sich nicht mehr erinnern kann. Ich hatte vor Jahren einmal ein Blackout beim Autofahren. Ich war mit Kollegen Ski laufen und wollte danach nicht nach Hause fahren, sondern zu meinen Eltern, die in einem bekannten Ferienort in den Schweizer Bergen Urlaub machten. Beim Skilaufen bin ich unglücklich gestürzt und habe mir den Kopf gestoßen. Es war kein aufsehenerregender Sturz und doch muss irgendetwas in meinem Kopf durcheinandergebracht worden sein. Anstatt zu meinen Eltern fuhr ich nämlich wieder nach Hause, aber ich kann mich weder an die Fahrt noch an die Stunden danach erinnern. Ich weiß nur, dass ich am nächsten Morgen durch das Klingeln des Telefons aus dem Schlaf gerissen wurde. Es waren meine Eltern, die sich die ganze Nacht über Sorgen über meinen Verbleib gemacht hatten. Von da an setzt meine Erinnerung wieder ein, aber ich habe nie herausgefunden, was sich in den Stunden nach dem Sturz genau abgespielt hat."

„Anterograde Amnesie", sagte Carol sachlich, „die Unfähigkeit, sich an die direkt auf ein Trauma folgenden Ereignisse zu erinnern."

„Amnesie – diesen Ausdruck hat der Arzt damals auch verwendet. Er hat mich von oben bis unten durchgecheckt, aber außer einer leichten Gehirnerschütterung nichts gefunden. Ich hatte den Vorfall bald wieder vergessen, es ist ja nichts Schlimmes passiert. Aber nachdem du am Samstag deine Gedächtnislücke erwähnt hast, ist er mir wieder in den Sinn gekommen. Es ist wirklich ein seltsames Gefühl, wenn man sich nicht mehr erinnern kann."

„Das ist es tatsächlich. Man würde am liebsten einfach auf einen Knopf drücken und damit alle verloren gegangenen Erinnerungen wieder aktivieren."

„Hast du schon irgendetwas über die Ursache für deine Gedächtnislücke herausgefunden?" Stefans Gesicht nahm einen freundlich interessierten Ausdruck an.

„Ne-ein, das nicht", sagte Carol langsam, während sie Stefans Gesicht aufmerksam musterte. „Aber mir sind in den letzten Tagen einige Dinge zu Ohren gekommen, die mit jener Zeit damals zu tun haben. Unter anderem habe ich von einem Gerücht gehört, das du anscheinend irgendwann während der sechsten Grundschulklasse in die Welt gesetzt hast."

„Ich?", fragte Stefan erstaunt.

Carol nickte. „Über Peters Mutter. Du hast den Jungs erzählt, dass sie fremde Männer bei sich zu Hause empfangen hat. Wie bist du darauf gekommen? Hat Peter dir das erzählt?"

Stefan zuckte mit den Schultern. „Ich weiß es, ehrlich gesagt, nicht mehr. Vielleicht, vielleicht nicht. Ich habe damals so viel erzählt, dass ich mich an Einzelheiten echt nicht mehr erinnern kann. Dass ich mal etwas über Peters Mutter gesagt habe, ist schon möglich. Schließlich tat er immer so geheimnisvoll. Hättest du da nicht ebenfalls zu spekulieren begonnen? Jemand macht eine Andeutung, ein anderer spinnt sie weiter und ich bringe sie dann in der richtigen Form unter die Leute. Als Klassenclown ist man schließlich für amüsante und kurzweilige Unterhaltung verantwortlich, oder etwa nicht?"

„Kurzweilig nennst du das?", fragte Carol aufgebracht. „Du erzählst einfach so aus Spaß Geschichten, die andere verleumden und herabsetzen? Geschichten, die auf Andeutungen basieren und von denen du nicht einmal weißt, ob sie wahr sind oder nicht?"

„Halt, halt", Stefan breitete entschuldigend die Hände aus, „jetzt hast du etwas falsch verstanden. Ich habe das nur ganz allgemein gesagt, um zu illustrieren, wie schnell ein Gerücht entstehen kann. Ob das bei dieser Geschichte mit Peters Mutter auch so gelaufen ist, kann ich heute nicht mehr sagen. Ich bin mir nicht einmal mehr sicher, ob ich tatsächlich so ein Gerücht in die Welt gesetzt habe. Das wäre ja wirklich nicht sehr nett gewesen. Ich meine, über solche Dinge macht man sich einfach nicht lustig, oder? Und deshalb würde es mich natürlich schon interessieren, wer mir das unterschieben will. Wer hat dir von diesem Gerücht erzählt? Oder hast du dich vielleicht von allein wieder daran erinnert?"

Carol kniff die Augen zusammen. Hatte Stefans Gesichtsausdruck nicht soeben von interessiert auf lauernd gewechselt? Wenn ja, weshalb? Weil er sich in seiner Ehre gekränkt fühlte? Weil er sie aushorchen wollte? Konnte er sich tatsächlich nicht mehr an das Gerücht erinnern oder spielte er ihr einfach etwas vor? Wem sollte sie glauben? Dieter oder Stefan?

„Weshalb interessiert dich das?", erkundigte sie sich vorsichtig.

„Einfach so." Stefan lachte sein jungenhaftes Lachen, dieses Lächeln, das wissend und unschuldig zugleich wirkte. „Aber lass gut sein, du musst es mir nicht sagen. Schließlich ist das alles Vergangenheit. Wir sind inzwischen erwachsen geworden und da ist es völlig irrelevant, was damals mit Peters Mutter gewesen ist. Von mir aus hätte sie im Gefängnis sitzen können – auf die Gegenwart hat das keinen Einfluss und die

Geschichte hätte sich genauso entwickelt, wie sie sich entwickelt hat." Mit einer unbeschwerten Handbewegung strich er durch sein kurz geschnittenes hellbraunes Haar. „Manchmal nehmen wir uns selbst viel zu wichtig, findest du nicht auch? Peter ist Vergangenheit, seine Mutter ist Vergangenheit und die Vergangenheit ist – die Vergangenheit ist ..."

„Die Vergangenheit ist Verfangenheit, gefangen in Befangenheit", ergänzte Carol, ohne zu überlegen, „ein Unterfangen der Vergänglichkeit ..."

„Genau das ist es!" Stefan schnipste mit den Fingern. „Weshalb ist mir das nicht früher in den Sinn gekommen? Wortspiele! Das war das herausragendste Beziehungsmerkmal zwischen Peter und dir! Es verging sozusagen kein Tag, an dem ihr nicht miteinander gewetteifert habt, wer von euch die raffinierteren Redewendungen hinkriegt. Ihr habt Sprichwörter abgeändert, Silben und Buchstaben vertauscht und einander Stichwörter gegeben."

„Stichwörter?"

„So wie du es eben gemacht hast. Der eine gibt ein Stichwort, zum Beispiel das Wort *Vergangenheit.* Der andere sagt alles, was ihm dazu gerade durch den Kopf geht. Dabei ist es völlig unwichtig, welchen Sinn die aneinandergereihten Wörter ergeben, wichtig ist nur, dass sie möglichst ähnlich klingen. Manchmal haben wir euch zugehört, manchmal haben wir auch versucht, selbst einen Vorschlag zu bringen, aber ihr wart zu gut für uns. Zu schnell, zu ideenreich, zu wortgewandt."

Carol strich sich mit der Hand über die Stirn. „Ich kann mich nicht erinnern, nicht einmal jetzt, wo du davon erzählst."

„Auch nicht an die Sprichwörter?"

„Nein."

„Das war nämlich echt lustig. Ihr habt Dinge gesagt wie: *Eine Axt im Haus erspart den Ballermann* anstatt *eine Axt im Haus erspart den Zimmermann.* Oder: *Es ist noch kein Monster vom Himmel gefallen* anstatt *es ist noch kein Meister vom ...*"

Carols Ohren begannen zu dröhnen. Erst war es bloß ein scheppperndes Klingeln, dann wurde das Geräusch immer lauter und schriller. Die Konturen des Schulhauses verschwammen vor ihren Augen, ebenso Stefan, der Schulhof und der blaue Himmel. Es wurde dunkler und dunkler. Sie befand sich auf einer einsamen Straße. Es war Nacht. Aber sie hatte keine Angst, denn der Junge, der neben ihr ging, war groß und kräftig. Seine dunklen Augen blitzten abenteuerlustig. Diesmal unterhielten sie sich nicht über weltbewegende Einsichten, sondern über Sprichwörter. Sie machten sich ein Spiel daraus, die Sprichwörter bis zur Sinnlosigkeit zu verdrehen und dabei so nahe wie möglich am ursprünglichen Text zu bleiben.

Es ist noch kein Monster vom Himmel gefallen.

Morgenstund hat Gold im Fuß.

Wer nichts sagt, der nichts gewinnt.

Das Dröhnen in Carols Ohren steigerte sich zu einem unerträglichen Brausen. Sie waren durch die Nacht gegangen. Wohin waren sie unterwegs gewesen? Was hatten sie um diese Zeit draußen zu suchen gehabt? War es etwas Gutes oder etwas Schlechtes gewesen?

Kapitel 21

Donnerstag, 11. Juli, 0.50 Uhr

Die Sprichwörter sind so sehr mit jener unseligen Nacht verknüpft wie der Strick mit dem Henker.

Ich habe Sprichwörter immer beruhigend gefunden. Sie sind so klar. Einfache Lebensregeln, die in kurzer, prägnanter Form eine Lebensweisheit zum Besten geben. In den Sprichwörtern existiert nur Schwarz und Weiß. Gut und Böse. Es sind lapidare Feststellungen, in Erfahrungssätze gekleidet. Oft haben sie einen großen Wahrheitsgehalt, doch nicht alle Sprichwörter spiegeln gleichermaßen die Realität wider.

Nehmen wir zum Beispiel den Satz: „Dummheit und Stolz wachsen auf demselben Holz". Natürlich kann das hin und wieder vorkommen, aber ich würde keine allgemein gültige Lebensregel daraus ableiten. Stolz und Dummheit schließen sich weder aus noch ein. Es gibt viele stolze Leute, die durchaus gebildet, klug und kultiviert sind. Vielleicht hat der Verfasser des Sprichworts den Begriff „Stolz" mit „Ignoranz" verwechselt. Das würde nämlich schon eher zutreffen. Dumme Leute sind oft gleichzeitig auch ignorant. Durch ihre Verweigerungs-Grundhaltung stoßen sie andere Leute vor den Kopf. Das wird dann schnell als Stolz und Anmaßung interpretiert. Dabei sind sie einfach unwissend, einfältig und beschränkt.

Ich hasse solche Leute. Man kann nicht mit ihnen kommunizieren. Sie haben zu jedem Thema eine kleine Geschichte aus ihrer ach so breiten Lebenserfahrung zum Besten zu geben und überrennen einen einfach mit ihrer Meinung. Mit solchen Leuten kann man keinen Dialog führen. Jeder Satz, den sie aussprechen, verrät ihre Dummheit, trotzdem führen sie überall das große Wort.

Carol und Peter waren nicht dumm. Ihre Unterhaltungen waren lebhaft und ideenreich. In jener Nacht haben sie Sprichwörter abgewandelt. Auf diese Idee muss man erst einmal kommen. Ich weiß nicht, wer von beiden einfallsreicher war. Vielleicht hat sich auch bloß eines aus dem anderen ergeben.

Auf jeden Fall haben die Sprichwörter durch jene Nacht für mich eine neue, unheilschwangere Bedeutung erhalten.

Nach außen hin harmlos, feste Regelwerke, haben sie im Kern etwas unerwartet Bedrohliches an sich. Unter der unverfänglichen Oberfläche brodelt das Verderben.

Ende gut, nichts wird gut.

Es ist noch kein Monster vom Himmel gefallen.

Das alte Fabrikgebäude wirkt wie ein ausgebranntes Monster, das mich aus leeren Augenhöhlen anstarrt. Welche Verbrechen hat es schon mit ansehen müssen? Was ich in jener Nacht beobachtet habe, ist bestimmt nicht das erste Verbrechen gewesen, das an diesem Ort stattgefunden hat. Nicht umsonst sagt man, dass böse Taten in den Gemäuern hängen bleiben. Man spürt sie, sie wabern in der Luft, breiten ihr unheilvolles Gift in der Atmosphäre aus. Und die alte Fabrik hat diese Bösartigkeit geradezu in sich aufgesogen, wie ein schwarzes Loch, das alles um sich herum verschlingt.

Ich habe Angst.

Sprichwörter sind böse.

Das Fabrikgebäude ist böse.

Trotzdem muss ich die Sache vorantreiben. Ich bin noch nicht so weit, wie ich es gern wäre. Der Receiver, den ich bei Carol installiert habe, meldet nichts. Ich muss einen Gang hochschalten. Es wird Zeit, dass meine Botschaften konkreter werden.

Kapitel 22

Donnerstag, 11. Juli, 9.40 Uhr

Andrea schwankte zwischen Wut und Resignation. Sie stand in Susannes Wohnzimmer und bügelte verbissen ein Kleidungsstück nach dem anderen. Der Wäscheberg wollte und wollte einfach kein Ende nehmen. Winzig kleine Kinderkleider, Bettwäsche, Blusen von Susanne und Hemden, Hemden, Hemden. Kurzärmlige, langärmlige, gestreifte, gemusterte, einfarbige, elegante, grobe. Wie oft am Tag wechselte Daniel seine Hemden? Einmal? Zweimal? Dreimal?

Wütend nahm sie ein weiteres Hemd von Daniel vom Stapel. Es war schwarz-weiß gemustert und der Stoff fühlte sich rau an. Mit geübten Fingern strich sie die Falten aus den Ärmeln und bügelte sie fest. Das Bügeleisen spie zischend einen brühend heißen Dampfstoß aus.

Zum Glück trug Lukas nur selten Hemden. Als Jugendpastor kleidete er sich ähnlich wie die Jugendlichen, die er betreute – Jeans und Kapuzenshirt oder eng anliegende T-Shirts, die seinen kräftigen Oberkörper betonten.

Lukas. Sie hatte ihm noch nicht verziehen, dass er sie in diese Lage gebracht hatte. Sie war nun schon den dritten Morgen bei Susanne und die Arbeit wollte immer noch kein Ende nehmen. Putzen, einkaufen, waschen und wieder putzen, einkaufen, waschen. Susanne war ihr dabei überhaupt keine Hilfe. Wenn sie nicht gerade am Telefon hing, lag sie im Bett. Fortwährend klagte sie über Migräne oder Unwohlsein. Nur mit größter Mühe schaffte sie es, ihre Kinder zu versorgen und ihnen von Zeit zu Zeit die schmerzstillende Tinktur aufzutragen, die sie daran hindern sollte, die am ganzen Körper verstreuten Bläschen aufzukratzen. Wenigstens hatte Andrea bisher darauf beharren können, dass Joel-Henri und Eva-Lea nicht zu Hanna und Markus ins Zimmer gingen, sondern bei ihr im Wohnzimmer und in der Küche blieben.

Wenn sie um halb zwölf erschöpft und ausgelaugt nach Hause kam, musste sie zuerst das Mittagessen zubereiten und danach, am Nachmittag, ihren eigenen Haushalt erledigen. Lukas war stolz auf sie, das spürte sie an seinem ganzen Verhalten. Aber sie war zu müde, um sich darüber zu freuen. Zudem hatte sie immer mehr das Gefühl, dass ihm sein Ruf und die Rolle, die er als Jugendpastor in der Gemeinde spielte, wichtiger waren als sie selbst. Überhaupt hatte es in letzter Zeit den Anschein, als ginge ihm seine Position in der Gemeinde über alles. Zwischen ihm und Daniel, dem stellvertretenden Hauptpastor, schien eine unerklärliche Rivalität zu herrschen.

Andrea seufzte. Mit mechanischen Bewegungen zupfte sie Daniels Hemd in Form. War Lukas schon immer so geltungssüchtig gewesen? War –

„A-a-chtung!“, schrie sie plötzlich und angelte panisch nach dem Bügeleisen, das sie auf den hervorstehenden Metallhalter des Bügelbretts gestellt hatte. Joel-Henri hatte sich unvermittelt vom Sofa, von dem aus er mit Eva-Lea einträchtig einen Pingu-Spielfilm geguckt hatte, erhoben und war mit seinem Kopf Richtung Bügelbrett geschossen.

„Mama! Der Pingu-Film ist langweilig! Ich möchte zu Hanna und mit ihr spielen! Warum darf ich nicht zu Hanna? Ich will nicht mehr Filme gucken!“

Mit klopfendem Herzen umklammerte Andrea das siedend heiße Bügeleisen. „Joel!“, sagte sie mit zitternder Stimme, „kannst du nicht aufpassen? Jetzt hättest du um ein Haar das Bügeleisen umgestoßen. Und dann hättest du dir ganz schlimme Verbrennungen zugezogen und müsstest jetzt ins Krankenhaus.“

„Ja, Mama. Tut mir leid.“ Joel-Henris Stimme klang nur oberflächlich zerknirscht. „Darf ich jetzt zu Hanna? Ich finde den Film langweilig! Ich möchte spielen!“

„Nein.“ Andrea hatte sich wieder gefasst. „Hanna und Markus sind krank. Du kannst jetzt nicht mit ihnen spielen.“

„Ich will aber!“, quengelte Joel-Henri.

„Du armes Kerlchen.“ Ohne dass Andrea es bemerkt hatte, war Susanne in den Raum gekommen. Sie ging auf Joel-Henri zu, ließ sich vor ihm auf die Knie nieder und umfasste ihn mit beiden Händen. „Das muss ganz arg langweilig für dich sein, wenn du nicht mit Hanna spielen kannst.“ Vorwurfsvoll blickte sie zu Andrea hoch. „Musst du denn so kompromisslos sein? Kannst du ihm nicht erlauben, ein wenig mit Hanna und Markus zu spielen? Es geht ihnen schon sehr viel besser als noch am Dienstag. Außerdem sind sie jetzt schon den achten Tag krank, da sind die Windpocken, soviel ich gehört habe, längst nicht mehr ansteckend."

Andrea starrte Susanne fassungslos an. Sie war ein elfenartiges Geschöpf, klein, schlank, mit dunklem langem Haar, das ihr Gesicht wie einen Schleier umrahmte, auffallend heller Haut und auffallend blauen Augen.

„Doch, das sind sie", sagte sie schließlich tonlos. „Windpocken sind auch nach dem achten Tag noch ansteckend, das habe ich während meiner Ausbildung gelernt. Die Ansteckungsgefahr geht erst dann zurück, wenn die Bläschen verheilt sind. Bevor ich am Dienstag zum ersten Mal hergekommen bin, habe ich dir gesagt, dass es mir wichtig ist, meine Kinder keiner übermäßigen Ansteckungsgefahr auszusetzen. Ich habe im Augenblick einfach genug um die Ohren und kann mir Windpocken im Haus unter keinen Umständen leisten."

„Windpocken können sich deine Kids überall einfangen." Auch Susannes Stimme klang elfenhaft. „Auf dem Spielplatz, im Supermarkt, in der Kirche, einfach überall ... Du kannst sie nicht vor allem beschützen. Und ohnehin – sollten wir Pastorenfrauen nicht ein Vorbild für andere sein? Wir müssen unser Gottvertrauen in der Praxis ausleben. Nur so sind wir für unsere Umgebung ein Ansporn, ebenfalls in jeder Lebenslage auf Gott zu vertrauen."

Andrea erwiderte nichts. Verbissen nahm sie ein weiteres Hemd – diesmal ein blütenweißes aus feinem Baumwollstoff – vom Stapel und zupfte es auf dem Bügelbrett zurecht.

„Du denkst zu menschlich", fuhr Susanne fort. Sie kniete noch immer vor Joel-Henri, der die Unterhaltung zwischen den beiden Frauen gespannt verfolgte. „Gott wird dir nie mehr aufbürden, als du zu tragen vermagst. Wenn er beschlossen hat, dass deine Kids die Windpocken kriegen, werden sie sie kriegen. Dann kannst du so viele Vermeidungsstrategien anwenden, wie du willst, es wird sich nichts daran ändern. Wenn er jedoch beschlossen hat, dass sie verschont bleiben, können sie sich tausendmal in Ansteckungsgefahr begeben und trotzdem völlig unangefochten daraus hervorgehen. Verstehst du, was ich damit sagen will? Du kannst Joel-Henri getrost mit Hanna spielen lassen – Gott wird dir nur das zumuten, was er euch ohnehin zugedacht hat."

Andrea bügelte hektisch an Daniels Hemd herum. Irgendetwas an Susannes belehrender Predigt erschien ihr grundfalsch, aber ihr Kopf war zu leer, um herauszufinden, wo die Widersprüche lagen. Außerdem hatte sie schon immer Mühe gehabt, sich gegen geistlich klingende Argumente zur Wehr zu setzen. Sie wirkten so überzeugend und wer war sie, dass sie es gewagt hätte, sich gegen Gottes Willen aufzulehnen?

Vielleicht hatte Susanne ja wirklich recht. Vielleicht fehlte es ihr tatsächlich an Gottvertrauen. Sie fühlte sich im Moment wie eine Einzelkämpferin. Sie betete zwar regelmäßig, aber ihren Gebeten fehlte die Kraft, die tragende Verbindung. Nachdem sie ihre Sorgen routinemäßig vor Gott ausgebreitet hatte, war es ihr nicht möglich, sie unter dem Kreuz liegen zu lassen und zu glauben, dass Gott alles in der Hand hielt und alle Umstände zu ihrem Besten gestalten würde, nein, sie musste aus eigener Kraft damit fertigwerden. So wuchtete sie das ganze faulige Paket jedes Mal wieder hoch und schleppte es weiter mit sich herum – müder, mutloser und erschöpfter als zuvor. Bisher hatte sie vieles in ihrem Leben aus eigener Kraft geschafft, sie hatte gelernt, dass sie mit einer positiven Einstellung, innerer Energie und einem gesunden Leistungswillen sämtliche Hindernisse, die sich ihr in den Weg stellten, überwinden konnte. Aber jetzt war sie an einer Grenze angelangt, bei der sie mit ihrem Leistungswillen einfach nicht weiterkam.

„Von mir aus", sagte sie müde. Sie stellte das Bügeleisen zur Seite, lehnte sich über das Bügelbrett zu Joel-Henri vor und blickte ihm eindringlich in die Augen. „Du darfst mit Hanna spielen gehen, aber sei vorsichtig. Hanna ist sehr krank gewesen und noch nicht wieder ganz gesund. Pass vor allem auf, dass du nicht ihre offenen Windpockenbläschen berührst. Du könntest ihr wehtun und dann möchte sie vielleicht nicht mehr mit dir spielen."

Und vor allem wäre damit eine Ansteckung garantiert, fügte sie gedanklich hinzu, *und ich will alles tun, um zu verhindern, dass es so weit kommt. Aber gleichzeitig darf ich vor Susanne nicht den Anschein des Kleinglaubens erwecken. Ich muss mit aller Kraft versuchen, die Fassade aufrechtzuhalten.*

„So ist's recht", lobte Susanne. „Ich wusste, dass du einen starken Glauben hast, Andrea." Sie erhob sich mit fließenden Bewegungen. Heute wirkte sie weder kränklich noch leidend, sondern richtiggehend unternehmungslustig. Lächelnd blickte sie Joel-Henri hinterher, der wie ein zweifach geölter Blitz aus dem Zimmer schoss. „Ist es dir recht, wenn ich ein wenig spazieren gehe? Ich bin nun schon seit Tagen nicht mehr an die frische Luft gekommen. Und frische Luft verleiht Flügel, was ich zum Bewältigen meiner vielfältigen Aufgaben als Pastorenfrau dringend brauche.“ Versonnen schob sie sich eine dichte, dunkle Haarsträhne hinter die Ohren. „Und morgen würde ich gern zum Frisör gehen. Ich spüre einfach, dass ich mir etwas Gutes tun muss. Allerdings hat mein Frisör nur nachmittags geöffnet. Aber das ist für dich doch kein Problem, oder? Du würdest mir damit einen ungeheuer großen Liebesdienst erweisen, den Gott dir ganz bestimmt vergelten wird.“

Andreas Mund klappte auf. Einen Augenblick lang befürchtete sie, dass die Luft um sie herum nicht mehr reichte, um ihren Körper mit Sauerstoff zu versorgen. Sie fühlte sich wie eine Marionette, die mit hölzernen Bewegungen an den Fäden tanzte, die andere Leute immer enger und enger spannten. Sie war bloß noch eine Maschine, ohne eigene Wünsche und Bedürfnisse. Niemand würde ihre Kinder beaufsichtigen, wenn sie einen Spaziergang machen wollte. Niemand würde es ihr ermöglichen, einfach so mal zum Frisör zu gehen. Und was wäre, wenn sie plötzlich nicht mehr funktionierte? Würde Lukas dann mit Daniel reden und ihn darum bitten, dass Susanne sie im Haushalt und mit den Kindern entlastete? Oder würde er die Dinge einfach laufen lassen und denken, dass die kleine Attacke schon von selbst vorübergehen würde? Wäre er zu stolz, um jemanden um Hilfe zu bitten? Würde er sie dazu zwingen, die intakte, starke Fassade aufrechtzuerhalten, weil in seinen Augen Schwäche nicht mit seiner immer-coolen Rolle als Jugendpastor vereinbar war?

„Andrea? Du hast doch morgen noch nichts vor, oder?“

Als wäre ein Schalter umgekippt worden, sah sich Andrea plötzlich von außen. Wie sie neben Susanne stand, das Gesicht fassungslos, die Hände in ohnmächtiger Hilflosigkeit zu Fäusten geballt. Und dann verwandelte sich ihr Gesicht unvermittelt. Es nahm die verkrampften Züge eines Jungengesichts an, der Mund verzerrt, die Augen in stummem Entsetzen weit aufgerissen. Und daneben stand nicht Susanne, sondern Carol, in deren Augen dasselbe fassungslose Entsetzen loderte.

Andrea zuckte zusammen, als hätte sie einen Schlag erhalten. Die hässliche Fratze der Vergangenheit. Die unbereinigte Schuld, die schon seit Jahren auf ihr lastete. Die Sache, die sie seit letztem Samstag vor sich herschob und vor lauter Arbeit und Erschöpfung einfach in den Hintergrund gedrängt hatte.

„Andrea?“, fragte Susanne drängend.

Unentschlossen wiegte Andrea den Kopf hin und her.

„Du bist ein Schatz, Andrea.“ Susanne, die ihre Kopfbewegung für Zustimmung gehalten hatte, trat dicht an sie heran und umarmte sie mit einer zartfließenden Bewegung. „Die Kids sollten keine Probleme machen. In ungefähr einer halben Stunde kannst du ihnen etwas zum Knabbern geben. Und um halb zwölf bin ich wieder hier.“ Wie eine Tänzerin drehte sie sich einmal um ihre eigene Achse. All ihre Bewegungen strahlten Anmut und Grazie aus. Dann schwebte sie auf leichten Sohlen aus dem Zimmer.

„Halt!“, rief Andrea, die sich endlich wieder gefasst hatte. Sie stürzte Susanne hinterher und kam sich dabei vor wie ein ungehobelter, derber Bauerntrampel.

„Was ist?“ Susannes Stimme klang leicht irritiert. Sie hatte schon ihre Handtasche, ein zartes Louis-Vuitton-Imitat, von der Garderobe geholt und wollte gerade durch die Haustür entschwinden.

„Wenn – wenn du erst um halb zwölf kommst, ist das für mich zu spät“, stammelte Andrea. „Um halb zwölf muss ich bereits zu Hause sein. Lukas kommt um zwölf und dann muss das Mittagessen auf dem Tisch stehen.“

„Kannst du ihm nicht mitteilen, dass du heute etwas später nach Hause kommst?“ Nun klang Susannes Stimme nicht mehr wie die einer sanften Elfe, sondern eher wie ein Tonkrug mit Sprung.

Andrea schüttelte den Kopf. „Nein, das geht nicht. Lukas möchte gerne –“

Ein lautes Scheppern aus dem Wohnzimmer ließ sie mitten im Satz abbrechen. Sie schnellte herum und hastete wie von tausend Taranteln gestochen ins Wohnzimmer zurück. Das Bild, das sich ihr dort bot, war genau so schlimm, wie sie es befürchtet hatte.

Eva-Lea kauerte auf dem Boden, neben ihr das umgestürzte Bügelbrett.

Andrea stöhnte laut auf. Sie hätte ihre Tochter niemals unbeaufsichtigt mit dem Bügelbrett im Zimmer lassen sollen. Sie hätte Susanne einfach gehen lassen sollen. Was war ein verspätetes Mittagessen schon im Vergleich zu einer schwer verletzten Tochter mit Verbrennungen am ganzen Körper?

Mit zwei großen Sprüngen war sie bei Eva-Lea angelangt. Sie kauerte sich neben ihr auf den Boden und zog sie vorsichtig unter dem umgekippten Bügelbrett hervor. Dabei suchte sie hektisch die Umgebung ab. Wo war das Bügeleisen? Hatte sich ihre Tochter beim Sturz am heißen Eisen verbrannt? Längst vergessen geglaubte Bilder drängten sich mit brachialer Wucht vor ihr inneres Auge. Bilder von Kindern, die sie während der Ausbildung auf der Verbrennungsstation der Kinderklinik gepflegt hatte. Bilder von nicht auszuhaltenden Schmerzen, monatelanger Rehabilitation, bleibenden Narben und Entstellungen. Würde Eva-Lea dasselbe Schicksal blühen?

„Mama“, wimmerte Eva-Lea, „weh, ganz fest weh!“

„Wo?“, japste Andrea. Auf die Schnelle konnte sie keine Verbrennung erkennen, aber sie wusste nur zu gut, dass sie sich nicht auf den ersten, hastigen Eindruck verlassen konnte.

„Da!“ Eva-Lea fuchtelte mit ihren hellen Patschhändchen in der Luft herum und drückte sie anschließend an ihren Kopf, von dem die blonden Löckchen wirr in alle Richtungen abstanden.

„Geht es ihr gut? Hat sie sich verletzt?“ Susanne kauerte sich neben Andrea auf den Boden und blickte besorgt von ihr zu Eva-Lea und wieder zurück.

„Mamaa! Weh! Aua!“, schrie Eva-Lea.

Fieberhaft suchte Andrea ihren Kopf ab. Außer einer kleinen Beule an der Stirn fand sie nichts. Auch am restlichen Körper waren weder Brandwunden noch Hautrötungen zu sehen. Erleichtert atmete Andrea auf. Eva-Lea schien wie durch ein Wunder vor dem Schlimmsten bewahrt worden zu sein.

„Wo ist das Bügeleisen?“, fragte Susanne aufgeregt. „Hat sie sich verbrannt?“

„Mama? Ist was passiert? Hat sich Eva-Lea wehgetan?“ Wie eine Furie stürmte Joel-Henri ins Zimmer, dicht gefolgt von Hanna, die mit ihrem von Bläschen übersäten Gesicht, dem wirren, einseitig platt gedrückten Haar und dem knallgrünen Schlafanzug wie ein Alien aussah.

„Es ist alles gut“, sagte Andrea beruhigend. „Eva-Lea hat das Bügelbrett umgestoßen und sich ein wenig erschrocken. Ihr könnt ruhig wieder spielen gehen.“

Joel-Henri blickte sich um wie ein Heerführer auf dem Schlachtfeld. „Ich habe Eva-Lea weinen gehört“, sagte er beharrlich. „Geht es ihr wieder gut? Soll ich sie trösten? Und was macht das Bügeleisen auf dem Sofa?"

„Auf dem Sofa?", riefen Andrea und Susanne wie aus einem Mund. Sie schossen hoch und tatsächlich – da war es. Es hing umgekehrt über der Lehne und das heiße Wasser, das aus dem Dampfbehälter geflossen war, bildete eine hässliche dunkle Lache auf dem lachsroten Alcantaraimitat.

„Das macht nichts." Susanne zuckte gleichmütig mit den Schultern. „Das Sofa hat schon Schlimmeres als heißes Wasser erlebt. Und jetzt werde ich Lukas anrufen und ihn fragen, ob er heute Mittag nicht ein wenig später nach Hause kommen kann. Nach diesem Schrecken brauche ich wirklich dringend ein wenig Abstand, sonst drehe ich noch durch."

Und ich muss Carol anrufen, beschloss Andrea verzweifelt, als sie eine Stunde später erschöpft das Bügelbrett zur Seite räumte und in Susannes Küche ging, um für vier überdrehte, lärmende und streitlustige Kinder ein paar Plätzchen zu holen. *Ich werde keine Ruhe finden, bevor ich die Sache aus der Vergangenheit nicht bereinigt habe. Ich muss mich dem, was damals geschehen ist, stellen. Auch wenn es mir alles abverlangt und ich nicht weiß, ob Carol mir verzeiht oder nicht.*

Kapitel 23

Donnerstag, 11. Juli, 15.30 Uhr

„Carol, deine Klientin ist da“, flötete Melika ins Telefon, „sie wartet vorne beim Empfang auf dich.“

„Klientin? Ich kann mich nicht erinnern, einen Termin abgemacht zu haben.“

„Sie ist etwa in deinem Alter und sie hat mich direkt nach dir gefragt.“

„Wie heißt sie denn?“

„Grispino. Francesca Grispino.“

„Francesca Grispino?“, fragte Carol zögernd. „Hat sie kurze blonde Haare mit roten Strähnchen?“

„Genau. Weißt du wieder, wer sie ist?“

„Ja“, sagte Carol. Sie legte den Hörer auf und starrte einen Moment lang blicklos vor sich hin. Was wollte Francesca von ihr? Und warum konnte sie sich nicht offiziell anmelden wie Dieter oder Andrea? Letztere hatte sie heute Mittag überraschend angerufen und sie für Samstagnachmittag zum Kaffee eingeladen. Sie hatte gesagt, dass es um Peter Müller ging, ihr aber nicht verraten wollen, um welche Angelegenheit es sich genau handelte. Sie hatte gehetzt geklungen und als sie aufgelegt hatte, waren die Fragezeichen in Carols Kopf eher größer als kleiner gewesen. Was würde sie ihr am Samstag offenbaren? Würde ihr die Information weiterhelfen? War es etwas, das ihr endlich den Durchbruch brachte?

Und nun Francesca. Dass sie ohne Anmeldung an ihrem Arbeitsplatz auftauchte, bedeutete mit größter Wahrscheinlichkeit, dass sie ihr etwas Wichtiges mitzuteilen hatte. Sonst hätte sie sich nicht die Mühe gemacht, persönlich hier aufzukreuzen.

Mit großen Schritten eilte Carol durch den Flur zum Empfang. Francesca hatte sich in einen der Besucherstühle gefläzt und blätterte interessiert in einer der Zeitschriften, die auf dem Sideboard der Wand entlang ausgelegt waren. Sie trug hellblaue kurze Jeans im Used-Look, Sandalen mit Lederriemchen und eine weiße Knitterbluse.

„Francesca!" Carol öffnete die gepanzerte Glastür und reichte ihrer ehemaligen Mitschülerin unter den neugierigen Blicken Melikas höflich die Hand. „Schön, dass du den Weg hierher gefunden hast. Komm doch mit in mein Büro, dort können wir uns ungestört unterhalten."

Schwungvoll erwiderte Francesca den Händedruck und folgte Carol dann durch den Flur zu ihrem Büro. Zwei Minuten später saßen sie sich am Konferenztisch gegenüber und hielten beide ein Glas eisgekühlten Wassers in der Hand.

„Schön hast du's hier." Francesca fuhr sich mit den Fingern durch ihr kurzes blondes Haar und drehte den Kopf zur Seite, wodurch der obere Teil des verschnörkelten Tattoos in ihrem Nacken sichtbar wurde. „Kein Vergleich zu meinem Arbeitsplatz – ein Großraumbüro mit vierzig Mitarbeitenden. Da geht es zu wie in einem Bienenhaus. Und ich habe es noch gut. Ich habe wenigstens einen festen Schreibtisch und das, obwohl mein Arbeitspensum nur sechzig Prozent beträgt. Die meisten meiner Teilzeit-Kolleginnen müssen sich zu Beginn des Tages jeweils einen x-beliebigen freien Arbeitsplatz krallen, was gar nicht immer so einfach ist!"

„Welchem glücklichen Umstand hast du deinen festen Arbeitsplatz zu verdanken?"

„Ich gehöre sozusagen zum Inventar. Seit meiner Ausbildung arbeite ich bei der UBS, das hat mir mit der Zeit einige kleine Privilegien eingebracht."

Carol nickte. „Das kann ich mir gut vorstellen. Langjährige Mitarbeiter sind ein Stabilitätsfaktor in einem hektischen, schnelllebigen Arbeitsumfeld und deshalb allseits beliebt und gefragt. Mein Arbeitgeber hat soeben ein Maßnahmenpaket verabschiedet, um Mitarbeiter langfristig an sich zu binden. Dazu gehören Dienstaltersgeschenke, mehr Ferien für langjährige Mitarbeiter und Einmalzulagen in Form von Bonuszahlungen."

„Wie lange arbeitest du schon beim Jugendamt?"

„Etwas mehr als drei Jahre."

„Und, hast du vor, hier alt zu werden?"

Einen Moment lang geriet das Gespräch ins Stocken. Carol blickte von Francesca zu Angelinas Gemälden an der Wand und blieb am Gesicht des Mädchens, das mit gestrafften Schultern auf dem dunklen Pferderücken saß, hängen. Konzentration, Stolz, verhaltene Lebensfreude. Wie lange würde sie dies ihren Schützlingen noch geben können? War sie wirklich motiviert genug, um hier alt zu werden, oder würde sie in ein paar Jahren bloß noch müde und ausgebrannt sein?

„Ich weiß es nicht“, erwiderte sie langsam.

Francesca beugte sich vor, stützte das Kinn auf die rechte Hand und blickte Carol erwartungsvoll an.

„Hast du eigentlich dein Gedächtnis in Bezug auf Peter in der Zwischenzeit wiedergefunden?“

Unwillkürlich zuckte Carol zusammen. Obwohl sie diese Frage erwartet hatte, merkte sie, wie sich alles in ihr zusammenzog. Sie suchte in Francescas Augen nach einer Spur von Hinterhältigkeit oder lauernder Arglist. Konnte sie ihr trauen? Etwas in ihr wünschte sich mit aller Kraft, dass dies der Fall war. Sie brauchte jemanden, der die Situation kannte und die involvierten Personen einschätzen konnte. Sie brauchte eine Verbündete.

Francescas Gesicht war offen, ihr Blick noch immer erwartungsvoll auf sie gerichtet. Carol atmete tief durch. „Nein. Ich habe zwar Anhaltspunkte, aber meine Erinnerung ist noch nicht zurückgekehrt. Gestern habe ich zufälligerweise Stefan getroffen. Er hat mir erzählt, dass Peter und ich ein Faible für Wortspiele hatten. Unter anderem hätten wir Sprichwörter abgeändert. Als er das erwähnte, ist mir eine Szene in den Sinn gekommen, in der Peter und ich nachts eine Straße entlanggegangen sind und tatsächlich Sprichwörter verballhornt haben. Kannst du etwas damit anfangen? Haben Peter oder ich je davon gesprochen, dass wir nachts irgendwohin gehen wollten?“

Francesca biss sich auf die Lippen und schüttelte den Kopf. „Es tut mir wirklich leid, aber davon weiß ich nichts. Was hat Stefan dazu gemeint?“

„Nichts, weil ich ihm nichts gesagt habe. Ich kann es nicht richtig erklären, aber irgendwie hatte ich in dem Moment einfach ein ungutes Gefühl. Ich weiß nicht, ob ich ihm trauen kann.“

„Trauen?“

„Es gibt jemanden aus unserer ehemaligen Klasse, der mehr weiß“, sagte Carol stockend. „Ich habe anonyme Informationen erhalten, zwei weiße Zettel, handgeschrieben, ohne Absender. Der erste wurde mir am Klassentreffen zugesteckt, der zweite klemmte in der Einwurfklappe meines Briefkastens. Beide sind sehr vage formuliert, deuten jedoch darauf hin, dass es einen bestimmten Grund für meine Erinnerungslücke geben muss."

„Anonyme Informationen? Was steht denn auf den Zetteln?"

„Dass Peter Müller auch dabei war und dass der Verfasser oder die Verfasserin weiß, weshalb ich mich nicht mehr erinnern kann."

„Und du denkst, dass diese Nachrichten von Stefan stammen könnten?"

„Ich weiß es nicht. Es ist nur so ein vages Gefühl. Stefan hat damals anscheinend ein Gerücht verbreitet, dem zufolge Peters Mutter, na ja, Männerbesuch bei sich zu Hause empfangen hat. Als ich ihn gestern getroffen habe, habe ich ihn darauf angesprochen. Seine Reaktion war seltsam. Ausweichend und irgendwie herzlos. Zuerst sagte er, dass er als Klassenclown einfach lustige Unterhaltung liefern musste, und dann, als ich ein wenig irritiert reagiert habe, meinte er plötzlich, dass er sich gar nicht mehr an das Gerücht erinnern könne. Das ist doch seltsam, oder etwa nicht?"

„Kommt ganz darauf an." Nachdenklich wiegte Francesca den Kopf hin und her. „Vielleicht hat er es tatsächlich nicht in die Welt gesetzt. Ich jedenfalls habe nie davon gehört, dass Peters Mutter irgendwelche Dienste angeboten haben soll. Vielleicht spielt dir deine Erinnerung einen Streich. Oder jemand möchte dich auf eine falsche Fährte locken. Wer hat dir von dem Gerücht erzählt?"

Carol griff nach ihrem Wasserglas und trank ein paar hastige Schlucke. „Dieter. Er hat mich am Dienstag angerufen und wir haben uns in einem Café getroffen."

„Dieter?" Francesca lachte. „Dem würde ich kein Wort glauben. Er hat so etwas an sich. Etwas Verschlagenes, wenn du verstehst, was ich meine. Ihm würde ich glatt unterstellen, dass er zu jedem Mittel greift, um sich wichtig zu machen. Oder einen Verdacht von sich abzulenken."

Carol spürte, wie sich ihr Pulsschlag verlangsamte, um dann plötzlich in einem holprigen Stakkato loszugaloppieren. Wem konnte sie noch trauen? Dieter hatte glaubwürdig geklungen, sie war zu keinem Zeitpunkt auf die Idee gekommen, seine Aussagen anzuzweifeln. Wenn jemand verdächtig war, dann Stefan. Aber was, wenn Francesca recht hatte? Wenn das Gerücht über Peters Mutter nur Dieters Fantasie entsprungen war und in Wirklichkeit nie existiert hatte?

„Ich weiß es nicht." Müde zuckte sie mit den Schultern. „Theoretisch könnte jeder aus unserer Gruppe die Zettel geschrieben haben, wobei du und Andrea diejenigen seid, denen ich eine solch hinterhältige Handlung am wenigsten zutraue."

Francescas Blick verdunkelte sich wie eine Lampe, die schlagartig erlosch. „Bei Andrea wäre ich vorsichtig", sagte sie mit belegter Stimme. „Das ist der eigentliche Grund, weshalb ich dich heute aufgesucht habe. Um dich zu ermuntern, mit Andrea Kontakt aufzunehmen und sie nach der Vergangenheit zu fragen. Du erinnerst dich nicht mehr an das, was sie dir und Peter angetan hat, oder?"

„Angetan? Andrea?" Carols Pulsschlag, der sich inzwischen ein wenig beruhigt hatte, steigerte sich in einem rasenden Crescendo. Ihr Kopf fühlte sich plötzlich blutleer und seltsam leicht an. Wie ein Schwarm Glühwürmchen tanzten Francescas rötliche Haarsträhnchen vor ihren Augen auf und ab. „Andrea? Was hat Andrea getan?"

„Sie – sie – hat …" Francesca stockte. „Ich – sie – nein, ich kann es dir nicht sagen. Du musst sie selbst fragen."

„Francesca, bitte."

„Nein, ich – ich kann es einfach nicht. Frag sie selbst." Francesca trank ihr Glas in einem Zug leer, stellte es leise klirrend auf den Tisch zurück und blickte Carol bedauernd an. „Ich muss los. Ich wollte eigentlich gar nicht so lange bleiben, sondern dir einfach sagen, dass du dich sobald wie möglich mit Andrea in Verbindung setzen solltest. Vielleicht ist sie ja die anonyme Zettelschreiberin. Vielleicht hat sie bisher einfach nicht den Mut aufgebracht, dir von der Sache zu erzählen, und wollte dich auf diese Weise auf sich aufmerksam machen. Wenn du Glück hast, löst sich das Rätsel der Vergangenheit schneller, als du um die Ecke denken kannst. Ich wünsche dir jedenfalls viel Erfolg."

Mit einer entschlossenen Bewegung schob sie ihren Stuhl zurück und verabschiedete sich von Carol, die sich ebenfalls erhoben hatte und sie mit mechanischen Bewegungen zur Tür begleitete. Eine halbe Minute später fiel die gepanzerte Glastür beim Empfang ins Schloss und Francescas federnde Schritte verklangen im Nichts.

Wie betäubt setzte sich Carol wieder an den Konferenztisch. Mit fahrigen Händen griff sie nach ihrem Wasserglas und führte es zu ihrem Mund. Das, was Francesca ihr vor wenigen Augenblicken gesagt hatte, war fast zu ungeheuerlich, um wahr zu sein. Für Andrea hätte sie jederzeit ihre Hände ins Feuer gelegt. Sie mochte erschöpft wirken, ihre Gesichtszüge mochten vorzeitig gealtert sein, aber innerlich war sie dieselbe geblieben – freundlich, aufrichtig, rechtschaffen und geradlinig. Nie wäre sie in der Lage, anonyme Zettel zu verfassen, die eine solch seltsame, nicht greifbare Bedrohung ausstrahlten. Aber weshalb hatte sie sie dann heute Mittag angerufen? Und warum hatte ihre Stimme so merkwürdig gehetzt geklungen? Hatte Francesca vielleicht doch recht?

Wütend presste Carol die Lippen zusammen und merkte plötzlich, dass sie das Wasserglas immer noch in der Hand hielt. Mit einem hässlichen Klirren stellte sie es auf den Tisch zurück und erhob sich. Die Sonne stand direkt vor ihrem Fenster und schickte lang gezogene, leicht verzerrte Rechtecke grellen Lichts über ihren Schreibtisch. Laut Wetterbericht würde die heiße Schönwetterphase in dieser Nacht zu Ende gehen. Ein Tief zog von Genua her nordwärts und würde zuerst schwül-heißen Südwind und danach einen Kälteeinbruch mit ergiebigen Niederschlägen mit sich bringen.

Mit einem Ruck öffnete Carol beide Fensterflügel. Ein Schwall drückend heißer Luft strömte ins Zimmer. Hastig schloss Carol das Fenster wieder und kurbelte die Jalousien herunter.

Andrea. Was verbarg sich hinter ihrem schlichten, ein wenig verhärmten Äußeren? Was hatte sie getan? Was war so schlimm, dass Francesca ihretwegen bei ihr vorgesprochen hatte?

Sie musste es herausfinden und zwar sofort. Fieberhaft wühlte sie in ihrer Handtasche nach ihrem Mobiltelefon. Auf der Liste der empfangenen Anrufe würde sie Andreas Nummer finden. Und dann? Was sollte sie fragen? Wie würde Andrea auf ihre Bitte um Klärung reagieren? Es schien ihr nicht leichtzufallen, darüber zu reden, sonst hätte sie ihr Wissen schon heute Mittag am Telefon enthüllt. Vielleicht brauchte sie die geschützte Atmosphäre bei sich zu Hause, um sich überhaupt mitteilen zu können. Vielleicht würde sie sie mit ihrem Anruf bloß in die Ecke drängen und ihr jeglichen Mut zum Reden rauben. Vielleicht wäre es doch besser, bis Samstag zu warten und sie dann vorsichtig und behutsam zum springenden Punkt zu führen.

Langsam legte Carol das Mobiltelefon in ihre Handtasche zurück. Es wäre unklug, jetzt kopflos in eine Richtung vorzupreschen. Sie durfte Andrea auf keinen Fall durch überstürztes Handeln beunruhigen und dadurch ihr Mitteilungsbedürfnis im Keim ersticken. In zwei Tagen war Samstag, dann würde sie sie ohnehin treffen. Aber was, wenn Andrea der Mut zum Reden bis dahin schon wieder verlassen hatte? Wäre es vielleicht doch besser, sie jetzt anzurufen, solange ihr Entschluss, ihr Geheimnis zu offenbaren und die Karten offen auf den Tisch zu legen, noch frisch war?

Carol richtete sich auf und begann unruhig im Büro auf- und abzulaufen.

Warum ließ sie die Vergangenheit nicht einfach ruhen? Vierundzwanzig Jahre lang hatte sie problemlos mit ihrer Erinnerungslücke gelebt, was brachte es also, wenn sie sich jetzt auf die Suche nach der Wahrheit machte? War Wahrheit nicht ohnehin etwas Relatives? Niemand konnte die Erkenntnis der absoluten Wahrheit für sich beanspruchen, weil niemand den Maßstab dafür vorgeben konnte. In ihrer Wahrheit über die Vergangenheit existierte Peter Müller nur schemenhaft, als Inhalt verschiedener Flashbacks. In der Wahrheit ihrer ehemaligen Schulkameraden hingegen gab es Peter Müller wirklich, es gab gemeinsame Erlebnisse, Bilder und Geschichten. In Dieters Wahrheit existierte ein Gerücht über Peters Mutter, das von Stefan in die Welt gesetzt worden war. In Stefans Wahrheit hingegen war dieses Gerücht inexistent. Wessen Wahrheit war also richtig? Vielleicht war es mit der Interpretation der Wahrheit genauso wie mit der Wahrnehmung. Jeder zimmerte sich seine Realität selbst zusammen, wie schon die Philosophie des Konstruktivismus besagte. Die Farbe, die sie als Blau wahrnahm, war womöglich gar nicht blau, sondern grün. Die Gegenwart des Fremden, die sie letzten Sonntag im Wald wahrgenommen hatte, war vielleicht ebenso ein Konstrukt ihrer eigenen Interpretation der Wirklichkeit wie das Gespräch, das sie vorhin mit Francesca geführt hatte. Absolute Wahrheit war ein Hirngespinst, das nur in den Köpfen von weltfremden Idealisten existierte.

Und ihr werdet die Wahrheit erkennen und die Wahrheit wird euch frei machen. Ich bin der Weg und die Wahrheit und das Leben. Die Liebe freut sich nicht über die Ungerechtigkeit, sondern sie freut sich mit der Wahrheit.

Carol schüttelte den Kopf, um die lästige, leise Stimme loszuwerden, die aus den tiefsten Kammern ihres Gedächtnisses aufzusteigen schien und längst vergessen geglaubte Bibelverse aus ihrer Kindheit zitierte. Unwillkürlich beschleunigte sie ihr Marschtempo. Neun Schritte vor, neun Schritte zurück. Neun Schritte vor, neun zurück. Vor und zurück.

Was gewesen war, war gewesen. Ihr Glaube war ebenso Vergangenheit wie ihre Kindheit. Neun Schritte vor, neun Schritte zurück. Sie wollte nicht daran erinnert werden. Sie wollte ihr Leben fortsetzen, wie es vor dem Klassentreffen gewesen war, zielorientiert, unkompliziert und mit dem Verstand greifbar.

Ein Klopfen an der Bürotür ließ sie zusammenschrecken. Abrupt unterbrach sie ihre ruhelose Wanderung und setzte sich an den Schreibtisch.

„Herein!", rief sie mit schwacher Stimme.

Die Tür öffnete sich und Melikas dunkler Haarschopf erschien im Türspalt.

„Carol, Max Birch hat angerufen. Er hat Fabienne gefunden. Er lädt dich für morgen Nachmittag, 16 Uhr, zu einem Gespräch beim Bellevue-Platz ein – das ist scheinbar das äußerste Zugeständnis, das er Fabienne abringen konnte; ein Büro oder eine Amtsstelle würde sie auf gar keinen Fall betreten. Außerdem wäre er froh, wenn du bis dahin ein niederschwelliges Angebot gefunden hättest, in das Fabienne gleich morgen Abend eintreten könnte." Sie schaute auf den Zettel, den sie in der Hand hielt und der mit handschriftlichen Notizen und Ausrufezeichen vollgekritzelt war. „Dann hat Frau Vogel vom Kreissozialamt sieben angerufen. Es geht um das Thema Originalbelege bei Rechenschaftsberichten." Melika verdrehte vielsagend die Augen. „Sie möchte, dass du sie zurückrufst. Und dann möchte Elise mit dir sprechen – ebenfalls über das Thema Originalbelege. Das wär's für den Moment, tut mir leid. Riecht ganz schön nach Ärger und Arbeit."

„Ist gut, danke." Carol streckte die Hand nach Melikas Zettel aus und legte ihn vor sich auf den Schreibtisch.

Die nächsten drei Stunden waren ausgefüllt mit der fieberhaften Suche nach einem niederschwelligen Angebot für Fabienne, verschiedenen Telefonaten (darunter eines mit einer honigsüße Giftsprüche versprühenden Frau Vogel), einer hitzigen Diskussion mit Elise über die Herausgabe von Originalbelegen, administrativen Arbeiten und einem kurzen Austausch mit Dominik zwischen Tür und Angel. Als Carol um halb acht endlich die Bürotür hinter sich schloss, war sie erschöpft und ausgelaugt. Sie wollte nur noch nach Hause, eine Kleinigkeit essen und es sich danach mit einem Buch im Garten gemütlich machen. Während der Fahrt mit der Straßenbahn fielen ihr fast die Augen zu.

Sie fühlte sich wie in Watte gehüllt, eingesponnen in einen Kokon aus Müdigkeit, Ermattung und Abgespanntheit.

Den Zettel, der in der Ritze zwischen ihrer Haustür und dem weiß verputzten Türrahmen steckte, nahm sie erst wahr, als sie direkt davorstand. Derselbe weiße, nichtssagende Zettel, dieselbe Schrift, groß, leicht geneigt, eine Schülerdruckschrift, wie sie im Schulbuch stand, ohne Ecken und Kanten. Diesmal stand nur ein Wort darauf.

KULTURFABRIK.

Carol schwenkte den Zettel hin und her. Die Botschaft blieb dieselbe.

KULTURFABRIK.

Kein Feuerwerk explodierte hinter ihren Augen. Der große Knalleffekt blieb aus. Keine Filmsequenz, kein Flashback. Die Buchstaben ruhten in sich wie stilles Wasser. Sie begannen weder auf und ab zu tanzen noch verschwammen sie zu einer unklaren, nebulösen Masse. *Kulturfabrik.* Das Wort sagte ihr nichts. Es war eine bloße Buchstabenfolge, ohne Aussage, ohne Bedeutung, ohne Sinn.

Kapitel 24

Donnerstag, 11. Juli, 23.40 Uhr

Kaum zu glauben, dass das Wort KULTURFABRIK keine Erinnerungen bei ihr geweckt hat. Dabei hätte das der zündende Auslöser sein sollen. Trotzdem glaube ich, dass sie einen großen Schritt weitergekommen ist. Und ich ebenfalls.

Um kurz vor acht hat sie eine Frau namens Sofia angerufen. Es scheint, dass diese Frau sehr gut informiert ist. Sie weiß, was die Kulturfabrik ist. Eine leer stehende alternative Kommune, die Ende der Sechzigerjahre aufgelöst wurde. Zerfallende Gemäuer, in denen Dekadenz, Niedergang und Fäulnis lauern. Steinerne Zeugen von freier Liebe und alternativen Lebensformen.

Zeugen von vergangenem Unrecht, das zum Himmel schreit.

Ihre Blütezeit erlebten die alten Gebäude in der Epoche der Industrialisierung. Sie waren erfüllt mit dem endlosen Surren der Maschinen und dem Schweiß der Menschen, die an ihnen arbeiteten. Sie wurden zum geheimen Mitwisser von Tragödien und Schicksalsschlägen. Sie speicherten die Tränen, die im Verborgenen flossen.

Und dann fielen sie der Weltwirtschaftskrise zum Opfer. Die Maschinen verstummten, die Menschen verschwanden einer nach dem anderen. Schrittweise leerten sich die Hallen. Der Zerfall setzte ein. Verputz bröckelte von den Wänden und Decken, Fensterscheiben brachen ein, Holzbalken vermoderten.

Erst in den Sechzigerjahren wurde den alten Gemäuern neues Leben eingehaucht. Junge Menschen besetzten die leer stehenden Hallen, besserten sie aus, erfüllten sie mit ihrer Lebensfreude, ihrem Lachen, mit freier Liebe und Gruppensitzungen, mit Kunst, Geschichten, psychedelischer Musik und selbst angebautem Gemüse. Doch auch diese Ära ging zu Ende. Die Hippies wurden sozialisiert, heirateten, gründeten Familien, stiegen in die Wirtschaft ein, machten Karriere.

Seitdem stehen die alten Fabrikgebäude leer. Sie rotten vor sich hin, verfaulen langsam, unaufhaltsam. Alle Fensterscheiben sind geborsten. Die

Türen, sofern es überhaupt noch welche gibt, hängen schief in den Angeln. Überall riecht es nach Moder, Schmutz und Verwesung. Das Gelände ist offiziell gesperrt, die Stadtverwaltung hat eine Verbotstafel aufgestellt. BETRETEN VERBOTEN steht darauf, und unten, etwas kleiner ZUWIDERHANDELN WIRD MIT EINER BUSSE BESTRAFT. Ich weiß nicht. Wenn ich zurückdenke, glaube ich, dass es gerade dieses Verbot war, das die ganze Sache so reizvoll gemacht hat.

Ich bin froh, dass ich ihr den Hinweis gegeben habe. Nun wird sie sich auf die Suche machen. Sie hat dieser Frau namens Sofia gesagt, dass sie morgen nach der Arbeit hinfahren wird, um sich vor Ort ein Bild zu machen. Zwar ist sie ein wenig skeptisch, weil sie sich nicht sicher ist, ob die anonyme Person (haha, ich liebe es, wenn sie mich so nennt) sie nicht vielleicht in die Irre führen will. Doch scheinbar hat ihre Freundin sie davon überzeugen können, dass sich eine Besichtigung der alten Gebäude auf alle Fälle lohnen wird. Und nun hofft sie, dass sie dort das fehlende Puzzleteil findet. Ich hoffe es ebenfalls, denn ich werde dort sein. Ich werde auf sie warten, ihr unauffällig folgen, und wenn ihre Erinnerung zurückkommt, werde ich zur Stelle sein.

Kapitel 25

Freitag, 12. Juli, 16.15 Uhr

„Denkst du, sie kommt noch?“ Carol kniff die Augen zusammen und spähte zu der schnörkellosen Uhr, die über dem Wartehäuschen in der Mitte des ellipsenförmigen Bellevue-Platzes angebracht war.

Max Birch zuckte mit den Schultern. Er glich mehr einem Bergbauern aus den Schweizer Alpen als einem städtischen Sozialpädagogen. Zu verwaschenen Jeans trug er ein hellblaues Sennenhemd und derbe braune Halbschuhe. Er hatte rote Pausbäckchen, tausend Fältchen um seine hellen, lustig zwinkernden Augen und einen dunklen Vollbart, der bis zum Hals hinunterwucherte. Einzig der kleine Silberring in seinem linken Ohr und das helle Lederband mit dem Peace-Zeichen, das in seinem Halsausschnitt baumelte, deuteten darauf hin, dass er sich nicht einfach so in ein Stilklischee pressen ließ.

„Wir müssen ihr Zeit lassen“, meinte er gleichmütig. „Den Kids fällt es manchmal schwer, sich an fixe Termine zu halten.“

Carol brummte etwas Unverständliches, während sie mit den Fingerspitzen über den rauen Steinbelag des niedrigen Mäuerchens, auf dem sie Platz genommen hatten, fuhr. In ihrem Rücken befand sich der Zürichsee, vor ihnen das hektische Treiben, das für den Bellevue-Platz, einen der belebtesten Plätze der Stadt, so typisch war. Automotoren dröhnten, Straßenbahnen kreischten, Menschen eilten vorbei, drängten sich in überfüllte Busse und Straßenbahnen, lachten, riefen, schwatzten, fluchten. Der große Regen war noch nicht gekommen. Wie so oft hatte sich die Föhnlage länger gehalten, als es von der Wettervorhersage angekündigt worden war. Aber nun befanden sich die Wolken, die den ganzen Morgen hindurch mit der Sonne um die Vorherrschaft am Himmel gekämpft hatten, eindeutig auf der Siegerspur. Drohend türmten sie sich am Horizont auf, waberten über dem dunkelgrau gewordenen See. Auffrischender Westwind peitschte durch die Bäume, fegte über Mauern, Straßen und Rasenflächen. Bald würde der Regen einsetzen. Es war nur noch eine Frage der Zeit.

Der helle Klingelton von Carols Mobiltelefon durchbrach das Schweigen, das sich zwischen ihr und Max Birch ausgebreitet hatte. Mit fliegenden Fingern öffnete Carol ihre Handtasche und zog das Handy hervor.

„Störe ich?“ Sofias tiefe Stimme zauberte Carol augenblicklich ein Lächeln auf die Lippen.

„Nein, natürlich nicht.“

„Die Kollegin von der Steuerverwaltung hat sich endlich gemeldet. Stefans Geschichte scheint wahr zu sein. Familie Müller wohnte tatsächlich in der Fichtenstraße zehn, und zwar von 1984 bis 1998. Dann sind sie nach Lausanne umgezogen. Ihre Nachfolger sind …“

„D. + K. Heller“, fiel ihr Carol ins Wort.

„Genau. Daniela und Kurt Heller. In der Fichtenstraße zwölf wohnte bis 1996 eine Familie Gossweiler, Simon und Mariella Gossweiler. Danach scheint das Haus einige Zeit leer gestanden zu haben, bis im Jahr 1997 Familie Fürpasz dort eingezogen ist.“

„Ich habe dir ja erzählt, dass Frau Fürpasz gesagt hat, Familie Müller habe zwei Söhne gehabt.“ Carol hatte Mühe, ihre Ungeduld zu zügeln. „Hat deine Kollegin herausfinden können, wie sie geheißen haben?

„Leider nein. Sie konnte nur die Namen der einkommenssteuerpflichtigen Erwachsenen aus dem System herauslesen.“

„Das ist seltsam. Wie mir Frau Fürpasz gesagt hat, waren die beiden Müller-Söhne bereits erwachsen, als die Familie im Jahr 1998 aus der Fichtenstraße weggezogen ist. Sie sollten demnach im Steuer-System erfasst sein.“

„Nicht unbedingt. Sie könnten zu diesem Zeitpunkt zum Beispiel noch in Ausbildung gewesen sein. Studenten zahlen keine Einkommenssteuer. Und deshalb befinden sich ihre Daten nicht im Computersystem der Steuerverwaltung.“

„Kann sich deine Kollegin nicht in ein anderes Datensystem einloggen?

„Das ist leider nicht möglich.“ Carol hörte den bedauernden Unterton in Sofias Stimme.

Sie seufzte.

„Schade. Ich hätte mir so sehr gewünscht, dass sich Peters Name irgendwo in den Archiven findet und ich ihm so auf die Spur kommen kann.“

„Ja, ich finde es auch schade. Aber es hätte uns ohnehin nicht viel genützt. Harry und Bettina Müller sind im Jahr 2001 nach Frankreich gezogen, das hat meine Kollegin durch einen Anruf bei der Lausanner Stadtverwaltung in Erfahrung bringen können. Im Ausland kann sie leider keine Adressnachfrage starten, das geht nur bei einem amtlichen Rechtshilfegesuch. Die Spur verliert sich also im Nichts."

Carol stand auf und ging einige Schritte in Richtung Seepromenade. „Das ist übel. Ich hatte mir von dieser Fährte wirklich mehr erhofft. Und vor allem gibt es jetzt keine Möglichkeit mehr, auf die Schnelle an Peter heranzukommen."

„Die Kulturfabrik", sagte Sofia trocken, „schon vergessen? Ich bin mir sicher, dass dort irgendwo der Zugang zu Peter Müller verborgen liegt. Wenn du verstehst, welche Rolle sie bei deinem Gedächtnisverlust spielt, wirst du auch Peters Rolle verstehen. Und wenn du erst deine Erinnerung wiedergefunden hast, ist es eigentlich völlig egal, ob Peter und seine Familie nach Frankreich abgedüst sind oder nicht – du brauchst ihn nicht mehr, um deine Gedächtnislücke aufzufüllen."

„Ich weiß nicht. Ich habe dir schon gestern gesagt, dass ich nicht davon überzeugt bin, dass mich die anonymen Zettel auf die richtige Spur führen. Der Begriff *Kulturfabrik* sagt mir überhaupt nichts. Vielleicht erlaubt sich jemand einfach einen bösartigen Scherz auf meine Kosten."

„Nein, das glaube ich nicht. Aus irgendeinem Grund hat die anonyme Person ein persönliches Interesse daran, dass du dein Gedächtnis wiederfindest. Sie möchte, dass du dich auf ihr Spiel einlässt und ihren Hinweisen nachgehst."

„Bist du dir da ganz sicher?"

„Ja. Das Einzige, was mir an der Sache nicht gefällt, ist, dass du allein zur Kulturfabrik gehen willst. Hast du noch einmal über mein Angebot nachgedacht, dich zu begleiten?"

„Ja, habe ich. Aber du kennst mich ja – ich bin eine Einzelkämpferin. Außerdem erinnere ich mich – wenn überhaupt – am ehesten, wenn ich für mich allein bin." Carol wechselte das Mobiltelefon vom rechten ans linke Ohr. Aus dem Augenwinkel sah sie, wie eine Gruppe junger Punks mitten zwischen den rollenden Autos hindurch die vierspurige Straße überquerte. Bremsen kreischten, aufgebrachte Autofahrer tippten sich mit dem Finger an die Schläfe. Die schrill gekleideten Punks brüllten zurück, einige spuckten auf den Boden, andere drohten mit den Fäusten und wieder andere schwenkten lachend ihre halb vollen Bierflaschen. Vor dem Mäuerchen, auf dem Carol vorher mit Max Birch gesessen hatte, machten sie Halt. Sie begrüßten Max mit einem freundschaftlichen Faustschlag auf halber Augenhöhe und setzten sich dann neben ihn auf die Mauer.

„Du, ich muss Schluss machen“, sagte Carol schnell, „so wie es aussieht, ist meine Klientin soeben aufgekreuzt und hat noch eine ganze Horde Gleichgesinnter angeschleppt. Danke jedenfalls für deine Information.“

„Ist schon okay, ich denke heute Abend an dich. Und ruf mich an, wenn du wieder zu Hause bist.“

„Werde ich.“ Carol drückte den Anruf weg, nahm das Handy vom Ohr und schlenderte gemächlich auf die Punk-Gruppe zu. Welches der Mädchen war Fabienne? Als sie sie vor wenigen Monaten zuletzt gesehen hatte, hatte sie große Mühe gehabt, sie wiederzuerkenen. Ihr ehemals langes Haar war einem Drei-Millimeter-Bürstenschnitt gewichen und anstatt braun war es orange-rot gewesen. Unter den anwesenden Mädels war aber keines mit einem orange-roten Bürstenschnitt. Welches der Mädchen war also Fabienne? Die Blonde mit dem Irokesenschnitt, die Schwarzhaarige mit dem kurzen Pferdeschwanz und dem mehrfach gepiercten Gesicht, die Dunkelhaarige mit den Nietenbändern um Hals und Handgelenke oder jene mit der rot-grünen Stachelfrisur?

„Ey, Mann, wer is' denn die?“, nuschelte ein Junge, dessen kahlrasierte Kopfhaut mit dunkelblauen Ornamenten volltätowiert war.

„Is' wohl 'n Cop oder so. So 'ne ganz Schlaue, die denkt, dass wir so bekloppt sind, dass wir ihr nich' auf die Schliche kommen.“ Die Schwarzhaarige mit den vielen Piercings im Gesicht machte einen drohenden Schritt auf Carol zu. „Ey, Mann, verzieh dich, Schlampe. Solche wie dich können wir hier nich' gebrauchen, ey.“

„Ey, Mann, nur mit der Ruhe.“ Max breitete gelassen seine Arme aus und fasste Carol um die Schulter. „Die gehört zu mir, geht das klar? Und sie is' kein Cop, das könnt ihr mir glauben. Mit denen kann ich genauso wenig anfangen wie ihr.“ Er hob die linke Hand zu seinem Kopf und salutierte spöttisch. „Kriminalunterkommissar Max Birch. Melde mich zum Dienst, Sir. Ja, Sir. Nein, Sir. Wie Sie befehlen, Sir.“

Einige der Punks lachten verhalten, doch die Schwarzhaarige war noch nicht zufrieden. „Was will die hier? Is' sie deine Freundin, Mann?"

„Nee, leider nich'." Max grinste und entblößte dabei eine Reihe leicht gelblicher Zähne. „Wir warten hier auf Fabienne. Habt ihr sie vielleicht gesehen?"

„Die is' auf Dope, Mann. Ey, die war letzte Nacht so breit, dass ich gedacht hab, die wacht nich' mehr auf, Mann", sagte die Blonde mit dem Irokesenschnitt. „Und dann hat sie gekotzt. Ich hab gedacht, die kotzt sich den ganzen Magen raus, Mann."

„Und, wo is' sie jetzt?"

Die Blonde zuckte mit den Schultern. „Weiß nich', Mann. Sie war plötzlich weg. Ey, schau mich nicht so an, Mann, ich kann auch nix dafür."

„Ey, Leute, wir zischen ab", sagte der Junge mit den dunkelblauen Tätowierungen auf der Kopfhaut plötzlich. „Das Gelaber ödet mich voll an."

„Jo-ho-ho, und 'ne Buddel voll Rum", grölten seine Kumpane, fassten sich an den Schultern und schwenkten von Neuem ihre Bierflaschen. „Fünfzehn Mann auf des toten Mannes Kiste, jo-ho-ho, und 'ne Buddel voll Rum!"

Max lachte und tauschte mit dem kopfhauttätowierten Jungen einen lässigen Give-me-five-Handschlag aus. „Sauft mit Anstand, Leute, und keine Schlägereien, habt ihr verstanden?"

„Ey, Mann, is' schon gut, kannst dich auf uns verlass'n", sagte die Schwarzhaarige, und dann zog die Gruppe grölend und lärmend Richtung Seepromenade ab.

„Ich mache mir Sorgen um Fabienne", sagte Max nach einem kurzen Moment des Schweigens. Seine wachen grauen Augen blickten besorgt. Er griff in die Tasche seiner ausgebeulten Jeans und förderte schließlich ein zerdrücktes Päckchen Tabak und einige zerfledderte Blättchen zutage. In erstaunlich kurzer Zeit hatte er sich eine einwandfrei aussehende Zigarette gerollt. Er verstaute den Tabak und die übrigen Blättchen wieder in seiner Hosentasche, griff nach dem Feuerzeug, das in der Brusttasche seines Sennenhemdes steckte, und zündete die Zigarette an.

„Drogen und Alkohol", sagte er nachdenklich. „Ich habe nicht gewusst, dass sie schon so tief drinsteckt. Das macht alles viel schwieriger."

Carols Brust schnürte sich zusammen, als hätte ihr jemand ein zu eng gebundenes Korsett umgelegt.

„Ich werde sie bei der Polizei als vermisst melden müssen."

„Ja, das wirst du müssen. Und sei es nur der Form halber."

„Wirst du weiter nach ihr suchen?"

Max nickte. „Ja, werde ich. Und wenn ich sie gefunden habe, werde ich sie sofort in eine Entzugsklinik bringen."

„Falls sie sich bringen lässt."

„Falls sie sich bringen lässt", wiederholte Max. Er inhalierte tief und blies den Rauch in lustigen kleinen Wölkchen wieder aus seinem Mund.

„Danke, Max. Für alles." Carol umarmte ihn kurz, winkte ihm zum Abschied noch einmal zu und begab sich dann auf den Weg zum nächsten Polizeirevier. Die Aufnahme von Fabiennes Daten dauerte über eine Stunde. Zwischendurch telefonierte Carol mit der niederschwelligen Institution, die Fabienne aufgenommen hätte. Als sie das Polizeirevier wieder verließ, war es bereits nach halb sieben. Der Himmel hatte sich in der Zwischenzeit bedrohlich verfinstert. Der See war dunkelgrau, die Häuser der Stadt zeichneten sich als düstere Silhouetten vor einer gespenstisch beklemmenden Himmelskulisse ab.

Carol schauderte. Mit großen Schritten strebte sie auf die nächste Straßenbahnhaltestelle zu und bestieg die erstbeste Bahn, die Richtung Klusplatz fuhr. Sofia hatte ihr eine genaue Wegbeschreibung zur Kulturfabrik geliefert. Vom Klusplatz aus die Hegibachstraße hoch, danach am Waldrand entlang, bis die schmale Straße eine scharfe Linkskurve mache. Noch in der Kurve zweige ein breiter, von Unkraut überwucherter Weg in den Wald ab. Der Weg sei kein offizieller Wander- und Spazierweg, und wenn sie sich nicht täusche, sei irgendwo ein Schild mit der Aufschrift *BETRETEN VERBOTEN* angebracht. Früher sei der Weg eine geteerte Straße gewesen, die von den Hippiebrüdern in den Sechzigerjahren jedoch in mühseliger Arbeit von allen nicht naturgegebenen Eigenschaften befreit worden sei. Nach ungefähr dreihundert Metern führe er über eine Holzbrücke und münde danach in eine große Waldlichtung. Dort befänden sich die heruntergekommenen Gebäude der alten Kulturfabrik.

Als Carol am Klusplatz aus der Straßenbahn stieg, spürte sie die ersten Regentropfen. Erst waren es nur einige wenige. Wie kleine Platzbomben zersprangen sie auf ihrer Haut. Doch innerhalb von Sekunden wurden es mehr und immer mehr. Es war, als ob sich Schleusen am Himmel öffneten. Der Regen prasselte in langen, durchsichtigen Fäden nieder und verwandelte Straßen und Wege im Handumdrehen in Sturzbäche und Schlammgräben. Ein böiger Westwind peitschte die Regenschleier schwallweise durch die Luft. Im Vergleich zum Vorabend hatte es um mindestens fünfzehn Grad abgekühlt.

Mit klammen Händen fingerte Carol nach ihrem Taschenschirm und spannte ihn auf. Ihre hellblauen Stoffturnschuhe sowie der Saum ihrer Jeans waren bereits vollständig durchnässt. Sie zog die Wildlederjacke, die ihr heute Morgen für einen Sommertag noch zu warm und winterlich vorgekommen war, enger um ihre Schultern, während sie eilig die Hegibachstraße hochmarschierte. Nach zehn Minuten hatte sie den Waldrand erreicht. Der heftige Gewitterregen war verebbt und hatte einem stetigen, nieseligen Dauerregen Platz gemacht. Die apokalyptische Stimmung war ebenfalls verschwunden. Es war wieder heller und der Himmel präsentierte sich in einem eintönig gleichmäßigen Hellgrau, das wie ein Schleier über den dunkelgrünen Tannen lag.

Die ehemalige Teerstraße, die sich nun wieder in ihrem naturgegebenen Zustand befand, war eine einzige sumpfige Masse. Vorsichtig setzte Carol einen Fuß vor den anderen, möglichst darauf bedacht, ihre nassen Schuhe nicht auch noch mit dreckigem, klebrigem Lehm zu verschmieren. Doch nach dem dritten vergeblichen Versuch gab sie frustriert auf. Die Schuhe waren ohnehin hinüber, was machte da ein bisschen Schlamm noch aus? Außerdem musste sie sich auf den Weg konzentrieren. Nichts deutete darauf hin, dass sie schon einmal hier durchgegangen war. Was, wenn ihre Skepsis berechtigt war? Wenn die Person, die die anonymen Zettel geschrieben hatte, sie ganz bewusst auf eine falsche Spur lockte?

Ein wenig gehetzt blickte sie sich um. Ob ihr vielleicht jemand folgte? Der Nachgeschmack des Gefühls, das sie am Sonntag im Wald und am Mittwoch im Park empfunden hatte, steckte ihr noch tief in den Knochen. War sie wirklich allein? Oder war ihr jemand dicht auf den Fersen? Sie musterte die dunklen Tannen, deren dichte, dunkelgrüne Zweige tief über dem Boden hingen. Unentwegt strömte der Regen durch die feinen Nadeln und floss in kleinen, fadenartigen Rinnsalen in das Unterholz.

Nach dreihundert Metern kam die Holzbrücke in Sicht. Dahinter ragten die baufälligen Gebäude der alten Kulturfabrik in die Höhe, mit ihren leeren, gespenstisch wirkenden Fensterhöhlen.

Eisige Kälte breitete sich in Carols Körper aus, ihre Zähne begannen zu klappern, ihre Beine schienen am Boden festgeklebt zu sein. Sie hatte diese Gebäude schon einmal gesehen.

Flammen züngeln. Flammen lodern. Fensterscheiben bersten auseinander, Holz zersplittert. Es zischt und prasselt. Die Flammen sind überall. Sie verdecken die Sicht. Wo brennt es? Ist noch jemand bei ihr oder ist sie allein?

Carol schnappte nach Luft. Flammen. Feuer. Das Bild war so real gewesen, dass ihr der Geruch von Versengtem immer noch in der Nase hing. Oder war es möglicherweise gar kein Bild gewesen? War in den Gebäuden dort vorn vielleicht tatsächlich gerade ein Brand ausgebrochen? Sie begann zu rennen und zog dabei ihr Mobiltelefon aus der Tasche. Mit fliegenden Schritten überquerte sie die Holzbrücke und befand sich plötzlich mitten auf der Lichtung, von der Sofia gesprochen hatte. Das Hauptgebäude wirkte wie ein auf der Lauer liegendes, hohläugiges Monster, das in seiner Gier, alles um sich herum zu verschlingen, zu Stein erstarrt war. Überall blätterte der Verputz von den schmutzig grauen Mauern ab. In den leeren Fensterrahmen hatten Spinnen ihre Netze gespannt. Boshaft hockten sie da und warteten auf ihre unschuldigen Opfer, bereit, sie sogleich in einen klebrigen Kokon aus unentwirrbaren, durchsichtigen Fäden einzuspinnen, aus dem es kein Heraus mehr gab. Neben dem Hauptgebäude gab es mehrere kleinere Nebengebäude, die alle denselben trostlosen, zerfallenen und heruntergekommenen Eindruck machten.

Innerhalb weniger Sekundenbruchteile hatte sich Carol davon überzeugt, dass in keinem der Gebäude ein Feuer ausgebrochen war. Der Geruch von Versengtem war reine Einbildung gewesen.

Langsam umrundete Carol das Haupthaus.

Flammen züngeln. Flammen lodern. Fensterscheiben bersten auseinander, Holz zersplittert. Es zischt und prasselt. Die Flammen sind überall.

Wieder rann ein eisiges Frösteln durch Carols Adern. Steinmauern konnten nicht brennen, was also hatten die Flammen hier zu suchen? Und weshalb kannte sie die Gebäude? War sie vielleicht doch schon einmal hier gewesen? Vage erinnerte sie sich an ein gespenstisches Gefühl der Beklemmung. An eine unheimliche Ruhe, so als würde die ganze Natur den Atem anhalten. Und es musste dunkel gewesen sein, dunkel, wie es nur in der Nacht sein konnte.

Stefans Erzählung. Der erste Flashback. Der Maler, der in den Gebäuden herumgeistert, und zwar nur nachts und nur bei Vollmond oder Sturm. Dieter hatte skeptisch reagiert und Stefan hatte ihn herausgefordert, doch eine Nacht dort auf dem Gelände zu verbringen.

War möglicherweise von der Kulturfabrik die Rede gewesen? Und wenn ja, wer hatte dann Stefans Herausforderung angenommen? Sie bestimmt nicht, denn keine zehn Pferde hätten sie nachts allein hierherbringen können. Die einzige Möglichkeit war, dass die Klasse als Ganzes dem verwahrlosten Gelände einen Besuch abgestattet hatte. Nein, das konnte auch nicht sein, sonst hätten ihr ihre ehemaligen Mitschüler davon erzählt. War sie wirklich nachts hier gewesen? Oder spielten ihr die winzigen Erinnerungsbruchstücke, die sie mühsam am Zusammenkratzen war, einen bösartigen Streich?

In diesem Moment sah sie die Gestalt. Sie hing reglos am Ast einer abgestorbenen Fichte, die Arme seitlich ausgestreckt. Die Beine steckten in durchlöcherten Jeans, der Oberkörper in einem schmutzigen Arbeitskittel. Das Gesicht unter dem schwarzen Schlapphut war nicht deutlich erkennbar, so als wäre ein Sack darübergestülpt worden.

Carol stieß einen unterdrückten Schrei aus. Sie sackte in die Knie und begann zu würgen. Verzweifelt presste sie die Hände auf ihren Mund. Trotz des grauenvollen Anblicks konnte sie die Augen nicht von der am Baum hängenden Gestalt abwenden. Etwas an der gesamten Haltung irritierte sie. Konnte ein Toter die Arme so weit seitlich ausgestreckt halten? Hingen sie normalerweise nicht eher schlapp am Körper herunter? In Sekundenschnelle zogen verschiedene, völlig unzusammenhängende Filmbilder vor ihrem inneren Auge vorüber. *Ritter aus Leidenschaft. Fluch der Karibik. Spiel mir das Lied vom Tod. Prison Break*. Keine der gehängten Personen in diesen Filmen hatte die Arme ausgestreckt. Carol erhob sich vorsichtig vom Boden und schlich auf die Gestalt zu. All ihre Sinne waren in Alarmbereitschaft, die Muskeln bis aufs Äußerste gespannt.

Und dann begann sie zu lachen, hohle, freudlose Töne, die sogleich vom unaufhaltsam strömenden Regen verschluckt wurden. Die Gestalt am Baum war eine Vogelscheuche.

Kapitel 26

Samstag, 13. Juli, 15.10 Uhr

„Mama, ich will ein Stück Kuchen!“ Joel-Henri stand neben Andrea in der Küche und streckte beharrlich die Hand nach den Kuchenstücken aus, die sie eben auf eine wunderschön bemalte Kuchenplatte schichtete.

„Nein, Joel, ich habe dir bereits zweimal gesagt, dass wir warten, bis unser Besuch kommt und erst dann mit dem Kuchenessen beginnen.“

„Aber er duftet so gut, bitte, Mama!“ Mit einem schmeichelnden Augenaufschlag sah Joel-Henri seine Mutter von unten herauf an. Seine hellen Augen blickten so unschuldig wie die eines kleinen Engels. „Nur ein winziges Stückchen. Bitte! Das merkt der Besuch gar nicht. Wenn ich jetzt ein Stückchen Kuchen kriege, will ich auch für immer lieb sein!“

Andrea seufzte. In ihrem Kopf herrschte das reinste Durcheinander. Der Reihe nach rumorten die möglichen Formulierungen, mit denen sie ihre Beichte einleiten wollte, durch die verschlungenen Windungen ihrer Gedanken.

Ich muss dir etwas erzählen. Es ist eine hässliche Geschichte. Wirst du mir verzeihen, auch wenn ich dich jetzt gleich sehr enttäuschen werde?

„Ich bin ganz lieb, Mama, siehst du?“, piepste Joel-Henri von unten herauf. „Darf ich jetzt ein Stückchen Kuchen haben, bitte?“

Falsch. Das war kein guter Anfang. Zu theatralisch, zu rührselig. Noch mal von vorn: Ich weiß nicht, ob du dich noch an die Geschichte erinnern kannst. Kunstpause. Nicht? Dann muss ich ganz von vorn beginnen. Als du dich zu Beginn der sechsten Klasse mit Peter Müller angefreundet hast, war ich sehr verletzt. Und ich war eifersüchtig. Ich war so …

„Hast du gehört, Mama? Ich bin lieb! Darf ich jetzt ein Stückchen Kuchen haben?“, drängelte Joel-Henri mit schriller Quengelstimme, die alles Engelhafte verloren hatte. Er krallte sich an ihren Hosenbeinen fest und zog sie mit aller Kraft in seine Richtung.

„Joel.“ Andrea löste seine Hände von ihren Jeans, hob ihren Sohn hoch und setzte ihn auf die hellgrau marmorierte Kunstharzarbeitsplatte. „Hör mal, lieb sein hat nichts mit Kuchen kriegen zu tun. Die Liebe ist im Herzen. Man verschenkt sie, nicht weil man dafür etwas kriegen möchte, sondern, weil man selbst reich beschenkt worden ist. Und wenn ich sage, dass wir den Kuchen erst essen, wenn unser Besuch da ist, dann ist das nicht, weil du nicht lieb gewesen bist, sondern es ist einfach ein Zeichen der Höflichkeit dem Besuch gegenüber. Mit lieb sein hat das nichts zu tun."

„Was ist das, Höflichkeit?"

„Das heißt, dass uns der Besuch wichtiger ist als wir selbst. Wir tun alles, damit der Besuch sich wohlfühlt. Ich backe meinen besten Kuchen, auch wenn das viel Arbeit bedeutet. Wir warten mit dem Essen, bis der Besuch da ist, und dann bieten wir ihm das erste Stück an. Und wenn wir den Tisch abräumen, dann darf der Besuch sich aufs Sofa setzen und muss nicht mithelfen. Das ist Höflichkeit."

Ich war eifersüchtig. Ich habe euch die Freundschaft nicht gegönnt.

„Ich will auch zu Besuch sein", sagte Joel-Henri mit bedächtigem Kopfnicken. „Dann gibt es immer Kuchen und ich darf das erste Stück nehmen!"

Ich weiß nicht, wie ich auf die Idee gekommen bin. Irgendetwas muss mich geritten haben, etwas Dunkles, das plötzlich von mir Besitz ergriffen hat.

„Hast du gehört, Mama? Ich will auch zu Besuch sein!" Joel-Henri produzierte einen weiteren engelhaften Augenaufschlag, dann klammerte er sich mit seinen leicht pummeligen Patschhändchen an Andreas T-Shirt fest und drückte seinen Kopf in den weichen Baumwollstoff. „Ich hab dich lieb, Mama. Und ich hab dich noch viel lieber, wenn ich einmal zu dir zu Besuch kommen darf und du mir das erste Stück Kuchen gibst. Gell, ich darf doch zu Besuch kommen, wenn ich einmal groß bin? Hast du mich dann immer noch lieb?"

Gedankenverloren strich ihm Andrea über die wirren, braunen Locken. Sie würde es nicht schaffen, ihre Beichte in die richtigen Worte zu kleiden. Dazu war sie zu erschöpft. Gestern hatte sie den ganzen Nachmittag lang Susannes und ihre Kinder gehütet, während Susanne zum Frisör gegangen und erst nach gut vier Stunden zurückgekehrt war – mit einem strahlenden Lächeln und einem edel gestuften neuen Haarschnitt, der ihre Mädchenhaftigkeit und elfengleiche Zartheit noch mehr zur Geltung brachte. Sie selbst hingegen war völlig erledigt gewesen und hatte sich nur noch nach Ruhe und ihrem Bett gesehnt. Aber sie durfte sich keine Pause gönnen. Am Sonntag erwarteten sie nämlich wichtigen Besuch: einen Gastprediger aus Bern samt Ehefrau, der nicht nur Vorsitzender des Ältestenrats der Gemeinde, sondern auch Dekan an der Theologischen Fakultät und Delegierter des Zentralen Kirchenrats war. Für Lukas war der Besuch von fast existenzieller Bedeutung, er versprach sich davon eine Festigung seiner Position innerhalb der Kirchengemeinde und vielleicht sogar eine Beförderung in eine höhere Lohnklasse. Für Andrea hingegen bedeutete der Besuch vor allem viel Vorbereitungsarbeit, vom Saubermachen der Wohnung über die Zubereitung eines ausgeklügelten Menüs samt Nachtisch und Kuchen bis hin zu einem dekorativen und stilvollen Tischschmuck.

„Mama, gell, du wirst mich immer lieb haben, auch wenn ich einmal groß bin?", insistierte Joel-Henri und blickte Andrea aus unschuldigen Kulleraugen an.

„Mamaa! Tuchen! Mmh!" Mit ihrer Puppe im Arm drängte sich Eva-Lea zwischen sie und unterbrach damit das Mutter-Sohn-Gespräch abrupt.

„Weg! Das ist mein Platz", sagte Joel-Henri grob und gab seiner Schwester mit den Beinen einen kleinen Stoß. „Du kannst dich woanders hinstellen!"

Eva-Lea begann zu heulen. „Mamaa! Auaa! Weh!"

„Joel! So nicht!", sagte Andrea scharf. Sie hob Eva-Lea hoch und strich ihr über die verschwitzten blonden Löckchen. „Unser Besuch ist bald da. Und dann könnt ihr so viel Kuchen essen, wie ihr wollt."

Unbeholfen ließ sich Joel-Henri von der Kunstharzarbeitsfläche auf den Boden plumpsen. „Ich will keinen Kuchen essen", sagte er trotzig, „und ich will keinen Besuch." Er steckte die Hände in die Hosentaschen, warf seiner Mutter einen beleidigten Blick zu und stolzierte davon.

„Mamaa! Tuchen!", schrie Eva-Lea.

„Sch-scht, es ist alles gut. Du kriegst deinen Kuchen. Nur noch ein bisschen warten, Carol ist bald da." Mehr zufällig als bewusst fiel Andreas Blick durch das Fenster. Draußen regnete es Bindfäden. Und zwar schon seit dem Vorabend. Der Boden war aufgeweicht, im Sandhaufen auf dem Spielplatz hatten sich kleine Pfützen gebildet. Trotz des schlechten Wetters war Lukas vor etwas über einer Stunde mit seinem Teenklub zu einem Geländespiel im Wald aufgebrochen. Ihren Vorschlag, das Geländespiel um eine Woche zu verschieben und dafür einen Sing- oder Bastelnachmittag einzuschieben, hatte er mit einem unbeschwerten Lachen beiseitegeschoben.

„Ab, ab!“ Mit einem plötzlichen Ruck stemmte sich Eva-Lea von Andreas Schultern weg und versuchte, sich aus ihren Armen zu winden. Vorsichtig stellte Andrea sie auf den Boden.

In diesem Moment klingelte es an der Haustür.

„Besuch! Besuch!“, rief Joel-Henri und stürzte in den Flur. „Tuch“, echote Eva-Lea und stürzte ebenfalls in den Flur.

Zögernd öffnete Andrea die Haustür.

Carol sah noch besser aus als beim letzten Mal. Sie trug einen grauen, leicht ausgeschnittenen Leinenrock, der nicht ganz bis zu den Knien reichte und ihre schlanken, wohlgeformten Beine perfekt zur Geltung brachte. Dazu ein enges, lindgrünes T-Shirt und braune Riemchensandalen. Ihre ungebärdige Lockenmähne hatte sie zu einem lockeren Seitenzopf geflochten, was ihr nicht nur ein beneidenswert jugendliches, sondern auch ein beneidenswert nonkonformistisches Aussehen verlieh. Nur ihre Augen hatten den gewohnten Ausdruck: distanziert, dunkel und ein wenig verloren.

Andrea wäre am liebsten im Boden versunken. Verzweifelt dachte sie an ihre spröde Haut, die beginnende Couperose auf Wangen und Nase, ihre ausgeprägten Nasolabialfalten und den verkniffenen Ausdruck um ihren Mund. Sie konnte niemals mit Carol mithalten. Mit Carol nicht und auch mit Susanne nicht. Jugend und Unbeschwertheit waren wie alte Tücher von ihr abgefallen und lange Zeit hatte sie es nicht einmal bemerkt. Wie würde Carol reagieren, nachdem sie ihr ihre Geschichte erzählt hatte? Würde sie sie verachten? Hassen? Oder würde sie sie bemitleiden, weil der Zahn der Zeit sie schon genug bestraft hatte?

Sie brachte ein schwaches Lächeln zustande und führte ihren Besuch mit ein paar oberflächlichen Begrüßungsworten ins Wohnzimmer zum aufwendig gedeckten Esstisch. Sie sprach ein kurzes Tischgebet und servierte dann Kaffee, Tee, kalte Getränke, Kuchen, Schlagsahne, Zucker und Streusel. Das Gespräch kam nur langsam und stockend in Gang. Die Erwachsenen suchten angestrengt nach Themen, während es den Kindern vollauf die Sprache verschlagen hatte. Andächtig saßen sie vor ihren Kuchentellern und waren mit allen Sinnen aufs Schlemmen konzentriert. Ihre Münder waren verschmiert, ihre Finger klebrig und um ihre Teller herum sammelte sich ein Kuchenbrocken nach dem anderen.

„Wie lange wohnt ihr schon hier?“, fragte Carol schließlich.

„Knapp drei Jahre. Wir sind vor Eva-Leas Geburt, als klar war, dass sich unsere Familie vergrößern würde, hierher gezogen. Es ist eine Genossenschaftswohnung, die nur an mindestens vierköpfige Familien vergeben wird. Wenn unsere Kids ausgeflogen sind, müssen wir uns eine neue Bleibe suchen.“

Carol lud ein Stückchen der sahnigen Mokka-Biskuit-Torte auf ihre Gabel. „Das dauert ja noch mindestens anderthalb Jahrzehnte. In dieser Zeit kann sich vieles ändern. Und dann passt eine neue Wohnung vielleicht ganz gut zu eurem neuen Lebensabschnitt.“

„Du-u?“ Joel-Henri hatte seinen Kuchen fertig gegessen und musterte Carol schon seit einiger Zeit unverwandt. „Bist du nicht das Mädchen mit dem traurigen Gesicht?“

Carol lachte. „Das Mädchen mit dem traurigen Gesicht? Das ist eine interessante Frage. Wie kommst du darauf?“

„Mama hat mir ein Foto von eurer Klasse gezeigt“, antwortete Joel-Henri, während er wie ein kampfeslustiger Hahn seine Backen aufplusterte. Die bittenden Blicke seiner Mutter ignorierte er konsequent. „Ein Foto mit ganz vielen Gesichtern. Du siehst traurig aus. Aber es gibt einen Jungen, der lacht ganz fest. Der ist lustig.“

„Er meint Stefan.“ Andreas Gesicht war hochrot angelaufen. „Und nun reicht es, Joel. Zur Höflichkeit gehört auch, dass man dem Besuch nicht alles ins Gesicht sagt, was man denkt.“

„Aber ich habe gar nicht alles gesagt, was ich denke“, brauste Joel-Henri auf. „Und ich will nicht höflich sein! Und ich will auch nicht, dass der Besuch zuerst ein Kuchenstück bekommt und dass er sich den schönsten Platz am Tisch auswählen darf und nicht beim Abräumen helfen muss!“

„Joel! Jetzt reicht es wirklich! Noch ein Widerwort und du gehst auf dein Zimmer!“

Andrea spürte, wie sie innerlich zu zittern begann. Sie warf einen kurzen Blick auf Carols dunkle Augen, deren Ausdruck von höflich distanziert auf höflich amüsiert gewechselt hatte. Schnell senkte sie den Blick wieder. Wenn das so weiterging, würde sie der ganze Mut für ihr

Geständnis verlassen haben, bevor sie überhaupt mit dem Reden begonnen hatte. Und das durfte nicht sein. Sie könnte es sich nie verzeihen, wenn sie Carol unverrichteter Dinge ziehen lassen würde. Zumal sie ihr am Telefon bereits gesagt hatte, dass sie ihr etwas über Peter Müller erzählen wollte. Carol würde sich nicht so einfach abspeisen lassen. Sie wollte die Wahrheit erfahren und würde so lange nachbohren, bis sie sie aus ihr herausbekommen hatte.

Sie ergriff das feuchte, blau-gelb-karierte Tuch, das sie immer neben sich auf dem Tisch liegen hatte, und wischte damit Joel-Henris und Eva-Leas Hände sauber. Dann schickte sie ihre Kinder mit einer Stimme, die keine Widerrede duldete, in ihr Zimmer, schenke Carol einen Tee und sich einen Kaffee nach und holte tief Atem.

„Ich habe dich eingeladen, weil …“, sagte sie stockend, „ähm, der Grund für die Einladung ist …“

„Du willst mir etwas über Peter Müller mitteilen“, half ihr Carol auf die Sprünge.

„Genau. Es – es ist nichts Schönes. Ich habe damals eine ganz schlimme Dummheit begangen.“

„Ja?“

„Wirst – wirst du mir verzeihen? Auch wenn ich dich jetzt gleich sehr enttäuschen werde?“

„Ich weiß es nicht, Andrea.“ Carol hob hilflos die Hände. „Ich kann das erst beurteilen, wenn ich erfahren habe, worum es geht.“

„Also, es war, nachdem Peter und du euch angefreundet habt. Kurz nach den Herbstferien. Ich war so eifersüchtig, weil ihr euch beide auf Anhieb gut verstanden habt. Deshalb habe ich …“

Das schrille Klingeln des Telefons unterbrach ihre stockenden Ausführungen abrupt. Sie warf Carol einen entschuldigenden Blick zu und griff zum Hörer. Auf dem Display war eine Handynummer zu sehen, die sie nicht kannte.

„Andrea Binder.“

„Hallo Andrea, hier spricht Daniel.“ Seine Stimme klang keuchend, als würde er von einer Meute Hunde durch den Wald getrieben. „Du darfst nicht erschrecken. Lukas ist gerade im abschüssigen Gelände gestürzt und hat sich wahrscheinlich den Arm gebrochen. Wir bringen ihn jetzt ins Krankenhaus, es könnte sein, dass er auch eine Gehirnerschütterung hat.“

Andrea spürte, wie der Boden unter ihr zu wanken begann. Carol, das auf dem Esstisch herumstehende schmutzige Geschirr, die Bilder an der Wand und der Teppichboden verschmolzen zu einem flackernden grauen Einerlei, durch das hell leuchtende Pünktchen auf und ab tanzten.

„Wie – wie geht es ihm?", presste sie schließlich hervor. „Ist er bei Bewusstsein?"

„Ja. Und er ist sehr tapfer. Wir kommen gut klar, du brauchst dir keine Sorgen zu machen."

„Ich bin gleich bei euch", sagte Andrea hastig. „Wo seid ihr genau?"

„Das ist nicht nötig, ehrlich. Außerdem ist es schwierig, unseren genauen Standort zu beschreiben. Irgendwo im Wald zwischen Zürich Seebach und Regensdorf."

„Dann treffe ich euch im Krankenhaus. Ich fahre sofort los."

Ohne Daniels Antwort abzuwarten, beendete Andrea das Gespräch und stellte das Mobilteil des Telefons auf die Basisstation zurück. Ihre Hände zitterten, vor ihren Augen tanzten nach wie vor flackernde Pünktchen auf und ab. Hoffentlich war Lukas nicht schlimmer verletzt. Schon ein Armbruch war schlimm genug. Was bedeutete das für seine Arbeit? Und für die Familie?

Bitte, Jesus, sorge du für unsere Familie, betete sie leise. *Du siehst, dass Lukas sich verletzt hat, aber du hast alles in der Hand. Gib den Ärzten, die ihn behandeln, Weisheit und hilf uns, dass wir mit den veränderten Umständen zurechtkommen.*

„Schlechte Neuigkeiten?", fragte Carol vorsichtig.

Andrea zuckte zusammen. Sie hatte ihren Besuch ganz vergessen.

„Mein Mann hatte im Wald einen Unfall", stammelte sie, „ich muss sofort ins Krankenhaus."

„Soll ich so lange auf die Kinder aufpassen?"

„Ich weiß nicht, wie lange ich weg sein werde, da ist es vielleicht besser, wenn ich sie gleich mitnehme."

„Und deine Geschichte?", Carols Stimme klang gepresst. „Was ist mit deiner Geschichte?"

Andrea war bereits in die Küche gestürmt, wo sie mit fliegenden Fingern Plätzchen zusammenkramte und Sirup in Plastikbecher mit verschraubbaren Deckeln abfüllte. „Die muss leider warten", rief sie kläglich, „ich schaffe es im Moment einfach nicht. Ich bin überhaupt nicht bei der Sache und kann mich kaum auf das Wesentliche konzentrieren. Sobald ich die Situation hier wieder im Griff habe, melde ich mich bei dir, ich verspreche es."

„Kannst du mir wenigstens noch sagen, ob deine Geschichte etwas mit meinem Gedächtnisverlust zu tun hat?"

„Ich weiß es nicht. Wahrscheinlich eher nicht, aber ich kann es nicht mit Sicherheit sagen. Es tut mir so leid, Carol, wirklich!"

Von Carol kam keine Antwort. Andrea spürte, wie ihr der Schweiß aus allen Poren brach. Innerhalb von Sekundenbruchteilen klebte ein feuchter Film an ihrem ganzen Körper, drückte durch ihr graues T-Shirt mit dem großflächigen Blumenmuster und ließ dunkle Flecken unter ihren Achseln entstehen. Zum zweiten Mal war ihr die Beichte versagt worden. Das düstere Kapitel in ihrer Vergangenheit würde weiter bestehen bleiben, obwohl sie alles so schön in die Wege geleitet hatte.

Mit aller Kraft klammerte sie sich am Rand der hellgrau marmorierten Kunstharzplatte fest. Es kam ihr vor, als würden tausend Gewichte an ihren Beinen hängen. Tausend Gewichte, die sie nach unten zogen und am Vorwärtskommen hinderten. Lukas, die Kinder, ihr Leben als Hausfrau und Mutter, die unbereinigte Schuld. Sie konnte es drehen und wenden, wie sie wollte, in ihrem Leben schien im Moment einfach nichts zu gelingen. Gott war ihr unendlich fern. Selbst ihr Gebet von vorhin schien an der Decke hängen geblieben zu sein. Sie fühlte sich kein bisschen beruhigt. Weshalb konnte sie nicht einfach vertrauen?

War es vielleicht, weil sie die dunkle Tat aus der Vergangenheit schon früher hätte beichten sollen? Hatte sie zu lange zugewartet, alles zu sehr auf die leichte Schulter genommen? Stieß sie deshalb überall auf Hindernisse, die sie weder eingeplant noch selbst verursacht hatte? Ging deshalb alles, was sie im Moment anpackte, schief? Wenn sie bloß die Zeit zurückdrehen könnte, weit zurück in die Vergangenheit. Damals, als die Eifersucht wie eine schwärende Wunde an ihr genagt und sie zu etwas angestachelt hatte, das nun wie ein düsterer Schatten über ihrem ganzen Leben schwebte und ihr Gewissen einfach nicht zur Ruhe kommen ließ.

Kapitel 27

Sonntag, 14. Juli, 0.20 Uhr

Quizfrage: Was haben ein Jäger und eine Vogelscheuche gemeinsam? Die richtige Antwort lautet nicht, *dass sie beide hässlich aussehen und einen das Fürchten lehren. Nein, die richtige Antwort lautet, dass sie beide meine Pläne durchkreuzt haben. Der Jäger, indem er mir vor ziemlich genau einer Woche solche Angst eingejagt hat, dass ich Hals über Kopf meine Beschattung im Wald aufgegeben und mich davongemacht habe. Die Vogelscheuche, indem sie* ihr *solche Angst eingejagt hat, dass sie ihre Erkundungsrunde in der Kulturfabrik abrupt abgebrochen und den Heimweg angetreten hat.*

Dabei hatte ich alles so geschickt eingefädelt. Ich bin ihr diesmal nicht gefolgt, sondern habe mich gegen sechs Uhr abends im Hauptgebäude der Kulturfabrik versteckt und dort auf sie gewartet. Auf gar keinen Fall wollte ich riskieren, dass sie mich zu früh entdeckte. Leider habe ich vergessen, die Umgebung zu durchkämmen und etwaige Hindernisse aus dem Weg zu räumen. Besser gesagt, ich habe gar nicht in Betracht gezogen, dass etwas meine Pläne durchkreuzen könnte.

Ich stand im Schatten einer dieser leeren Fensterhöhlen im zweiten Stock des Hauptgebäudes und beobachtete mit einem Fernglas, wie sie über die Brücke gerannt kam und dann verwirrt zwischen den Gebäuden stehen blieb. Hatte sie bereits etwas entdeckt, hatte sie sich an etwas erinnert? Sie rieb sich die Augen, fuhr sich mit der Hand über die Stirn. Dann ging sie langsam um die Gebäude herum, die Augen halb geschlossen, wie eine Träumende, die sich im Graubereich zwischen Schlaf und Wachzustand befindet.

Plötzlich weiteten sich ihre Augen entsetzt. Sie starrte wie gebannt in Richtung Unterholz. Ich lehnte mich ein wenig vor – gerade so viel, dass ich nicht Gefahr lief, von ihr gesehen zu werden – und versuchte, den Grund für ihr entsetztes Innehalten ausfindig zu machen.

Nichts.

Ihr Gesicht verwandelte sich in einen einzigen stummen Schrei. Stumm deshalb, weil das monotone Rauschen des Flusses und das gleichmäßige Prasseln des Regens jedes andere Geräusch übertönten und ich nicht feststellen konnte, ob sie wirklich einen Schrei ausstieß. Sie sank in die Knie, krallte sich am nassen Boden fest. Dann, langsam, richtete sie sich wieder auf und ging auf etwas zu, das sich außerhalb meines Blickfelds befand. Eine halbe Minute später marschierte sie mit hastigen Schritten und starrem Gesicht am Hauptgebäude vorbei, auf die Brücke zu und verschwand, ohne sich noch einmal umzudrehen, im Wald.

Vorsichtig schlich ich mich von meinem Beobachtungsposten weg und am alten, abblätternden Gemäuer entlang in die Richtung, in die sie so entsetzt gestarrt hatte. Plötzlich entdeckte ich die Vogelscheuche. Zugegeben, im allerersten Moment habe ich – wie sie wahrscheinlich auch – gedacht, dass es die leblose Gestalt eines Menschen sein könnte. Aber dann entdeckte ich die Unstimmigkeiten. Die ausgestreckten Arme. Der sackähnliche Kopf. Ich hätte mich ohrfeigen können. Hätte ich die Puppe bloß vorher gesehen, dann hätte ich sie irgendwohin ins Gebäude geschafft oder im Unterholz versteckt. Auf gar keinen Fall hätte ich sie am Baum hängen lassen, wo sie meine geschickt eingefädelten Pläne auf diese unerwartete Weise durchkreuzt hatte.

Jetzt stehe ich wieder am Anfang. Ich weiß genauso viel wie vorher.

Alle Mühe umsonst. Alles vergeblich.

Ich hatte gehofft, dass sie am Freitagabend nach ihrem Besuch in der Kulturfabrik wenigstens mit dieser Frau namens Sofia telefonieren würde. Irgendeine Erinnerung musste sie doch beim Betrachten der alten Gemäuer gestreift haben. Und irgendwem musste sie ihre Eindrücke doch mitteilen.

Aber meine Hoffnung war vergeblich. Sie hat keinen Anruf getätigt. Mit niemandem gesprochen. Nur ihre ruhelosen Schritte habe ich gehört. Wie sie stundenlang auf und ab gegangen ist. Irgendetwas treibt sie um. Ich weiß nur nicht, was.

Deshalb glaube ich, dass es Zeit für einen weiteren Hinweis ist.

Obwohl mir langsam ein wenig mulmig zumute wird. Ihr schlummerndes Wissen ist gefährlich. Wer weiß, was es an den Tag bringt. Ich muss IHN zu Rate ziehen. Obwohl ich Angst vor ihm habe. Wie wird er reagieren, wenn er von meinen Spielchen erfährt? Seine Wutausbrüche sind legendär. Aber sie sind immer noch weniger schlimm als ihr schlummerndes Wissen.

Ist es wirklich sinnvoll, einen weiteren Hinweis zu streuen?

Ist es sinnvoll, IHN einzuweihen?

Ich muss gut überlegen. Strategisch denken. Wie beim Schachspiel. Oder beim Boxen. Aber ich hasse beides, sowohl Boxen als auch Schach.

Ich muss nachdenken.

Weshalb gibt Papier keine Antworten?

Kapitel 28

Sonntag, 14. Juli, 6.40 Uhr

Schwer atmend schreckte Carol aus dem Schlaf hoch. Sie war schweißgebadet und auf ihrer Brust lastete ein tonnenschweres Gewicht. Irgendetwas hatte sie geweckt. Ein böser Traum? Ein ungewohntes Geräusch?

Hastig setzte sie sich im Bett auf, rieb sich die Augen und spähte angestrengt aus dem Fenster, das auf eine kleine Blumenrabatte hinter dem Haus hinausging. Eine massige, dunkelgrüne Kirschlorbeerhecke schützte vor neugierigen Blicken der Nachbarn aus den gegenüberliegenden Häusern, sodass Vorhänge oder heruntergelassene Jalousien nicht notwendig waren. Einzig ein zarter, blassblauer Tüllvorhang schmückte die drei dicht nebeneinander angebrachten Sprossenfenster.

Draußen setzte langsam die Dämmerung ein, grau, diesig und verhangen. Carol kniff die Augen zusammen. Hatten sich nicht soeben die Konturen eines Schattens hinter der Hecke gezeigt? Fast aufreizend langsam tanzten die dunkelgrünen Zweige der Kirschlorbeerhecke auf und ab. Hielt sich jemand in der Hecke versteckt und passte den günstigsten Moment ab, um durch das halb geöffnete Fenster in ihr Schlafzimmer einzusteigen und sie im Schlaf zu überwältigen? Oder war es bloß der Wind, der neckisch mit den Zweigen des Gebüsches spielte?

Ihr Herz klopfte schneller. Langsam schälte sie sich aus der Decke, schlich zum Fenster und drückte sich seitlich an die Wand, damit sie von außen möglichst nicht zu sehen war. In der düster-diesigen Dämmerung wirkte die Hecke ungewohnt dunkel. Überall lauerten Schatten. Carol fröstelte. Seit sie am Freitagabend die Vogelscheuche erblickt hatte, waren ihre Nerven angespannt. Hatte ihr jemand einen Streich spielen wollen? Oder war es eine Drohung gewesen? Auf jeden Fall hatte sie es keinen Moment länger auf dem Gelände der alten Fabrik ausgehalten. Sie war auf direktem Weg mit ihren lehmverschmutzten Turnschuhen zur Straßenbahnhaltestelle zurückmarschiert und hatte von dort aus Sofia angerufen, um ihr von der Vogelscheuche und den

Erinnerungsfetzen, die beim Anblick der baufälligen Fabrikgebäude in ihrem Kopf herumgegeistert waren, zu erzählen.

Die lodernden Flammen. Die auseinanderberstenden Fensterscheiben. Das zersplitternde Holz.

Was hatte das alles zu bedeuten? Hatte es vor Jahren in der Kulturfabrik gebrannt? Sofia hatte ihre Frage nicht beantworten können, was bedeutete, dass ein Brand in der Kulturfabrik eher unwahrscheinlich war. Sofia, die ihre Ohren überall hatte, hätte davon bestimmt Wind bekommen. Zudem hätte Carol dann bei ihrer Runde über das Gelände der alten Fabrik auf verkohlte Balken, ausgeräucherte Mauern oder zersplittertes Holz stoßen müssen.

Carol hatte den ganzen Freitagabend über die Kulturfabrik und die spärlichen Erinnerungsfragmente, die ihr dort auf dem Gelände in den Sinn gekommen waren, nachgegrübelt, war wie ein Tiger im Käfig in ihrem Wohnzimmer auf und ab gegangen, aber sie hatte keine weitere Erleuchtung gehabt. Der Schlüssel zu ihrer merkwürdigen Gedächtnislücke war und blieb verschwunden.

Und auch der enttäuschende Besuch bei Andrea am darauffolgenden Tag hatte kein bisschen Licht ins Dunkel bringen können. Erst im Nachhinein war ihr klar geworden, wie viel sie sich von diesem Gespräch erhofft hatte. Einsicht in die Vergangenheit. Eine Erklärung für ihren Gedächtnisverlust. Spuren, die zu Peter Müller führten. Aber es war nichts daraus geworden. Das Lüften von Andreas Geheimnis war ihrem überstürzten Aufbruch zum Opfer gefallen und Carol hatte wütend und unverrichteter Dinge den Heimweg antreten müssen.

Die Schatten in der Hecke bewegten sich nicht. Carol beugte sich ein wenig vor. Mit jeder Minute, die verstrich, wurden die Konturen deutlicher, die Umrisse heller. Die Hecke sah aus wie immer. Keine lichtscheuen Gestalten, keine lauernden Ungeheuer.

Carol atmete auf. Mit leisen Schritten tappte sie in die Küche, um sich ein Glas Milch aufzuwärmen. Sollte sie vielleicht doch Francesca anrufen, wie sie sich gestern im Zorn vorgenommen hatte? Zwar hatte sie den Gedanken umgehend wieder verworfen, da sie es niederträchtig fand, Andrea zu hintergehen und hinter ihrem Rücken zu tratschen. Aber nun, im Licht des aufkommenden Tages betrachtet, sah alles wieder anders aus. Andrea hatte sie schließlich in gewisser Weise ebenfalls hintergangen. Natürlich hatte sie den Unfall ihres Mannes nicht einkalkulieren können, aber hätte sie ihr nicht trotzdem vor dem Aufbruch noch schnell die Geschichte erzählen können? Hatte sie nicht bemerkt, wie sehr sie unter ihren Erinnerungslücken und der ungeklärten Vergangenheit litt?

Geistesabwesend öffnete Carol den Kühlschrank, nahm eine angebrochene Milchtüte heraus, goss sich ein Glas voll, stellte es in die Mikrowelle und drückte den Startknopf. Während die Mikrowelle zu summen begann, schaute sie sich gedankenverloren in der Küche um. Es dauerte eine Weile, bis sie den weißen Zettel, der mit einem Tesafilm an die Fensterscheibe geklebt war, entdeckte.

Wie von der Tarantel gestochen zuckte sie zusammen. Der Schatten. Sie hatte sich nicht getäuscht. Er war hier gewesen.

Mit zitternden Händen entriegelte sie das Fenster, rubbelte den mehrfach zusammengefalteten Zettel samt Tesafilm von der Scheibe weg und breitete ihn auf der Küchenarbeitsplatte aus. Das durchdringende, schrille Piepsen der Mikrowelle nahm sie nur mit halbem Ohr wahr.

17. JULI 1988.

Wie versteinert blieben ihre Augen an dem Datum hängen.

17. JULI 1988.

1988. Das Jahr, in dem sie dreizehn geworden war. Das Jahr, in dem sie die Grundschule beendet und ans Gymnasium gewechselt war. Das Jahr, in dem sie von Zürich nach Uster gezogen waren.

Was aber hatte es mit dem 17. Juli auf sich? Was war an diesem Datum gewesen? Der Umzug nach Uster? Der Beginn der Sommerferien? Das Ereignis, das ihren Gedächtnisverlust herbeigeführt hatte?

Oder war es ein Ablenkungsmanöver, eine Spur, die ins Nichts führte und im Nirgendwo endete?

Carols Knie fühlten sich an wie aus Gummi, eine undefinierbare Stelle zwischen ihren Schulterblättern begann erst zu brennen und dann messerstichscharfe Schmerzimpulse durch ihren ganzen Körper zu jagen. Fröstelnd ließ sie sich auf den weiß gepolsterten Küchenstuhl sinken, schlang die Arme um ihren Oberkörper und schaukelte langsam vor und zurück. Sicher war, dass der anonyme Zettelschreiber dreister wurde. Der erste Zettel hatte auf ihrer Untertasse gelegen, der zweite in ihrem Briefkasten gesteckt, der dritte im Türspalt der Haustür. Und der vierte klebte nun an ihrem Küchenfenster. Was wollte der

Verfasser ihr damit signalisieren? Unterstrich das vielleicht die zunehmende Dringlichkeit seiner Botschaften? Oder wollte er sie warnen? Ihr drohen? War sie hier, in ihrem Haus, überhaupt noch sicher?

17. JULI 1988.

Die Einzige, die ihr zu diesem Datum etwas sagen und ihre Bedenken in Bezug auf die unguten Absichten des anonymen Zettelschreibers ausräumen könnte, wäre Sofia. Sie war eine leidenschaftliche Sammlerin. Mit akribischer Genauigkeit ordnete sie chronologisch all ihre Notizen – jene, die sie zu Storys verarbeitet hatte, und auch jene, aus denen nie etwas geworden war – und archivierte sie in einem eigens dafür eingerichteten Zimmer in ihrer Wohnung. Sofia bräuchte bloß den Aktenordner vom Juli 1988 hervorzuholen und unter dem 17. nachzuschlagen, und schon wüssten sie nicht nur, welcher Wochentag dies gewesen war, sondern auch, was sich an diesem Tag Außerordentliches zugetragen hatte.

Carol ging ins Wohnzimmer, ergriff das Mobilteil ihres Funktelefons und wählte Sofias Nummer.

Eine Stunde später betrat sie das geräumige Foyer des stattlichen Gründerzeithauses im Zürcher Universitätsquartier, in dem Sofia seit mehr als zwei Jahrzehnten wohnte. Die Eingangshalle und das Treppenhaus waren erst vor wenigen Monaten restauriert worden, wobei die Eigentümerschaft darauf geachtet hatte, die Renovierungsarbeiten möglichst epochengetreu auszuführen. Die Bodenplatten aus schwarz-weiß gemasertem spanischem Burgos-Granit waren abgeschliffen und anschließend kristallisiert und versiegelt worden. Kunstvoll geschwungene, schmiedeeiserne Geländer begrenzten die breiten Treppenstufen, die in U-Form vier Stockwerke nach oben führten. Verschiedene Grünpflanzen zierten die Fenstersimse der Treppenhausfenster in den Zwischengeschossen, die allesamt auf die ruhige, von vereinzelten Parkplätzen und jungen Kastanienbäumen gesäumte Quartierstraße hinausgingen.

Immer zwei Treppenstufen aufs Mal nehmend, erklomm Carol die sechs Treppenabsätze, die zu Sofias Wohnung im dritten Stock führten. Normalerweise blieb sie in den Zwischengeschossen kurz stehen, um die größtenteils exotischen Zierpflanzen, deren Blütenkelche sich in ungewohnt intensiven Farben und Mustern formierten, zu bewundern, aber heute war sie in Eile. Je früher sie Sofias archivierte Akten einsehen konnte, desto besser.

Sie musste dreimal klingeln und mindestens zwei Minuten warten, bis Sofia die Wohnungstür öffnete. Ihre Wangen waren gerötet, ihr graues Kraushaar wirkte noch krauser als sonst und sie keuchte leicht, als wäre sie soeben eine Runde durch die Wohnung gejoggt. In dem weißen Plüschmantel, der ihre üppige Gestalt umschloss, erinnerte sie an einen zu breit geratenen Schneemann.

„Ich war unter der Dusche, als du geklingelt hast", sagte sie ein wenig atemlos, „jetzt könnte man im Bad problemlos eine Ausstellung unter dem Motto *Land unter* veranstalten. Aber du bist trotzdem herzlich willkommen, vorausgesetzt, du hast nichts gegen Wasserlachen und Pfützen auf dem Boden."

Carol lächelte schief und drückte Sofia die Tüte mit den Hörnchen, die sie unterwegs gekauft hatte, in die Hand. „Ich möchte weder dein Bad noch deinen Boden besichtigen, sondern einfach so schnell wie möglich herausfinden, was sich am 17. Juli 1988 zugetragen hat."

Sofia machte einen Schritt zur Seite, um Carol eintreten zu lassen. „Du weißt, wo ich meine Akten aufbewahre. Geh schon mal vor, ich mache uns in der Zwischenzeit Kaffee."

Ohne auch nur einen Moment zu zögern, steuerte Carol durch die geräumige Diele auf Sofias Büro- und Archivzimmer zu. Der Raum war mindestens fünfundzwanzig Quadratmeter groß und höher als die üblichen zwei Meter vierzig. An der einen Längswand war ein auf schienengeführten Unterbauten montiertes Archivsystem mit sechzehn verschiebbaren hellgrauen Rollschränken angebracht, die bis zur Decke reichten. An der anderen Längswand, direkt unter einem Fenster, das auf den Garten und eine mächtige Rotbuche mit weit ausladenden Ästen hinausging, stand Sofias Schreibtisch – ein Riesenmöbel aus grau-braun gewischtem Massivholz, auf dem ein unbeschreibliches Durcheinander herrschte. Stapelweise Akten, Zeitungen, Zeitschriften, Buntstifte, zwei Notebooks, Weihnachtskarten, Mineralwasserflaschen, Schreibblöcke.

Carol kurbelte den Rollschrank mit dem Aufkleber *1984 – 1994* zur Seite, presste sich in den entstandenen schmalen Zwischenraum und überflog die archivierten Aktenordner. *Januar 1984. Januar 1985. Januar 1986. Januar 1987. Januar 1988. Februar, März, April, Mai, Juni, Juli.* Da war er. Groß, grau, eckig, und nur etwa zur Hälfte gefüllt. Hastig blätterte sich Carol durch die teilweise von Hand und teilweise mit der Schreibmaschine geschriebenen Notizen. *Mittwoch, 15. Juli. Donnerstag, 16. Juli. Freitag, 17. Juli.* Der 17. Juli war also ein Freitag gewesen. Unter diesem Datum gab es nur eine handschriftliche Kurznotiz.

> Patricia Waalberg aus dem Paraplegikerzentrum Basel nach Hause entlassen (siehe 4. Dezember 1987). Tetraplegie. Eltern übernehmen vorerst die Pflege. Unfallverursacher immer noch nicht gefunden.

Carol nahm den Ordner vom Dezember 1987 aus dem Rollschrank. Unter dem 4. Dezember, einem Sonntag, war ein mit Schreibmaschine geschriebener Artikel eingeordnet.

> **Tragischer Verkehrsunfall**
> In der Nacht vom 3. auf den 4. Dezember ereignete sich an der Kreuzung Hegibachstraße / Klusstraße ein tragischer Verkehrsunfall. Aus ungeklärten Gründen rammte um 1.30 Uhr ein aus der Klusstraße links in die Hegibachstraße abbiegendes dunkles Fahrzeug einen korrekt über die Kreuzung fahrenden Kleinwagen der Marke Subaru. Die 19-jährige Fahrerin blieb unverletzt. Ihre Beifahrerin jedoch, die ebenfalls 19-jährige Patricia W., erlitt laut Mitteilungen der Kantonspolizei Zürich einen Halswirbelbruch und schwere innere Verletzungen. Sie wurde mit einem Helikopter der Schweizerischen Rettungsflugwacht ins Paraplegikerzentrum Basel geflogen.
> „Ich kann es immer noch nicht glauben", sagt Monika W., die Mutter der 19-jährigen Patricia, erschüttert. „Am frühen Morgen ist Patricia mit ihrer Freundin zum Weihnachtsmarkt nach Stuttgart aufgebrochen. Sie hat sich schon seit Tagen darauf gefreut. Dass diese Fahrt ihr Leben buchstäblich von Grund auf zerstören würde, damit hat niemand gerechnet."
> Patricia hat im vergangenen Sommer ihr Abi gemacht und studiert seit zwei Monaten Erziehungswissenschaften an der Universität Zürich. Ihr großer Traum ist es, Kindern in Not zu helfen, sei es als Betreuerin in einem Heim oder als UNO-Mitarbeiterin in einem Entwicklungsland.

Die Identität des Unfallverursachers ist nicht bekannt. „Wir fahnden nach einer schwarzen Limousine", sagt Polizeisprecherin Sabine Markovic. „Der Fahrer oder die Fahrerin hat sich gleich nach dem Unfall aus dem Staub gemacht, ohne sich um die beiden jungen Frauen zu kümmern. Wer Angaben zum Unfallhergang, zum Fahrzeug oder dem Fahrer oder der Fahrerin machen kann, soll sich umgehend mit der Polizei in Verbindung setzen."

Anrufe werden rund um die Uhr unter der Nummer 01 / 255 55 55 entgegengenommen.

(geschrieben von Sofia Barnsteiner, erschienen im Zürcher Tagblatt am 5. Dezember 1987)

Einen Tag später, am Montag, den 5. Dezember, fand sich ein weiterer maschinegeschriebener Artikel.

Fahrerflucht

Die Polizei sucht noch immer nach dem Fahrer oder der Fahrerin des Fahrzeugs, das in der Nacht des 3. / 4. Dezember den schweren Verkehrsunfall an der Kreuzung Hegibachstraße / Klusstraße verursacht hat.

Die 19-jährige Patricia W., die bei dem Unfall schwer verletzt und in kritischem Zustand ins Paraplegikerzentrum Basel geflogen wurde, ist inzwischen zum zweiten Mal operiert worden. Ihr Zustand hat sich noch nicht stabilisiert.

Sachdienliche Hinweise in Zusammenhang mit dem Unfall werden unter der Telefonnummer 01 / 255 55 55 entgegengenommen.

(geschrieben von Sofia Barnsteiner, erschienen im Zürcher Tagblatt am 6. Dezember 1987)

Carol blätterte einige Seiten vor und suchte nach weiteren Artikeln oder Notizen zum Unfall von Patricia Waalberg, doch es fand sich nichts mehr.

„Weißt du, was aus Patricia geworden ist?", fragte sie Sofia, die soeben mit zwei Tassen dampfenden Kaffees den Raum betreten hatte.

Sofia stellte die beiden Tassen auf ihren Schreibtisch, nahm Carol den Aktenordner vom Dezember 1987 aus der Hand und überflog ihre Notizen. Dann griff sie nach dem Ordner vom Juli 1988. „Ob ich weiß, was aus Patricia geworden ist?", wiederholte sie langsam. „Hm. Nicht wirklich. Ich weiß nur, dass Patricia im Juli 1988 nach Hause entlassen wurde. Eine Mitarbeiterin der Verwaltung des Paraplegikerzentrums hat mich darüber informiert. Patricia hatte eine bleibende Tetraplegie, hatte aber während ihrer Rehabilitation einige Verrichtungen des täglichen Lebens wieder neu zu bewältigen gelernt. Ihre Eltern hatten in der Zwischenzeit ihre Wohnung umbauen lassen. Sie erklärten sich bereit, Patricia zu Hause zu pflegen. Ich habe noch ein kleines Interview mit ihnen geführt, aber die Zeitungsredaktion fand es nicht bedeutsam genug, um es zu veröffentlichen. Der Unfall war sozusagen Schnee von gestern. Danach habe ich nichts mehr von Patricia gehört. Sicher ist nur, dass der Unfallverursacher oder die Unfallverursacherin nie gefunden wurde."

„Denkst du, der Unfall könnte etwas mit meiner Gedächtnislücke zu tun haben?"

Sofia zuckte mit den Schultern. „Wohl eher nicht. Er ist ja im Dezember und nicht im Juli passiert. Komm, wir schauen mal, was sich am 17. Juli sonst noch so ereignet hat. Meistens habe ich erst am folgenden Tag über die Ereignisse des Vortags geschrieben."

Sie blätterten zum Samstag, den 18. Juli. Zwei handschriftliche Notizen und ein mit der Schreibmaschine getippter Artikel waren unter diesem Datum eingeordnet.

Vandalismus in Schrebergartensiedlung
Schrebergartensiedlung „Birkenmoos": zwei Gartenhäuser verwüstet, Blumenbeete zertrampelt, Sträucher herausgerissen. Überall Gummibärchen und Marshmallows. Am frühen Samstagmorgen von Erwin Studer (Schrebergärtner im „Birkenmoos") entdeckt. Polizei ist informiert. Schaden beträgt ungefähr Fr. 20.000.

Einbruch in Juweliergeschäft Bovino, Bahnhofstraße 16, Zürich
Unbekannte Täterschaft erbeutet Schmuck im Wert von 2.5 Millionen Franken. Schaufenster eingeschlagen. Alarmanlage defekt. Einbruch fand in der Nacht auf Samstag zwischen 22.00

und 01.00 Uhr statt. Polizei vermutet Insider als Täter. Großfahndung läuft.

Katze vergiftet

Im Hegibachquartier ist eine tote Katze aufgefunden worden. Ein Spaziergänger entdeckte das zusammengekrümmte Tier und informierte umgehend den kantonalen Veterinärdienst.

„Ich drehte mit Max, meinem Dobermann, die übliche Morgenrunde", erklärt M. F. (Name der Redaktion bekannt). „Plötzlich verschwand Max im Unterholz und begann wie wild zu bellen. Da wusste ich, dass irgendetwas nicht stimmt."

„Die Katze ist vergiftet worden", sagt Eleanora Thaddäus, Tierärztin beim kantonalen Veterinärdienst. „Wie es aussieht, ist sie bereits seit über zwölf Stunden tot. Ich tippe auf Schneckengift, aber Genaueres kann ich erst nach der Obduktion sagen."

Dies ist nun schon die dritte vergiftete Katze, die innerhalb von zwei Wochen im Hegibachquartier aufgefunden worden ist. Alle drei Tiere sind von Spaziergängern entdeckt worden und zwar alle am selben Fundort: in der Nähe der abgesperrten Straße, die zur ehemaligen Kulturfabrik führt. Ist dort etwa ein Katzenmörder am Werk?

(geschrieben von Sofia Barnsteiner, erschienen im Zürcher Tagblatt am 20. Juli 1988)

Carol spürte, wie sich die kleinen Härchen in ihrem Nacken aufstellten. Ein Gefühl von akuter Bedrohung ging von diesem steril wirkenden, harmlosen, maschinengeschriebenen Zeitungsartikel aus.

Eine tote Katze.

Aufgefunden in der Nähe der abgesperrten Straße, die zur Kulturfabrik führte.

Vergiftet, und zwar in der Nacht vom siebzehnten auf den achtzehnten Juli.

In der Nacht, in der sie – wenn sie dem anonymen Zettelschreiber Glauben schenkte – höchstwahrscheinlich einen Teil ihres Gedächtnisses verloren hatte.

Kapitel 29

Sonntag, 14. Juli, 9.00 Uhr

Sie robbt durch das Unterholz. Ihr Herz klopft zum Zerspringen und die Panik flutet in Schüben durch ihren Körper. Nur weg von diesem Ort des Grauens. In einem weiten Bogen umrundet sie ein schuppenartiges Gebäude, den Körper dicht an den Boden gepresst, alle Muskeln und Sehnen zum Zerreißen gespannt. In ihrem Rücken prasseln die Flammen, ertönen angsterfüllte Schreie. Sie ist allein und trotzdem weiß sie, dass sie nicht allein ist. Tausend Augen glotzen durch das dicke Geäst der wild wuchernden Sträucher auf sie herab. Böse Augen, die keine Zuschauer wollen.

Ein Blitz zuckt über den Himmel. Für einen kurzen Moment ist es fast taghell. Die ganze gespenstische Szenerie flackert auf, um nach einem Sekundenbruchteil wieder in undurchdringlicher Dunkelheit zu versinken. Der Donnerschlag, der nur wenig später durch die Nacht kracht, zeigt an, dass das Gewitter immer näher kommt.

Sie streift mit dem Gesicht etwas Weiches, fast Pelziges. Nadelstichartige Schmerzen schießen ihr urplötzlich von den Wangen an abwärts bis zum Hals. Brennnesseln. Sie stößt einen erstickten Schrei aus, rappelt sich hoch und beginnt zu rennen.

Weg, einfach nur weg.

Sie rennt quer durch den Wald. Die Flammen und die angsterfüllten Schreie sind mit einem Mal so weit hinter ihr, dass es ihr vorkommt, als hätte sie alles bloß geträumt. Nur der Geruch von Verbranntem hängt noch in ihrer Nase.

Plötzlich stolpert sie. Einen Moment lang hängt sie in der Schwebe, dann verliert sie das Gleichgewicht und schlägt der Länge nach auf den Boden. Mühsam stützt sie sich auf die Ellenbogen auf, zieht ihre Fußspitzen unter der Wurzel hervor, über die sie gestrauchelt ist.

Ein weiterer Blitz zuckt über den Himmel. Und dann sieht sie es: Die Wurzel ist keine Wurzel, sondern ein Fellknäuel. Ein steifes, kaltes Fellknäuel.

Sie beginnt zu schreien. Tränen rinnen über ihre Wangen. Das Donner-

grollen ist so laut, dass ihre Stimme darin untergeht. Und dann setzt der Regen ein. Zuerst sind es nur einige wenige Tropfen. Riesengroß klatschen sie in ihr Gesicht, zerplatzen wie Seifenblasen, vermischen sich mit ihren Tränen. Doch schnell werden aus den einzelnen Tropfen feine Fäden, aus den Fäden Perlenschnüre, aus den Perlenschnüren Bäche und aus den Bächen Ströme. Es regnet, als würde der Himmel ganze Seen von Tränen auf die Erde schütten.

Carol war kreideweiß geworden. Sie zitterte am ganzen Körper.

„Die tote Katze", keuchte sie, „ich bin über die tote Katze gestrauchelt."

„Wann und in welchem Zusammenhang?"

„Ich war auf der Flucht", sagte Carol stockend. „Das waren Flammen. Schreie. Und ich bin gerannt. Es blitzte. Der Donner war ganz nah. Und dann bin ich gestrauchelt. Ich dachte zuerst, es wäre eine Wurzel. Aber dann blitzte es wieder. Es war keine Wurzel. Es war ein Fellknäuel."

„Kannst du dich noch an die Umgebung erinnern? Befandest du dich im Wald? Auf einer Straße? Auf freiem Feld?"

„Keine Ahnung. Und eigentlich ist es auch völlig egal. Die tote Katze wurde in der Nähe der Straße, die zur Kulturfabrik führt, aufgefunden. Also muss ich mich ebenfalls dort befunden haben."

„Das ist gar nicht so sicher. Wer sagt dir, dass es *diese* Katze gewesen ist? Und wer sagt dir, dass du wirklich über eine Katze gestrauchelt bist und nicht über ein Wiesel, einen Fuchs oder einen Marder?"

„Ich weiß es einfach." Carol hatte sich wieder ein wenig erholt. „Aus irgendeinem Grund bin ich bei der Kulturfabrik gewesen und habe dort Flammen gesehen und Schreie gehört. Und dann bin ich weggerannt und über die Katze gestolpert."

Sofia wiegte nachdenklich den Kopf. „Flammen und Schreie. Ich glaube nicht, dass das bei der Kulturfabrik gewesen ist. Sonst würde irgendwo in meinem Zeitungsarchiv etwas darüber stehen. Einen Brand bei der Kulturfabrik übersieht man nicht einfach so. Das wäre bestimmt das Tagesthema gewesen. Deine Schilderungen klingen eher nach den Randalen in der Schrebergartensiedlung *Birkenmoos*. Könnte es sein, dass du und Peter irgendwie daran beteiligt wart? Vielleicht habt ihr ein Gartenhaus angezündet oder ihr habt beobachtet, wie eine andere Person etwas in Brand gesteckt hat."

„Und die tote Katze?“, fragte Carol störrisch. „Wie passt die zur Schrebergartensiedlung?“

„Die Siedlung ist nur etwa einen halben Kilometer von der Straße zur Kulturfabrik entfernt. Wenn wir hier“, Sofia malte einen imaginären Punkt in die Luft, „die Privatstraße zur Kulturfabrik haben, dann befindet sich die Schrebergartensiedlung ungefähr vier- bis fünfhundert Meter westlich davon, während die Kulturfabrik in östlicher Richtung gelegen ist. Falls du wirklich über die Katze in meinem Artikel gestolpert bist, könntest du also auch von Westen her gekommen sein.“

„Wenn die Randale im *Birkenmoos* etwas mit meiner Gedächtnislücke zu tun haben, weshalb deuten dann die anonymen Zettel auf die Kulturfabrik hin? Hätte der Verfasser in diesem Fall nicht *Birkenmoos* anstatt *Kulturfabrik* geschrieben?“

„Vielleicht hängt das eine mit dem anderen zusammen“, sagte Sofia langsam. Sie hob den Aktenordner hoch, blätterte eine Seite zurück und deutete auf die handschriftliche Notiz über den Vandalismus in der Schrebergartensiedlung.

> Schrebergartensiedlung „Birkenmoos“: zwei Gartenhäuser verwüstet, Blumenbeete zertrampelt, Sträucher herausgerissen. Überall Gummibärchen und Marshmallows. Am frühen Samstagmorgen von Erwin Studer (Schrebergärtner im „Birkenmoos“) entdeckt. Polizei ist informiert. Schaden beträgt ungefähr Fr. 20.000.

„Nehmen wir einmal an, du und Peter und vielleicht noch andere aus eurer Klasse habt euch bei der Kulturfabrik verabredet, weil ihr nachprüfen wolltet, ob es dort nachts spukt. Ihr habt euch auf den Weg gemacht, doch bevor ihr die Privatstraße zur Kulturfabrik erreicht habt, habt ihr von weither Schreie gehört. Oder ihr habt etwas gerochen, Brandgeruch, zum Beispiel. Ohne weiter zu überlegen, seid ihr den Schreien oder dem Geruch gefolgt, und so seid ihr zur Schrebergartensiedlung gekommen, wo die Randale in vollem Gang war. Ihr habt euch hinter eine Hecke gekauert und alles beobachtet.“

„Ich weiß nicht“, Carol zuckte unschlüssig mit den Schultern.

„Oder ihr habt euch bei der Kulturfabrik getroffen und dann habt Peter und du euch abgesetzt und seid heimlich in die Schrebergartensiedlung geschlichen. Zuerst ging alles gut, doch dann geriet Peter plötzlich in Rage. Er packte eine Gartenschaufel oder eine Spitzhacke, die gerade herumstand, und schlug wahllos auf Pflanzen, Büsche und Gartenhäuschen ein. Was für diese These sprechen würde, sind die Gummibärchen und die Marshmallows, die auf dem Boden gefunden wurden. Das lässt eher auf Kinder als auf ältere Jugendliche schließen. Sonst hätten nämlich Bierflaschen und Zigarettenkippen herumgelegen. Erinnerst du dich vielleicht, ob Peter gern Gummibärchen oder Marshmallows gegessen hat?"

Wieder zuckte Carol unschlüssig mit den Schultern. „Nein, ich erinnere mich nicht daran", sagte sie langsam, „ich erinnere mich ja auch sonst nur bruchstückhaft an ihn. Aber …", sie machte eine kleine Kunstpause und rieb sich nachdenklich das Kinn, „jemand aus unserer Klasse hat tatsächlich fast suchtmäßig Gummibärchen und Marshmallows gefuttert …"

„Wer?", fragte Sofia gespannt.

„Dieter."

„Dieter? Ist das nicht der, den du im *Le Pavillon* getroffen hast? Der dir von dem Gerücht über Peters Mutter erzählt hat?"

Carol nickte.

„Vielleicht haben Peter und Dieter gemeinsame Sache gemacht. Als du ihre Zerstörungswut gesehen hast, warst du starr vor Angst. Du hast dich hinter eine Hecke gekauert und befürchtet, dass sich ihre Wut jeden Augenblick gegen dich richten könnte. Irgendwann hattest du dich wieder so weit unter Kontrolle, dass du dich aufrappeln und davonrennen konntest. Auf deinem panischen Rückzug bist du dann im Dunkeln über die tote Katze gestolpert."

„Etwas an deiner Version passt nicht ins Bild." Carol nahm Sofia den Aktenordner aus der Hand und vertiefte sich nochmals in die handschriftlichen Notizen. Plötzlich stutzte sie. „Hier." Aufgeregt deutete sie mit dem linken Zeigefinger auf die Notiz über den Einbruch im Juweliergeschäft. „Der Name *Bovino*. Ich kenne diesen Namen. Aber ich weiß nicht, woher. *Bovino.* Bovino. Irgendwie verknüpfe ich ihn unweigerlich mit meiner Grundschulzeit, aber ich weiß nicht, mit was oder mit wem."

„Hieß vielleicht einer deiner Klassenkameraden so?"

„Nein. Da bin ich mir ganz sicher. Er muss sich mir in einem anderen Zusammenhang eingeprägt haben."

„Das wäre allerdings interessant. Eine Spur, die von der Kulturfabrik und den Schrebergärten weg direkt in die Bahnhofstraße führt." Sofia fixierte Carols Augen und hielt ihren Blick mit fast beschwörender Intensität fest. „Der Name *Bovino* – was löst er in dir aus? Mit wem assoziierst du ihn? Mit jemandem aus der Schule? Mit jemandem aus deiner Nachbarschaft? Oder löst er vielleicht Erinnerungen an ein bestimmtes Ereignis in dir aus?"

Carol erwiderte Sofias Blick.

„Wenn ich den Namen höre, denke ich an Gummibärchen", sagte sie stockend.

„Gummibärchen?" Unwillkürlich begann Sofia zu lachen. „Wie die Gummibärchen in der Schrebergarten-Notiz? Bringst du da nicht langsam einige Dinge durcheinander?"

„Nein, bringe ich nicht." Carol schüttelte den Kopf und wedelte mit dem Aktenordner in der Luft, um ihrem Kopfschütteln noch mehr Nachdruck zu verleihen. „Es sind nicht die Gummibärchen aus der Schrebergarten-Notiz. Ich habe Gummibärchen gegessen. Und dabei habe ich den Namen *Bovino* gesehen oder gehört."

„Standest du vielleicht vor dem Juweliergeschäft an der Bahnhofstraße?"

„Es könnte sein, aber ich bin mir nicht sicher."

„Hattest du etwas mit dem Einbruch dort zu tun?"

Carol starrte auf die Notiz im Aktenordner. Sie hatte das Gefühl, als würden die einzelnen Buchstaben zu glühen beginnen und mit ihrem lodernden Strahl nicht nur ihre Augen, sondern ihr ganzes Gesicht versengen. Ein kalter Schauder jagte durch ihre Glieder. Sie begann zu zittern. „Ich kann es mir nicht vorstellen", sagte sie mit rauer Stimme, „aber ich kann auch nicht mit letzter Gewissheit sagen, dass ich nichts damit zu tun habe."

Sofia nahm Carol behutsam den Aktenordner aus der Hand. „Für heute reicht es", sagte sie freundlich, aber bestimmt. „Du überforderst dich sonst. Zu viele Informationen auf einmal können eher schaden als hilfreich sein. Du bist schon einen ganz schönen Schritt weitergekommen. Du weißt, dass du in der Nacht vom siebzehnten auf den achtzehnten Juli unterwegs gewesen bist. Falls das mit der Katze stimmt, kannst du sogar deinen Aktionsradius mehr oder weniger eingrenzen. Außerdem hast du Dieter in einen Zusammenhang mit Gummibärchen und Marshmallows gebracht – es könnte also durchaus sein, dass er an den Randalen in der Schrebergartensiedlung beteiligt war. Und du hast herausgefunden, dass dir der Name *Bovino* etwas sagt. Meiner Meinung nach ist das für den Moment wirklich genug."

„Mir reicht es erst, wenn ich die Wahrheit herausgefunden habe", erwiderte Carol ein wenig patzig. „Und zwar die ganze Wahrheit. Ich gebe mich nicht mit Mutmaßungen und vagen Hinweisen zufrieden. Erst wenn ich die Wahrheit weiß, kann ich mit der Vergangenheit abschließen."

Die Wahrheit wird euch frei machen. Ich bin der Weg und die Wahrheit und das Leben.

Carol stutzte. Da war sie wieder, die lästige kleine Stimme. Die Stimme, die sie an eine Zeit erinnerte, als Schwarz noch Schwarz und Weiß noch Weiß gewesen war. Damals war ihr Herz erfüllt gewesen – mit der Liebe zu Gott, mit Träumen, Idealen und Zielen. Die Ideale waren geblieben, die Träume und Ziele zum Teil auch, aber die Liebe zu Gott hatte sich verflüchtigt, war langsam immer schwächer geworden, wie eine verlöschende Kerze, deren Docht heruntergebrannt war.

Schon vor Jahren hatte sie den Höhenweg verlassen und war in die dunstigen Ebenen herabgestiegen. Das Leben plätscherte dahin, mal ein bisschen farbiger, mal ein bisschen weniger farbig, aber das änderte nichts an der Tatsache, dass die Konturen verschwommen blieben. Es gab keinen Bezugspunkt, der ihrem Leben Sinn und Haftung verlieh. Natürlich konnte es sein, dass es am fehlenden Gegenüber lag. Ein Lebenspartner hätte ihrem Dasein sowohl mehr Tiefgang als auch leuchtendere Farben verliehen. Aber sie war sich nicht sicher, ob die mangelnden Konturen wirklich nur auf den nicht vorhandenen Lebenspartner zurückzuführen waren oder ob der Grund dafür nicht vielleicht tiefer lag. Ob ihr Umherirren im nebligen Niemandsland nicht eher daher rührte, dass ihre Beziehung zu Gott nach und nach im Nichts versandet war und einfach nur gähnende Leere zurückgelassen hatte.

Wenn dies der Fall war, musste sie es nicht als Gefahr, sondern als Chance werten, dass ihr ruhig dahinplätscherndes Leben jetzt aufgemischt und infrage gestellt wurde. Dadurch bot sich ihr die Gelegenheit, ihre Ziele zu überdenken und gegebenenfalls neu auszurichten. Solange ihr sorgsam aufgebautes Leben in geordneten Bahnen verlaufen war, wäre sie nie auf die Idee gekommen, etwas daran zu ändern. Doch nun, da der Boden unter ihren Füßen zu bröckeln begann, musste sie anfangen, aktiv nach einem Sinn zu suchen. War Gott hinter den Kulissen am Wirken? Liebte er sie immer noch, obwohl sie sich damals von ihm abgewandt hatte? Oder wollte er sie bestrafen, sie büßen lassen für eine böse Tat, die möglicherweise nie gesühnt worden war?

„… über die Schrebergartenrandale und den Diebstahl im Juwelierladen recherchieren", drang Sofias Stimme von Weitem an ihr Ohr. „Bestimmt finden sich in den Zeitungsarchiven ausführliche Berichte über die beiden Ereignisse. Außerdem werde ich Nachforschungen anstellen, ob in der Nacht vom siebzehnten auf den achtzehnten Juli noch andere Ereignisse stattgefunden haben, die in irgendeinem Zusammenhang mit deiner Gedächtnislücke stehen könnten. Vielleicht ist ja alles noch ganz anders, als wir jetzt denken. So, und jetzt mache ich uns ein richtiges Frühstück. Es wäre eine Schande, die armen Hörnchen, die du mitgebracht hast, einfach so eintrocknen zu lassen."

Carol nickte mechanisch. Sie hatte höchstens die Hälfte von Sofias Ausführungen mitbekommen. Ihre Gedanken kreisten noch immer um die beunruhigende Vorstellung, dass Gott sie für etwas büßen lassen könnte, das sie damals begangen hatte. Etwas, das weder gesühnt noch wiedergutgemacht war, etwas, für das sie nie im Leben Vergebung erlangen könnte, weil sie nämlich gar nicht wusste, worum es sich dabei genau handelte.

Kapitel 30

Sonntag, 14. Juli, 12.45 Uhr

„Andrea, bringst du uns bitte noch etwas zum Knabbern? Und der Krug mit dem Orangensaft ist auch leer, da brauchen wir ebenfalls Nachschub. Außerdem duftet es aus Eva-Leas Windel, als würde sie die ganze Welt einschwefeln wollen …" Lukas' Stimme klang für Außenstehende freundlich und aufgeräumt – der leicht genervte Unterton, der unterschwellig mitschwang, war nur für Andrea hörbar.

„Papa hat recht!", rief Joel-Henri dazwischen, „Eva-Lea stinkt und sie ist dauernd am Pupsen!"

Andrea ballte innerlich die Fäuste. Es war so wie immer. Warum bloß war ihr das früher nie aufgefallen? Lukas spielte den aufmerksamen Gastgeber und präsentierte sich trotz gebrochenem Arm und geprellten Rippen als unterhaltsamer, amüsanter Gesprächspartner, während sie in der Küche stand und krampfhaft ein aufwendiges Fünf-Gänge-Menü aus dem Hut zauberte.

Um jeden Preis gut dastehen, nach außen hin eine Rolle spielen, ja nicht das Gesicht verlieren, nicht aus der Rolle fallen, Leistung bringen, gut dastehen, nicht aus der Rolle fallen.

Sie war schon seit fünf Uhr früh auf den Beinen, hatte Gemüse geputzt, Fleisch geschmort, Kuchen gebacken, ihrem arg lädierten und innerhalb der Familie gar nicht so tapferen Ehemann beim Duschen, Rasieren, Kämmen, Zähneputzen und Anziehen geholfen und dazwischen die Kinder unterhalten und sonntagsfein herausgeputzt. Natürlich war sie froh, dass Lukas bei seinem Unfall nichts Schlimmeres zugestoßen war und dass sie ihn nach dem ersten Schock wohlbehalten und in alter Frische – umringt von einer ganzen Traube besorgter Jugendlicher – im Krankenhaus angetroffen hatte. Nachdem sein Arm gerichtet und eingegipst, seine Pupillenreflexe kontrolliert und seine Rippen geröntgt worden waren, war er mit vielen Auflagen und guten Ratschlägen nach Hause entlassen worden. *Schonen Sie sich, belasten Sie auf gar keinen Fall Ihren rechten Arm, beobachten Sie sich genau, plötz-*

liche Kopfschmerzen oder Übelkeit könnten ein Hinweis auf eine Gehirnerschütterung sein, dann sollten Sie sofort den Notarzt benachrichtigen. Lukas hatte lächelnd abgewunken – er war noch immer von einigen Teens aus seiner Jugendgruppe umringt gewesen – und sich wie ein Kriegsheld von Andrea zum Wagen geleiten lassen. Es hatten nur noch die Paparazzi gefehlt, die jede seiner Bewegungen kommentiert und seine ganze strahlende Tapferkeit vor aller Augen zur Geltung gebracht hätten. Zu Hause war die heldenhafte Fassade dann ganz schnell in sich zusammengebröckelt und Andrea hatte einen jammernden Ehemann, den jede einzelne Bewegung schmerzte, wie ein kleines Kind trösten und versorgen müssen. Trotzdem hatte er darauf bestanden, den Sonntagsbesuch durchzuziehen, das würden sie schon schaffen und außerdem wäre es nicht gerade vorteilhaft, einen solch wichtigen Besuch derart kurzfristig wieder auszuladen.

Mit einer wütenden Bewegung schüttete Andrea Salzstangen, Goldfischli, Pistazienkerne und Paprikachips in verschiedene Porzellanschalen, füllte eine elegant geschwungene Glaskaraffe mit frischem Orangensaft auf, stellte alles auf ein großes, farbiges Tablett und balancierte es ins Wohnzimmer, wo sich Lukas mit den beiden Gästen bequem in der Sitzgruppe niedergelassen hatte.

„Andrea, kann ich dir helfen?" Esther Kaltenbach war eine große, füllige Frau mit warmen Augen und einem gütigen Lächeln. Neben ihr wirkte ihr Mann klein und zerbrechlich. Er hatte etwas Intellektuelles an sich – hohe Stirn, runde John-Lennon-Brille, schmale Wangenknochen. Seine Augen waren von einem strahlenden Blau und hätten unangenehm durchdringend wirken können, hätte in ihnen nicht dasselbe warmherzige Leuchten wie in den Augen seiner Frau gelegen.

„Ich könnte zum Beispiel Eva-Lea eine neue Windel verpassen, das geht im Handumdrehen – du musst mir nur zeigen, wo der Wickeltisch ist."

Andrea schüttelte den Kopf und zwang sich zu einem Lächeln. „Nein, nein, das geht schon. Aber trotzdem danke für dein Angebot."

Sie verteilte die Schalen mit den Knabbereien und die Glaskaraffe auf dem Tisch, sammelte die leeren Schalen ein, hob Eva-Lea mit der freien Hand vom Boden auf und verschwand mit Tablett und Kleinkind in Richtung Küche.

Zwanzig Minuten später waren alle um den großen, runden Esstisch versammelt. Filigrane Gebilde aus Papierservietten schmückten die Gedecke, die wie im Viersternehotel aus einem großen, flachen Teller, zwei Sorten Besteck und Rot- und Weißweinkelchen bestanden. Ein kleiner Teller links der Vorspeisegabel vervollständigte den formvollendeten Eindruck der festlich gedeckten Tafel. Der Reihe nach trug Andrea die mit viel Aufwand zubereiteten Speisen auf – Broccolicremesuppe, frisch aufgebackene, knusprige Brötchen, gemischter Salat mit Melonenstückchen, gefülltes Schweinefilet, Zitronenreis und in Butter gedünstete Karottenstäbchen. Dazwischen schenkte sie je nach Wunsch Wasser, Himbeersirup, Rot- oder Weißwein aus, schnitt Lukas' Fleisch in mundgerechte Stückchen, räumte leere Teller weg und wischte die fetttriefenden Finger von Joel-Henri und Eva-Lea sauber.

Obwohl sie in ihrem Leben schon Hunderte von Gästen bewirtet hatte, spürte sie selbst, dass ihren Bewegungen heute etwas Müdes, Mutloses anhaftete. Ihre Mundwinkel fühlten sich verkrampft an und die Haut über ihren Wangen brannte, als würde die lästige Couperose eigens für diesen Tag alle Register ziehen, die ihr an fleckiger Hässlichkeit zur Verfügung standen.

„Andrea, Liebes, du machst dir viel zu viele Umstände." Esther legte ihre Hand auf Andreas Arm, als sie sich zum x-ten Mal erheben wollte, um Getränke nachzuschenken, und drückte sie mit sanfter Gewalt auf ihren Stuhl zurück. „Lass mich das machen. Du kommst ja gar nicht richtig zum Essen." Bevor Andrea etwas erwidern konnte, hatte sie die Becher der Kinder mit Sirup und die Gläser der Erwachsenen mit frischem Mineralwasser nachgefüllt.

„Bestimmt fällt es dir nicht leicht, einfach untätig herumzusitzen und deiner Frau die ganze Arbeit zu überlassen", wandte sich Werner Kaltenbach an Lukas und seine intelligenten blauen Augen schienen bis ins Innerste seiner Seele zu blicken. „Esther und ich stehen oft gemeinsam in der Küche – beim Kochen ist eher sie die Chefin und ich der Assistent, während beim Aufräumen eher ich den Ton angebe. Auf jeden Fall ist das die schönste Art von Zusammenarbeit, die ich je kennengelernt habe. Man ist ein perfekt eingespieltes Team, ahnt die Handgriffe des anderen meist schon voraus und dazu ergeben sich meist ganz locker und ungezwungen viele gute und wichtige Gespräche."

„Hm." Lukas vermied es geflissentlich, Werner in die Augen zu blicken. Stattdessen fixierte er einen imaginären Punkt an der gegenüberliegenden Wand. „Andrea und ich sind da noch nicht ganz so perfekt aufeinander eingespielt. Sie tut sich etwas schwer damit, sich bei der Hausarbeit helfen zu lassen. Und ich bin ohnehin eher der innovative Typ. Ich entwickle gern neue Ideen und Projekte. Mein neuestes Projekt ist zum Beispiel ein Bibelleseprojekt für die Teens aus unserem Teenklub. Es nennt sich *Zwei oder Drei.* Immer zwei oder drei bilden eine Gruppe und diese Gruppe trifft sich regelmäßig zum Bibellesen. Jeder Gruppe ist ein junger Erwachsener aus der Altersgruppe 20+ zugeteilt, der die Teens auf ihrem Erkundungsweg durch die Bibel begleitet und Daniel und mir jeweils darüber Bericht erstattet, mit welchen Fragen sich die Gruppe herumschlägt und wo sie von uns Unterstützung brauchen könnte."

Eine ungemütliche Stille entstand. Werners blaue Augen waren noch immer unverwandt auf Lukas gerichtet, so als würde er sein Inneres Teil für Teil auseinandernehmen, die einzelnen Teile gegeneinander abwägen und sorgfältig prüfen, was Gewicht hatte und was nicht.

„Vielleicht könnten wir langsam zum Nachtisch übergehen", warf Andrea hastig ein. Sie sammelte das Besteck in einer leeren Schüssel, stapelte die großen Teller ordentlich aufeinander und trug alles zusammen in die Küche. Als sie wieder zurückkehrte, um die restlichen Schüsseln sowie die Gläser, Flaschen und Papierservietten abzuräumen, hatten Werner und Esther schon alles fein säuberlich auf dem Tablett, das auf dem Sideboard neben dem Tisch gestanden hatte, zusammengestellt.

„Lass uns das Abräumen übernehmen", sagte Esther freundlich. „Der Nachtisch eilt ohnehin nicht. Dein Essen hat so gut geschmeckt, dass eine kleine Pause nicht schaden kann. Du setzt dich jetzt einfach ruhig hin und überlässt Werner und mir das restliche Abräumen."

„A-aber…", wandte Andrea ein, doch Werner hatte das schwere Tablett schon hochgehoben und balancierte es vorsichtig Richtung Küche. Wie ein Roboter ließ sich Andrea auf ihren Stuhl sinken, während ein Gefühl von hilfloser Ohnmacht von ihr Besitz ergriff. Das alles war so surreal: die Gäste, die seelenruhig das schmutzige Geschirr in die Küche brachten; Lukas, der ihnen mit dumpfem Blick hinterherstarrte; Eva-Lea, die schief in ihrem Kindersitz hing und mit halb geöffnetem Mund leise Schnarchgeräusche von sich gab; Joel-Henri, dessen bis vor

Kurzem noch recht munteres Plappern völlig verstummt war und der mit aller Kraft gegen das Einschlafen kämpfte; und schließlich sie selbst – eine Gastgeberin, die auf ihre Gäste scheinbar einen so abgehetzten Eindruck machte, dass sie nun mit allen Mitteln versuchten, sie zu schonen und gegen weitere Stressfaktoren abzuschirmen.

Das erdrückende Gefühl der Ohnmacht wurde immer stärker. Schließlich hielt sie es nicht mehr aus. Abrupt erhob sie sich, ging zu Eva-Leas Sitzplatz und hievte sie sanft aus dem weiß gestrichenen Kinderstuhl. Dann nahm sie den widerstandslosen Joel-Henri an der Hand und verschwand mit den beiden Kindern im hinteren Teil der Wohnung, wo die beiden Kinderzimmer lagen. Sie musste weg von dieser surrealen Szene, weg von diesem hilflosen Zustand der Untätigkeit und weg von dem würgenden Gefühl, als Gastgeberin auf allen Ebenen versagt zu haben. Vorsichtig legte sie zuerst Eva-Lea ins Bett und danach Joel-Henri, der nach wie vor erstaunlich widerstandslos alles mit sich geschehen ließ. Sie deckte ihn behutsam zu, vergewisserte sich, dass er ruhig weiterdöste, und machte dann leise die Tür hinter sich zu. Einen Moment lang überlegte sie, wie es wäre, wenn sie sich jetzt einfach aus dem Staub machen und erst am späten Abend zurückkehren würde. Lukas würde schon irgendwie zurechtkommen und da Esther und Werner ja so hilfsbereit waren, würde ihr Fehlen vielleicht gar nicht richtig auffallen.

Aber dann riss sie sich zusammen. Verschwinden war keine Lösung. Zögernd machte sie einige Schritte Richtung Esstisch. In diesem Moment hörte sie Lukas einen Schmerzenslaut ausstoßen. Seine linke Hand fuhr an seinen Brustkorb, sein Gesicht wurde fahl. Stöhnend erhob er sich von seinem Stuhl und wankte zum Sofa. Sofort war sie bei ihm und half ihm, sich bequem hinzulegen.

„Hast du Schmerzen?“, fragte sie mit einer Stimme, die vor Sorge ganz dünn war.

„Es geht schon wieder“, stieß er mit zusammengebissenen Zähnen hervor, „sind nur ein bisschen die Rippen.“

„Soll ich dir einen Wickel machen?“

Lukas schüttelte den Kopf. „Ist nicht nötig, danke. Aber vielleicht könntest du mir eine Schmerztablette bringen, zusammen mit einer Cola. Und dann löse bitte Werner in der Küche ab. Das ist ja kein Zustand, dass unsere Gäste in der Küche stehen und sich mit dem

Abwasch herumschlagen müssen, während wir unsere Wehwehchen auskurieren. Sie müssen spüren, dass Gastfreundschaft für uns nicht nur ein leerer Begriff, sondern gelebte Realität ist."

Eine Mischung aus Beschämung und plötzlicher Wut ergriff von Andrea Besitz. Warum hatte sie vorhin nicht auf ihre innere Stimme gehört und war einfach von der Bildfläche verschwunden? Alles war besser, als trotz bröckelnder Fassade die Haltung bewahren zu müssen. Brüsk wandte sie sich ab, wankte wie eine fremdgesteuerte Marionette in die Küche, holte eine Schmerztablette und ein Glas Cola für Lukas und bat Werner, Lukas auf dem Sofa ein wenig Gesellschaft zu leisten.

Werner warf seiner Frau einen kurzen, fragenden Blick zu, dann nickte er und folgte Andrea schweigend ins Wohnzimmer, wo er sich Lukas gegenüber auf einem Sessel niederließ. Andrea kehrte mit hängenden Schultern in die Küche zurück und nahm Werners Platz an der Spüle ein. Obwohl Esther und Werner schon eine Menge Geschirr in der Spülmaschine verstaut hatten, türmten sich immer noch ganze Stapel von Schüsseln, Töpfen und Kasserollen auf der hellgrau marmorierten Arbeitsplatte links und rechts des Spülbeckens.

„Du bist unglücklich, Andrea", stellte Esther behutsam fest, nachdem sie eine Weile wortlos nebeneinanderher gearbeitet hatten. „Möchtest du mir nicht erzählen, was dich bedrückt, Liebes?" Ihre mütterliche Haltung und ihre warmen braunen Augen, die forschend, verständnisvoll und mitfühlend zugleich blickten, ließen Andreas Selbstbeherrschung mit einem Schlag zusammenbrechen. Sie schlug die Hände vors Gesicht und begann unkontrolliert zu schluchzen.

Esther schloss mit einer entschiedenen Bewegung die halb geöffnete Küchentür, dann trat sie auf Andrea zu und nahm sie vorsichtig in den Arm. „Weine dich nur aus", sagte sie ruhig, während sie mit der linken Hand sanft über ihren Rücken strich. „Tränen haben noch nie geschadet, im Gegenteil, oft schwemmen sie Ungutes, das sich im Herzen angesammelt hat, weg und machen Platz für neue Zuversicht und neuen Lebensmut."

Es dauerte einige Minuten, bis Andrea sich so weit gefasst hatte, dass sie einigermaßen verständlich sprechen konnte. „Ich spiele bloß eine Rolle", stieß sie hervor, „nach außen hin bin ich die perfekte Pastorenfrau, voller Vertrauen auf Gott, eifrig im Dienst, fröhlich, arbeitsam, die tüchtige Stütze ihres Mannes. Aber hinter der Fassade bin ich einfach nur müde und erschöpft und alles entgleitet mir. Solange ich mein Leben im Griff hatte, fiel es mir leicht, Gott zu vertrauen – ich konnte ja die Dinge selbst in die Hand nehmen, konnte mit meiner positiven Einstellung, meiner inneren Energie sämtliche Hindernisse, die sich mir in den Weg stellten, überwinden. Aber jetzt ist diese Energie weg und damit auch mein Gottvertrauen. Ich schaffe es einfach nicht, alles in Gottes Hände zu legen und vertrauensvoll zu warten, bis er handelt. Außerdem belastet mich eine alte Schuld."

Sie stockte. Wie kam sie überhaupt dazu, einer ihr bis vor Kurzem völlig fremden Frau ihre innersten Gedanken anzuvertrauen? Was, wenn Esther sie nicht verstand? Oder, noch viel schlimmer, sie für ihren mangelnden Glauben verurteilte?

„Ich … ich … tut mir leid", stieß sie hervor, „es ist nur … es ist… ich…" Mit einem Mal war ihr völlig egal, wie Esther reagieren würde. Das Geschwür in ihrem Inneren, das sie von innen her auffraß, musste heraus. „Ich bin mir nicht sicher, ob Gott mir vergeben hat. Eigentlich denke ich, dass er mir gar nicht vergeben kann, solange ich meine Schuld nicht vor den Menschen bekannt habe, denen ich damals, vor langer Zeit, das Unrecht zugefügt habe."

Carol. Peter. Die Uhr. Die böse Tat, die sie nie bekannt hatte. Die sie aus Eifersucht begangen hatte. Und die ihr Gott vielleicht bis heute nicht vergeben hatte.

Eine Welle des Elends überflutete Andrea. Sie begann erneut zu schluchzen. Ruckartig wandte sie sich von Esther ab, ließ ihren Kopf auf die Arbeitsplatte zwischen die gestapelten Töpfe und Schüsseln sinken und legte die Arme schützend um ihr Gesicht. Ihre Schultern bebten, ihr ganzer Körper zitterte.

Überraschenderweise ließ Esther sie weinen. Sie nahm sie auch nicht in den Arm, um sie zu trösten, sondern lehnte sich an die gegenüberliegende Wand und wartete einfach.

Andrea spürte, wie ihre Schluchzer langsam verebbten. Zögernd richtete sie sich auf.

„Es tut mir so leid für dich, Liebes." Esther ergriff ein Küchentuch und begann es geistesabwesend mit den Händen zu kneten. „Das ist viel auf einmal und ich kann mir gut vorstellen, wie sehr dich das alles durchschüttelt. Das Leben einer Pastorenfrau ist nicht einfach und oft haben sowohl Betroffene als auch Außenstehende eine ganz falsche Vorstellung davon."

Ihr Blick kehrte sich nach innen. „Ich weiß aus eigener Erfahrung, wie das ist. Wenn man jung verheiratet ist, ist man voller Enthusiasmus. Man ist Pastorenfrau und als Pastorenfrau ist man fröhlich, demütig und glaubensstark. Aber das ist ein Irrtum."

„Ein Irrtum?"

„Genau. Weil nicht der Status als Pastorenfrau, sondern nur ein Leben in der Gemeinschaft mit Jesus diese Tugenden in dir bewirken kann. Und das ist ein langer Prozess, der oft mit vielen inneren Nöten verbunden ist."

Wieder kehrte sich Esthers Blick nach innen. Sie biss sich auf die Unterlippe, kaute nachdenklich darauf herum.

„Als Erstes musst du lernen, dich so anzunehmen, wie du bist", fuhr sie endlich fort. „Du musst nicht perfekt sein. Gott liebt dich genau so, wie du bist. Es ist nicht nötig, ihn durch eigene Leistungen zu beeindrucken. Das will er nämlich gar nicht. Er möchte, dass du bei ihm Kraft schöpfst, an seiner Quelle trinkst, dich von ihm verändern lässt, bis du Jesus immer ähnlicher bist."

„Aber mein Umfeld lässt mich nicht so sein, wie ich bin." Andrea merkte, dass ihre Stimme trotzig klang. „Mein Mann, die Leute aus unserer Gemeinde, die Kids aus dem Teenklub – sie alle erwarten, dass ich mich genau so verhalte, wie es meiner Rolle entspricht. Letzte Woche hat mir eine andere Pastorenfrau vorgehalten, dass ich nicht genügend Gottvertrauen habe, weil ich meine Kinder nicht der Ansteckungsgefahr durch die Windpocken aussetzen wollte. Sie sagte, dass ich sie ruhig der Gefahr aussetzen könne – wenn es Gottes Wille sei, dass sie die Windpocken erwischen, würden sie sie kriegen, und wenn nicht, dann würde Gott sie davor bewahren."

„Blödsinn", sagte Esther erbost, „mit dieser Einstellung kannst du deine Kinder ja gleich auf eine stark befahrene Straße pflanzen und abwarten, was passiert. Falls Gott will, dass sie am Leben bleiben, bewahrt er sie vor den vorbeizischenden Autos, falls nicht, ja, dann war es halt sein Wille, dass sie nicht überleben. Das ist einfach Quatsch. Für irgendetwas hat Gott uns ja schließlich den Verstand gegeben. Wir sind keine Marionetten, die sich unter dem Mantel des Gottvertrauens einfach blindlings jeder Gefahr aussetzen müssen."

In Andreas Herzen keimte ein Hoffnungsschimmer auf. „Bist du dir sicher?", fragte sie zaghaft.

„Natürlich bin ich mir sicher und es macht mich wütend, dass in unseren Gemeinden ein solch großer geistlicher Druck herrscht. Niemand soll das Gottvertrauen anderer beurteilen und ihnen vorschreiben, was glaubensvolles Verhalten ist."

„In unserer Gemeinde gibt es viele Leute, die genau wissen, wie man sich in dieser oder jener Situation zu verhalten hat. Sie bringen ihre Meinung so überzeugt vor, dass ich ihnen nichts entgegenhalten kann. Im Gegenteil. Ich fühle mich dann immer ganz klein und bin überzeugt, dass ich zu wenig Glauben habe."

„Du scheinst in einer Art Leistungsdenken gefangen zu sein", sagte Esther langsam. „Du misst dich an dem, was du leistest und wie du bei deiner Umgebung ankommst."

„Ja, das ist wahr. Ich glaube, ich habe mich mein ganzes Leben lang an dem orientiert, was andere für richtig befunden haben."

„Und dadurch hast du dich in eine Rolle drängen lassen, die dir überhaupt nicht entspricht. Dazu kommt noch das nagende Schuldgefühl, das du vorhin erwähnt hast. Wenn du dich nicht darauf verlassen kannst, dass Gott dir vergeben hat, wie willst du ihm dann in deinen alltäglichen Lebensumständen vertrauen können?"

Andrea fühlte sich, als hätte jemand einen dicken Watteschleier von ihrem Gesicht weggerissen. „Du hast es genau auf den Punkt gebracht", sagte sie stockend. „Mir wäre es gar nicht in den Sinn gekommen, da einen Zusammenhang herzustellen. Aber es ist wirklich so. Etwas in mir gaukelt mir vor, dass Gott es vielleicht nicht gut mit mir meint. Weil nämlich diese Schuld immer noch zwischen ihm und mir steht."

„Und deshalb ist es besser, wenn du dein Leben selbst in die Hand nimmst, anstatt Gott zu vertrauen", ergänzte Esther.

„Ja."

„Und genau da müssen wir ansetzen." Esther rollte das Küchentuch, das sie um ihre rechte Hand gewickelt hatte, ab und legte es in einen freien Zwischenraum auf der marmorierten Kunstharzarbeitsplatte. Ihr Gesicht nahm einen Ausdruck höchster Konzentration an, während sie mit eindringlicher Stimme fortfuhr: „Als Jesus am Kreuz gestorben ist, hat er da nur einen bestimmten Teil deiner Schuld getragen? Zum Beispiel nur jene Sünden, die du in Gedanken begangen hast? Oder nur jene, die ohne gravierende Folgen geblieben sind? Reicht seine Vergebung nur für eine begrenzte Menge an Schuld?"

„Nein-n", sagte Andrea zögernd, „das nicht, aber ..."

„Falls du auch nur für eine einzige Sünde, die du begangen hast, selbst geradestehen müsstest, wäre das Sterben von Jesus umsonst gewesen. Gott müsste dich dafür verurteilen, du könntest niemals vor ihm bestehen, ganz egal, ob Jesus den anderen Teil deiner Schuld gesühnt hat. Deshalb ist es so lebenswichtig, die ganze Vergebung in Anspruch zu nehmen. Egal, was du getan hast, Jesus ist für deine *ganze* Schuld gestorben."

„Ja, das stimmt schon, aber ..." Andrea spürte, wie sich ihre Augen von Neuem mit Tränen füllten.

„Du meinst, was mit dieser Tat ist, die du vor den Menschen noch nicht in Ordnung gebracht hast?"

Andrea nickte.

„Wenn du sie vor Gott bekennst, vergibt er dir, weil Jesus deine *ganze* Schuld auf sich genommen hat. Gott vergibt immer, und zwar unabhängig davon, ob wir eine böse Tat vor den Menschen schon bekannt haben oder nicht. Und wenn du Gottes Vergebung erlangt hast, bist du gerüstet, um auch die Personen, denen du Unrecht getan hast, um Verzeihung zu bitten; denn Gottes Vergebung ist der felsenfeste Grund, auf dem du stehen kannst."

„... der felsenfeste Grund, auf dem ich stehen kann", echote Andrea.

„In Psalm 18 gibt es einen Vers, der das erstaunlich treffend formuliert: *Der Herr ist mein Fels, meine Festung und mein Erretter, mein Gott, meine Zuflucht, mein sicherer Ort. Er ist mein Schild, mein starker Helfer, meine Burg auf unbezwingbarer Höhe.* Er ist auch dein Erretter, Andrea. Sein Wort ist unumstößlich, und seine Vergebung ist vollkommen."

„Und du meinst, dass ich auf dem Boden dieser Vergebung ich selbst sein kann, so wie ich bin?", fragte Andrea zaghaft. „Dass ich nicht mehr einem Rollenbild entsprechen muss, dem ich nie im Leben genügen werde?"

Esthers braune Augen leuchteten. „Genau das meine ich. Du darfst aufatmen, Liebes. Du musst dich nicht aus eigener Kraft mühen und du musst auch niemandem etwas beweisen. Du bist du, so wie Gott dich geschaffen hat. Und wenn du jeden Tag aus seiner allumfassenden Vergebung lebst, wird es dir auch leichter fallen, ihm in den täglichen

Umständen zu vertrauen und deine Sorgen und Nöte in seine Hände zu legen."

Der Hoffnungsschimmer in Andreas Herzen begann langsam zu wachsen.

„Vergebung bewirkt Vertrauen und Vertrauen ist wie ein Fels in der Brandung", fuhr Esther fort. „Du bekommst festen Boden unter den Füßen. Du bist nicht mehr der Spielball deiner Umgebung, sondern eine eigenständige Persönlichkeit, die Vergebung atmet, Vergebung lebt und dadurch Sicherheit, Festigkeit und innere Freiheit ausstrahlt."

Ein langes Schweigen entstand. Andreas Augen irrten in der vollgestopften Küche umher, saugten sich an einem Stapel Teller fest, wanderten weiter zu einer transparenten Salatschüssel aus Hartplastik, an deren Rand verwelkte, bräunliche Salatreste und Soßenspritzer klebten, und blieben schließlich an dem zerknüllten gelb-roten Küchentuch hängen, das Esther vor wenigen Minuten zwischen zwei große Stahlkasserollen gestopft hatte.

„Könntest du vielleicht mit mir beten?", fragte sie endlich. Ihre Stimme war ein wenig brüchig, klang wie kratzende Steinchen auf einer Glasplatte. Noch nie in ihrem Leben hatte sie so deutlich gespürt, dass sie an einem Scheideweg stand, dass sie sich jetzt, in diesem Moment, für einen Neuanfang mit Gott und ein Leben in innerer Freiheit entscheiden musste. Wenn sie es jetzt nicht packte, würde sie es ewig auf die lange Bank schieben und ihre nächsten Jahre in dem verzweifelten Versuch verbringen, eine Fassade aufrechtzuerhalten, die sie nicht nur in die Verzweiflung treiben, sondern ihr langfristig auch die Persönlichkeit rauben würde.

Kapitel 31

Sonntag, 14. Juli, 16.15 Uhr

Carol konnte nicht sagen, wann sie das letzte Mal durch die Bahnhofstraße flaniert war. Vielleicht vor etwas mehr als drei Jahren, zusammen mit Jonas, ihrem platonischen Exfreund. Allein machte ihr das Flanieren keinen Spaß. Ziel- und planlos durch die Stadt schlendern, über Schaufensterauslagen diskutieren, in einem Straßencafé ein Eis essen oder sich gemütlich in einem malerischen Park auf eine Bank setzen und Leute beobachten waren definitiv Dinge, die zu zweit mehr Spaß machten. Seit sich Jonas von ihr getrennt hatte, hielt sie sich nur selten in der Innenstadt auf. Straßencafés waren tabu und für Schaufensterauslagen interessierte sie sich schon lange nicht mehr.

Am liebsten hielt sie sich in ihrem Garten auf oder ging am nahen Waldrand spazieren. Ihre alltäglichen Einkäufe erledigte sie meist in ihrem Quartier und der einzige Park, den sie aufsuchte, war der Stadtpark Zürich Nord beim Bahnhof Oerlikon, in dem sie bei schönem Wetter die Mittagspause verbrachte, manchmal allein, manchmal zusammen mit ihren Arbeitskollegen vom Jugendamt.

Ein seltsames Gefühl der Fremdheit ergriff von ihr Besitz, als sie vom Paradeplatz Richtung Quaibrücke schlenderte. Sie gehörte nicht dazu. Weder zu den verliebten Paaren, die Hand in Hand vor den zahlreichen, farbenprächtigen Schaufenstern stehen blieben, noch zu den Familien, die fröhlich mit ihren Kindern von Parkbank zu Parkbank bummelten, noch zu den Gruppen junger Mädchen, die in ihren klonartigen Outfits (Schlabber-T-Shirts und knallenge Minis über halblangen schwarzen Leggins mit Spitzenbesatz) in allen Tonlagen kichernd nach der Aufmerksamkeit der männlichen Passanten heischten.

Für einen kurzen Moment schloss Carol die Augen, in der irrwitzigen Hoffnung, die sie umgebenden Menschenmassen auf diese Weise einfach ausblenden zu können. Aber als sie sie wieder öffnete, war alles nur noch schlimmer. Das Kichern der Mädchen klang aufdringlicher als zuvor und die verliebten Pärchen schienen einen immer engeren

Kreis um sie zu schließen. Sogar die Touristen aus dem arabischen und ostasiatischen Raum und die elegant gekleideten Damen und Herren mittleren Alters, die dem neuesten Business-Modekatalog entsprungen zu sein schienen, wirkten plötzlich seltsam bedrohlich. Von allen Seiten her strömten sie auf Carol zu, nahmen ihr die Luft zum Atmen. Tief in ihr drin bildete sich ein Klumpen, ein undefinierbarer Schmerz.

Sie vermisste Jonas. Zum ersten Mal seit über drei Jahren. Weshalb war sie nicht fähig gewesen, ihn näher an sich heranzulassen? Weshalb war sie immer auf Distanz gegangen, wenn er die Beziehung hatte intensivieren wollen? Sie hatten so viele gemeinsame Interessen gehabt, hatten zusammen lachen und philosophieren können, hatten die gemeinsam verbrachte Zeit genossen. War das nicht auch eine Form von Liebe? Brauchte es wirklich immer dieses Kribbeln im Bauch, dieses intensive Gefühl von Seelenverwandtschaft, das einen zu einem sprachlosen, denkunfähigen, fassungslosen und zutiefst verletzbaren Nervenbündel machte? Mit überdeutlicher Klarheit wurde ihr bewusst, dass sie sich ihre Gleichmütigkeit in Liebesdingen während all der Jahre bloß eingeredet hatte. Dass sie sehr wohl zu tief gehenden Gefühlen fähig war, dass ihr Innerstes alles andere als erstarrt war und dass sie sich die ganze Zeit über selbst etwas vorgemacht hatte. Sie war nicht glücklich in ihrem Singledasein. Sie war nicht die starke Frau, für die sie sich gehalten hatte. Sie fühlte sich einsam, sehnte sich nach einem Partner, einem Gleichgesinnten, Seelenverwandten. Sie sehnte sich nach Nähe, nach Zärtlichkeit, Intimität und Liebkosungen. Wie eine lange zurückgehaltene Flut sammelten sich die Tränen hinter ihren Augenlidern. Das Gefühl der Fremdheit, des Ausgegrenztseins verstärkte sich.

Reiß dich zusammen, ermahnte sie sich wütend. *Du kannst jetzt nicht mitten auf der Straße in einen Heulkrampf ausbrechen. Konzentrier dich auf deine Aufgabe. Du musst herausfinden, ob du das Juweliergeschäft Bovino in einen Zusammenhang mit deiner Gedächtnislücke stellen kannst. Ob es irgendwelche Erinnerungen in dir wachruft. Verschließ deine Gefühle hinter einem Panzer aus professioneller Distanz, wie du es bisher immer getan hast. Weinen kannst du später. Wenn du allein zu Hause bist. Wenn dich niemand sieht.*

Doch es war bereits zu spät. Der Knoten in ihrem Hals schwoll immer mehr an, bis er fast zu platzen drohte. Still und lautlos schossen die Tränen unter ihren halb geschlossenen Lidern hervor, strömten in unaufhaltsamen Bächen über ihre Wangen. Verzweifelt presste sie die Zähne zusammen und wandte sich von der Straße ab, dem nächstbesten Schaufenster zu. Blicklos starrte sie in die Scheibe. Erst nach und nach nahm sie die futuristischen Schaufensterpuppen, die gewagten Farben und die edel designten, nicht ganz alltagstauglichen Kleidungsstücke wahr. PRADA. Etwas oberhalb des riesigen Schaufensters war auch die Hausnummer des Gebäudes zu sehen. *Bahnhofstraße Nummer 16.*

Augenblicklich versiegten Carols Tränen. Konzentriert musterte sie die aufwendig restaurierte Hausfassade mit den kostspielig herausgearbeiteten quaderförmigen Stuckverzierungen, ging einige Schritte vor, einige Schritte zurück und wieder einige Schritte vor. Zwei Dinge wurden ihr schlagartig bewusst: Das Juweliergeschäft *Bovino* existierte nicht mehr und … sie hatte das Haus, zumindest so wie es sich heute präsentierte, noch nie im Leben gesehen. Enttäuscht ballte sie die Fäuste. Wieder eine Spur, die im Nichts endete. Dass sie dieses Haus, in dem jetzt eine Zweigniederlassung der Edelmarke PRADA untergebracht war, nicht erkannte, sagte weniger als nichts aus. Vor vierundzwanzig Jahren hatte dieses Gebäude bestimmt noch ganz anders ausgesehen, ärmlicher vielleicht, ungepflegter, baufälliger. Es hatte bestimmt ein winzig kleines Schaufenster gehabt, in dem alles in liebevoll chaotischer Unordnung herumgelegen hatte – Uhren, Ketten, Ringe, Ohrringe, schmale, breite, mit Steinen besetzte, solche ohne Steine. Ringe und Ketten aus Gold, Silber oder Weißgold. Und über dem Schaufenster hatte ein verschnörkelter Schriftzug geprangt. Juwelier Bovino. So stellte sie sich das jedenfalls vor, aber sie hatte keine Ahnung, ob es wirklich zutraf. Die überdimensioniert großen Edelglasfenster von PRADA ließen nicht den geringsten Hinweis auf frühere Strukturen, Anordnungen und Formen zu.

Resigniert wandte sich Carol von dem teuer restaurierten Gebäude ab und nahm die nächste Straßenbahn der Nummer zehn, die sie direkt in ihr Wohnquartier bringen würde. Während der Fahrt dachte sie über ihren unerwarteten und verstörenden Gefühlsausbruch vor dem PRADA-Gebäude nach. Jetzt, aus der Distanz, wirkte alles seltsam surreal, so als wäre es gar nicht sie selbst gewesen, die ein solch überwältigendes Gefühl der Einsamkeit empfunden hatte, dass sie in aller Öffentlichkeit in Tränen ausgebrochen war. In der vertrauten Umgebung der Straßenbahn kehrte Carols Gleichmütigkeit zurück. Es war alles halb so schlimm. Sie war überzeugte Singlefrau und brauchte keinen Mann an ihrer Seite. Lieber behielt sie ihre Unabhängigkeit. Männer brachten Unruhe, Enttäuschungen, Verletzungen und Wunden, die, je nachdem, nie wieder heilten.

An der Haltestelle *Schwammendingerstraße* stieg sie aus. Der Himmel war aufgeklart, aber es wehte eine kühle Brise. Carol zog den Reißverschluss ihrer Wildlederjacke bis zum Hals zu und strebte mit großen Schritten von der Haltestelle weg auf ihre Quartierstraße zu. Von außen sah ihr Haus aus wie immer. Keine weißen Zettel, die an den Fenstern oder an der Haustür klebten, keine Hinweise auf ungebetene Besucher. Der Garten lag ruhig und friedlich da, die nostalgischen Gartenstühle mit den altrosa Metallschnörkeln standen noch genauso um den runden Bistrotisch gruppiert wie am frühen Morgen, als Carol in aller Eile das Haus verlassen hatte.

Trotzdem öffnete sie das Gartentor mit äußerster Vorsicht, spähte mit zusammengekniffenen Augen in alle Winkel, die vom Tor aus ersichtlich waren, und – zögerte. Ihr Haus und ihr Garten, die bis dahin ein Ort des Friedens gewesen waren, ein Refugium in einem hektischen, nervenaufreibenden Alltag, boten keinen Schutz mehr. Jemand hatte beides entweiht, war in ihre Privatsphäre eingedrungen, hatte ihren Ruheort zerstört.

Kalte Wut ergriff von ihr Besitz. Sie würde sich das nicht bieten lassen. Sie würde die Person finden, die wie ein hartnäckiger Schatten in ihr Leben getreten war, sie würde die Verbindung zu ihrer Vergangenheit herstellen, das Rätsel lösen und jeden Einzelnen zur Rechenschaft ziehen, der ihr damals Unrecht getan oder ihr etwas verschwiegen hatte. Mit entschlossenen Schritten durchquerte sie den Garten, schloss die Haustür auf, knallte Jacke und Tasche vor der Garderobe auf den Boden und ging schnurstracks in ihr Arbeitszimmer. Sie musste die Erinnerungsfetzen, Gedanken, Ideen und Informationsbruchstücke, die sie heute mit Sofia zusammen erarbeitet hatte, schriftlich festhalten, sie ordnen und in einen Zusammenhang zueinander bringen.

Schrebergartenvandale: Gummibärchen und Marshmallows; Dieter.
Anonyme Hinweise: Peter war dabei; Kulturfabrik; 17. Juli 1988.
Kulturfabrik: Brandger–

In diesem Augenblick klingelte das Telefon. Carol zuckte zusammen, sprang wie elektrisiert auf und griff zum Hörer. Ihre Hände zitterten. Als sie Andreas Stimme am anderen Ende erkannte, atmete sie erleichtert auf, während sie sich gleichzeitig innerlich einen Narren schimpfte. Weshalb war sie mit einem Mal so schreckhaft? Was hatte sie schon zu befürchten? War es wirklich möglich, dass ein paar unscheinbare weiße Zettel, die nicht einmal Drohungen, sondern bloß anonyme Hinweise enthielten, sie derart aus der Bahn werfen konnten?

„Carol, ist alles in Ordnung?", fragte Andrea am anderen Ende besorgt.

„Ja, natürlich.

„Können wir uns morgen Nachmittag treffen? Ich komme mit den Kids zum Stadtpark, dort gibt es einen großen Erlebnisspielplatz, da können sie sich eine Weile selbst beschäftigen und wir haben Zeit, um in Ruhe miteinander zu reden. Ich möchte dir gerne die Geschichte von Peter Müller erzählen."

Carols Herz begann schneller zu klopfen. Andreas Stimme klang anders als sonst. Ruhiger, entschlossener. Die hektische Unsicherheit, die bei ihren letzten Begegnungen immer unterschwellig mitgeschwungen hatte, war verschwunden.

„Gerne. Aber nicht zu früh. Ich habe bis ungefähr vier Uhr einen Kliententermin."

„Dann treffen wir uns doch um Viertel nach vier beim großen Spielplatz im Stadtpark. Und lass dich nicht stressen. Ich bin einfach da und warte auf dich."

„Danke, Andrea", sagte Carol langsam, „ich bin gespannt auf die Geschichte, wirklich gespannt."

Sie wechselten noch einige kurze Worte und verabschiedeten sich dann in sachlichem Tonfall voneinander. Kaum hatte Carol den Hörer aufgelegt, klingelte es wieder – diesmal jedoch nicht aus dem Telefonapparat, sondern an der Haustür. Unwillkürlich warf Carol einen Blick auf die digitale Uhr der Stereoanlage: Es war genau 17.35 Uhr. Wer um alles in der Welt kam um diese Zeit an einem Sonntagabend unangemeldet bei ihr vorbei? Die Einzige, der sie das zutrauen würde, war Sofia. Aber sie hatte fast den ganzen Sonntag bei ihr verbracht, also war diese Möglichkeit nicht sehr wahrscheinlich.

Es klingelte wieder, lauter, aufdringlicher und länger anhaltend als zuvor. Carol zögerte. Sie war allein. Falls draußen jemand stand, der nichts Gutes im Sinn hatte, saß sie in der Falle. Niemand würde ihr zu Hilfe kommen können. Andererseits würde sie möglicherweise etwas verpassen, wenn sie jetzt nicht öffnete. Einen spannenden Abend vielleicht oder eine wichtige Information zu ihrer Gedächtnislücke. Schließlich siegte die Neugier über ihre Bedenken. Ruckartig schob sie den Riegel des Sicherheitsschlosses zurück und riss die Tür auf.

Ihr Unterkiefer klappte herunter.

Ich habe mein Make-up nicht aufgefrischt, war der erste Gedanke, der ihr unsinnigerweise durch den Kopf schoss.

Hektisch wischte sie mit der Hand über die Augen.

Sie war auf einiges gefasst gewesen, aber mit diesen beiden elegant gekleideten Gestalten hätte sie nie im Leben gerechnet. Vor allem nicht in dieser Kombination.

„Huch", Regina, die sich direkt vor der Tür befunden hatte, machte einen kleinen Schritt rückwärts und stolperte dabei über Gregors rechten Fuß, den er ein wenig seitwärts ausgestellt hatte. Reflexartig streckte er die Arme aus, doch Regina hatte ihr Gleichgewicht bereits wiedergefunden. Graziös schwebte sie auf Carol zu, drückte ihr drei flüchtige Küsse auf die Wangen und lächelte entschuldigend. „Es tut uns leid, dass wir dich hier einfach so überfallen", sagte sie mit ihrer melodisch klingenden Stimme. „Gregor und ich waren zusammen golfen – ich bin so froh, dass ich jemanden gefunden habe, der dieses Hobby mit mir teilt – leider hat mein Freund überhaupt kein Interesse an diesem Sport, er fährt Motorrad und ist dieses Wochenende mit einigen Kollegen in den norditalienischen Alpen. Ja, und dann sind wir heute Nachmittag auf dich zu sprechen gekommen und mir ist plötzlich etwas eingefallen, das dich interessieren könnte, und deshalb haben wir uns ganz spontan entschlossen, bei dir vorbeizuschauen. Wir stören doch nicht, oder?"

Carols Blick wanderte über die beiden gut gekleideten Gestalten vor ihr: Reginas langes, hellbraunes Haar war zu einem Pferdeschwanz gebunden, was ihre hübschen Gesichtszüge ebenso gut zur Geltung brachte, wie wenn sie es offen trug. Sie hatte eine stilvolle hellbraune Caprihose und ein rosa Poloshirt von Lacoste an. Gregors Hose aus edlem Chino-Twill wartete mit einem dezenten Karomuster auf, dazu trug er ein lindgrünes Poloshirt und einen fein gestrickten hellbraunen Pullunder, die beide farblich perfekt mit den Karofarben harmonierten.

„Nein, natürlich stört ihr nicht." Endlich war es Carol gelungen, ihren Unterkiefer wieder in eine einigermaßen sinnvolle Position zu bringen. Sie trat einen Schritt zur Seite und machte eine einladende Handbewegung. „Zwar kann ich euch außer Fruchtsaft und Chips leider nichts anbieten, aber drinnen redet es sich allemal besser als vor der Tür." Sie wartete, bis Regina und Gregor eingetreten waren, und verschloss dann sorgfältig die Haustür.

Einige Minuten später saßen sie in Carols gemütlicher Stube; Gregor und Regina hatten auf dem grasgrünen Alcantarasofa Platz genommen und nippten beide an einem mit einer hauchdünnen Zitronenscheibe bestückten Glas Tomatensaft, während sich Carol in den tropfenförmigen Sitzsack gefläzt hatte. Die kurzen Augenblicke in der Küche hatten ihr die Gelegenheit gegeben, ihr inneres Gleichgewicht wiederzufinden und sich mental auf das Gespräch mit ihren unangekündigten Besuchern einzustellen.

„Wir möchten uns noch einmal für das überfallartige Hereinplatzen in deinen geruhsamen Sonntagabend entschuldigen", sagte Gregor mit seiner leicht näselnden Wissenschaftlerstimme. „Eigentlich ist es unverzeihlich, dass wir einfach so unangemeldet bei dir aufkreuzen, aber Regina", er warf ihr einen fast zärtlichen Seitenblick zu, „ist ziemlich spontan in solchen Dingen."

„Mir ist eben diese alte Geschichte in den Sinn gekommen." Regina schnitt Gregor eine dieser kleinen schnippisch-koketten Grimassen, die alle Nuancen von leicht angenervter Gereiztheit bis hin zu verliebtschelmischem Necken beinhalteten. „Ich weiß nicht, weshalb ich sie überhaupt mit dir in Verbindung bringe, Carol, sie hat nämlich weder mit Peter noch mit dir etwas zu tun. Aber sie könnte dir vielleicht Hinweise liefern, die den Fluss deiner Erinnerungen in Gang setzen."

Sie würden ein schönes Paar abgeben, dachte Carol völlig zusammenhangslos. *Die charmante, verführerische, lebenshungrige Regina und der elegante, weltmännisch gewandte Gregor.* Hatten sie sich früher auch schon so gut verstanden? Machte es ihnen Spaß, ein gemeinsames Wissen zu teilen, an dem sie, Carol, in diesem Augenblick keinen Anteil hatte? Genossen sie die Situation? Wie gern würde sie ihnen mit gleichmütig distanzierter Stimme mitteilen können, dass ihre Erinnerung in der Zwischenzeit zurückgekehrt war und es keine beunruhigenden Lücken und Trugbilder mehr gab, die ihren bösartigen Schabernack mit ihr trieben, sie narrten, sie abwechselnd in Verwirrung und Fassungslosigkeit stürzten und ihr dazwischen wieder ein Gefühl von schüchtern aufkeimender Hoffnung vorgaukelten.

„Vorausgesetzt natürlich, dass du in der Zwischenzeit dein Gedächtnis nicht schon längst wiedergefunden hast", ergänzte Gregor, als hätte er ihre Gedanken gelesen.

„Nein, das habe ich leider nicht. Mir sind ein, zwei kleine Begebenheiten aus dieser Zeit wieder eingefallen, aber mehr nicht. Ich habe nach wie vor keine Ahnung, was meinen Erinnerungsverlust ausgelöst haben könnte, und bin froh über jeden Anhaltspunkt, der vielleicht ein wenig Licht ins Dunkel bringen könnte."

„Wie du vielleicht weißt, waren Stefan und Dieter während der sechsten Grundschulklasse eng miteinander befreundet", sagte Regina. „Auch Francesca und ich waren oft mit ihnen zusammen. Ungefähr eine Woche vor den Sommerferien, kurz vor Ende des Schuljahrs also, veranstaltete Stefan eine kleine Party, und zwar im Schrebergartenhaus seiner Eltern."

„Schrebergartenhaus?", fragte Carol alarmiert.

Regina nickte. „Sie hatten einen Schrebergarten in der Siedlung *Birkenmoos*. Wir waren oft zusammen dort, haben heimlich Bier getrunken und geraucht. Manchmal haben wir auch bei den Nachbarn Früchte und Gemüse gemaust oder den Blumen die Köpfe abrasiert, oder was Kinder, die an der Schwelle zum Teenie-Alter stehen, halt sonst noch alles so tun. Nichts wirklich Schlimmes, aber wir waren auch nicht nur dort und haben Blümchen angeguckt."

Schrebergartenrandale. Dieter. Gummibärchen und Marshmallows.

Carol spürte, wie es in ihrem Nacken zu kribbeln begann. Da war es wieder, dieses Gefühl des Entsetzens, diese bange Ahnung, dass gleich ihr ganzes Lebensgebilde in abgrundtiefes Chaos stürzen würde. Ihre Augen irrten von Reginas hübschem Gesicht zu Gregors, dessen Blick höfliches, aber leicht distanziertes Interesse ausdrückte.

Sie riss sich zusammen. „Stefan hat euch also zu einer Party eingeladen?"

„Es muss, wie gesagt, ungefähr eine Woche vor den Sommerferien gewesen sein. Es war richtig lustig. Wir haben Bier getrunken, die Jungs natürlich mehr als wir Mädels. Sie wurden immer übermütiger. Irgendwann haben sie von dem Bushäuschen zu erzählen begonnen. Ich habe nichts von der Sache gewusst. Scheinbar haben sie einige Wochen zuvor mit Francesca zusammen ein Bushäuschen mit Farbe besprayt. Die Jungs haben es furchtbar lustig gefunden und sich mit ihrer Heldentat regelrecht gebrüstet. Aber Francesca fand das überhaupt nicht lustig. Sie hat einen Anfall gekriegt und die Jungs angeschrien, dass sie sofort den Mund halten sollten. Sie hatte Angst, dass die Sache auffliegen könnte und sie vor den Jugendrichter müssten. Die Jungs haben sie zuerst ausgelacht, doch dann wurden sie ebenfalls wütend. Sie haben Francesca eine Schlampe genannt und dann hat Francesca gekreischt, dass sie das bereuen würden, und ist voller Wut davongerannt. Und nun kommt das Beste ..."

„Ja?" Carols Stimme klang atemlos.

Regina lächelte vielsagend. „Irgendwann in den Sommerferien, wann genau weiß ich auch nicht mehr, ist das Gartenhaus von Stefans Eltern abgefackelt worden. Es war vollkommen zerstört."

„Hat man herausgefunden, wer dafür verantwortlich war?"

„Nein. Aber wenn ich mir das so überlege, würde ich es Francesca durchaus zutrauen." Wieder lächelte Regina vielsagend. „Sie hatte damals so etwas an sich. Etwas, hm, Unberechenbares. Und ein gewisses Quantum an krimineller Energie. Ich will nicht schlecht über sie sprechen", fügte sie eilig hinzu, als sie Carols entsetzten Blick sah, „heute ist das natürlich nicht mehr so. Sie ist wirklich ganz toll, eine vertrauenswürdige Bankkauffrau, eine gute Mutter und eine interessante Gesprächspartnerin. Aber damals – damals war das anders."

„Übertreibst du jetzt nicht ein bisschen?" Gregors Stimme klang gedehnt und in seinen Augen stand noch immer dieser leicht reservierte Ausdruck. „Ich habe Francesca nie als unberechenbar wahrgenommen. Sie war vielleicht etwas temperamentvoll und impulsiv, aber ob das gleich mit *krimineller Energie* gleichzusetzen ist?"

Regina zog einen Schmollmund. „Du kanntest sie nicht so gut wie ich", sagte sie trotzig. „Francesca war ein Pulverfass, das kann ich dir garantieren! Und sie *hatte* kriminelle Energie, sonst wäre sie ja beim Besprayen des Bushäuschens nicht mit von der Partie gewesen ..."

In Carols Kopf spulten sich die Gedankensplitter im Zeitraffer ab. Francesca. Die Schrebergartensiedlung *Birkenmoos*. Flammen. Nacht. Eine tote Katze. Und –

Ihr Gehirn weigerte sich, die bedrohliche Erkenntnis zu Ende zu denken. Verzweifelt konzentrierte sie sich auf das Geplänkel zwischen Gregor und Regina, erfasste mit akribischer Genauigkeit jedes einzelne Detail ihrer Erscheinung. Das Karomuster von Gregors Twill-Hose wurde durch die Seitennähte unsanft unterbrochen. Dadurch erschienen die streng rechtwinkligen Karos mit einem Mal quaderförmig, wie kleine, dreidimensionale Bauklötze. Außerdem klebte auf seinem schicken hellbraunen Pullunder, direkt neben dem Halsausschnitt, eine zinnoberrote Fluse. Sie hatte die Größe einer Aspirin-Tablette und wirkte auf dem dezenten hellbraunen Untergrund ungefähr so deplatziert wie ein Schwimmer im Tauchanzug auf einem Fußballfeld. Carols Blick krallte sich krampfhaft daran fest, so als hätte die knallig grelle Gewebefaser lebensrettende oder zumindest lebensverlängernde Eigenschaften.

Trotzdem kam der bedrohliche Gedanke immer näher. Unaufhaltsam drängte er sich durch die Windungen ihres Gehirns, zähnefletschend, unheilvoll, böse.

Francesca wusste Bescheid. Sie wusste von den anonymen Hinweisen. Sie hatte so offen und vertrauenerweckend gewirkt, als sie sie vor einigen Tagen bei der Arbeit besucht hatte. So, als ob sie alles im Griff hätte und den Wirrungen und Unsicherheiten des Lebens mit sicherem Auftreten und zielorientiertem Zupacken gegenübertreten würde. Und nun stellte sich heraus, dass sie gar nicht die war, für die sie sie gehalten hatte. Weshalb hatte sie ihr nichts von dem Streit mit Dieter und Stefan erzählt? Was verbarg sich unter der Oberfläche der soliden Rechtschaffenheit, die sie ausstrahlte? Falschheit? Verdorbenheit? Niedertracht? Und was führte sie im Schild? Befand sie sich auf einem Rachefeldzug? Wenn ja, warum?

Was war damals geschehen? Und wer waren die Hauptakteure?

Nur mit Mühe gelang es Carol, sich halbwegs auf das Gespräch mit Gregor und Regina zu konzentrieren. Nach dem Aufwärmen einiger weiterer Kindheits- und Schulerlebnisse ließ sich Gregor ausgiebig über die Vorteile des Golfsports aus, während Regina vom beruflichen Werdegang ihres Lebenspartners erzählte, angefangen von der Grundschule bis hin zu seinem Fremdsprachenaufenthalt in Kanada und seinem Bachelor-Abschluss in Angewandter Psychologie. Als sich die zwei eine halbe Stunde später endlich zum Gehen anschickten, hielt Carol sie mit keinem Wort zurück. Sie begleitete sie zur Haustür, bedankte sich höflich für den Besuch und die Information über den Streit zwischen Francesca, Stefan und Dieter, schaute ihnen nach, wie sie durch den

Vorgarten in Richtung Straße gingen, winkte ihnen nochmals zu und schloss danach aufatmend die Haustür.

Ihr Herz klopfte wie wild, als sie ins Wohnzimmer zurückging und das Mobilteil des Telefons sowie die Liste mit den Anschriften ihrer ehemaligen Klassenkameraden, die unter ihrer Agenda und dem Adressbuch mit den wichtigsten Telefonnummern lag, ergriff. Mit zitternden Fingern wählte sie Francescas Nummer. Das Tuten klang hohl und seltsam leer. Niemand meldete sich. Sie drückte die *Off*-Taste und wählte noch einmal. Wieder nichts. Francesca war nicht zu Hause. Auch bei Dieter und Stefan hatte sie keinen Erfolg. Resigniert legte sie das Mobilteil zurück auf die Basisstation.

In der Nacht vom 17. auf den 18. Juli 1988 waren in der Schrebergartensiedlung *Birkenmoos* zwei Gartenhäuser abgefackelt worden, darunter jenes von Stefans Eltern. Zusätzlich waren Blumenbeete zertrampelt und Sträucher herausgerissen worden. Und auf dem Boden hatte man Gummibärchen und Marshmallows gefunden. Was eigentlich auf Dieter hindeuten würde, da er dieses Zeugs damals kiloweise verschlungen hatte. Aber nun, nach Reginas Erzählung, war sie sich da nicht mehr so sicher. Francesca hatte eine Mordswut in sich gehabt. Die Jungs hatten sie aufs Übelste beleidigt und sie hatte damit gedroht, es ihnen heimzuzahlen. Hatte sie die Gartenhäuser abgefackelt? Im Affekt, getrieben von hitzigen, unberechenbaren Rachegedanken?

Hektisch zupfte Carol an ihrer Unterlippe herum. Wie passten die verstreut auf dem Boden liegenden Gummibärchen und Marshmallows zu einer Affekttat? Falls Francesca die Randale in der Gartensiedlung begangen hatte, hätte sie mit den Süßigkeiten bewusst eine falsche Fährte gelegt. Und das würde auf eine sorgfältige und kalkulierte Planung hindeuten. Was eindeutig nicht zu Francescas Charakter, so wie ihn Regina geschildert hatte, passte.

Oder hatte Regina sie damals vielleicht falsch eingeschätzt?

Francesca hielt nicht viel von Dieter, das hatte sie bei ihrem Gespräch vor einigen Tagen deutlich genug durchblicken lassen. War sie vielleicht gar nicht so hitzköpfig und impulsiv? Hasste sie Dieter so sehr, dass sie die Tat kaltblütig geplant und eine Reihe von Indizien gestreut hatte, die Dieter als Täter infrage kommen ließen? Und dann war da noch die Geschichte mit Andrea, auf die sie sie hatte aufmerksam machen wollen. *Das, was Andrea ihr, Carol, und Peter angetan hatte.* Es musste etwas Gravierendes sein, sonst hätte Francesca sie nicht extra deswegen bei der Arbeit aufgesucht. Oder war dies vielleicht ebenfalls eine absichtlich gestreute falsche Fährte? Um sie auf eine Spur anzusetzen, die in Wirklichkeit nirgendwohin führte?

Hilflos knirschte Carol mit den Zähnen. Wo blieben ihr logisches Denkvermögen und die analytischen Fähigkeiten, mit denen sie sonst jede knifflige Fragestellung in Angriff nahm? Sie konnte die verschiedenen Hinweise, die sie bisher bekommen hatte, weder in einen folgerichtigen Zusammenhang stellen noch herausfiltern, wer von ihren ehemaligen Schulkameraden die Wahrheit sagte und wer nicht.

Weshalb hatten Stefan und Dieter nichts von dem abgebrannten Gartenhaus und dem Streit mit Francesca erzählt? Steckten die drei womöglich gemeinsam unter einer Decke? Hatten sie sich gegen sie verschworen, weil sie mit allen Mitteln verhindern wollten, dass etwas, das damals geschehen war, ans Licht kam?

Und wie passte die Kulturfabrik ins Bild?

Sie versuchte sich an die Sequenzen zu erinnern, die sich bei ihrem letzten Flashback vor ihrem inneren Auge abgespult hatten. Dunkelheit. Flammen. Schreie. Ein schuppenartiges Gebäude. Die Schrebergartensiedlung? Oder doch die Kulturfabrik?

Kapitel 32

Sonntag, 14. Juli, 23.55 Uhr

Ich habe das Spiel satt. Nein, nicht das Spiel, sondern das Spielen. Diesen ganzen Prozess des häppchenweisen Verfütterns von Informationen. Die anonymen Zettel mit den spärlichen Hinweisen. Die Beobachterrolle im Hintergrund. Ich habe eine Lawine losgetreten, die ich nicht mehr aufhalten kann.

Dabei hatte ich zu Beginn solchen Spaß daran. Als Kind habe ich nie besonders gern gespielt und bis heute hat sich daran nicht viel geändert. Am meisten hasse ich Strategiespiele wie Schach oder Cluedo oder Die Suche nach Mister X. Ich finde es anstrengend, um sieben Ecken herumzudenken. Nicht, dass ich es nicht könnte, wenn ich mir die Mühe machen würde. Das heißt, eigentlich habe ich es nie so richtig versucht. Weil ich nämlich Angst vor einer Niederlage habe. Ich habe Angst, dass es mir womöglich nicht gelingt, die Züge des Gegners im Voraus zu bestimmen. Habe Angst, dass ich nicht die richtigen Strategien entwickle, nicht richtig taktiere, nicht richtig analysiere.

Zu Beginn eines Spiels ist alles offen. Die Gegner haben dieselbe Ausgangslage. Doch schon die ersten Spielzüge können über Sein oder Nichtsein bestimmen. Und dann erhält das Spiel eine Eigendynamik. Die Kräfte verschieben sich, die Chancengleichheit ist vorbei. Bei einigen Spielen dauert es länger, bis dieser Prozess der Kräfteverschiebung einsetzt, bei anderen weniger lang. Bei reinen Glücksspielen zum Beispiel beginnt er schon mit dem ersten Würfelwurf. Eigentlich gibt es nichts Ungerechteres als Glücksspiele. Und trotzdem ziehe ich sie den Strategiespielen bei Weitem vor. Weil eine Niederlage nicht so schlimm ist. Weil nicht der Intellekt bestimmt, wer verliert und wer gewinnt, sondern der Zufall.

Der Zufall.

Eine ganz und gar unkalkulierbare Größe, Ehrfurcht gebietend und hässlich zugleich. Faktoren, von denen man bisher nicht gewusst hat, dass sie überhaupt existieren, treffen aufeinander, verknoten sich, lösen sich wieder auf.

Ich weiß nicht, weshalb ich mich auf das Spiel eingelassen habe. Ich war geblendet von der Vorstellung der Macht, die es mir verleihen würde, von Rachegefühlen und von dem Streben nach Genugtuung. Aber ich habe die Eigendynamik, die das Spiel zwangsläufig annehmen würde, falsch eingeschätzt. Habe zu wenig um sieben Ecken herum geplant, zu wenig in Flussdiagrammen gedacht. If ... Then ... Else. Visual Basic lässt grüßen.

If ... Then.

If not ... Then not.

Das Gefühl der Macht, das ich zu Beginn des Spiels verspürt habe, ist vollständig verflogen. Ich bin von der spielenden Person zum Spielball geworden. Habe keinen Boden mehr unter den Füßen. Werde hin und her geworfen. Schwanke zwischen Schuldgefühlen, Angst und irrationaler Hoffnung. Warum habe ich nicht von Anfang an mit offenen Karten gespielt? Ich hätte doch mein Wissen mit ihr teilen können und wir hätten uns gemeinsam auf die Sache nach der Wahrheit machen können. Zu zweit ist man immer besser dran als allein. Aber dann hätte ich ihr davon erzählen müssen, dass ich ihnen damals heimlich gefolgt bin. Und sie hätte Fragen gestellt.

Unangenehme Fragen.

Außerdem könnte zu viel Plaudern lebensgefährlich sein.

Nein, es ist gut so, wie es ist. Ich bleibe im Hintergrund. Im Verborgenen.

Sie ist auf einem guten Weg. Bald wird ihre Erinnerung zurückkehren. Sie ist nah dran. Bald wird sich der Knoten lösen. Sie ist beharrlich. Sie wird sich nicht mit weniger als der Wahrheit zufriedengeben. Ich muss ihr einfach auf der Spur bleiben. Ich habe das Spiel begonnen und muss es zu Ende führen. Ich darf jetzt nicht aufgeben, auch wenn ich die Zufallszahl falsch einkalkuliert habe. Die Flammen lodern. Die Flammen prasseln. Schreie in der Nacht. Schwarze Gespenster ohne Gesichter, Böses im Schild führend. Blitze zucken über den Himmel. Grollende Donnerschläge. Und ich renne, renne, renne, als wäre das Ende der Welt gekommen.

Kapitel 33

Montag, 15. Juli, 8.45 Uhr

Zum wiederholten Mal wählte Carol Francescas Nummer. Nichts. Nur das nervtötende Klingeln in der Leitung. Sie legte den Hörer auf die Gabel und fixierte die digitale Zeitanzeige auf dem Telefondisplay. 8.46 Uhr. Um Viertel nach neun hatte sie den ersten Kliententermin. Eine alleinerziehende Mutter mit einem Kleinkind, die einen befristeten Halbtagsjob in einem Supermarkt gefunden hatte und nun nicht in der Lage war, die Betreuungskosten für die Kinderkrippe zu bezahlen. Carol würde die finanziellen Verhältnisse der Frau genau unter die Lupe nehmen, in ihrem Bekannten- und Verwandtenkreis nach Möglichkeiten zur Kinderbetreuung suchen und, falls dies nicht zum Erfolg führte, verschiedene Stiftungen für notleidende Menschen anfragen, ob sie bereit wären, die Krippenkosten zu übernehmen.

Wieder griff sie nach dem Telefonhörer. Diesmal wählte sie Stefans Nummer. Aber auch Stefan glänzte durch Abwesenheit, sowohl auf dem Handy als auch auf dem Festnetz. Resigniert würgte sie den Klingelton ab, wartete auf das Freizeichen und gab mit bebenden Fingern Dieters Nummer ein. Sie musste einfach jemanden erreichen, der damals an dem Streit in der Schrebergartensiedlung aktiv beteiligt gewesen war und ihr seine Version der Geschichte erzählen konnte. In der vergangenen Nacht hatte sie kaum geschlafen. Bilder von Francescas blassem, zu einer rachsüchtigen Fratze verzogenem Gesicht waren durch ihren halbwachen Kopf gegeistert, unterbrochen von züngelnden Flammen, berstendem Holz und dunklen Wollknäueln.

Was war damals geschehen?

Und wem konnte sie bloß trauen?

„Haller", bellte plötzlich eine Stimme durchs Telefon.

Carol war so erschrocken, dass sie erst einige Sekundenbruchteile brauchte, um sich zu sammeln.

„Dieter – bist du es? Hier – hier spricht Carol. Carol Petersen", sagte sie stockend.

„Carol?“ Die Klangfarbe von Dieters Stimme wechselte von gestresst zu erfreut. „Was beschert mir die Ehre?“

„Hast du einen kurzen Moment Zeit? Ich muss dich etwas fragen.“

„Natürlich. Für dich immer. Worum geht es denn?“

In wenigen Sätzen erzählte ihm Carol vom Streit in der Schrebergartensiedlung und dem abgefackelten Gartenhaus von Stefans Eltern. „Kannst du dich noch daran erinnern? Und weshalb hast du mir bei unserem Treffen neulich nichts davon erzählt?“

„Ist das jetzt ein Verhör?“, fragte Dieter neckisch. „Willst du mich anzeigen, weil ich Informationen zurückgehalten habe? Nein, Spaß beiseite – ich habe einfach nicht daran gedacht, dass es für dich wichtig sein könnte. Es ging bei unserem Gespräch ja schließlich um Peter und dich und nicht um den Rest der Klasse. Aber es stimmt schon, wir hatten damals einen ziemlich derben Streit mit Francesca. Wir haben ihr einige nicht so nette Dinge an den Kopf geworfen und sie hat uns gedroht. *Das wird euch noch leidtun,* oder so. Typisch Mädchen, eben. Und dann ist sie wütend abmarschiert.“

„Kannst du dir vorstellen, dass sie es war, die das Gartenhaus von Stefans Eltern verwüstet hat? Als Racheakt sozusagen?“

„Ich weiß es nicht.“ Carol konnte fast hören, wie Dieter am anderen Ende die Schultern hochzog. „Ganz ausschließen würde ich es nicht. Wenn ich mich richtig erinnere, passierte der Brand am Abend oder in der Nacht des letzten Schultags vor den Sommerferien. Stefan und ich waren zu dieser Zeit schon in unserem jährlichen Ferienlager im Tessin. Wir sind gleich nach der Schule abgereist. Was Francesca an diesem Abend gemacht hat, weiß ich nicht. Sie war jedenfalls emotional labil – leicht aufbrausend, unbeherrscht und sehr reizbar. Wenn ich es mir richtig überlege, könnte ich ihr eine solche Handlung im Affekt durchaus zutrauen.“

„Stefan und du habt also ein wasserdichtes Alibi.“

„Ja, weshalb? Hattest du etwa einen von uns im Verdacht?“, fragte Dieter erstaunt. „Stefan, der sein eigenes Gartenhaus abfackelt? Sag mal, hast du sie noch alle?“

„Neben den beiden verwüsteten Gartenhäusern wurden massenhaft Gummibärchen und Marshmallows gefunden“, sagte Carol langsam, „und da habe ich unwillkürlich an dich denken müssen. Du hast dieses Zeug doch damals kiloweise in dich reingefuttert, oder nicht?“

„Ja, aber ich war nicht der Einzige. Francesca war ebenfalls süchtig danach. Wir haben unsere Vorräte immer gemeinsam aufgestockt. Unser ganzes Taschengeld ist dabei draufgegangen."

Der Boden unter Carols Füßen begann sich zu drehen. Schnell und immer schneller. Francesca. Das war der Hinweis, nach dem sie gesucht hatte. Das fehlende Puzzleteil.

„Ich sehe gerade, da kommt ein Anruf rein, auf den ich dringend warte", sagte Dieter nervös. „Ich muss unser Gespräch leider unterbrechen. Soll ich dich nachher noch mal zurückrufen?"

„Nein, nein, das ist nicht nötig, du hast mir schon mehr als genug geholfen."

Carol legte den Hörer auf die Gabel zurück und wählte gleich darauf Francescas Nummer. Francesca war der Schlüssel zu den Geschehnissen in der Vergangenheit, davon war sie mittlerweile felsenfest überzeugt. Sie musste ihr einfach erzählen, was damals geschehen war. Und diesmal würde sie beharrlich nachhaken, bis sie die Wahrheit ans Tageslicht gebracht hatte.

Der Klingelton klang hohl, wie schon zuvor. Täuschte sie sich oder lag in dem körperlosen Tuten ein fast neckischer Unterton, ein plärrendes Lachen, das sich über alle ihre erfolglosen Bemühungen mokierte? Frustriert knallte sie den Hörer zurück auf die Gabel. Sie musste sich auf das Wesentliche konzentrieren. Ihre Arbeit. Die Klientengespräche. Das Treffen mit Andrea am Nachmittag.

Die Zeit verging wie im Flug. Auf das Gespräch mit der alleinerziehenden Mutter, die die Krippenkosten nicht aufbringen konnte, folgte ein langes Telefongespräch mit Mirkos Betreuer im Pestalozziheim, eine kurze Mittagspause im Park mit Dominik, Tom, Yasmin, Elise und Annika, wobei ihr auffiel, dass sich Dominik ihr gegenüber seltsam distanziert verhielt, so als hätte sie etwas gesagt oder getan, das ihn irgendwie verletzt hatte. Sie beschloss, sich nichts anzumerken zu lassen und erst einmal abzuwarten, wie er sich in den nächsten Tagen verhielt. Falls nötig, könnte sie ihn dann immer noch zur Rede stellen, um den Grund für seine plötzliche Zurückhaltung in Erfahrung zu bringen.

Am Nachmittag standen verschiedene Abklärungen wegen der Platzierung eines neuen Klienten auf dem Programm. Zwischendurch ging ihr kurz der Gedanke durch den Kopf, ob Achim Debrunner wohl bei seinem Entschluss geblieben war und sich morgen bei ihr melden würde, um zu bekräftigen, dass er Ramona nun wirklich definitiv zu sich nehmen wollte. Die letzten Klienten, die sie an diesem Tag zu sich bestellt hatte, waren pünktlich um fünfzehn Uhr in ihrem Büro. Es war ein junges Paar mit einem sechs Monate alten Kleinkind. Der Vater studierte Germanistik im dritten Semester und die Mutter jobbte bei McDonalds. Letzte Woche hatte sich ein Nachbar der Familie beim Jugendamt gemeldet und die Vermutung ausgesprochen, dass die Eltern das Kleinkind vernachlässigten. Er würde es stundenlang weinen hören, außerdem befürchte er, dass die Eltern vielleicht Drogen konsumierten. Carol hatte die Familie zu einem Erstgespräch in ihr Büro im Jugendamt einbestellt, um sich einen ersten Eindruck von den Familienverhältnissen zu verschaffen. Eine Stunde und unzählige Fragen später war sie noch zu keinem schlüssigen Ergebnis gekommen. Sie vereinbarte einen nächsten Termin, diesmal bei der Familie zu Hause, in der Hoffnung, dass sie im häuslichen Umfeld eher zu einer richtigen Einschätzung der Gesamtsituation kommen würde.

Nachdem die Klienten ihr Büro verlassen hatten, reichte die Zeit gerade noch, um sich kurz frisch zu machen, mit dem Kamm durch die Haare zu fahren, die sie heute offen trug, ein wenig Lipgloss aufzutragen und den dezenten nussbraunen Lidstrich, der ihren dunklen Augen etwas zusätzlich Geheimnisvolles verlieh, nachzuziehen.

Als Carol den Erlebnisspielplatz im Stadtpark erreichte, war es zwanzig nach vier. Nach dem Kaltlufteinbruch am Wochenende war es heute wieder sommerlich warm. Einige kleine weiße Wölkchen tummelten sich neckisch am strahlend blauen Sommerhimmel, es duftete nach Lilien, Rosen und frisch gemähtem Gras.

Carol entdeckte Andrea sofort. Sie hatte sich auf einer Holzbank niedergelassen und schaute ihren beiden Kinder zu, die im Sandkasten Tunnelgänge bauten und sie danach mit Wasser aus dem Brunnen füllten. Sie wirkte ruhiger als am Samstag, aber dennoch hatte ihre Haltung etwas leicht Verkrampftes an sich. Carol ging zu ihr, begrüßte sie freundlich, aber distanziert und setzte sich neben sie auf die Holzbank. Aus der Nähe verstärkte sich ihr erster spontaner Eindruck noch. Andreas Gesichtsmuskeln waren angespannt. Dadurch wirkten die Falten um ihren Mund wie in Stein gemeißelt. Auf ihrer Nase thronte ein großer roter Fleck, der am unteren Ende des rechten Nasenflügels in eine dünne nässende Kruste überging.

„Schön, dass du gekommen bist, Carol", sagte Andrea mit stockender Stimme.

„Wie geht es deinem Mann?" Aus dem Augenwinkel nahm Carol wahr, wie sich zwei weibliche Punks etwa fünf Meter von ihnen entfernt ins weiche Gras hockten und ein Sixpack Bierdosen zwischen sich auf den Boden stellten. Die eine hatte einen blonden Irokesenschnitt, während die andere über und über mit Nieten behangen war, die perfekt mit ihrer Stachelfrisur – schwarz mit knallblau gefärbten Haarspitzen – harmonierten.

Andrea nahm einen Schluck Mineralwasser aus einer hellgrünen 5dl-PET-Flasche. „Gut. Außer einem gebrochenen Arm und ein paar geprellten Rippen hat er nichts Schwerwiegenderes davongetragen. Er ist schon wieder recht munter und wir sind einfach dankbar, dass nichts Schlimmeres passiert ist." Sie nahm einen weiteren Schluck aus der hellgrünen Wasserflasche, dabei flogen ihre Augen über Carols Gesicht und huschten dann schnell zur Seite. Umständlich schraubte sie die Flasche wieder zu und stellte sie neben sich auf die Bank. Dann holte sie tief Luft.

„Ich möchte dir endlich meine Geschichte erzählen", sagte sie mit zittriger Stimme. „Aber ich habe Angst, dass du mir nicht verzeihen kannst. Versprichst du mir, dass du nicht vorschnell über mich urteilst?"

Carol spürte, wie ihre Handflächen feucht wurden. Sie klammerte sich an der Sitzfläche der Holzbank fest und lehnte sich nach vorn. „Ich verspreche es", sagte sie leise.

„Wie ich dir bereits gesagt habe, war ich eifersüchtig, sehr eifersüchtig. Jahrelang habe ich versucht, eine Beziehung zu dir aufzubauen, aber du hast mich immer abblitzen lassen. Nach außen hin warst du zwar höflich und hast dir meine Kontaktversuche gefallen lassen, aber innerlich hast du dich in deine eigene Welt zurückgezogen, an der ich keinen Anteil hatte. Immer wieder habe ich versucht, dich aus der Reserve zu locken, aber du hast mich ein ums andere Mal zurückgewiesen. Und dann kam Peter. Hilflos musste ich zuschauen, wie ihr euch angefreundet habt. Du hast dich mehr und mehr geöffnet, bist fröhlicher, lebhafter geworden. Peter hat alles das erreicht, was mir nicht gelungen ist. Du hast ihn in deine innere Welt eingeführt, hast ihn an deinen Gedanken teilhaben lassen. Ihr wart unzertrennlich. Und das hat mich wütend gemacht – so wütend, dass ich auf die Idee mit der Uhr gekommen bin."

„Auf die Idee mit der Uhr?"

Auf Andreas Wangen bildeten sich zwei hektische rote Flecken. „Ja, genau. Ich habe meine Armbanduhr heimlich in Peters Schultasche gesteckt und sie dann bei Herrn Bachmann als gestohlen gemeldet. Außerdem habe ich ihm gesagt, dass ich Peter und dich im Verdacht hätte, weil ihr in der Pause noch mal ins Schulzimmer zurückgegangen wärt. Ich hätte die Uhr vor der Pause auf meine Schulbank gelegt und nach der Pause sei sie nicht mehr dort gewesen. Nach dem Unterricht hat Herr Bachmann uns drei zurückbehalten und euch ins Gebet genommen. Ihr habt alles vehement abgestritten. Daraufhin ist Herr Bachmann wütend geworden. Er hat euch befohlen, eure Schultaschen auf seinen Schreibtisch zu stellen und ihm den Inhalt zu zeigen."

„Und dann hat er die Uhr in Peters Tasche gefunden", sagte Carol tonlos.

Andreas Blick verschleierte sich. „Ja, er hat sie gefunden." Sie schluckte krampfhaft. „Das Bild hat sich unauslöschlich in mein Gedächtnis eingebrannt. Peters Gesichtszüge waren verzerrt, seine Augen in stummem Entsetzen weit aufgerissen, seine Hände in ohnmächtiger Hilflosigkeit zu Fäusten geballt. Du warst wie erstarrt und in deinen Augen lauerte dasselbe fassungslose Entsetzen wie in Peters Augen. Immer wieder habt ihr beteuert, dass das nicht möglich sein könne, dass euch jemand einen Streich gespielt habe, dass ihr nie auf die Idee kommen würdet, jemandem aus eurer Klasse etwas zu entwenden. Herr Bachmann hat euch nicht geglaubt. Du bist mit einer Strafpredigt davongekommen, aber Peter erhielt einen offiziellen Verweis. Am nächsten Tag erzählte ich allen, dass Peter ein Dieb sei und dass man ihm nicht trauen könne."

Wahre deine professionelle Distanz. Hartnäckig klammerte Carol sich an diesen Gedanken. *Wahre deine professionelle Distanz. Das ist alles schon so lange her. Peter wird den Schlag verkraftet haben. Abstrahiere. Betrachte Andrea wie eine deiner Klientinnen. Werde nicht ausfällig. Trenne Tat und Person. Abstrahiere, abstrahiere, abstrahiere.*

„Wie hat Peter reagiert?"

„Nachdem sich der erste Schock gelegt hatte, nahm er es erstaunlich gelassen. Nur sein Blick hatte sich verändert. Ich glaube, er hat mich durchschaut. Manchmal blickte er mich einfach nur unverwandt an, fragend und ein ganz klein wenig spöttisch. Ich habe mich vor ihm gefürchtet. Vor seiner Rache. Oft bin ich den ganzen Schulweg nach Hause gerannt, weil ich gedacht habe, dass er mich verfolgen oder mich irgendwo abpassen könnte."

„Und, hat er das gemacht?"

„Nein." Andreas Augen füllten sich mit Tränen. „Es war mein schlechtes Gewissen, das mich geplagt und mir das eingeredet hat. Peter hat mir nie auch nur ein Haar gekrümmt. Er – er war so anständig, so – so ritterlich, ein richtiger Ehrenmann, und ich – ich habe ihm etwas so Schlimmes angetan. Ich würde alles tun, wenn ich die Zeit zurückdrehen und mich gegen die böse Tat entscheiden könnte."

Carols Gedanken begannen wie ein Karussell im Kreis zu rotieren. War das der Grund für ihren Gedächtnisverlust? Die bösartige Diebstahlsbezichtigung, die darauffolgende Scham, das Entsetzen? Hatte sie deshalb instinktiv beschlossen, das ganze Schuljahr samt Peter aus ihrer Erinnerung zu streichen? Aber weshalb dann die anonymen Hinweise auf die Kulturfabrik und den 17. Juli 1988? Weshalb die Erinnerung an Flammen, Dunkelheit und Blitze, die durch die Nacht zuckten?

„Wann war das? Wann hast du die Uhr in Peters Tasche geschmuggelt?" Carols Stimme klang schärfer als beabsichtigt.

„Es muss Ende November 1987 gewesen sein. Kurz darauf war der erste Advent. Das war sonst immer meine Lieblingsjahreszeit. Aber in diesem Jahr konnte ich mich nicht richtig mitfreuen. Ich musste immerzu an meine hinterhältige Tat denken. Aber ich war zu feige, um sie zu bekennen und euch um Verzeihung zu bitten."

Wie durch einen grauen Nebeldunst nahm Carol die spielenden Kinder im Sandkasten links von ihrer Sitzbank wahr. Seltsam, dass Joel-Henri und Eva-Lea seit ihrer Ankunft vor zehn Minuten ihr konzentriertes Spiel noch kein einziges Mal unterbrochen und ihre Mutter mit irgendwelchen verworrenen Anliegen bestürmt hatten. Auch die beiden friedfertig im Gras hockenden Punkerinnen mit den abenteuerlichen Frisuren schienen weder auf Ruhestörung noch auf lautstarke Stänkereien aus zu sein. Sie öffneten gerade je eine Dose Bier und prosteten sich leise lachend zu. *Ende November 1987.* Das war weit entfernt vom 17. Juli 1988. Weit entfernt von der Kulturfabrik, den Schrebergärten, der toten Katze und den züngelnden Flammen. Weit entfernt von der dunklen Nacht, der einsamen Straße und den abgeänderten Sprichwörtern.

„Ich möchte mich bei dir entschuldigen, Carol." Andreas Stimme zitterte und sie schluckte mehrmals krampfhaft hintereinander. „Es tut mir so leid. Ich finde selbst keine Worte für mein damaliges Handeln. Es gibt keine Entschuldigung dafür. Von daher kann ich gut nachvollziehen, wenn du mir jetzt nicht einfach so locker aus dem Bauch heraus verzeihen kannst. Aber ich hoffe natürlich trotzdem ...", ihre Stimme war immer leiser geworden, bis sie schließlich ganz versagte.

Carol zögerte. In ihrem Inneren brodelte es. Das, was ihr Andrea soeben enthüllt hatte, war wirklich niederträchtig. Ihr Herz zog sich schmerzhaft zusammen, wenn sie sich vorstellte, was die ungerechtfertigte Beschuldigung in Peter ausgelöst haben musste. Verzweiflung. Hoffnungslosigkeit. Resignation. Hatte dies, zusammen mit dem widerlichen Schmutz, dem ihn seine Mutter – wenn sie Dieters Erzählung Glauben schenken konnte – tagtäglich aussetzte, dazu geführt, dass er sich selbst aufgegeben hatte, bevor sein Leben überhaupt richtig begonnen hatte? Vielleicht war er einer dieser namenlosen Bettler, die irgendwo unter einer Brücke hausten, ungeliebt, unerwünscht, Abschaum, vor dem sich die Gesellschaft ekelte und den sie am liebsten loswerden würde. Vielleicht konnte ihn deshalb niemand finden. Andererseits konnte sie sich nach allem, was sie über ihn gehört und woran sie sich inzwischen erinnert hatte, nicht vorstellen, dass Peter sich von einer lächerlichen Diebstahlsbezichtigung unterkriegen lassen würde. Er schien ein Junge gewesen zu sein, der dem Leben trotzig die Stirn bot, immer bereit, sich für die Schwächeren einzusetzen und sich etwaigen Widrigkeiten mit einem Lächeln auf den Lippen entgegenzustemmen.

„Wie hat die Klasse auf die Nachricht mit dem Diebstahl reagiert?"

„Nicht besonders beeindruckt. Peter und du, ihr wart so beliebt, dass diese Geschichte euer Ansehen im ersten Moment paradoxerweise eher noch gestärkt hat. Und dann ist die Sache sehr schnell wieder in Vergessenheit geraten."

„Und ich? Wie habe ich reagiert?"

„Du warst zuerst entsetzt, hast dich aber sehr schnell wieder gefasst. Du hast Herrn Bachmanns Strafpredigt wortlos über dich ergehen lassen und mich nur ab und zu mit einem eiskalten Blick gestreift. Du schienst mich genau durchschaut zu haben, aber du konntest mir nichts beweisen. Von da an hast du mich wie eine Aussätzige behandelt – ich hatte also genau das Gegenteil von dem erreicht, was ich eigentlich hatte bezwecken wollen."

Das deckte sich mit Carols eigener Einschätzung der Situation. Die falsche Beschuldigung war für sie allem Anschein nach nicht allzu zerstörerisch gewesen. Wahrscheinlich hatte sie die Sache nicht einmal ihren Eltern erzählt, sonst hätten sie es bestimmt erwähnt, als sie vor dem Klassentreffen mit ihnen telefoniert und sie nach dem unbekannten Jungen auf dem Foto gefragt hatte. Vielleicht war sie sogar ein wenig stolz auf den leicht verruchten Status gewesen, den ihr die Diebstahlsbezichtigung verliehen hatte. Vielleicht hatte sie sich mit Peter zusammen über die absurde Situation lustig gemacht und die ganze Sache hatte sie nur noch mehr zusammengeschweißt.

Sie suchte in Andreas Augen nach etwas, das ihre Worte Lügen gestraft hätte – Heuchelei, heimlichen Triumph, Falschheit. Aber sie entdeckte nur Schmerz und Kummer darin. Und die aufrichtige Bitte um Vergebung. Mit einem Mal tat sie ihr leid. Sie war eine Gefangene gewesen, eingesperrt in ihrer Eifersucht und dem übermächtigen Wunsch nach Aufmerksamkeit. Jahrelang hatte sie sich um sie bemüht, ohne je richtig zu ihr durchzudringen. Sie musste sich wie jemand vorgekommen sein, auf dessen Gefühlen einfach achtlos herumgetrampelt wurde. Wie jemand, den man nach Belieben hin- und herschubste. Vorgeführt, veräppelt, zum Besten gehalten.

Unbeholfen berührte Carol sie am Arm, der vor Anspannung ganz steif war. „Ich verzeihe dir", sagte sie leise, „aber nur unter der Bedingung, dass du mir noch eine Frage beantwortest."

Kapitel 34

Montag, 15. Juli, 16.40 Uhr

„Eine Frage?", echote Andrea. Ihre Stimme klang noch immer angestrengt, so als würde sie die Luft mit aller Gewalt durch ein winzig kleines Nadelöhr pressen.

„Glaubst du, dass die Wahrheit frei macht? Und glaubst du, dass Gott eine Sünde vergibt, die man weder formulieren kann noch weiß, ob und in welcher Form sie überhaupt existiert?"

Andrea atmete tief durch. „Hm, das ist jetzt seltsam", antwortete sie nach einer Weile. „Mit genau dieser Frage schlage ich mich im Moment selbst herum. Wegen der Geschichte mit der Uhr. Ich hatte immer das Gefühl, dass Gott mir nicht vergeben kann, solange ich dich oder Peter nicht um Verzeihung gebeten habe."

„Ehrlich? Dann hast du ja in den letzten vierundzwanzig Jahren eine ganz schön große Last mit dir herumgeschleppt."

„Ich habe die Sache jahrelang verdrängt", gestand Andrea. „Das heißt, im Unterbewusstsein war sie immer da und hat mein Verhältnis zu Gott gestört. Weil ich mir nicht sicher war, ob Gott mir vergeben hat, konnte ich ihm nicht vertrauen. Und das hat dazu geführt, dass ich mein Leben aus eigener Kraft meistern wollte und dabei eine Rolle gespielt habe, der ich im Grunde genommen nie gerecht werden konnte."

Carol nickte nachdenklich.

„Gestern hatte ich ein langes Gespräch mit einer befreundeten Pastorenfrau", fuhr Andrea fort. „Sie hat mir aufgezeigt, wo mein Denkfehler liegt. Dass die Vergebung von Gottes Seite her felsenfest und garantiert sicher ist. Und dass wir diese Vergebung jeden Tag von Neuem in Anspruch nehmen dürfen. Es ist nicht so, dass ich das jetzt schon völlig erfasst habe – ich muss lernen, es nicht nur mit dem Kopf, sondern auch mit dem Herzen zu verstehen – aber ich bin überzeugt, dass es der richtige Ansatz ist."

„Und was ist mit der Wahrheit, die frei macht? Ist es nicht so, dass man erst richtig frei wird, wenn man überall reinen Tisch gemacht hat?

Wenn man sein Leben sozusagen in allen Bereichen von der Wahrheit durchleuchten lässt?"

„Ich weiß nicht. Jesus sagt ja von sich, dass er der Weg und die Wahrheit und das Leben sei. Ich denke, es genügt, an ihn zu glauben und ihm nachzufolgen, und dann kommt automatisch Wahrheit in dein Leben hinein."

„Ich glaube an Jesus", sagte Carol bedrückt. „Ich glaube, dass er die Wahrheit ist, aber ich bin trotzdem nicht frei."

„Glaube und Nachfolge sind zwei verschiedene Dinge", antwortete Andrea gedehnt. „Jeder, der an Jesus glaubt und seine Schuld vor ihm bekennt, erhält das ewige Leben. Das ist eine einmalige Sache und daran gibt es nichts zu rütteln. Einmal erlöst, immer erlöst. Anders verhält es sich mit der Nachfolge. Die äußert sich darin, dass du Jesus als Herrn über dein Leben anerkennst und ihm die Herrschaft über jeden noch so verborgenen Winkel deines Herzens übergibst."

„Und die böse Tat, die ich ihm nicht bekennen kann, weil ich nämlich gar nicht weiß, worin sie besteht, und ob ich sie überhaupt je begangen habe?", fragte Carol tonlos.

In Andreas Augen zuckte Mitgefühl auf. „Du meinst die Begebenheit, die gegebenenfalls die Ursache für deinen seltsamen Gedächtnisverlust sein könnte?"

Carol nickte und stieß mit ihren perlenbesetzten Designersandalen ein kleines Steinchen weg, das sich direkt vor ihren Füßen befunden hatte.

„Kannst du dich noch an den Zeitpunkt erinnern, als du Jesus dein Leben übergeben hast?"

Wieder nickte Carol wortlos.

„Hast du ihm da jede einzelne Sünde, die du je begangen hast, im Detail bekannt?"

„Nein, natürlich nicht. Das Bekenntnis war eher global."

„Siehst du?" Andrea lächelte zaghaft. „Wichtig ist die Grundhaltung, eine Haltung der Reue und der Schulderkenntnis. Es ist nicht nötig, dass du dabei jede einzelne Sünde wortwörtlich aufzählst. Was auch immer du getan hast, Jesus ist für deine *ganze* Schuld gestorben, für jede einzelne Tat, ob du nun in der Lage bist, sie mit Namen zu nennen oder nicht. Darauf kannst du dich stützen. Das ist ganz sicher."

„Und wo liegt das *Aber*, das nun unweigerlich folgen wird?", fragte Carol fast ein wenig aggressiv.

„Das *Aber* ist kein Aber, sondern ein zusätzlicher Prozess. Es ist der Prozess der Nachfolge, in dem du Jesus nach und nach die Herrschaft über dein Leben übergibst, und zwar über jeden einzelnen Lebensbereich. Dann wirst du erfahren, dass die Wahrheit dich wirklich frei macht. Frei von deinen Ängsten, deinen Zweifeln, deinen Unsicherheiten und dem Bild, das du von dir selber hast."

Carol presste die Lippen zusammen. *Die Wahrheit wird euch frei machen. Ich bin der Weg und die Wahrheit und das Leben.* Das waren Tatsachen, die sie wusste, die sie ihr ganzes Leben lang geglaubt hatte. Sie war erlöst, Jesus hatte ihr ihre Schuld vergeben. Aber sie war an diesem Punkt stehen geblieben. Sie lebte nicht in der Nachfolge. Wenn sie wirklich frei werden wollte, dann müsste sie Jesus die Herrschaft über ihr Leben übergeben. Und dazu war sie nicht bereit. Sie müsste zu viel Liebgewordenes aufgeben: ihre Unabhängigkeit, ihre Bequemlichkeit, ihre liberalen Denkansätze und die Freiheit, zu tun und zu lassen, was sie wollte. Aber war das wirklich echte Freiheit? War es nicht eher eine hypothetisch konstruierte These, die ihr die totale Unabhängigkeit und Autonomie bloß vorspiegelte? War sie nicht trotzdem ihren ureigensten Ängsten, Zwängen und Neigungen unterworfen? Was war Freiheit wirklich? Konnte der Mensch überhaupt frei sein? Waren die beiden Begriffe *Mensch* und *Freiheit* nicht Antonyme, die sich gegenseitig ausschlossen und nie auf einen gemeinsamen Nenner zu bringen waren?

„Was hältst du übrigens von Francesca?" Carol zog die Schultern hoch und ließ sie gleich danach ruckartig wieder sinken, als könne sie die unliebsamen Gedanken über Wahrheit und Freiheit und die Implikationen, die man daraus ableiten konnte, mit einer einzigen nachdrücklichen Geste von sich abzuschütteln.

„Francesca?" Andrea runzelte die Stirn. „Wieso Francesca?"

„Würdest du ihr zutrauen, dass sie es damals, gegen Ende der sechsten Grundschulklasse, mit dem Gesetz nicht so genau genommen hat? Dass sie zum Beispiel an verschiedenen Orten randaliert hat, heimlich Alkohol getrunken und Bushäuschen mit Graffiti verziert hat?"

Andrea zögerte. „Man hat damals etwas gemunkelt", sagte sie endlich nach einer längeren Pause. „Francesca hatte zwei ältere Brüder, die hin und wieder einige krumme Dinger gedreht haben, Autos geknackt, ein bisschen Drogen vertickt und solche Sachen. Ich bin mir aber nicht sicher, ob das wirklich zutraf. Francesca war lebhaft, impulsiv und auf eine gewisse Art unberechenbar. Gleichzeitig war sie aber auch offen und ehrlich. Wenn ihr etwas nicht passte, hat sie es einem direkt ins Gesicht gesagt."

„Könntest du dir vorstellen, dass sie aus Rachsucht ein Gartenhäuschen abfackeln würde?"

„Ein Gartenhäuschen abfackeln? Ich weiß nicht, ob ..."

„Du Schlampe! Du kotzt mich an! Missgeburt! Aasgeier!" Ruckartig drehten Andrea und Carol den Kopf in die Richtung, aus der die lauten Rufe kamen. Die blonde Punkerin mit dem Irokesenschnitt war aufgesprungen und drohte ihrer nietenbehangenen Genossin mit der Faust.

„Ey Mann, immer mit der Ruhe. Krieg dich wieder ein. Ich hab's nich' so gemeint." Die blaue Stachelfrisur schwang sich ebenfalls in die Höhe.

„Natürlich hast du das, du – du geldgierige Schlampe! Willst mich um meine sauer verdiente Knete prellen."

„Ich will doch nur meine Kohle zurück. Die fünfzig Mäuse, die ich dir gestern geliehen habe."

„Du hast mir nicht fünfzig, sondern nur zwanzig geliehen, du widerliches Luder, hast du gehört? Es waren zwanzig. Zwanzig – und kein Cent mehr!"

„Ich habe dir fünfzig gegeben und das weißt du ganz genau!" Die Stimme der Blauhaarigen wurde allmählich lauter. „F-ü-n-f-z –"

Sie schaffte es nicht mehr, das Wort zu Ende zu buchstabieren. Blitzschnell hatte die blonde Irokesin mit der immer noch geballten Faust zum Schlag ausgeholt und ihrer Bekannten einen gezielten Hieb in die Bauchdecke versetzt. Sekundenbruchteile später krümmte sich die Blauhaarige auf dem Boden und schnappte verzweifelt nach Luft, während die Blonde ihre Siebensachen packte und mit großen Sprüngen davonjagte.

Ohne zu überlegen, rannte Carol zu dem auf dem Boden liegenden Mädchen und ging vorsichtig neben ihr in die Hocke. „Langsam und tief durchatmen", sagte sie ruhig. „Einatmen – Luft anhalten – ausatmen – Luft anhalten – einatmen – Luft anhalten – ausatmen."

Allmählich wurde der keuchende Atem des Mädchens ruhiger. Es wälzte sich auf den Rücken und beäugte Carol mit kritischem Blick aus schwarz umrandeten, katzenartigen grün-grauen Augen. Über dem rechten Auge befand sich eine kleine Narbe, die die Augenbraue wie ein gezackter, dünner Pfeil in zwei fast symmetrische Hälften teilte.

Die Erkenntnis durchzuckte Carol wie ein Blitz aus heiterem Himmel.

„Fabienne“, stotterte sie, „ich hätte nicht gedacht, dass ich dich hier antreffen würde.“

In Fabiennes katzenartige Augen trat ein verächtlicher Ausdruck. Mühsam stützte sie sich auf die Ellenbogen, zog die Knie an und drehte sich halb auf die Seite, bis ihre Handflächen und ihr linkes Knie den Boden berührten. Doch Carol, die ihre Fluchtbereitschaft mit einem einzigen kurzen Blick durchschaute, fasste sie mit ruhigem, aber bestimmtem Druck an der Schulter. Wie ein wildes Tier in der Falle wand sich Fabienne hin und her, spuckte Carol auf die Füße, krallte sich mit den Fingern an ihren Beinen fest und hinterließ kleine blutige Kratzspuren auf ihrer Haut.

„Andrea, könntest du bitte die Polizei rufen?“, rief Carol keuchend, während sie ihren Griff um Fabiennes Schulter verstärkte.

„Was?“, schrie Andrea zurück. Sie war bei Ausbruch des Streits zu ihren Kindern im Sandkasten geeilt, die sich nun wie zwei verstörte Vögelchen Schutz suchend an ihre Hosenbeine klammerten. Eva-Lea hatte zu weinen begonnen, während Joel-Henri mit großen Augen jede einzelne Bewegung in sich aufsaugte.

„Ruf die Polizei, schnell!“

Dicht gefolgt von ihren Kindern hastete Andrea zur Parkbank, auf der sie noch vor wenigen Minuten friedlich miteinander geplaudert hatten, riss das Mobiltelefon aus ihrer Tasche und wählte die Nummer der Polizei.

In diesem Moment erschlaffte Fabiennes Körper unter Carols hartem Griff. Sie krümmte sich auf dem Boden zusammen und begann zu wimmern. „Nicht die Bullen, bitte nicht! Nein, nicht die Bullen, bitte, bitte!“

„Andrea, warte! Drück die Off-Taste!“, rief Carol über die Schulter zurück. Sie ließ Fabienne los und kauerte sich neben ihr auf den Boden. „Ist die Verbindung schon hergestellt? Schau, dass du sie irgendwie unterbrechen kannst! So wie es aussieht, brauchen wir die Polizei nicht!“

Mit fliegenden Fingern hantierte Andrea auf ihrem Mobiltelefon herum, während sie mit großen Schritten zu Carol eilte. „Was ist hier los?“, fragte sie atemlos. „Kann ich dir irgendwie helfen?“

„Das ist Fabienne." Carol keuchte noch immer. „Sie ist vor einiger Zeit aus dem Jugendheim, in dem sie seit etwa drei Jahren wohnt, abgehauen. Ich bin ihre Vormundin und für sie verantwortlich. Letzten Freitag hätte sie sich mit mir treffen sollen, um eine Anschlusslösung zu besprechen. Aber …"

Sie kam nicht dazu, den Satz zu vervollständigen. Fabienne hatte sich den kleinen Moment der Unaufmerksamkeit zunutze gemacht und war mit einem Riesensatz auf die Beine geschnellt. Bevor Carol auch nur im Geringsten reagieren konnte, war sie schon einige Meter von der kleinen Gruppe entfernt – ein Vorsprung, der fast nicht mehr einzuholen war.

Carol und Andrea rannten gleichzeitig los.

„Mama! Mama!" Joel-Henri und Eva-Lea begannen zu schluchzen und liefen laut schreiend hinter Andrea her.

„Stopp! Stehen bleiben!", rief Carol durch den Park. „Haltet sie auf, sie darf nicht entkommen!"

Sie wusste, dass sie auf verlorenem Posten kämpfte. Es würde an ein Wunder grenzen, wenn jemand in ihre Auseinandersetzung eingreifen und Fabienne an ihrer Flucht hindern würde. Niemand machte sich gern die Hände schmutzig, indem er sich in einen unbekannten und deshalb unberechenbaren Konflikt einmischte.

Der Abstand zwischen ihr und Fabienne vergrößerte sich zusehends. Sie riss sich die perlenbesetzten Sandalen von den Füßen und rannte barfuß weiter, ihre Schuhe in der rechten Hand schwenkend. Fabienne schlug einen Haken und verschwand hinter einer großen Buchsbaumhecke. Aus den Augenwinkeln nahm Carol wahr, dass Andrea die Verfolgung aufgegeben hatte und zu ihren Kindern zurückgegangen war. Sie beschleunigte ihr Tempo, umrundete die Buchsbaumhecke und stoppte abrupt: Fabienne war nirgends mehr zu sehen.

Keuchend schnappte sie nach Luft. „Ist hier vor wenigen Momenten ein blauhaariges Mädchen vorbeigerannt?", fragte sie eine junge Mutter, die mit einem zufrieden vor sich hin brabbelnden Kleinkind auf einer rot-blau gestreiften Wolldecke im Gras saß und erstaunt zu ihr hochsah.

„Dort drüben." Die Frau zeigte mit dem ausgestreckten Arm in die Richtung, aus der Carol gerade gekommen war.

Ruckartig drehte Carol sich um, doch von Fabienne war weit und breit keine Spur zu sehen.

„Hat sie Ihnen etwas gestohlen?", fragte die junge Frau neugierig.

„Nein." Carol lockerte ihre zusammengeballten Hände, zuckte mit den Schultern und trottete langsam über den Rasen zu Andrea und ihren beiden Kindern zurück. Die perlenbesetzten Designersandalen, die sie sich während des Laufens von den Füßen gerissen hatte, schwenkte sie gedankenverloren in der rechten Hand.

Fabienne hatte ihr ein Schnippchen geschlagen. Carol wusste, dass das Mädchen ein Kind der Straße war, und hätte auf eine solche Reaktion vorbereitet sein müssen. Stattdessen hatte sie sich von ihr überlisten lassen. Was zur Folge hatte, dass sie sich nun mit mehreren unangenehmen Anrufen und unzähligen Berichten – zu Händen der Amtsleitung, der Kreissozialbehörde, des Jugendheims und der zuständigen Polizeistelle – herumschlagen musste.

Wenn sie bloß regelmäßig Ausdauersport treiben würde! Dann hätte sie Fabienne vielleicht einholen können. Früher war sie hin und wieder laufen gegangen. Aber sie hatte nicht genug Disziplin gehabt. Mit der Zeit hatte sie immer mehr Ausreden gefunden, um sich vor dem Laufen zu drücken. Entweder hatte das Wetter nicht mitgespielt oder sie war zu müde gewesen. Oder irgendetwas Dringendes war dazwischengekommen. Vielleicht sollte sie doch wieder mit dem Lauftraining beginnen. Am liebsten würde sie so laufen können wie Franka Potente im Filmklassiker *Lola rennt*. Mit voller Kraft voraus, ohne Rücksicht auf Verluste. Einfach losrennen. Die Zeit einholen, manipulieren, neu definieren und schlimmstenfalls wieder zurückdrehen. Wieder dorthin zurückkehren, wo alles angefangen hatte. In ihrem Fall wäre das der Zeitpunkt, als Fabienne neben ihr am Boden gekauert hatte. Und diesmal würde sie sie nicht abhauen lassen. Sie würde sie genau im Auge behalten und beim ersten Anzeichen von Fluchtabsichten sofort zupacken.

„Ist sie entwischt?", fragte Andrea, als Carol mit hängenden Schultern bei ihr und ihren Kindern ankam.

Carol nickte. Sie schnappte sich das Handy aus ihrer Handtasche, wählte die Nummer der Polizei und berichtete dem diensthabenden Beamten, dass sie Fabienne im Stadtpark Zürich Nord gesichtet hatten und dass sie ihnen leider entkommen sei. Der Beamte versicherte ihr, dass sie ihr Möglichstes tun würden, um Fabienne zu finden und sicher ins Heim zurückzuführen.

„Wer's glaubt, wird selig", knurrte Carol, als sie die Auflege-Taste drückte und mit hastigen Fingern zu Max Birchs Nummer scrollte. Die Polizei würde genau n-i-c-h-t-s unternehmen. Eine junge Ausreißerin war nicht wichtig genug. Sie müsste schon kriminell auffällig geworden sein und eine ernsthafte Bedrohung für die Allgemeinheit darstellen.

Max war schon nach dem ersten Klingeln in der Leitung. Er hörte Carol aufmerksam zu, stellte hier und da eine kurze Frage. „Sie ist schlau und mit allen Wassern gewaschen", meinte er endlich. „Es wird nicht einfach, sie zur Rückkehr in ein mehr oder weniger geordnetes Leben zu bewegen. Aber ich werde alles in meiner Macht Stehende versuchen."

„Danke, Max." Carol beendete den Anruf und wandte sich Andrea zu, die sich inzwischen auf die Bank gesetzt hatte und Joel-Henri und Eva-Lea abwechselnd kleine Bananenstückchen in den Mund steckte.

„Tut mir leid wegen der Hektik. Ich hätte nie im Leben gedacht, dass Fabienne hier aufkreuzen und sich direkt vor meiner Nase niederlassen würde."

„Das muss dir doch überhaupt nicht leidtun. Wenn schon jemandem etwas leidtun muss, dann mir. Ich habe dich nämlich abgelenkt und deshalb konnte Fabienne entkommen."

Carol schüttelte den Kopf. „Sie wäre uns ohnehin entwischt. Sie ist ein Kind der Straße. Und die kann man nicht halten – es sei denn, sie entscheiden sich freiwillig dafür."

„Wie lange lebt sie denn schon auf der Straße?"

„Schwierig zu sagen. Ihre Eltern waren Junkies und beide obdachlos. Als Fabienne sechs war, ist ihr Vater an einer Überdosis gestorben und ihre Mutter hat sich aus dem Staub gemacht. Fabienne war verwahrlost und unterernährt. Sie wurde von der Polizei aufgegriffen und sofort auf die Kinderstation der Universitätsklinik gebracht. Dort hat man sie dann gesund gepäppelt. Danach kam sie in ein Heim für verhaltensauffällige Kinder mit besonderen Bedürfnissen. Sie hat sich dort eigentlich ganz gut entwickelt. Sie ist sehr intelligent und hat einen ausgesprochenen Beschützerinstinkt. Im Kinderheim setzte sie sich immer für die Schwächeren ein, auch wenn sie dabei selbst Prügel bezog."

„Was ist schiefgelaufen?"

„Nach der Grundschule wollte sie aufs Gymnasium wechseln. Sie hat die Aufnahmeprüfung mit sehr guten Noten bestanden. Aber sie hat sich nie an den Schulbetrieb dort gewöhnen können. Nach der Probezeit ist sie hochkant rausgeflogen. Danach ist sie untergetaucht. Sie hat etwa drei Monate auf der Straße gelebt. Und dann hat sie sich aus freien Stücken beim Jugendamt gemeldet. Ich war erst einige Wochen dort und wurde zu ihrer Vormundin ernannt. Heute habe ich mindestens ein halbes Dutzend Vormundschaften am Hals, aber Fabienne war meine erste."

„Das war sicher nicht leicht für dich", warf Andrea ein.

„Nein, das war es nicht. Ich war ziemlich überfordert. Wenn mir nicht Dominik, ein Teamkollege, der zum Urgestein des Jugendamts gehört, zur Seite gestanden hätte, wäre ich wahrscheinlich mit wehenden Fahnen untergegangen. Er hat mir geholfen, ein neues Heim für Fabienne zu finden und alle administrativen Dinge zu regeln. Mit Fabienne selbst bin ich nie warm geworden, sie war immer sehr verschlossen und hat wenig geredet."

„Und weshalb ist sie diesmal ausgerissen?"

„Es scheint, dass sie seit einiger Zeit einen Freund aus der Straßen- oder Drogenszene hat. Wahrscheinlich wollte sie einfach mit ihm zusammenleben. Außerdem hat sie sich im Pestalozziheim, einem Jugendheim, in dem Jugendliche zwischen zwölf und achtzehn Jahren leben, nie richtig wohlgefühlt."

„Hast du nicht gesagt, dass sie einen ausgesprochenen Beschützerinstinkt habe?"

„Ja, das hat sie."

„Vielleicht wäre es besser gewesen, sie in einer sozialpädagogischen Pflegefamilie unterzubringen", sagte Andrea nachdenklich. „In einer Familie mit kleinen Kindern, für die sie hätte Verantwortung übernehmen können. Vielleicht wäre sie dann über sich selbst herausgewachsen und hätte wieder festen Boden unter den Füßen gewonnen."

„Ich weiß nicht." Carol zuckte mit den Schultern. „Vielleicht, vielleicht auch nicht. Bei Kindern mit einer solchen Vorgeschichte ist es immer schwierig, eine realistische Prognose zu erstellen."

„Du wirst sie finden", sagte Andrea nachdrücklich. „Oder sie wird nach einer gewissen Zeit von allein zurückkehren. Und dann kannst du die Karten noch mal neu mischen. Eine Pflegefamilie, eine niederschwellige Institution oder was es sonst so an Anschlusslösungen gibt. Du wirst das packen, da bin ich mir ganz sicher."

Carol lächelte zynisch. Andrea war so gutgläubig. Sie hatte keine Ahnung vom wirklichen Leben. Ihr Mann war Jugendpastor und leitete eine kirchliche Jugendgruppe. Dachte sie etwa, dass dieser Tatbestand sie automatisch zur Fachfrau im Umgang mit Straßenkindern machte? Sie kannte bestimmt nur wohlbehütete Kinder aus intakten christlichen Familienverhältnissen. Oder war sie jetzt vielleicht ungerecht? Schätzte sie Andrea falsch ein? Sie hatte mit ihren Fragen und Anregungen immerhin bewiesen, dass sie wusste, wovon sie sprach. Hatte Einfühlungsvermögen und eine gesunde Portion Optimismus an den Tag gelegt. Ohne dabei belehrend oder besserwisserisch zu wirken.

Eine Frau, in deren Gegenwart man sich wohlfühlte. Weit entfernt von dem redseligen Mädchen, das sich ihr immer wieder aufgedrängt und mit allen Mitteln ihre Freundschaft gesucht hatte. Wer weiß, vielleicht würden sie ja jetzt, nach über vierundzwanzig Jahren, doch noch Freundinnen. Und zwar ohne einseitige Bemühungen. Sondern einfach, weil sie einander vertrauen konnten. Denn das wusste Carol instinktiv: Andrea hatte sie zwar damals bei der Geschichte mit der Uhr, die sie ihr vorhin gebeichtet hatte, böswillig und in voller Absicht hintergangen, aber sie hatte sich selbst damit am meisten bestraft. Sie hatte jahrelang unter der Betrugsgeschichte gelitten und es musste sie sehr viel Überwindung gekostet haben, ihr davon zu erzählen und sie um Verzeihung zu bitten. Sie hatte eine zweite Chance mehr als verdient.

Kapitel 35

Montag, 15. Juli, 17.55 Uhr

Andrea fühlte sich, als wäre ein riesengroßer Stein von ihrem Herzen gefallen. Ein wenig hektisch schob sie den Kombikinderwagen vor sich her durch den sich langsam leerenden Park. Eva-Lea saß wild strampelnd in ihrem geblümten Schalensitz, während sich Joel-Henri, der auf dem Trittbrett stand, wie ein kleiner König durch die Gegend kutschieren ließ.

Andrea konnte es kaum glauben, dass sie es geschafft hatte. Sie hatte Carol die böse Tat, die ihr Gewissen belastet und ihren Blick verdüstert hatte, gebeichtet. Und Carol hatte ihr verziehen und sie zugleich an ihren eigenen inneren Ängsten und Sorgen teilhaben lassen. Daran konnte auch die unerfreuliche Begegnung mit Fabienne nichts ändern. Im Gegenteil, sie hatte sie einander eher nähergebracht als auseinandergetrieben.

Carol war für Andrea auch nach allen diesen Jahren noch ein Buch mit sieben Siegeln. Eine interessante Gesprächspartnerin, die eine unaufdringliche Ausstrahlung von Verschlossenheit einerseits und Überlegenheit andererseits umgab. Selbst wenn sie etwas Persönliches von sich offenbarte, blieb sie zurückhaltend und vorsichtig, so als müsste sie mit allen Mitteln verhindern, ihr Gegenüber in die tieferen Schichten ihres Herzens vordringen zu lassen.

Der Weg im Park machte eine Biegung. Unwillkürlich warf Andrea einen letzten Blick über ihre Schulter zurück. Carol lehnte sich entspannt an die helle Holzbank, auf der sie vor gar nicht allzu langer Zeit nebeneinandergesessen und über die Vergangenheit gesprochen hatten, und blätterte in einem dicken Taschenbuch. Andreas Herz machte einen kleinen Sprung. Sie würden sich wieder näherkommen. Und wer weiß, vielleicht würden sie sogar Freundinnen werden. Richtige Freundinnen diesmal, die sich ihre kleinen und großen Geheimnisse anvertrauten und einander an dem, was sie in ihrem Innersten beschäftigte, teilnehmen ließen.

„Mama, das blauhaarige Mädchen – ist das lieb oder böse?", fragte Joel-Henri unvermittelt.

„Bös!", krähte Eva-Lea aus der Tiefe des Kombikinderwagens.

„Sie ist weder lieb noch böse, sondern einfach verängstigt", antwortete Andrea.

„Was heißt das, *verängstigt*?"

„Das heißt, sie hat Angst. Angst, dass ihr jemand wehtun könnte. Sie hat kein Zuhause und lebt auf der Straße. Da hat man viel mehr Angst, als wenn man mit Mama und Papa in einem schönen Haus lebt."

Joel-Henri kratzte sich nachdenklich am Kopf. „Hat sie denn keine Mama und keinen Papa?"

„Ihre Mama und ihr Papa sind ganz weit weg", antwortete Andrea vage.

„Warum sind sie weit weg?", insistierte Joel-Henri. „Was ist mit ihrer Mama und mit ihrem Papa passiert? Alle Kinder haben doch eine Mama und einen Papa."

Etwa dreihundert Meter weiter vorn sah Andrea die Straßenbahn an einer Ampel warten. „Wir müssen uns sputen", sagte sie hastig, „die Straßenbahn fährt gleich ein!" Im Laufschritt schob sie den Kinderwagen mitsamt Trittbrett vor sich her. Nach einer knappen Minute hatte sie die Haltestelle erreicht – zeitgleich mit der Straßenbahn, die mit kreischenden Bremsen zum Stehen kam. Joel-Henri sprang mit einem kleinen Hopser vom Trittbrett und stellte sich neben seine Mutter.

„Mama, was ist mit dem Papa und der Mama von dem blauhaarigen Mädchen passiert?", wiederholte er seine Frage.

„Nicht jetzt. Ich erkläre es dir später." Andrea wartete, bis sich die automatischen Türen geöffnet hatten und wuchtete dann den Kinderwagen durch den Niederflureinstieg ins Innere des Wagens.

Um Viertel nach sechs kamen sie an der Endhaltestelle in Zürich Seebach an, gerade noch rechtzeitig, um in der Quartierbäckerei eines der letzten Zehnkornbrote (Lukas' Lieblingsbrot) zu erstehen. Von der Bäckerei führte ein geteerter Fußweg an rosenbestückten Vorgärten, renovierungsbedürftigen Hausfassaden und verwilderten Hecken entlang zu dem Wohnblock, in dem sie nun seit knapp drei Jahren wohnten.

Es war ein überaus hässliches Gebäude. Die Fassade musste früher, vor langer Zeit, einmal weiß gewesen sein. Heute war sie von einem blassen grünen Schimmer und flächendeckenden grauen Schlieren überzogen. Die Balkone wirkten wie kleine Tröge, die ein fantasieloser Riese nach streng geometrischen Gesichtspunkten in drei parallel verlaufenden Bahnen untereinander angeordnet hatte. Daran konnten auch die farbenprächtigen Blumenkästen, die einige schöpferisch begabte Nachbarn an ihren Balkongeländern angebracht hatten, nicht viel ändern. Andrea atmete tief durch. Wenigstens hatten sie eine Erdgeschosswohnung mit einer Terrasse, deren Grundfläche um einiges größer war als die der winzigen Balkone. Und wenigstens hatte ihre Wohnung genügend Zimmer, sodass nicht nur Joel-Henri und Eva-Lea je einen eigenen Schlafraum hatten, sondern sie auch noch ein Gästezimmer und ein Arbeitszimmer hatten einrichten können. Zwar waren die einzelnen Zimmer klein – die Grundflächen schwankten zwischen achteinhalb und vierzehn Quadratmetern – und sowohl der Küche als auch dem Badezimmer hätte eine bauliche Überholung nichts geschadet, aber dafür war die Miete günstig und die ruhige Lage am Stadtrand für eine Familie mit kleinen Kindern optimal geeignet.

„Mama, ich will jetzt wissen, was mit dem Papa und der Mama von dem blauhaarigen Mädchen passiert ist!", quengelte Joel-Henri.

„Auf dem *Ich-will-Ohr* bin ich taub", sagte Andrea streng. „Wie heißt das Zauberwort?"

Joel-Henri zog eine Schnute.

„Ja? Ich warte."

„Ich will es gar nicht mehr wissen! Es ist mir egal!" Joel-Henri schlüpfte unter Andreas Armen hindurch, ließ sich vom Trittbrett auf den Boden plumpsen und rannte schnurstracks zu der mit dunkelbraunem Metall beschlagenen Eingangstür ihres Wohnblocks. Ungeduldig hämmerte er mit den Fäusten gegen das unnachgiebige Material.

„Halt!", rief Andrea von hinten. Sie beschleunigte ihren Schritt und riss dabei die Hausschlüssel aus ihrer selbst genähten Umhängetasche, die an ihrer Schulter baumelte. Wenig später war sie bei Joel-Henri angekommen und sperrte die Haustür auf.

„Ich will zu Papa! Papa erzählt mir bestimmt etwas über das blauhaarige Mädchen! Er weiß nämlich alles! Und bei ihm muss ich auch nicht immer *bitte* sagen!"

Joel-Henri stürmte zu ihrer Wohnungstür, die ebenfalls in trübem Braun gestrichen war. Hektisch rüttelte er an der schlichten Metallklinke, die an der klobigen Holztür unverhältnismäßig klein wirkte, und drückte gleichzeitig mehrmals hintereinander auf die Klingel.

„Psst." Andrea packte ihn am Arm und zog ihn von der Klingel weg. „Papa schläft vielleicht. Es ist nicht lustig, wenn man mitten im Schlaf durch dieses ohrenbetäubende Schrillen geweckt wird. Jetzt machen wir ganz langsam und ruhig die Tür auf und schauen, ob Papa wach ist oder schläft, okay?"

„Papa!", krähte Eva-Lea. Sie zwängte sich aus dem Kinderwagen heraus, presste sich an ihrem Bruder vorbei, stellte sich auf die Zehenspitzen und versuchte mit ihren kleinen Patschhändchen nach dem Klingelknopf zu greifen.

In diesem Moment wurde der Schlüssel von innen im Schloss gedreht und die Tür mit einem energischen Ruck geöffnet.

Wieder einmal verschlug es Andrea bei Lukas' Anblick fast die Sprache. Trotz eingegipstem rechtem Arm, trotz geprellten Rippen und blassem Gesicht wirkte er mit seinem sehnigen Körperbau, seinen markanten Gesichtszügen und den wirren hellbraunen Locken immer noch wie ein germanischer Krieger – ein leicht kranker Krieger zwar, aber einer, den in seiner Männlichkeit so schnell nichts erschüttern konnte.

„Papa!" Joel-Henri klammerte sich mit aller Kraft an Lukas' verwaschene Skater-Jeans. „Papa, gell du weißt, was mit der Mama und dem Papa von dem blauhaarigen Mädchen passiert ist? Du musst es mir unbedingt erzählen, ich will es nämlich auch wissen!"

„Papa! Bla-bla, da-da, Pa-pa", krähte Eva-Lea und hängte sich ebenfalls an Lukas' Hosenbeine.

„Was ist hier los?", fragte Lukas in Andreas Richtung, während sie den Kinderwagen zwischen dem weiß gestrichenen Schuhschrank, unordentlich aufgereihten Kinderstiefeln mit Blümchenmuster, einem grellgrünen Plastiktraktor und einem kleinen Holzfahrrad mit drei Rädern parkte. „Von welchem blauhaarigen Mädchen spricht Joel? Und weshalb seid ihr nicht früher heimgekehrt? Ich hätte gern um sechs Uhr gegessen. Ich habe einen Bärenhunger und in der Küche findet sich weder Brot noch sonst etwas Leckeres zum Knabbern."

Er musterte Andrea mit vorwurfsvollem Blick.

Du musst niemandem etwas beweisen. Du bist eine eigenständige Persönlichkeit. Du bist nicht der Spielball deiner Umgebung.

Esthers Worte hatten so einfach und logisch geklungen. Sie hatten miteinander gebetet und danach hatte sich Andrea nicht nur befreit, sondern auch stark und für alles Kommende gewappnet gefühlt. Aber Lukas schaffte es mit einer einzigen tadelnden Bemerkung, dass sie ihr inneres Gleichgewicht wieder verlor. Er war eine Nummer zu groß für sie. Neben ihm war sie eine unscheinbare graue Maus, ein Nichts, eine Jammergestalt mit spröder, geröteter Haut, einer schon etwas aus den Fugen geratenen Figur und null Ausstrahlung. Liebte er sie überhaupt noch? Oder war sie in seinem ganz persönlichen Universum nichts weiter als eine billige Putzkraft, ein glanzloser Stern, der seine eigene Sonne nur umso heller erstrahlen ließ?

Wortlos drückte sie sich an ihm vorbei, fasste Joel-Henri und Eva-Lea an den Händen und verschwand mit ihnen im Badezimmer.

„Hey, Andrea, nun sei doch nicht gleich eingeschnappt!", rief ihr Lukas hinterher. „Ich habe es nicht so gemeint! Tut mir leid!" Er baute sich mit seiner ganzen imposanten Größe von eins fünfundachtzig im Türrahmen des Badezimmers auf und blickte Andrea halb bittend, halb verlegen an.

„Ist schon gut", sagte Andrea, ohne aufzublicken. Mit geübten Bewegungen seifte sie Joel-Henris und Eva-Leas Hände ein, spülte die Seife wieder ab und rubbelte die gesäuberten Kinderhände mit einem Frotteetuch trocken.

„Andrea, bitte. Ich habe es wirklich nicht so gemeint."

Sie richtete sich auf. „Ist schon gut, ich weiß, dass du es nicht so gemeint hast."

„Wirklich?" Lukas umfasste sie mit seinem gesunden linken Arm und drückte ihr einen sanften Kuss auf die Stirn.

Andrea nickte mit halb geschlossenen Augen, erfüllt von einem undefinierbaren Gefühl der Traurigkeit, das ihre Stimmung auch während des Abendessens noch überschattete und selbst dann noch anhielt, nachdem sie die Kinder zu Bett gebracht hatte. Erschöpft ließ sie sich in die großflächig gemusterte Polstergarnitur im Wohnzimmer sinken und griff nach dem Buch, in dem sie nun schon seit einigen Wochen las. Es war eine Biografie über Hudson Taylor, den bekannten Begründer der China-Inland-Mission. Sein Leben, seine inneren Kämpfe, seine Reisen, seine Familie. Obwohl der Text spannend geschrieben war, kam Andrea einfach nicht vorwärts. Sie hangelte sich von Abschnitt zu Abschnitt, musste häufig ganze Textpassagen zweimal lesen und hätte nachher das Gelesene trotzdem nicht wiedergeben können. Der Abschnitt, den sie nun bereits zum x-ten Mal las, war ein Auszug aus einem Brief, den ein Freund dem China-Inland-Missionar im Jahr 1870 geschrieben hatte.

Ich meine, dass das Verlangen, Streben und Hoffen auf bessere Tage nicht der wahre Weg zur Heiligung, zum Glücklichsein oder zur Brauchbarkeit ist. Zwar ist es besser, als mit schlechten Ergebnissen zufrieden zu sein, aber es ist bei Weitem nicht der beste Weg … Wie denn soll unser Glaube wachsen?

Nachdenklich legte Andrea das Buch zur Seite. *Wie denn soll unser Glaube wachsen?* Welche Antwort würde sie selbst darauf geben? Wie konnte man im Glauben wachsen, ohne dass einem das eigene Ich ständig dazwischenkam? Was war das geistliche Geheimnis von Hudson Taylor?

„Andrea, hast du ein bisschen Zeit zum Reden? Ich habe nämlich das Gefühl, dass es dir nicht besonders gut geht und dass es dir vielleicht helfen würde, dich einmal richtig auszusprechen." Lukas ließ sich neben ihr ins weiche Polster plumpsen und streckte sich herzhaft, was ihm aber sogleich ein lautes Stöhnen entlockte. „Ah, meine Rippen", japste er, „ich vergesse immer, dass ich keine übertriebenen Bewegungen machen darf. So ein Mist. Hoffentlich bessert sich das bald, ich fühle mich wie ein neunzigjähriger Greisenonkel."

„Geprellte Rippen heilen in der Regel nicht von heute auf morgen. Das dauert schon zwei bis drei Wochen, bis du dich wieder einigermaßen schmerzfrei bewegen kannst."

„Ätzend. Weshalb musste das überhaupt passieren? Ich sehe absolut keinen Nutzen darin."

„So ist das Leben halt manchmal. Es gibt Dinge, die auf den ersten Blick nutzlos erscheinen, aber im Nachhinein ergeben sie vielleicht trotzdem einen Sinn."

„Ach ja, apropos sinnvolles Leben – wie ich dir vorher schon sagte, habe ich das Gefühl, dass du im Moment mit deinem Leben nicht allzu glücklich bist. Vielleicht täusche ich mich auch, aber …" Er machte eine bedeutungsvolle Pause.

„Wie kommst du darauf?", fragte Andrea vorsichtig.

„Du bist in letzter Zeit schnell überfordert. Als du Susanne aushelfen solltest, zum Beispiel – da hast du eine richtige Krise geschoben, erinnerst du dich? Oder gestern, als Esther und Werner Kaltenbach zu Besuch waren … Normalerweise bist du eine großartige Gastgeberin, aber gestern hast du völlig versagt. Man hat dir schon von Weitem angesehen, dass dir der Besuch keinen Spaß macht. Und dass die Kaltenbachs dir in der Küche helfen mussten, das war echt die Höhe! Ich habe mich so was von geschämt, das kann ich dir versichern!"

Andrea schnappte hörbar nach Luft.

„Du bist launisch und überempfindlich", fuhr Lukas fort. „Ich muss jedes Wort auf die Goldwaage legen und wenn ich es mal vergesse, reagierst du sofort eingeschnappt. Es ist echt schwierig mit dir."

Du musst nicht perfekt sein. Gott liebt dich genauso, wie du bist. Du musst keine Rolle spielen, die dir nicht entspricht. Sei einfach du selbst.

„Ich glaube nicht, dass ich das Problem bin." Andreas Stimme zitterte vor Anspannung. „Ich bin nicht überfordert. Ich erledige meine Aufgaben nach bestem Wissen und Gewissen. Es macht mir Freude, für meine Familie zu sorgen, Gäste zu bewirten und den Menschen aus meiner Umgebung mit Rat und Tat zur Seite zu stehen. Aber es gibt für alles eine Grenze."

„Doch, du bist überfordert. Bis vor Kurzem warst du eine perfekte Gastgeberin, hattest immer gute Laune und eine geradezu unerschöpfliche Energie. Du hast dich nicht um irgendwelche eingebildeten Grenzen geschert, sondern bist mit gutem Beispiel im Dienst vorangegangen. Und jetzt, was ist jetzt? Du bist überfordert und gibst nur noch eine traurige Karikatur einer Pastorenfrau ab."

„Das stimmt nicht!" Andreas Stimme zitterte noch heftiger. „Es ist nur so, dass ich – dass ich ..."

Dass ich mich nicht mehr in ein Schema quetschen lasse, wollte sie sagen. *Dass es mir egal ist, ob andere Pastorenfrauen dem klassischen Rollenschema entsprechen oder nicht. Dass Gott mich so liebt, wie ich bin. Dass ich nicht perfekt sein muss.*

Aber sie brachte die Worte nicht über die Lippen. Sie war Lukas nicht gewachsen.

„Sichst du", sagte er triumphierend, „jetzt wirst du emotional. Und das ist ein typisches Überlastungssymptom. Es wird Zeit, dass du in dich gehst und zu dem zurückfindest, was du vorher gewesen bist."

In Andreas Hirn knallte eine Sicherung durch. „Nicht ich bin das

Problem“, sagte sie schneidend, „sondern du bist es. Du bist hartherzig, ichbezogen und rücksichtslos. Und ich bin nicht die Einzige, die das so sieht. Den Kaltenbachs ist das gestern auch aufgefallen. Hast du Werners Wink mit dem Zaunpfahl nicht verstanden? Dass es nicht darum geht, große Projekte vorweisen zu können, sondern im ganz profanen Alltag zu bestehen?“

„Bist du sicher? Habe ich wirklich einen schlechten Eindruck hinterlassen?“, fragte Lukas konsterniert.

„Sie haben dich durchschaut. Da bin ich mir ganz sicher.“

„Was haben sie? Denkst du, das könnte negative Auswirkungen auf meine Arbeit und meine berufliche Zukunft haben?“

„Ich weiß es nicht“, sagte Andrea müde. „Und jetzt entschuldige mich bitte, ich habe einen anstrengenden Tag hinter mir. Ich möchte noch ein bisschen lesen.“ Demonstrativ nahm sie das Buch, das sie vorhin zur Seite gelegt hatte, wieder in die Hand und öffnete es an der Stelle, über sie die vor Lukas' Dazwischenplatzen nachgedacht hatte.

Wie denn soll unser Glaube wachsen? Nur, indem wir an das denken, was Jesus für uns ist: sein Leben, sein Tod, sein Werk; er, wie er uns im Wort offenbart wird, er muss der Gegenstand unserer Gedanken sein.

Andreas Herz klopfte bis zum Hals. Sie hatte Mühe, sich auf das Gelesene zu konzentrieren. Zum ersten Mal in ihrem Leben hatte sie sich gegen Lukas zur Wehr gesetzt, ohne dabei von ihm in Grund und Boden gespitzt worden zu sein. Das war immerhin ein Anfang. Sie konnte stolz auf sich sein. Weshalb fühlte sie sich dann trotzdem kein bisschen erleichtert? Und warum hätte sie am liebsten jedes einzelne Wort, das sie gesagt hatte, zurückgenommen?

Kapitel 36

Dienstag, 16. Juli, 7.45 Uhr

Die Klingel an Francescas Wohnungstür hörte sich genauso an wie der Klingelton ihres Telefons: hohl und seltsam leer. Unschlüssig entfernte sich Carol ein paar Schritte von der blau lackierten Tür und versuchte, durch die schräg gestellten Lamellen eines kleinen, auf Augenhöhe liegenden Fensters zu linsen. Außer den undeutlichen Konturen von Küchenmöbeln, die sich schwach von der dämmrigen Umgebung abhoben, konnte sie nichts erkennen.

Wo war Francesca? Weshalb war sie nirgends erreichbar?

Carol hatte unzählige Male versucht, sie telefonisch zu erreichen, aber sie ging weder an ihren Festnetzanschluss noch an ihr Handy. Deshalb hatte sich Carol heute Morgen spontan entschlossen, auf dem Weg zur Arbeit einen kleinen Abstecher nach Zürich West, die aufstrebende Yuppie-Gegend, in der Francesca wohnte, zu machen, um sie direkt vor Ort zur Rede zu stellen. Francesca hatte mehrmals durchblicken lassen, dass sie keine Frühaufsteherin war, also bestand eine realistische Chance, dass sie sie am frühen Morgen noch zu Hause erwischte. Sie musste es einfach riskieren, auch wenn sie Gefahr lief, unhöflich zu erscheinen und vielleicht die Tür vor der Nase zugeknallt zu bekommen.

Falls Francesca überhaupt zu Hause war.

Carol wagte einen erneuten Blick durch die schräg gestellten Lamellen des Küchenfensters. Nichts. Keine Bewegung. Die Wohnung wirkte wie ausgestorben. Ein leises Frösteln setzte sich in Carols Nacken fest. Jagte sie etwa einem Phantom hinterher? Hatte sich Francesca nach ihrem Gespräch im Jugendamt in Luft aufgelöst?

„Falls Sie Frau Grispino suchen – sie ist nicht zu Hause“, ertönte hinter ihr eine mürrische Stimme.

Carol zuckte zusammen, dann drehte sie sich schuldbewusst um und fand sich Auge in Auge mit einem griesgrämig dreinblickenden älteren Mann wieder.

„Wir haben es nicht gern, wenn sich Schnüffler bei uns in der Siedlung herumtreiben", fuhr er in demselben verdrießlichen Tonfall fort. „Falls Sie nicht sofort von hier verschwinden, rufe ich die Polizei."

„Tut mir leid", Carol lächelte ihr gewinnendstes Lächeln, „ich wollte nicht den Eindruck einer Schnüfflerin erwecken. Ich bin eine Freundin von Frau Grispino und muss sie dringend sprechen, aber ich erreiche sie weder über ihren Festnetzanschluss noch auf dem Handy. Ich mache mir Sorgen um sie und habe mich deshalb spontan entschlossen, bei ihr vorbeizuschauen."

Der ältere Mann, der höchstens so groß wie Carol war, aber über einen umso stämmigeren Körperbau verfügte, zog die Oberlippe hoch, was ihn wie einen Zähne bleckenden Pitbull aussehen ließ. „Wenn Sie eine Freundin von Frau Grispino sind, weshalb wissen Sie dann nicht, dass sie in Urlaub gefahren ist?", knurrte er.

„In Urlaub gefahren?" Carol holte tief Luft. „Und ihr Handy? Hat sie das nicht mitgenommen?"

„Frau Grispino nimmt ihr Handy nie in die Ferien mit. Und jetzt, junge Dame, bitte ich Sie, unverzüglich von hier zu verschwinden. Wenn Sie nämlich wirklich mit Frau Grispino befreundet wären, wie Sie behaupten, wüssten Sie das alles. Alle ihre Freunde wissen das."

„Hören Sie, ich muss sie dringend sprechen. Es ist wichtig. Können Sie mir nicht sagen, wie ich sie erreichen kann?"

„Nein, das kann ich nicht", knurrte der untersetzte Mann. „Ich kann es nicht und ich will es nicht. Weil es Sie nämlich nichts angeht. Und jetzt verschwinden Sie endlich."

Entmutigt wandte Carol sich zum Gehen. „Und lassen Sie sich ja nie wieder hier blicken!" Das Knurren in ihrem Rücken ging in ein Kläffen über. „Das nächste Mal rufe ich nämlich unverzüglich die Polizei!"

Spießiger alter Knacker, sei froh, dass ich nicht die Polizei rufe. Und zwar wegen Drohungen gegen eine Amtsperson. Carol straffte die Schultern und reckte den Kopf in die Höhe, um einen wenigstens ansatzweise würdevollen Abgang hinzulegen. Wieder eine Spur, die im Nichts versandet war, dachte sie resigniert. Francesca war ihre große Hoffnung gewesen, die Schlüsselfigur in dem unbekannten Drama. Jetzt blieben ihr genau zwei Möglichkeiten: abzuwarten, bis Francesca aus dem Urlaub zurückkehrte, oder hilflos im Dunkeln weiterzutappen. Den spärlichen Spuren, die ihr noch blieben, aufs Geratewohl nachzugehen und zu hoffen, dass sie auf die Lösung stieß.

Nein, das mit der Wahl war eine Illusion. Es gab keine. Sie konnte es sich nicht leisten zu warten. Irgendwo lauerte jemand, der mehr wusste, und dieser Jemand kam immer näher. Was, wenn die unbekannte Person ihre Taktik änderte? Wenn sie von den anonymen Botschaften zu handfesteren Drohungen wechselte?

Wenn sie bloß wüsste, wer hinter den anonymen Hinweisen steckte. Francesca schied jetzt ja wohl aus. Die meisten Urlaubsangebote dauerten von Samstag bis Samstag. Falls sie nicht ein eigenes Ferienhaus besaß oder von einem Spezialangebot Gebrauch gemacht hatte, war sie in der Nacht auf Sonntag bereits verreist gewesen. Den Zettel an ihrem Küchenfenster musste also jemand anders dorthin geklebt haben. Aber wer? Wer hatte ein Interesse daran, dass sie die Wahrheit herausfand? Und wem konnte ihr Wissen gegebenenfalls gefährlich werden? Dieter? Stefan? Oder vielleicht doch Francesca? Sie war nach wie vor ihre Hauptverdächtige im Fall der unaufgeklärten Schrebergartenrandale. Zwei Gartenhäuser waren abgefackelt worden, wobei ein Sachschaden von zwanzigtausend Franken entstanden war. Nichts Furchterregendes, kein gruseliges Geheimnis dahinter. Ein Kavaliersdelikt, das inzwischen längst verjährt war. Weshalb versuchte dann jemand, sie aus dem Hintergrund zu manipulieren? Was steckte hinter den vordergründig harmlosen Randalen in der Schrebergartensiedlung *Birkenmoos*?

Sie musste sich vor Ort selbst einen Eindruck verschaffen. Vielleicht würde sie in der Schrebergartensiedlung endlich einen Hinweis auf die Geschehnisse dieser unglückseligen Nacht vor vierundzwanzig Jahren finden. Inmitten quadratisch angelegter Miniaturgärten mit Gartenzwergen, farbigen Tontöpfen und Glaslaternen im Retrolook, die in ihrem Kitsch fast schon wieder etwas Geschmackvolles an sich hatten.

Carol nahm ihr Handy aus der schwarzen Gucci-Tasche und warf einen hastigen Blick auf das farbige Display. Fünf vor acht. Sie war spät dran. Und ihr Terminkalender war gut gefüllt. Klientengespräche, verschiedene Gesuche um Kostenbewilligungen bei der Sozialbehörde der Stadt Zürich, Verhandlungen mit einem Verein über die Übernahme nicht gedeckter Kosten. Und Anrufe bei Max Birch und der Polizei standen ebenfalls auf dem Programm. Obwohl sie sich nicht vorstellen konnte, dass sie Fabienne in der Zwischenzeit aufgespürt hatten.

Die Schrebergärten mussten warten. Sie hatte ohnehin ein ungutes Gefühl bei dem Gedanken, sich nochmals allein in die Gegend rund um die Kulturfabrik zu wagen. Ob sie Sofia bitten sollte, sie zu begleiten? Oder vielleicht sogar Andrea? Bei dem Gedanken an Andrea schichteten sich in rasch wechselnder Reihenfolge verschiedene Bilder vor ihrem inneren Auge auf. Andrea auf der Parkbank. Die gestohlene Uhr. Peter. Vergebung. Freiheit. Wahrheit. Nachfolge. Die unbequeme Erkenntnis, die sie bei Andreas Worten durchzuckt hatte.

Noch nie war ihr so deutlich klar geworden, was in ihrem Leben schieflief.

Inzwischen war sie an der Haltestelle angekommen. Die elektronische Leuchttafel zeigte an, dass die nächste Straßenbahn in zwei Minuten einfahren würde.

Sie war nicht bereit, Jesus die volle Herrschaft über ihr Leben zu geben. Dafür liebte sie ihre Freiheit viel zu sehr. Eine Freiheit, die gar keine Freiheit war, wie sie gestern im Park schlagartig begriffen hatte. Sie klammerte sich an etwas, das nicht existent war. Das sie sich bloß eingebildet hatte. Der Mensch war nicht frei. Konnte nicht frei sein. Sein Leben war bestimmt von Abhängigkeiten. Geld, der eigene Körper, die Meinung anderer. Fast alles konnte zum Machthaber werden.

Die Wahrheit wird euch frei machen. Laut Andrea konnte nur Gott das Paradoxon, das über der Existenz des Menschen lag, auflösen. Er schenkte Freiheit, wenn man seine Herrschaft über das eigene Leben akzeptierte. Auf den ersten Blick ein neues Paradoxon – und auf den zweiten Blick ebenfalls. Es ging einfach nicht auf. Der Mensch war und blieb ein Sklave, ob er nun Gott diente oder sich selbst oder dem Geld oder der Meinung seines Umfelds.

Leise surrend fuhr die Straßenbahn ein. Gedankenverloren betrat Carol den vorderen Wagen und setzte sich auf eine freie Zweierbank. Sie musste noch einmal mit Andrea über dieses Thema sprechen. Aber zuerst musste sie sich mit Fabienne beschäftigen. Ob das, was Andrea sagte, vielleicht stimmte? Könnte es sein, dass Fabienne in einer sozialpädagogischen Pflegefamilie besser aufgehoben war? In einer Großfamilie mit richtigen Eltern, kleinen Geschwistern, einem schönen Haus mit Garten und unzähligen Haustieren?

Großfamilie. Pflegefamilie.

Der Gedanke kam von weither, streifte die äußersten Ränder ihres Gedächtnisses, weckte den Anflug einer Ahnung und verblasste wieder. Sie versuchte ihn festzuhalten, in seine tiefer liegenden Schichten vorzudringen, doch je krampfhafter sie sich bemühte, desto schneller verflüchtigte er sich.

Als sie durch die gepanzerte Glastür des Jugendamts trat, war es halb neun. Der Flur war erfüllt vom Lachen und Schwatzen ihrer Teamkollegen, die kurz vor ihr eingetrudelt sein mussten. Yasmins energische und ein wenig zu laute Stimme war besonders deutlich zu hören.

„Das *Utoquai* ist einfach nicht zu toppen, das ist meine Meinung. Es ist die perfekte Mischung aus alt und neu. Und besonders charmant finde ich den vielschichtigen Aufbau der Sonnenterrassen. Da gibt es Dutzende von Nischen-Badeplätzen, die absolut idyllisch sind."

„Das *Utoquai* ist mir zu verschachtelt." Das war Annikas Stimme. „Ich ziehe das Seebad *Enge* vor. Mehr Luft, mehr Raum, mehr Genuss."

Carol ging am leeren Empfangsbüro vorbei zu den internen Postfächern im Materialraum. Auch dort war jedes Wort von der Unterhaltung ihrer Teamkollegen glasklar zu verstehen.

„Seid ihr schon mal im Flussbad *Letten* gewesen?" Dominiks sonore Stimme. „Ich sage euch, die Stimmung am Fluss ist einfach phänomenal. Der Fluss lebt, fließt, rauscht und strömt. Eine gewaltige Wassermasse, die von weither kommt und unendlich viele Geschichten erzählt. Mit dem Zürichsee kann ich hingegen nicht viel anfangen. Der ist viel zu statisch."

„Das stimmt nicht." Wieder Yasmin. „Hast du schon einmal gehört, wie seine Wellen plätschern und säuseln? Sie haben ihre ganz eigene Sprache, mal flüsternd und lockend, dann wieder böse aufbrausend, als würde sich in ihrer Tiefe ein schlafendes Ungeheuer verbergen."

Dominiks Lachen dröhnte durch den Flur. Carol schob die Briefumschläge aus ihrem Postfach zu einem kleinen, ordentlichen Stapel zusammen, ergriff ihn mit beiden Händen und schlenderte auf ihre Teamkollegen zu, die vor der Kaffeemaschine in der kleinen Küchenzeile Schlange standen.

„Ah, Carol, du kommst gerade rechtzeitig." Yasmin seufzte erleichtert auf. „Nicht wahr, ein See kann aufbrausend sein? Dominik lacht mich aus, weil ich das gesagt habe, aber es stimmt. Ich habe bis zu meinem zwölften Lebensjahr direkt am See gewohnt. In Lachen, am oberen Zürichsee. Bei einem Gewitter kann der See ganz schön wütend werden. Das habe ich mit *aufbrausend* gemeint."

Dominik lachte noch immer. „Unser braver Provinzsee und aufbrausend! Schon die bloße Vorstellung ist einfach absurd!"

„Es stimmt aber! Bei Sturm wird er ganz schwarz, die Wellen haben Schaumkronen und schlagen mit voller Kraft ans Ufer. Ich habe das tausendmal erlebt!"

„Ihr habt beide irgendwie recht", sagte Annika diplomatisch. „Bei Sturm kann der See wirklich in gewisser Hinsicht aufbrausend sein, aber normalerweise wird dieses Attribut eher dem Meer zugeschrieben. Man spricht nicht von ungefähr von der tobenden See oder der tosenden Brandung."

„Zerstoben im Tosen der donnernden Wogen brodelt die Brandung tobend nach oben." Der Spontanreim war Carol unwillkürlich entschlüpft, bevor ihre angeborene Zurückhaltung sie daran hindern konnte. Mit einem verlegenen Lächeln versuchte sie ihre Äußerung zu relativieren, aber Yasmin kam ihr zuvor.

„Mannomann, was ist denn in dich gefahren? Ist das jetzt eine Aneinanderreihung von freudschen Versprechern oder so?"

Carol spürte, wie sie rot anlief. „Eine alte Gewohnheit aus Kindertagen", sagte sie leichthin.

Dominik blickte sie halb bewundernd, halb fragend an. Die seltsame Distanziertheit, die ihr am Vortag aufgefallen war, war wie weggewischt. „Eine alte Gewohnheit aus Kindertagen? Mensch, Carol, wie konntest du deine poetische Ader so lange vor uns verbergen? *Zerstoben im Tosen der donnernden Wogen.* Das klingt ja richtig professionell. Du musst diese Gewohnheit in deiner Kindheit ziemlich oft praktiziert haben."

„Ja, das habe ich. Ich hatte ja auch das perfekte Gegenüber dazu."

„Möchtest du dich vielleicht auf die Couch setzen und uns davon erzählen? Wer war dieses perfekte Gegenüber? Eine Sie oder ein Er?"

„Das ist ein kleines Kindheitsgeheimnis." Carol klemmte die Briefumschläge unter ihren rechten Arm, ging zur Spüle, drehte den Wasserhahn auf und ließ eiskaltes Wasser in ein hohes 300-ml-Glas einlaufen. „Und Kindheitsgeheimnisse sagt man am besten nicht weiter, sonst verlieren sie ihren Reiz." Sie drehte den Hahn wieder zu und marschierte an Dominik, Yasmin und Annika vorbei zurück in den Flur. „Tut mir leid, Leute, aber die Arbeit ruft. Ich habe einige ziemlich heikle Fälle anzugehen, und zwar je eher desto besser. Wir sehen uns ..."

Während sie zu ihrem Büro ging, dachte sie über ihr unfreiwilliges Outing in der Abteilungsküche nach. Langsam schien ihre innere Verfassung besorgniserregende Züge anzunehmen. Am Sonntag hatte sie mitten auf der Bahnhofstraße zu weinen begonnen, gestern hatte sie mit Andrea, mit der sie alles andere als befreundet war, über ihre innersten Gedanken gesprochen, und heute fiel sie in aller Öffentlichkeit in eine alte Kinder- oder Jugendgewohnheit zurück. War es die nagende Ungewissheit, die sie zu einem für sie so völlig untypischen Verhalten verleitete? Das Gefühl von drohendem Verderben? Von Gefahr? Eines war sicher: Egal, wie die Sache ausging, ob sie ihr Gedächtnis wiederfinden würde oder nicht, sie würde niemals wieder dieselbe sein wie vorher. Ihre Lebensbasis, ein überraschend fragiles Gebilde, war in tausend Stücke zerbrochen und die Scherben sandten bei jeder Bewegung schmerzhafte Nadelstiche durch die kläglichen Überreste ihrer vernunftgesteuerten Verteidigungsmauer.

Kapitel 37

Dienstag, 16. Juli, 11.55 Uhr

Wütend knallte Carol den Telefonhörer zurück auf die Gabel. Das war nun schon die fünfte Stiftung, die sie angerufen hatte, und auch hier hatte sie wieder eine Absage kassiert. Warum war niemand bereit, die Ausbildungskosten für das Sozialjahr einer sechzehnjährigen kosovarischen Migrantin zu übernehmen? Das Mädchen, das sich sehr gut in der Schweiz integriert hatte, hatte nach den obligatorischen neun Schuljahren keine Lehrstelle gefunden. Da sie aus problematischen Familienverhältnissen stammte, war sie schon seit einiger Zeit im Visier des Jugendamtes. Carol hatte ihr Mathe- und Deutsch-Nachhilfeunterricht vermittelt und ihr beim Zusammenstellen der Bewerbungsunterlagen geholfen. Trotzdem hatte sie nur Absagen erhalten. Schon allein ihr Name – Valbone Bilkahuijavic – hielt viele Lehrbetriebe davon ab, sie überhaupt in die engere Auswahl zu nehmen.

Die Stiftungen begründeten ihre Ablehnung damit, dass Valbone auch bei der Berufsintegrationsstelle *Impulsis* ein Motivationssemester besuchen könne. Ein Sozialjahr mit Schwerpunkt Betreuung und integriertem Berufspraktikum in einer sozialen Institution sei in ihrem Fall nicht angezeigt. Doch Carol war anderer Meinung. Es war Valbones großer Wunsch, eine Ausbildung zur Fachfrau Betreuung absolvieren zu können. Und sie hätte definitiv bessere Chancen eine Lehrstelle zu finden, wenn sie bereits ein Berufspraktikum sowie solide Kenntnisse im Schwerpunktfach Betreuung vorweisen konnte.

Kaum hatte der Hörer die Gabel berührt, begann das Telefon erneut zu klingeln. Hastig warf sie einen Blick aufs Display. Die Nummer kam ihr vage bekannt vor, sie konnte sie im Moment jedoch nicht zuordnen.

„Carol Petersen."

„Hallo, Frau Petersen, hier spricht Achim Debrunner. Frau Petersen, ich habe jetzt eine Woche lang gewartet und mir Gedanken gemacht, genau so, wie Sie es mir gesagt haben. Und jetzt möchte ich Ramona zu mir holen. Ist es okay, wenn ich sie heute bei ihrer Pflegefamilie abhole?"

„Schön, dass Sie sich melden", sagte Carol ungewohnt herzlich. „Und ich verstehe, dass Sie Ramona gleich zu sich holen möchten. Ich werde schauen, was ich tun kann. Da Ramona noch gar nichts von Ihrem Vorhaben weiß, ist es vielleicht besser, wenn wir nicht gleich mit der Tür ins Haus fallen."

„Ich möchte aber nicht länger warten", murrte Achim Debrunner. „Ich habe mich so auf diesen Moment gefreut."

„Das kann ich mir gut vorstellen. Sie werden sich bestimmt auch nicht mehr lange gedulden müssen. Ramona wird auf der Stelle ihre Siebensachen packen und zu Ihnen und Ihrer Frau ziehen wollen." Aus den Augenwinkeln nahm Carol wahr, dass sich ihre Bürotür leise öffnete und Dominiks Kopf im Türspalt erschien. Sie bedeutete ihm mit einer Handbewegung, einen Augenblick zu warten, bis sie das Telefongespräch beendet hatte. Wie von unsichtbaren Fäden gezogen, verschwand Dominiks Kopf wieder, und einen Sekundenbruchteil später fragte sich Carol, ob sie sich sein Erscheinen vielleicht nur eingebildet hatte.

„... noch mit ihr?"

„Wie bitte? Ich habe Ihren letzten Satz nicht ganz verstanden."

„Sprechen Sie heute noch mit ihr?", wiederholte Achim Debrunner.

„Klar. Ich rufe sie gleich nach dem Mittagessen an. Sobald ich Näheres weiß, melde ich mich wieder bei Ihnen. Wenn wir Glück haben, können Sie Ramona schon heute Abend zu sich holen."

„Danke."

„Gern geschehen. Ich freue mich wirklich, dass Sie bei Ihrer Meinung geblieben sind." Carol legte den Hörer auf die Gabel zurück. Eine Welle der Erleichterung durchflutete sie. Wenigstens etwas, das ein gutes Ende nahm. Etwas, das sich von allein löste. Die Debrunners würden Ramona zu sich nehmen, Ramona könnte endlich mit ihrem Vater zusammen sein und Sumaya und Achim Debrunner hätten eine neue Aufgabe, die sie wenigstens zum Teil über den Verlust ihres Babys hinwegtrösten würde.

Carol sprang auf. Vielleicht würde auch ihr eigenes Sackgassenleben plötzlich von allein einen Durchbruch erleben. Die massive, undurchdringliche Hausmauer am Ende der Sackgasse würde wie eine brüchige Pappwand einreißen und ihr den Blick auf alles, was dahinterlag, freigeben. Und es würden keine furchtbaren Geheimnisse sein, die dort auf sie lauerten, sondern lächerlich einfache Erklärungen ohne irgendwelche komplizierten Implikationen.

Schwungvoll öffnete sie ihre Bürotür. Dominik lehnte mit verschränkten Armen im Türrahmen seines eigenen Büros. Ein kleines Lächeln umspielte seine Lippen.

„Was hältst du davon, wenn wir heute mal wieder zusammen essen gehen?"

„Ja, warum eigentlich nicht?"

„Ist das *Cheyenne* okay für dich? Ich habe so richtig Lust auf eine riesengroße mexikanische Tortilla."

„Klingt gut. Ich hole nur schnell meine Tasche, dann bin ich so weit."

Kurz darauf befanden sie sich mitten im geschäftigen Mittagstreiben eines der größten Stadtzürcher Außenquartiere. Autos hupten, Straßenbahnen summten vorbei, elegant gekleidete Geschäftsleute eilten durch die belebten Fußgängerzonen. Das *Cheyenne* war ein stadtbekanntes mexikanisches Restaurant, das mit seinen lang gezogenen Holzbänken und -tischen, die halb auf dem Gehsteig und halb auf der verkehrsfreien Straße standen, eher an eine gutbürgerliche Gastwirtschaft als an ein gediegenes exotisches Speiselokal erinnerte. Trotzdem (oder gerade deswegen) war es ein beliebter Treffpunkt, sowohl für gestylte Geschäftsleute als auch für Handwerker, Studenten und alternative Romantiker. An einem sonnigen Sommertag waren die Festbänke über Mittag regelmäßig bis auf den letzten Platz besetzt. Die einzige Chance, einen freien Platz zu ergattern, war, vor zwölf Uhr vor Ort zu sein.

Carol und Dominik trafen um fünf vor zwölf ein und quetschten sich an den äußersten Rand eines Holztisches, an dessen anderem Ende drei lebhaft diskutierende junge Männer saßen. Berufsschüler oder Studenten. Eben hoben sie alle drei ihre Bierflaschen in die Höhe und prosteten sich zu.

Ein Junge in Jeans und T-Shirt, der tatsächlich als Mexikaner hätte durchgehen können, reichte Carol und Dominik die Speisekarte. Zehn Minuten später saßen sie beide vor einer Riesentortilla, einmal mit Crevetten und einmal mit scharfer Paprika und Auberginen garniert. Dazu gab es frischen grünen Salat und einen Krug Wasser.

„Heute Vormittag bin ich im Zusammenhang mit einer Recherche im Internet auf die Forschungsarbeit eines Geschichtsprofessors gestoßen“, sagte Dominik, nachdem er einige Stückchen seiner Tortilla in erstaunlichem Tempo vertilgt hatte. „Leider hatte ich keine Zeit mehr, um die Abhandlung in allen Einzelheiten durchzulesen, aber das Exposé hat sehr interessant geklungen.“

„Worüber hat er geschrieben?“

„Patchworkfamilien im Mittelalter. Hast du gewusst, dass dieses Familienmodell im späten Mittelalter sehr häufig praktiziert wurde?“

Carol nickte kauend.

„Ich weiß“, sagte sie, nachdem sie ihren Bissen hinuntergeschluckt hatte. „Wegen der hohen Sterblichkeitsrate. Die Mütter starben im Kindbett und die Väter im Krieg. Oder durch die Pest.“

„Genau. Und wenn der überlebende Elternteil wieder heiratete, brachte der neue Ehegatte meistens auch schon Kinder in die Ehe mit. Et voilà – der perfekte Rahmen für eine Patchworkfamilie. Viele der Probleme, mit denen wir uns heute bei unserer Arbeit herumschlagen, sind weder neu noch auffallend ungewöhnlich. Alles schon da gewesen unter der Sonne.“

Carol spießte ein weiteres Stück Tortilla auf ihre Gabel. „Ich habe vor einiger Zeit einen Weiterbildungskurs über das EMP – European Marriage Pattern – besucht. Ich war richtig verblüfft, dass sich das Heiratsverhalten in Mittel- und Westeuropa seit dem späten Mittelalter nicht signifikant verändert hat. Man gründete auch damals schon einen eigenen Haushalt, heiratete spät, es gab viele Singlehaushalte, die durchschnittliche Kinderzahl betrug zwischen zwei und drei Kindern und viele Mütter waren erwerbstätig.“

„Echt? Das ist mir neu. Ich kenne eher das Modell der klassischen Großfamilie, das zum Beispiel Jeremias Gotthelf beschrieben hat. Großeltern, ledige Verwandte, Knechte, Mägde, sechs bis acht eigene Kinder und dazu noch einige Verdingkinder, die alle unter einem Dach lebten. Ich habe immer gedacht, dass das das Familienmodell war, das am häufigsten praktiziert wurde.“

„Nicht so häufig, wie es uns historische Romane glauben machen. Viele Bauernhöfe waren zu klein für einen Mehrgenerationenhaushalt. Die Söhne, die nicht erbberechtigt waren, wanderten schon in jungen Jahren in die Städte ab und erlernten dort ein Handwerk. Danach gingen sie auf Gesellenwanderschaft. Nach der Wanderschaft kehrten sie entweder wieder an ihren Ausgangsort zurück oder ließen sich irgendwo nieder und erarbeiteten sich die Grundlage für einen eigenen Hausstand. Auch die jungen Mädchen gingen in die Stadt und arbeiteten entweder als Hausangestellte in Adels- oder Patrizierhaushalten oder erlernten ebenfalls ein Handwerk. Es gab Schneiderinnen, Hutmacherinnen, Gärtnerinnen, Köchinnen, Hebammen und sogar Schmiedinnen."

Dominik lachte. „Das klingt ja richtig fortschrittlich." Er griff nach seinem Wasserglas, nahm einen großen Schluck und schwenkte dann das halb volle Glas wie einen imaginären Fächer vor seinem Kinn hin und her. „Apropos Bildung, Schule, Kindheit … Ich fasse es immer noch nicht, wie du es geschafft hast, uns deine poetische Ader so lange vorzuenthalten. Ich würde gern ein bisschen mehr über deine Kindheit erfahren. Zum Beispiel weiß ich nicht einmal, ob du Geschwister hast oder ein Einzelkind bist. Und über deine Schulzeit weiß ich ebenfalls nichts."

Carol zögerte. Eben noch hatte sie sich auf relativ sicherem Boden bewegt. Intellektuelle Erörterungen über die Situation der Frauen im Spätmittelalter waren unverfänglich und harmlos. Aber nun wurde das Gelände gefährlicher. Sollte sie Dominik auf diese persönliche Ebene vorstoßen lassen? Oder war es besser, ihn wie gewohnt auf Distanz zu halten? Sie erinnerte sich an seinen seltsam abweisenden Gesichtsausdruck am Vortag. Konnte es sein, dass sie ihn durch ihr unterkühltes Verhalten in den letzten Tagen und Wochen verletzt hatte? Wenn ja, war es das wert? Seine Freundschaft gegen ihre Selbstschutzmechanismen. Vertrauen gegen die Wahrung ihrer Privatsphäre. Mut zur Verletzlichkeit gegen hochnäsige Verschlossenheit. Sie atmete tief durch.

„Ich bin ein Einzelkind. Aufgewachsen bin ich im Kreis Sieben, am Zürichberg. Mein Vater hatte einen wichtigen Posten bei den Städtischen Verkehrsbetrieben und ein entsprechend gutes Gehalt. Meine Mutter hat viel mit mir unternommen. Wir sind oft zusammen in die Stadt gegangen und sie hat mir viel Wissenswertes über Zürich beigebracht. Trotzdem ist sie mir immer fremd geblieben. Ich habe nie wirklich eine Beziehung zu ihr aufgebaut. Sie war zwar körperlich anwesend und ich konnte sie sehen und anfassen, aber irgendwie war sie trotzdem nicht da. Als ich zehn war, hat sie wieder zu arbeiten begonnen."

„Hat sich eure Beziehung dadurch gebessert?"

Carol schüttelte den Kopf. „Ganz und gar nicht. Es wurde eher noch schlimmer. Sie hat sich nur für meine Schulnoten interessiert. Wie es mir sonst ging oder mit wem ich in der Schule Kontakt hatte, war ihr egal."

„Und dein Vater? War er ebenso gleichgültig?"

„Nein, er war anders. Aber er war fast nie zu Hause. Und wenn er zu Hause war, war er immer müde. Der Job hat ihn aufgefressen. Jetzt ist er im Ruhestand, aber er ist ein körperliches Wrack, mit sich selbst und der Welt unzufrieden. Ich wollte, ich könnte ihm helfen, aber er hat sich in sein eigenes Universum zurückgezogen. Er sitzt den ganzen Tag am Fenster und beobachtet, was sich in der Nachbarschaft abspielt. Wenn sich jemand nicht ganz den Regeln entsprechend verhält, beschwert er sich bei der Hausverwaltung. Er hat schon so viele Beschwerdebriefe verfasst, dass sie eine ganze Bücherwand füllen."

„Das tut mir leid." Dominik drehte sein Wasserglas gedankenverloren um die eigene Achse. „Deine Kindheit scheint nicht allzu sehr von menschlichen Kontakten geprägt gewesen zu sein. Warst du in der Schule ebenso einsam wie zu Hause?"

„Nein, eigentlich nicht." Carol zögerte. „Obwohl ich vom Typ her eher ruhig und zurückgezogen war. Und du? Wie war deine Schulzeit?"

Dominik lachte. „Was denkst du? Wie würdest du meine Position innerhalb der Klassenhierarchie einschätzen?"

„Ein Loser kannst du nicht gewesen sein", antwortete Carol wie aus der Pistole geschossen, „dafür bist du viel zu unbekümmert. Ich tippe entweder auf einen begabten – und deshalb beliebten – Fußballspieler oder auf eine Art Klassenclown."

„Bingo!" Dominik grinste. „Wir waren zu zweit, Nils und ich. Nils hatte die lustigen Geschichten auf Lager und ich war der Stimmungsmacher. Das war eine gute Zeit, vielleicht die beste meines Lebens. Dafür waren meine schulischen Leistungen alles andere als toll. Mit größter Mühe schaffte ich den Übertritt an die Realschule und schleppte mich in den ersten Jahren mehr schlecht als recht knapp an der untersten Notengrenze entlang. Erst im letzten Realschuljahr löste sich der Knoten. Ich machte die Aufnahmeprüfung an die Sozialpädagogische Hochschule und bestand sie auf Anhieb. Aber was erzähle ich da? Wir wollten ja nicht über mich, sondern über dich sprechen."

„Nein, nein, ist schon gut“, wehrte Carol ab. „Deine Schulzeit interessiert mich. Es ist immer spannend festzustellen, ob in der erwachsenen Person, zu der man geworden ist, noch ein bisschen das Kind von früher steckt. Wie denkst du darüber? Verlieren wir diesen Teil unserer Persönlichkeit mit dem Erwachsenwerden oder bleibt er uns erhalten?“

Dominik lächelte. „Du lenkst vom Thema ab, Carol. Sosehr mich der theoretische Diskurs über das Kind im Erwachsenen interessieren würde – was mich noch viel mehr interessiert, sind deine Freunde aus der Schulzeit. Wer war zum Beispiel dieses perfekte Gegenüber, von dem du heute Morgen erzählt hast?“

Carol lächelte sybillinisch, dann winkte sie dem mexikanisch anmutenden Jungen zu, der gerade an ihrem Nachbartisch einen Stapel schmutziger Teller abräumte, und bedeutete ihm, dass sie zahlen wollten. „Unsere Mittagszeit ist um“, sagte sie ruhig. „Ich habe um zwei ein wichtiges Klientengespräch und muss mich noch ein wenig vorbereiten. Vielleicht können wir unser Gespräch ein andermal fortsetzen.“

Kapitel 38

Mittwoch, 17. Juli, 8.10 Uhr

„Und du bist dir wirklich sicher, dass du nächsten Samstag dabei sein kannst?"

Daniel war das genaue Gegenteil von Lukas: klein, schmächtig und auf eine sympathische Art zappelig. Er war immer in Bewegung. Entweder wippte er mit den Füßen auf und ab oder schlug mit den Fingern gegeneinander oder trommelte auf irgendeiner verfügbaren glatten Oberfläche herum.

Andrea hatte noch nie einen quirligeren Menschen gesehen. Sie lächelte unmerklich, während sie die beiden Männer von der Küche aus beobachtete. Mit geübten Fingern schichtete sie selbst gebackene Plätzchen auf eine Glasschale und behielt dabei die Filtermaschine im Auge, die soeben die letzten Tropfen des frisch aufgebrühten Kaffees durch die Poren des eingelegten Papierfilters spuckte.

„Ja, natürlich." Lukas lümmelte sich nachlässig in eine Sofaecke und fuhr sich mit der linken Hand durch seine wirren hellbraunen Locken. „Ich bin nicht krank. Und ein Segelevent ist keine Kletterpartie, für die man mindestens zwei Arme und Beine braucht. Ich höre mir die Instruktionen des Kursleiters an, mache mit den Kids auf dem Land einige Trockenübungen und lasse mich danach von euch auf dem Zürichsee herumkutschieren."

Mit gerunzelter Stirn verfolgte Andrea von der Küche aus die großspurigen Worte ihres Mannes. Lukas konnte es einfach nicht lassen. Es war undenkbar, dass ein Event ohne ihn stattfand. Lieber würde er sich auch noch den zweiten Arm brechen, als Daniel allein mit seinen Kids losziehen zu lassen.

„Wie viele Anmeldungen sind bisher eingetroffen?"

„Vierzehn. Der Kurs ist ausgebucht. Ich hoffe nicht, dass noch weitere Anmeldungen eintreffen, sonst haben wir ein Problem."

„Es gibt kein Problem, für das sich nicht irgendeine Lösung finden lässt", sagte Daniel wie aus der Pistole geschossen. Die Geschwindigkeit, mit der seine Antworten kamen, verleitete gutgläubige Gesprächspartner schnell einmal dazu, ihn als oberflächlich und gedankenlos abzustempeln. Doch hinter der flüchtigen Leichtigkeit verbarg sich ein systematisch denkender und rasch arbeitender Verstand.

„Vielleicht könnten wir einige Ruderboote auftreiben", schlug Lukas vor. „Dann lassen wir die Kids abwechselnd rudern und segeln."

„Wann ist die Anmeldefrist abgelaufen?"

„Am Sonntag."

„Sonntag. Das ist gut. Da wird nichts mehr kommen. Plan B können wir getrost vergessen." Gedankenverloren trommelte Daniel mit den Fingern auf die geblümte Sofalehne. „Wie ist übrigens der Besuch der Kaltenbachs gelaufen? Ich habe gehört, dass sie ziemlich anspruchsvolle Gäste sind. Vor allem Werner. Der kann recht hartnäckig auf einem Thema herumreiten, wenn meine Quellen recht haben."

„Echt? Ich fand ihn eigentlich ganz angenehm. Ich konnte ihm sogar von unserem Projekt – *Zwei oder Drei* – erzählen."

„Und? Wie hat er darauf reagiert?"

Andrea bekam Lukas' Antwort nicht mehr mit, denn die Kaffeemaschine zeigte mit einem gurgelnden Brodeln an, dass die letzten Wassertropfen durch den nun bräunlich gewordenen Papierfilter gelaufen waren. Schnell schaltete sie die Maschine aus und zog die gefüllte Glaskanne unter dem Filteraufsatz hervor. Sie stellte sie auf das Servierbrett, auf dem schon die Glasplatte mit den Plätzchen, Kaffeetassen, Löffel, Zucker und ein kleines Milchkännchen standen. Bevor sie alles zusammen ins Wohnzimmer trug, machte sie einen kleinen Abstecher zu den Kinderzimmern. Aus Eva-Leas Zimmer erklang leises Brabbeln, gefolgt von glucksenden Lachern. In Joel-Henris Zimmer tat sich nichts. Andrea legte ihr Ohr ans Schlüsselloch und horchte. Nichts. Vorsichtig öffnete sie die Tür einen Spaltbreit und linste ins Zimmer. Joel-Henri lag mit geschlossenen Augen im Bett, die braunen Locken wirr am Kopf klebend. Aus seinem Mund kamen kleine Schnarchgeräusche. Schnell schloss Andrea die Tür wieder und schlich auf Zehenspitzen davon.

Ein Gefühl von Dankbarkeit stieg in ihr hoch. Bisher waren sie von den Windpocken verschont geblieben. Keines der Kinder zeigte irgendwelche Vorsymptome. Da die Inkubationszeit jedoch meist mehr als zehn Tage betrug, waren sie noch nicht über den Berg. Sie konnte nur weiter beten und hoffen, dass sie sich die unangenehme Kinderkrankheit diesmal nicht eingefangen hatten. Irgendwann würden sie die Krankheit durchstehen müssen, aber nicht jetzt, nicht im Hochsommer und nicht während Lukas' Beeinträchtigung durch seine Unfallverletzungen.

Sie ging in die Küche zurück, hob vorsichtig das Tablett mit dem Kaffeegeschirr hoch und balancierte es ins Wohnzimmer.

„Ich bin mir plötzlich gar nicht mehr so sicher, ob das Projekt wirklich so ein gelungener Wurf ist", sagte Daniel gerade. Sein rechtes Bein federte hektisch auf und ab, als hätte er eine besonders hartnäckige Form der Parkinsonkrankheit. „Es zapft zu viele Ressourcen an."

„Wie meinst du das?"

„Von sich aus werden die Kids nie durchhalten. Die sind viel zu sehr mit ihren Videogames, iPhones und Chatrooms beschäftigt. Die Leute von 20+ müssten also ständig hinter ihnen her sein. Und wenn die mal einen schlechten Tag haben, können wir die Sache glatt vergessen."

„Aber wir haben einige hoch motivierte Leute, sowohl unter den Kids als auch bei 20+", protestierte Lukas, „ich bin mir sicher, dass die genügend Einfluss haben, um die übrigen mitzuziehen. Es muss uns einfach gelingen, die Sache richtig zu verkaufen. Dass es nur etwas für coole Typen ist. Nichts für Loser und nichts für Uncoole."

„Schwarz, mit einem Hauch Milch und zwei Stückchen Zucker, nicht wahr?", fragte Andrea, während sie Daniels Tasse mit Kaffee füllte.

„Gern." Daniel nickte kurz, dann wandte er sich wieder Lukas zu. „Ich weiß nicht. Es ist unrealistisch, Leute, die sich intensiv mit der Bibel beschäftigen, als coole Typen zu bezeichnen. Ich meine, in der Jugendszene, auch in der christlichen, sind die richtig Coolen die B-Boys, die Freestyler und die aufgestylten Tussis, die nur Mode und Jungs im Kopf haben. Schmeiß mit ihnen eine Party, geh mit ihnen zu einem *Street Battle* oder einem Capoeira-Event und sie werden dir folgen wie dem Rattenfänger von Hameln. Sag ihnen hingegen, dass sie sich regelmäßig zum Bibellesen treffen sollen, und sie gucken dich an, als würdest du chinesisch mit ihnen sprechen."

„Tut mir leid, wenn ich mich einmische." Andreas Stimme klang ein wenig belegt. „Aber ist es wirklich nötig, dass ihr den Kids das Bibellesen als ultracoole Sache verkaufen müsst? Könnt ihr ihnen nicht einfach ehrlich sagen, dass es zum regelmäßigen Bibellesen Durchhaltevermögen und Mut braucht? Dass sie gegen den Strom schwimmen müssen, aber dass sich die Sache lohnt, weil sie Gott auf ihrer Seite haben?"

Lukas schüttelte vehement den Kopf. „Du weißt nicht, wovon du sprichst, Andrea. Du kennst unsere Kids nicht. Die sind nur dann zu motivieren, wenn du ihnen etwas Cooles bietest. Auf das altertümliche Motto *Glaube bedeutet gegen den Strom zu schwimmen* fallen sie nicht herein. Das ist ja genau das, was sie *nicht* wollen. Sie wollen so sein wie alle anderen auch. Deshalb musst du ihnen das Bibellesen als etwas Angesagtes verkaufen, etwas, das zum Beispiel irgendwelche coolen Rapper in den USA auch regelmäßig tun."

„Was aber nicht der Fall ist", sagte Daniel knapp. „Andrea hat gar nicht so unrecht. Die Kids wollen Ehrlichkeit. Wenn du ihnen eine Sache krampfhaft als super angesagt anpreisen willst, merken sie das sofort. Du kannst bei ihnen damit vielleicht ein kurzfristiges halbherziges Interesse wecken, aber ganz sicher nichts von Dauer. Vielleicht wäre das gute alte Motto *Gegen den Strom schwimmen* tatsächlich eine Option."

„Ich weiß nicht. Was, wenn der Versuch fehlschlägt? Dann sind *wir* die Loser."

„Und? Was wäre daran so schlimm? Die Kids kennen uns schon seit Jahren. Da können wir getrost mal etwas Neues wagen. Sie werden uns deswegen nicht gleich in die Wüste schicken."

„Ich hasse gescheiterte Projekte", sagte Lukas mit gerunzelten Brauen. „Vor allem, wenn das Scheitern vorprogrammiert ist."

„Beten wir doch noch mal darüber." Daniels rechtes Bein federte nach wie vor hektisch auf und ab. „Lassen wir uns Zeit bis nächste Woche. Dann können wir entscheiden, ob und wie wir das Projekt vorantreiben möchten. Okay?"

Lukas nickte. Die tiefe Zornesfalte, die sich auf seiner Stirn eingegraben hatte, begann sich langsam zu glätten. Er hob seine Kaffeetasse hoch und trank vorsichtig einen Schluck des brühend heißen Getränks.

„Übrigens, Andrea", sagte Daniel, „Susanne lässt anfragen, ob du morgen oder übermorgen Zeit hättest, um auf die Kinder aufzupassen. Sie ist noch immer sehr erschöpft von dieser üblen Windpockenphase, die die Kids in den letzten beiden Wochen durchgemacht haben. Sie braucht unbedingt etwas frische Luft zum Atemholen. Und da haben wir gleich an dich gedacht. Du bist ihr doch schon letzte Woche so selbstlos zur Hilfe gekommen. Wenn du vielleicht noch mal einspringen könntest …"

„Ja, natürlich", antwortete Lukas, ohne zu überlegen. „Das machen wir doch gerne. Solche Hilfeleistungen von Familie zu Familie sind einfach selbstverständlich. Falls notwendig, springen wir sogar an beiden Nachmittagen ein. Es ist wichtig, dass Susanne wieder ganz zu Kräften kommt."

Andrea öffnete den Mund zu einer Erwiderung, brachte aber keinen Ton heraus. Wie hypnotisiert starrte sie auf Daniels Finger, die rastlos gegeneinandertippten – Daumen gegen Daumen, Zeigefinger gegen Zeigefinger, Mittelfinger gegen Mittelfinger, Ringfinger gegen Ringfinger. Nur die beiden kleinen Finger waren vom Rest der Hand abgespreizt und schienen ein wenig ziellos in der Luft zu schweben.

„Danke." Daniel lächelte erfreut. „Ich habe gewusst, dass ihr uns nicht hängen lasst. Dann sage ich Susanne, dass sie morgen und vielleicht auch am Freitag mit einem freien Nachmittag rechnen kann. Ist es okay, wenn du so ungefähr um halb zwei bei uns bist, Andrea?"

Wieder öffnete sich Andreas Mund zu einer Antwort, aber sie brachte keinen Ton heraus.

„Halb drei wäre besser", antwortete Lukas an ihrer Stelle. „Unsere Kids halten normalerweise ein kleines Schläfchen über Mittag. Wenn sie aus ihrem gewohnten Rhythmus fallen, sind sie für den Rest des Tages ungenießbar. Dafür kann Andrea abends noch etwas bleiben. Für mich ist es kein Problem, wenn sie erst um sieben zu Hause ist."

„Gut. Halb drei bis etwa halb sieben. Das klingt gut. Danke vielmals. Ihr seid wirklich die Besten. Echte Christen, für die selbstloser Dienst kein Fremdwort ist. Ich wüsste gar nicht, was wir ohne euch machen würden."

„Gern geschehen. Wie schon gesagt, solche kleine Hilfeleistungen sind einfach selbstverständlich", sagte Lukas.

Der Knoten in Andreas Hals schwoll zu einem riesigen Brocken an. Hinter ihren Lidern sammelten sich Tränen. Mit letzter Kraft griff sie nach dem Tablett, klemmte es sich unter den Arm und wankte damit in die Küche zurück.

Ich kann nicht, schrie alles in ihr. *Was bilden die sich bloß ein? Dass ich eine stimmlose Marionette bin, über die man einfach verfügen kann? Niemand hat mich gefragt, ob ich an diesen beiden Nachmittagen nicht bereits etwas anderes vorhabe. So, als wäre es gar nicht möglich, dass ich ein eigenständiges Leben führe, mit eigenen Terminen und eigenen Plänen. Sie haben mich gar nicht zu Wort kommen lassen.*

Sie ließ das Tablett neben das Spülbecken gleiten, schloss die Küchentür hinter sich und lehnte sich an die marmorierte Kunstharzfläche. Am Donnerstag hatte sie tatsächlich schon etwas anderes vor. Carol hatte sie gestern Vormittag überraschend vom Büro aus angerufen und sie gefragt, ob sie am Abend mit ihr zusammen die Schrebergärten in der Nähe der Kulturfabrik aufsuchen wolle, um einigen Erinnerungsfetzen aus ihrer Schulzeit nachzuspüren. Sie hatte erzählt, dass sie seit dem Klassentreffen anonyme Hinweise erhalten habe und dass sie froh wäre, wenn sie bei ihren Nachforschungen jemanden bei sich hätte, der nicht nur alle Beteiligten kenne, sondern dem sie auch uneingeschränkt vertrauen könne. Andrea hatte ein wenig gezögert, weil sie erst dann von zu Hause wegkonnte, wenn die Kinder im Bett waren, aber Carol hatte sie beruhigt. Wenn sie zwischen acht und halb neun bei den Schrebergärten wären, würde das vollständig reichen. Das bedeutete, dass Andrea spätestens um Viertel vor acht von zu Hause aufbrechen müsste, da die Fahrtzeit eine knappe halbe Stunde betrug. Normalerweise waren Joel und Eva etwa um halb acht im Bett, das wäre also zu schaffen. Nach kurzem Hin und Her hatte Andrea zugesagt, einerseits, weil es ihr wichtig war, mit Carol Zeit zu verbringen und andererseits, weil es sie selbst brennend interessierte, was die Ursache für Carols Gedächtnisverlust war.

Wenn sie nun den Nachmittag über zu Susanne gehen müsste, würden Joel und Eva am Abend so überdreht sein, dass sie sie erst viel später zu Bett bringen könnte. Sie müsste Carol absagen.

Weshalb hatte sie Lukas nicht schon gestern in ihre Pläne eingeweiht? Sie hatte darauf spekuliert, ihn kurzfristig mit ihrem Vorhaben zu überrumpeln, damit ihm nicht noch hunderttausend Einwände in den Sinn kamen. Das war falsch gewesen. Sie hätte mit offenen Karten spielen müssen. Dann hätte er Daniel nicht so überstürzt zugesagt. Oder vielleicht doch? Er hatte ein unheimlich schlechtes Gedächtnis, was ihre Termine betraf. Vor allem, wenn sie ihm nicht perfekt in den Kram passten.

Was sollte sie bloß tun? Carol absagen, um Susanne einen freien Nachmittag zu ermöglichen? Wie weit ging selbstlose Nächstenliebe? War Susanne wirklich so am Ende, dass sie um jeden Preis entlastet werden musste? Vor Andreas innerem Auge tauchte ein Bild auf: *Susanne, wie sie nach ihrem letzten Frisörbesuch strahlend in der Tür gestanden hatte. Susanne mit edel gestuftem neuem Haarschnitt. Susanne, beschwingt und elfenhaft.*

Verzweifelt klammerte sie sich an der Küchenarbeitsplatte fest. Lukas hatte nichts begriffen. Ihr kurzes Aufbegehren am Montagabend hatte keinen nachhaltigen Eindruck bei ihm hinterlassen. Für ihn war es nach wie vor selbstverständlich, dass sie Susanne diesen Liebesdienst erwies. Schließlich waren sie beide Pastorenfrauen und Pastorenfrauen unterstützten einander, wo es nur ging. Wieder einmal war sie in ihrer Rolle gefangen. Eine Pastorenfrau diente ihrem Umfeld, ohne Rücksicht auf eigene Bedürfnisse.

Es gab keine Möglichkeit, auszubrechen.

Andreas Blick fiel auf ein schwarz-weiß kariertes Küchentuch mit einem Saum, auf dem kleine Kätzchen aufgestickt waren. Es war dasselbe Küchentuch, das Esther Kaltenbach bei ihrem Gespräch in der Küche in ihren Händen geknetet hatte.

Esther. Sie konnte ihre Stimme so deutlich hören, als würde sie direkt neben ihr stehen. *Du musst nicht perfekt sein. Gott lässt sich durch eigene Leistungen weder beeindrucken noch blenden. Er selbst spricht dich frei. Aus Liebe. Aus unverdienter Gnade. Auf dem Boden der Vergebung darfst du du selbst sein. Du bist nicht der Spielball deiner Umgebung. Niemand hat das Recht, dich in eine Rolle zu pressen, die dir nicht entspricht. Du darfst aufatmen. Lebe jeden Tag aus Gottes Vergebung, dann wirst du frei und glücklich sein.*

Frei und glücklich, murmelte Andrea leise vor sich hin. *Nicht mehr der Spielball meiner Umgebung. Keinen Erwartungen entsprechen, die mich kaputt machen.*

Plötzlich wusste sie, was sie zu tun hatte.

Sie öffnete die Küchentür und ging ein wenig zögerlich ins Wohnzimmer, wo die beiden Männer sich immer noch lebhaft unterhielten und zwischendurch an ihren Kaffeetassen nippten. Mit klopfendem Herzen setzte sie sich neben Lukas auf die Sofalehne.

Daniel unterbrach sich mitten im Satz und blickte sie fragend an.

„Ich – ich – ähm …“, begann sie stockend.

„Ja?“ In Daniels Stimme schwang ein leicht ungeduldiger Unterton mit.

„Ich – muss – leider – absagen." Andreas Herz schlug wie wild. Mit der linken Hand klammerte sie sich an die Sofalehne, als würde sie gleich von einem tosenden Wasserwirbel in die Tiefe gerissen.

„Absagen?", fragte Daniel ungläubig.

„Absagen?", echote Lukas.

„Ja, absagen." Langsam gewann Andreas Stimme an Festigkeit. Ihr Blick blieb an Daniels schwarz-weiß gemustertem Hemd hängen. Es war eines der Teile, die sie letzte Woche zusammen mit einem ganzen Stapel zerknitterter Wäschestücke in hektischer Akkordarbeit gebügelt hatte. „Ich habe morgen Abend bereits etwas anderes vor. Außerdemdem habe ich euch bereits letzte Woche tatkräftig unter die Arme gegriffen und bin dadurch, dass ich insgesamt vier Tage hintereinander bei euch war, mit meinem eigenen Haushalt ziemlich ins Hintertreffen geraten. Es gibt in unserer Gemeinde unzählige andere Familienfrauen, die sicher gern einspringen würden. Wenn ihr rumfragt, werdet ihr bestimmt im null Komma nichts jemanden finden."

„Andrea! Was ist bloß in dich gefahren?" Lukas' Miene war während Andreas Worten immer finsterer geworden. „Bisher bist du doch auch immer eingesprungen, wenn Not in einer Familie war. Das sind Liebesdienste, aus denen man sich nicht einfach davonstehlen kann. Und du schon gar nicht. Du musst ein Vorbild sein für andere. Wenn du es nicht bist, wer ist es dann?"

„Ein Vorbild ist man nur durch das, was man lebt und glaubt, und nicht durch das, was man als rein äußerliche Fassade vermittelt", sagte Andrea ruhig. „Ich stehe vor Gott. Er gibt mir jeden Tag meine Aufgaben. Ich muss keine von außen diktierte Rolle als Pastorenfrau spielen. Ich bin frei, meine Entscheidungen selbst zu treffen. Und wenn ich sage, dass es nicht geht, dann geht es nicht."

„Andrea hat recht", sagte Daniel knapp. „Sie muss selbst entscheiden, was ihre Aufgaben sind. Wir dürfen ihr da nicht dreinreden. Und schon gar nicht über ihren Kopf hinweg entscheiden, wie du das vorhin gemacht hast. Das war nicht fair."

Die Zornesfalte auf Lukas' Stirn vertiefte sich. „Normalerweise sind Andrea und ich in solchen Dingen immer einer Meinung. Wenn ich gewusst hätte, dass sie ..."

„Ist schon gut", unterbrach ihn Daniel. „Ich werde Marlyse fragen. Oder Christina. Oder Zoe. Die haben alle schon erwachsene Kinder.

Kein Problem, wirklich nicht." Sein rechtes Bein begann unkontrolliert auf und ab zu wippen. „Es tut mir leid, Andrea", jetzt trommelten auch seine Fingerkuppen hektisch gegeneinander, „ich hätte es besser wissen müssen. Du hast uns tatsächlich schon mehr als genug unterstützt. Herzlichen Dank. Das war nicht selbstverständlich."

Lukas' Miene hellte sich ein wenig auf. „Dann macht es dir wirklich nichts aus, jemand anderen anzufragen?"

„Nein, wirklich nicht."

„Und du hast auch nicht das Gefühl, dass wir euch im Stich lassen?"

Daniel warf Lukas einen leicht genervten Blick zu. „Ich glaube, der Sturz vom letzten Wochenende hat nicht nur deine Knochen angeknackst, sondern auch dein Denkvermögen beeinträchtigt. Wenn ich sage, es ist okay, dann ist es okay. Okay?"

Lukas nickte wie ein gehorsames Kind. „Okay", sagte er, aber seine Stimme klang alles andere als beruhigt.

Kapitel 39

Donnerstag, 18. Juli, 20.15 Uhr

Mittlerweile hätte Carol den Weg problemlos auch im Dunkeln gefunden. Vom Klusplatz aus die Hegibachstraße hoch, danach am Waldrand entlang, bis die schmale Straße eine scharfe Linkskurve machte. In dieser Kurve zweigte der von Unkraut überwucherte Weg zur Kulturfabrik ab. Um die Schrebergartensiedlung *Birkenmoos* zu erreichen, musste man der Straße weitere zweihundert Meter lang folgen und dann nach links in einen breiten, etwa fünfzig Meter langen Kiesweg einbiegen. Der Eingang zur Schrebergartenanlage befand sich am Ende dieses Weges – ein etwa zwei Meter hohes Metalltor inmitten einer dichten dunkelgrünen Buchsbaumhecke, die sich, wie es schien, um die ganze Anlange herumzog. Von den namensgebenden Birken hingegen war weit und breit nichts zu sehen.

Die Buchsbaumhecke reichte einem erwachsenen Menschen ungefähr bis zu den Schultern. Carol klammerte sich mit den Händen an die obersten Äste, stellte sich auf die Zehenspitzen und reckte den Hals. Auf der anderen Seite der Hecke wurden wie mit dem Lineal gezogene, schnurgerade Gärtchen sichtbar. Die einen waren mit Gemüse bepflanzt, andere mit farbigem Sommerflor, wieder andere mit leuchtend roten Rosenstöcken. Dazwischen ragten wie in einer Miniaturwelt holzgefertigte Gartenhäuser im Chaletstil empor, die von einer mild strahlenden Abendsonne beleuchtet wurden. Kunstvolle Holzschnitzereien, Blumentöpfe auf den Fensterbrettern, weiß-rot-karierte Vorhänge, Gartenzwerge – ein freundlicher, sauberer Kleinkosmos, von dem alles Schmutzige, Fremde und Unpassende konsequent ferngehalten wurde. Wortfetzen, Lachen und gedämpfte Musik drangen wie durch einen harmonisierenden Filter über die Hecke nach draußen und vermischten sich zu einem angenehm melodischen Gleichklang.

Carol warf Andrea einen fragenden Blick zu. „Was meinst du? Gibt es hier irgendwo eine Klingel oder sollen wir einfach durch die Tür gehen?“

Andrea zuckte mit den Schultern. „Ich weiß es nicht. Falls es eine Klingel gibt, wurde sie sehr gut versteckt. Was machen wir, wenn die Tür verschlossen ist?“

Carol strich sich mit den Fingern durch ihren dichten, mahagonifarbenen Lockenschopf, während sie Andrea verstohlen von der Seite her musterte. Sie wirkte müde. Trotzdem hatte sie ihr mit voller Aufmerksamkeit zugehört, als sie ihr auf dem Weg hierher einen kurzen Überblick über ihre bisherige Suche und die verschiedenen Gespräche mit Dieter, Stefan, Francesca, Gregor und Regina gegeben hatte.

„Ich glaube nicht, dass die Tür verschlossen ist. Sonst wären Besucher hier ja völlig ausgesperrt.“ Entschlossen machte Carol einen Schritt auf die Metalltür zu. „Und wenn wir erst einmal in der Siedlung sind, fragen wir uns ganz höflich bis zu Stefans Eltern durch. Wenn wir Glück haben, sind sie heute Abend hier und sonst schauen wir uns halt einfach so ein wenig um.“

Carol ergriff die sauber polierte Metallklinke und drückte sie nach unten. Das Schloss klemmte. Carol packte die Klinke fester und rüttelte ein paarmal kräftig daran. Ein letzter Ruck – und die Tür war offen. Die Klinke entglitt Carols Hand, und die Tür schwang mit lautem Quietschen zur Seite. Eine ältere Frau, die gleich neben dem Eingang ihr Bohnenbeet bearbeitete, stieß einen unterdrückten Schrei aus. Sie richtete sich auf und musterte Carol und Andrea mit einer Mischung aus Schrecken und Missbilligung.

„Sie müssen neu sein“, sagte sie mit quäkender Stimme. „Sonst wüssten Sie, dass man das Tor ganz vorsichtig und langsam öffnen muss. Wenn das so weitergeht, wird das mein armes Herz nicht mehr lange mitmachen. Wissen Sie, ich habe ein schwaches Herz. Immer, wenn ich mich aufrege, gerät mein Herzschlag ins Stolpern. Ich bin zwar in ärztlicher Behandlung, doch mein Arzt meint immer nur, dass das ganz normale nervöse Beschwerden seien. Aber ich weiß es besser. Mein Herz ist nicht mehr gesund. Und eines Tages werde ich bestimmt daran sterben. Ich sage Ihnen, das ist nicht lustig.“

„Ja, das verstehe ich“, sagte Andrea freundlich. „Es tut uns leid, dass wir Sie erschreckt haben. Das wollten wir natürlich nicht. Wir sind zu

Besuch hier. Können Sie uns vielleicht sagen, wo wir das Gartengrundstück der Familie Eberhardt finden?"

„Eberhardt? Hansjörg und Silvia?" Die Hand der Frau fuhr in ihre hellbraun gefärbte, am Haaransatz deutlich ausgedünnte Dauerwelle. Kleine Erdklümpchen blieben in den schütteren Haarsträhnen hängen und rieselten langsam zu Boden.

„Ja, genau", antwortete Carol aufs Geratewohl.

„Dort hinten, das hinterste Grundstück auf der linken Seite. Hansjörg ist ein ganz Lieber. Er hilft mir immer, das Haus winterdicht zu machen. Vielleicht sollte ich ihn einmal wegen des Eingangstors fragen. Er hat ein goldenes Händchen für Reparaturen. Mein Herz macht das nämlich wirklich nicht mehr lange mit. Wissen Sie, wenn ich mich aufrege, dann …"

„Herzlichen Dank für Ihre Auskunft", sagte Carol schnell, bevor die Dauerwellendame zu einem weiteren Lamento über den schwachen Zustand ihres Herzens ansetzen konnte. „Leider drängt die Zeit. Wir müssen weiter." Sie hakte Andrea unter und zog sie mit sich fort in den hinteren Bereich der Ansiedlung.

Das letzte Haus auf der linken Seite war im Blockhausstil gebaut und von Wind und Sonne verwittert. Im Gegensatz zu den anderen Gartenhäusern in der Anlage wirkte es erfrischend natürlich. Es bestand aus grob behauenen Leisten aus Weißtannenholz, die aussahen, als wären sie ineinandergeflochten. Das Ganze machte einen robusten Eindruck, zweckmäßig und doch bis ins kleinste Detail liebevoll durchdacht und ausgearbeitet. Vor dem Haus befand sich eine von wilden Reben überwachsene Pergola. Darunter stand ein klotziger Holztisch, der von zwei Massivholzbänken flankiert wurde. Süßlich duftende Rosenstöcke in allen Farben säumten die Front der Blockhütte. Ein älterer Mann mit Stirnglatze und einem graumelierten, tonsurartigen Haarkranz kauerte vor einem hellgelben Rosenstock und wühlte mit einer kleinen Hacke in der Erde herum.

„Herr Eberhardt?", fragte Carol.

„Ja, der bin ich." Der glatzköpfige Mann richtete sich auf und lächelte breit – ein junges, spitzbübisches Lächeln, das Carol sofort bekannt vorkam. Sie machte einen Schritt auf ihn zu.

„Wir sind zwei ehemalige Schulkameradinnen von Stefan", sagte sie. „Aus der Grundschule. Kürzlich hatten wir ein Ehemaligentreffen und jetzt haben wir uns ein wenig auf die Suche nach alten Kindheitserinnerungen gemacht. Wir haben unser altes Schulhaus besucht und schauen uns verschiedene Orte an, an denen wir damals gespielt haben. Dabei ist uns auch Ihr Gartenhaus in den Sinn gekommen …“ Sie machte eine kleine Pause und blickte Stefans Vater erwartungsvoll an.

„Ja, da liegen Sie richtig.“ Herr Eberhardt lächelte sein jungenhaftes Lächeln. „Stefan hat immer mit seiner Clique hier herumgehangen. Das heißt, bis zu den Randalen im Jahr 1988.“ Sein Gesicht nahm einen bekümmerten Ausdruck an. „Vielleicht haben Sie davon gehört. Zerstörungswütige Randalierer sind in die Anlage eingedrungen und haben eine Bahn der Verwüstung hinterlassen. Zwei Gartenhäuser – darunter auch unseres – wurden in Brand gesetzt, Gärten wurden verwüstet, Blumen abgesäbelt, Sträucher herausgerissen. Es war grauenvoll. Die Gartenhäuser wurden zuerst mit einer Axt zu Brei gehackt und danach angezündet. Für meine Frau war der Schock so groß, dass sie einige Monate gebraucht hat, um das furchtbare Bild wieder loszuwerden. Und wissen Sie, was für mich fast das Schlimmste war?“

Carol und Andrea schüttelten den Kopf.

„Dieses schleimig-pappige Zeug, das überall klebte. Zerquetschte und zermalmte Marshmallows und Gummibärchen. Sie klebten am Boden, an den Wänden, den Pflanzen und sogar an den Garten- und Spielgeräten. Wir Pächter haben uns zusammengetan und einander geholfen, wo wir nur konnten. Aber es hat wochen- und monatelang gedauert, um alles wieder sauber zu kriegen.“

„Ich kann mich gar nicht mehr richtig erinnern, wie Ihr Haus vor dem Brand ausgesehen hat“, sagte Carol langsam. „War die Pergola schon da?“

„Nein. Wir hatten ein Sonnendach aus Planenmaterial. Das Haus war eher im Chaletstil gebaut, braun gebeizt, mit selbst gehäkelten Vorhängen und aufgemaltem Familienwappen. Das Familienwappen hat vor allem die Mädels aus Stefans Clique beeindruckt. Eine davon – leider fällt mir ihr Name nicht mehr ein – hat sogar einmal eine Zeichnung davon angefertigt. Nach dem Brand war es dann leider erst mal vorbei mit dem Herumhängen hier.“

„Ich kann mich erinnern, dass Stefan nach der Schule einmal eine ganze Gruppe spontan ins *Birkenmoos* eingeladen hat“, sagte Andrea nachdenklich. „Ich selbst war nicht dabei. Es muss im Frühjahr

1988 gewesen sein. Anscheinend haben einige Jungs in den Gärten der Nachbarn Fußball gespielt und dabei allen Tulpen die Köpfe abgesäbelt. Die Nachbarn waren darüber so erbost, dass sie die ganze Schar aus der Anlage vertrieben haben. Die Jungs haben sich noch tagelang in der Schule darüber lustig gemacht. Wenn ich heute daran denke, habe ich fast ein schlechtes Gewissen, dass wir als Kinder so achtlos waren."

Herr Eberhardt lachte. „Das müssen Sie nicht. Kinder sind Kinder. Da darf es auch mal zu einem Tulpenmassaker kommen. Es wird bestimmt nicht allzu schlimm gewesen sein, sonst würden mir das die Nachbarn heute noch vorhalten. Nein, Spaß beiseite – die Randale vom Sommer 1988 haben alles verändert. Kleine Zwistigkeiten und Fußball spielende Kinder waren plötzlich überhaupt kein Thema mehr. Da ging es um viel mehr als um abgesäbelte Tulpen."

Abgesäbelte Tulpen. Ein ganzes Heer. Verstreute Blütenblätter. Überall Rot, Orange und Gelb. Hellgrüne Stängel, die kahl und auf eine merkwürdige Art entblößt in die Luft ragen. Und mitten im Gemetzel befindet sich der Juwelier Bovino. Aber nicht als Person, sondern als körperloser Name. Bovino. Der Juwelier in der Zürcher Innenstadt, dem Juwelen im Wert von über zwei Millionen Franken gestohlen worden sind.

Carol kniff die Augen zusammen. Hatte sie die abgesäbelten Tulpen damals mit eigenen Augen gesehen oder sich das Bild nur aus den Erzählungen ihrer Schulkameraden zusammengereimt?

„Haben Sie einen Verdacht, wer Ihr Gartenhaus zerstört hat?", fragte Andrea.

„Nein. Man hat damals Verschiedenes gemunkelt. Aber gefunden hat man die Täter nicht."

„Wäre es möglich, dass es jemand aus Stefans Clique gewesen ist? Jemand von unseren ehemaligen Schulkameraden?" Carol wischte sich gedankenverloren eine Haarsträhne aus dem Gesicht.

Herr Eberhardt schüttelte vehement den Kopf. „Völlig unmöglich. Das waren keine Kinder. Solch rohe Gewalt bringt kein Kind zustande. Stellen Sie sich das mal vor – würde es ein Kind schaffen, ein massiv gebautes Gartenhaus mit einer Axt in Trümmer zu legen? Dafür fehlt ihm doch schlicht und einfach die Kraft."

„Und das klebrige Zeug, das man gefunden hat? Würde das nicht eher auf Kinder hindeuten?"

„Nicht unbedingt. Es gibt auch Erwachsene, die gern Gummibärchen und Marshmallows essen. Denkbar wäre zudem, dass sie aus purer Bösartigkeit hingeschmiert worden sind. Um der Zerstörung sozusagen noch das Krönchen aufzusetzen."

„Was hat man denn damals über die möglichen Täter gemunkelt?", erkundigte sich Andrea.

„Kennen Sie den *Erlosenstein*?"

Carol und Andrea verneinten.

„Das ist ein keltischer Findling. Man weiß nicht genau, was der Name bedeutet. Er könnte etwas mit *erlösen* zu tun haben. So eine Art Lossprechung für verlorene Seelen. Auf jeden Fall war dieser Stein in den Achtzigerjahren ein Kult-Treffpunkt. Man hat von Hexenritualen, Neumondfesten und übermäßigem Alkoholkonsum gesprochen. Es gab Vermutungen, dass die Zerstörung unserer Gartenhäuser eine Art Ritual war. Die Polizei hat Ermittlungen in dieser Richtung durchgeführt, hat aber nichts herausgefunden."

„Befindet sich dieser Stein hier in der Nähe?", fragte Carol wie elektrisiert.

„Ja, ungefähr einen halben Kilometer von hier entfernt. Sie folgen einfach der Straße und biegen nach etwa zweihundert Metern rechts ab auf einen Trampelpfad in den Wald." Stefans Vater lächelte sein jungenhaftes Lächeln. „Die Stätte ist echt sehenswert. Und wenn Sie schon auf den Spuren Ihrer Kindheitserinnerungen sind, müssen Sie sie sich unbedingt zu Gemüte führen. Wer weiß, vielleicht haben Sie als Kinder dort Verstecken gespielt …"

Carols Gedanken überschlugen sich. Wenn Stefans Vater recht hatte, war Francesca überhaupt nicht in die Schrebergartenradale involviert. Sie hatte als Kind mit Dieter, Stefan und Regina dort gespielt, heimlich Bier getrunken, einige kleinere Sachen beschädigt und sich hin und wieder mit den anderen gestritten. Ein Mädchen wie sie wäre nicht in der Lage gewesen, die beiden Gartenhäuser mit solch roher Gewalt niederzureißen. Außer natürlich sie hätte Kontakt zu dieser Gruppe um den *Erlosenstein* gehabt. Dann hätte sie die Gruppe in die Schrebergartensiedlung locken können, damit sie dort ihre Kultrituale zelebrierten.

Feuer. Flammen. Tieropfer. Eine tote Katze. Schreie in der Nacht.

Trotz der milden Abendsonne, die zwischen den wilden Rebenzweigen hindurchleuchtete und die ganze Anlage in golden schimmerndes

Licht tauchte, durchlief Carol ein Frostschauer. Ihre Arme überzogen sich mit einer Gänsehaut, ihre Kiefermuskeln spannten sich an.

Tieropfer. Das Rätsel der toten Katzen.

Francesca hätte keine Katzen töten können. Sie war zwar unberechenbar gewesen, aber keine Tierquälerin. Nein, sie hatte mit dieser Gruppe nichts zu tun. Und Dieter und Stefan hatten ein perfektes Alibi, also verlief auch diese Spur im Sand. Vielleicht war der *Erlosenstein* tatsächlich das fehlende Puzzleteil, nach dem sie so verzweifelt gesucht hatte.

Sie lächelte Herrn Eberhardt an und spürte selbst, wie verzerrt ihre Gesichtszüge wirken mussten. „Ich glaube, es ist das Beste, wenn wir sofort aufbrechen. So können wir den Stein noch bei Tageslicht besichtigen. Ist das für dich okay, Andrea?"

Andrea nickte.

Sie bedankten sich für das informative Gespräch, verabschiedeten sich mit einem freundlichen Händedruck und verließen die Schrebergartenanlage auf schnellstmöglichem Weg. Die untergehende Sonne ließ die Konturen des nahen Waldes milchig und seltsam verwischt aussehen. Irgendwo schrie ein Käuzchen. Eine Mücke sirrte um Carols Kopf, dicht neben ihrem linken Ohr. Ziellos schlug sie mit der flachen Hand durch die Luft. Einmal. Zweimal. Dreimal. Das Sirren verstummte.

„Meinst du, der Stein könnte dir eine Antwort auf deine Fragen liefern?", keuchte Andrea, nachdem sie schweigend auf die Straße eingebogen waren und nun mit Riesenschritten auf den Waldrand zugingen.

Carol verlangsamte das Tempo ein wenig. „Ich kann mich erinnern, dass ich in besagter Nacht vor etwas geflohen und dabei über eine tote Katze gestolpert bin." Ein erneutes Frösteln ließ sie erschauern. „Das würde zu den keltischen Ritualen, die Stefans Vater erwähnt hat, passen."

„Ein Tieropfer?"

„Genau."

„Lag die Katze, über die du gestolpert bist, auf einem Altar?"

„Nein. Auf dem Waldboden."

„Ich weiß nicht", sagte Andrea zögernd. „Würde ein Tieropfer nicht eher auf einem Altar liegen und vollständig verbrannt oder zumindest ausgeweidet sein?"

„Hm." Ein anderes Bild schob sich vor Carols Augen. *Abgesäbelte Tulpen. Verstreute Blütenblätter. Überall Rot, Orange und Gelb. Und mitten im Gemetzel befindet sich der Juwelier Bovino als körperloser Schriftzug über einem imaginären Schaufenster.*

„Sag mal, ist dir der Name *Bovino* ein Begriff? Ich sehe abgesäbelte Tulpen vor mir. Das muss damals gewesen sein, als wir alle in den Schrebergärten waren und die Jungs beim Fußballspielen die Tulpen der Nachbarn massakriert haben. Irgendwann in diesem Zusammenhang ist der Name *Bovino* gefallen."

Andrea begann zu lachen. „Klar ist mir der Name ein Begriff. Erinnerst du dich nicht mehr? *Los Bovinos.* Die Boygroup der Achtzigerjahre, von der alle geschwärmt haben. Sie hatten Kultstatus. Wir hätten alles gegeben, um ein Ticket für eines ihrer legendären Konzerte zu kriegen."

Los Bovinos. Tiefe Stimmen, metallisch klingende Rhythmen. Kreischende Fans. Tickets für ein Konzert. Ein Ticket für eine Person. Zwei Tickets für zwei Personen. Bei der Party im Schrebergarten haben sie über die Bovinos gesprochen. Nachdem sie die Tulpen abgesäbelt haben. Und sie haben noch bei einer anderen Gelegenheit über die Boygroup gesprochen. Am letzten Tag vor den Sommerferien. Auf dem Schulhof.

Kapitel 40

Donnerstag, 18. Juli, 20.40 Uhr

„Wollt ihr wissen, wie die Geschichte ausgeht?“, fragt Stefan seine Mitschüler, die ihm gebannt zuhören. Carol wirft einen Blick in die Runde. Sie sieht Dieter, Francesca, Regina, Jolanda, Mark, Gregor und Peter. Auf Peters markantem Gesicht liegt ein leises Lächeln, während in seinen Augen ein ironischer Funke aufblitzt. Er macht sich über Stefan lustig, *fährt es Carol durch den Kopf.* Er amüsiert sich. Und später, auf dem Heimweg, werden wir uns gemeinsam amüsieren. *Sie merkt, wie sich auf ihr Gesicht ebenfalls ein Lächeln stiehlt. Peter. Wenn sie in seiner Nähe ist, ist die Welt in Ordnung. Sie fühlt sich sicher, ihr Leben ist reich und farbenfroh.*

Aber das wird schon bald Vergangenheit sein. Heute ist der letzte Schultag vor den großen Sommerferien. In zwei Wochen wird ihre Familie von hier wegziehen. Nach Uster. Sie wird aufs Gymnasium gehen, Peter auf die Realschule. Ihre neuen Schulen sind mehr als zwei Kilometer voneinander entfernt. Eine eisige Hand greift nach Carols Herzen. Das Lächeln auf ihrem Gesicht friert ein. Auch wenn sie abgemacht haben, sich regelmäßig nach der Schule zu treffen, wird es nie mehr dasselbe sein wie jetzt. Keine gemeinsamen Schulkameraden mehr, über die sie sich amüsieren können. Keine spontanen Gespräche. Keine gemeinsam verbrachten Pausen. Kein gemeinsamer Schulstoff. Keine Wortspielereien. Sie müssen die kurze Zeit, die ihnen noch bleibt, nutzen, und zwar jeden Augenblick davon.

„Der Maler wird immer reicher“, fährt Stefan fort. „Bald schwimmt er fast so in seinem Geld wie Dagobert Duck. Aber die schöne Lady kann er damit nicht gewinnen. Sie reist ab und er sieht sie nie wieder. Kurz danach dreht er durch. Er isst nichts mehr und trinkt nichts mehr. Stattdessen zählt er nächtelang sein Geld, klimpert mit den Münzen, baut ganze Türme von Geldscheinen vor sich auf. Schließlich stirbt er. Und seitdem geistert er durch die Räume des alten Gebäudes. Manchmal hört man es rascheln, dann klimpern, dann scheppern. Er zählt sein Geld, schichtet es um, wirft die Münzen an die Wände. Ich kenne jemanden, der es mit eigenen Ohren gehört hat. Echt gruselig, sage ich euch.“

„Brr", sagt Regina und schüttelt sich. „Mich würden keine zehn Pferde dorthin bringen. Nicht einmal bei Tageslicht, das kann ich euch versprechen."

„Am Tag passiert dir nichts", sagt Stefan beruhigend. „Man hört ihn nur in der Nacht. Und auch nur bei Vollmond oder wenn es stürmt."

„Das glaube ich nicht", mischt sich Dieter ein. „Für die nächtlichen Geräusche gibt es eine viel einfachere Erklärung: Bei alten Häusern ist das einfach so, irgendwo knackt und knarrt immer etwas – Dielenbretter, Fensterläden, ein Luftzug, der hindurchfährt. Ich bin jedenfalls überzeugt, dass dort ganz sicher kein Gespenst umgeht."

Stefan lächelt listig. „Dann würdest du also problemlos eine Nacht dort verbringen, wenn ich dich richtig verstanden habe, oder?"

„Ich nicht, aber bestimmt jemand anders aus dieser Gruppe", sagt Dieter herausfordernd. „Ich habe hier nämlich zwei Tickets der ‚Bovinos'. Für das Konzert im Hallenstadion nächste Woche. Ich habe die Tickets bei einem Rundfunkwettbewerb gewonnen. Leider bin ich nächste Woche schon mit Stefan im Sommerlager. Aber ich bin bereit, sie zu verschenken. Und zwar an denjenigen, der es wagt, eine Nacht in der alten Fabrik zu verbringen."

Die Runde erstarrt. Gregor, Mark, Regina, Francesca und Jolanda schauen peinlich berührt zur Seite. Nur Peters Lächeln bleibt unverändert spöttisch. „Kein Problem", sagt er und zuckt mit den Schultern. „Deine Tickets interessieren mich allerdings nicht im Geringsten. Behalt sie. Wenn ich eine Nacht in der Kulturfabrik verbringe, mache ich das nicht, weil mich jemand mit Tickets ködert. Ich mache es aus journalistischem Interesse. Weil ich herausfinden will, was es mit den alten Geschichten auf sich hat."

„Ich begleite dich." Carol erschrickt über ihre eigene Kühnheit.

Das ironische Funkeln in Peters Augen erlischt. Der Blick, den er Carol zuwirft, spiegelt eine Mischung aus Bewunderung, verhaltener Freude und Stolz wider. Er sagt mehr aus als tausend Worte.

„Ist heute Abend für dich okay?" Auch seine Stimme hat sich verändert. Sie ist seltsam rau geworden. Ein fast zärtlicher Unterton schwingt in ihr mit.

Carol nickt.

„Peter und ich waren am Abend des letzten Schultags vor den Sommerferien in der Kulturfabrik", sagte Carol mit kratziger Stimme. Ihr Atem ging flach, ihr Herz schlug schnell und unregelmäßig. Ein dünner Schweißfilm hatte sich auf ihrer Stirn gebildet und rann in winzigen Tropfen über die Nasenwurzel zu ihren Mundwinkeln. Wie war das möglich? Sie erinnerte sich an das Gefühl der Beklemmung, das sie beim Betreten des verwahrlosten Fabrikgeländes vor einer Woche befallen hatte. Sie war sich sicher gewesen, dass sie niemals freiwillig dorthin gegangen wäre. Und schon gar nicht nachts. Was hatte Peter bloß mit ihr angestellt? Weshalb hatte er sie dazu bringen können, Dinge zu tun, die sie unter normalen Umständen niemals getan hätte?

„In der Kulturfabrik?", fragte Andrea erstaunt.

„Stefan hat am letzten Schultag vor den Sommerferien eine Schauergeschichte über Tote, die in der Kulturfabrik herumgeistern sollen, erzählt. Und dann hat Dieter dem, der es wagt, eine Nacht dort zuzubringen, Tickets für die *Bovinos* versprochen. Peter hat sich freiwillig gemeldet, aber nicht wegen der Tickets – die wollte er nicht –, sondern aus einer Art journalistischem Interesse heraus. Anscheinend habe ich mich ihm angeschlossen, was ich heute überhaupt nicht mehr nachvollziehen kann, denn ich war nie besonders mutig. Hast du nichts davon mitbekommen? Es war doch sicher DAS Gesprächsthema in der Klasse."

Andrea verneinte. „Wenn ich mich richtig erinnere, war an diesem Tag alles ein wenig durcheinander. Die einen verreisten ins Ferienlager, andere wurden von ihren Eltern bereits am Vormittag abgeholt, um in den Urlaub zu fahren, und wieder andere verkrochen sich mit den Leuten aus ihrer Clique irgendwo auf dem Schulplatz und kosteten die letzten gemeinsamen Momente aus. Ich war unter denen, die vorzeitig von den Eltern abgeholt wurden. Wir reisten in jenem Sommer nach Südspanien und der Flug ging bereits am Nachmittag."

„Aber weshalb haben Dieter, Stefan, Gregor, Mark, Regina und Francesca nichts von dieser Nacht erzählt? Sie waren dabei, als Peter Dieters Herausforderung angenommen hat. Wir standen im Kreis. Sie hätten sich daran erinnern müssen."

„Nicht unbedingt. Wie gesagt, dieser Tag war so hektisch, dass zumindest mir einzelne Begebenheiten nur verschwommen im Gedächtnis haften geblieben sind. Für die Mitschüler, die mit euch zusammen im Kreis gestanden haben, war es vielleicht nur eine lustige Geschichte, eine Art Scherz, den niemand so richtig ernst genommen hat. Oder hat jemand nachgeprüft, ob Peter und du wirklich in die Kulturfabrik gegangen seid?"

„Ich weiß es nicht. Ich weiß ja nicht einmal, was wir dort in jener Nacht erlebt haben. Außer, dass es irgendwo gebrannt hat. Ein schuppenartiges Gebäude. Ich bin über eine tote Katze oder sonst ein totes Tier gestolpert. Es hat geblitzt, Donnerschläge krachten. Und dann waren da diese Schreie. Vielleicht von einem Tier. Ich kann es nicht sagen."

„Brr." Andrea schüttelte sich und strich über die feinen Härchen an ihren Armen, die sich kerzengerade aufgerichtet hatten. „Das klingt ja richtig unheimlich. Kein Wunder, dass du dich nicht mehr erinnern kannst. Wenn wir nur wüssten, was Peter mit dem Ganzen zu tun hat. Irgendwie werde ich einfach das Gefühl nicht los, dass er in etwas Ungutes verwickelt war."

Erinnerungssplitter jagten wie kleine giftige Pfeile durch Carols Kopf. Peters angespanntes Gesicht. Der fanatische Funke, der beim Tod des kleinen Vogels in seinen Augen geglüht hatte. Seine innere Verbissenheit. Die Gerüchte über seine Mutter. Eventueller Missbrauch in der Kindheit. Schreie in der Nacht. Flammen. Ein totes Tier. Hatte Peter vor ihren Augen ein keltisches Opferritual durchgeführt? Oder – noch schlimmer: Hatte er ihr selbst etwas antun wollen? Waren sie gar nicht zur Kulturfabrik, sondern zum *Erlosenstein* gegangen?

Was war in dieser Nacht geschehen? Und wer wusste davon?

„Hier, das muss der Stein sein", sagte Andrea plötzlich.

Carol riss die Augen auf. Ein riesiger Gesteinsbrocken ragte links des Weges auf. Er war mindestens fünf Meter hoch, zerklüftet und an vielen Stellen mit glitschig grünem Moos überwachsen. Flankiert wurde er von drei endlos in die Luft ragenden Tannen, die mit ihren dunklen Ästen einen großen Teil des Sonnenlichts vollständig absorbierten. Schemenhafte Schatten lauerten in den Hohlräumen, die Witterung, Stürme, Unwetter und Parasiten über die Jahrhunderte hinweg in die raue Oberfläche des Steins eingegraben hatten. Die ganze Szenerie hatte etwas Gespenstisches an sich, so als hätte sich alles Dunkle und Schwere des Waldes gegen die luftige Leichtigkeit eines heiteren Sommertages verschworen.

Ein schuppenartiges Gebäude. Tausend glotzende Augen. Flammen. Schreie.

„Nein", sagte Carol unvermittelt. „Diesen Stein hier habe ich noch nie im Leben gesehen."

„Denkst du, dass …?"

„Das Geheimnis in der Kulturfabrik liegt? Ja, das denke ich. Peter und ich müssen damals tatsächlich dorthin gegangen sein. Weder die Schrebergärten noch der *Erlosenstein* haben etwas mit meiner Vergangenheit zu tun. Und ich hätte es wissen müssen. Die anonymen Zettel haben mich ganz klar auf die Spur der Kulturfabrik gelotst. Aber ich bin ihr einfach nicht gefolgt. Dabei liegt die Lösung wahrscheinlich ganz dicht vor unserer Nase. Wie habe ich nur so beschränkt sein können?"

„Apropos anonyme Zettel." Andrea legte nachdenklich die Hand an ihren Mund und sah Carol in die Augen. „Hast du wirklich absolut keine Ahnung, wer sie geschrieben haben könnte?"

„Francesca scheidet aus, weil sie verreist ist. Dieter und Stefan scheiden aus, weil sie in der betreffenden Nacht im Jahr 1988 bereits im Sommerlager waren und folglich nicht wissen können, was damals passiert ist. Bleiben Gregor, Mark und Regina."

Andreas Blick schweifte in die Ferne. „Nicht unbedingt", sagte sie langsam. „Vielleicht ist alles viel komplizierter, als es sich auf den ersten Blick präsentiert. Du hast mich vorhin gefragt, weshalb dir Mark, Gregor, Regina, Stefan, Dieter und Francesca nichts von eurem Vorhaben, eine Nacht in der Kulturfabrik zu verbringen, erzählt haben. Mein erster, spontaner Gedanke war, dass sie es vergessen oder als Scherz angesehen haben. Aber es gibt auch eine andere Möglichkeit: Jemand oder mehrere Personen aus dieser Gruppe können sich sehr wohl an euer Vorhaben erinnern. Und das führt zur nächsten Überlegung: Was, wenn Dieter und Stefan gar nicht direkt ins Sommerlager gefahren sind, sondern euch heimlich in der Nacht gefolgt sind? Schließlich hat Dieter euch herausgefordert und auch wenn Peter die Tickets gar nicht wollte, hatte Dieter mit der Wette seine Ehre aufs Spiel gesetzt. Wenn Peter ihn zum Narren gehalten hätte, hätte er nämlich sehr wohl etwas zu verlieren gehabt."

„Du hast recht." In Carols Fingern begann es zu kribbeln. „Von dieser Seite habe ich die Sache noch gar nicht betrachtet. Als ich mit Dieter telefoniert habe, hat er immer wieder betont, dass er und Stefan bereits am letzten Schultag ins Sommerlager abgereist seien. Es ist schon seltsam, dass er kein einziges Wort über die Wette verloren hat. Ich muss ihn noch einmal anrufen. Er muss mir einfach die Wahrheit sagen!"

„Ich weiß nicht, ob das Sinn macht. Wenn er dir bisher nicht die Wahrheit erzählt hat, wird er es auch in Zukunft nicht tun, egal mit welchen Verdachtsmomenten du ihn konfrontierst."

„Dann bleibt uns nichts anderes übrig, als jeden einzelnen Stein in der Kulturfabrik genau unter die Lupe zu nehmen und zu hoffen, dass wir einen Anhaltspunkt finden, der uns weiterführt. Das ist die einzige Spur, die uns noch bleibt."

Andrea warf einen hastigen Blick auf ihre Armbanduhr. „Wenn wir uns beeilen, haben wir noch ungefähr eine Stunde Zeit, bevor es dunkel wird. Meinst du, das reicht?"

Carol nickte. „Besser als gar nichts. Und wer weiß, vielleicht kehrt meine Erinnerung ja ohnehin erst im Dunklen zurück …"

Zehn Minuten später gingen sie über die Holzbrücke und betraten die Waldlichtung, auf der sich die Gebäude der ehemaligen Kulturfabrik befanden. Jetzt, im milden Abendlicht, war das einstige Hippie-Anwesen kaum wiederzuerkennen. Ein warmer Schimmer lag über dem Dach des Hauptgebäudes. Die Mauern wirkten wie frisch gestrichen, überzogen von einer Mischung aus blassen Sonnenstrahlen und weichen Brauntönen. Ein sanfter Glanz spiegelte sich in den wenigen noch unversehrten Fensterscheiben.

Carol blieb stehen und schnupperte. Kein Brandgeruch. Keine Flammen. Kein Feuer. Und doch war sie sich sicher, dass sie in ihrer Kindheit schon einmal hier gewesen war. Und dass es damals irgendwo gebrannt hatte.

Sie bat Andrea, einen kurzen Moment zu warten, und ging vorsichtig einige Schritte Richtung Unterholz. Ihr Herz klopfte zum Zerspringen. Jetzt musste gleich die abgestorbene Fichte mit der abscheulichen Vogelscheuche in Sicht kommen. Da – das einsam in den Himmel ragende Baumskelett. Carols Blick saugte sich an den knorrigen Ästen fest, die sich wie bizarre Knochenstrukturen waagrecht vom Hauptstamm absplitterten. Sie waren leer. Keine Vogelscheuche, die an einen gehängten Menschen erinnerte. Keine Schauergestalt, die einem das Blut in den Adern gefrieren ließ.

Kopfschüttelnd ging sie zu Andrea zurück. Hatte sie sich das Horrorgebilde beim letzten Besuch vielleicht bloß zusammenfantasiert? War ihr die düstere, unheilvolle Stimmung, die in der Luft gelegen hatte, zu Kopf gestiegen? Sie erinnerte sich an den Geruch von Moder und

Fäulnis, an Regen, Gewitter und dampfende Nebelschwaden. Die ideale Kulisse für Hirngespinste und Trugbilder.

„Die Luft ist rein, wir können loslegen", sagte sie zu Andrea, wobei sie unwillkürlich die Stimme dämpfte.

„Gut." Andrea lächelte ein wenig verkrampft. „Das wird schon werden. Wir sind ja schließlich zu zweit."

Sie umrundeten das Haupt- und die verschiedenen Nebengebäude, schauten in jedes Erdloch und in jede Mauerlücke. Asseln, Spinnen, Tausendfüßler und Kakerlaken suchten aufgeregt das Weite. Manchmal meinte Carol, einen leichten Brandgeruch wahrzunehmen, der aber sofort wieder vom alles dominierenden Modergeruch verdrängt wurde.

Nach einer Viertelstunde setzten sie die Suche im Inneren der Gebäude fort. Das Tageslicht reichte gerade aus, um sich in den höhlenartigen Fluren und Räumen zurechtzufinden. Auch hier moderten Unrat, Abfälle, abgebröckelter Verputz, Erdklumpen und welke Blätter vor sich hin. Schmutzige Fußspuren in allen Größen führten vom einen Raum zum anderen, kreuzten sich, verloren sich, wie von unsichtbarer Hand gelöscht.

„Anscheinend sind wir nicht die Einzigen, die sich in diese Gebäude wagen", wisperte Andrea. „Für Kinder muss das hier das reinste Abenteuerparadies sein."

Carol nickte abwesend. Sie konzentrierte sich mit aller Kraft auf die schwachen Erinnerungsfetzen, die in schwindelerregender Abfolge durch ihr Gedächtnis flimmerten. *Flammen. Feuer. Schreie. Glotzende Augen. Ein schuppenartiges Gebäude. Blitze. Sintflutartiger Regen. Sprichwörter. Peter. Sein angespanntes Gesicht. Und dann beginnt sie zu rennen. Sie rennt und rennt und rennt.*

„Es bringt nichts", sagte sie schließlich frustriert. „Die Erleuchtung kommt einfach nicht. Immer wieder sehe ich Flammen, höre sie prasseln. Aber es gibt hier überhaupt keine Hinweise auf ein Feuer. Keine verkohlten Überreste, keine verrußten Mauern. Ich gebe auf. Alle Spuren verlaufen im Nichts."

„Wir müssen Peter finden." Andrea wischte sich eine Spinnwebe aus dem Haar. „Er war dabei. Er könnte dir bestimmt weiterhelfen."

„Oder die Person, die die anonymen Zettel verfasst hat. *ICH WEISS, WESHALB DU DICH NICHT MEHR ERINNERN KANNST.* Außer

Peter und mir muss an diesem Abend noch jemand in der Kulturfabrik gewesen sein." Carol schauderte. „Ich habe Angst, Andrea. Noch nie in meinem Leben hatte ich solche Angst. Ich stehe vor einem Abgrund, den ich noch nicht einmal genau definieren kann. Aber er ist da. Und er ist tief. Ein Schritt in die falsche Richtung und ich falle ins Uferlose."

„Vielleicht ist genau das die Chance", sagte Andrea langsam. „Wenn immer alles nach Plan verläuft, kommen wir nie auf die Idee, unsere Lebensziele zu überdenken und gegebenenfalls neu auszurichten. Wir plätschern in unseren wohlgeordneten Bahnen dahin, ruhig und zufrieden und ohne etwas zu hinterfragen. Manchmal muss Gott uns ein wenig durcheinanderbringen, damit wir fähig werden, seine Stimme in unserem Leben von Neuem zu hören."

Carol atmete tief durch. „Genau das habe ich mir auch schon überlegt. Im Park haben wir über etwas gesprochen, das mich seither nicht mehr loslässt. Du hast gesagt, dass der Mensch nur frei werden kann, wenn er die Herrschaft Gottes über sein eigenes Leben akzeptiert. Ich verstehe das einfach nicht. Der Mensch kann doch gar nicht frei sein."

Andrea zwirbelte eine Strähne ihres honigblonden Haares zwischen Daumen und Zeigefinger der rechten Hand. „Wie meinst du das genau?", fragte sie langsam.

„Na ja, so wie ich das sehe, befindet sich der Mensch immer in irgendeinem Abhängigkeitsverhältnis. Geld, der eigene Körper, die Meinung seines Umfelds. Und nun kommst du und sagst, dass er frei wird, wenn er sich unter die Herrschaft Gottes begibt. Das ist doch ein Widerspruch, oder etwa nicht?"

„Hm." Einen Augenblick lang irrten Andreas Augen suchend in dem schnell dunkler werdenden Dämmerlicht umher. „Ich glaube nicht, dass das ein Widerspruch ist", sagte sie schließlich mit unsicherer Stimme. „Der Mensch ist ein abhängiges Wesen. Er braucht Gemeinschaft. Mit anderen Menschen und mit Gott. Ich glaube, dass wir immer abhängig sind. Aber die Abhängigkeit von Gott ist das Einzige, was uns wirklich glücklich macht."

„Aber dann ist es Abhängigkeit und nicht Freiheit", sagte Carol trotzig.

„Nicht unbedingt. Es ist Freiheit, weil wir dann unserer Bestimmung gemäß leben. Gott hat uns die Ewigkeit ins Herz gegeben. Das ist die Sehnsucht nach der Gemeinschaft mit ihm. Aber wenn wir Gemeinschaft mit ihm haben wollen, müssen wir gleichzeitig auch seine Herrschaft über unser Leben anerkennen."

„Freiheit durch Unterwerfung", Carol lächelte spöttisch. „Das klingt für mich jetzt nicht wirklich erstrebenswert."

Andrea schnappte nach Luft. Mit einem Ruck ließ sie die Haarsträhne, die sie inzwischen eng um ihren rechten Zeigefinger gewickelt hatte, los. „Ich glaube nicht, dass Gott unsere Unterwerfung will", ihre Stimme zitterte ein wenig, „sondern er will eine Beziehung zu uns. Deshalb ist Jesus zu uns auf die Erde gekommen. Er wurde Mensch und litt als Mensch, damit er uns in allen unseren Leiden und Nöten verstehen kann."

Carol spürte, wie sich alles in ihr zusammenzog. Sie wollte eine Beziehung zu Gott. Sie wollte, dass alles wieder so wurde wie früher. Wie damals, als sie mit Peter über den Höhenweg und die dunstigen Ebenen gesprochen hatte. Aber sie wollte sich nicht unterwerfen. Sie wollte ihre Freiheit behalten, auch wenn es gar keine Freiheit war.

„Vielleicht könntest du uns ja einmal in den Gottesdienst begleiten", sagte Andrea schüchtern. „Dort gibt es viele Leute, die deine Fragen viel besser beantworten können als ich. Und du erlebst, dass Gott ganz nah ist und direkt zu deinem Herzen sprechen kann."

„Ich werde es mir überlegen", erwiderte Carol vage. „Ihr habt bestimmt eine Homepage. Schick mir doch eine E-Mail mit dem entsprechenden Link. Dann kann ich mir die Sache in Ruhe ansehen. Aber jetzt wird es, glaube ich, Zeit von hier aufzubrechen. Es ist schon fast dunkel und ich denke nicht, dass wir hier noch groß etwas entdecken."

Andrea nickte. „Da hast du recht. Was willst du jetzt weiter unternehmen? Die Suche einstellen? Peter aufspüren? Noch mal mit Dieter und Stefan sprechen?"

„Ich werde Sofia, meine Journalistenfreundin, anrufen. Und zwar noch heute Abend. Im Sommer 1988 muss es auf dem Gelände der Kulturfabrik einen Brand gegeben haben. Wir haben bereits in ihren Akten nachgeforscht und nichts gefunden. Aber vielleicht haben wir etwas übersehen. Sie soll noch einmal alles genau unter die Lupe nehmen und notfalls ihre Beziehungen spielen lassen. Ich muss einfach Gewissheit haben. Das ist die einzige Spur, die mir noch bleibt."

„Ich bete für dich", sagte Andrea leise. „Dass Gott dich auf der Suche nach der Wahrheit begleiten möge. Und zwar im doppelten Sinn ..."

Kapitel 41

Donnerstag, 18. Juli, 23.50 Uhr

Endlich ist sie auf der richtigen Spur. Ich habe gewusst, dass der Umweg über die Schrebergärten sie schlussendlich doch zur Kulturfabrik führen würde.

Manchmal sind Umwege sogar besser als der direkte Weg. Man hat Zeit zum Reflektieren. Man kann falsche Möglichkeiten ausschließen. Und man ist um etliche Erfahrungen reicher, wenn man schließlich am Ziel anlangt. Natürlich besteht die Gefahr, dass ein Umweg nicht immer zum Ziel führt. Dass die falsche Spur irrtümlicherweise für die richtige gehalten wird. Doch das passiert nur, wenn die Person, die die Fäden in der Hand hält, falsch kalkuliert.

Womit wir wieder beim Strategiespiel angelangt sind. Um sieben Ecken herum denken. Richtig kalkulieren. Die Züge des Gegners im Voraus erahnen. Falsche Spuren, Umwege und Irrwege mit einberechnen. Die Maßeinheit des Zufallsgenerators treffsicher abschätzen.

Ich habe richtig kalkuliert. Ich habe immer gewusst, dass ich es kann.

Jetzt konzentriert sie sich also definitiv auf die Kulturfabrik. Insofern ist mein Taktieren aufgegangen. Nun muss nur noch ihre Erinnerung zurückkehren. Das wird nicht so einfach sein. Ich habe zugehört, wie sie mit ihrer Journalistenfreundin telefoniert hat. Sie hat sich mit Andrea zusammen in der Kulturfabrik umgesehen und nichts gefunden. Das ist seltsam. Normalerweise löst sich die Erinnerungsblockade, wenn man an den Ort zurückkehrt, an dem man das Trauma erlebt hat. Aber bei ihr ist das nicht geschehen.

Es ist seltsam.

Soll ich ihr noch einmal einen anonymen Hinweis zuspielen?

Oder soll ich offen auf sie zugehen und mein Wissen mit ihr teilen?

Nein, das kann ich nicht. Das wäre zu gefährlich. Und ein weiterer anonymer Hinweis ist ebenfalls zu gefährlich. Ich spiele mit dem Feuer. ER würde mir den Hals umdrehen, wenn er davon erfährt. Er ist gereizt. Wie ein verletzter Löwe. Als ich ihn vor einigen Tagen über meine Mitwisser-

schaft aufgeklärt habe, ist er seltsamerweise ganz ruhig geblieben. Aber ich weiß, dass es tief in ihm brodelt. Und dass er irgendwann explodieren wird.

Ich muss ihn besänftigen. Aber wie?

Vielleicht kann ich ihn auf sie ansetzen. Er ist ein besserer Fährtenleser als ich. Er könnte sie aus dem Verborgenen beobachten. Ihre Schritte überwachen. Dabei sein, wenn ihre Erinnerung zurückkehrt. Und dann könnte er sich um sie kümmern und dafür sorgen, dass sie ihr Wissen für sich behält.

Und ich mache mich auf die Suche nach Peter. Irgendwo muss er doch abgeblieben sein. Man kann nicht einfach verschwinden, ohne eine Spur zu hinterlassen. Ich muss mich mit der Stadtverwaltung in Verbindung setzen. Wenn ich ein bisschen nachdenke, fällt mir bestimmt eine rührselige Geschichte ein, die ich denen auftischen kann. Zum Beispiel, dass sein bester Schulfreund aus Kindertagen schwer verunglückt ist und ihn noch ein letztes Mal sehen möchte, bevor er das Zeitliche segnet.

Segnet. Jetzt denke ich schon in biblischen Ausdrücken. Und das nur, weil sich Carol mit ihrer Journalistenfreundin über Gott unterhalten hat. Wie es scheint, macht sie sich Gedanken darüber, ob sie ihr Leben auf das richtige Fundament gebaut hat. Sie befindet sich mitten in einer Sinnkrise. Einer FUNDAMENTALEN Sinnkrise, haha. Sie sucht das richtige Fundament. *Als ob es überhaupt ein Fundament geben würde. Das Leben ist ein Spiel. Schwankend, schwebend, ewig wechselnd. Es gibt keinen festen Boden.*

Und wenn es einen geben würde, wäre er mir in jener Nacht im Sommer 1988 buchstäblich unter den Füßen weggezogen worden. Als die schwarzen Gespenster ohne Gesichter herabgeschwebt sind. Als ich die Schreie gehört habe. Als ich das Prasseln der Flammen gesehen habe.

Alles verbrennt in den Flammen. Und das Einzige, was zurückbleibt, ist ein Haufen Asche, der vom Wind in alle Richtungen geweht wird.

Oder vom Unkraut überwuchert wird.

Kapitel 42

Freitag, 19. Juli, 21.30 Uhr

Carol hätte nicht gedacht, dass sie so bald schon wieder durch die Zürcher Bahnhofstraße flanieren würde. Seit ihrem verstörenden Erlebnis am letzten Sonntag, als sie plötzlich vor aller Augen in Tränen ausgebrochen war, wäre sie niemals allein an diesen Ort zurückgekehrt, der mit so viel Wehmut, Sehnsucht und unausgelebten Gefühlen verknüpft war.

Sie warf einen verstohlenen Blick auf den Mann an ihrer Seite. Ihr langjähriger Arbeitskollege, den sie eigentlich auf Distanz halten wollte, um ihr freundschaftliches Zusammenarbeiten nicht zu gefährden. In den letzten Tagen war ihre Beziehung komplizierter geworden. Er hatte sich zurückgezogen, hatte verletzt gewirkt und war dennoch sofort dazu bereit gewesen, den Kontakt zu ihr zu intensivieren, als sie ihre intuitive Zurückhaltung ein wenig gelockert hatte. Und nicht nur das – er hatte ihr deutlich zu verstehen gegeben, dass er ihre Beziehung auch auf die private Ebene ausdehnen wollte.

Wollte sie das ebenfalls?

Als sie am Mittwoch mit ihm essen gegangen war, hatte sie einen ersten, zaghaften Schritt gemacht und sich bewusst dazu entschlossen, ihre vertrauten Schutzmechanismen gegen die Gefahr, verletzt zu werden, einzutauschen. Verschlossenheit gegen freimütige Mitteilsamkeit. Zurückhaltung gegen Vertrauen. Einsamkeit gegen Freundschaft. Aber wollte sie ihn wirklich schon an ihrem persönlichen Leben Anteil nehmen lassen? Ihn in ihre Sorgen und Nöte einweihen?

Als Dominik sie heute nach der Arbeit gefragt hatte, ob sie Lust habe, mit ihm zusammen einen kleinen Abstecher in die Zürcher Innenstadt zu unternehmen, hatte sie lange gezögert. Ein gemeinsames Mittagessen konnte noch problemlos als rein geschäftlicher Anlass durchgehen, aber eine Verabredung außerhalb der Arbeitszeiten? Das war ein Schritt, der ihrer Beziehung eine völlig neue Ausrichtung geben würde. Weshalb sie schließlich eingewilligt hatte, konnte sie sich selbst nicht richtig erklären. Vielleicht war sie es einfach leid gewesen, immer nur in der Vergangenheit herumzustochern und dennoch keinen Schritt weiterzukommen. Vielleicht würde es ihr guttun, einen Abend lang weder an Peter Müller noch an die Kulturfabrik oder ihre zerbrochene Beziehung zu Gott zu denken. Einfach alles loszulassen und sich ganz im Augenblick zu verlieren.

Sie warf Dominik von der Seite einen verstohlenen Blick zu. Er erzählte gerade eine lustige Begebenheit von einem Jugendlichen, der vor Jahren zu Annika in die Beratung gegangen war und sich so heftig in sie verliebt hatte, dass er ihr in den darauffolgenden Monaten jede Woche eine rote Rose vorbeigebracht hatte. „Leider sind Mädchen da etwas zurückhaltender", schloss er mit einem selbstironischen Grinsen, „die bringen keine Blumen vorbei, sondern erwarten eher, dass du ihnen welche mitgibst …"

„Ich habe gar nicht gewusst, dass man dir mit roten Rosen eine Freude bereiten kann", sagte Carol neckisch.

Dominik lachte. „Kann man auch nicht. Ich liebe wild wachsende Wiesen- und Gartenblumen, die nach Sommer und freier Natur duften. Dieses künstlich gezüchtete und vielleicht sogar noch gentechnisch veränderte Zeugs kann ich nicht ausstehen. Rosen, die nach rein gar nichts duften und so steif und synthetisch wirken, als würden sie direkt aus dem Gefrierfach kommen. Nein, das ist nichts für mich. Wenn ich etwas sammle, dann sind es Spielzeugautos. Und zwar Modelle aus dem ehemaligen Ostblock – Trabis, Ladas, Skodas und Wartburgs. In meinem Wohnzimmer habe ich eine ganze Glasvitrine voller Sammlerstücke stehen. Früher bin ich oft in die ehemalige DDR gereist und habe dort in Antiquariaten herumgestöbert, aber heute werden die Modelle meistens übers Internet gehandelt. Trotzdem unternehme ich oft noch Reisen nach Ostdeutschland und suche vertraute Städte und Plätze auf. Ich muss das Ambiente fühlen, riechen und ertasten. Ein rein virtueller Ausflug ersetzt das physische Erlebnis nicht einmal ansatzweise."

„Wie bist du denn zu diesem ausgefallenen Hobby gekommen?", fragte Carol erstaunt. „Hast du osteuropäische Wurzeln oder bist du sonst irgendwie mit dem ehemaligen Ostblock verbunden?"

„Ich weiß es auch nicht so genau. Osteuropäische Wurzeln habe ich jedenfalls keine. Und mit dem Modell des Kommunismus beziehungsweise Sozialismus, das im ehemaligen Ostblock praktiziert wurde, kann ich überhaupt nichts anfangen. Es ist vielleicht eher eine Art Respekt vor der Geschichtsträchtigkeit dieser Orte. Außerdem finde ich es bewundernswert, wie sich die Leute nach dem Mauerfall zusammengerauft und auf den Ruinen ihres politischen Systems etwas Neues aufgebaut haben."

„Das klingt ja richtig nostalgisch", sagte Carol versonnen. Aus den Augenwinkeln nahm sie wahr, wie sie sich langsam dem Paradeplatz näherten. Sie passierten die spärlich, aber stilvoll dekorierten Schaufenster von Louis Vuitton und Seiden Grieder, danach folgten Marsano, Türler, Blancpain, Loro Piana, Marionnaud, Jimmy Choo, Tommy Hilfiger, Gross und Saint-Phil. Dominik erzählte von seinem letzten Besuch in Dresden, aber Carol hörte nur noch mit halbem Ohr zu. Genau an diesen Schaufenstern war sie am letzten Sonntag auf der Suche nach dem Juwelier Bovino vorbeigegangen, bevor sie dann bei PRADA gelandet war.

Los Bovinos. Peter hatte nicht viel von ihnen gehalten. Er war ein Querdenker gewesen. Hatte ihr von den Bee Gees, den Scorpions und Barclay James Harvest erzählt. Bands, die wirklich etwas zu sagen hatten und nicht einfach nur synkopisierte Variationen von „I love you" oder „I've never seen a girl like you" sangen. Wann hatte sie Peter zum letzten Mal gesehen? War es in jener Nacht gewesen? Oder hatten sie sich später noch einmal getroffen? Wenn ja, dann musste es noch vor dem Umzug nach Uster gewesen sein. Denn daran konnte sie sich fast bis ins kleinste Detail erinnern. Ihr neues Zimmer. Die Umzugskisten. Die Leere, die im ganzen Haus geherrscht hatte. Die Einsamkeit, die sie wie ein eiserner Panzer umgeben hatte.

„Was hältst du davon, wenn wir noch einen kurzen Abstecher in die Storchenbar machen?" Direkt vor dem PRADA-Schaufenster verlangsamte Dominik seinen Schritt und blieb schließlich ein wenig zögernd stehen. Seine Stimme klang so unbeschwert wie immer. Er schien nicht bemerkt zu haben, dass Carols Gedanken während seinen Erzählungen in eine andere Richtung abgedriftet waren.

„Gute Idee." Carol zwang sich, ihre Augen von dem PRADA-Schaufenster loszureißen. *Lass die Vergangenheit für ein paar Stunden ruhen. Genieße den Augenblick. Vergiss Peter. Vergiss alles, was dich herunterziehen könnte. Gib deiner Zukunft eine Chance.*

Sie bogen in die Kappelergasse ein und schon nach zweihundert Metern hatten sie das Ufer der Limmat erreicht. Der Anblick, der sich ihnen bot, war atemberaubend. Das war Zürich, wie man die Stadt von den Postkartenansichten her kannte. Die Limmat strömte breit und gleichmäßig vom Zürichsee weg Richtung Aare und Rhein. Die Farbe des Wassers wechselte in der untergehenden Sonne zwischen dunkelgrün und dunkelblau. Winzig kleine Wellen kräuselten sich zu einem unendlichen Reigen aus Werden und Vergehen. Auf der gegenüberliegenden Seite thronten die beiden majestätischen, kuppelartigen Türme des Großmünsters und die etwas unscheinbare, direkt am Ufer liegende Wasserkirche, flankiert von einer Front säuberlich restaurierter Häuser aus der Gründerzeit. Direkt vor Carol und Dominik ragten die spitzen Türme der Fraumünster- und der Sankt-Peter-Kirche auf. Im Licht der Dämmerung schoben sich ihre Konturen weich und fast ein wenig verschwommen in den immer dunkler werdenden Abendhimmel. Wie von Zauberhand gingen überall die Straßenlaternen an und tauchten die ganze Szenerie in einen fast unwirklichen, schimmernden Glanz.

Dominik und Carol schlugen den Uferweg an der Limmat entlang ein. Rechts unter ihnen befand sich der still vor sich hin strömende Fluss, während sich auf der linken Seite Schaufenster von Boutiquen mit exotischen Namen und noch exotischeren Preisen aneinanderreihten. Das war die Schokoladenseite von Zürich, wie sie wohlhabenden Touristen aus aller Herren Länder präsentiert wurde, das pulsierende Leben, die historischen Gebäude, die malerischen Winkel, Erker und Ecken, die teuren Geschäfte. Hier gab es keine Obdachlosen, keine Prostituierten und auch keine randalierenden Jugendlichen.

Das Hotel *Zum Storchen* befand sich direkt am Wasser. Dutzende von kleinen, runden Metalltischchen erstreckten sich vom Hoteleingang bis zum Geländer des Uferwegs. Dominik und Carol fanden einen freien Tisch gleich über dem mittlerweile tiefschwarzen Wasser des Flusses. Dominik rückte Carol den Stuhl – einen erstaunlich billig wirkenden Metallhocker ohne Sitzkissen – zurecht und setzte sich dann ihr gegenüber.

„Du bist noch stiller als sonst“, stellte er mit nüchtern klingender Stimme fest. „Irgendetwas bedrückt dich. Ich habe dich auf dem Weg hierher beobachtet. Du warst zwar physisch anwesend, aber deine Gedanken haben sich woanders befunden. Was beschäftigt dich so sehr, dass es dich selbst an einem so wunderschönen Freitagabend gefangen nimmt?“

Carol lächelte schief. „Ich hätte nicht gedacht, dass es dir überhaupt auffallen würde. Du warst so in deine Geschichten vertieft, dass ich annahm, dass du ein kleines bisschen Unaufmerksamkeit gar nicht bemerken würdest."

„Jetzt enttäuschst du mich aber. Wir kennen uns schon mehr als drei Jahre und du traust mir nicht zu, die Gefühlslage eines Menschen, der mir am Herzen liegt, richtig einschätzen zu können?"

„Nein, das ist es nicht." Carol wand sich unbehaglich. „Es ist nicht so, wie du denkst. Es ist – es ist ... Ich weiß auch nicht ... Es ist schwierig zu erklären."

„Hat es etwas mit mir zu tun?", fragte Dominik bedrückt.

„Nein."

„Mit deiner Arbeit?"

„Auch nicht."

„Dann erzähl mir doch einfach davon."

„Ich – ich weiß nicht, ob ich das kann. Es ist mehr als kompliziert."

Eine gestresst wirkende Dame mittleren Alters kam herangerauscht, um ihre Bestellung aufzunehmen. Dominik orderte einen Prosecco. Nach kurzem Zögern schloss sich Carol ihm an, obwohl sie lieber ein Glas mit eiskaltem Mineralwasser und einer Zitronenscheibe bestellt hätte. Aber sie konnte Dominik nicht gut allein mit einem Glas Prosecco mit sich selbst anstoßen lassen. Das wäre mehr als nur unhöflich. Vor allem, weil er ja ohnehin schon von diesem Abend enttäuscht war. Wie gern würde sie ihm das geben, was er sich von ihr wünschte – ihr uneingeschränktes freundschaftliches Vertrauen, ihre Zuneigung und vielleicht noch mehr. Aber das konnte sie nicht. Oder vielleicht doch? Lag ihre Zurückhaltung womöglich daran, dass sie zu sehr an der Vergangenheit klebte? Peters kantiges Jungengesicht tauchte vor ihrem inneren Auge auf. Was war aus ihm geworden? Lebte er noch? Wenn ja, steckte dann in dem Mann von heute immer noch der geistreiche, nach Gerechtigkeit strebende Junge von damals?

„Vielleicht knüpfst du am besten einfach dort an, wo wir letzten Mittwoch stecken geblieben sind", sagte Dominik, nachdem sich die gestresste Dame mit ihrer Bestellung entfernt hatte. Seine braunen Augen musterten sie eindringlich. Er wäre der ideale Partner für sie. Wenn nicht er, wer dann? Wonach suchte sie eigentlich? Weshalb war sie nicht zufrieden mit dem, was das Leben ihr bot? Sie musste einen Versuch wagen, musste das Leben so nehmen, wie es kam.

Vor ihren Augen formte sich ein Bild. Klar und deutlich. Nein, es war nicht nur ein Bild. Es war eine ganze Abfolge von Bildern. Peters Gesicht. Seine Stimme. Seine Gestalt. Das war nicht mehr einfach nur die visuelle Wiedergabe des Klassenfotos, sondern es war weit mehr. Es war ihr Gedächtnis, das langsam, aber sicher zurückkehrte. Ein Gefühl von schüchtern aufkeimender Hoffnung breitete sich in ihr aus.

„Er hieß Peter", sagte sie leise. „Er kam neu in unsere Klasse. Zu Beginn des sechsten Grundschuljahres. Ich war zwölf, er muss etwas älter gewesen sein. Auf jeden Fall wirkte er so. Er war ungefähr einsfünfundsiebzig groß und seine Stimme war tiefer als die Stimme meiner damaligen Schulkameraden. Er war sofort der Star. Er hatte dunkles, ein wenig zerzaustes Haar, ein kantiges Gesicht und ganz dunkle Augen. Er war sehr sportlich – Fußball, Handball, Basketball, Leichtathletik. Es gab keine Disziplin, die er nicht beherrschte."

„Dann war er bestimmt ein arrogantes Ekel", stellte Dominik nüchtern fest. „Besserwisserisch und von dem Bewusstsein erfüllt, dass alle Mädels sich Hals über Kopf in ihn verlieben mussten. Und wer das nicht tat, wurde zum Loser in der Klasse."

Carol lächelte verträumt. „Da liegst du völlig falsch. Er war eher schüchtern. Er wollte nicht der Star sein. Diese Rolle hat ihm gar nicht gefallen."

„Aha. Die Rolle des starken Schweigers. Vielleicht wollte er absichtlich geheimnisvoll sein. Oder er hatte etwas zu verbergen."

„Wie meinst du das?"

„Na, ein Junge in diesem Alter, gutaussehend, stark und sportlich, ist normalerweise weder schüchtern noch zurückhaltend. Er genießt es, im Mittelpunkt zu stehen, Eroberungen zu machen, die anderen seine Überlegenheit spüren zu lassen."

„Peter war anders", beharrte Carol. „Er wollte dieses Getue um seine Person nicht."

„Wie war eure Beziehung?", fragte Dominik gedehnt. „Ich nehme an, dass er das perfekte Gegenüber ist, von dem du am Mittwoch gesprochen hast. Wie ist das zu verstehen?"

„Wir haben uns für ein gemeinsames Buchprojekt gemeldet. *Wer die Nachtigall stört* von Harper Lee. Dabei sind wir uns nähergekommen. Wir haben über die Ungerechtigkeit in dieser Welt diskutiert. Wir haben unsere Freude an Wortspielen entdeckt. Manchmal haben wir

Sprichwörter abgeändert, einfach so, aus Spaß. Oder wir haben sinnlos Wörter aneinandergereiht, die möglichst ähnlich klangen."

„So wie du das neulich getan hast?"

„Genau. Die Bedeutung war egal, es musste einfach gut klingen und wie aus der Pistole geschossen kommen. Wir haben uns sozusagen immer in einer Art intellektuellem Wettkampf befunden. Manchmal war er ein wenig besser, dann wieder ich. Wir waren einander ebenbürtig. In seiner Gesellschaft fühlte ich mich wohl. Ich glaube, er war wie ein Bruder für mich. Durch ihn hat sich mein Status in der Klasse verändert. Ich wurde aufgeschlossener, selbstsicherer und dadurch beliebter. Ich war nie unbeliebt gewesen, aber durch Peters Aufmerksamkeit bin ich regelrecht über mich selbst hinausgewachsen."

„War er in dich verliebt?"

Carol zögerte und konnte nicht verhindern, dass sie errötete. „Ich weiß es nicht. Vielleicht. Vielleicht nicht."

„Warst du in ihn verliebt?"

„Nein, auf gar keinen Fall", sagte sie heftig. „Ich war damals noch viel zu jung, um mich zu verlieben. Richtig zu verlieben, meine ich."

„Was ist aus ihm geworden?", fragte Dominik vorsichtig.

„Ich weiß es nicht. Ich habe ihn aus den Augen verloren. Nach dem Ende der sechsten Grundschulklasse habe ich ihn nie wieder gesehen."

„Hattet ihr nie ein Klassentreffen oder etwas dergleichen?"

„Doch, schon. Aber derjenige, der es organisiert hat, konnte Peters aktuelle Adresse nicht herausfinden. Seine Spur hat sich im Nichts verloren."

„Seltsam", sagte Dominik nachdenklich.

In diesem Moment sah Carol das Pärchen. Ein Junge und ein Mädchen. Sie kamen eng umschlungen über die Rathausbrücke auf die Storchenbar zugeschlendert. Beide wirkten noch sehr jung. Das Mädchen hatte langes dunkles Haar, das wie ein Schleier über ihre Schultern fiel und einen großen Teil ihres Oberkörpers bedeckte. Sie trug ausgefranste Hotpants und flache Sandalen mit Riemchen zwischen den Zehen. Der Junge hatte sein helles Haar modisch nach hinten gegelt. Sein rechter Arm lag eng um die Taille des Mädchens, so als wollte er sie nie mehr loslassen. Sie flüsterte ihm etwas ins Ohr und er lachte lauthals los.

Das Bild kam Carol bekannt vor. *Ein Junge und ein Mädchen. Eng umschlungen. Tuschelnd und scherzend. Sie kommen und verschwinden. Wohin sind sie gegangen? Woher sind sie gekommen?*

„Peters Spur hat sich also im Nichts verloren." Dominiks Stimme klang immer noch nachdenklich.

Ein Junge und ein Mädchen. Eng umschlungen. Bis über beide Ohren verliebt.

„Und damit endet die Geschichte", sagte Carol abrupt. „Er lebt sein Leben und ich lebe meines. Und jetzt erzähle mir doch etwas von dir und Nils. Irgendeine lustige Begebenheit. Oder nein, du könntest mir etwas über deine erste Freundin berichten. Wie hast du sie kennengelernt? Bist du mit ihr zur Schule gegangen? Oder war es eine Ferienbekanntschaft?"

Dominik lächelte. „Das ist eine lange Geschichte. Bist du dir ganz sicher, dass du sie vom Anfang bis zum Ende hören willst?"

Carol nickte beherzt.

Ein Junge und ein Mädchen. Eng umschlungen. Es ist dunkel. Sie kommen einen Weg entlanggelaufen und verschwinden wieder. Woher kommen sie und wohin verschwinden sie?

Kapitel 43

Samstag, 20. Juli, 16.00 Uhr

„Ich kann es einfach immer noch nicht glauben.“ Wütend kickte Lukas mit dem rechten Fuß ein gelb-schwarzes Spielzeugauto von Joel-Henri zur Seite. „Ein Ohnmachtsanfall, und das mitten auf dem Zürichsee. Was werden die Kids bloß von mir denken? So was ist total uncool. Mann, ich bin ein richtiger Loser.“

„Nein, das bist du nicht.“ Andreas Gefühle schwankten zwischen Mitleid und Resignation. Als Lukas heute Morgen mit Daniel zum Segelevent des Teenklubs aufgebrochen war, war sein Gesicht kreideweiß gewesen. Andrea hatte versucht, ihn von seinem Vorhaben abzuhalten, aber er hatte ihre Bedenken mit zusammengebissenen Zähnen und einem Schulterzucken abgetan. Sie hatte ihn schließlich ziehen lassen, war aber alles andere als erstaunt gewesen, als Daniel sich um halb zwei bei ihr gemeldet und sie gebeten hatte, Lukas sobald wie möglich beim Strandbad Mythenquai abzuholen. Er hatte mitten auf dem Zürichsee einen Schwächeanfall erlitten und war dann von der herbeigerufenen Seewache eilends an Land gebracht worden. Glücklicherweise hatte er sich schnell wieder erholt und als sie zu Hause angekommen waren, war seine Gesichtsfarbe schon sehr viel gesünder gewesen.

„Es sind schon viele andere Männer vor dir irgendwann einmal in ihrem Leben in Ohnmacht gefallen. Ich habe das bei meiner Arbeit im Krankenhaus oft beobachtet. Und meistens waren es gerade die jungen, kräftigen Männer, die beim Anblick von Blut oder bereits durch den bloßen Krankenhausgeruch kurz das Bewusstsein verloren haben. Sie sind einfach zu Boden gesackt, wie ein gefällter Baum. Daran ist überhaupt nichts Peinliches. Es geschieht einfach und man kann es nicht verhindern.“

„Ich will aber kein Loser sein“, sagte Lukas trotzig. Er setzte sich an den Esstisch und griff nach der geöffneten Cola-Büchse, die Andrea soeben aus dem Kühlschrank hervorgeholt und vor ihm auf den Tisch gestellt hatte.

„Papa, was ist ein Loser?“, fragte Joel-Henri eifrig. „Weshalb möchtest du kein Loser sein?“

Lukas gab keine Antwort. Seine linke Hand klammerte sich derart vehement an die Cola-Büchse, dass es aussah, als würde er sie im nächsten Moment zu Brei zerquetschen.

„Papa!“ Joel-Henri rüttelte ungestüm an Lukas’ Oberschenkel und blickte erwartungsvoll zu ihm hoch. „Ich will wissen, was ein Loser ist!“

Unvermittelt löste sich Lukas’ linke Hand von der Cola-Büchse und schwebte ziellos in der Luft. Sein Gesicht verzerrte sich zu einer unwirschen Grimasse. Einen Moment lang schien es, als wolle er seinen Sohn mit einem derben Stoß von sich abschütteln. Dann, plötzlich, ließ er die Hand sinken und seine Gesichtszüge normalisierten sich. Sachte löste er Joel-Henris Finger von seinem Oberschenkel. „Später, Sohn“, sagte er mit erzwungener Ruhe. „Ich bin müde und mir ist übel. Ich muss jetzt erst mal etwas trinken und wieder ein wenig zu Kräften kommen.“

„Ich will es aber jetzt wissen!“, schrie Joel-Henri. Trotzig machte er einen Schritt nach hinten und übersah dabei Eva-Leas Stoffpuppe, die mit übereinandergeschlagenen Beinen auf dem Boden lag. Seine Füße verhedderten sich in dem farbigen Stoffknäuel und fanden keinen Halt mehr. Wie in Zeitlupe wedelte er mit den Armen durch die Luft, dann schlug sein Gesäß mit einem kräftigen Plumps auf dem Boden auf. Erschrocken schnappte er nach Luft.

Andrea war sofort bei ihm und nahm ihn in die Arme. Aber es war bereits zu spät. Er begann zu brüllen, wand sich in ihrer Umarmung und schlug wild zappelnd mit den Füßen um sich. Eva-Lea, die sich auf dem Sofa ein Bilderbuch angeschaut hatte, kam wie eine kleine Furie auf Andrea zugerannt und klammerte sich an ihrer Bluse fest.

„Joel!“, schluchzte sie. „Joel, weh-weh, aua-aua! Mama, weh-weh, aua-aua!“

„Andrea“, sagte Lukas mit zusammengebissenen Zähnen, „würde es dir etwas ausmachen, mit den Kids für eine Zeit lang nach draußen zu verschwinden? Ich kann dieses Gebrüll im Moment einfach nicht ertragen.“

Wortlos hob Andrea ihre Tochter hoch, packte den immer noch zappelnden Joel-Henri fest an der Hand und zog ihn sachte, aber bestimmt auf die Beine. „Es ist alles gut“, sagte sie mit sanfter Stimme.

„Wir machen jetzt einen Spaziergang zum großen Spielplatz bei der Straßenbahn-Endstelle. Das ist der Spielplatz mit den Schaukelpferden, dem Piratenschiff und der langen roten Rutsche. Und auf dem Weg dorthin kommen wir an den lustigen jungen Kaninchen vorbei – wisst ihr, welche ich meine?"

Joel-Henris Schluchzen verebbte langsam zu einem schluckaufartigen Schniefen. „Er-erklärst du mir d-dann auch, was ein Loser ist?", japste er.

„Natürlich, mein Schatz. Und je schneller wir bereit sind, desto schneller kann ich es dir erklären."

„Danke, Andrea", sagte Lukas matt. Er ergriff die Cola-Büchse und nippte vorsichtig daran. „Wenn ihr zurückkommt, geht es mir bestimmt besser. Ich brauche bloß ein wenig Ruhe."

„Gern geschehen." Andrea schob den Unterkiefer vor, dann verschwand sie mit den beiden Kindern im hinteren Teil der Wohnung, um sie für den Ausflug einzukleiden.

Eine halbe Stunde später hockte sie neben Eva-Lea im Sandkasten des größten öffentlichen Seebacher Spielplatzes und reichte ihr abwechselnd rote, grüne, gelbe und blaue Sandformen. Ihre Tochter war unglaublich produktiv. Innerhalb kürzester Zeit hatte sie über zwanzig mehr oder weniger wohlgeformte Sandkuchen fabriziert. Joel-Henri spielte auf der anderen Seite des großen Sandkastens und türmte mit seinem Plastikeimer haufenweise Sand zu einem hohen Berg. Hin und wieder unterbrach er seine Arbeit, um den Sand festzuklopfen und sein Werk zu begutachten. Sein Gesichtsausdruck war hochkonzentriert, gelegentlich runzelte er die Brauen oder kniff die Augen zusammen, wie ein Dirigent, der peinlich genau auf jeden einzelnen Ton lauscht, den sein Orchester zum Besten gibt.

Andrea seufzte kaum hörbar. Die letzten Tage waren anstrengend gewesen. Zwar ging es ihr langsam etwas besser und sie hatte das Gefühl, dass die Freude am Leben und ihre alte Kraft zaghaft aus dem dunklen Loch hervorkrochen, in dem sie monatelang gefangen gehalten worden waren, aber es war ein täglicher Kampf. Ihr altes Leistungsdenken war wie ein schwarzer Strudel, der alle guten Gedanken aus ihr herauszusaugen schien. Und dann fühlte sie sich nach wie vor unzulänglich und minderwertig.

Die Beziehung zu Lukas war angespannt. Manchmal ertappte sie ihn dabei, wie er sie unverwandt musterte, fragend, abwägend und irgendwie verstört. Seit seinem Unfall war sein inneres Gleichgewicht ins Wanken geraten. Körperlich war er nach wie vor angeschlagen und trotz seines eisernen Willens schaffte er es nicht, die immer wiederkehrenden Schwindel- und Schwächeanfälle in den Griff zu bekommen.

„Mama! Tuchen!"

Andrea blickte auf und sah, dass Eva-Lea ungeduldig mit einer Sandform vor ihrer Nase hin und her wedelte. Mechanisch nahm sie die Sandform entgegen, füllte sie mit feinkörnigem Sand und reichte sie ihrer Tochter zurück. Diese jauchzte laut auf und rannte mit der gefüllten Form in die Mitte des Sandkastens, wo sie sie sorgfältig umdrehte und in den angefeuchteten Sand drückte. Andrea blickte ihr nach, ohne das Bild, das sich ihr bot, bewusst zusammenzufügen.

Plötzlich versteifte sie sich. Ein unangenehmes Prickeln kroch ihre Wirbelsäule hinunter. Irgendetwas stimmte nicht an den einzelnen Komponenten dieses Bildes. Es dauerte einen Moment, bis sie merkte, dass Joel-Henris Platz am anderen Ende des Sandkastens leer war. Angsterfüllt sprang sie auf. Er war doch nicht etwa allein zum Piratenschiff gegangen und kletterte dort herum? Ihre Augen schossen sprunghaft von einer Ecke des Spielplatzes zur anderen. Nein, auf dem Schiff schien er nicht zu sein. Auch bei den Schaukelpferden befand er sich nicht.

Da – ihr Blick erstarrte.

„Nein!", schrie sie mit voller Kraft, bevor sie Hals über Kopf losrannte. Sie sah das Unglück kommen. Innerhalb von Sekundenbruchteilen setzte ihr Hirn die einzelnen Komponenten zusammen und führte ihr den bevorstehenden Unfall in seiner ganzen Tragweite vor Augen.

Joel-Henri läuft seitlich direkt auf das große Schaukelgerüst in der Mitte des Spielparks zu. Ein schon etwas älterer Junge sitzt auf einer der drei Holzschaukeln und schwingt mit kräftigen Körperbewegungen vor und zurück. Joel-Henri wird genau in dem Augenblick vor die Schaukel laufen, in dem der Junge in vollem Tempo nach vorn pendelt.

Und sie würde zu spät kommen, würde ihren Sohn nicht vor dem unvermeidlichen Zusammenstoß bewahren können.

Die Zeit schien stillzustehen.

Plötzlich schoss wie aus dem Nichts eine Gestalt auf Joel-Henri zu. Sie warf sich auf ihn, riss ihn seitwärts zu Boden und zerrte ihn mit aller Kraft aus der Gefahrenzone weg. Die Schaukel sauste wie eine Rakete auf sie zu, schrammte mit der rechten Kante des Holzbretts haarscharf an ihnen vorbei und schwang sich in elegantem Bogen nach vorn in die Höhe.

„Halt!", rief Andrea, die sich inzwischen auf Augenhöhe mit dem Jungen auf der Schaukel befand. Doch der schien in einer anderen Welt zu sein. Seine Augen waren geschlossen, sein Kopf wippte sanft hin und her. Metallisch klingende Musik dudelte aus einem orangefarbenen Muschelkopfhörerset, das wie ein Schutzhelm über seine Ohren gestülpt war und so aussah, als wäre es eigens dazu konzipiert worden, den Träger möglichst schalldicht von jedem störenden Laut von außen abzuschotten.

Die am Boden liegende Person hatte sich inzwischen mit Joel-Henri zusammen aus der kritischen Zone weggerobbt. Andrea warf sich neben ihnen auf die Knie und umschlang ihren Sohn, der vor Schreck wie gelähmt war, mit beiden Armen.

„Es ist alles gut", murmelte sie keuchend. Sachte drückte sie seinen Kopf gegen ihre Brust und fuhr ihm mit den Fingern durchs Haar. Dann blickte sie zu dem menschlichen Schutzengel hoch, der sich unterdessen vom Boden aufgerappelt hatte und nun mit fast provozierender Langsamkeit Arme und Beine ausschüttelte. Es war eine junge Frau in schlabbriger Skaterkleidung. Ihr platinblondes, kurz geschnittenes Haar stand wirr in alle Richtungen ab. Um den Hals trug sie mehrere dicke Ketten mit Fischzähnen in verschiedenen Längen und Ausprägungen. Andrea versuchte, ihr Alter zu schätzen. Aber das war schwierig. Sie hätte fünfzehn sein können, aber auch zweiundzwanzig oder sogar noch älter.

„Danke", sagte Andrea immer noch keuchend. „Das hätte ins Auge gehen können."

„Mamaa!" Eva-Lea kam schreiend herbeigestürmt und klammerte sich mit beiden Armen an Andreas Schulter fest. „Mamaa! Tuchen! Kuck! Tuchen!"

„Sie müssen besser auf ihn aufpassen." Die Stimme des Mädchens war rau und ein wenig kratzig.

„Ja, ich weiß." Andrea musterte das Mädchen aufmerksam. Etwas an ihrer Haltung und an ihrer Stimme kam ihr bekannt vor. Hatte sie sie vielleicht schon einmal hier gesehen? Aber das wäre ihr bestimmt aufgefallen. Eine junge Frau in Schlabberkleidung ohne Kinder, die eher in einen Skatepark als auf einen Kinderspielplatz passte, fiel fast zwangsläufig auf.

„Sie haben hübsche Kinder." Das Mädchen ging neben Andrea in die Hocke und fuhr Joel-Henri vorsichtig mit der Hand durchs Haar. „Ich bin so froh, dass ihm nichts passiert ist."

Joel-Henri drehte sich ruckartig von ihr weg und verbarg seinen Kopf an Andreas Schulter. Dann, nach ein, zwei quälend langen Sekunden, hob er sein Gesicht ein wenig an und schielte misstrauisch zu dem blonden Mädchen empor. Kaum hatten sich ihre Augen getroffen, wandte er sich wieder ab. Das Mädchen lachte.

„Bist du oft hier?", fragte Andrea.

Die junge Frau versteifte sich. Ein argwöhnischer Ausdruck huschte über ihr Gesicht. Mit einem Mal wirkte sie sehr jung und verletzlich.

„Ich weiß gar nicht, wie ich dir danken kann", setzte Andrea zu einem neuen Versuch an. „Durch dein beherztes Eingreifen hast du einen sehr schlimmen Unfall verhindert." Sie schüttelte sich. „Schon allein beim Gedanken an das, was Joel-Henri hätte zustoßen können, wird mir ganz anders."

Das Mädchen zuckte mit den Schultern. „Ist doch selbstverständlich. Jeder andere hätte genauso gehandelt."

Eine lange Pause entstand. Andrea überlegte krampfhaft, wie sie sich der jungen Frau gegenüber erkenntlich zeigen könnte, ohne ihr dabei zu nahe zu treten. Sie wusste nichts über sie. Sie wusste nicht einmal, ob sie sie je wieder in diesem Spielpark antreffen würde. Vielleicht war sie rein zufällig hier. Auf der Durchreise. Oder auf der Flucht. Andrea wusste nicht, weshalb ihr dieser Gedanke plötzlich wie aus dem Nichts durch den Kopf schoss.

„Darf ich ein bisschen mit den Kids spielen?", fragte das Mädchen unvermittelt. „Ich liebe Kinder über alles und hätte immer gern jüngere Geschwister gehabt. Aber ich hatte nie welche. Ich – ich bin im Heim aufgewachsen, wissen Sie."

„Dann hast du dort mit Sicherheit ganz vielen jüngeren Kindern helfen können", sagte Andrea mit einem warmherzigen Lächeln. „Bestimmt hast du mit ihnen gespielt, als sie einsam waren. Oder du hast sie beschützt, als sie in der Klemme gesteckt haben. Oder du hast mit ihnen gelacht, ihnen zugehört, ihre Tränen abgewischt oder bist einfach für sie da gewesen, als sie es nötig hatten. Wie eine große Schwester. Sie haben dich bestimmt alle geliebt."

Zu Andreas großer Überraschung füllten sich die Augen der jungen Frau plötzlich mit Tränen. „Ich habe sie im Stich gelassen", presste sie mühsam hervor. „Sie haben mich so sehr gebraucht. Aber ich habe sie im Stich gelassen."

„Warum hast du das Gefühl, dass du sie im Stich gelassen hast?", fragte Andrea vorsichtig. „Bist du in ein anderes Heim versetzt worden?"

„Nein, ich bin abgehauen."

„Abgehauen?"

„Das war vor etwa drei Jahren. Ich habe mein Leben einfach nicht mehr auf die Reihe gekriegt. Darum bin ich getürmt und habe einige Monate auf der Straße gelebt. Dann habe ich mich freiwillig beim Jugendamt gemeldet. Meine neue Vormundin hat mich ins Pestalozziheim gesteckt, das ist ein Jugendheim für Jugendliche zwischen zwölf und achtzehn Jahren. Da hab ich mich nie zu Hause gefühlt. Ich habe meine Kleinen vermisst. Aber ich konnte nicht zurück, weil sie mich dort nicht mehr wollten."

Andrea spürte, wie es in ihren Fingerspitzen zu kribbeln begann. Die Geschichte des Mädchens kam ihr seltsam bekannt vor.

Fabienne hat die Probezeit im Gymnasium nicht bestanden. Danach ist sie abgehauen, hat ungefähr drei Monate auf der Straße gelebt und sich nach dieser Zeit freiwillig beim Jugendamt gemeldet. Ich habe sie ins Pestalozziheim, ein Jugendheim, in dem Jugendliche zwischen zwölf und achtzehn Jahren leben, eingewiesen. Doch sie hat sich dort nie richtig wohlgefühlt. In ihrem ehemaligen Kinderheim hat sie sich immer für die Schwächeren eingesetzt. Sie hat einen ausgesprochenen Beschützerinstinkt.

Unauffällig warf Andrea einen Blick auf das platinblond gefärbte Haar des vor ihr kauernden Mädchens. Wenn sie sich nicht täuschte, war dieses Haar am Montagnachmittag noch blau-schwarz gewesen und hatte in stachligen Spitzen von ihrem Kopf abgestanden.

Eine Welle aus Liebe und Mitgefühl breitete sich in Andrea aus. Am liebsten hätte sie das Mädchen einfach in die Arme genommen und wie eines ihrer Kinder sanft hin und her gewiegt. Aber sie musste vorsichtig sein. Wenn sie mit ihrer Vermutung richtig lag und sie wirklich Fabienne vor sich hatte, durfte sie unter keinen Umständen eine falsche

Bemerkung machen. Das Mädchen war wie ein verwundetes Tier, das sich in der Nähe einer Falle befand. Eine falsche Bemerkung würde alles zunichtemachen.

Andrea atmete tief durch.

„Dann bist du jetzt also im Pestalozziheim?"

„Nein, nicht mehr."

„Nicht mehr?"

Die junge Frau zögerte. Eine Mischung aus Furcht und Unsicherheit stahl sich in ihr Gesicht. Ihre katzenartigen grün-grauen Augen irrten hektisch nach rechts und nach links, als wolle sie ihre Fluchtmöglichkeiten möglichst genau abschätzen. Dann, plötzlich, sackten ihre Schultern nach vorn, und sie verbarg ihr Gesicht in den Händen.

„Ich habe dasselbe gemacht wie vor drei Jahren", murmelte sie kaum hörbar. „Ich bin getürmt."

Andrea wartete einen Moment.

„Ich … ich habe es einfach nicht mehr ausgehalten. Ich habe mich wie ein eingesperrtes Tier gefühlt", fuhr das Mädchen fort. „Deshalb habe ich Kontakt zu einigen Leuten aus meiner alten Clique aufgenommen. Zwei von ihnen leben auch heute noch auf der Straße. Sie haben mir geholfen, mich vor dem Jugendamt und den Straßenarbeitern zu verstecken."

„Hast du einen besonderen Bezug zu diesem Spielpark hier?", fragte Andrea nach einer längeren Pause.

„Das Kinderheim, in dem ich aufgewachsen bin, liegt ganz in der Nähe. Wir sind früher oft zum Spielen hierhergekommen. Obwohl der Park damals bei Weitem noch nicht so schön war, wie er es heute ist."

„Würdest du gern wieder in dein altes Kinderheim zurückkehren, wenn du könntest?"

„Ich weiß es nicht. Am liebsten hätte ich eine richtige Familie, mit allem Drum und Dran, wenn Sie wissen, was ich meine."

Andrea nickte. „Wie lange lebst du schon auf der Straße?", fragte sie vorsichtig.

Das Mädchen zuckte mit den Schultern. „Zwei Wochen oder so. Aber jetzt bin ich nirgends mehr zu Hause. Auf der Straße nicht und im Pestalozziheim auch nicht."

„Auf der Straße auch nicht?"

„Mein Freund hat mir gestern den Laufpass gegeben. Wir hatten

Streit, weil er mir unbedingt ein Ticket mit Acid andrehen wollte. Nicht, dass ich jetzt so voll die Anti-Drogen-Tante wäre. Hin und wieder nehme ich ganz gern mal einen Joint oder eine Zigarette. Aber bei Acid hört der Spaß auf."

„Ich bin froh, dass du dich geweigert hast. Das war richtig mutig von dir."

„Finden Sie?"

Andrea nickte. Sie warf einen nachdenklichen Blick auf ihre beiden Kinder, die sich in der Zwischenzeit aus der schützenden Deckung hervorgewagt und sich dicht vor dem blonden Mädchen auf den Boden gekauert hatten. Joel-Henri streckte soeben die Hand aus und berührte vorsichtig eine ihrer vielen Fischzahnketten.

„Die gefällt mir", sagte er andächtig.

Die junge Frau lächelte. „Es ist meine Lieblingskette. Eine Schulfreundin von mir hat sie an einem Strand auf Hawaii gekauft. Der Zahn stammt von einem echten Haifisch."

„Was ist ein Haifisch?"

„Das ist ein so großer Fisch", das Mädchen breitete die Arme aus, „mit ganz spitzen Zähnen."

Joel-Henris Augen wurden kugelrund. „Beißt er damit andere Fische tot?"

„Nur, wenn er richtig großen Hunger hat. Oder wenn er sich verteidigen muss."

„Oder wenn der andere Fisch krank ist und sterben möchte", sagte Joel-Henri nachdenklich. „Das ist wie bei einem Jäger. Meine Mama hat mir das erklärt. Ein Jäger ist nicht böse. Er schießt nur kranke und alte Tiere tot. Aber eigentlich ist es schöner, wenn die alten Tiere von ihrer Familie gepflegt werden. Findest du das auch, dass es schöner ist, wenn ein altes Tier von seiner Familie gepflegt wird?"

„Ja, das finde ich auch." Das blonde Mädchen lächelte. „Kranke und alte Tiere haben viel erlebt. Sie können den jungen Tieren viele schöne Geschichten erzählen."

„Erzählst du mir eine Geschichte? Wie heißt du überhaupt?"

„Fabienne. Und du?"

„Joel-Henri. Aber wenn meine Mama böse mit mir ist, sagt sie nur Joel."

Andrea überlegte fieberhaft. Sie hatte mit ihrer Vermutung richtig gelegen. Das Mädchen vor ihr war tatsächlich Fabienne. Vor ihrem inneren Auge nahm langsam eine Idee Gestalt an. Normalerweise war sie nicht so spontan, aber das war auch keine normale Situation. Noch nie war ihr eine jugendliche Ausreißerin einfach so mir nichts, dir nichts über den Weg gelaufen. Sie musste eine schnelle Entscheidung treffen und rasch handeln.

Andrea gab sich einen Ruck. „Hast du für diese Nacht schon einen Platz zum Schlafen?“, fragte sie bedächtig.

Mit einem Mal flammte der misstrauische Funke in den Augen der jungen Frau wieder auf. Schutz suchend fuhr ihre Hand zu den Fischzähnen an ihrer Brust. „Sie werden mich doch nicht etwa bei den Bullen verpetzen, oder?“

„Nein, das werde ich nicht“, erwiderte Andrea ruhig. „Im Gegenteil. Ich würde dir gern einen Vorschlag machen …“

Kapitel 44

Samstag, 20. Juli, 18.30 Uhr

Lukas stand an der Tür, als Andrea mit den Kindern und Fabienne vor ihrer Wohnung eintraf. Mit einem breiten Grinsen ging er auf Fabienne zu.

Andrea hatte ihn vom Spielplatz aus angerufen, um ihn darüber zu informieren, dass sie für die nächsten Tage einen jugendlichen Gast haben würden. Wie erwartet hatte er überaus positiv reagiert. Andrea hatte fast hören können, wie diese Nachricht seinem angeschlagenen Ego neuen Auftrieb verlieh. Ein Mädchen von der Straße, das aus dem Jugendheim abgehauen war. Es würde eine besondere Herausforderung bedeuten, eine Beziehung zu ihr aufzubauen. Aber er würde das wie üblich mit Bravour meistern. Er hatte es bisher noch immer geschafft, bei Jugendlichen auf Anhieb den richtigen Ton zu treffen.

Das Telefongespräch mit Carol, das Andrea anschließend geführt hatte, war schon sehr viel schwieriger gewesen. Fabienne hatte erstaunlich gelassen reagiert, als sie vernommen hatte, dass Andrea ihre Betreuerin vom Jugendamt kannte. Sie hatte sogar fast ein wenig erleichtert gewirkt. Carols Reaktion hingegen war ziemlich heftig ausgefallen. *Hast du auch nur die geringste Ahnung, worauf du dich da einlässt?,* hatte sie in ungläubigem Tonfall gefragt. *Fluchtbereite Jugendliche werden nicht einfach so über Nacht sesshaft und stabil. Das ist ein zäher, mit Rückschlägen und Enttäuschungen gepflasterter Weg, der nur von Fachleuten begangen werden kann und langjährige pädagogische Erfahrung voraussetzt. Laien haben bei diesem Prozess in der Regel schlicht und einfach nichts zu suchen.*

Andrea hatte ihre ganze Überzeugungskraft gebraucht, um mit Carol einen einigermaßen realistischen Deal auszuhandeln. Fabienne würde für die nächsten Tage bei ihnen wohnen, so lange, bis Carol eine geeignete Anschlusslösung gefunden hatte. Sie würden in engem Kontakt bleiben und bei Problemen würde sich Andrea sofort bei Carol melden oder im schlimmsten Fall die Polizei rufen.

Vergiss nicht, sie hat auf der Straße gelebt, hatte Carol gesagt. *Du kannst ihr nicht einfach vertrauen. Sei auf der Hut.*

Lukas hob die gesunde linke Hand zum in der Szene obligatorischen lässig-coolen Handschlag zwischen Kinn- und Augenhöhe (zuerst abklatschen mit der Handfläche, danach gerader Faustschlag Knöchel auf Knöchel). „Yo, Mann, was geht?“, fragte er das blonde Mädchen in perfektem Jugendslang.

Fabienne ignorierte seine ausgestreckte Hand. Sie warf ihm einen Blick aus ihren unergründlichen Katzenaugen zu, dann wandte sie sich ab, schlurfte mit betont desinteressiertem Gang zum Kinderwagen, nahm Andreas Planentasche von der Sitzfläche und reichte sie ihr wortlos.

Wieder reagierte Lukas mit profimäßiger Sachkompetenz. „Ich habe mir vorhin gerade den neusten Track von Linkin Park reingezogen“, sagte er und lächelte Fabienne mit entwaffnender Offenheit an. „Ziemlich abgespaced. Cooler Beat, cooler Text, cooler Song. Meine Jungs aus dem Teenklub fahren voll darauf ab. Möchtest du auch mal reinhören?“

Fabienne starrte an ihm vorbei zu Boden. Ihre Finger spielten unruhig mit einem der großen Fischzähne, die an ihrem Hals baumelten.

„Komm, ich zeig dir mein Zimmer!“ Joel-Henri packte ihre Hand und zog sie an seinem Vater vorbei in die Wohnung. „Ich habe ganz viele Spielzeugautos. Die musst du dir unbedingt anschauen! Eins ist ein Polizeiauto mit einer echten Sirene. Man muss einen Knopf hinten beim Kofferraum drücken und dann heult die Sirene los. Komm, ich zeig es dir!“

„Stopp“, sagte Andrea ruhig, aber bestimmt. „Fabienne muss erst einmal richtig ankommen und sich ein bisschen umschauen. Vielleicht möchte sie sich ein wenig mit Papa unterhalten. Du kannst ihr dein Zimmer auch später noch zeigen.“

„Ich muss mich eigentlich gar nicht umschauen“, sagte Fabienne mit abgehackter Stimme. „Am liebsten würde ich ein bisschen mit den Kids spielen. Oder dir beim Essenmachen helfen.“

„Hm“, sagte Andrea langsam.

„Kommst du, Fabienne?“ Joel-Henri packte sie am Arm. „Du musst dir unbedingt mein Zimmer ansehen!“ Fabienne lächelte. Sachte löste sie Eva-Leas Fingerchen, die sich an ihrer Hose festklammerten, von dem zerlöcherten Jeansstoff, hob das Mädchen hoch und verschwand mit den beiden Kindern im hinteren Teil der Wohnung.

Lukas schaute ihnen wie ein begossener Pudel hinterher. „Sie mag mich nicht", flüsterte er Andrea mit vorgeschobener Unterlippe zu. „Hast du gesehen, wie sie mich ignoriert hat?"

„Sie hat auf der Straße gelebt", flüsterte Andrea zurück, „und Straßenkinder verschenken ihr Vertrauen nicht auf den ersten Blick. Sie müssen zuerst eine Beziehung aufbauen. Das braucht ein wenig Zeit. Aber ich bin überzeugt, dass sie dich im Handumdrehen akzeptiert haben wird. Warte erst einmal das Abendessen ab. Dann hat sie sich hier schon ein bisschen eingelebt und wird bestimmt gesprächiger sein als vorhin."

„Ich weiß nicht. Am Telefon hat alles so wunderbar geklungen. Aber mir wird jetzt erst bewusst, auf was wir uns hier einlassen. Fabienne kommt von der Straße und Straßenkinder sind unberechenbar. Man weißt nicht, was in ihrem Kopf vorgeht. Wer garantiert dir, dass sie uns nicht hinterrücks beklaut? Oder uns im Schlaf etwas antut?"

„Lukas", sagte Andrea energisch, „versuch jetzt mal rational zu denken. Die Tatsache, dass dich Fabienne ignoriert hat, macht sie noch nicht zu einer Schwerverbrecherin. Im Gegenteil. Sie ist ein junges Mädchen, das vor einigen Tagen aus dem Jugendheim ausgebüxt ist und nun verzweifelt nach einer neuen Bleibe sucht. Sie liebt kleine Kinder über alles und könnte ihnen nie im Leben etwas antun."

Nachdenklich wiegte Lukas den Kopf hin und her. „Das ist nicht der einzige Grund, weshalb ich mir Sorgen mache", sagte er schließlich. „Was werden die Leute aus der Gemeinde über uns denken? Noch vor wenigen Tagen hast du dich über deinen Einsatz bei Susanne beklagt und Daniel einen Korb gegeben, als er dich um eine weitere Hilfeleistung gebeten hat. Und jetzt schleppst du ein Straßenmädchen an, dessen Betreuung um Welten intensiver ist als jegliche Hilfeleistung für Susanne. Das kommt ziemlich schräg rüber, das kann ich dir sagen."

Du stehst vor Gott. Kein Mensch ist berechtigt, ein Urteil über dich zu fällen. Du bist nicht der Spielball deiner Umgebung. Du bist frei und kannst selbst entscheiden, was richtig ist und was nicht.

Andrea atmete tief durch. „Gott ist der Einzige, vor dem wir uns verantworten müssen", sagte sie langsam. „Wenn diese Aufgabe für uns richtig ist, können die Leute aus unserer Umgebung denken, was sie wollen. Gott steht hinter uns und er wird uns die Kraft geben, den Auftrag zu seiner Ehre zu erfüllen."

„Und woher willst du wissen, dass es richtig ist, ein Straßenmädchen bei uns aufzunehmen?“

„Weil Fabienne unsere Hilfe genauso nötig hat wie irgendein Mitglied aus unserer Gemeinde oder aus dem Teenklub. Bitte, Lukas, lass es uns doch wenigstens versuchen. Es gibt ohnehin keine Alternative. Wenn wir sie vor die Tür setzen oder ins Heim zurückschicken, wird sie sofort untertauchen und vermutlich ganz in die kriminelle Szene abrutschen. Wir sind ihre letzte Hoffnung. Was sie jetzt braucht, ist Mitmenschlichkeit und einen guten Nährboden, um Vertrauen aufzubauen. Sie ist in ihrem kurzen Leben schon genug enttäuscht worden.“

„Na gut.“ Lukas zuckte mit seiner gesunden linken Schulter. „Ich gebe ihr Zeit bis Dienstagmorgen. Wenn sie sich bis dahin nicht in die Familie integriert hat oder sonst irgendwelche Probleme macht, muss sie weg.“

Andrea nickte wortlos und ging in die Küche, um das Abendessen vorzubereiten. Innerlich fühlte sie sich nicht halb so zuversichtlich, wie sie Lukas gegenüber getan hatte. Was, wenn Fabienne tatsächlich keinen Zugang zu ihm finden würde? Wäre er dann noch in der Lage, objektiv zu sein? Oder würde er aus lauter Frust starrköpfig darauf bestehen, Fabienne von hier fortzuschicken?

Nachdenklich schnitt Andrea das knusprige Brot, das sie unterwegs gekauft hatte, in nicht allzu dicke Scheiben, deckte den Tisch und holte zuletzt Butter, Marmelade, Milch und kaltes Hühnchen aus dem Kühlschrank.

Einige Minuten später saßen sie alle zusammen am Esstisch. Lukas sprach ein kurzes Tischgebet, dann ließ Andrea Brot, Fleisch und Gemüse herumgehen, schaufelte den Kindern ihre Portionen auf die Teller, bestrich zwei Brotscheiben mit Butter, teilte sie in zwei Hälften und reichte sie an Lukas und Eva-Lea, die ungeduldig mit ihrem Schnabelbecher hin und her fuchtelte, weiter.

„Was trinkt sie?“ Fabienne nahm Eva-Lea den Becher aus der Hand und öffnete den Deckel. „Milch? Wasser? Sirup?“

„Milch mit einem Kaffeelöffel Schokopulver“, erwiderte Andrea.

Geschickt füllte Fabienne den Becher mit Milch, rührte das Schokopulver ein, drückte sorgfältig den Deckel auf den Rand und reichte das Plastikgefäß an das begeistert quiekende Mädchen neben sich weiter.

„Erzähl uns doch mal was über deine Lieblingsbands.“ Lukas versuchte, locker zu klingen, aber Andrea hörte die Anspannung in seiner Stimme. „Welche Musik hörst du so?“

Fabienne warf ihm einen unergründlichen Blick aus ihren grün-grauen Augen zu.

Unwillkürlich hielt Andrea den Atem an. Wenn das bloß gut ging. Einen weiteren Rückschlag würde Lukas nicht verkraften.

„Mein Lieblingskomponist ist Brahms“, sagte Fabienne endlich. Ihre Gesichtszüge waren starr, ihr Blick ausdruckslos. „Ich habe in der Schule eine Arbeit über seine vierte Symphonie geschrieben. Die letzte, die er komponiert hat. In e-Moll. Es ist coole Musik, so – so …“ Peinlich berührt senkte sie den Blick, als hätte sie bereits zu viel von sich preisgegeben.

„Brahms?“ Lukas schnappte hörbar nach Luft. Mit seinen kugelrunden Augen und dem halb geöffneten Mund sah er aus wie ein Fisch auf dem Trockenen, der noch nicht wieder zu seinem Element zurückgefunden hatte. „Du hörst B-R-A-H-M-S?“

„Papa, was ist Brahms?“, fuhr Joel-Henri dazwischen. „Ist das ein Lied? Oder eine Geschichte? Wenn es eine Geschichte ist, will ich sie hören!“

Plötzlich huschte ein Lächeln über Fabiennes Gesicht. „Brahms ist ein Mann, der Musik gemacht hat“, sagte sie zu Joel-Henri. „Er hat vor langer, langer Zeit gelebt.“

„Wie im Märchen?“

„Ja, genau. Wenn er heute noch leben würde, hätte er ganz weiße Haare und einen langen weißen Bart.“

„Warum lebt er heute nicht mehr?“, bohrte Joel-Henri weiter.

Fabienne lachte. „Weil kein Mensch so lange lebt.“

„Ich möchte aber lange leben! Und wenn ich alt bin, möchte ich weiße Haare und einen weißen Bart haben!“

„Mamaa! Haa-re!“ Eva-Lea beugte sich vor und erwischte eine Strähne von Andreas honigblondem Haar. Begeistert zerrte sie sie zu sich hin.

„Eva! Du tust mir weh.“ Vorsichtig befreite Andrea die gefangene Haarsträhne aus dem milchverschmierten Patschhändchen ihrer Tochter.

„Nein!“, heulte Eva-Lea. „Mamaa! Haa-re!“ In dem hektischen Bemühen, eine weitere Haarsträhne ihrer Mutter zu erhaschen, beugte sie sich so weit nach vorn, dass ihr Kinderstuhl bedenklich zu wackeln begann.

„Schscht …“ Reflexartig packte Fabienne die Lehne des weiß gestrichenen Holzstuhls und drückte ihn mit aller Kraft in seine normale Position zurück. Sobald sich der Stuhl stabilisiert hatte, zog sie sich mit einer flinken Bewegung eine ihrer Fischzahnketten über den Kopf und ließ sie vor der erstaunten Eva-Lea hin- und herpendeln. „Hier, fass mal an!“ Behutsam nahm sie ihr kleines Patschhändchen und führte es zu der massiven Halskette aus blau-schwarzen Steinperlen, in deren Mitte ein gelblich verfärbter, länglicher Fischzahn baumelte. „Das ist ein Fischzahn. Fisch-Zahn“, wiederholte sie langsam und deutlich.

„Isch-Ahn!“, rief Eva-Lea. Sie blickte Fabienne mit schräg gelegtem Kopf an und streckte dann vorsichtig die Hand aus, um das fremdartige Gebilde zu befingern.

„Ich will, dass du mir noch was von Brahms erzählst!“ Joel-Henri zupfte energisch an Fabiennes Arm. „Was heißt *Musik machen*? Und warum lebt er heute nicht mehr? Hat der Jäger ihn getötet? So wie er Bambis Vater getötet hat?“

„Joel, jetzt reicht es“, sagte Lukas streng. „Fabienne hat wegen eures dauernden Dazwischenredens noch nicht einmal erklären können, was ihr an Brahms gefällt oder weshalb er ihr Lieblingskomponist ist.“

„Das ist auch nicht nötig“, erwiderte Fabienne schnell. „Seine Musik gefällt mir einfach und damit hat's sich.“ Sie drehte den Kopf zur Seite und wandte sich Andrea zu. „Habt ihr wirklich ein richtiges Gästezimmer?“, fragte sie. „So eines mit einem weißen Bett und geblümter Bettdecke und schönen Bildern an den Wänden?“

Andrea blickte ein wenig hilflos von Fabienne zu Lukas und wieder zurück. „Es ist nicht ganz so edel“, sagte sie schließlich zögernd. „Es hat zwei Betten aus hellem Holz, aber die Bettbezüge sind nicht geblümt, sondern schwarz-weiß gestreift. An den Wänden hängen Kinderzeichnungen und holzgeschnitzte Bilder mit Bibelversen. Sobald wir mit dem Essen fertig sind, zeige ich es dir. Es ist sicher nicht ganz das, was man sich unter einem Märchenprinzessinnenzimmer vorstellt, aber du wirst es wenigstens für dich allein haben und dich, sooft du willst, dorthin zurückziehen können.“

„Das klingt gut.“ Fabienne lächelte schief. „Märchenprinzessinnenzimmer sind ohnehin nicht so mein Ding.“

„Hast du dein Zimmer im Jugendheim selbst einrichten können?“, fragte Lukas interessiert.

Wieder warf ihm Fabienne einen unergründlichen Blick zu. „Nicht wirklich“, antwortete sie nach einer fast endlos scheinenden Pause. „Die Möbel waren schon drin. So helles Holzzeugs, Kiefern- oder Ahornholz oder irgendwas dergleichen. Es hat mir nie besonders gut gefallen. Am liebsten hätte ich schwarze Möbel gehabt – schwarz mit ein wenig Alu.“

„Und die Bilder? Konntest du wenigstens deine eigenen Bilder aufhängen?“, fragte Lukas weiter.

Fabienne nickte.

„Welche Art von Bildern gefällt dir?“

Das blonde Mädchen zuckte mit den Schultern. „Weiß nicht. Irgendwelche halt.“

Lukas atmete frustriert aus und angelte mit seinem gesunden linken Arm nach einem Stück kaltem Hühnchen.

Andreas Zuversicht verflog immer mehr. Die beiden wurden einfach nicht richtig warm miteinander. Das war mehr als seltsam. Normalerweise gewann Lukas sämtliche Jugendliche, denen er begegnete, im Nu für sich. Er hatte eine natürliche Begabung, ihre jeweiligen Bedürfnisse auf den ersten Blick zu erkennen. Und sobald er mit den Fingern schnippte, kamen sie in Scharen angerannt.

Bei ihr selbst verhielt es sich genau umgekehrt. Sie fand es nicht so einfach, den Kids gegenüber den richtigen Ton zu treffen. Manchmal spürte sie selbst, wie verkrampft ihre Stimme klang. Auch ihr Kleidungsstil kam bei den Jugendlichen nicht so gut an. Noch nie hatte ihr ein Mädchen ein Kompliment gemacht oder sie um einen Stylingtipp gefragt. Sie war akzeptiert, ja, aber wahrscheinlich bloß, weil sie Lukas' Ehefrau war. Nun aber war etwas eingetreten, das sie weder erwartet noch bewusst herbeigeführt hatte: Ein junges Mädchen, das schon mehr vom Leben gesehen hatte als sie alle zusammen, wählte nicht Lukas, sondern sie selbst als Bezugsperson.

War sie dieser Herausforderung überhaupt gewachsen? Und wie konnte sie Fabienne dazu bringen, sich Lukas gegenüber zu öffnen? Gab es irgendwo einen Ansatzpunkt, um den Panzer ihrer Ablehnung zu knacken? Oder sollte sie eher bei Lukas ansetzen und ihn noch einmal davon zu überzeugen versuchen, dass sie unbedingt am selben

Strang ziehen mussten? Fabienne konnte nur dann neue Hoffnung schöpfen, wenn sie ihr zusammen ein Gefühl der Geborgenheit vermittelten. Sie war mit allen Wassern der Straße gewaschen. Um sie zu gewinnen, durfte man sich weder von zu hohen Erwartungen noch von gekränkter Eitelkeit beeinflussen lassen.

Sie drehte den Kopf ein wenig zur Seite und fühlte Fabiennes unergründlichen Katzenblick auf sich ruhen.

Noch nie hatte eine solch große Verantwortung auf ihren Schultern gelastet. Die nächsten Tage würden für Fabiennes Zukunft matchentscheidend sein. Würde sie die Kurve kriegen? Oder würde sie ein weiteres Mal scheitern, weil es ihr nicht gelang, sich in Andreas Familie einzugliedern und Lukas die Aufmerksamkeit zu schenken, die er wie selbstverständlich von allen ihn umgebenden Menschen einforderte?

Andrea knirschte mit den Zähnen und streckte ihren Rücken durch. Sie hatte soeben einen weiteren Blick hinter die Fassade ihres Mannes werfen können. Der charismatische Jugendpastor, dem die Herzen der Kids im Handumdrehen zuflogen, war im Grunde genommen nichts anderes als ein selbstverliebter Egoist, der immer im Mittelpunkt stehen musste. Und wenn sich jemand nicht an die Spielregeln hielt, war er automatisch unten durch.

Warum war ihr das vorher nie aufgefallen? Weshalb war sie die ganzen Jahre über so blauäugig gewesen?

Tief in ihrem Innersten kannte sie die Antwort auf diese Frage. Es war ihr eigenes Leistungsdenken gewesen, das ihr immer in die Quere gekommen war. Die Annahme, dass Lukas sie nur dann liebte, wenn sie sich genau so verhielt, wie er es von ihr erwartete. Jahrelang hatte sie sich bemüht, ihm zu gefallen und ihn bei allem, was er tat, bedingungslos zu unterstützen. Sie hatte Lukas blindlings angehimmelt und ihm dadurch jegliche Chance genommen, sich durch konstruktive Kritik weiterzuentwickeln.

Was war sie bloß für cin Narr gewesen.

Aber nun stand sie auf einem neuen Fundament. Sie musste sich nicht mehr an den Erwartungen anderer orientieren. Gott war ihr Fels und diese Grundlage gab ihr die Freiheit, sie selbst zu sein.

Ein wenig schüchtern lächelte sie Fabienne zu. Sie würde nicht klein beigeben. Sie würde beginnen, ihre Verantwortung wahrzunehmen und ihrem Mann eine echte Stütze sein. Eine Stütze, die sich nicht einfach nur um den Haushalt kümmerte und zu allem begeistert Ja und Amen sagte, sondern eine Stütze, die herausforderte, zum Mitdenken anregte und ihren eigenen Standpunkt vertrat. Nur so konnte sie für Lukas ein wirkliches Gegenüber sein, das er nicht nur respektierte, sondern auch liebte und mit Achtung behandelte.

Kapitel 45

Sonntag, 21. Juli, 9.59 Uhr

Prüfend schaute Carol auf den ausgedruckten Stadtplan in ihrer Hand. *Industrieareal Zürich Nord, Industriestraße 22a.* Sie musste sich dicht davor befinden. Zu ihrer Rechten erhob sich ein typisches Fabrikgebäude, ein dreistöckiger Industriebau aus aluminiumfarbenen Kunststoffplatten mit Flachdach und großen Fensterfronten. Über dem Eingangstor prangte in großen Lettern die Nummer 22. Darüber stand in dunkelblauen 3D-Buchstaben *GASSER FARBEN UND LACKE.* Etwas weiter vorn erblickte sie die Nummer 24. Irgendwo dazwischen musste sich das Gemeindegebäude verstecken. Aber wo?

Suchend umrundete Carol den grauen Flachdachbau und verwünschte dabei ihre spontane Idee, den Gottesdienst in Andreas Gemeinde zu besuchen.

Es ist nur wegen Fabienne, versuchte sie sich selbst zu beschwichtigen. *Ich muss mich vergewissern, ob alles in Ordnung ist. Ich kann nämlich immer noch nicht glauben, dass Fabienne nun tatsächlich bei Andrea und ihrer Familie wohnt. Es ist alles viel zu schnell gegangen. Und Andrea hat keine Ahnung, worauf sie sich eingelassen hat. Ich muss die beiden sehen. Auch wenn es vielleicht nur aus der Ferne ist. Dafür nehme ich auch eine langweilige Predigt in Kauf. Vorausgesetzt natürlich, ich finde den Eingang zur Nummer 22a. Sonst ist der ganze Aufwand umsonst gewesen.*

Mit einem Mal hörte sie leisen Gesang. Sie drehte den Kopf zuerst nach rechts und dann nach links. In diesem Moment sah sie die Rampe. Sie führte zu einem Seitentrakt des Fabrikgebäudes. *Christliche Gemeinde Zürich Nord* stand neben einer großen anthrazitfarbenen Schwingtür, die einen Spaltbreit geöffnet war.

Leise schlüpfte Carol hinein.

Es dauerte eine Weile, bis sich ihre Augen an das Halbdunkel im Innern gewöhnt hatten. Sie befand sich in einer Art Vorhalle, die wohl als Begegnungs- und Garderobenraum diente. An den Wänden waren Kleiderhaken und niedrige Holzbänke angebracht. Dazwischen standen Regale mit Büchern und Broschüren. Eine kleine Kaffeebar mit einer halbkreisförmigen Theke und metallenen Stehtischen rundete die Einrichtung ab.

Mit zögernden Schritten durchquerte Carol das menschenleere Foyer und folgte dem nun deutlich hörbaren Klang der Musik, der sie zu einer weiteren Schwingtür brachte. Vorsichtig zog sie an dem massiven Metallgriff, der sich über die ganze Breite der Tür erstreckte. Mit einem leisen Surren schwang die Tür auf, gerade so weit, dass Carol unauffällig eintreten konnte.

Im Gemeindesaal herrschte dasselbe Dämmerlicht wie in der Vorhalle. Der Raum war stufenförmig angelegt und glich in Form und Größe einem Hörsaal an der Universität oder dem Theatersaal eines kleineren Kammertheaters. Nach einem hektischen Blick in die Runde schlich Carol auf Zehenspitzen zu der hintersten Reihe, in der noch einige Plätze am Rand frei waren. Sie klappte den Schalensitz aus Hartplastik herunter, setzte sich und versuchte sich erst einmal zu orientieren. Ganz vorn befand sich eine Bühne. Darüber schwebte eine überdimensionierte Großleinwand, auf der in rasch wechselnder Folge die aktuellen Liedertexte eingeblendet wurden. Rechts davon war eine Gruppe Musiker platziert. Mildes, blassgelbes Scheinwerferlicht ließ die einzelnen Gesichter und Instrumente in wechselnden Reflexen aufleuchten. Die Musik war einen Tick zu laut, der Beat zu metallisch und zu sehr im Vordergrund. Die meisten Anwesenden sangen aus voller Kehle mit, einige hatten sich erhoben und bewegten sich sachte im Takt der Melodie.

Carol fühlte sich wie in einem surrealen Traum. Ein Teil ihres Bewusstseins löste sich von ihr und schwang sich in die Vogelperspektive auf. Sie sah sich selbst in der hintersten Reihe sitzen, inmitten all dieser Leute, die sich selbstvergessen im Rhythmus der Musik hin und her wiegten. Direkt vor ihr lehnte sich eine jüngere Frau an die Schulter ihres Mannes. Weiter vorn standen ein Mann und eine Frau eng umschlungen. Die Frau hatte lange, dunkle Locken, die sie aus der Stirn gekämmt und mit einer aufwendig verzierten goldenen Spange am Hinterkopf fixiert hatte. Überall fröhliche Leute, glückliche Gesichter, Zweisamkeit, Paare, Mütter und Väter, die ihre Kids beim Kindergottesdienst abgegeben hatten und nun die kostbare Zeit zu zweit in vollen Zügen genossen.

Das surreale Gefühl in Carol verstärkte sich. Sie hatte hier nichts zu suchen. Ein Gottesdienst war nichts für Singles. Außerdem konnte sie mit dieser Art von Musik rein gar nichts anfangen. Sie war zu modern, zu abgehoben, zu repetitiv und hatte zu wenig Inhalt. Wo waren bloß die alten Choräle geblieben mit ihren getragenen Melodien und den wohlklingenden poetischen Worten?

Sie hob den Kopf und reckte sich ein wenig nach vorn. Wenn sie wenigstens Andrea und Fabienne irgendwo entdecken würde. Aber es war aussichtslos. Es befanden sich zu viele Leute im Saal und die Beleuchtung war zu dürftig, um die Personen, die sich in der Nähe der Bühne befanden, deutlich zu erkennen.

In diesem Moment wechselte der Beat der Musik von hart und metallisch zu weich und ruhig. Das Schlagzeug verschwand im Hintergrund und die sanften Klänge von Flöten und Streichinstrumenten verbanden sich zu einem dichten, alles erfüllenden Klangteppich. Ein neuer Liedertext erschien auf der Leinwand.

Herr, das Licht deiner Liebe leuchtet auf,
strahlt inmitten der Finsternis für uns auf.
Jesus, du Licht der Welt, sende uns dein Licht.
Mach uns frei durch die Wahrheit, die jetzt anbricht.
Sei mein Licht, sei mein Licht.

Herr, voll Ehrfurcht komm ich zu deinem Thron,
aus dem Dunkel ins Licht des Gottessohns.
Durch dein Blut kann ich nun vor dir stehen.
Prüf mich, Herr, lass mein Dunkel vergehen.
Sei mein Licht, sei mein Licht.

Unwillkürlich begann Carol zu zittern. Die Worte des Liedes trafen sie mitten ins Herz. *Finsternis. Dunkel. Das Licht der Wahrheit. Ein Strahl, der im Dunkeln leuchtet. Das Blut des Gottessohns, das die Finsternis vertreibt.* Vor langer Zeit war sie vom Höhenweg in die dunstigen Ebenen abgestiegen. In ihrem Leben gab es keine klaren Konturen mehr. Alles wurde von einem eintönig grauen Nebel verschluckt. Und es war dunkel geworden, so dunkel, dass sie nicht mehr wusste, was oben und was unten war.

Sie hielt es nicht länger auf ihrem Stuhl aus. Der Saal schien sie zu erdrücken. Die Wände rückten näher, die Musik wurde lauter, dröhnender. In ihrem Hals bildete sich ein Knoten, der ihr langsam, aber sicher die Luft abdrückte. Panikartig schnappte sie nach Luft, rappelte sich aus ihrem Klappstuhl hoch und hastete zum Ausgang. Mit zitternden Händen stieß sie die Tür auf.

Keine Menschenseele weit und breit.

Der Boden unter Carols Füßen begann zu schwanken. Keuchend lehnte sie sich an die Wand. Langsam verblassten die Farben um sie herum. Eine vage Erinnerung kroch in ihr hoch, nahm immer mehr Gestalt an.

Der lange, fensterlose Korridor im Turnhallengebäude scheint kein Ende zu nehmen. Jedes Mal, wenn Carol allein durch den Flur geht, zählt sie die Schritte. Sie kennt den Flur wie ihre Hosentasche und könnte sich im Notfall auch blind orientieren. Bei Schritt Nummer zwanzig erscheint auf der rechten Seite die Tür zur Putzkammer. Bei Schritt Nummer fünfundvierzig tauchen die Duschkabinen für die Lehrer auf. Bei Schritt Nummer siebzig kommt die Tür zur Jungentoilette und bei Schritt Nummer neunzig jene zur Mädchentoilette. Die Garderoben sind ganz am Ende des Flurs, bei Schritt Nummer hundertzehn.

In den letzten Monaten ist sie nie allein durch diesen langen Korridor gegangen. Sie lächelt, während sich ihr Herz gleichzeitig vor Kummer zusammenzieht. Seitdem Peter an ihre Schule gekommen ist, ist das Leben so viel spannender und lebenswerter geworden. Jeder Tag ist ein neues Abenteuer. Peter hat die Gabe, sie aus ihrer Reserve zu locken. Sie erzählt ihm Dinge, die sie nicht einmal ihren Eltern mitteilt. Und sie haben denselben Humor.

Sie blickt zu den billigen Deckenlampen hoch, die den Flur in ein kaltes, unpersönliches Neonlicht tauchen. Jetzt ist sie auf der Höhe der Duschkabinen für die Lehrer angelangt. Schritt Nummer fünfundvierzig.

Ohne Peter hat der Tag keinen Glanz. Er hat sich vor wenigen Minuten von ihr verabschiedet. Seine Augen sind ganz dunkel gewesen, seine Gesichtszüge angespannt. In knappen Worten hat er ihr erklärt, dass er noch einen Termin wahrnehmen müsse. Als sie nachgefragt hat, hat er sie kurz angebunden abgewimmelt. Der harte Zug, der sich um seinen Mund gebildet hat, hat ihn viel älter erscheinen lassen, als er ist.

Wieder krampft sich ihr Herz schmerzhaft zusammen. So hat sie ihn erst einmal gesehen. Vor etwa zwei Monaten, als der kleine Vogel in seinen Händen gestorben ist.

Schritt Nummer achtzig.

Zehn Schritte und dann kommt die Tür zur Mädchentoilette.

In diesem Moment geht das Licht aus.

Tiefe Finsternis umhüllt Carol. Reflexartig streckt sie die Hände aus und tastet nach der Wand auf der rechten Seite des Flurs. Erleichtert atmet sie aus. Die Wand ist kühl und gibt ihr ein Gefühl von Sicherheit. Noch zehn Schritte bis zur Mädchentoilette. Links neben der Tür gibt es einen Lichtschalter. Sie braucht keine Angst zu haben. Sie muss nur den Schalter betätigen und dann wird es wieder hell.

Einundachtzig. Zweiundachtzig.

Die Dunkelheit formiert sich zu wellenförmigen Schwaden. Dunkelrote Kreise schießen auf Carol zu, zerplatzen dicht vor ihren Augen. Sie unterdrückt einen Schrei. Plötzlich ist sie sich nicht mehr sicher, ob es wirklich keine Monster gibt. Ob Drachen und Ungeheuer wirklich nur Fantasiegestalten aus Märchen und Horrorfilmen sind. Was, wenn jetzt gerade eine giftspeiende Bestie über den Boden auf sie zukriecht? Eine Riesenspinne zum Beispiel, mit Giftstachel und haarigen Beinen. Aber Spinnen können überall lauern. Am Boden. An der Decke. An den Wänden.

Panikerfüllt zieht sie ihre Hand zurück.

Noch sechs Schritte bis zur Toilettentür.

Und dann hört sie das leise Atmen in der Dunkelheit.

Zuerst denkt sie, dass es ihr eigener Atem ist, den sie wahrnimmt. Deshalb hält sie zitternd die Luft an. Doch das Geräusch verstummt nicht.

Carols Herz erstarrt zu Eis.

Sie ist nicht allein. Irgendwo in der Dunkelheit lauert ein anderes Lebewesen.

Die Atemzüge sind lauter geworden – hektisch und leicht keuchend. Das Lebewesen scheint sich auf sie zuzubewegen. Aus welcher Richtung kommt es? Von vorne oder von hinten oder von der Seite?

Noch fünf Schritte bis zur Toilettentür.

Aber Carols Füße sind am Boden festgefroren. Eine nie gekannte Angst schnürt ihr die Kehle zu. Sie wird sterben. Ihr ganzer Körper ist schweißgebadet, ihr Herzschlag geht so schnell, dass ihre Brust fast zu zerspringen droht. Sie öffnet den Mund, um ihr Entsetzen herauszuschreien, aber selbst ihre Stimme scheint gelähmt zu sein. Sie ist gefangen. In einem Albtraum, der nie aufhören wird. Eingesperrt in der Dunkelheit. Und irgendwo lauert ein Monster, das immer näher kommt und das sie mit Haut und Haar verschlingen wird.

„Ahhhhh!" Der Schrei, der in ihrer Kehle festgesteckt hat, hat sich endlich gelöst.

In diesem Moment geht, wie von Zauberhand, das Licht wieder an.

Carol schließt geblendet die Augen. Dann schnellt sie herum, blickt hektisch nach rechts und nach links.

Nichts. Der Flur ist kahl und absolut menschenleer. Keine Monster, keine keuchend atmenden Lebewesen. Sie ist allein.

„Ist alles in Ordnung mit Ihnen?", fragte eine besorgte Frauenstimme neben ihr.

Carol hob den Kopf und blickte direkt in die strahlend blauen Augen einer älteren Frau mit kurz geschnittenem grauem Haar. Sie brauchte einen Moment, um sich zurechtzufinden. Wo war sie? Im Korridor der Turnhalle bestimmt nicht, dafür war es hier zu freundlich und zu weiträumig. Ihre Augen glitten zu den Kleiderhaken und Bücherregalen an der Wand und ihre Orientierung kehrte mit einem Schlag zurück.

„Kommen Sie, setzen Sie sich doch hin. Sie sind ganz bleich im Gesicht." Die ältere Frau hakte sich bei Carol unter und zog sie sanft, aber beharrlich zu der nächsten Holzbank.

„Nein, nein, es geht schon." Carol atmete tief durch, während sie sich willenlos zu der Bank geleiten ließ. „Mir ist bloß ein bisschen schwindlig geworden."

„Ich habe gesehen, wie Sie vor einigen Minuten aus dem Saal gehastet sind", sagte die grauhaarige Frau, nachdem sie sich auf die schmucklosen Holzlatten gesetzt hatten. „Sie haben aufgewühlt gewirkt. Möchten Sie darüber sprechen?"

Carol schüttelte den Kopf. Sie fühlte sich wie gerädert. Das unheimliche Gefühl der Bedrohung, das sie in ihrem Flashback verspürt hatte, hing wie ein stickiger Verwesungsgeruch über ihr. Gefangen in der Dunkelheit. Und sie war nicht allein gewesen. Jemand oder etwas hatte ihr aufgelauert, hatte ihre Todesangst gespürt und sich ganz bewusst daran geweidet. Ein plötzlicher Schauder durchzuckte sie.

Wessen Gegenwart hatte sie damals im Flur der Sporthalle wahrgenommen?

Sie spürte den Blick der grauhaarigen Frau auf sich ruhen. Unter

Aufbietung ihrer ganzen Selbstbeherrschung brachte sie ein schwaches Lächeln zustande. „Danke für Ihr Angebot. Aber ich glaube, alles, was ich im Moment brauche, ist frische Luft."

„Ich begleite Sie nach draußen. In diesem Zustand lasse ich Sie nicht gern allein." Die Stimme der älteren Frau klang besorgt.

„Danke. Das ist sehr freundlich von Ihnen. Aber ich möchte lieber allein sein." Carol nickte ihrer Begleiterin kurz zu, dann erhob sie sich von der Bank, ging mit entschlossenen Schritten zum Ausgang und trat, ohne sich noch einmal umzublicken, ins Freie.

Grelles Sonnenlicht stach ihr direkt in die Augen. Geblendet wandte sie den Kopf ab und blinzelte ein paarmal. Hinter ihrer linken Schläfe begann es unangenehm zu pulsieren. Ein dumpfer Schmerz kroch langsam von der Stirnregion über ihren Hinterkopf bis zu ihrem Nacken. Carol biss die Zähne zusammen und ignorierte den Schmerz. Ihr blieb keine Zeit für Selbstmitleid. Sie musste ihre Gedanken ordnen und die Eindrücke, die wie wirre Traumfetzen über sie hereingebrochen waren, in einen logischen Zusammenhang bringen.

Jemand hatte sie damals in der Turnhalle verfolgt. Jemand hatte das Licht gelöscht und ihr in der Dunkelheit aufgelauert. Jemand hatte ihren panischen Schrei gehört und danach das Licht wieder angemacht.

Carol erinnerte sich an das unheimliche Gefühl, das in den letzten beiden Wochen hin und wieder in ihr hochgekrochen war. Das Gefühl, verfolgt zu werden. Das Gefühl, nicht allein zu sein. Die gespenstische Stille im Wald, das beklemmende Gefühl im Park. Bisher hatte sie geglaubt, dass sie sich diese Empfindungen bloß eingebildet hatte. Aber was, wenn dem nicht so war? Was, wenn sie tatsächlich verfolgt wurde?

Trotz des stechenden Sonnenlichts begann sie zu frösteln.

Jemand steckte ihr anonyme Zettel zu, klemmte sie in den Schlitz ihres Briefkastens oder befestigte sie an ihrem Küchenfenster. Dieser jemand wusste ganz genau, wo sie wohnte und wann sie zu Hause war. Konnte es sein, dass dieselbe Person, die heute in ihre Privatsphäre eindrang, ihr schon früher nachgestellt hatte?

Francesca? Dieter? Stefan?

Oder – der Gedanke war so ungeheuerlich, dass ihr Herzschlag einen Augenblick lang aussetzte.

Was, wenn es Peter gewesen war? Wenn er sich damals ein Spiel mit ihr erlaubt hatte, das so grausam gewesen war, dass sie deshalb die Erinnerung verloren hatte?

Peter hatte sich an jenem Nachmittag mit einer fadenscheinigen Begründung von ihr verabschiedet. In seinen dunklen Augen hatte ein verstörter Ausdruck gelegen, eine Art irrer Funke, der sie nicht nur befremdet, sondern ihr regelrecht Angst eingejagt hatte. Vielleicht war Peter schizophren gewesen. Wie Dr. Jekyll und Mr Hyde. Eine zweigespaltene Persönlichkeit, die einmal ihr bester Freund und dann wieder ihr ärgster Feind war. Vielleicht hatte er sie heimlich verfolgt. Nicht nur in der Sporthalle, sondern auch am Ende des Schuljahrs in der Kulturfabrik. Er hatte sie dazu gebracht, mit ihm dorthin zu gehen, hatte sie in falscher Sicherheit gewiegt – ganz der starke Freund, der sie vor allem Übel beschützen würde. Aber dann war seine Stimmung plötzlich gekippt. Ihr Freund und Beschützer hatte sich in einen Werwolf verwandelt und sie aus dem Hinterhalt angegriffen und zu Fall gebracht.

Ein leises Rascheln in ihrem Rücken ließ sie auf dem Absatz herumwirbeln. Was war das gewesen? Folgte ihr jemand? Vielleicht die grauhaarige Frau, die sich vergewissern wollte, dass es ihr gut ging?

Nein, sowohl die Rampe als auch der Eingangsbereich waren menschenleer.

Carols Augen irrten über das weitläufige Fabrikareal. Alles schien wie ausgestorben. Keine Bäume, keine Menschen, keine Tiere. Achselzuckend wandte sie sich ab. Vielleicht hatte jemand irgendwo in der Ferne eine Autotür zugeschlagen. Oder der Wind hatte sich in einer am Boden liegenden Papiertüte verfangen. Kein Grund, sich Sorgen zu machen. Das Einzige, worüber sie sich Sorgen machen musste, war ihre verlorene Erinnerung. Und die Nacht in der Kulturfabrik, die so einschneidend gewesen sein musste, dass sie ein ganzes Lebensjahr aus ihrem Gedächtnis gelöscht hatte.

Kapitel 46

Montag, 22. Juli, 13.30 Uhr

„Und, was hat Frau Petersen gesagt?“ Andrea, die soeben durch die Terrassentür nach draußen kam, ließ sich auf den hochlehnigen Stuhl plumpsen, auf dem sie vor Carols Telefonanruf gesessen hatte. Fabienne sah sie mit gerunzelter Stirn an. „Hat sie eine Pflegefamilie für mich gefunden? Oder darf ich bei euch bleiben?“

Andrea zögerte. Ihre Augen wanderten zu den blühenden Hibiskussträuchern hinüber, die ihre Veranda notdürftig gegen die Nachbarn auf der rechten Seite abschirmten. Eine pelzige Hummel mit dicken, braun-schwarzen Streifen hatte sich auf einer Blüte niedergelassen und suchte mit lautem Summen nach Nektar. Das Leben schien so einfach und friedlich zu sein. Aber hinter der farbenfrohen Fassade versteckte sich ein unerbittlicher Kampf ums Überleben.

Warum musste das Leben nur so kompliziert sein? Am Samstag noch war ihr alles so logisch und folgerichtig erschienen. Fabienne hatte Joel-Henri gerettet, und sie hatte ihr daraufhin ein vorübergehendes Zuhause angeboten. Natürlich hatte sie gewusst, dass die Verantwortung für ein fremdes Mädchen kein Sonntagsspaziergang sein würde. Aber niemals hätte sie gedacht, dass sie so schwer auf ihr lasten würde. Sie fühlte sich allein, kämpfte an zu vielen verschiedenen Fronten und stieß immer wieder auf neue, unvorhergesehene Hindernisse.

Lukas ist schuld, hämmerte es in Andreas Kopf. *Wenn er dich mehr unterstützen würde, könntet ihr die Aufgabe gemeinsam bewältigen. Ihr wärt sogar dazu in der Lage, Fabienne einen dauerhaften Pflegeplatz anzubieten. Das wäre die optimale Lösung. Und nicht das, was dir Carol gerade am Telefon mitgeteilt hat.*

Andrea knirschte mit den Zähnen. Es war einfach ungerecht. Fabienne gab sich solche Mühe. Sie packte im Haushalt mit an, spielte mit den Kindern, ging mit ihr zusammen einkaufen und hielt sich peinlich genau an die von Lukas aufgestellten Regeln. Gestern hatte sie sie sogar in die Kirche begleitet, nur um ihren guten Willen unter Beweis zu stellen.

Andrea kam es vor, als hätte Fabienne schon immer zur Familie gehört.

Aber Lukas schien das nicht so zu empfinden. Er ging ihr aus dem Weg, wo er nur konnte. Die Stimmung war angespannt. Beim gemeinsamen Essen versuchte er, seine Unsicherheit mit saloppen Sprüchen zu überspielen. Doch oftmals waren seine Bemerkungen eher peinlich als lustig und Andrea hatte alle Hände voll damit zu tun, ihnen die Aggressivität und den bitteren Nachgeschmack zu nehmen. Wenigstens hatte er das Ultimatum vom Dienstag nicht mehr erwähnt.

„Und? Was hat Frau Petersen gesagt?" Fabiennes grau-grüne Augen hingen wie hypnotisiert an Andreas Lippen.

Lukas ist schuld. Er hat mich im Stich gelassen.

„Sie hat etwas für dich gefunden."

„Eine Pflegefamilie?"

„N-nein, nicht ganz."

„Was denn sonst?"

„Eine Wohnung."

„Eine Wohnung." Fabiennes Stimme klang verächtlich. „Bestimmt in einem Heim oder so."

Andrea schüttelte den Kopf. „Nein, nicht in einem Heim. Es ist eine ganz normale Wohnung in einem ganz normalen Haus."

„Und wo ist der Haken?"

Die Sache ist fest beschlossen. Du kannst nichts mehr daran ändern. Mach einfach das Beste daraus.

„Es gibt keinen Haken. Du teilst dir die Wohnung mit drei anderen Mädchen und ihr habt eine Betreuerin, die im selben Haus wohnt. Sie hilft euch bei der Haushaltsplanung, stellt sicher, dass ihr euer Budget einhaltet, und sorgt dafür, dass ihr morgens zur Schule oder zur Arbeit geht."

„Mit drei anderen Mädels? Vergiss es!" Fabienne sprang auf. Mit ihrem frisch gewaschenen hellen Haar und Andreas geblümtem T-Shirt sah sie aus wie ein Sonntagsschulmädchen, das versehentlich in der rauen Alltagswelt gelandet war. „Da kann ich genauso gut wieder in die Szene abtauchen. Dort leben wir auch in Gruppen und Cliquen!"

„Fabienne! Es ist jetzt ganz wichtig, dass du mir genau zuhörst." Andrea stand ebenfalls auf, stellte sich vor Fabienne hin und blickte ihr fest in die Augen. „Eine betreute Wohngemeinschaft ist weder mit der

Straße noch mit einem Heim zu vergleichen. Frau Petersen muss ganz schön viel von dir halten, dass sie dir eine so selbstbestimmte Lebensform überhaupt zutraut. Sie hat eingesehen, dass ein Jugendheim mit seinen starren Strukturen nichts für dich ist. Und auf die Schnelle eine passende Pflegefamilie für dich zu finden, ist ziemlich schwierig."

„Ich will aber in einer Familie leben!", fauchte Fabienne. „Und wenn es keine Pflegefamilie für mich gibt, dann bleibe ich einfach bei euch!"

Lukas ist schuld. Wenn er nicht so egozentrisch wäre, müsste ich nicht ständig zwischen den verschiedenen Fronten vermitteln. Ich habe meine Kraft überschätzt.

„Das geht leider nicht. Wir haben keine sozialpädagogische Ausbildung und sind deshalb nicht staatlich anerkannt. Frau Petersen sind die Hände gebunden. Das Kreissozialamt würde niemals in eine Platzierung bei einer nicht anerkannten Pflegefamilie einwilligen."

„Das ist ein Witz! Ich hasse diese elenden Paragrafenreiter! Nehmen sie vielleicht lieber in Kauf, dass ich wieder verschwinde und irgendwo auf der Straße lebe, nur damit ihre jämmerlichen Papier-Paragrafen erfüllt sind?"

Andrea seufzte. „Komm, Fabienne. Setzen wir uns wieder hin und sprechen in Ruhe darüber." Mit hängenden Schultern ging sie zu ihrem Stuhl zurück und wartete, bis Fabienne ebenfalls Platz genommen hatte. „Das Jugendamt hat seine Entscheidung gefällt. Jetzt liegt der Ball bei dir. Du kannst dich wie eine reife junge Frau benehmen und diese Entscheidung akzeptieren. Du kannst aber auch die Flinte ins Korn werfen und das machen, was du bisher bei Schwierigkeiten immer gemacht hast: abtauchen und vor den Problemen davonrennen. Dafür braucht es nicht viel innere Kraft. Das kann jeder. Doch nur wenige können stehen bleiben und ihren eigenen Problemen ins Gesicht sehen. Denn dazu braucht man Mut. Man muss sich mit sich selbst auseinandersetzen und den festen Willen haben, sein Leben zum Positiven zu verändern. Du bist auf einem sehr guten Weg. Es wäre schade, wenn du jetzt aufgibst und wieder in dein altes Verhaltensmuster zurückfällst."

Fabiennes Blick war finster. Andrea konnte förmlich spüren, wie es hinter ihrer Stirn arbeitete.

„Gestern in der Kirche hat der Pastor doch darüber gesprochen, dass für Gott nichts unmöglich ist. Warum kann er denn nicht machen, dass Frau Petersen eine gute Pflegefamilie für mich findet? Könnte es sein, dass er sich nur für die interessiert, die an ihn glauben? Oder interessiert er sich auch für die, die nicht an ihn glauben?"

Mit einem Mal kehrte Andreas Zuversicht zurück. Anders als gedacht war nicht alles verloren. Fabienne hatte gestern im Gottesdienst anscheinend aufmerksam zugehört, obwohl sie völlig unbeteiligt gewirkt hatte. Und sie wollte mehr über Gott erfahren. Plötzlich erschien es Andrea gar nicht mehr so wichtig, dass die äußeren Umstände sie dazu gezwungen hatten, in Bezug auf Fabiennes Pflegeplatz klein beizugeben. Es gab Dinge, die wichtiger waren.

Du musst niemandem etwas beweisen. Gott liebt dich genau so, wie du bist. Du musst nicht perfekt sein und du musst niemanden durch eigene Leistungen beeindrucken. Sei einfach du selbst und lass dich von Gott überraschen.

Andrea seufzte. Wieder einmal war sie, ohne es zu merken, in ihr altes Verhaltensmuster zurückgefallen. Sie hatte krampfhaft versucht, allen zu gefallen, hatte gerackert, gekämpft, vermittelt. Und wofür? Um sich selbst zu beweisen, dass sie es schaffte, mit der neuen Situation zurechtzukommen. Sie hatte sich profilieren wollen, hatte sich unersetzlich gefühlt und dabei vergessen, dass Gott überall seine Leute hatte. Fabiennes Glück hing nicht von ihr ab. Und sie musste niemandem etwas beweisen, weder sich selbst noch irgendjemand anderem.

Sie holte tief Luft.

„Gott interessiert sich nicht nur für die Menschen, die an ihn glauben", sagte sie sanft. „Er interessiert sich für alle Menschen. Und er könnte auch machen, dass Frau Petersen auf Anhieb eine gute Pflegefamilie für dich findet. Er könnte uns alle unsere Wünsche erfüllen, bevor wir sie auch nur ausgesprochen haben. Aber dann würden wir denken, dass wir ihn gar nicht mehr nötig haben. Deshalb lässt er zu, dass viele unserer Wünsche nicht in Erfüllung gehen. Er möchte nicht, dass wir ihn vergessen und uns von ihm abwenden."

„Das verstehe ich jetzt nicht. Was ist denn das für ein Gott, der will, dass es seinen Leuten schlecht geht, nur damit sie ihn nicht vergessen?"

„Das Problem liegt nicht bei Gott, sondern bei uns Menschen. Wir sind so vergesslich. Sobald es uns gut geht, werden wir übermütig und verlieren Gott aus den Augen."

„Und deshalb möchte Gott, dass es uns schlecht geht?"

„Nein, er möchte, dass wir eine Beziehung zu ihm haben. Nur dann können wir wirklich glücklich sein."

„Das ist ein Widerspruch in sich", erwiderte Fabienne skeptisch. „Zuerst sagst du, dass Gott unsere Wünsche nicht erfüllt, damit wir ihn nicht vergessen. Und dann sagst du, dass wir nur dann glücklich sind, wenn wir eine Beziehung zu ihm haben. Möchte Gott jetzt, dass es uns gut geht, oder möchte er, dass es uns nicht gut geht?"

Andrea überlegte einen Moment. „Gott möchte auf jeden Fall, dass es uns gut geht", sagte sie schließlich. „Aber das heißt nicht, dass deshalb alle unsere Wünsche in Erfüllung gehen müssen. Wenn wir Gott lieben und eine Beziehung zu ihm haben, sind unsere Wünsche plötzlich gar nicht mehr so wichtig."

„Wenn es Gott denn überhaupt gibt." Fabienne lachte bissig. „Bisher habe ich jedenfalls noch nie einen Beweis ..."

„Mama, ich habe ein bisschen geschlafen. Darf ich jetzt aufstehen und mit Fabienne spielen?", krächzte Joel-Henri dazwischen. Wie ein kleiner Roboter stelzte er durch die Terrassentür. Er hatte sich in seine weiß-blau karierte Decke gewickelt und baute sich in Superman-Pose vor Andrea auf.

„Nein. Deine Mittagspause ist noch nicht um. Du gehst jetzt wieder in dein Zimmer und legst dich noch ein wenig hin."

„Ich will aber nicht! Ich will jetzt mit Fabienne spielen!"

„Nein, Joel, das kommt nicht infrage." Andrea stand auf und nahm ihren Sohn an der Hand. „Wenn die Mittagspause um ist, komme ich dich holen. Bis dahin bleibst du in deinem Zimmer, verstanden?"

Mit einem heftigen Ruck riss sich Joel-Henri von ihr los. „Ich gehe zu Papa!", rief er trotzig. „Papa erlaubt mir bestimmt, mit Fabienne zu spielen. Er ist nicht so streng wie du. Bei ihm muss ich nicht so lange Mittagsschlaf machen."

„Papa macht ebenfalls einen Mittagsschlaf. Er hätte keine Freude, wenn du ihn dabei störst. Du gehst jetzt auf dein Zimmer, und zwar ohne Widerrede."

„Ich will aber nicht!"

„Joel, jetzt reicht es. Noch ein Wort und du kannst den ganzen Nachmittag in deinem Zimmer verbringen." Andreas Stimme war so energisch, dass Joel-Henri unwillkürlich den Kopf einzog. Seine Kiefer begannen zu mahlen, als müsste er einen ganzen Berg aus zähem

Schlangenleder verspeisen. Einen Augenblick lang stand er mit trotzig vorgeschobenen Schultern da, dann drehte er sich um und trottete davon, seine blau-weiß karierte Decke wie eine überdimensionierte Hochzeitsschärpe hinter sich her schleppend.

„Dein Mann ist ein ziemlicher Ego“, sagte Fabienne nach einer endlos scheinenden Pause. „Hast du schon mal bemerkt, dass er dich die ganze Arbeit machen lässt? Die Kiddies sind ihm egal. Er kümmert sich kein bisschen um sie. Dafür lässt er sich wie ein Pascha von dir bedienen. Ich mag ihn nicht.“

Andrea schluckte. Einerseits bestätigten Fabiennes Worte ihr eigenes Empfinden, andererseits fühlte sie plötzlich eine seltsame Solidarität mit Lukas in sich aufsteigen. Er war genauso in sich selbst gefangen, wie sie es gewesen war – und immer noch hin und wieder war. Wenn sie ihm nur helfen könnte! Erst vor wenigen Tagen hatte sie sich vorgenommen, ihm eine echte Stütze zu sein. Eine Stütze, die herausforderte, zum Mitdenken anregte und ihren eigenen Standpunkt vertrat. Aber es war so schwierig. Lukas ließ sich von ihr nichts sagen. Auf gar keinen Fall. Dazu war er zu stolz. Wenn schon, dann musste der Input von außen kommen. Doch wer war in der Lage, hinter die Fassade des erfolgreichen Jugendpastors zu blicken? Und wer hatte den Mut, auf ihn zuzugehen und sich womöglich die Finger zu verbrennen?

„Ich habe ihn beobachtet.“ Zwischen Fabiennes Augenbrauen hatte sich eine steile Falte gebildet. „Er will immer im Mittelpunkt stehen. Der supercoole, ultrastarke Typ, der von allen angehimmelt wird. Und wehe, wenn ihn jemand nicht cool findet, dann ist er bei ihm automatisch unten durch.“

Mit einer heftigen Bewegung strich sie sich das platinblond gefärbte Haar aus der Stirn.

„Irgendwie hat es mir gestern in eurer Kirche wirklich gut gefallen. Aber eine Kirche, die solche Leute wie deinen Mann auf Jugendliche loslässt, ist nichts für mich.“

In diesem Moment nahm Andrea aus dem Augenwinkel eine Bewegung wahr. Ruckartig drehte sie sich um. Der blaue Vorhang neben der Terrassentür blähte sich ein wenig im Wind. Eine plötzliche Gänsehaut überzog ihre Arme. Sie fühlte sich unwohl, wie wenn ein heimlicher Verfolger sie ins Visier genommen hätte. Was war los? Hatte Carol sie mit ihren Bedenken angesteckt? Oder war es nur ein plötzlicher Luftzug?

Zögernd stand Andrea auf und zog die Terrassentür von außen zu.

Als ob er sich über sie lustig machen wollte, wölbte sich der blaue Vorhang neben der Terrassentür immer noch ein wenig vor. Andrea schüttelte den Kopf. Sollte er doch. Es gab nicht für alles eine rationale Erklärung. Gewisse Dinge musste man so stehen lassen, wie sie waren. Ein Vorhang war ein Vorhang. Bestimmt hatte er schon immer ein wenig schief gehangen. Es war ihr bisher nur noch nie aufgefallen.

Kapitel 47

Dienstag, 23. Juli, 17.30 Uhr

„Hättest du vielleicht Lust, heute Abend mit mir essen zu gehen?“ Dominiks Stimme klang ungewohnt heiser. Verlegen zupfte er eine imaginäre Fluse von seinem hellgelben Lacoste-T-Shirt, das seinen wachsenden Bauchansatz erstaunlich gut verbarg und seinen stämmigen Oberkörper fast muskulös erscheinen ließ.

„Sehr gern“, antwortete Carol spontan. Sie musste nicht lange überlegen. Alles war besser, als den Abend allein mit ihren Gedanken zu verbringen. Nach ihrem Erlebnis in der Kirche war das Gedankenkarussell in ihrem Kopf nicht mehr zu stoppen gewesen. Fragmente, Eindrücke, Dunstbilder hatten sie von ferne gehänselt und ihr unsinnige Worte zugeraunt.

„Ich habe an die *Giesserei* gedacht“, fuhr Dominik fort. „Die ehemaligen Industriehallen sind etwas ganz Besonderes. Eine Mischung aus In-Chic, Ambiente und Leere. Und das Essen ist erstklassig. Soll ich uns einen Tisch reservieren?“

„Gern.“

„Welche Uhrzeit?“

„Halb acht wäre optimal. Dann kann ich noch in Ruhe meine Berichte fertig schreiben.“

„Wunderbar. Ich warte um zwanzig nach sieben vorne an der Glastür auf dich.“

„Danke.“

Ein schiefes Lächeln umspielte Carols Lippen, als Dominik ihr Büro verließ und die Tür sorgfältig hinter sich zuzog. Nun hatte sie doch tatsächlich ein richtiges Rendezvous. Und das ausgerechnet mit einem Mann, bei dem ihr Herz nicht nur keine großen Sprünge veranstaltete, sondern fast völlig kalt blieb. Das war ihr beim letzten Treffen unwillkürlich klar geworden. Sie hatte versucht, sich auf ihn einzulassen, hatte ihm von Peter und ihrer ehemaligen Klasse erzählt, doch das sprichwörtliche Flattern im Bauch, das laut jedem Liebesroman ein deutlicher Indikator für Verliebtheit war, hatte sich zu keinem Zeitpunkt einstellen wollen. Dominik war ein guter Kollege, ein angenehmer Gesprächspartner, aber mehr war er nicht. Wenn sie vernünftig gewesen wäre, hätte sie ihm nicht so vorschnell zugesagt. Sollte sie vielleicht ihre Entscheidung rückgängig machen? Sie könnte Kopfschmerzen vorschützen oder eine plötzliche Erschöpfungsattacke. Aber dann wäre sie heute Abend wieder allein mit ihren rotierenden Hirngespinsten. Schon der bloße Gedanke daran bereitete ihr Übelkeit.

Sie steckte in einer Sackgasse fest. Ihre Suche nach der Wahrheit hatte das Dunkel in ihrem Inneren bisher nur verschärft. Sobald sie dachte, der Wahrheit einen Schritt nähergekommen zu sein, entwand sie sich ihren tastenden Fingern und schlüpfte zurück in eine Finsternis, die immer dunkler wurde. Welchen Bildern konnte sie trauen und welchen nicht? Waren ihre Flashbacks vertrauenswürdig? Und wer von ihren ehemaligen Schulkameraden steckte ihr aus dem Dunkel heraus anonyme Hinweise zu? Wo war oben und wo war unten?

Alle Fährten endeten im Nichts.

Herr, das Licht deiner Liebe leuchtet auf … Mach uns frei durch die Wahrheit, die jetzt anbricht.

Ein unangenehmes Frösteln fuhr Carols Wirbelsäule entlang und nistete sich in ihren Schultern und Oberarmen ein. Plötzlich erkannte sie: Sie hatte es sich zu einfach gemacht. Ihre Suche nach der Wahrheit war nichts anderes als ein Davonrennen vor Gott. Um die nagenden Stimmen in ihrem Inneren zu beruhigen, stürzte sie sich blindlings in die Jagd nach den Geheimnissen ihrer Vergangenheit. Dabei ging es gar nicht um das, was damals geschehen war. Es war nicht diese Wahrheit, die sie suchte. Selbst wenn sich die düsteren Schatten, die über ihrer Vergangenheit hingen, aufklären sollten, würde ihr dies nicht den erwünschten Seelenfrieden bringen. Erst musste sie mit Gott ins Reine kommen.

Was hatte Andrea an dem Abend, an dem sie zusammen in der Kulturfabrik gewesen waren, gesagt? *Die Abhängigkeit von Gott ist das Einzige, was uns wirklich glücklich macht.* Sie musste endlich aufhören, in ihrer Vergangenheit herumzustochern. Das führte nur dazu, dass sie in der Gegenwart auf der Stelle trat und sich dadurch die Zukunft verbaute. Wer garantierte ihr, dass ihr Gedächtnis je zurückkehren und ihr eine Erklärung für die Geschehnisse in jener Nacht liefern würde?

Sie musste sich langsam mit der Vorstellung anfreunden, dass die Vergangenheit vielleicht für immer im Dunkeln bleiben würde. Weshalb also einem Phantom hinterherjagen, das nichts war als ein körperloses Gebilde, das irgendwo im Schatten ihrer Erinnerung auf sie lauerte?

Carol seufzte, dann schob sie ihre Gedanken entschlossen beiseite und vertiefte sich in die Sozialberichte, die vor ihr auf dem Tisch lagen und heute noch fertiggestellt werden mussten.

Zwei Stunden später saß sie mit Dominik an einem edel gedeckten Zweiertisch in der *Giesserei.* Er hatte nicht übertrieben. Das Lokal war wirklich etwas Besonderes. Von den kahlen Betonwänden bröckelte der Verputz. Sicherungskästen, Manometer, Ventile, Leitungen und weiß gestrichene Rohre zogen sich wie ein gigantisches, halb fertiges Spinnennetz über das Mauerwerk. Die schwarzen Bodenfliesen waren ausgetreten. In einer Ecke stand ein großer Kamin mit Kupferhaube. Trotz des leise vor sich hin prasselnden Feuers wirkte die ehemalige Fabrikhalle weder behäbig noch alphüttenmäßig gemütlich. Carol fühlte sich eher an eine Schmiedewerkstatt erinnert, in der die Esse sprühte, Eisen auf Eisen schlug und kalte metallische Funken nach allen Seiten stoben.

„Hast du gewusst, dass das hier früher eine Armaturenfabrik gewesen ist?“

Carol schüttelte den Kopf.

„Sie wurde 1910 gegründet. Damals stellte der Chef zusammen mit zehn Arbeitern Armaturen für Wasser, Gas und Elektrizität her. Während der beiden Weltkriege hatte die Firma mit großen Krisen zu kämpfen. Doch in den Nachkriegsjahren erholte sie sich wieder. 1996 zog die ganze Firma in einen Neubau um und ließ die alte Produktionshalle verwaist zurück.“

„Dann wurde die Fabrik hier erst später in ein Restaurant umgewandelt?“

„Ja, genau. Die Räume standen einige Monate lang leer, dann wurden sie von Hausbesetzern aus der alternativen Künstlerszene illegal in Besitz genommen. Im Jahr 1997 fand sich schließlich eine gemeinsame Lösung, die für alle Parteien attraktiv war: Ein Unternehmer pachtete die ehemalige Fabrikhalle und erarbeitete zusammen mit dem Eigentümer und den Hausbesetzern das Konzept für das Restaurant. So wurde das Ganze legalisiert.“

„Heute sieht es aber nicht mehr so aus, als wäre das hier ein Treffpunkt für Künstler und Intellektuelle", wandte Carol ein. „Es wirkt eher wie ein kultiges Trendlokal für die ganz normale Mittelschicht."

„Da hast du recht. Der Charakter des Lokals hat sich in den letzten Jahren ziemlich verändert. Die Künstler finden sich nur noch bei besonderen Anlässen ein. Dafür ist die Küche immer besser geworden."

Das dreigängige Menü, das kurz darauf serviert wurde, bestätigte Dominiks Worte. Der Feldsalat war knackig, das Kalbsrahmgeschnetzelte zart, die Rösti krustig und die Mango-Trilogie ein Traum aus Früchten, Saft und luftigem Mascarpone, der leider nur zu schnell ausgeträumt war. Carol hätte nie gedacht, dass sie zwei Nachtischportionen verspeisen könnte, aber wenn ihr jemand ein entsprechendes Angebot gemacht hätte, wäre sie sofort darauf eingegangen.

„Erzähl mir noch ein bisschen von Peter." Dominik wischte sich mit der weißen Stoffserviette über den Mund, dann faltete er sie sorgfältig zusammen und legte sie neben seinen leeren Teller. „Weshalb habt ihr euch nach dem Ende der sechsten Grundschulklasse nicht mehr getroffen? Ihr hättet euch doch problemlos verabreden können, auch wenn ihr auf verschiedene Schulen gegangen seid."

Carol spürte, wie ihr Gesicht zu einer eisigen Maske erstarrte. Warum musste Dominik ständig auf diesem Thema herumreiten? Wusste er denn nicht, dass er damit in einer offenen Wunde herumstocherte, die bereits seit längerer Zeit am Schwären war und sich nun vollends zu entzünden drohte? Falls er sie dazu bringen wollte, die Vergangenheit aufzuarbeiten, war er mit seiner jetzigen Taktik völlig auf dem Holzweg. Reden half nichts. Denken half ebenfalls nichts. Das Einzige, was half, war Vergessen.

Sie lockerte ihre Kiefermuskulatur und zuckte mit den Schultern.

„Ich weiß es nicht", sagte sie so gleichmütig wie möglich.

„Ist zwischen euch irgendetwas vorgefallen?", hakte Dominik nach.

„Ich weiß es wirklich nicht. Wir haben uns einfach nicht mehr getroffen. Es hat sich nicht ergeben."

„Und weshalb nicht?"

Carol schluckte. „Könnten wir vielleicht das Thema wechseln? Ich bin jetzt nicht in der Stimmung, um über Peter zu reden."

„Schade. Ich habe nämlich das Gefühl, dass es da irgendetwas gibt, das du nicht einmal vor dir selbst wahrhaben willst. Und solange du das krampfhaft aus deiner Erinnerung verdrängst, wirst du nie in der Lage sein, gesunde Beziehungen zu deinem Umfeld aufzubauen."

„Wie meinst du das?"

„Du wirkst auf mich nicht so, als wärst du mit dir selbst im Reinen, Carol. Du versteckst dich hinter einer Maske aus Gleichmütigkeit und Distanz. Ich habe lange gedacht, dass du einfach so bist. Doch dann habe ich vor einer Woche einen Blick hinter deine Maske werfen können und ich habe entdeckt, dass du in Wirklichkeit ein ganz anderer Mensch bist. Du bist spontan, poesieliebend und schlagfertig. Weshalb läufst du vor deinem eigentlichen Ich davon? Das ist die Frage, die ich mir seither fast pausenlos stelle. Ich vermute, dass es irgendwie mit Peter zusammenhängt. Was ist damals wirklich zwischen euch vorgefallen?"

Carol biss die Zähne zusammen und starrte ins Feuer, das nur noch schwach am Glühen war. In diesem Augenblick kam ein Serviceangestellter mit einem Armvoll dicker Holzscheite angeschwebt. Er stapelte sie erst fachmännisch über der langsam verlöschenden Glut, dann ergriff er den ledernen Blasebalg, der neben dem Kamin hing, und fachte das Feuer mit einigen kräftigen Druckbewegungen wieder an. Eine einsame Flamme kroch zögernd an den Holzscheiten empor. Sie war hell, fast durchscheinend, in einem Meer aus bläulich flackerndem Gas. Eine zweite Flamme züngelte, eine dritte – und plötzlich schoss das Feuer in die Höhe. Die Flammen prasselten, loderten, glühten. Sie waren nicht mehr blass und weißlich, sondern leuchteten in allen Farben. Das Holz knackte und ächzte, rötlich glühende Funken sprühten nach allen Seiten.

Die Flammen lodern, reißen, zerren, züngeln. Holzbretter ächzen und stöhnen. Dann bersten sie auseinander. Verzweifelte Schreie gellen durch die Dunkelheit.

Carol starrte blicklos in den Kamin. Aufreizend langsam schob sich ein Bild zwischen sie und die prasselnden Flammen. Es war so deutlich, dass es ihr fast den Atem verschlug.

Die Nacht ist unruhig. Ein blassgelber Mond flackert am Himmel. Obwohl bald Vollmond ist, wirkt sein Licht dünn und kalt. Schwarze Wolken türmen sich überall am Himmel, umgeben den Mond wie bösartige Schleier. Noch ist es windstill. Aber das wird sich in Kürze ändern. Die Zeichen stehen auf Sturm.

Die Kulisse, die der Mond beleuchtet, ist gespenstisch. Ein riesengroßes, baufälliges Gebäude, das aussieht wie ein zu Stein erstarrtes Monster mit leeren Augenhöhlen. Die Kulturfabrik. Auch bei Tag würde sie gruselig aussehen, aber bei Nacht ist es noch viel schlimmer.

Trotzdem hat Carol keine Angst. Sie fühlt sich, als würde sie auf Wolken schweben. Schon seit einigen Monaten fühlt sie sich so, genauer gesagt, seitdem Peter in ihre Klasse gekommen ist. Aber bis heute Morgen hat sie nicht gewusst, was diese Gefühle bedeuten. Sie hat auch nie länger darüber nachgedacht. Doch heute in der Schule hat sie diesen Blick von Peter aufgefangen. Einen Blick voller Zärtlichkeit, der ihr mit einem Schlag die Augen geöffnet hat. Ihr Herz rast, ihr Bauch flattert, sie wünscht sich, dass die Zeit stillstehen und dieser Zustand ewig dauern würde. Doch gleichzeitig treibt es sie vorwärts, hinein in die Zukunft. Sie fühlt sich stark, so stark, dass sie Bäume ausreißen könnte, und doch wackeln ihr die Knie, als würden sie im nächsten Moment einknicken.

Sie wirft Peter, der neben ihr im kniehohen Unterholz liegt und die stillgelegte Fabrik beobachtet, ein schüchternes Lächeln zu. Irgendwo in den Bäumen schreit ein Käuzchen. Es klingt unheimlich, als würde es über die bösen Taten klagen, die in der Vergangenheit hier begangen worden sind. Vielleicht hatte Stefan doch recht. Ein Schauer jagt über ihren Rücken. Was, wenn es an diesem Ort wirklich Gespenster gibt?

Das Knirschen von Schritten auf dem von Unkraut überwucherten Kies lässt sie zusammenzucken. Ihr Herz setzt einen Augenblick lang aus, bevor es in einem irrsinnigen Stakkato zu hämmern beginnt. Reflexartig greift sie nach Peters Hand und duckt sich tiefer ins Unterholz.

Lachen und Gesprächsfetzen dringen an ihr Ohr. Vorsichtig hebt sie den Kopf ein wenig an. Dann atmet sie erleichtert aus. Es sind keine Gespenster, wie sie im ersten Schreckensmoment angenommen hat, sondern lebendige Menschen aus Fleisch und Blut. Ein Liebespaar. Der Mann ist groß und blond, die Frau ein wenig kleiner, schlank und dunkelhaarig. Sie halten sich eng umschlungen und gehen direkt aufs alte Bootshaus zu. Als sie die Tür öffnen, quietscht sie in ihren Angeln. „Huuuh", ahmt die Frau übermütig das Geräusch nach, dann verschwinden sie laut lachend im Inneren des baufälligen Gebäudes.

„Wer sind die?", flüstert Peter.

„Ich weiß es nicht", wispert Carol zurück.

„Ich habe kein gutes Gefühl." Peters Stimme klingt angespannt. „Spürst

du den Wind? Es dauert nicht mehr lange, bis das Gewitter losbricht. Zwanzig, höchstens dreißig Minuten. Was, wenn der Blitz ins Bootshaus einschlägt und sie noch drin sind?"

Carol fröstelt. „Ich habe Angst", sagt sie leise. Mit einem Mal merkt sie, dass sie sich immer noch an Peters Hand klammert. Schnell und etwas verlegen lässt sie los und zieht ihre Hand zurück.

Peter wirft ihr einen beruhigenden Blick zu, dann stößt er sich vom Boden ab und robbt vorsichtig näher zum Bootshaus. Carol folgt ihm. Sie wagt kaum zu atmen. Der Wind hat umgeschlagen. Vorher hatte er etwas Gutmütiges an sich – wie ein alter Seebär, der in seinen Bart grummelt. Aber nun hat sein Heulen einen bösartigen Beiklang. Er fährt durch die drei dunklen Tannen neben dem monsterartigen Gebäude mit den leeren Augenhöhlen, zerrt an ihren Ästen, reißt Nadeln und kleine Zweige ab. Die Zeit vergeht in stoßweisen Schüben, vorgegeben durch die an- und abflauenden Windböen. Eine undefinierbare Furchtsamkeit hat von Carol Besitz ergriffen. Sie sollte nach Hause gehen, bevor es zu spät ist. Aber sie ist wie gelähmt.

Da – zwei Gestalten in der Dunkelheit! Sie schweben auf das Bootshaus zu. Der Mond flackert ein letztes Mal auf, bevor er endgültig von den finsteren, pechartigen Gewitterwolken verschluckt wird.

Carol keucht auf.

Die beiden Gestalten sind rabenschwarz. Ihre Konturen heben sich drohend von der nächtlichen Kulisse ab. Carol reibt sich mit der Hand über die Augen. Das kann doch nicht wahr sein! Die Gestalten haben kein Gesicht. Alles ist schwarz. Mit katzenartiger Geschmeidigkeit verschmelzen sie mit der Nacht, verschwinden im Dunkel.

Das müssen die Gespenster sein, von denen Stefan gesprochen hat.

Ein Blitzstrahl zerreißt die Nacht. Unmittelbar darauf folgt ein krachender Donnerschlag. Dann wird es wieder ruhig.

Wohin sind die beiden Gespenster verschwunden?

Carols Herz gefriert zu Eis, ihre Haut beginnt zu kribbeln. Die Angst lähmt sie so sehr, dass sie sich keinen Millimeter bewegen kann. Die Gespenster sind im Anmarsch. Sie können Menschen aus hundert Metern Entfernung riechen. Gleich werden sie sie aufgespürt haben. Es sind keine Menschen, sondern Bestien, die direkt aus der Unterwelt kommen. Sie kennen kein Erbarmen. Schon eine einzige Berührung von ihnen lässt die Haut anschwellen wie ein Luftballon. Sie bläht sich immer mehr auf, bis sie schließlich zerplatzt. Und mit ihr explodieren auch alle inneren Organe. Oder nein, vielleicht führt ihre Berührung auch dazu, dass man zu einem Eisblock erstarrt. Der Geist ist zwar noch hellwach, aber der Körper ist tot. Kalt. Versteinert.

Starr vor Angst schließt Carol die Augen.

Sie wartet.

Zehn Sekunden. Zwanzig Sekunden. Eine Minute. Zwei Minuten.

Entsetzte Schreie dringen an ihre Ohren. Langsam öffnet sie die Augen. Die Szenerie vor ihr gleicht einem Inferno. Mannshohe Flammen winden sich in den nachtschwarzen Himmel. Das kleine Bootshaus brennt lichterloh. Aus dem Innern dröhnen gellende Schreie, die schmale Holztür erzittert unter dem verzweifelten Rütteln der im Haus eingesperrten Personen. Aber sie lässt sich nicht öffnen. Carol erkennt auch, weshalb: eine dicke, T-förmige Eisenstange ist unter die Klinke geklemmt und blockiert das Schloss.

Und plötzlich erscheinen die Gespenster wieder in ihrem Blickfeld. Sie tanzen mit erhobenen Armen um die brennende Hütte. In den zuckenden Flammen sehen sie aus wie Kobolde, die Schüttelfrost haben. Es ist ein Bild, das direkt aus dem Höllenreich zu stammen scheint.

„Carol, was ist los mit dir? Ist dir nicht gut?"

Erschrocken fuhr Carol zusammen.

Ein Inferno aus Flammen.

Zwei schwarze Gespenster, ein Pärchen, das im Bootshaus eingeschlossen war, und Peter und sie als hilflose Zuschauer. Eines zumindest war sicher: Peter war nicht schizophren gewesen. Er hatte ihr in jener Nacht in der Kulturfabrik nichts angetan. Und er hatte ihr auch nicht im dunklen Turnhallengebäude aufgelauert. Das musste jemand anders gewesen sein. Aber wer?

Und was war mit dem Pärchen im Bootshaus geschehen? Waren sie im tobenden Feuer umgekommen? Hatte sie ihnen womöglich beim Sterben zugeschaut? Eine Hitzewelle jagte durch ihren Körper, gefolgt von lähmender Kälte. Wenn sie sich nicht täuschte, hatte sie damals einen kaltblütigen Mord beobachtet. Aber weshalb hatte niemand darüber berichtet? Sofia hatte sich akribisch genaue Notizen über jeden noch so kleinen Vorfall gemacht. Doch weder unter dem 17. noch unter dem 18. Juli 1988 fand sich eine Meldung über einen Doppelmord in der Kulturfabrik. Es sei denn, sie hatten unter dem falschen Datum nachgeschaut. Vielleicht waren die Leichen erst viel später gefunden worden. Oder gar nicht.

„Carol? Bist du in Ordnung?" Dominiks Stimme klang irritiert und besorgt zugleich.

Ein Inferno aus Flammen. Ein Mann und eine Frau. Er ist groß und blond, sie ist dunkelhaarig, mit langen Haaren, die ihr wie ein Schleier über den Rücken fallen.

„Mir ist ein wenig übel", sagte Carol stockend. „Die Luft, das Feuer …"

„Dann gehen wir doch kurz an die frische Luft. Du wirst sehen, das wird deine Lebensgeister sofort wieder auf Trab bringen."

„Nein, nein, das ist nicht nötig. Ich muss bloß schnell zur Toilette." Mit festem Griff umfasste Carol ihre Gucci-Handtasche, die sie hinter sich an die Lehne gehängt hatte, dann schob sie ruckartig ihren Stuhl zurück und erhob sich. Ohne sich noch einmal umzusehen, steuerte sie auf die schmale Treppe zu, die zu den Sanitäranlagen im Untergeschoss führte. Kaum hatte sie den schützenden Treppenschatten erreicht, kramte sie ihr Handy aus der Tasche hervor und wählte mit fliegenden Fingern Sofias Nummer.

Sie hatte Glück. Sofia meldete sich bereits nach dem zweiten Klingeln. Carol atmete erleichtert auf, als sie ihre tiefe, leicht spöttische Stimme vernahm. In kurzen, abgehackten Sätzen erzählte sie ihr von ihrem letzten Flashback und dem nagenden Verdacht, einen Doppelmord beobachtet zu haben. Sofia reagierte, wie Carol es von ihr gewohnt war. Sie hörte aufmerksam zu, stellte hin und wieder ein paar präzisierende Fragen und holte schließlich den Aktenordner vom Juli 1988 hervor.

„19. Juli – nichts, 20. Juli – nichts, 21. Juli – nichts", nuschelte sie vor sich hin. „Hm, warte." Ihr Gemurmel wurde immer undeutlicher.

Carol fühlte sich wie auf Eiern. Waren sie wirklich auf der richtigen Spur?

„24. Juli. Hier ist etwas", sagte Sofia plötzlich.

„Ehrlich?"

„Eine Vermisstenmeldung. Nils H. und Jamila B. aus Zürich, beide neunzehn Jahre alt. Eben erst das Abi bestanden. Nils ist 187 cm groß und blond, Jamila ist 170 cm groß und hat lange, dunkle Haare. Sie sind am Mittwoch, 15. Juli 1988, in einem alten, grasgrünen VW Jetta von einem Zeltplatz am Comer See aufgebrochen. Ihren Freunden teilten sie mit, dass sie noch ein wenig in Italien herumreisen und am späten Sonntagabend zurück in Zürich sein wollten. Doch sie sind nie in Zürich angekommen. Am 24. Juli benachrichtigten ihre Freunde die Polizei."

„Das ist es. Das muss es sein!" Ein krampfartiges Zittern breitete sich in Carols Armen und Schultern aus. „Liest du irgendetwas über einen Mord?"

„Nein, ich finde nichts. Warte, ich blättere ein wenig nach hinten. Hier! Am 27. Juli gibt es noch einmal einen Aufruf der Polizei. Von Nils und Jamila fehlt nach wie vor jede Spur. Die Polizei bittet die Bevölkerung um Hinweise. Wer hat Nils und Jamila nach dem 15. Juli 1988 gesehen? Ist jemandem ein grasgrüner VW Jetta aufgefallen?"

„Und weiter?"

„Das scheint alles zu sein." Carol hörte das Knistern von Blättern, dazwischen Sofias unverständliches Brummeln. „Bis Anfang August finde ich jedenfalls nichts mehr zu diesem Vermisstenfall. Vielleicht sind sie ja wieder aufgetaucht."

„Das glaube ich nicht." Nur mit Mühe unterdrückte Carol ein plötzlich aufkommendes Zähneklappern. „Sie sind in der Nacht vom 17. Juli im Bootshaus der Kulturfabrik zu Staub und Asche verbrannt. Wahrscheinlich waren ihre Leichen derart verkohlt, dass man sie nicht mehr identifizieren konnte. Seltsam ist bloß, dass nirgends darüber berichtet wird. Ein Brand in der Kulturfabrik, das wäre doch der Presseaufhänger des Monats gewesen!"

„Nicht zwingend", sagte Sofia langsam. „Von der Existenz eines Bootshauses auf dem Areal der Kulturfabrik habe ich bisher überhaupt nichts gewusst. Seit dem Auszug der Hippiebrüder Ende der Sechzigerjahre ist das Gelände ein Schandfleck auf Zürichs Stadtkarte. Die Regierung hätte für einen Neubau oder eine Restaurierung viel Geld in die Hand nehmen müssen. Und das war weder im Sinn des Stadtparlaments noch im Sinn der Bevölkerung. Die Zugangsstraße wurde abgesperrt, die offiziellen Spazierwege wurden so angelegt, dass sie einen großen Bogen um das Anwesen herum machten. So zerfielen die Gebäude nach und nach, und je baufälliger sie wurden, desto mehr wurden sie gemieden. Es kursierten Schauergeschichten darüber, dass es dort spuken solle. Ich glaube deshalb nicht, dass irgendjemandem der Brand eines kleinen Bootshauses während einer Gewitternacht aufgefallen ist."

„Und was ist mit den Leuten, die sich trotz der Schauergeschichten auf dem Areal der Kulturfabrik herumgetrieben haben? Wie das Liebespärchen, die beiden schwarzen Gestalten, Peter und ich? Vielleicht gab es außer uns noch eine ganze Reihe anderer heimlicher Besucher."

„Natürlich zog die Kulturfabrik lichtscheue Elemente wie Anhänger von Totenkulten oder Personen, die sonst etwas zu verbergen hatten, an. Aber du kannst Gift darauf nehmen – niemand, der sich in der Nähe der alten Kulturfabrik herumtrieb, hatte vor, die Aufmerksamkeit der Polizei auf sich zu ziehen."

„Und die Anwohner oder die Spaziergänger? Warum haben sie keinen Brand gemeldet? Man hätte den Rauch doch von Weitem riechen oder sehen müssen."

„Nicht unbedingt. Vielleicht war der Gewitterregen so stark, dass er den Brand vollständig gelöscht hat. Außerdemdem hat es in derselben Nacht in der Schrebergartensiedlung *Birkenmoos* gebrannt. Es könnte also gut sein, dass der Brand in der Schrebergartensiedlung von dem in der Kulturfabrik abgelenkt hat."

„Du glaubst also, dass dieselben Brandstifter sowohl für den Brand in der Schrebergartensiedlung als auch für den Brand in der Kulturfabrik verantwortlich sind?"

„Es wäre vorstellbar, aber sicher bin ich mir natürlich nicht."

„Ich habe Angst, Sofia", sagte Carol stockend. „Es gibt mindestens drei weitere Personen, die von den Vorgängen in der Kulturfabrik wissen: Peter und die beiden schwarzen Gestalten, die vor dem Feuer getanzt haben. Und Peter ist wie vom Erdboden verschluckt. Was, wenn er damals ebenfalls umgebracht wurde?"

„Nein, das ist völlig undenkbar", sagte Sofia entschieden. „Peter hatte Eltern und die hätten niemals zugelassen, dass er einfach so sang- und klanglos verschwindet. Sie hätten einen Riesenwirbel veranstaltet und alle verfügbaren Medien eingeschaltet. Wenn ein Kind verschwindet, dann passiert das nicht still und leise, sondern mit großem Getöse und einem lauten Aufschrei der Öffentlichkeit."

Das Zittern in Carols Schultern und Oberarmen wurde stärker. Ihr Verstand sagte ihr, dass Sofia ganz klar recht hatte. Ein Kind verschwand nicht einfach so. Peters Eltern hätten jede Spur verfolgt, um ihr Kind zu finden. Sie hätten jeden Stein zweimal umgedreht. Und ganz bestimmt hätten sie mit ihr Kontakt aufgenommen und sie genauestens über jene Nacht in der Kulturfabrik ausgefragt. Weshalb also war es nie so weit gekommen? Warum hatten sich Peters Eltern damals nicht gemeldet? Ihr kam ein Gedanke, den sie aber nicht festhalten konnte. So schnell, wie er aufgezuckt war, hatte er sich auch schon wieder ins Nichts verflüchtigt.

„Ich werde meine Notizen auf jeden Fall genauestens studieren", drang Sofias beruhigende Stimme an Carols Ohr, „und ich bin mir sicher, dass sie mir irgendetwas über den Verbleib des vermissten Pärchens verraten werden. Du wirst sehen, noch vor Ende der Woche haben wir das Rätsel geknackt."

Carol fühlte sich wie ein kleines Kind, das sich von seiner Mutter gegen besseres Wissen eine heile Welt einreden ließ. Trotzdem saugte sie Sofias Worte wie eine Verdurstende in sich auf. Sie musste ihnen Glauben schenken, denn es gab nur eine einzige Alternative:

Peter war nicht mehr am Leben. Peter war umgebracht worden. Entweder in jener Nacht oder irgendwann in den darauffolgenden Jahren. Und die nächste in der Reihe würde sie selbst sein. Weil ihr nämlich jemand auf der Spur war. Jemand, der ihr aus dem Verborgenen anonyme Zettel zusteckte. Jemand, der ihr im Wald auflauerte und sie im Park verfolgte. Jemand, dessen Gesicht sie kennen und der einmal ihr Freund oder ihre Freundin gewesen sein musste. Jemand – und das konnte sie mit Bestimmtheit sagen – der mit Sicherheit nicht ihr Wohlergehen im Sinn hatte.

Kapitel 48

Dienstag, 23. Juli, 23.55 Uhr

Ich beiße auf Granit. Bei der Stadtverwaltung sind sie so kalt wie unsere hochalpinen Gletscher, die durch die Klimaerwärmung immer mehr in sich zusammenschrumpfen. Bald wird es sie nur noch als hellblaue Flecken auf nostalgischen Landkarten geben. Ich persönlich unternehme alles, um unsere Natur zu schützen. Ich fahre nur selten Auto, wohne in einem Passivhaus und unterstütze den WWF und Greenpeace. Als ich noch jünger war, habe ich sogar an Demonstrationen für den Klimaschutz teilgenommen. Jetzt fühle ich mich zu alt dafür.

Aber zurück zu der Stadtverwaltung. Die besitzen wirklich kein Gewissen. Als ich angerufen und meine rührselige Geschichte erzählt habe, hatten sie doch tatsächlich die Frechheit, eine Bestätigung meiner verwandtschaftlichen Beziehungen zu der gesuchten Person zu verlangen! Geduldig habe ich ihnen klargemacht, dass ich keine verwandtschaftlichen Beziehungen zu der gesuchten Person aufweisen könne, sondern dass es um unseren besten gemeinsamen Freund aus Kindertagen gehe, der jetzt leider auf dem Sterbebett liege. Daraufhin forderte mich die kurz angebundene Dame am Telefon auf, ihr ein paar Zeilen mit dem Wunsch des todkranken Freundes sowie ein ärztliches Attest, das den Schweregrad seiner Krankheit bestätige, zukommen zu lassen. Ansonsten dürfe sie mir – als unbefugter Person – keine Auskünfte erteilen.

Da war meine Geduld zu Ende. Wütend habe ich den Hörer auf die Gabel geknallt. Am nächsten Tag habe ich dann noch einmal angerufen und mich als Mitglied einer staatlichen Behörde ausgegeben. Aber auch das erwies sich als Sackgasse. Sie würden keine mündlichen Auskünfte erteilen, wurde ich kurz und bündig belehrt. Ich müsse mein Anliegen schriftlich formulieren und mit dem Stempel meiner Amtsstelle versehen. Wieder habe ich das Gespräch beendet, indem ich wütend den Hörer auf die Gabel geknallt habe.

Und jetzt macht sich langsam, aber sicher ein schrecklicher Verdacht in mir breit.

Was, wenn Peter damals ebenfalls in den Flammen umgekommen ist?

Ich habe ihn nach dieser Nacht nie mehr wiedergesehen. Bis vor Kurzem habe ich mir keine Gedanken darüber gemacht. Aber nun martern mich die grausigsten Vorstellungen. Ich sehe Peters Körper, wie er sich qualvoll in den Flammen windet. Sein Mund ist zu einem entsetzten Schrei geöffnet, aber jegliche Laute werden vom Lärm des tosenden Feuers übertönt. Langsam sinkt er zu Boden. Seine Beine und sein Rumpf sind nur noch eine blutige Masse. Schwer atmend ringt er nach Luft. Sein Auge irrt durch die Nacht und sucht verzweifelt nach einem Menschen, der ihm in dieser furchtbaren Not beisteht.

Aber er ist allein. Nein, das stimmt nicht. Carol ist bei ihm. Sie selbst ist unversehrt. Wahrscheinlich ist sie vorsichtiger gewesen als der unglückselige Junge. Sie streckt beide Arme aus und versucht mit aller Gewalt, die Flammenmauer zu durchdringen und ihn aus dem Gefahrenbereich herauszuziehen. Doch allein schafft sie es nicht. Sie ist zu schwach. Und jene, die ihr hätten helfen können, haben sich aus dem Staub gemacht.

Die Flammen lodern, zerren, reißen, züngeln.

Sie verschlingen Peter mit Haut und Haar.

Doch seine Leiche ist wie vom Erdboden verschluckt.

Das ist beängstigend. Denn es könnte ein Hinweis darauf sein, dass er jene Nacht überlebt hat und erst später beseitigt wurde. Weil er zu viel wusste. Auch Carol weiß zu viel, obwohl sie sich darüber noch nicht im Klaren ist. In diesem Fall wäre sie die Nächste.

Ich muss sie warnen.

Ein letzter anonymer Hinweis.

Vielleicht rettet er ihr das Leben.

Kapitel 49

Mittwoch, 24. Juli, 13.50 Uhr

Carol blickte zur Kirchturmuhr in der Ferne. Zehn vor zwei. Sie war bereits fünf Minuten zu spät. Wenn sie nur den früheren Bus genommen hätte. Jetzt fragte sich bestimmt die ganze Familie Binder, ob ihr der Termin nicht wichtig genug war, um rechtzeitig bei ihnen zu erscheinen.

Mit großen Schritten ging sie den breiten Pflasterweg zwischen den gleichförmigen Wohnblöcken entlang und klingelte schließlich an Andreas Haustür. Der Türsummer ertönte. Carol drückte die Haustür auf und trat in den Flur, wo ihr Andrea ein wenig keuchend entgegenkam. „Fabienne erwartet dich schon ganz ungeduldig“, flüsterte sie leise. „Man merkt es ihr nicht auf den ersten Blick an, aber sie ist unheimlich angespannt. Den ganzen Morgen über hat sie nur halb so viel gesprochen wie üblich. Beim Gespräch mit dir wird sie bestimmt die Coole markieren, aber glaub mir, das ist nur gespielt. Innerlich ist sie ein kleines, verschüchtertes Mädchen, das krampfhaft nach Liebe und Anerkennung sucht. Ich hoffe wirklich, dass die niederschwellige Institution, in die du sie stecken möchtest, eine gute Lösung für sie ist.“

„Ja, das hoffe ich auch.“ Carol folgte Andrea durch die geöffnete Wohnungstür in den Flur und von da aus ins Wohnzimmer.

Wenn sie nicht gewusst hätte, dass das Fabienne war, die sich da mit angezogenen Knien ins Sofa lümmelte, hätte sie sie niemals wiedererkannt. Die blauschwarze Stachelfrisur war verschwunden, stattdessen wurde ihr Kopf von luftigem platinblondem Haar umrahmt. Ihr Gesicht war ungeschminkt. Ohne die dicken schwarzen Lidstriche wirkten ihre Augen ungewohnt weich. Sie trug Bluejeans und ein geblümtes T-Shirt, was sie mindestens drei Jahre jünger aussehen ließ.

Der groß gewachsene Mann auf der anderen Seite des Sofas musste Andreas Ehemann sein. Er hatte hellbraune Locken, ein kantiges Kinn, männliche Gesichtszüge und die schönsten Augen, die Carol je gesehen hatte. Graublau mit golden schillernden Sprenkeln und dichten, nach oben gebogenen Wimpern. Sein eng anliegendes graues T-Shirt lenkte den Blick auf sehnig-muskulöse Oberarme, denen auch die breite Gipsbandage um das rechte Handgelenk keinen Abbruch tat. Instinktiv ging Carol auf Distanz. Gut aussehende Männer waren ihr grundsätzlich suspekt. Wenn sie dazu noch rhetorisch gewandt waren – und als Jugendpastor war er das bestimmt – musste man sich besonders in Acht nehmen.

„Hallo, ich bin Lukas." Er stand auf und streckte ihr die linke Hand hin.

„Carol." Sie zögerte und gab ihm schließlich ebenfalls die linke Hand. Dann wandte sie sich an Fabienne, die immer noch mit angezogenen Knien auf dem Sofa hockte.

„Hallo Fabienne. Ich freue mich, dich zu sehen."

„Tag." Fabienne drehte den Kopf zur Seite und vermied es geflissentlich, Carol in die Augen zu blicken.

„Möchtest du eine Tasse Kaffee?", fragte Andrea.

„Nein, danke."

Wenn Carol nur an Kaffee dachte, wurde ihr übel. Die Luft draußen war schwer und drückend. Wenn sie sich nicht täuschte, hatte die Wettervorhersage für den Abend Gewitter angekündigt. Ihr war es recht. Ein kräftiger Sommersturm würde die Schwüle vertreiben, die sich den Tag über aufgestaut hatte, und mit ihr würden sich vielleicht auch ihre Angst machenden Gedanken aus dem Staub machen.

Carol setzte sich auf den breiten Polstersessel, den Andrea ihr anbot, zwang sich zu einem gleichmütigen Lächeln und schaltete auf den Amtsmodus um. Mit professionell kühler Stimme stellte sie Fabienne ein paar Fragen zu ihrem momentanen Befinden und zu den Gründen, warum sie aus dem Jugendheim weggelaufen war. Die Antworten waren kurz und mürrisch. Kein Wort zu viel und keine überflüssigen Emotionen. Wenn Carol nicht gewusst hätte, dass die desinteressierte Haltung nur Fassade war, wäre sie innerhalb kürzester Zeit zu dem Schluss gekommen, dass bei Fabienne nicht viel Hoffnung bestand. Sie würde in die niederschwellige Institution eintreten und sich bei der ersten sich bietenden Gelegenheit aus dem Staub machen.

In kurzen Worten beschrieb sie ihr die neue Wohnung und den Tages- und Wochenablauf in der betreuten Wohngemeinschaft. Fabienne würde wieder zur Schule gehen und könnte, falls sie Lust hatte, im nächsten Frühjahr die Aufnahmeprüfung fürs Kurzzeit-Gymnasium machen. Bei diesem Vorschlag leuchteten Fabiennes Augen kurz auf, bemühten sich dann aber rasch wieder um den gewohnt gleichgültigen Ausdruck.

„Du ziehst am Montag in einer Woche um. Bestimmt möchtest du dir die Wohnung vorher mal anschauen, oder?"

Fabienne reagierte nicht.

Ein ungemütliches Schweigen entstand.

„Wie wäre es, wenn Fabienne an den Wochenenden zu uns käme?", fragte Lukas schließlich mit heiserer Stimme.

Fabiennes Kopf schnellte herum und ihre Gesichtsfarbe wechselte in rascher Folge von blass zu rot und wieder zurück zu blass.

„Meinst ... meinst du das ernst?", stammelte Andrea, aus deren Gesicht ebenfalls alle Farbe gewichen war.

„Ja", sagte Lukas mit leiser, aber fester Stimme. „Das mit der Jugendwohnung macht zwar durchaus Sinn, aber Fabienne braucht eine Familie, in der sie Geborgenheit findet und zu der sie immer wieder zurückkehren kann. Ich habe in den vergangenen zwei Tagen viel darüber gebetet und bin zu dem Schluss gekommen, dass ich von meiner Seite aus gern bereit bin, ihr diesen Familienhintergrund zu bieten."

„Lukas, ich bin völlig überrumpelt. Warum hast du mich nicht vorher in deine Überlegungen mit einbezogen?"

Ein schmerzlicher Ausdruck huschte über Lukas' markante Gesichtszüge. „Es tut mir so leid, Andrea. Ich hatte Angst, dass ich falsche Hoffnungen in dir wecken würde. Gott hat mir den Weg zwar ganz klar gezeigt, aber ich wusste bis zu diesem Moment nicht, ob ich die Kraft aufbringen würde, ihn auch zu gehen."

Andrea zögerte. Carol sah, wie sie mit sich kämpfte. Ihr Gesicht spiegelte ein Wechselbad widersprüchlichster Gefühle. Freude. Bestürzung. Verwunderung. Sprachlosigkeit. „Wie sieht es mit den gesetzlichen Bestimmungen aus?", fragte sie schließlich mit belegter Stimme.

„Wir machen auch gern eine Weiterbildung, falls das nötig sein sollte", warf Lukas ein. In seinen graublauen Augen schimmerte Unsicherheit. „Mir ist bewusst, dass wir uns da an eine sehr anspruchsvolle Aufgabe heranwagen. Bisher habe ich immer gedacht, dass man alles zustande bringen kann, was man sich in den Kopf gesetzt hat. Man muss es nur wollen und seine natürliche Begabung richtig gebrauchen.

Doch Fabienne hat mich in den vergangenen Tagen gelehrt, in anderen Bahnen zu denken. Die wirklich wichtigen Dinge im Leben kann man nicht einfach auf Knopfdruck erzwingen. Man muss bereit sein, sich von Gott formen zu lassen. Und das ist ein sehr schmerzhafter Prozess." Er schluckte hart. „Ich bin mir nicht sicher, ob ich es schaffen werde, Fabienne ein guter Pflegevater zu sein. Aber ich würde es wirklich gern versuchen."

Carol spürte, wie ihre professionelle Gleichmütigkeit zu bröckeln begann. Lukas verhielt sich so ganz anders, als sie erwartet hatte. Er hatte etwas rührend Unsicheres an sich. So als wäre sein Innerstes irgendwie entzweigebrochen. In seinen Worten schwang nicht der geringste Hauch von Selbstbeweihräucherung oder Arroganz mit. Er war verletzlich und von Selbstzweifeln geplagt. Plötzlich stieg Wehmut in Carol auf. Genau so stellte sie sich den idealen Lebenspartner vor. Nicht belehrend und rechthaberisch, sondern nachdenklich, selbstkritisch und suchend. Das war auch der Grund, weshalb es mit ihr und Dominik nie klappen könnte. Er war viel zu unbeschwert. Den großen Fragen des Lebens begegnete er mit einem fröhlichen Lachen im Gesicht, überzeugt, dass es für alles eine einfache Antwort gab. Aber für sie gab es keine einfachen Antworten. Das Leben war ein Rätsel. Manchmal fühlte man sich der Lösung ein wenig näher, doch dann war man wieder meilenweit von einer sinnvollen Erklärung entfernt.

Sie gab sich einen Ruck.

„Als Wochenend-Pflegefamilie müsst ihr keine besonderen Voraussetzungen erfüllen. Es gibt viele Kinder und Jugendliche, die während der Woche in einem Kinder- oder Jugendheim sind und übers Wochenende zu einer ganz normalen Familie gehen. Das können Verwandte oder Bekannte der leiblichen Eltern oder auch eine ehemalige Pflegefamilie sein."

„Also von meiner Seite aus gibt es da kein Hindernis", sagte Andrea langsam. Sie wandte sich an Fabienne. „Was meinst du dazu? Könntest du dir vorstellen, die Wochenenden bei uns zu verbringen?"

Fabienne zuckte betont desinteressiert mit den Schultern. „Ja, wieso nicht?", sagte sie gedehnt. „Wir können es ja mal versuchen. Ist mir eigentlich egal. Wenn es klappt, dann klappt es, und sonst halt eben nicht."

Nur mit größter Mühe gelang es Carol, sich ein Lächeln zu verkneifen. Fabiennes strahlende Augen straften ihre gleichgültig dahingeworfenen Worte Lügen. Das war die perfekte Lösung. Sie würde lernen, auf eigenen Füßen zu stehen, und hätte dabei die tatkräftige Unterstützung einer starken und intakten Pflegefamilie. Das Leben in der Jugendwohnung würde ihr helfen, einen angemessenen Umgang mit Gleichaltrigen zu lernen, und in der Pflegefamilie könnte sie nicht nur ihren Beschützerinstinkt kultivieren, sondern auch lernen, sich in eine feste Struktur einzufügen.

Zwei Stunden später hatte sie mit Andrea und Lukas einen Pflegevertrag ausgearbeitet, in dem alle Einzelheiten schriftlich geklärt und festgehalten wurden. Fabienne hatte in der Zwischenzeit Joel-Henri und Eva-Lea aus ihren Zimmern geholt und war mit ihnen zum Quartierspielplatz aufgebrochen. Nachdem die letzten Fragen geklärt gewesen waren, hatte Lukas sich verabschiedet und in sein Büro zurückgezogen. Andrea hatte Carol eine Kugel Vanilleeis mit Schlagsahne und ein Glas Wasser serviert und nun saßen sie gemütlich auf der Terrasse und betrachteten die dicken Kumuluswolken, die sich am Horizont auftürmten.

„Ich weiß nicht, was mit Lukas passiert ist“, sagte Andrea endlich. „Noch vor zwei Tagen herrschte zwischen ihm und Fabienne so dicke Luft, dass man sie hätte entzweischneiden können. Ich habe gedacht, dass er sich nichts sehnlicher wünscht, als sie sobald wie möglich aus dem Haus zu haben.“

„Seltsam. Davon war heute überhaupt nichts mehr zu spüren.“

„Lukas war in den letzten beiden Tagen ungewöhnlich schweigsam. Ich habe gemerkt, dass ihn etwas umtreibt, aber ich konnte nicht herausfinden, was es ist.“

„Ist es für dich nicht zu viel, wenn Fabienne jedes Wochenende zu euch kommt?“

Andreas Augen begannen zu leuchten. „Nein, ganz und gar nicht. Das ist genau die Lösung, für die ich gebetet habe. Bei unserem letzten Telefongespräch am Montag wollte ich dir eigentlich vorschlagen, dass du die Idee mit der Jugendwohnung fallen lässt und Fabienne bei uns einquartierst. Aber ich wusste, dass Lukas dagegen war. Deshalb habe ich geschwiegen. An einen Wochenend-Pflegeplatz habe ich gar nicht gedacht. Dabei ist das die weitaus bessere Lösung. Fabienne kann an den Wochenenden zu uns kommen und findet in unserer Familie ein

Zuhause und eine feste Struktur. Doch während der Woche lernt sie, auf eigenen Füßen zu stehen. Das ist optimal für ihre Entwicklung."

„Ja, das denke ich auch." Carol angelte nach ihrem Wasserglas und kippte den Inhalt in einem Zug herunter. Ihr Blick wanderte zu den blühenden Hibiskussträuchern hinüber, die rechts von der Terrasse eingepflanzt waren. Einige Blüten waren bereits verwelkt. Sie sahen aus wie schrumpelige Salatblätter, die zu einem asymmetrischen Fächer verkümmert waren. Ein Gefühl unendlicher Traurigkeit stieg in ihr auf. Das Leben war so vergänglich. Es blühte für eine kurze Zeit auf, dann verdorrte es und ließ nichts als Staub und Asche zurück.

Sie schluckte. „Ich hatte gestern einen weiteren Flashback", sagte sie heiser.

„Ehrlich? Worum ging es?"

„Ich habe gesehen, wie ein junges Pärchen in einem Bootshaus bei der Kulturfabrik verbrannt ist. Brandstiftung. Peter und ich waren dabei, aber nur als unfreiwillige Zuschauer, nicht als Täter."

„In der Kulturfabrik?", fragte Andrea erstaunt. „Weshalb haben wir dann am vergangenen Donnerstag keine Brandspuren auf dem Gelände gefunden?"

„Ich weiß es nicht. Es ist alles so seltsam. Und am meisten irritiert mich, dass Peter seither wie vom Erdboden verschluckt ist. Ich meine, ein Kind verschwindet schließlich nicht einfach so. Da würden die Eltern doch alle Hebel in Bewegung setzen, um ihren Sohn möglichst bald wiederzufinden."

„Das denke ich auch. Ich kann mir nicht vorstellen, dass Peter wirklich verschwunden ist. Es muss doch irgendwelche Leute geben, die ihn nach dem Sommer 1988 gesehen haben. Jemand aus unserer Klasse hatte bestimmt irgendwann noch mal Kontakt mit ihm oder kennt zumindest jemanden, der weiß, was aus ihm geworden ist. Hast du schon eine Rundmail verschickt?"

„Nein, daran habe ich gar nicht gedacht."

„Glücklicherweise hat uns Stefan die Mailadressen der gesamten Klasse aufgelistet. Schildere doch einfach die Tatsache, dass Peter nicht zum Klassentreffen eingeladen werden konnte, weil niemand seine aktuelle Adresse kennt. Und dann fragst du ganz beiläufig, ob jemand etwas über seinen weiteren Werdegang weiß."

Carol nickte nachdenklich. „Die Idee ist gar nicht so schlecht. Warum habe ich nicht früher daran gedacht? Bisher bin ich immer davon ausgegangen, dass nur diejenigen, die am Klassentreffen teilgenommen haben, etwas über die Geschehnisse in jener Nacht und über Peters Verbleib wissen können. Aber das muss überhaupt nicht so sein."

„Bestimmt nicht. Irgendjemand muss ihn gesehen haben. Er kann nicht einfach spurlos vom Erdboden verschwunden sein."

„Das Problem ist nur, dass uns diese Auskünfte möglicherweise trotzdem in eine Sackgasse führen", sagte Carol trocken. „Fakt ist, dass niemand Peters jetzige Adresse kennt. Wer garantiert uns, dass er nicht in der Zwischenzeit gestorben ist? Es muss ja nicht unbedingt Mord gewesen sein. Er könnte auch unter ganz normalen Umständen zu Tode gekommen sein."

„Das glaube ich nicht. Dazu sind wir einfach noch zu jung."

„Dann ist er vielleicht tatsächlich ermordet worden."

„Nein. Das hätten wir nämlich bestimmt erfahren, denn das wäre der Skandal Nummer eins gewesen. Jedes schmutzige Detail aus Peters Leben wäre an die Öffentlichkeit gezerrt worden und vielleicht hätte man uns als ehemalige Schulkameraden sogar als Zeugen vorgeladen."

„Nicht unbedingt. Nehmen wir einmal an, dass jemand sehr gründlich vorgegangen ist und nicht nur Peters Spuren, sondern auch seine Leiche vollständig hat verschwinden lassen. Vergiss nicht, im Moment haben wir gar nichts. Weder eine aktuelle Adresse noch sonst einen Hinweis auf seinen Verbleib."

„Ich bin überzeugt, dass die Rundmail dir weiterhelfen könnte", sagte Andrea leise. „Jemand muss etwas über seinen Verbleib wissen. Da bin ich mir ganz sicher."

Wieder richteten sich Carols Augen auf die blühenden Hibiskussträucher rechts von der Terrasse. Die verwelkten Blüten ließen traurig die Köpfe hängen. Wenn aus dem Blütenkelch wenigstens süße Sommerfrüchte wachsen würden, dann würde das Absterben der Blütenblätter zumindest halbwegs Sinn machen. Aber das hier war einfach deprimierend. Die Blüten verkümmerten und irgendwann verdorrten auch die Kelche. Niemand konnte diesen Prozess aufhalten. Das Leben war ein Kreislauf aus Werden und Vergehen. Doch das Sterben hatte die Oberhand. Eine Hibiskusblüte erblühte während drei bis vier Wochen, danach verwelkte sie. Bis der Strauch neue Blüten bildete, verging fast ein ganzes Jahr.

Carol seufzte leise.

„Am vergangenen Sonntag musste ich spontan an dich denken", sagte Andrea zögernd. „Erinnerst du dich an unser Gespräch in der Kulturfabrik, als wir über das Thema *Wahrheit* gesprochen haben?"

Carol nickte wortlos.

„Zu Beginn des Gottesdiensts haben wir ein Lied gesungen. Darin heißt es sinngemäß, dass es in uns selbst stockfinster ist. Wir schlagen uns mit dunklen Gedanken oder einer dunklen Vergangenheit herum. Doch wir müssen nicht allein sein mit dieser Finsternis. Jesus ist in die dunkelste Nacht hinabgestiegen und hat uns sein Licht und seine Wahrheit gebracht. Mir hat der Kontrast so gut gefallen. Unser Leben kann noch so finster aussehen, für Jesus ist es nie zu dunkel."

Herr, das Licht deiner Liebe leuchtet auf ... Mach uns frei durch die Wahrheit, die jetzt anbricht.

Carol spürte, wie sie innerlich zu zittern begann. Irgendetwas schnürte ihr die Luft ab. Sie konnte sich nicht länger vor Gottes Wahrheit verschließen. Solange sie das tat, würde sie im Dunkeln bleiben. Und das war schlimmer als die Hölle.

So schnell es ging, würgte sie den Rest ihres Vanilleeises herunter. Von Weitem hörte sie eine Kirchenglocke fünf Uhr schlagen. Sie setzte ihre professionelle Miene auf und erklärte Andrea, dass sie noch einige dringende Arbeiten zu erledigen habe. Wenige Minuten später hatte sie sich von ihr verabschiedet und war auf dem Weg zur Bushaltestelle. Ohne zu überlegen, nahm sie den erstbesten Bus, der stadtauswärts fuhr. An der Endhaltestelle stieg sie aus und ging mit mechanischen Schritten die schmale Straße entlang, die geradewegs in ein Waldstück mit hohen, dunkelgrünen Tannen führte, deren Äste vom auffrischenden Wind hin und her gepeitscht wurden.

Sie wusste nicht, wie lange sie durch den Wald marschierte. Die Straße war längst in einen ungepflegten Feldweg übergegangen, an dessen Seiten wildes Dorngestrüpp und Brennnesseln wucherten. Unvermittelt öffneten sich die dunklen Waldschleusen und gaben den Blick auf einen kleinen Natursee frei. Bei Sonnenschein war es bestimmt das malerischste Plätzchen, das man sich vorstellen konnte. Doch nun hatte sich das Wasser dunkelgrau-grün verfärbt. Böige Windstöße fegten über die Oberfläche und malten wellenförmige Schlangenlinien mit weißen Schaumkronen in die Wasserlandschaft.

Kein Lebewesen weit und breit. Selbst die Vögel hatten aufgehört zu zwitschern.

Carol ließ sich auf einen großen, flachen Stein am Ufer sinken. Der Wind war kühler geworden. Fast waagrecht klatschte er durch das hohe Schilfgras, das am Rand des Wassers wuchs, und drückte die biegsamen Halme mit aller Wucht gegen den morastigen Erdboden. Am Himmel schichteten sich säulenartige Wolkenschleier, die sich mit rasender Geschwindigkeit zum See hin ausbreiteten. Das Licht wurde fahl, ein unheimlicher Dunstkreis verschluckte alle Helligkeit. Mit einem Mal jedoch rissen die Nebel entzwei und eine strahlend blaue Lücke, die bis zum innersten Himmel zu reichen schien, wurde sichtbar. Gebannt verfolgte Carol das Schauspiel. Jetzt schob sich eine neue Kumuluswolke vor die Lücke. Der Wind zerrte an ihr, zerteilte sie, setzte sie wieder zusammen. Und plötzlich hatte sie die Form eines lang gezogenen Kreuzes. Wie ein Gruß aus der Ewigkeit leuchteten ein paar abgeschrägte Sonnenstrahlen auf und färbten die Ränder des Kreuzes strahlend weiß.

In Carols Kopf begann es zu hämmern. *Die Wahrheit wird euch frei machen. Aus der Dunkelheit ins Licht des Gottessohns. Ich bin der Weg und die Wahrheit und das Leben.* Das Hämmern verdichtete sich zu einem tosenden Crescendo.

Ich bin der Weg.

Ich bin die Wahrheit.

Ich bin das Leben.

Wie betäubt ließ Carol den Kopf sinken und barg ihn in ihren Händen.

„Gott ..." Der Wind trug ihre leise geflüsterten Worte direkt in die unergründliche Weite der Unendlichkeit. „Gott, ich kapituliere. Ich kann zwar immer noch nicht richtig glauben, dass deine Herrschaft frei macht, aber ich will es versuchen. Bitte hilf meinem Unglauben. Führe mich aus der Dunkelheit ins Licht. Und lass deine Wahrheit in meinem Herzen aufleuchten."

Langsam verblassten die gleißend hellen Ränder des Kreuzes. Wie von unsichtbarer Hand gesteuert füllte sich die Himmelslücke mit kleinen, dunklen Wolkenschleiern, die rasch zu einem riesigen schwarzen Gebilde zusammenwuchsen. Und dann öffneten sich die Schleusen und es begann zu regnen.

Kapitel 50

Mittwoch, 24. Juli, 20.10 Uhr

Fröstelnd zog Carol die Schultern hoch. Obwohl sie ihre flauschig warme Hausjacke eng um sich gewickelt hatte, war ihr immer noch kalt. Mit zitternden Händen stellte sie die Tasse mit dem dampfenden Pfefferminztee, den sie soeben aufgebrüht hatte, neben sich auf die Schreibtischplatte.

Als sie vor einer halben Stunde nach Hause gekommen war, war sie bis auf die Haut durchnässt gewesen. Sie war sofort unter die Dusche gegangen und hatte das heiße Wasser voll aufgedreht. Trotzdem hatte es über zwanzig Minuten gedauert, bis sie sich ein wenig aufgewärmt gefühlt hatte. Die Luftfeuchtigkeit im Bad war so hoch gewesen, dass sie gerade noch knapp ihre Hand vor Augen gesehen hatte. Und jetzt, wo sie sich wieder in normal temperierten Räumen befand, fröstelte sie schon wieder.

Das, was sie am Seeufer erlebt hatte, kam ihr wie ein weit entfernter Traum vor. Trotzdem wusste sie, dass sich etwas verändert hatte. Zum ersten Mal seit vielen Tagen fühlte sie sich ruhig. Die wirren Gedankenspiralen hatten aufgehört, wie wild im Kreis herumzuwirbeln. Stattdessen verspürte sie eine zaghafte Zuversicht, dass vielleicht doch alles gut werden würde.

Die Rundmail an ihre ehemalige Klasse war der letzte Versuch, den sie noch unternehmen würde.

Carol fuhr ihren Computer hoch und wartete, bis sich die Windows-Oberfläche aufgebaut hatte. Dann klickte sie sich zu Stefans E-Mail mit der Einladung zum Klassentreffen durch, wählte die Option „allen antworten", änderte den Betreff in *Wer weiß etwas über Peter Müller?* ab und schilderte in kurzen Worten die Schwierigkeiten, die sich im Zusammenhang mit der Suche nach Peters aktueller Adresse ergeben hatten. Sie las die Mail zweimal sorgfältig durch, änderte hier und da ein Wort ab, formulierte einen Satz um und klickte schließlich auf *senden*.

Seltsam erleichtert beobachtete sie, wie die Mail aus dem Outlook-Fenster verschwand.

Dann lehnte Carol sich in ihrem Schreibtischstuhl zurück, griff nach ihrer immer noch brühend heißen Teetasse und nahm einen vorsichtigen Schluck. Die Wärme des heißen Getränks breitete sich wohltuend in ihr aus. Behutsam stellte sie die Tasse auf den Schreibtisch zurück, ergriff die schnurlose Funkmaus und loggte sich in eine der großen elektronischen Tageszeitungen ein.

Zwanzig Minuten später kündigte ihr ein leiser Piepston an, dass sie elektronische Post erhalten hatte. Schnell wechselte sie von der Tageszeitung zu ihrem E-Mail-Konto. Es waren gleich zwei Mails, die sich in ihrem Posteingang befanden. Die erste Mail war von Jolanda Hoffmann, die zweite von Mark de Fries. Hastig öffnete Carol Jolandas Mail und überflog den Inhalt.

> Liebe Carol,
> zuerst einmal finde ich es total schade, dass ich beim Klassentreffen nicht dabei sein konnte. Ich hätte euch alle so gern wiedergesehen! Leider ist der Termin genau mit unserem Adria-Urlaub kollidiert. Ich war richtig enttäuscht, das kannst du mir glauben!
> Zu deiner Frage wegen Peter Müller: Ja, ich habe ihn nach Abschluss der sechsten Grundschulklasse noch einmal gesehen. Es muss so Anfang der Neunzigerjahre gewesen sein. Ich war in meiner letzten Hauptschulklasse und habe ihn zufällig bei einer Stadtzürcher Schulsportveranstaltung getroffen. Seine Mannschaft hat beim Basketballspiel den ersten Preis gewonnen. Ich habe kurz mit ihm gesprochen, aber er war sehr wortkarg. Danach habe ich ihn nie wiedergesehen. Leider weiß ich auch seine aktuelle Adresse nicht.
> Ich würde mich freuen, bald wieder von dir zu hören!
> Herzliche Grüße
> Jolanda

Carol atmete tief durch. Peter hatte jene Nacht überlebt. Er war ein normaler Junge geblieben, der Sport trieb und an Schulsportveranstaltungen teilnahm. Vielleicht war alles gar nicht so schlimm gewesen. Vielleicht hatte es das Feuer in der Kulturfabrik nie gegeben und sie hatte sich alles bloß eingebildet. Aber was war dann mit dem vermissten Pärchen? Und weshalb existierte das Bootshaus heute nicht mehr?

Mit klopfendem Herzen klickte sie Jolandas E-Mail weg und öffnete die Nachricht von Mark.

Liebe Carol,
ich wollte dir eigentlich schon früher schreiben, aber wie das so ist – immer wieder kommt etwas dazwischen. Letzten Sonntag hatten wir ein Familientreffen. Irgendwie kamen wir auch auf unsere ehemalige Klasse und auf Peter Müller zu sprechen. Und weißt du was? Während der sechsten Grundschulklasse war er in einer Pflegefamilie platziert. Er selbst hat nie darüber gesprochen, aber meine Schwester ist mit einer seiner Pflegeschwestern in dieselbe Klasse gegangen. Bedauerlicherweise weiß sie den Namen des Mädchens nicht mehr und somit kann ich dir leider auch keine Kontaktdaten liefern.
Wie geht es dir? Ich habe viel über deinen rätselhaften Gedächtnisverlust nachgedacht und auch mit meiner Frau darüber gesprochen. Vielleicht hast du ja in der Zwischenzeit bereits eine Therapie begonnen. Falls nicht, kann ich dir nur dringend anraten, sobald wie möglich einen Therapeuten aufzusuchen, der sich auf die Behandlung von Amnesien spezialisiert hat. Je länger nämlich der amnestische Zustand dauert, desto schlechter sind die Heilungsaussichten. Außer meiner Frau gibt es in Zürich noch zwei weitere Spezialisten. Meine Frau hat mir ihre Adressen gegeben, für den Fall, dass du lieber zu jemandem gehst, den du nicht auf irgendeine Art und Weise mit deiner Vergangenheit verknüpfst. Es sind Dr. Theodore Kramer, Freiestraße 184, Zürich, und Dr. Dennis Vandermeer, Voltastraße 37, Zürich.
Ich wünsche dir alles Gute und hoffe, dass dir meine Angaben weiterhelfen.
Liebe Grüße Mark

Die Wände rechts und links von Carols Schreibtisch schienen in die Breite zu wachsen. Sie blähten sich auf, schwollen an und kippten schließlich langsam nach vorn. Carol unterdrückte einen leisen Schrei. Sie rieb sich mit der Hand über die Augen und schüttelte den Kopf.

Ihr Puls raste, während ihr Blick hektisch zu der soeben gelesenen Mail zurückglitt.

Peter war in einer Pflegefamilie platziert gewesen. Natürlich. Das erklärte, weshalb es Stefan nicht gelungen war, seine Spur zurückzuverfolgen. Die Familie Müller, die in der Fichtenstraße 10 gewohnt hatte, war ein reiner Zufallsfund gewesen – eine Ironie des Schicksals. Peter hatte im Nachbarhaus gewohnt. In der Fichtenstraße 12, wie es in der Klassenliste vermerkt war. Vor Carols Augen baute sich das Bild des großzügigen, dreistöckigen Baus mit dem messingfarbenen Türschild auf, das sie vor genau zwei Wochen von außen besichtigt hatte.

Ihr Hirn begann fieberhaft zu arbeiten. Wie hatte die Familie geheißen, die vor Familie Fürpasz in diesem Haus gewohnt hatte? Sofia hatte ihr den Namen mitgeteilt, als sie vor knapp zwei Wochen beim Bellevue-Platz auf Fabienne gewartet hatte. Gross ... Gass ... Goss ... Gossweiler. Richtig, Simon und Mariella Gossweiler.

Könnte das Peters Pflegefamilie gewesen sein? Gemäß Frau Fürpasz hatte das Haus einige Monate leer gestanden, bevor sie im Jahr 1997 dort eingezogen waren. Familie Gossweiler musste also gegen Ende 1996, spätestens jedoch Anfang 1997 aus der Fichtenstraße weggezogen sein.

Carols Puls steigerte sich zu einem rasenden Crescendo. Mit fliegenden Fingern loggte sie sich ins elektronische Telefonverzeichnis der Schweiz ein. Es dauerte nicht lange, bis sie Simon und Mariella Gossweiler gefunden hatte. Sie wohnten in der Ostschweiz, in einem kleinen Dorf zwischen Winterthur und dem Bodensee. Carol atmete hastig. Sie musste mit ihnen sprechen, koste es, was es wolle. Zitternd griff sie nach ihrem schnurlosen Telefon und wählte die angegebene Nummer.

Bitte, bitte, hämmerte es in ihrem Kopf.

Schon nach dem dritten Klingeln schaltete sich der automatische Anrufbeantworter ein. *Bei uns ist im Moment niemand zu Hause. Bitte versuchen Sie es später noch einmal.*

Frustriert ließ Carol den Hörer sinken.

Wenigstens zwei Dinge wusste sie jetzt mit Sicherheit: Peter hatte jene Nacht überlebt, sonst hätte ihn Jolanda nicht Jahre später bei einer Sportveranstaltung wiedergetroffen. Und – er war ein Pflegekind gewesen. Ein neuer Gedanke durchzuckte sie. Bei jeder Pflegekind-Platzierung war zwangsläufig das Jugendamt involviert. Folglich musste es irgendwo in ihrem Archiv Akten über Peter geben. Wäre Carol nicht so erschüttert gewesen, hätte sie laut auflachen können: Da suchte sie wochenlang verzweifelt nach einem verschollenen Klassenkameraden, dabei befanden sich alle relevanten Informationen mit größter Wahrscheinlichkeit direkt vor ihrer Nase.

Kurz entschlossen schälte sie sich aus ihrer cremefarbenen Flauschjacke und zwängte sich in eine dunkelblaue Jeans und ein eng geschnittenes, langärmliges Oberteil in derselben Farbe. Hektisch angelte sie nach ihrer Gucci-Tasche, der Wildlederjacke, einem rot-gelb geblümten Regenschirm und den Hausschlüsseln und stürmte nach draußen. Es hatte aufgehört zu regnen. Die Luft war immer noch kühl, aber nicht mehr so kalt wie unmittelbar nach dem Gewitter. Der Himmel war rabenschwarz. Kein einziger Stern drang durch die dicke Wolkendecke. Nur der fahle Schein der Straßenlaternen zeichnete sich auf dem dunkel glänzenden Asphalt ab.

Die nächste Straßenbahn Richtung Zürich-Oerlikon fuhr erst in zehn Minuten. Carol machte die Wartezeit fast wahnsinnig. Unruhig schritt sie die Haltestelle von einem Ende bis zum anderen ab und trommelte dabei nervös mit den Fingerkuppen gegen ihre Handtasche. Würde sie im Archiv des Jugendamts fündig werden? Oder hatte sie einen weiteren Denkfehler gemacht?

Eine halbe Stunde später betrat sie das durch verschiedene Glas- und Metalltüren gesicherte Gebäude des Jugendamts. Das Archiv befand sich im Untergeschoss – ein großer Raum mit tief hängender Decke, der einen muffig stickigen Geruch verströmte. Mit klopfendem Herzen ging sie zu den Rollschränken im hintersten Teil des Archivs. Die Aktenaufbewahrungspflicht betrug fünfundzwanzig Jahre, also bestand eine große Wahrscheinlichkeit, dass die Akten aus dem Jahr 1988 noch vollständig vorhanden waren. Zitternd ergriff sie die steuerradgroße Kurbel und rollte die metallene Schrankwand zur Seite.

Die Akten der Jahre 1987 bis 1992 waren in kistenförmigen Kartonschachteln mit verstaubtem Deckel untergebracht. Als Carol den Deckel der ersten Schachtel lüftete, kam ihr ein Schwall von Staubpartikeln und vermoderter Luft entgegen. Sie unterdrückte den aufkommenden Niesreiz und begann in den vergilbten Akten zu wühlen.

Gehrig, Greiner, Güç, Hotz, Ismaili, Iten, Jaruselsky, Jordan, Keller, Kubli. Hier endeten die Namen abrupt. Carol zerrte die nächste Schachtel hervor. *Ledergerber, Loosli, Lubovic, Marti, Matter, Meier, Meyer, Moser, Muhamad, Müller.* Sie stieß einen Seufzer der Erleichterung aus. Mit einer ungeduldigen Bewegung riss sie die Akte aus dem Stapel. Sie öffnete sich und ein Teil des Inhalts flatterte zu Boden. Carol kümmerte sich nicht darum. Fieberhaft glitten ihre Augen über die erste Seite. *Müller, Sabrina, geboren am 23. März 1987, wohnhaft bei Familie Eichenberger in Winterthur.* Sabrina? Warum Sabrina? Es dauerte einen Augenblick, bis Carol begriff. Hektisch bückte sie sich, stopfte die zu Boden geflatterten Blätter wahllos zwischen die Deckseiten, faltete die Akte zusammen und quetschte sie wieder in die Schachtel zurück. Ihre Hände zitterten so stark, dass sie Mühe hatte, die nächsten Dossiers herauszuziehen. *Müller, Urs; Müller, Yvonne; Nauer, Martin …*

Eisig kalte Klauen griffen nach ihrem Herzen, gruben sich tief in ihre Haut. Peters Akte war nicht hier. Vielleicht war seine Platzierung doch nicht übers Jugendamt gelaufen. Nein, das war unmöglich. Es war gesetzlich geregelt, dass jedes Pflegeverhältnis vom Jugendamt verordnet und begleitet werden musste. Wo also war Peters Akte? Sie musste irgendwo hier in diesem Raum sein! Es sei denn … Carols Atem stockte und in ihrem Hals bildete sich ein riesiger Knoten, der einen plötzlichen Brechreiz auslöste. Die Tatsache, dass Peter in einer Pflegefamilie in Zürich gewohnt hatte, bewies noch lange nicht, dass das Stadtzürcher Jugendamt hinter der Platzierung stand. Theoretisch konnte jedes beliebige Jugendamt in der Schweiz für seine Betreuung verantwortlich gewesen sein. Und dann befanden sich die Akten logischerweise im Archiv der betreffenden Amtsstelle.

Carols Gehirn weigerte sich, diesen Sachbestand zu akzeptieren. Hektisch zerrte sie die Kartonschachtel, die die Dossiers mit den Namen L bis N enthielt, aus dem Regal, wuchtete sie auf ihr angewinkeltes rechtes Knie und begann verzweifelt darin zu wühlen. *Nuran, Nyfeller, Nyfeller, Müller.*

Carols Herzschlag setzte einen Moment lang aus. *Müller, Peter.* „Danke“, flüsterte sie leise. Mit fliegenden Fingern zerrte sie die Akte aus der Schachtel und öffnete sie ganz hinten.

Abschlussbericht vom 15. Februar 1993

Peter ist am 14. Februar 1993 volljährig geworden. Er besucht die elfte Klasse am Schweizerischen Sportgymnasium in Magglingen (Wochenaufenthalt). Zudem hat er einen Wochenendpflegeplatz bei Familie Gossweiler in Zürich.

In diesem Moment ging das Licht aus.

Carol stieß einen panischen Schrei aus, ließ Peters Akte fallen und schnellte hoch. Mit einem lauten Knall donnerte die Kartonschachtel zu Boden.

Kalte Angst kroch in Carol hoch. Sie war wieder das zwölfjährige Mädchen in der Turnhalle, das verzweifelt die Schritte bis zur Mädchengarderobe zählte. Allein in undurchdringlicher Finsternis, verfolgt von leise keuchenden Atemzügen, die von überallher kommen konnten.

Ihre Zähne begannen zu klappern. Eiskalter Schweiß brach ihr aus allen Poren, durchtränkte den Stoff ihres eng anliegenden Pullovers. Jede Sehne ihres Körpers war angespannt. Dunkelrote Kreise schossen auf sie zu, implodierten vor ihren Augen, blendeten in einer Kakophonie von rasch wechselnden, immer schriller werdenden Farben und Klängen. Zuerst waren es nur leise Geräusche, ein kaum wahrnehmbares Summen. Doch dann wurde ein Klirren daraus und in das Klirren mischten sich von weither gellende Schreie, die schnell näher kamen.

Verzweifelt tastete Carol nach den Regalbrettern. Sie fühlte sich wie ein Kaninchen in der Falle. Grausige Bilder geisterten durch ihren Kopf. Jemand war mit ihr im Raum und passte sie vor dem schmalen Durchgang zwischen den Rollschränken ab. Oder er begann an der Kurbel zu drehen und die fahrbaren Gestelle ineinanderzuschieben. Sie würde von den schweren Metallschränken gnadenlos zu Brei zerquetscht werden. Sie konnte es drehen und wenden, wie sie wollte: Es gab keinen Ausweg. Und selbst wenn es einen gegeben hätte, hätte ihr das nicht groß genützt. Sie war so starr vor Angst, dass alle ihre rationalen Fähigkeiten versagten.

Carol wusste nicht, wie lange sie schon unbeweglich in der Dunkelheit zwischen den Regalen verharrte. Langsam verblassten die schrillen Farben vor ihren Augen und die gellenden Schreie in ihrem Kopf gingen in ein tiefes, gleichmäßiges Surren über. Von weither nistete sich ein leise bohrender Gedanke in ihrem Hirn ein. Spielte die Person, die das Licht gelöscht hatte, Katz und Maus mit ihr? Wartete in aller Ruhe ab, bis sie sich aus ihrer Betäubung gelöst und wieder ein bisschen Hoffnung geschöpft hatte, um dann umso härter zuzuschlagen?

Wenn sie bloß wüsste, wo sie ihre Handtasche deponiert hatte. In der Handtasche befand sich ihr Mobiltelefon und auf dem Mobiltelefon war eine Taschenlampen-App installiert. Moment … Unwillkürlich glitten ihre Hände in die Seitentaschen ihrer Wildlederjacke. Ihre Finger ertasteten etwas Flaches, Hartes. War das möglich? Dann kam es ihr wieder in den Sinn: Bei ihrem hektischen Aufbruch von zu Hause hatte sie ihr Mobiltelefon nicht wie gewohnt in die Handtasche, sondern kurzerhand in die Jackentasche gesteckt. Erleichterung durchströmte sie. Sie zerrte das Handy aus der Tasche, befühlte die Seitenränder, fand die Tastensperre. Das plötzlich aufflammende Licht des Displays blendete sie. Schnell startete sie die Taschenlampen-App und hechtete dann, ohne zu überlegen, aus dem Durchgang hervor, die Arme schützend vor den Kopf gepresst. Mit wenigen Schritten war sie beim Lichtschalter neben der Tür. Hektisch drückte sie mit der Faust dagegen.

Nichts geschah.

Der gebündelte Strahl des Mobiltelefons in Carols zitternden Händen irrte über die Wände des Archivraums, verfing sich in dem schmalen Durchgang zwischen den Rollschränken, kehrte zu dem weißen, flachen Lichtschalter zurück. Fieberhaft drückte sie die Schaltertaste ein zweites und ein drittes Mal. Immer noch nichts. Ein unterdrücktes Keuchen entrang sich ihrer Kehle. Wo war ihre Handtasche? Und wie lange würde der Akku ihres Mobiltelefons noch durchhalten? Sie machte einen Schritt zur Tür hin und wäre beinahe gestolpert. Der Strahl des Mobiltelefons zuckte zu ihren Füßen und blieb an einer schwarzen Masse auf dem Boden hängen. Instinktiv wich sie zurück, bis sie merkte, dass es ihre Gucci-Tasche war. Sie bückte sich, hob die Tasche auf, warf noch einen letzten Blick in den grabhöhlenähnlichen Archivraum mit dem klaffenden Spalt in der Schrankwand und schob sich dann, eng an die weiß getünchte Betonmauer gepresst, in den Flur.

Auch die dort angebrachten Lichtschalter reagierten nicht im Geringsten auf ihre Anknipsversuche. Mit schlotternden Knien huschte Carol durch den dunklen Flur, ihr Mobiltelefon mit dem kegelförmigen Lichtstrahl weit von sich gestreckt. Von Zeit zu Zeit blickte sie sich ängstlich um und leuchtete die düstere Schwärze hinter ihrem Rücken aus, immer in der Erwartung, gleich von einem hohläugigen, totenkopfartigen Monster angefallen zu werden. Doch sie konnte nur gespenstisch fahle Leere ausmachen.

Unbeschadet erreichte sie die Treppe. Sie klammerte sich ans Geländer und zog sich vorsichtig Schritt für Schritt hoch, immer nach rechts und links spähend. Nach der Treppe kam die Sicherheitsschleuse und dann war sie plötzlich bei der Eingangstür. Aufatmend trat sie an die frische Luft. Ihr Herz klopfte zum Zerspringen, so als hätte sie soeben die über zweiundvierzig Kilometer eines Marathonlaufs bezwungen. Peters Akte, die irgendwo zwischen den Archivregalen auf dem Boden lag, war ihr mit einem Mal völlig egal. Sie fühlte sich wie in einem nicht enden wollenden Horrorfilm, ein Gefühl, das sie während des ganzen Heimwegs nicht verließ. Vielleicht war das Ganze ja bloß ein Zufall, vielleicht waren in dem Gebäude des Jugendamts nur die Sicherungen durchgebrannt. Doch sie wusste selbst, dass dieser Erklärungsversuch hohl und abgedroschen klang.

Als sie vor ihrem Gartentor ankam, war sie zu Tode erschöpft. Von weither hörte sie eine Kirchturmuhr Mitternacht schlagen. Auf leisen Sohlen schlüpfte sie in den Garten und ging über den gepflasterten Weg zur Haustür. Ein weißer Zettel baumelte an der Klinke. Sie riss ihn weg, sperrte ruckartig die Tür auf, machte das Licht an. Es waren dieselben Buchstaben wie auf den anderen Zetteln. Groß, leicht geneigt, ohne Ecken und Kanten, Schülerdruckschrift.

NIMM DICH IN ACHT. JEMAND IST DIR AUF DEN FERSEN.

Kapitel 51

Donnerstag, 25. Juli, 7.55 Uhr

Carol hatte die ganze Nacht kein Auge zugemacht. Nachdem sie den weißen Zettel an der Haustür gefunden hatte, hatte sie als Erstes Sofia angerufen. Zum Glück war sie noch wach gewesen. Sie hatte ihr von ihrem Ausflug ins Jugendamt, Peters Akte, der plötzlichen Dunkelheit und dem neuesten anonymen Zettel berichtet. Sofia hatte tröstend auf sie eingeredet und ihr tausendmal versichert, dass ihr nichts passieren würde.

Trotzdem hatte sich Carol kein bisschen sicher gefühlt. Aus Angst vor ihrem unsichtbaren Verfolger hatte sie im ganzen Haus das Licht brennen lassen. Sie hatte sich ins Wohnzimmer gesetzt und ein wenig zu lesen versucht. Die meiste Zeit jedoch hatte sie einfach dagesessen und Löcher in die Luft gestarrt. Eine fiebrige Erregung hatte sie gepackt, eine innere Unruhe, die ihren Körper in ständige Alarmbereitschaft versetzte. Dennoch war sie nicht in der Lage, klar zu denken. Ihre Gedanken verzerrten sich, brachen in der Mitte entzwei, blähten sich bis zur Unendlichkeit auf.

Wer war der anonyme Zettelschreiber wirklich? War er vielleicht schizophren? Vor wem sonst sollte er sie warnen, wenn nicht vor sich selbst? Er war doch derjenige, der ihr auf den Fersen war. Und wenn er auch die Person war, die im Kellerarchiv des Jugendamts das Licht zum Verlöschen gebracht hatte, dann war er ihr sogar sehr dicht auf den Fersen.

Ein Schauer jagte Carol über den Rücken. Ihr Verfolger oder ihre Verfolgerin hätte sie mühelos zwischen den Rollschränken zerquetschen können. Weshalb hatte er es nicht gemacht? Warum spielte er Katz und Maus mit ihr? Wollte er sie vielleicht in den Wahnsinn treiben, sie zermürben, bis sie nicht mehr wusste, wo oben und unten, wo hinten und wo vorn war? Und dann, wenn sie völlig durchgedreht war, würde er sie umbringen und es wie einen Unfall oder einen Selbstmord aussehen lassen?

Beim ersten Anzeichen der Dämmerung hatte sich Carol eine Tasse Tee gemacht, dann hatte sie ausgiebig geduscht, um die Müdigkeit aus ihren Gliedern zu vertreiben und ihre überreizten Sinne zu beruhigen. Sie hatte eine frisch gebügelte Jeans angezogen und einen dunkelbraunen, figurbetonten Pullover, der knapp über die Taille reichte und sie mindestens zehn Jahre jünger aussehen ließ. Sie hatte kurz in der Bibel gelesen und gebetet und sich einen Augenblick lang darüber gewundert, wie vertraut sich die alte Gewohnheit aus ihrer Kindheit anfühlte. Es war, als hätte es die langen Jahre dazwischen nie gegeben.

Nun befand sie sich vor der Sicherheitsschleuse des Jugendamts. Tagsüber, zu den Bürozeiten, öffnete sie sich automatisch, damit die Klienten ungehindert zur Empfangstheke im ersten Stock gelangen konnten. Aber außerhalb der Bürozeiten gab es keine Möglichkeit, die Schleuse ohne Zutrittsausweis zu passieren. Wie also hatte es ihr unbekannter Verfolger geschafft, in den Keller dieses Gebäudes zu gelangen?

Mit fliegenden Fingern nahm sie ihre Badge-Karte aus der Geldbörse und zog sie durch den Erfassungsterminal. Die Schleuse öffnete sich mit einem leisen Surren. Nachdenklich ging Carol durch die offene Glastür. Vor der Treppe blieb sie stehen.

Dort unten, im Keller, befand sich Peters Akte. Aber dort unten lauerte auch das gesichtslose Ungeheuer, das ihr letzte Nacht diesen albtraumhaften Schrecken eingejagt hatte. Es wäre unvernünftig, sich nach diesem Horrorerlebnis noch einmal allein in den Keller zu wagen. Außerdem musste sie sobald wie möglich Familie Gossweiler anrufen. Letzte Nacht war es zu spät gewesen und heute Morgen hatte sie die Familie nicht wecken wollen. Aber nach acht Uhr könnte sie ohne Skrupel einen weiteren Versuch wagen.

Carol zögerte. Ihr Blick fiel auf das hausinterne Telefon an der Wand gleich neben der Kellertreppe. Kurz entschlossen nahm sie den Hörer ab und wählte die Nummer des Hausmeisters.

„Ja?", meldete sich eine leicht kratzige Stimme gleich nach dem zweiten Klingeln.

„Spreche ich mit dem Hausmeister?", fragte Carol unsicher.

„Ja, genau der bin ich."

Im Hintergrund hörte Carol das rhythmische Klackern von Stahlwerkzeugen. Sie schluckte und berichtete dann in stockenden Worten von dem plötzlichen Lichtausfall im Kellergeschoss. „Ich – ich habe die ganze Schachtel mit den Akten fallen gelassen und wahrscheinlich ein Riesenchaos veranstaltet. Und nun würde ich das gern wieder in Ordnung bringen. Aber im Dunkeln ist das nicht so einfach. Könnten Sie vielleicht – ich meine, natürlich nur, wenn es Ihnen passt – schnell einen Blick auf die Sicherungen werfen?“ In ihrem Hals hatte sich ein Kloß gebildet, der ihre Stimme seltsam gepresst klingen ließ.

„Da sind wir gerade dabei.“ Das Klackern der Werkzeuge wurde etwas leiser. „Letzte Nacht ist einer der Lichtsensoren durchgebrannt, was einen allgemeinen Kurzschluss verursacht hat. Das Licht im Keller sollte mittlerweile wieder funktionieren. Den defekten Sensor werde ich im Lauf des Vormittags austauschen.“

„Danke vielmals.“ Langsam legte Carol den Hörer auf. Sie wusste nicht, ob sie lachen oder weinen sollte. Die ganze Aufregung war umsonst gewesen. Ein völlig normaler Kurzschluss. Kein Verfolger, kein psychopathischer Mörder, der Katz und Maus mit ihr spielte.

Sie drückte auf den Lichtschalter neben der Kellertreppe. Sofort flammten die Neonleuchtröhren an der Decke auf. Immer zwei Stufen auf einmal nehmend eilte sie die Treppe hinunter und ging den hell erleuchteten Flur zum Archivraum entlang. Mit fast überdeutlicher Schärfe registrierte sie jede Einzelheit ihrer Umgebung. Eine kleine Unebenheit im Kellerboden. Ein Riss in der Mauer, der sich in treppenförmigen Stufen durch den Verputz zog. Eine Spinnwebe an der Decke.

Der Archivraum sah genauso aus, wie sie ihn am Vorabend verlassen hatte. Zwischen den Rollschränken klaffte eine ungefähr sechzig Zentimeter breite Lücke. Eine braune Kartonschachtel lag halb umgekippt auf dem Boden. Zerfledderte Akten quollen aus ihr hervor, hingen zwischen den Regalbrettern, bedeckten einen Teil des Fußbodens.

Seufzend wuchtete Carol die Schachtel auf das unterste Regalbrett, sammelte die verstreuten Akten ein und stopfte sie säuberlich und alphabetisch geordnet in die Schachtel zurück. Peters Akte war in einer Nische zwischen einem muffig riechenden Aktenordner und einem vergilbten grauen Kartenbehälter gelandet. Sorgfältig zog Carol sie hervor und schlug sie auf.

Müller, Peter, geboren am 14. Februar 1975, wohnhaft bei Familie Simon & Mariella Gossweiler, Fichtenstraße 12, Zürich.

Mit fliegenden Fingern blätterte sie sich zum Abschlussbericht durch, den sie letzte Nacht zu lesen begonnen hatte.

Abschlussbericht vom 15. Februar 1993
Peter ist am 14. Februar 1993 volljährig geworden. Er besucht die elfte Klasse am Schweizerischen Sportgymnasium in Magglingen (Wochenaufenthalt). Zudem hat er einen Wochenendpflegeplatz bei Familie Gossweiler in Zürich.
Peters Entwicklung gestaltet sich insgesamt erfreulich. Den Wechsel von der Realschule ans Sportgymnasium im Sommer 1991 hat er, nach einigen kleineren Eingewöhnungsschwierigkeiten, problemlos gemeistert.
Peter ist ein ausgezeichneter Schüler, der sich durch einen scharfen Verstand und logisches Denkvermögen auszeichnet. Obwohl er der geborene Anführer ist, verhält er sich in der Gruppe äußerst zurückhaltend. Es ist nicht leicht, ihn aus der Reserve zu locken. Er ist schweigsam und zugeknöpft. Hin und wieder hat er Schwierigkeiten, sich Autoritäten unterzuordnen. Es gab jedoch bisher noch keine Disziplinarverfahren gegen ihn.
Im Sommer 1995 wird er voraussichtlich Abitur machen. Danach möchte er entweder die Sportakademie besuchen oder ein naturwissenschaftliches Fachstudium absolvieren.
Mit seiner Pflegefamilie – insbesondere mit seinem Pflegevater – versteht sich Peter sehr gut. Er besucht sie nicht nur jedes freie Wochenende, sondern auch während der Schulferien. Sie sind seine wichtigsten Bezugspersonen und daher unerlässlich für die Prägung seines Familienbildes. Wir empfehlen deshalb, dass es Peter weiterhin ermöglicht wird, den Kontakt zu seiner Pflegefamilie aufrechtzuhalten.

Zürich, 15. Februar 1993, Lina Abderhalden

Carol ließ die Akte sinken. Der Schlussbericht passte genau zu dem, was Jolanda ihr gemailt hatte. Peter war ein normaler Junge gewesen, der seine Begeisterung für den Sport mit seiner Ausbildung verbunden hatte. Er hatte das Sportgymnasium in Magglingen besucht und nichts deutete darauf hin, dass er etwas Dunkles aus seiner Vergangenheit mit sich herumgeschleppt hätte. Hin und wieder hatte er Mühe mit Autoritäten gehabt, doch sonst hatte er sich unauffällig verhalten. Er hatte sich weder mit dunklen Gestalten herumgetrieben noch sich mit zweifelhaften Freunden eingelassen.

Gedankenverloren blätterte Carol in der Akte zurück. Wieder kam ihr der Gedanke, dass ihre Flashbacks über die Ereignisse in der Kulturfabrik vielleicht nur trügerische Hirngespinste gewesen waren. Sie schloss die Augen und ließ die alten Gemäuer und das Gelände der Kulturfabrik an sich vorüberziehen. Das Hauptgebäude, die Nebengebäude, die altehrwürdigen Bäume, das Unkraut, die eingefallenen Mauern. Keine verkohlten Aschereste, kein ausgebranntes Gebälk, kein Bootshaus. Existierte das Bootshaus womöglich nur in ihrer Fantasie? War es bloß ein Trugbild, das seine makabren Späße mit ihr trieb?

Sie öffnete die Augen und suchte die Akte nach Einträgen aus dem Jahr 1988 ab. Vielleicht würde sie hier einen Hinweis auf die seltsamen Vorgänge jenes verhängnisvollen Sommers finden.

Aktennotiz vom 28. März 1988
Fara Müller (Kindsmutter, nachfolgend KM genannt) hat sich am 14. März unverhofft gemeldet. Sie ist clean (nach eigenen Angaben) und möchte Peter zu sich nehmen. Heute fand ein Gespräch mit der KM, Pflegefamilie Gossweiler und Peter statt. Es kam klar zum Ausdruck, dass Peter keine Beziehung zur KM hat und lieber bei seiner Pflegefamilie bleiben möchte. Die KM ist jedoch nicht einverstanden. Strebt einen Sorgerechtsprozess beim Bezirksgericht an.

Aktennotiz vom 2. Mai 1988
Der Termin für den Sorgerechtsprozess wurde vom Bezirksgericht auf den 11. August 1988 festgelegt (siehe beiliegendes Schreiben des Bezirksgerichts vom 29. April).

Aktennotiz vom 17. Juni 1988
Peters Leistungen in der Schule haben nachgelassen. Der Sorgerechtsprozess belastet ihn. Er möchte bei seiner Pflegefamilie bleiben.

Aktennotiz vom 20. Juli 1988
Peter wurde am Samstag dabei erwischt, wie er den Briefkasten des Nachbarhauses (Familie Claudio und Marieke Müller, Fichtenstraße 10) zertrümmert hat. Familie Müller verzichtet auf eine Anzeige, wenn Peter einen neuen Briefkasten bezahlt sowie einige Stunden gemeinnütziger Arbeit verrichtet.
Krisensitzung mit der Pflegefamilie und Peter. Peter ist zerknirscht. Sagt, dass er den Druck wegen des Sorgerechtsprozesses nicht mehr aushält. Er ist bereit, von seinem Ersparten einen neuen Briefkasten zu finanzieren und 20 Stunden Gartenarbeit in einem städtischen Pflegeheim abzuleisten. Habe daraufhin mit dem Pflegeheim Enzenbühl in Zürich Wollishofen Kontakt aufgenommen und 20 Stunden Gartenarbeit unter Aufsicht des Hausgärtners organisiert. Zudem habe ich bei Peters Krankenkasse eine Kostenbewilligung für 10 Sitzungen beim Psychiater beantragt.

Aktennotiz vom 12. August 1988
Das Bezirksgericht hat die Klage der KM niedergeschmettert. Wir konnten ein vertrauensärztliches Zeugnis vorlegen, das belegt, dass die KM immer noch verschiedene Substanzen einnimmt, die unter das Betäubungsmittelgesetz fallen. Die KM will Einspruch erheben und die Sache vors Obergericht bringen. Peter ist für den Moment erleichtert. Er hat jedoch Angst, dass die KM doch noch recht bekommen könnte. Er steht unter enormem Druck. Zum Glück hat seine Krankenkasse die 10 Therapiestunden bewilligt. Die erste Sitzung wird morgen stattfinden.

Carol atmete tief durch und legte das Notizblatt in die Akte zurück. Am 18. Juli hatte Peter den Briefkasten des Nachbarhauses zertrümmert. Das war – falls sie dem anonymen Zettelschreiber und ihren Flashbacks Glauben schenken wollte – exakt einen Tag nach den Ereignissen in der Kulturfabrik gewesen. Seine Betreuerin beim Jugendamt, Lina Abderhalden, hatte den Wutausbruch auf den zunehmenden Druck wegen des Sorgerechtsprozesses zurückgeführt. Aber es könnte auch etwas anderes gewesen sein. Vielleicht hatte Peter ein Ventil gebraucht, um die furchtbaren Bilder, die er in der vorherigen Nacht gesehen hatte, wieder loszuwerden. Während sie sich in eine dissoziative Amnesie geflüchtet hatte, hatte er sich vielleicht mit einem Anfall von Zerstörungswut Luft gemacht.

Sorgfältig faltete Carol die Akte zusammen und steckte sie in ihre Handtasche. Dann verschloss sie die Kartonschachtel, stellte sie ins Regal und kurbelte die Rollschränke an ihren Platz zurück.

Sie musste unbedingt Familie Gossweiler erreichen. Da Peter eine sehr gute Beziehung zu seinem Pflegevater gehabt hatte, war es sehr wahrscheinlich, dass sie auch heute noch in Kontakt standen.

Gedankenversunken verließ sie den Archivraum, ging den Flur entlang zum Treppenaufgang und stieg die vier Etagen zum ersten Stock hoch. Sie fuhr den Computer hoch, loggte sich ins elektronische Telefonverzeichnis ein, griff nach dem Telefonhörer und wählte Simon und Mariella Gossweilers Nummer.

Bei uns ist im Moment niemand zu Hause. Bitte versuchen Sie es später noch einmal.

Mühsam presste Carol die Luft durch ihre zusammengebissenen Zähne.

Sie lehnte sich in ihrem Bürostuhl zurück und verschränkte die Arme hinter dem Nacken. Vielleicht konnte ihr das Sportgymnasium in Magglingen weiterhelfen.

Abrupt ließ sie sich nach vorn schnellen, angelte nach der Computermaus und loggte sich wieder ins elektronische Telefonverzeichnis ein. Sie fand die Nummer des Sportgymnasiums schon auf den ersten Klick. Hektisch zerrte sie den Hörer von der Gabel und gab die Ziffernkombination ein. Es klingelte einmal, zweimal, dreimal. Carol horchte angespannt und trommelte dabei nervös mit den Fingern auf die Tischplatte. Endlich, nach dem zehnten Klingeln, meldete sich eine melodische Frauenstimme.

„Schweizerisches Sportgymnasium Magglingen, was kann ich für Sie tun?"

Carol nannte ihren Namen und schilderte dann ihr Anliegen. „Ich muss Herrn Müller ganz dringend erreichen", schloss sie ihre Bitte, „und wäre Ihnen deshalb sehr zu Dank verpflichtet, wenn Sie mir seine aktuelle Anschrift geben könnten."

„Es tut mir leid", antwortete die melodische Frauenstimme. „Leider darf ich keine Adressen herausgeben. Das würde der Datenschutzverordnung zuwiderlaufen."

In Carols Hals bildete sich ein dicker Knoten. Jetzt war sie so nahe am Ziel und doch rückte es immer wieder von ihr weg. Sobald sie einen Schritt vorwärts machte, wich es mindestens zwei Schritte zurück. „Könnten Sie nicht vielleicht eine Ausnahme machen?", bat sie mit belegter Stimme. „Die Sache eilt. Sie duldet keinen weiteren Aufschub."

„Es tut mir leid. Das sind die Bestimmungen", sagte die Frau am anderen Ende der Leitung klar und deutlich. „Ich darf Ihnen keine Auskunft geben. Das habe ich übrigens auch der Dame gesagt, die vor etwa zehn Minuten hier angerufen und sich ebenfalls nach der aktuellen Anschrift von Herrn Peter Müller erkundigt hat. Ich muss die gesetzlichen Bestimmungen einhalten, sonst habe ich eine Dienstaufsichtsbeschwerde am Hals."

Carols Herzschlag geriet ins Stolpern. „Die Dame, die vor zehn Minuten bei Ihnen angerufen hat …", keuchte sie fassungslos, „… wissen Sie vielleicht noch, wie sie heißt?"

„Eigentlich dürfte ich Ihnen hierüber ebenfalls keine Auskunft geben." Die Stimme der Frau klang etwas weicher. „Aber ich spüre, dass Sie wirklich in einer Notlage sind. Deshalb mache ich jetzt eine Ausnahme. Die Dame hieß Binder. Andrea Binder."

Kapitel 52

Donnerstag, 25. Juli, 8.55 Uhr

„Mama, darf ich heute mit Fabienne zusammen den Bambi-Film gucken? Ich möchte ihr zeigen, wie der Jäger Bambis Mama totschießt." Nachdrücklich ließ Joel-Henri seinen Milchbecher auf die Tischplatte knallen. Andrea konnte nicht ausmachen, ob er damit den Schuss des Jägers simulieren oder seiner Bitte besonderes Gewicht verleihen wollte.

„Jäger, bum-bum!", rief Eva-Lea und knallte ebenfalls ihren Milchbecher auf die Tischplatte.

Andrea hielt sich die Ohren zu. „Seid bitte etwas leiser", sagte sie genervt. „Und schlagt eure Milchbecher nicht auf die Tischplatte auf. Sonst gehen sie kaputt."

„Darf ich, Mama?", fragte Joel-Henri störrisch, ohne Andreas Einwand zu beachten.

„Vielleicht. Wir werden schauen. Es kommt ganz darauf an, was heute sonst noch alles so ansteht."

„Ich will aber!"

„Joel", sagte Lukas, der bisher ruhig am Tisch gesessen und seinen Morgenkaffee getrunken hatte, streng. „Du hast gehört, was Mama gesagt hat. Sie braucht noch etwas Zeit zum Überlegen. Sobald sie es weiß, wird sie es dir sagen."

Joel-Henri nickte folgsam. Er griff nach seinem Milchbecher und trank den Rest der halbwarmen Schokomilch in hastigen Zügen.

„Würde es dir etwas ausmachen, nach dem Frühstück mit den Kindern zum Quartierspielplatz zu gehen?", wandte sich Lukas nach einer kurzen Pause an Fabienne. „Ich muss, ähm, etwas mit Andrea besprechen." Er brach ab und nestelte verlegen an seiner Armschlinge herum.

Fabienne nickte bedächtig. „Natürlich. Kein Problem, Mann."

Seit der Besprechung mit Carol hatte sich die Beziehung zwischen Lukas und Fabienne spürbar verbessert. Andrea konnte nicht genau benennen, was die Ursache dafür war. Vielleicht Lukas' Fürsprache wegen des Wochenendpflegeplatzes. Oder sein verändertes Verhalten. Er behandelte Fabienne nicht mehr wie ein Teeniegirl, das mit lockeren Sprüchen bei Laune gehalten werden musste, sondern wie eine vernünftige Erwachsene. Fabienne ihrerseits schien ihren inneren Widerstand gegen Lukas aufgegeben zu haben. Sie begegnete ihm mit einem gewissen Respekt, aber auch mit zunehmendem Zutrauen. Wenn das so weiterging, würden die beiden noch die besten Freunde werden.

Andrea stand auf und räumte das Frühstücksgeschirr in die Küche. Fabienne war mit Joel und Eva im Badezimmer verschwunden, wo sie das morgendliche Zähneputzritual mit ihnen durchführte.

„Hast du nachher kurz Zeit?“, fragte Lukas, der ihr in die Küche gefolgt war, leise.

Andreas Herz begann schneller zu schlagen. Wollte Lukas vielleicht seine Entscheidung wegen Fabienne rückgängig machen? Oder hatte er irgendetwas an ihrem Verhalten oder an ihrer Einstellung auszusetzen? Zwar hatte er sich ihr gegenüber in den letzten Tagen aufmerksam und liebevoll verhalten und er hatte ihr sogar – soweit sein Handicap es zuließ – im Haushalt und mit den Kindern geholfen, aber man konnte nie wissen.

Mit lautem Klappern stellte sie das Geschirr in die Spülmaschine. Wenn sie bloß wüsste, was Lukas von ihr wollte. Sie ergriff das blau-gelb karierte Tuch, das über dem Spülbecken hing, und wischte damit über die marmorierten Kunstharzflächen. Danach ging sie zum Esstisch und wischte auch dort die Kleckse, Brosamen und verschmierten Milchlachen weg.

„Mama, darf ich meine neuen Sandalen anziehen?“, rief Joel-Henri vom Flur her.

„Lieber nicht. Die Sandalen sind für den Sonntag. Zum Herumrennen ziehst du besser die Turnschuhe an.“

„Ich will aber meine Sandalen anziehen!“, schrie Joel-Henri trotzig.

„San-da-len!“, krächzte Eva-Lea begeistert.

„Joel, wenn Mama sagt, dass du die Turnschuhe anziehen sollst, dann ziehst du die Turnschuhe an und nicht die Sandalen“, sagte Lukas freundlich, aber bestimmt.

„Aber dann ziehe ich die Sandalen am Sonntag an. Und ich ziehe sie auf jeden Fall an, auch wenn es regnet.“

„Wir schauen, was sich machen lässt. Versprechen kann ich nichts, außer, dass du dann bestimmt nicht die Turnschuhe anziehen musst."

„Gut", sagte Joel-Henri zufrieden. Er streckte Fabienne die Turnschuhe hin und ließ sich von ihr die Schnürsenkel zubinden.

Eine Viertelstunde später war Fabienne mit den beiden Kindern unterwegs zum Spielplatz. Sie schleppte ein ganzes Arsenal an Zubehör mit: Eva-Leas Kombikinderwagen, Reservewindeln, Sirupflaschen, ein Lunchpaket mit Müsliriegeln, Karottenstückchen und Apfelschnitzen, Sandkastenspielzeug, zwei Bälle, eine Wolldecke und Insektenschutzmittel. Andrea blickte der kleinen Gruppe hinterher und lächelte vor sich hin. Fabienne ging in der Mitte. Sie hatte beide Hände um den Schiebegriff des Kinderwagens gelegt. Joel-Henri und Eva-Lea gingen rechts und links von ihr und hielten sich mit je einer Hand an ihrem hüftlangen Schlabber-T-Shirt fest.

Langsam löste Andrea ihren Blick von dem friedlichen Bild und ging in die Wohnung zurück. Im Vorbeigehen warf sie einen Blick in den Garderobenspiegel. Obwohl sich die Couperose in ihrem Gesicht ein wenig zurückgebildet hatte, sah ihre Haut immer noch spröd und glanzlos aus. In den Augenwinkeln hatten sich Krähenfüße gebildet und unter den Augen bemerkte sie kleine Schwellungen, die sie definitiv älter aussehen ließen als sechsunddreißig Jahre. Andrea merkte, wie die alten Minderwertigkeitsgefühle wieder in ihr hochkrochen. Sie hasste ihr Spiegelbild. Weshalb war es ihr nicht vergönnt, in Schönheit und Würde zu altern? Lukas liebte sie bestimmt nicht mehr. Sie war nur noch ein trauriger Schatten ihrer selbst, verhärmt und vom Leben gezeichnet.

Gott liebt dich so, wie du bist. Er blickt nicht auf das Äußere. Du darfst frei sein.

Andrea atmete tief durch, dann ging sie ins Wohnzimmer, ließ sich aufs Sofa plumpsen und strich ihre knielange olivbraune Bundfaltenhose gerade. Lukas kam eine halbe Minute später. Er setzte sich ihr gegenüber in den breiten Sessel und streckte die Beine aus. Seine Augen waren dunkel vor Anspannung.

„Ich habe alles falsch gemacht", sagte er endlich. „Ich bin der größte Idiot, den es gibt."

Andrea blickte ihm unverwandt in die Augen. Sie wusste nicht, was sie erwidern sollte. Meinte er das ernst oder war das nur der Auftakt zu einer neuen Anklage gegen sie?

„Ich war dir bisher überhaupt kein guter Ehemann. Ich war egoistisch, selbstbezogen und völlig rücksichtslos deinen Bedürfnissen gegenüber. Es tut mir so leid."

Lukas' Worte kamen so unerwartet, dass Andrea unwillkürlich zusammenzuckte.

„Bitte, du musst mir glauben", sagte Lukas mit rauer Stimme. „Mir ist in den letzten Tagen einiges klar geworden und ich will mich ändern. Endlich sehe ich mich so, wie Gott mich sieht. Alle meine Gaben taugen nichts, wenn ich sie für mich selbst anstatt für Gott einsetze. Ich habe jämmerlich versagt, sowohl Gott als auch euch gegenüber. Meine Worte waren leeres Geschwätz, meine Taten eigennützig und meine Liebe nur auf mich selbst gerichtet."

Andrea, die sich wieder gefasst hatte, kniff argwöhnisch die Augen zusammen. „Was hat dich zu dieser Selbsterkenntnis bewogen?"

„Ich habe am Montagnachmittag am Fenster gestanden, als du dich auf der Terrasse mit Fabienne unterhalten hast. Und ich habe alles, was Fabienne über mich gesagt hat, mit angehört."

Augenblicklich erinnerte sich Andrea an das unbehagliche Gefühl, das sie am Montagnachmittag plötzlich verspürt hatte. Der blaue Vorhang neben der Terrassentür ... Er hatte sich ein wenig vorgewölbt und sie hatte das dem Luftzug zugeschrieben. Sie hätte es besser wissen müssen. Der Luftzug verursachte normalerweise weder eine Gänsehaut noch fühlte er sich in irgendeiner Weise irritierend oder beunruhigend an.

„Es war ein Schock für mich", fuhr Lukas fort. *„Eine Kirche, die solche Leute wie deinen Mann auf Jugendliche loslässt, ist nichts für mich.* Das waren Fabiennes Worte. Zuerst wollte ich die Wahrheit nicht wahrhaben. Ich wurde wütend. Am liebsten wäre ich auf die Terrasse gestürzt und hätte Fabienne eine geknallt. Doch zum Glück konnte ich mich beherrschen. Ich ging in mein Büro und versuchte, mindestens ein gutes Argument zu finden, das Fabiennes Worte widerlegt hätte. Aber ich fand nichts."

Andrea stützte das Kinn auf die Handflächen und bedeutete Lukas mit einem leichten Kopfnicken, dass er weiterreden solle.

„Ich habe begonnen, mit Gott zu ringen. Ich habe ihm alle meine Verdienste aufgezählt. Ich habe ihm vorgerechnet, worauf ich alles verzichtet habe. Aber ich bekam keine Antwort. Der einzige Gedanke, der mir durch den Kopf schoss, war ein Bibelvers aus dem Buch des Propheten Daniel. *Du bist auf der Waage gewogen und zu leicht befunden worden.* Ich kämpfte, argumentierte, rechtfertigte mich. Doch der Vers aus dem Propheten Daniel ließ mich nicht mehr los. Er dröhnte wie mit Hammerschlägen durch meinen Kopf. *Gewogen und zu leicht befunden.* Was, wenn es stimmte? Wenn meine Werke wirklich nur Schall und Rauch waren?"

In Andreas Hals bildete sich ein Kloß. Sie konnte Lukas' Kampf nachempfinden. Auch sie hatte sich über ihre Leistungen definiert und Gott und den Menschen etwas beweisen wollen. Auf ihre eigene Art war sie genauso selbstbezogen gewesen wie ihr Mann. Sie hatte Aufmerksamkeit erregen wollen, hatte besser sein wollen als andere Pastorenfrauen. Wie hatte sie sich gefreut, wenn man ihre Kochkünste oder ihre Haushaltsführung gelobt hatte … Sie hatte regelrecht nach diesen Komplimenten gelechzt und immer mehr leisten, immer besser sein wollen.

Lukas schaute sie unverwandt an. Seine graublauen Augen waren noch immer dunkel vor Anspannung. „Ich habe die schlimmsten Momente meines Lebens durchgemacht", sagte er mit heiserer Stimme. „Noch nie habe ich mich vor Gott so nackt gefühlt. Mein ganzes Kartenhaus ist in sich zusammengefallen. Ich war am Boden zerstört, klein und zutiefst beschämt. Und dann hat Gott zu mir gesprochen. Er hat mir gezeigt, dass ich mich von ihm formen lassen muss und dass ich aus eigener Kraft rein gar nichts erreichen kann."

Er verbarg sein Gesicht in seiner linken Hand und atmete schwer. Seine Schultern waren nach vorn gebeugt. Andrea hatte ihn noch nie so verletzlich und voller Bedauern gesehen.

„Kannst du mir verzeihen, Andrea?" Langsam hob er den Kopf und blickte ihr fest in die Augen. In seinem Blick leuchtete ein Versprechen auf. „Mit Gottes Hilfe werde ich dir in Zukunft ein besserer Ehemann sein. Ich liebe dich, Andrea. Und ich möchte alles tun, um dich glücklich zu machen."

Nur mit äußerster Mühe gelang es Andrea, ihre Tränen zurückzuhalten. Sie stand auf, hockte sich auf die breite Lehne von Lukas' Polstersessel und drückte ihr Gesicht gegen seine kräftige Brust. „Ich liebe dich auch, Lukas", flüsterte sie mit erstickter Stimme.

Lukas umschlang sie mit seinem gesunden linken Arm. Er strich durch ihr dichtes, blondes Haar, dann hob er sanft ihren Kopf an. Seine Lippen waren warm und fest, sein Kuss voller Sehnsucht. Andrea schmiegte sich näher an ihn und schloss die Augen. Eine Welle der Zärtlichkeit durchströmte sie und breitete sich in ihrem Inneren aus. Sie wollte, dass ihr Mann wieder glücklich wurde und dass das Lächeln in seine Augen zurückkehrte. Und sie wollte, dass dieser Kuss ewig dauerte.

In diesem Moment klingelte das Telefon.

Andrea schreckte auf. Langsam löste sie sich aus Lukas' Armen, rutschte vom Sessel, griff zum Hörer und nannte ihren Namen.

„Andrea, was spielst du für ein Spiel?“ Carols Stimme am anderen Ende der Leitung klang so wütend, dass Andrea unwillkürlich zusammenzuckte. „Das hätte ich nie von dir erwartet! Alles, aber nicht das.“

„Was meinst du damit? Worum geht es?“

„Um Informationen aus Peters Akte. Und um verlorenes Vertrauen.“

Andrea wurde plötzlich ganz kalt.

„Das – das muss ein Missverständnis sein“, stammelte sie. Doch sie merkte selbst, wie zittrig ihre Stimme klang.

Kapitel 53

Donnerstag, 25. Juli, 9.50 Uhr

Frustriert knallte Carol den Hörer auf die Gabel zurück. Andrea hatte konsequent alles abgestritten. Zwar hatte sie verlegen und kurzatmig gewirkt, aber das konnte auch auf die Überrumpelung zurückzuführen sein. Wäre sie selbst mit einem solch ungeheuerlichen Vorwurf konfrontiert worden, hätte sie vielleicht auch betreten reagiert.

Sie ergriff ihren schwarzen Kugelschreiber, der vor ihr auf der Tischplatte lag, schob den Daumennagel unter den Metallklipp und ließ ihn vor und zurück schnellen. Ein schnappendes Geräusch begleitete diesen Vorgang. Klick. Klick. Klick. Konnte sie Andreas Beteuerungen glauben? Sagte sie die Wahrheit? Hatte sie wirklich nichts mit dem Anruf beim Sportgymnasium zu tun? Carol biss sich auf die Unterlippe und zwang sich, logisch zu überlegen. Wie hätte Andrea von Peters Akte erfahren können? War sie ihr vielleicht gestern Abend ins Jugendamt gefolgt? Nein, das konnte nicht sein. Dafür war Andrea zu wenig gerissen. Und zu wenig bösartig. Außerdem hatte der Hausmeister klar und deutlich gesagt, dass das plötzliche Versagen der Kellerbeleuchtung ganz eindeutig auf einen Kurzschluss zurückzuführen war.

Doch wer hatte dann im Sportgymnasium Magglingen angerufen und sich für Andrea Binder ausgegeben? Eine Frau? Ein Mann mit hoher Stimme? Von ihren ehemaligen Schulkameraden hatte niemand eine hohe Stimme. Dann musste es eine Frau gewesen sein. Regina oder Francesca. Carol schloss die Augen und rechnete. Zwischen dem 14. und dem 24. Juli hatte sie keinen anonymen Zettel erhalten. Das waren zehn Tage. Am 16. Juli hatte sie an Francescas Wohnungstür geklingelt. Da war Francesca bereits im Urlaub gewesen. Falls sie nicht von Samstag bis Samstag – wie sie zuerst angenommen hatte –, sondern zum Beispiel von Montag bis Montag im Urlaub gewesen war, würde das genau aufgehen.

Ihr Herz begann schneller zu schlagen. Weshalb hatte sie diese Fährte nicht weiterverfolgt? Mit zitternden Fingern zog sie ihr Mobiltelefon aus der Handtasche und wählte Francescas Nummer. Nichts. Es nahm niemand ab. Enttäuscht beendete Carol den Anruf und steckte das Handy zurück in die Handtasche.

Francesca hatte das kriminelle Potenzial. Schon in frühester Jugend hatte sie mit Stefan und Dieter zusammen eine Bushaltestelle mit Farbe besprüht. Sie war impulsiv, abenteuerlustig und verwegen. Wenn es jemand schaffte, durch irgendwelche ausgeklügelten Methoden an Informationen aus Peters Akte zu kommen, dann sie. Doch weshalb würde sie ihr die Warnung zukommen lassen, dass ihr *jemand auf den Fersen* war?

Carol biss die Zähne zusammen und schüttelte den Kopf. Es ergab keinen Sinn. Sie übersah etwas. Wo war der Zusammenhang? So viele lose Fäden, so viele offene Enden. Es musste einen Baustein in der Mitte geben, der alles miteinander verband.

„Carol, kannst du bitte kurz in mein Büro kommen? Ich möchte etwas mit dir besprechen.“ Elises sonore Stimme hatte diesen Klang, der einem unmissverständlich zu verstehen gab, dass man ihrer Aufforderung besser sofort als erst in zehn Minuten Folge leistete.

„Ja, natürlich.“ Carol erhob sich und folgte ihrer Teamchefin durch den Flur in deren Büro. Elise war wie immer geschmackvoll und businessmäßig gekleidet. Trotz des warmen Wetters trug sie einen dunkelgrauen Hosenanzug mit langärmeligem Jackett. Die farblich darauf abgestimmten Pumps mit den halbhohen Absätzen waren schlicht und von klassischer Eleganz.

„Bitte, nimm Platz.“ Elise wies Carol einen ihrer modernen, schwarz bezogenen Konferenzstühle zu und setzte sich ihr gegenüber an den hellen Holztisch. „Ich habe von unserer Finanzabteilung eine Beschwerde erhalten“, begann sie ohne Umschweife. „Anscheinend hast du für die Klientin Lara Krasniqi bei der Stiftung *Winterhilfe* die Kostenübernahme für einen Tanzkurs beantragt. Eine Kopie deines Antrags hast du an die Finanzabteilung geschickt. Und nun haben sie festgestellt, dass du der Klientin das beantragte Geld bereits bar ausbezahlt hast, bevor es von der Stiftung auf unser Konto überwiesen wurde. Stimmt das?“

Carol brauchte einen Moment, um sich die Situation zu vergegenwärtigen. Lara Krasniqi. Tanzkurs. Ein Gesuch bei der Stiftung *Winterhilfe*. Jetzt fiel es ihr wieder ein.

„Du meine Güte“, sagte sie mit ungläubigem Lächeln. „Das waren hundertachtzig Franken. Lara hat das Geld sofort benötigt, weil sie sonst nicht für den Kurs zugelassen worden wäre. Und die *Winterhilfe* hat noch nie ein Gesuch von uns abgelehnt. Es war zu hundert Prozent sicher, dass das Geld wieder hereinkommt."

„Unsere Bestimmungen lauten leider anders. Bei laufenden Unterstützungsgesuchen an Stiftungen oder soziale Institutionen dürfen wir das Geld erst auszahlen, wenn es auf unserem Konto eingegangen ist. Solange wir das Geld nicht haben, könnte theoretisch immer noch die Möglichkeit bestehen, dass die Stiftung nicht auf unser Gesuch eingeht oder eine bereits zugesicherte Kostenbewilligung wieder rückgängig macht."

„Aber das ist vollkommen sinnlos", protestierte Carol. „Manchmal eilt es wirklich. Lara ist ein quirliges fünfzehnjähriges Mädchen mit unstabilen Familienverhältnissen und viel überschüssiger Energie. Der Tanzkurs war dringend notwendig, um diese Energie ein wenig zu kanalisieren. Soll ich etwa warten, bis sie kriminell wird oder die Situation sonst irgendwie eskaliert, nur damit die kleinlichen Bestimmungen unserer Finanzabteilung eingehalten werden?"

„Lass solche Auszahlungen in Zukunft über unseren Geschenkfonds laufen und informiere die Finanzabteilung, dass sie den Zahlungseingang der Stiftung ebenfalls auf den Geschenkfonds buchen soll", sagte Elise nach kurzem Nachdenken. „Der Geschenkfonds ist ein Unterstützungsfonds, der genau für solche Situationen gedacht ist. Die Stadt Zürich schießt einmal pro Jahr einen größeren Geldbetrag zu und laut Fondsreglement sind wir frei, Auszahlungen bis zum Maximalbetrag von tausend Franken pro Vorgang aus dem Fondsvermögen zu tätigen. Diese Ausgaben müssen nicht gedeckt sein. Wenn sie jedoch trotzdem von einer Stiftung übernommen werden, kann das Geld bei Zahlungseingang einfach dem Fonds wieder gutgeschrieben werden."

Carol strich sich eine vorwitzige Haarsträhne aus der Stirn und schob den Unterkiefer vor.

„Und achte unbedingt darauf, dass du dir Barzahlungen immer von den Zahlungsempfängern quittieren lässt. Sonst könnte die Finanzabteilung auf den Gedanken kommen, dass du das Geld für dich selbst abgezweigt hast."

„Das meinst du jetzt aber nicht im Ernst, oder?" Carol konnte den zynischen Unterton in ihrer Stimme nicht ganz unterdrücken. „Haben die denn nichts Besseres zu tun, als hinter jeder einzelnen Unterschrift herzurennen und in uns allen potenzielle Verbrecher zu sehen?"

„Vorschrift ist Vorschrift", sagte Elise knapp. Sie packte ihre Unterlagen zusammen, erhob sich schwungvoll und komplimentierte Carol mit einer freundlichen Handbewegung aus dem Büro. Carol steckte die Hände in die Hosentaschen ihrer dunkelblauen Jeans und marschierte in die Küche. Sie brauchte dringend etwas, um ihren Ärger ein wenig abzukühlen. Eine eisgekühlte Cola zum Beispiel. Oder eine kalte Schokolade mit ganz viel Schaum. Aber der Kühlschrank enthielt nur gesunde Kost. Grüntee mit Ingwer. Tomatensaft. Mineralwasser ohne Kohlensäure.

„Suchst du etwas?", fragte Tom, der soeben mit Yasmin zusammen die Küche betrat.

„Schon erledigt", antwortete Carol trocken. Sie ging zur Spüle, öffnete den Wasserhahn und wartete, bis das herauslaufende Wasser eiskalt war. Dann ergriff sie ein halbhohes Glas, hielt es unter den Wasserhahn und füllte es bis knapp unter den Rand.

„Geht es dir gut?", fragte Yasmin vorsichtig. „Du wirkst irgendwie … aufgebracht. Oder nein, *aufgebracht* ist nicht das richtige Wort. Hm …"

Carol lächelte kühl. „Genervt? Sauer? Erbost? Vielleicht sollte ich mich auf die Couch legen. Dann könntest du meinen Gemütszustand nach Herzenslust analysieren und in stundenlangen Erörterungen den passenden Ausdruck dafür finden."

„Siehst du? Du bist GENERVT. Sonst würdest du jetzt nicht so reagieren!"

„Kinder, Kinder", sagte Tom beschwichtigend, „nun lasst doch nicht gleich die Funken sprühen. Immer mit der Ruhe. Das ist meine Devise und damit bin ich bisher immer gut gefahren."

„Tut mir leid", Yasmin lächelte zerknirscht. „Ich kann irgendwie nicht anders. Wenn ich irgendwelche Schwingungen wahrnehme, muss ich sie einfach interpretieren."

„Ist schon gut. Mir tut es ebenfalls leid. Und ja, du hast recht: Ich bin wirklich genervt. Unsere Finanzabteilung macht mal wieder einen auf Kontrollfreak. Das sind einfach Schreibtischtäter, die überhaupt keine Ahnung von den Problemen haben, mit denen wir uns hier an der Front herumschlagen."

„Das kannst du laut sagen." Tom öffnete den Kühlschrank und

schenkte sich ein Glas Tomatensaft ein. „Ich habe vor einiger Zeit einen Sorgerechtsprozess verloren, weil die Finanzabteilung die Gerichtsgebühren nicht fristgerecht bezahlt hat. Der Beleg, den ich ihnen geschickt habe, war eine Kopie des Gerichtsbeschlusses. Wie es scheint, akzeptieren sie jedoch nur Originalbelege und deshalb haben sie mir den Zahlungsauftrag wieder zurückgeschickt. Bis ich das Original aufgetrieben hatte, war die Frist verstrichen und der Prozess verloren."

„Unglaublich." Yasmins Augen waren kugelrund und ihre ganze Haltung strahlte Entrüstung aus.

„Nicht wahr?" Tom lächelte zynisch. „Hauptsache, die Vorschriften werden eingehalten. Es lebe der bürokratische Formalismus!"

„Wer spricht hier von Formalismus?" Dominik streckte den Kopf zur Tür herein und schnitt eine Grimasse. „Ich dachte, dass wir dieses Relikt aus grauer Vorzeit längst ausgerottet haben."

„Schön wär's." Yasmins Stimme klang ein wenig schrill. „Tom hat soeben von einem verlorenen Sorgerechtsprozess berichtet. Und das nur, weil die Finanzabteilung den Originalbeleg wollte und dadurch die Frist verpasst hat. Hast du auch schon einmal etwas Ähnliches erlebt, Dominik?"

„Ich könnte dir Storys erzählen, da würden dir die Haare zu Berge stehen. Aber ich lasse es lieber, sonst bin ich heute Abend noch hier." Dominik ging zum Spülbecken und ließ sich ein Glas Wasser einlaufen. „Außerdem brauche ich noch eine kleine Audienz bei Carol. Hättest du kurz Zeit für mich?"

„Jetzt gleich?" Carol spürte, wie sie innerlich in Abwehrhaltung ging. Seit dem gemeinsamen Abendessen in der *Giesserei* hatte sie nicht mehr mit Dominik gesprochen. Sie hatte an jenem Abend nach ihrem Flashback alle Energie darauf verwandt, Haltung zu bewahren und sich nichts anmerken zu lassen. Hatte Dominik vielleicht trotzdem etwas gewittert und wollte sie jetzt darauf ansprechen? Oder wollte er sie zu einem weiteren gemeinsamen Essen einladen? Falls ja, müsste sie endlich den Mut aufbringen und ihm ihre Gefühle klarmachen. Aber dafür hatte sie im Moment einfach keine Energie. Sie musste sich auf die Suche nach Peter konzentrieren und ihre ganze Aufmerksamkeit auf die Auswertung der vorhandenen Spuren richten. Wenn sie jetzt versagte, könnte das gravierende Folgen haben. Jemand war dicht an ihr dran und es war nicht abzuschätzen, was passieren würde, wenn dieser

Jemand Peter vor ihr aufspürte. Würde er ihn dann aus dem Weg schaffen, weil er damals etwas gesehen hatte, das er nicht hätte sehen dürfen?

„Du sagst mir einfach, wann es dir am besten passt. Ich kann es jederzeit einrichten." Dominiks Stimme klang leicht unsicher.

„Dann am liebsten jetzt gleich, bevor ich mich in mein nächstes Dossier vertiefe." Aus dem Augenwinkel fing Carol einen Blick von Yasmin auf. Unwillkürlich blieben ihre Augen einen Moment lang aneinander haften. Carols Muskeln versteiften sich. In Yasmins Blick lag eine unergründliche Starre. War es Eifersucht? Wissen? Neugier? Argwohn? Betont ruhig wandte Carol den Blick ab, ergriff ihr Wasserglas, das sie neben sich auf die Arbeitsplatte gestellt hatte, und folgte Dominik durch den Flur in sein Büro. Er schloss die Tür, lehnte sich lässig gegen die Wand und verschränkte die Arme vor der Brust. Carol hockte sich zögernd auf seine Schreibtischplatte und ließ die Beine über die Tischkante baumeln.

„Ich habe Neuigkeiten", sagte Dominik langsam. „Ich weiß nicht, ob es für dich gute oder schlechte Neuigkeiten sind und ich möchte dich auf keinen Fall vor den Kopf stoßen."

Carols Herz begann schneller zu schlagen. Wahrscheinlich bedeuteten *schlechte Neuigkeiten* für Dominik nicht unbedingt dasselbe wie für sie.

„Gestern erhielt ich einen Anruf von einem ehemaligen Studienkollegen", fuhr er fort. „Er arbeitet beim Berner Justizministerium. Sie suchen einen Leiter für die städtische Jugendvollzugsanstalt. Er hat mich gefragt, ob ich Interesse an dem Job hätte."

„Und?" Carol hielt unwillkürlich den Atem an.

„Ich habe mich entschieden, den Job anzunehmen. Eine solche Chance wird einem nur einmal im Leben geboten. Ich arbeite jetzt seit über fünfzehn Jahren beim Jugendamt und es ist höchste Zeit für eine Veränderung."

„Das ... das ist ja wunderbar." Carol brauchte einen Moment, um sich die Konsequenzen von Dominiks Ankündigung zu vergegenwärtigen. Eine ganze Palette von widersprüchlichen Gefühlen stieg in ihr auf. Bedauern, weil sie den einzigen Kollegen beim Jugendamt, mit dem sie sich wirklich gut verstand, verlieren würde. Erleichterung, weil die Zusammenarbeit mit ihm nach einer etwaigen Aussprache mit Sicherheit schwieriger und angespannter geworden wäre.

„Es gibt nur eins, was mich noch davon abhalten könnte, die Anstellung in Bern anzunehmen.“ Dominik zögerte und blickte Carol unsicher an.

„Nein“, sagte Carol entschieden. „Sag deinem Freund zu. Alles im Leben hat seine Zeit. Aufbrechen und bleiben. Loslassen und festhalten. Für dich ist es Zeit, in etwas Neues aufzubrechen. Sonst trittst du auf der Stelle und das macht auf Dauer unzufrieden.“

Dominik fuhr sich mit der Hand über die Stirn. „Du würdest mir also auch raten, das Stellenangebot anzunehmen?“

„Auf jeden Fall. Es wäre fast eine Straftat, eine solche Chance ungenutzt an sich vorüberziehen zu lassen.“

„Wirst du mich wenigstens ein bisschen vermissen, wenn ich nicht mehr hier bin?“

Carol nickte nachdenklich. Sie konnte es drehen und wenden, wie sie wollte – das Gefühl des Verlusts überstieg jenes der Erleichterung bei Weitem. Traurigkeit machte sich in ihr breit. War sie im Moment wirklich dazu verurteilt, alles, was ihr lieb und teuer war, nach und nach zu verlieren? Der Boden unter ihren Füßen wankte bedrohlich. Nichts war beständig, in ihrem Leben gab es weder Stabilität noch Sicherheit.

Doch dann bauten sich plötzlich die Konturen des Wolkenkreuzes, das sie gestern am See gesehen hatte, vor ihrem inneren Auge auf. Und mit einem Mal fühlte sie sich sicher und geborgen. Sie hatte einen neuen Boden gefunden, auf dem sie stehen konnte. Das Kreuz war ein Zeichen der Hoffnung, das durch nichts erschüttert werden konnte. Weder durch den Verlust eines Freundes noch durch mysteriöse Taten, die im Dunkel der Nacht begangen worden waren.

Kapitel 54

Freitag, 26. Juli, 7.50 Uhr

Carol zog die Wildlederjacke enger um ihre Schultern. Sie fröstelte. Obwohl es mitten im Hochsommer war, war der Morgen schon fast herbstlich kühl. Ein kobaltblauer Himmel spannte sich über dunkelgrünen Tannen und ließ jeden Umriss und jede Kontur mit nahezu glasklarer Schärfe hervortreten. Auch der Wind war beißend scharf. Er kam aus Nordosten, strich durch das Unterholz, brachte die wuchtigen Tannenäste zum Schwingen.

Carol biss die Zähne zusammen und beschleunigte ihr Tempo. Auch ohne den frostigen Wind hätte sie sich kein bisschen wohler gefühlt. Tief in ihrem Inneren wusste sie, dass sie eigentlich nicht hier sein sollte. Und schon gar nicht allein.

Sie umrundete das Hauptgebäude der Kulturfabrik, ihre Augen starr auf den Boden gerichtet. Irgendwo mussten doch die Überreste des hölzernen Bootshauses sein, das damals von einem Flammeninferno entzweigerissen worden war. Verkohlte Balken, verbrannte Erde, zersplitterte Scheiben, ausgeräuchertes Holz. Es musste Spuren geben, die auf seine Existenz hinwiesen. Zeugen, die die ganze Geschichte erzählten, nicht nur dunkle Schatten und nachtschwarze Hirngespinste.

Nichts. Gedankenverloren entfernte sie sich einige Schritte von dem monsteräugigen Gebäude. Das Unterholz war ein kleiner Dschungel. Überall wucherten Brombeeren, Brennnesseln und anderes Dorngestrüpp. Carol machte einen vorsichtigen Schritt in das verwachsene Grün, zog das Bein aber rasch wieder zurück, als sie an einer dornigen Ranke hängen blieb. Das Buschwerk war zu dicht. Ohne dicke Lederhandschuhe, Arbeits-Overall und Buschmesser war ein Durchkommen völlig unmöglich. Carol stellte sich auf die Zehenspitzen und beugte sich, soweit es ging, in das Dickicht hinein. Konnte es sein, dass sich die Überreste des abgebrannten Bootshauses unter diesem Dornen- und Blätterwald verbargen? Holzasche machte den Boden fruchtbar.

Es war also nicht auszuschließen, dass die ehemalige Brandstätte von Pflanzen, Büschen und Unkraut überwuchert war.

Aber weshalb hatte damals niemand über den Brand berichtet? Sie übersah etwas. Der entscheidende Hinweis musste sich direkt vor ihrer Nase befinden, aber sie konnte ihn nicht greifen. Zwei Menschen wurden vermisst. Nils und Jamila. Sofia hatte sie gestern angerufen und ihr mitgeteilt, dass sie nirgends einen Anhaltspunkt gefunden habe, dass die beiden jemals wieder aufgetaucht seien. Man habe sie nie gefunden, weder lebendig noch tot. Keine Leichen, keine verkohlten Körper, nirgends ein Hinweis auf einen Brand oder eine Feuersbrunst.

Wo war das fehlende Puzzleteil?

Wo waren Nils und Jamila?

Wo waren die Überreste des Bootshauses?

Wo war Peter?

Wenn sie diese Fragen beantworten konnte, würde sie die Lösung kennen. Sie musste hinten beginnen, bei der letzten Frage. Sie musste Peter finden. Er würde ihr die übrigen Antworten nennen können. Er kannte das fehlende Puzzleteil. Vielleicht wusste er sogar, wo sich Nils und Jamila oder ihre Leichen befanden.

Doch was, wenn er in der Zwischenzeit – wie sie insgeheim schon länger befürchtete – tatsächlich ums Leben gekommen war? Zwar bewies seine Akte, dass er die Nacht in der Kulturfabrik überlebt hatte, aber das bedeutete nicht, dass er auch heute noch am Leben war. Bis jetzt geisterte er bloß als körperloses Phantom durch die schattenhaften Gebilde ihrer Erinnerung. Vielleicht hatte die Person, die ihr auf den Fersen war, Peter bereits ausgeschaltet. Nein, das war nicht möglich. Sonst hätte sie nicht beim Sportgymnasium Magglingen angerufen und sich nach Peter erkundigt. Es sei denn, sie hätte den Anruf nur getätigt, um sie auf eine falsche Fährte zu locken.

Ein leises Geräusch in ihrem Rücken ließ Carol erschrocken herumfahren.

Sie schaute nach rechts und nach links. Täuschte sie sich oder waren da eben noch die schemenhaften Umrisse einer Gestalt zu sehen gewesen? Ihr Blut gefror zu Eis, ihre Füße waren wie festgewurzelt. *Nimm dich in Acht, jemand ist dir auf den Fersen.* Wer verfolgte sie? War es die Frau, die im Sportgymnasium angerufen hatte? Francesca? Regina? Andrea? Carols Herz hämmerte gegen den Brustkorb. So würde sich also der Kreis schließen. In der Kulturfabrik, dort, wo bereits Nils und Jamila in dem brennenden Bootshaus in der Falle gesessen hatten, umzingelt von lodernden Flammen. Würde ihre Verfolgerin sie ebenfalls in Flammen umkommen lassen? Sie könnte sich von hinten an sie anschleichen, sie betäuben, mit Benzin übergießen und anzünden. Niemand würde ihre verkohlten Überreste finden.

Carol stieß einen Schrei aus. Und dann begann sie zu rennen. Quer durch den Wald, über Wurzeln, Steine, abgebrochene Äste. Ihre Füße verfingen sich in Dornenranken, rutschten über verfaulende Blätter. Alle zwei Sekunden drehte sie panikerfüllt den Kopf nach hinten, immer damit rechnend, im nächsten Moment den keuchenden Atem ihrer Verfolgerin im Nacken zu spüren. Sie hätte sich nie allein in den Wald wagen sollen. Niemand wusste, dass sie hier war. Niemand würde ihr zu Hilfe kommen können.

Plötzlich war der Wald zu Ende. Carol schnappte nach Luft. Sie befand sich mitten in einem von Zürichs Stadtrandquartieren. Eindrucksvolle Villen aus der Gründerzeit wechselten sich mit minimalistisch anmutenden Neubauten ab. Carol vergewisserte sich mit einem erneuten Blick über die Schulter, dass die Luft hinter ihr rein war, dann rannte sie weiter. Zehn Minuten später war sie bei einer Bushaltestelle angekommen, die sie noch nie im Leben gesehen hatte. Sie nahm den nächsten Bus, der stadteinwärts fuhr. Am Hauptbahnhof stieg sie in die S-Bahn um.

Nach einer Dreiviertelstunde Fahrtzeit hatte sie das Jugendamt erreicht. Ihre panische Erregung war einer seltsam lethargischen Betäubung gewichen. Falls tatsächlich jemand hinter ihr her war, würde sie ohnehin früher oder später ihr Schicksal ereilen. Sie war kein Profi. Sie hatte bereits einige kapitale Fehler gemacht und war höchstwahrscheinlich einzig und allein deshalb noch am Leben, weil ihre Verfolgerin es so beschlossen hatte. Sobald sie keine Verwendung mehr für sie hatte, würde sie sie kaltblütig aus dem Weg räumen.

Vielleicht sollte sie die Suche nach Peter und ihrer verlorenen Erinnerung fallen lassen. Vielleicht wäre sie sicherer, wenn sie ihre fieberhaften Nachforschungen einstellte und wieder in ihr geruhsames Leben zurückkehrte. Keine Flashbacks, keine unheimlichen Erlebnisse im Wald oder in der Kulturfabrik, keine anonymen Nachrichten, keine bösen Überraschungen im Archivraum. Sie musste ihre Entscheidung nur richtig kommunizieren. Zum Beispiel mit einer weiteren Rundmail an ihre ehemalige Klasse. Ein paar knappe Sätze mit der unmissverständlichen Botschaft, dass sie zu keinem Ergebnis gekommen war und deshalb die Suche nach Peter Müller aufgab. Ja, das würde sie machen. Falls sie Peters Adresse nicht bis heute Abend aufgetrieben hatte, würde sie die Recherchen einstellen und eine zweite Rundmail an ihre ehemaligen Mitschüler verfassen.

Wie ein Roboter ging sie zu ihrem Büro, wechselte auf dem Weg dorthin einige kurze Worte mit Melika, fuhr ihren Computer hoch und vertiefte sich ins Tagesgeschäft. Zwischendurch rief sie einige Male bei Familie Gossweiler an, jedoch ohne jemanden zu erreichen.

Nach dem Mittagessen versuchte sie es von Neuem. Wieder ohne Erfolg. Sie lächelte zynisch. Natürlich. Es wäre auch zu schön gewesen. Vielleicht sollte sie es einfach bleiben lassen und die Rundmail vorsorglich schon einmal aufsetzen. Nein, ein einziges Mal würde sie es noch versuchen, sie musste nur noch den besten Zeitpunkt ausmachen. Gegen Ende des Nachmittags, wenn die offizielle Bürozeit um war, oder erst am Abend? Nach längerem Überlegen entschied sie sich für die erste Möglichkeit. Wenn sie das Büro nach Arbeitsschluss verließ, wollte sie die Sache abgehakt haben. Entweder hatte sie dann Peters Adresse oder sie hängte die Nachforschungen definitiv an den Nagel.

Ihre Finger stockten ein wenig, als sie um halb fünf zum letzten Mal die Nummer von Familie Gossweiler wählte. Sie kannte die Zahlenfolge inzwischen auswendig. 071 / 3442585. Der Klingelton klang genauso leer und hohl wie bei den vorigen Anrufen. Neunmal. Zehnmal. Elfmal. Bei fünfzehn würde sie auflegen.

„Mariella Gossweiler."

Carol schreckte zusammen. Ihr Herz begann wie wild zu klopfen.

„Guten Tag, Frau Gossweiler, hier spricht Carol Petersen. Ich bin vom Jugendamt der Stadt Zürich und habe eine Frage an Sie."

„Ja, bitte?"

„Ich habe hier eine Akte von einem Jungen namens Peter Müller. Bis zum Sommer 1991 hatte er einen Dauerpflegeplatz bei Ihnen, danach wechselte er ans Sportgymnasium Magglingen. Aus der Akte ersehe ich, dass er an den Wochenenden weiterhin bei Ihnen platziert war. Könnten Sie mir vielleicht sagen, wie seine heutige Anschrift lautet? Ich muss dringend mit Herrn Müller Kontakt aufnehmen."

Frau Gossweiler zögerte einen Augenblick.

„Das ist jetzt seltsam“, sagte sie gedehnt. „Vor etwa einer halben Stunde hat schon einmal jemand nach Peter gefragt. Ich habe ihm jedoch keine Auskunft gegeben, da er weder von einer Amtsstelle noch von einer Behörde war.“

Carol schnappte nach Luft. Hatte sie richtig gehört? Ein *Mann*? Wie konnte sie Frau Gossweiler dazu bringen, ihr nicht nur Peters Anschrift, sondern auch den Namen des Anrufers zu nennen, ohne zu einer Lüge greifen zu müssen?

„Es gibt da eine alte Sache aus dem Jahr 1988“, sagte sie vorsichtig. „Wir müssen sie neu aufrollen und dazu benötigen wir Herrn Müllers Einverständnis.“

„Sie meinen den Sorgerechtsprozess?“

„Nein, es ist etwas anderes.“

„Können Sie beweisen, dass Sie wirklich vom Jugendamt sind?“

„Ja, natürlich. Ich kann Ihnen die Hauptnummer unserer Amtsstelle geben. Sie können sich bei der Zentrale rückversichern, dass es mich wirklich gibt. Wir haben auch einen Internetauftritt. Dort finden Sie mich unter der Rubrik *Team*. Carol Petersen, Sozialpädagogin.“

„In Ordnung. Ich glaube Ihnen. Peter arbeitet am Alpinen Gymnasium in Davos. Er hat dort eine Personalwohnung. Die Adresse lautet Jörg-Jenatsch-Straße 54, Davos Platz.“

„Danke.“ Carol atmete tief durch. Peter war also noch am Leben. Und jetzt besaß sie endlich seine Adresse und konnte mit ihm Kontakt aufnehmen. Sie schluckte. „Darf ich Sie noch etwas fragen?“, erkundigte sie sich höflich.

„Wenn Sie möchten.“ Die Stimme der Frau am anderen Ende der Leitung klang leicht ungeduldig.

„Ich weiß, dass ich Ihre Geduld jetzt unnötig strapaziere, aber es wäre sehr hilfreich für mich, wenn Sie mir den Namen des Mannes nennen könnten, der Sie vorhin nach der Anschrift von Herrn Müller gefragt hat. Natürlich nur, wenn es Ihnen nichts ausmacht.“

„Er hieß Lukas Binder. Ich habe mir den Namen gemerkt, weil ich es seltsam fand, dass sich jemand nach so langer Zeit bei uns nach Peter erkundigt. Seit dem Sorgerechtsprozess im Jahr 1988 sind wir diesbezüglich sehr vorsichtig geworden.“

„Lukas Binder?“, keuchte Carol. „Sind Sie sich sicher, dass Sie den Namen richtig verstanden haben?“

„Ja, wieso nicht? Ich habe Ihnen doch ausdrücklich gesagt, dass ich mir den Namen des Anrufers eingeprägt habe. Ich habe ein sehr gutes Namensgedächtnis, da täusche ich mich sozusagen nie.“

Carols Gedanken begannen wie wild zu rotieren. Was hatte Lukas Binder mit der ganzen Geschichte zu schaffen? Zuerst Andrea, nun er. War es wirklich möglich, dass Andrea die Drahtzieherin der ganzen Sache war und nun ihren Mann eingespannt hatte, um für sie die Kohlen aus dem Feuer zu holen? Und sie hatte ihr blindlings vertraut, hatte sie sogar zur Kulturfabrik mitgenommen und mit ihr über ihre innersten Ängste und Befürchtungen gesprochen. Ein eisig kaltes Frösteln fuhr durch ihre Glieder. Der Feind war direkt vor ihren Augen gewesen. Und sie hatte ihn nicht nur in ihre Geheimnisse eingeweiht, sondern ihm auch einen unmittelbaren Zugang zu ihrem Herzen gewährt.

„Frau Petersen, sind Sie noch dran?“, fragte Frau Gossweiler am anderen Ende der Leitung besorgt. „Ist alles in Ordnung?“

„Ja, ich bin noch dran“, würgte Carol hervor. Wenn der Boden unter ihren Füßen plötzlich feurige Schlangen ausgespuckt hätte, hätte sie sich nicht elender fühlen können. Ihr Hals war wie zugeschnürt, sie konnte kaum noch sprechen. Hastig verabschiedete sie sich von Frau Gossweiler, legte den Hörer auf die Gabel zurück und verschränkte die Arme hinter dem Nacken.

Andrea und Lukas hatten sie an der Nase herumgeführt. War das wirklich möglich? Konnten sie so skrupellos und falsch sein? Waren sie fähig, ihr argwillig etwas vorzuspielen, das hinten und vorne nicht zutraf? Dann wäre alles, was sie gesagt hatten, bloß Theater gewesen. Das konnte nicht sein. Sie dachte an Andreas Zerknirschung, als sie ihr von der Sache mit der Uhr erzählt hatte. Das Schuldbekenntnis war echt gewesen. Reue konnte man nicht vortäuschen, das würde aufgesetzt wirken.

Kurz entschlossen stand Carol auf, ergriff ihre Handtasche und stürmte aus dem Büro. Sie musste sich selbst vor Ort ein Bild machen. Sie würde unangekündigt bei Familie Binder hereinplatzen und schauen, wie Andrea und Lukas reagierten. Falls sie wirklich hinter ihrem Rücken ein doppeltes Spiel trieben, würden sie verlegen zusammenfahren und ihr weder in die Augen blicken noch unbefangen mit ihr sprechen können. Vielleicht würde sie sie sogar beim Telefonieren erwischen oder irgendwelche kompromittierenden Dokumente herumliegen sehen. Und dann, wenn sie die Sache geklärt hatte, würde sie endlich das tun, worauf sie die ganzen letzten Wochen so verzweifelt hingearbeitet hatte: Sie würde Peter Müller anrufen und mit ihm zusammen das Puzzle vervollständigen. Nein, sie würde nicht anrufen, sondern spontan nach Davos fahren. Sie musste Peter in die Augen sehen, wenn er ihr erzählte, was in jener Nacht geschehen war. Eine Stimme konnte täuschen, aber Augen täuschten nie. An den Augen konnte man erkennen, ob jemand die Wahrheit sagte oder nicht.

Was war Peters Rolle bei der ganzen Geschichte? Weshalb hatte er sich nie bei ihr gemeldet?

Zwanzig Minuten später war Carol bei Andreas Wohnanlage angekommen. Schon von Weitem sah sie die im Gras spielenden Kinder. Sie kniff die Augen zusammen und erkannte Joel-Henris wirren Lockenschopf. Die Person neben ihm musste Fabienne sein. Sie kauerte auf dem Boden und werkelte an einem Gegenstand herum, der im Gras zu liegen schien. Carol beschleunigte ihre Schritte. Vielleicht hatten Andrea und Lukas die Kinder nach draußen geschickt, um in Ruhe ein weiteres heimliches Telefongespräch führen zu können. Wenn sie sich beeilte, gelang es ihr vielleicht sogar, die beiden auf frischer Tat zu ertappen.

Plötzlich stockten ihre Füße. Dort saßen sie, dicht nebeneinander, auf einer Bank, die sich gleich neben dem Sandkasten befand. Lukas hatte den Arm um Andrea gelegt, während sie ihren Kopf an seine Schulter lehnte. Sie hielt die Augen geschlossen und auf ihrem Gesicht lag ein Ausdruck des Friedens. Ein schmerzhaftes Ziehen fuhr durch Carols Brust. Da war es wieder, dieses Gefühl der Wehmut. Sie fühlte sich seltsam nackt und verletzlich. Unwillkürlich verschränkte sie ihre Arme vor der Brust. Sie musste stark sein. Gefühle waren hier fehl am Platz. Trotzig straffte sie die Schultern und ging mit großen Schritten auf die Bank zu.

Lukas erkannte sie sofort. Er lächelte und neigte leicht den Kopf, ohne jedoch seinen gesunden linken Arm von Andreas Schulter zu lösen. „Hallo Carol. Schön, dich zu sehen. Hast du eine Verabredung mit Andrea?“

„Carol?“ Andrea öffnete abrupt die Augen, wand sich aus Lukas' Arm und sprang auf die Füße.

Carol musterte Lukas aus halb zusammengekniffenen Augen „Hast du Familie Gossweiler angerufen?“, fragte sie kühl.

„Familie wie bitte?“ Lukas' Gesicht war ein einziges großes Fragezeichen.

„Familie Gossweiler, Peters ehemalige Pflegefamilie.“

Lukas blickte Carol fest in die Augen. „Ich habe keine Ahnung, wer Peter ist. Und von einer Familie Gossweiler habe ich ebenfalls noch nie gehört.“

„Andrea?“

„Ich habe Lukas nichts von unserer Suche nach Peter erzählt“, antwortete Andrea, die sich nach der ersten Überraschung wieder gefasst hatte, mit belegter Stimme. „Das ist etwas Vertrauliches, das nur dich und mich etwas angeht.“

Carol überlegte fieberhaft. Bei der Geschichte mit der Uhr war Andrea erstaunlich gerissen vorgegangen. Sie hatte alles minutiös geplant und nicht nur Peter und ihr, sondern auch dem Lehrer kaltblütig ins Gesicht gelogen. Hatte sie damals vielleicht noch andere krumme Dinger gedreht? Dinger, die weit schlimmer waren als eine falsche Anschuldigung wegen einer verschwundenen Uhr? Und wäre sie skrupellos genug, um ihr, ohne mit der Wimper zu zucken, weitere Lügen aufzutischen, sich Informationen aus Peters Akte zu beschaffen und ihr heimlich anonyme Zettel zuzustecken?

Carols ganze Menschenkenntnis bäumte sich gegen eine Bejahung dieser Fragen auf. Andrea war ein gebranntes Kind. Die Geschichte mit der Uhr hatte ihr keine Ruhe gelassen, bis sie sie gebeichtet und bereinigt hatte. Nie im Leben würde sie ihr Gewissen mit einer neuen Unredlichkeit belasten, die wieder jahrelang wie ein finsterer Schatten über ihrem Kopf schweben würde.

Doch wenn weder Andrea noch Lukas die verdächtigen Telefonanrufe getätigt hatten, musste eine andere Person ihre Namen dazu missbraucht haben. Eine Person, die Andreas Familienverhältnisse kannte. Eine Person, die genau wusste, womit sie Carol am empfindlichsten treffen konnte.

Plötzlich schoss Wut in ihr hoch.

Wahrscheinlich lehnte sich die besagte Person in diesem Moment mit einem schadenfrohen Lächeln zurück und sonnte sich in dem Gedanken, dass sie die Beziehung zwischen ihr und Andrea mit einem Schmutzfilm überzogen hatte. Aber da hatte sie sich getäuscht. Sie würde sich nicht länger fremdsteuern lassen. Und bald würde sie mit Peter sprechen und jedes Detail der ganzen Geschichte in Erfahrung bringen.

„Es tut mir leid", sagte sie leise. „Jemand führt mich an der Nase herum. Er oder sie hat in eurem Namen verschiedene Telefonanrufe getätigt. Einmal stellte er sich mit Lukas Binder, dann wieder mit Andrea Binder vor. Ich habe im ersten Moment wirklich angenommen, dass ihr die Anrufer gewesen seid."

„Nein, das sind wir nicht", sagte Lukas ernst. „Wir würden nie ein falsches Spiel hinter deinem Rücken spielen. Wir versuchen, das zu sagen, was wir leben, und das zu leben, was wir sagen."

„Ja, ich weiß." Carol ließ sich vorsichtig auf die Seitenkante der Holzbank nieder. „Ich habe mit Andrea immer wieder über das Thema Wahrheit gesprochen. Bis vor Kurzem war ich der Meinung, dass Wahrheit etwas sei, das der Mensch sich selbst konstruiere. Aber dann habe ich erkannt, dass es eine Wahrheit außerhalb der menschlichen Wahrnehmung und des menschlichen Intellekts gibt."

Andreas Augen leuchteten auf. „Du hast die Suche also nicht aufgegeben?"

„Nein, ich habe weitergemacht. So lange, bis ich zu dem Punkt kam, an dem ich kapitulieren musste."

Lukas zeichnete mit seiner gesunden linken Hand einen imaginären Kreis auf seiner Jeans nach.

„Das ist ein schwieriger Prozess", sagte er langsam. „Man muss altbewährte Denkschemata loslassen und lernen, in neuen Bahnen zu denken. Und man muss bereit sein, sich ganz auf Gott einzulassen. Das ist ein Kampf und gelingt nicht einfach so von einem Tag auf den anderen."

Carol nickte. Zum ersten Mal seit langer Zeit hatte sie das Gefühl, nicht mehr so allein zu sein. Lukas schien genau nachfühlen zu können, was sie im Moment beschäftigte. Es war befreiend, sich mit anderen Leuten über seine Gedanken und Empfindungen auszutauschen. Wenn sie das nur früher entdeckt hätte. Dann hätte sie sich vielleicht nie in diesem Ausmaß von ihrer Umgebung abgeschottet. Erst jetzt merkte sie, wie einsam sie gewesen war. Sie hatte den Bezug zu ihrer Umwelt immer mehr verloren. Und wenn sie sich nicht irrte, war das Fundament dafür aller Wahrscheinlichkeit nach in jener Nacht in der Kulturfabrik gelegt worden.

Kapitel 55

Freitag, 26. Juli, 23.40 Uhr

Endlich! Ich habe es schon fast nicht mehr für möglich gehalten. Carol hat Peter gefunden. Heute Abend hat sie ihre Journalistenfreundin angerufen und ihr davon erzählt. Anscheinend will sie morgen spontan nach Davos fahren und Peter überraschen.

Seltsam. Das passt so gar nicht zu ihrem üblicherweise eher reservierten Verhalten. Ob sie vielleicht durch ihre Suche und die daraus resultierenden Unsicherheiten eine grundlegende Charakteränderung durchgemacht hat? Das wäre ein psychologisches Phänomen, dem man nachgehen müsste. Ich glaube jedoch eher, dass es einen anderen Grund für ihre plötzliche Spontaneität gibt. Durch die anonymen Zettel und die überraschenden Wendungen während ihrer Suche musste sie lernen, sich schnell auf wechselnde Situationen einzustellen. Es ist eine Art Verhaltenstraining. So wie man sich bei Panikattacken bewusst einer Angst auslösenden Situation aussetzt, um den richtigen Umgang mit der Panik zu erlernen.

Ich habe mich auch schon einmal einem solchen Verhaltenstraining unterzogen. Wegen meiner ausgeprägten Pyrophobie. Schon eine winzig kleine Kerzenflamme treibt meinen Puls in die Höhe und provoziert Schweißausbrüche. Doch das ist noch gar nichts im Vergleich zu meiner Reaktion auf ein richtiges Feuer in einem Kamin oder in einer offenen Feuerstelle. Da beginne ich zu hyperventilieren, meine Muskeln ziehen sich zusammen und beginnen unkontrolliert zu zucken. Ich sehe ein Inferno aus Flammen. Flammen, die prasseln, lodern, sich gierig in die Höhe schrauben.

Sie verschlingen das alte Bootshaus bei der Kulturfabrik. Mit einem dröhnenden Knall bersten die Fensterscheiben. Die Schreie der beiden eingeschlossenen Personen werden immer lauter. Und die schwarzen Gestalten tanzen ihren schauerlichen Höllentanz.

Ich kann es nicht mehr mitansehen. Wie in Trance taumle ich zurück. Meine Beine wollen mir fast nicht gehorchen. Ich schleppe mich von der Lichtung weg. Und dann beginne ich zu rennen. Die Schreie klingen wie

Sirenengeheul in meinen Ohren weiter, eine Kakophonie aus markerschütternd gellenden Lauten.

Die Flammen verfolgen mich in jener Nacht bis in meine Träume. Immer wieder sehe ich die gespenstische Szene vor mir, höre die gellenden Schreie, sehe, wie die beiden vermummten Gestalten im Feuerschein konvulsivisch zucken. Doch dann, als ich am nächsten Tag heimlich zur Kulturfabrik zurückschleiche, traue ich meinen Augen nicht. Die Brandstelle ist zugeschüttet. Es gibt keine verkohlten Balken, keine rauchenden Trümmer. Stattdessen liegen dort, wo das Bootshaus gestanden hat, frische Zweige auf dem Boden, fein säuberlich abgetrennt und sorgfältig nebeneinander aufgeschichtet. Mein Herz gefriert zu Eis.

Jemand hat aufgeräumt.

Jemand hat dafür gesorgt, dass die beiden Leichen verschwinden.

Jemand hat dafür gesorgt, dass die Medien nicht über den Doppelmord berichten.

Ich habe Todesangst. Denn ich habe eine der beiden schwarz vermummten Gestalten erkannt.

Kapitel 56

Samstag, 27. Juli, 10.35 Uhr

Der Zug nach Davos war vollgestopft mit Urlaubern und Wochenendgästen. Carol schlug die Beine übereinander und verlagerte ihr Gewicht auf die rechte Seite. Ihr Rücken war schon ganz steif. In ihrem Abteil saßen drei junge Männer in Radfahrkleidung. Farbige Trikots aus Funktionsmaterial, schwarze Radlerhosen mit Sitzpolstern und grau-schwarze Cycling-Schuhe. Ihre Fahrradhelme hatten sie mit großem Getöse auf die metallenen Gepäckleisten unter dem Dach des Waggons gepfeffert. Sie unterhielten sich lautstark und gestikulierten dabei wild mit den Händen.

Carol warf einen Blick aus dem Fenster. Der Zug fuhr gerade am Bahnhof Davos Laret vorbei. Hohe, dunkelgrüne Tannen umrahmten ein kleines weißes Gebäude mit Giebeldach und dunkelbraunen Holzvertäfelungen, das ein wenig verloren neben den Gleisen stand. Eine undefinierbare Angst legte sich wie ein schwerer Eisenpanzer um ihre Brust. Wie würde Peter sie empfangen? Würde er überhaupt zu Hause sein? Was, wenn er sie nicht mehr erkannte oder nichts mehr mit ihr zu tun haben wollte? Oder … wenn er sich ebenfalls nicht mehr an sie erinnerte? Es war so lange her, seitdem sie sich das letzte Mal gesehen hatten. Und sie wusste nicht einmal mehr, unter welchen Umständen sie sich damals getrennt hatten. Waren sie in Frieden auseinandergegangen oder im Streit?

Es war keine gute Idee gewesen, einfach so aufs Geratewohl loszureisen. Sie hätte Peter zumindest von ihrem Vorhaben in Kenntnis setzen müssen. Er würde niemals verstehen, weshalb sie unangemeldet bei ihm hereinplatzte. Vielleicht würde er ihr die Tür vor der Nase zuschlagen oder sie mit einem mitleidigen Kopfschütteln abweisen. Vielleicht war er verheiratet und es wäre ihm peinlich, wenn seine ehemalige Schulfreundin so plötzlich aus dem Nichts auftauchte. Ja, er musste verheiratet sein. Zwar hatte sie im elektronischen Telefonverzeichnis keine Anhaltspunkte dafür gefunden, dass er nicht allein lebte, aber das war einfach nicht möglich. Ein Mann seines Alters lebte nicht als Single. Ein unangenehmes Frösteln lief Carols Wirbelsäule entlang. Sie hatte sich Peter in den vergangenen Wochen immer so vorgestellt, wie er vor vierundzwanzig Jahren gewesen war: allein, ungebunden und frei. Wie dumm von ihr. Nur weil sie in der Vergangenheit lebte und unfähig war, eine feste Bindung einzugehen, musste das nicht heißen, dass es jedem anderen genauso ging.

Davos Wolfgang. Ein altes quaderförmiges Schindelgebäude, dunkelbraun mit üppigen roten Geranien vor den Fenstern. Grüne Wiesen. Holzhäuser im Chaletstil. Und die kahlen Hänge des Weißfluhjochs, durchzogen von parallel verlaufenden Lawinenverbauungen, die wie ein mehrfach gestärktes quergestreiftes Gerippe aussahen.

Carol packte ihre Handtasche fester. An der nächsten Station müsste sie aussteigen. Falls sie ihr Vorhaben tatsächlich durchziehen wollte. Noch bestand die Möglichkeit zum Umkehren. Sie könnte einfach bis zur Endhaltestelle fahren, dort im Zug sitzen bleiben und warten, bis er in die umgekehrte Richtung zurückfuhr. Sie müsste sich weder vor Peter und seiner Lebenspartnerin lächerlich machen noch das enttäuschende Gefühl erleben, zurückgewiesen zu werden. Doch dann würde sie auch die Gelegenheit verpassen, endlich die vollständige Wahrheit über die Ursache für ihren Gedächtnisverlust zu erfahren. Sie würde vor der Vergangenheit kapitulieren und zulassen, dass die düsteren Irrlichter jener Nacht dauerhaft den Sieg davontrugen.

Als der Zug hielt, gab Carol sich einen Ruck. Sie zwängte sich an den Knien der amüsiert grinsenden Männer vorbei und hastete ins Freie.

Davos war die hässlichste Stadt, die sie je gesehen hatte. Eigentlich war es gar keine Stadt, sondern bloß eine Ansammlung von zufällig nebeneinanderstehenden Häusern aus verschiedenen Stilepochen. Prunkvolle, palastartige Hotels, mietskasernenartige Wohnblocks, Chalets, moderne Glasbauten ohne Charakter oder besondere Ausstrahlung. Langsam ging sie die Promenade entlang, vorbei an der Talstation der Parsennbahn, an der sich eine kleine Warteschlange von Wanderern, Radfahrern und Basejumpern gebildet hatte. Gegenüber befand sich das berühmte Café Weber, das schon seit vielen Jahrzehnten zum Davoser Stadtbild dazugehörte.

Carols Schritte wurden immer langsamer. Jetzt kam das Hotel Meierhof, ein markanter historischer Bau, in ihr Blickfeld. Hinter diesem

Gebäude zweigte rechts die Jörg-Jenatsch-Straße ab. Es war eine Sackgasse, die nur knapp zweihundert Meter lang war. Das Haus, in dem Peter wohnte, war ein typischer Appartmentbau, weiß gestrichen mit dunkelbraunen Holzelementen dazwischen. Carol ließ ihren Blick über die Namensschilder neben den Klingeln wandern. Margot Schneider, Stefan Caviezel, N. & H. Segantini, Familie W. Neuer, Muhamed Ibrahimi, Karl & Linda Meyer, P. Müller. Das musste er sein!

P. Müller. Carol las den Namen wieder und wieder. Endlich hatte sie Peter gefunden. Es war egal, ob er sie herzlich empfing oder nicht. Nein, es war doch nicht egal. Peter war ihr Jugendfreund gewesen. Sie hatte ihre Geheimnisse und ihre Gedanken mit ihm geteilt. Ob er wohl tatsächlich nicht verheiratet war? Das Fehlen eines zweiten Namens auf dem Klingelschild ließ diese Schlussfolgerung zumindest nicht abwegig erscheinen. Trotzdem war es natürlich keine Garantie. Vielleicht hatte Peter geheiratet, nachdem er hier eingezogen war, und der Hauseigentümer hatte das Schild noch nicht ausgewechselt. Vielleicht führte er auch eine Fernbeziehung. Oder eine Wochenendbeziehung.

Die Eingangstür war nicht verschlossen. Carol trat in den breiten Flur und blickte sich suchend um. Neben keiner der vier Wohnungstüren im Erdgeschoss stand P. Müller. Zögernd ging sie die Treppe zum ersten Stock hoch. Auch hier fand sich kein Klingelschild mit Peters Name.

Im vierten Stock wurde sie schließlich fündig. Peters Wohnungstür war kahl und schmucklos. Keine Verzierungen, keine zusätzlichen Beschriftungen. Carol spürte, wie sie zitterte. Sie atmete tief durch und lockerte ihre verkrampften Muskeln. Langsam hob sie die Hand und führte sie zum Klingelknopf. Doch kurz bevor sie den Knopf erreicht hatte, hielt sie inne. Es ging nicht. Sie schaffte es nicht. Carol presste die Lippen zusammen, wandte sich ab, ging auf die Treppe zu. Allmählich beruhigte sich ihr laut pochender Herzschlag wieder. Vor jeder Wohnungstür legte sie einen kurzen Halt ein, studierte die Namen auf den Türschildern und stellte sich vor, wie wohl die zu den Namen gehörenden Personen aussehen mochten. Sie musste Zeit gewinnen. Sich ablenken. Irgendwann würde sie den Mut aufbringen, an Peters Haustür zu klingeln.

In diesem Moment trat ein Mann aus Peters Wohnung. Carol zuckte zusammen und wirbelte schuldbewusst herum.

„Suchen Sie etwas?“, fragte der Mann mit tiefer Stimme.

Carol erkannte ihn sofort. Er hatte dasselbe markante Gesicht, dieselben dunklen Haare und Augen. Er war groß gewachsen, athletisch und breitschultrig. Seine Haare waren vorn über der Stirn etwas hochgegelt. Er hatte einen leichten Dreitagebart, der ihm die abenteuerliche Ausstrahlung eines antiken Seefahrers verlieh.

Carols Puls begann zu rasen, ihre Knie zitterten, in ihrem Bauch bildeten sich Schmetterlinge.

„Peter“, flüsterte sie.

Der große Mann stutzte. Ein fragender Ausdruck huschte über seine markanten Gesichtszüge. Dann, plötzlich, kam ihm die Erkenntnis. Er blinzelte, fuhr sich mit der Hand über die Augen, lächelte ungläubig.

„Carol? Bist du es wirklich? Was machst du denn hier?“

„Ich – ich würde gern mit dir reden.“

„Ach ja? Nach so vielen Jahren? Ich glaube nicht, dass wir uns noch viel zu sagen haben.“

Peter drehte sich um und machte Anstalten, wieder in die Wohnung zurückzugehen.

„Warte.“ Carol griff nach seinem Arm. „Du kannst mich doch jetzt nicht einfach so stehen lassen. Ich habe lange nach dir gesucht. Und die Angelegenheit, die mich zu dir führt, duldet keinen Aufschub.“

„Wirklich?“ Peter zog fragend die Augenbrauen in die Höhe. In seinem ausdrucksstarken Gesicht spiegelten sich Skepsis, Sarkasmus und spöttische Distanz. Nachdenklich fuhr er sich mit der linken Hand durchs Haar.

„Bitte. Nur fünf Minuten. Es ist wichtig.“

„Na gut, wenn es denn sein muss.“ Mit einer betont höflichen Bewegung hielt er ihr die Wohnungstür auf und bat sie herein.

Carol sah auf den ersten Blick, dass Peter Junggeselle war. Die Wohnung war nüchtern und zweckmäßig eingerichtet. Eine einfache Garderobe aus hellem Kiefernholz. Eine Essecke mit einem kleinen Holztisch und zwei Stühlen. Ein Klappsessel aus dunkelbraunem Leder und ein einfaches, braunes Sofa neben einer hohen Bücherwand, die bis auf den letzten Zentimeter vollgestopft war. Keine Blumen, keine Farben, kein Nippes. Der einzige Wandschmuck war eine Reproduktion eines Modern-Art-Bilds, das in lauter Brauntönen gehalten war und dessen Original, wie ein dezenter hellbrauner Schriftzug in der oberen Bildhälfte verriet, im Institute of Contemporary Arts in London ausgestellt wurde.

„Bitte setz dich." Peter zeigte auf das braune Stoffsofa, während er sich in dem Ledersessel niederließ. Er wartete, bis Carol Platz genommen hatte, und forderte sie dann mit ruhiger Stimme auf, mit ihrer Geschichte zu beginnen.

Carols Herz klopfte zum Zerspringen. In ihrem Hals bildete sich ein Kloß. Trotz aller Befürchtungen hatte sie erwartet, dass Peter sie mit offenen Armen empfangen würde. Doch er behandelte sie wie eine Aussätzige. Was war damals passiert? Weshalb wollte er nichts mehr mit ihr zu tun haben? Ihre Stimme zitterte und sie hatte das unangenehme Gefühl, keine Luft mehr zu bekommen, als sie stockend von dem Klassentreffen und der Entdeckung ihres Gedächtnisverlustes zu erzählen begann. Alles hing davon ab, ob Peter ihrer Geschichte Glauben schenkte oder nicht. Falls er auch nur ein Wort davon anzweifelte, würde er sein Wissen für sich behalten. Und sie würde für immer mit den lückenhaften Sequenzen leben müssen, die ihr von ihrem womöglich sogar halluzinierenden Gedächtnis vorgespielt wurden.

Vergeblich suchte sie in seinem männlichen Gesicht eine Spur der alten Vertrautheit. Seine Züge waren wie in Stein gemeißelt. Ernst, zurückhaltend, distanziert. Sie brach mitten im Satz ab und schlug sich die Hände vors Gesicht.

„Es geht nicht", stieß sie mühsam hervor. „Ich kann sagen, was ich will – du glaubst mir ohnehin nicht. Was habe ich bloß getan, dass du mir so misstrauisch begegnest?"

„Ich kann mir einfach nicht vorstellen, dass du dich nicht mehr an mich erinnern kannst." Peters Stimme war so kalt wie klirrendes Eis. „Man streicht eine Freundschaft nicht einfach wie einen abgehakten Termin aus seinem Gedächtnis. Besonders dann nicht, wenn sie ein solch dramatisches Ende genommen hat."

In diesem Moment spürte Carol, wie etwas in ihr ebenfalls zu Eis gefror. Sie hatte Peter gefunden, er war nicht nur am Leben, sondern saß in seiner ganzen Größe vor ihr; gut aussehend, athletisch gebaut, diese Mischung aus Verschlossenheit und geheimnisvoller Distanz ausstrahlend, die unwillkürlich den Wunsch weckte, einen Blick hinter seine harte Schale werfen zu können. Und doch war nichts so, wie sie es sich vorgestellt hatte. Wo war die alte Vertrautheit aus Kindertagen?

Warum glaubte er ihr nicht? Was hatte sie damals getan, dass er ihr heute so kühl begegnete?

„Dieses *dramatische Ende …*“, sie dehnte die beiden Wörter spöttisch in die Länge, „… ist exakt die Ursache für meinen Besuch bei dir. Einer unserer ehemaligen Klassenkameraden muss nämlich ebenfalls mitbekommen haben, was in jener Nacht in der Kulturfabrik geschehen ist. Auf jeden Fall erhalte ich seit dem Klassentreffen anonyme Zettel, die auf dieses Ereignis anspielen und deren Botschaften immer bedrohlicher werden. Eigentlich wollte ich dich nur warnen. Wenn ich ins Fadenkreuz dieser Person geraten bin, ist es möglich, dass auch du in Gefahr bist. Ich weiß zwar nicht, vor wem du dich in Acht nehmen solltest und weshalb, aber ich glaube, dass wir da in eine ziemlich üble Geschichte geraten sind.“

Peters hartes Gesicht wurde etwas weicher.

„Wann hast du den ersten anonymen Zettel erhalten?“

„Beim Klassentreffen. Der Zettel lag unter meiner Cappuccinotasse. Während des Essens haben wir uns über meinen Gedächtnisverlust unterhalten. Es schien für alle völlig unerklärlich zu sein, dass ich mich nicht mehr an dich erinnern konnte.“

„Was stand auf dem Zettel?“

„Ich weiß, weshalb du dich nicht mehr erinnern kannst. Die folgenden Zettel wurden mir dann nach Hause gebracht. Einer steckte in meinem Briefkasten, einer an meiner Haustür, ein weiterer klebte am Küchenfenster. Sie lenkten mich schrittweise auf jenes Ereignis in der Kulturfabrik hin – Ort, Datum und dass du dabei warst.“

„Lebst du allein?“

Carol zögerte.

„Ja“, sagte sie schließlich leise.

„Hast du Angst?“

„Ja.“

„Mit wem hast du über die anonymen Zettel gesprochen?“

„Mit Sofia – das ist eine gute Freundin – und mit Andrea und Francesca.“

Peters dunkle Augen ruhten unverwandt auf Carol. „Bist du glücklich?“, fragte er unvermittelt. „Hat sich dein Leben so entwickelt, wie du es dir immer gewünscht hast?“

Carol zuckte mit den Schultern. „Das kann ich dir nicht so genau sagen. Wahrscheinlich eher nicht. Ich bin einsam. Es fällt mir schwer, Nähe zuzulassen. Bis vor Kurzem war ich stolz auf meine Unabhängigkeit, aber jetzt erkenne ich langsam, dass meinem Leben etwas Wesentliches fehlt." Erschrocken biss sie sich auf die Lippe. Was war bloß in sie gefahren, dass sie Peter etwas so Vertrauliches erzählte? Er würde ihre Verletzlichkeit mit kühlem Lächeln gegen sie verwenden, wie einen metallenen Schild, der das grelle Licht der Sonne bündelte und in geballter Ladung wieder zurückschickte. Ihre Muskeln verkrampften sich, als sie sich gegen die verächtliche Reaktion wappnete, die gleich wie ein Tornado über sie hereinbrechen würde.

Doch Peter schaute sie nur mit seinem dunklen Blick an und was sie in seinen Augen las, brachte ihren Puls zum Rasen.

„Mir geht es ähnlich", sagte er endlich mit rauer Stimme. „Nachdem unsere Freundschaft damals zerbrochen ist, war ich lange Zeit nicht in der Lage, mich auf andere Menschen einzulassen. Ich war verbittert und habe mich immer mehr zurückgezogen. Der Einzige, mit dem ich mehr als nur oberflächlichen Smalltalk gemacht habe, war mein Pflegevater."

„Was ist damals geschehen, Peter?" Carol schluckte hart. „Warum ist unsere Freundschaft zerbrochen?"

„Du weißt es wirklich nicht mehr", stellte Peter sachlich fest.

„Nein, ich weiß es wirklich nicht mehr. Ich habe Flashbacks und sehe einzelne Szenen vor mir, aber ich kann mir keinen Reim auf das Ganze machen. Es fehlen einige wichtige Schlüsselelemente."

In Peters Gesicht spiegelte sich ein plötzlicher Schmerz. „Ich habe wirklich gedacht, dass du nichts mehr mit mir zu tun haben willst", sagte er leise. „Mir war klar, dass du einen Schock hattest. Aber ich habe nicht damit gerechnet, dass der Schock so tief saß, dass er ein amnestisches Trauma ausgelöst hat. Sonst hätte ich mich nicht so schnell in die Flucht schlagen lassen."

„Was ist damals geschehen, Peter?", fragte Carol mit bebender Stimme.

Peter schaute sie fest an. Der Blick seiner dunklen Augen schien sie zu durchbohren. „Ich bin ein solcher Idiot gewesen." Seine tiefe Stimme klang kratzig. „Ich war zu stolz, um mich noch mal bei dir zu melden. Aber genau das hätte ich tun sollen."

Der Eispanzer um Carols Herz schmolz dahin wie nasser Schnee unter einem strahlenden Frühlingshimmel.

„Was ist damals geschehen, Peter?“, wiederholte sie mit immer noch bebender Stimme.

Die Muskeln in Peters markantem Gesicht spannten sich an. Ein gequälter Ausdruck trat in seine dunklen Augen. „Ich habe ihnen mein Wort gegeben“, sagte er bedrückt. „Sie wollten, dass ich ihnen verspreche, es niemandem zu erzählen. Es tut mir so leid, aber ich kann nicht.“

„Nein, Peter, das darfst du nicht machen!“, rief Carol fassungslos. „Hast du vergessen, dass ich bedroht werde? Jemand verfolgt mich und ich weiß noch nicht einmal, worum es bei der ganzen Sache überhaupt geht. Du könntest es mir doch einfach in groben Zügen erzählen, ohne Namen zu nennen und ohne etwas zu verraten, was andere in Schwierigkeiten bringen könnte.“

Peter zögerte. In seinem ausdrucksvollen Gesicht kämpften Sorge, Kummer und Pflichtgefühl miteinander. Endlich entspannte er sich. Seine Augen wurden heller. Sie waren wie zwei tiefe Seen, die bis zum Grund der Seele blicken ließen und in denen man sich endlos verlieren konnte. Carols Herzschlag stockte.

„Am letzten Schultag vor den Sommerferien habe ich mit Dieter eine Wette abgeschlossen“, begann Peter zu erzählen. „Er suchte jemanden, der es wagte, eine Nacht in der Kulturfabrik zu verbringen. Ich habe mich freiwillig gemeldet und du warst bereit, mich zu begleiten. Zuerst ging alles gut. Wir haben ein bisschen Verstecken gespielt und die Gegend ausgekundschaftet. Etwa um halb elf bekamen wir Gesellschaft: ein junges Pärchen, das zum Bootshaus ging. Im ersten Moment hatten wir Angst, dass es Gespenster sein könnten, aber dann hörten wir sie lachen und waren wieder beruhigt. Aber die Stimmung hatte sich verändert. Dunkle Wolken zogen am Himmel auf, es roch nach Sturm und Gewitter. Wir haben uns näher ans Bootshaus geschlichen und haben darauf gewartet, dass es Mitternacht wird.“

Peter stockte und schlug die Augen nieder.

„Und dann?“, fragte Carol atemlos.

„Dann tauchten wie aus dem Nichts zwei schwarze Gestalten auf. Sie schlichen geduckt um das Bootshaus herum. Wir schauten wie gebannt zu. Nach ungefähr zehn Minuten schoss plötzlich eine Stichflamme empor. Innerhalb kurzer Zeit züngelten überall Flammen hoch. Die beiden Personen im Innern begannen zu schreien und rüttelten wie wild an der Tür. Aber sie konnten sie nicht öffnen – die Brandstifter hatten eine dicke Eisenstange unter die Türklinke geklemmt."

Ein Schauder kroch in Carol hoch. Sie erinnerte sich an die Bilder in ihrem letzten Flashback. *Das kleine Bootshaus brennt lichterloh. Aus dem Innern dröhnen gellende Schreie. Aber die Tür lässt sich nicht öffnen, denn das Schloss wird von einer dicken, T-förmigen Eisenstange blockiert. Und dann erscheinen die beiden schwarzen Gestalten wieder in ihrem Blickfeld. Sie tanzen mit erhobenen Armen um die brennende Hütte.*

„Du wolltest dich in die Flammen stürzen", fuhr Peter fort. „Ich musste dich mit aller Kraft zurückhalten. Aber du hast dich nicht beruhigen lassen. Du begannst aus voller Kehle zu schreien. Dann hast du dich losgerissen und bist im Unterholz verschwunden. Ich war zuerst wie gelähmt. Die beiden schwarzen Gestalten begannen miteinander zu tuscheln und zeigten in die Richtung, in die du verschwunden warst. Dann duckten sie sich plötzlich und begannen in die andere Richtung zu rennen. Ich stürzte zum Bootshaus. Die Tür war von Flammen umzüngelt, brannte selbst aber noch nicht. Es gelang mir, sie einzutreten."

„Das – das Pärchen ist also nicht ums Leben gekommen?"

„Nein. Die beiden hatten einige oberflächliche Brandwunden und eine leichte Rauchvergiftung. Und natürlich einen gewaltigen Schock. Aber sonst waren sie wohlauf."

„Weshalb hat man dann nie etwas von dem Brand gehört?"

„Sie hatten einen Verdacht, wer hinter der Brandstiftung stecken könnte. Deshalb haben sie sich spontan entschlossen abzutauchen."

Nils und Jamila. Die beiden Vermissten, die nie gefunden worden waren.

„Das Bootshaus ist bis auf den Grund abgebrannt. Wir haben Zweige abgeschnitten und die Brandstätte damit bedeckt. Wir wollten nicht, dass jemand auf die Stelle aufmerksam wird und die Polizei oder die Medien benachrichtigt."

„Und dann?"

„Das ist alles. Die beiden haben sich gegenseitig mit Wundverband aus ihrer Reiseapotheke zugepflastert und sind dann in ihr Auto gestiegen und weggefahren. Ich habe nie wieder von ihnen gehört."

Carol fühlte sich seltsam leer. Das konnte nicht alles sein. Irgendetwas fehlte. Ein Brand war etwas Schlimmes, aber nicht so schlimm, dass sie deswegen ihr Gedächtnis verlieren würde. Kaltes Entsetzen packte sie. Peter verschwieg etwas. Etwas weit Furchtbareres als den Brand eines Bootshauses in einer Gewitternacht.

„Es muss noch etwas geben", sagte sie leise. „Ich weiß, dass da noch mehr war. Ich bin weggerannt. Und dann bin ich über eine tote Katze gestolpert. Zuerst dachte ich, es sei bloß eine Wurzel. Aber dann hat es geblitzt und ich habe die toten Augen gesehen." Sie schauderte und schlang die Arme um ihre Schultern.

Peter schaute Carol fest an. In seinen Augen lag eine Mischung aus Schmerz und aufrichtigem Mitleid. „Ich habe dir alles gesagt, was ich weiß. Du bist weggerannt und im Unterholz verschwunden. Ich habe dich erst am nächsten Tag wieder gesehen."

„Wo?"

„Bei dir zu Hause."

Carols Atem ging flach. „Und? Wie habe ich auf dich gewirkt?", fragte sie stockend.

Ein Schatten legte sich über Peters ausdrucksvolle Augen. „Ich habe Hunger", sagte er abrupt. „Darf ich dich zum Mittagessen einladen?"

Kapitel 57

Samstag, 27. Juli, 12.20 Uhr

Sie gingen zum Hotel Meierhof und setzten sich auf die Gartenterrasse. Ein junger Kellner mit schwarzem, nach hinten gegeltem Haar brachte ihnen die Speisekarte. Sie entschieden sich für das Tagesmenü, Jägerschnitzel an Rotweinsoße mit hausgemachten Spätzli und grünem Blattsalat.

„Erzähl mir doch ein bisschen was über dein Leben", bat Peter, nachdem der Kellner ihre Bestellung aufgenommen hatte und an einen anderen Tisch entschwunden war.

„Da gibt es nicht viel zu berichten." Carol griff nach einem der kleinen Vorspeisehäppchen, die der Kellner bei der Bestellungsaufnahme auf den Tisch gestellt hatte. Die Angst hatte sie immer noch fest im Würgegriff, klammerte sich mit eiskalten Händen an ihren Nacken und kicherte ihr höhnisch ins Ohr.

Du kannst mich nicht abschütteln. Du wirst mit mir leben müssen, denn du wirst nie erfahren, was in jener Nacht wirklich passiert ist. Du bist am Ziel und doch erreichst du es nie. Willkommen im Reich des Sisyphus.

Sie zog die Schultern hoch und gab sich einen Ruck. „Ich bin Single, wohne in Zürich und arbeite beim Städtischen Jugendamt. Dort bin ich übrigens auch auf deine Akte gestoßen. Ohne die wäre ich wahrscheinlich heute noch auf der Suche nach dir. Dein Name ist nämlich nicht gerade google-tauglich."

Peter lachte. „Ja, das kann ich mir vorstellen. Was ich mir hingegen nicht vorstellen kann, ist, dass du Single bist." Seine dunklen Augen bohrten sich in die ihren, hielten ihren Blick fest, durchdrangen den kalten Panzer der Angst. „Du warst mit Abstand das hübscheste Mädchen der Schule. Und die vergangenen Jahre haben nichts daran geändert. Eine Frau wie du kann einfach nicht Single sein."

„Es ist aber so", entgegnete Carol trocken, während ihr Herz einen Sieben-Meilen-Sprung machte. „Ich habe dir doch gesagt, dass ich Mühe mit Beziehungen habe."

„Gehst du noch zur Kirche?"

„Eigentlich nicht. Ich habe mich in den vergangenen Jahren ziemlich von Gott entfernt. Aber die vielen verstörenden Erlebnisse während der letzten Wochen haben mir klargemacht, dass ich ihn nicht länger aus meinem Leben ausklammern kann. Und du? Wie denkst du über Gott?"

Peter straffte die Schultern. „Erinnerst du dich noch, wie wir miteinander über den Höhenweg und die dunstigen Ebenen gesprochen haben?"

Carol nickte.

„Ich habe dich immer um deinen Glauben beneidet, auch wenn ich das vor dir nicht zugeben konnte. Und ich habe mir gewünscht, auch einen solchen Glauben zu besitzen. Aber ich habe mich zu sehr auf das Böse in der Welt konzentriert. Ich konnte nicht glauben, dass Gott gut ist und uns liebt. Nachdem unsere Freundschaft damals zerbrochen ist, wurde mein Groll auf Gott noch größer. Ich bestand nur noch aus Wut. Kurz nach dem Brand in der Kulturfabrik habe ich den Briefkasten unserer Nachbarn zertrümmert. Es ist ein Wunder, dass ich niemanden verletzt habe."

Carol beugte sich über den Tisch und fixierte Peter mit den Augen. „Was ist passiert? Wie ist unsere Freundschaft zerbrochen?"

Der Schmerz, der durch Peters Augen zuckte, sprach von verlorenen Träumen und Jahren der Einsamkeit. „Am Tag nach dem Brand habe ich dich bei dir zu Hause besucht", sagte er rau. „Du warst allein. Deine Eltern waren in eurem neuen Haus in Uster und haben den Umzug vorbereitet. Du hast auf deine Großmutter gewartet, die dich abholen und für die Zeit des Umzugs zu sich nehmen sollte. Als ich dich sah, wusste ich sofort, dass etwas nicht stimmte. Du warst kreidebleich und deine Augen waren so glasig, als hättest du Drogen genommen. Doch deine Stimme war normal, du hast klar gesprochen und deine Sprache war weder verwaschen noch sonst irgendwie schwerfällig oder undeutlich. Deshalb habe ich das, was du gesagt hast, auch nicht einfach zur Seite schieben können."

„Was habe ich denn gesagt?"

„Du hast mich angeschaut mit diesen kalten und toten Augen und zuerst dachte ich, du würdest mich nicht erkennen, aber dann hast du zu sprechen begonnen, ganz ruhig und überlegt: *Lass mich in Ruhe. Ich will dich nie wiedersehen. Wir sind fertig miteinander.* Dann hast du dich umgedreht und die Tür vor meiner Nase zugeschlagen. Ich hörte, wie das Schloss einklickte, und drückte wie wild auf die Klingel, um dich wieder an die Tür zu holen. Und dann, plötzlich, hast du das Fenster im ersten Stock geöffnet und mich von oben aus angebrüllt: *Lass mich in Ruhe. Verschwinde aus meinem Leben, ich will dich nie, nie, nie mehr sehen!* Ich war starr vor Entsetzen. Als ich mich wieder rühren konnte, bin ich wie ein geprügelter Hund davongeschlichen. Das war das Ende unserer Freundschaft. Ich habe es nicht gewagt, mich danach wieder bei dir zu melden."

Carol fröstelte. „Das wollte ich nicht", sagte sie mit zitternden Lippen. „Das muss ein Missverständnis sein. Ich kann mich nicht erinnern, dass ich so etwas gesagt habe."

Peters dunkle Augen schienen bis auf den Grund ihrer Seele zu blicken. „Würdest du anders reagieren, wenn du die Zeit zurückdrehen könntest?", fragte er.

Carol blickte in sein gut aussehendes, maskulines Gesicht. Seine Gegenwart bewirkte etwas, das bisher noch kein Mann geschafft hatte: Sie fühlte sich wie ein pubertierender Teenager, der sich zum ersten Mal im Leben verliebt hatte. Ihr Herz pochte wie wild, in ihrem Bauch flatterten Schmetterlinge und die Welt sah mit einem Mal hell und strahlend aus. Die beklemmende Angst, die ihr im Nacken saß, war weit in den Hintergrund gerückt. Mit all ihren Sinnen nahm sie Peters Männlichkeit wahr. Seinen muskulösen Oberkörper, der sich unter dem weißen T-Shirt spannte. Seine breiten Schultern. Sein kantiges, ebenmäßiges Gesicht. Sein nach innen gerichteter Blick. Ihre Nerven vibrierten.

„Ja, das würde ich", sagte sie langsam. „Ich … ich ..." Sie merkte, wie sie errötete und brach mitten im Satz ab. *Ich würde dich nie mehr loslassen*, hatte sie sagen wollen. Zum Glück hatte sie die Worte zurückgehalten, bevor sie über ihre Lippen gekommen waren. Sie durfte Peter auf keinen Fall merken lassen, was sie empfand. Solange sie nicht wusste, ob er ihr wirklich die ganze Wahrheit gesagt hatte, musste sie vorsichtig sein.

Peter streckte beide Hände aus und umschloss Carols Finger, die nervös mit einem Zahnstocher spielten.

„Carol." In seiner tiefen Stimme schwang eine Sehnsucht mit, die direkt aus den endlosen Weiten des Meeres zu kommen schien.

Die Berührung seiner warmen Hände schickte einen elektrischen Stromstoß durch Carols Körper. Ihre Muskeln verkrampften sich und sie fühlte, wie ihre Wangen zu glühen begannen. Wenn sie diese Nähe zuließ, wäre es innerhalb von Sekundenbruchteilen um ihre Selbstbeherrschung geschehen. Sie würde nicht mehr objektiv denken und schon gar nicht mehr beurteilen können, ob Peter ihr vielleicht ein Stück der Wahrheit vorenthielt. Vorsichtig zog sie ihre Finger zurück und verschränkte die Arme.

„Du hast vorhin von deiner Wut erzählt", sagte sie so ruhig wie möglich. „Wie ist es dir schließlich gelungen, sie in den Griff zu bekommen?"

Peter lächelte. Ihr Distanzierungsversuch schien ihn eher zu amüsieren als zu verletzen. „Das hat lange gedauert. Eigentlich bin ich sie erst vor ungefähr zwei Jahren wirklich losgeworden."

Carol blickte Peter gespannt an.

„Meine Pflegeeltern haben meine Wutanfälle auf die innere Anspannung wegen des Sorgerechtsprozesses geschoben. Da du meine Akte eingesehen hast, nehme ich an, dass du weißt, worum es bei diesem Prozess gegangen ist."

Carol nickte.

„Ich ließ sie in dem Glauben, schließlich musste ich um jeden Preis verhindern, dass sie etwas über jene Nacht in der Kulturfabrik erfuhren. Es war schon schwierig genug gewesen, heimlich in mein Zimmer zurückzuklettern und alle vom Brand stammenden Schmutzspuren zu beseitigen. Glücklicherweise hatten sie keinen Verdacht geschöpft. Das durfte ich auf keinen Fall durch unbedachte Wutanfälle zunichtemachen. Ich versuchte mich zu zügeln. Mit der Zeit gelang mir das immer besser. Dafür habe ich mich total zurückgezogen und von allen abgeschottet. Ich habe nur noch das Nötigste gesprochen. Nur mein Pflegevater schaffte es ab und zu, mich aus der Reserve zu locken. Aber auch ihm habe ich mich nie wirklich anvertraut. Ich wechselte von der Realschule ans Sportgymnasium in Magglingen, machte dort mein Abitur und studierte schließlich Sportwissenschaften."

„Du warst schon während der Grundschulzeit ein Individualist", sagte Carol nachdenklich.

Ein belustigtes Lächeln glitt über Peters männliche Züge. „Das sagt jetzt genau die Richtige! Wie heißt es so schön: Jeder soll vor seiner eigenen Tür kehren ..."

„Apropos Sprichwörter – weißt du noch, wie wir uns oft einen Spaß daraus gemacht haben, sie auf eine möglichst intelligente Weise zu verschandeln?"

„Es ist noch kein Monster vom Himmel gefallen", sagte Peter lachend.

„Morgenstund hat Blei im Fuß."

„Tadel verpflichtet."

„Böses Beispiel verdirbt schlechte Sitten."

„Frisch gewagt ist halb gesponnen."

Der schwarzhaarige Kellner brachte ihnen den Salat und kleine, frisch gebackene Brötchen. Carol wünschte Peter einen guten Appetit, dann schloss sie unauffällig die Augen und schickte ein kurzes Tischgebet im Telegrammstil zum Himmel. Es war erstaunlich, wie nah sie sich Gott plötzlich wieder fühlte und wie viele der alten Gewohnheiten aus Kindertagen in letzter Zeit von Neuem zum Vorschein kamen.

Als sie die Augen wieder öffnete, stellte sie erstaunt fest, dass Peter seinen Kopf gesenkt hielt und die Augen ebenfalls geschlossen hatte. Sie konnte kaum abwarten, bis er den Kopf wieder hob.

„Betest du etwa vor dem Essen?", fragte sie mit kratziger Stimme.

Peter lächelte. „Ja", sagte er schlicht. „Das wollte ich dir übrigens vorhin erzählen, bevor du mit den Sprichwörtern angefangen hast."

„Na, dann spann mich nicht länger auf die Folter! Ich möchte die ganze Geschichte hören und zwar jetzt sofort."

„Während des Studiums habe ich meine Freude am Unterrichten entdeckt." Peter spießte ein Stück Blattsalat auf die Gabel, hielt dann aber mitten in der Bewegung inne. „Unter Kindern und Jugendlichen fühle ich mich wohl. Nachdem ich das Studium abgeschlossen hatte, trat ich die Stelle als Sportlehrer hier in Davos an. Ich freundete mich mit einem Kollegen an, der Deutsch und Englisch unterrichtet. Er ist Christ und er hat oft versucht, mich zum Gottesdienstbesuch zu überreden. Aber ich hegte immer noch meinen Groll gegen Gott und ein Gottesdienstbesuch war das Letzte, was ich wollte. Dann starb die Frau meines Kollegen bei einem Verkehrsunfall. Er war fassungslos vor Trauer, aber er hat Gott nicht angeklagt. Er hat nicht aufhört, an Gottes Güte zu glauben. Wir haben viel über Gerechtigkeit und den Sinn des Leidens gesprochen. Und irgendwann konnte ich nicht mehr anders, als vor Gott zu kapitulieren."

Carol spürte, wie sie zu zittern begann. Peter hatte ebenfalls vor Gott kapituliert. Sie erinnerte sich, wie er ihr einmal gesagt hatte, dass man sich Gerechtigkeit selbst verschaffen müsse. Doch nun war er bereit gewesen, alles loszulassen und sich Gott anzuvertrauen. Genauso, wie sie es vor einigen Tagen gemacht hatte. Sie gab sich einen Ruck und erzählte ihm in stockenden Worten von ihrer Suche nach der Wahrheit, ihren Gesprächen mit Andrea und dem Erlebnis am See.

Die Zeit verging viel zu schnell. Nach dem Essen machten sie einen Spaziergang zum Davosersee. Carol war mittlerweile völlig davon überzeugt, dass Peter ihr nichts verschwiegen hatte. Er hatte ihr alles gesagt, was er wusste. Und vielleicht war das wirklich die volle Wahrheit. Vielleicht hatten der Anblick des Feuers und die gellenden Schreie genügt, um diesen totalen Gedächtnisaussetzer bei ihr zu bewirken. Doch weshalb verstummte die bohrende Stimme in ihrem Innern dann nicht? Warum flüsterte sie ihr unaufhörlich zu, dass da noch mehr gewesen war? Es war wie ein höhnisches Lachen, das ihr durch Mark und Bein drang, ein nagendes Entsetzen, das keinen Anfang hatte und sich irgendwo in einer dunklen Leere verlor.

Im Hotel *Seehof* aßen sie ein Stück Apfelkuchen mit Vanilleeis und Schlagsahne. Dazu tranken sie gerösteten Kaffee, der nach frischer Waldluft und mächtigen Kiefern duftete.

„Du könntest ... Vielleicht könntest du dir hier ein Zimmer nehmen", sagte Peter stockend. „Dann könnten wir morgen zusammen zum Gottesdienst gehen und nachher noch den ganzen Tag miteinander verbringen. Ich lade dich ein. Natürlich nur, wenn du möchtest. Ich weiß nicht, ob es eine gute Idee ist. Ich habe einfach gedacht ..." Er brach ab und blickte Carol tief in die Augen.

Carols Herzschlag dröhnte in ihren Ohren. Noch nie hatte ein Mann solche Gefühle in ihr ausgelöst. War das vielleicht Liebe auf den ersten Blick? Oder lagen die Gründe tiefer? Hatte sie Peter vielleicht schon immer geliebt und war deshalb nicht fähig gewesen, sich auf andere Männer einzulassen?

„Ja, wieso eigentlich nicht?", sagte sie so ruhig sie konnte. Sie blickte auf ihre dunkelblaue Jeans und dann zu ihrer basketballgroßen Reisetasche, die sie vor ihrem Aufbruch nach Davos in letzter Minute mit einigen Grundutensilien für eine etwaige Übernachtung vollgestopft hatte: Zahnbürste, Kamm, Wechselkleider, Lidschatten, Kajal und Lipgloss.

Es war mehr ein spontaner Einfall als ein wohlüberlegter Entschluss gewesen, wahrscheinlich hatte ihr Unterbewusstsein darauf spekuliert, dass ihr Treffen mit Peter mehr als nur flüchtigen Charakter haben würde.

Nachdem sie ihren Apfelkuchen gegessen hatten, gingen sie zur Rezeption und buchten ein Zimmer für Carol. Sie suchte in ihrer Reisetasche nach der Geldbörse, um die Vorauszahlung zu leisten, doch Peter hatte bereits seine Kreditkarte gezückt.

„Das geht auf mich“, sagte er lächelnd. Seine dunklen Augen bedachten sie mit einem Blick, der ihr alles Blut aus dem Kopf strömen ließ. Ihre Gedanken begannen zu flattern, ihre Augen waren von seinem unverwandten Blick wie festgenagelt.

„Zimmer 209.“ Die freundliche Dame an der Rezeption reichte Carol einen Schlüssel mit Metallanhänger. „ Das ist im zweiten Stock, die hinterste Tür auf der rechten Seite.“

Der besondere Moment war vorüber. Carol hob ihre Reisetasche vom Boden auf, wandte sich langsam um und ging zum Aufzug. Peter folgte ihr wortlos. Als sie im zweiten Stock auf den Flur traten, war von irgendwo her ein lautes Rumpeln zu hören. Carol drehte den Kopf und erblickte einen etwa dreizehnjährigen Jungen mit indischen Gesichtszügen. Er mühte sich mit einem vollgestopften Gepäckwagen auf kleinen, in einem seltsamen Winkel stehenden Rollen ab. Der oberste Koffer, ein riesiges schwarzes Ungetüm mit Metallplaketten auf den Seiten, war bedrohlich in Schieflage geraten und rutschte langsam Richtung Boden.

Mit einem Satz war Peter neben dem Jungen. Er breitete schützend die Arme aus und fing den Koffer in der Luft auf, bevor er dem Jungen auf die Füße knallen konnte.

„Danke.“ Der Junge blickte verlegen zu Boden. „Sie hätten sich keine Mühe machen sollen. Ich hätte das auch allein in den Griff gekriegt.“

„Das weiß ich.“ Peter lächelte freundlich. „War ein dummer Reflex von mir. Das passiert mir manchmal, wenn ich nur halb hinschaue. Tut mir leid, ehrlich.“ Er hob den schweren Koffer mühelos auf seine rechte Schulter. „Wo soll das Ungetüm denn hin?“

„Nach draußen. Zum Wagen. Er steht auf dem Gästeparkplatz.“

„Macht es dir etwas aus, wenn ich dich begleite? Ich habe heute noch kein richtiges Muskeltraining gemacht und wäre echt froh, wenn ich das irgendwie nachholen könnte."

Der Junge nickte. „Wenn es Ihnen nichts ausmacht", sagte er so würdevoll wie möglich.

Kapitel 58

Samstag, 27. Juli, 22.20 Uhr

Carol wickelte sich fester in ihre hellbraune Wildlederjacke und blickte zum sternenübersäten Himmel auf. Er wirkte viel näher als sonst. Die Sterne bildeten eine Art Relieflandschaft, Ehrfurcht gebietend und majestätisch in ihrer leuchtenden Einsamkeit. Die dunkle Oberfläche des Davosersees kräuselte sich zu kleinen Wellen und warf den Schatten der schlanken Tannen, die sich bis hoch in die Berghänge erstreckten, verwackelt ans Ufer zurück.

„Warum bist du eigentlich nicht verheiratet?“, fragte sie Peter, der dicht neben ihr auf der rot gestrichenen Holzbank am See saß.

„Wahrscheinlich, weil ich dich nicht vergessen konnte“, sagte er leise. „Ich habe mich dir immer so nah gefühlt. Du warst der einzige Mensch, mit dem ich meine Gedanken teilen konnte, der einzige Mensch, der mich wirklich verstand.“

„Aber warum hast du dann nie Kontakt mit mir aufgenommen? Und warum hast du mich heute Morgen so abweisend empfangen?“

„Ich hatte Angst vor einer weiteren Zurückweisung. Und ich war mir über das Ausmaß meiner Gefühle nicht im Klaren. Außerdem ...“, Peter zögerte. In seinen Gesichtszügen spiegelte sich der innere Kampf, den er ausfocht. „Bei deinem unerwarteten Anblick heute Morgen sind meine alten Gefühle für dich wieder aufgeflammt“, sagte er rau. „Erst da wurde mir richtig bewusst, dass ich nie wieder eine solche Nähe zu einem Menschen empfunden habe wie damals zu dir. Und dann habe ich dich angeschaut. Du warst so … so ...“ Er brach ab. Aber sein dunkler Blick sagte mehr als tausend Worte.

Ein nie gekannter Friede umfing Carol. Die Zeit schien den Atem anzuhalten. Die Stimmen der Ausflügler, die noch einen späten Abendspaziergang zum See gemacht hatten, waren verstummt. Selbst der Wind hatte aufgehört, mit den Wellen zu spielen. Eine schmale Mondsichel leuchtete über den sich dunkel gegen den Nachthimmel abzeichnenden Bergsilhouetten.

In diesem Moment erklang der schrille Schrei eines Käuzchens. Carol fuhr zusammen. „Was war das?“, hauchte sie.

„Nur ein Käuzchen“, sagte Peter beruhigend. „Du musst keine Angst haben. Wir sind hier nicht in der Kulturfabrik. Und wir sind auch keine dreizehnjährigen Kinder mehr, die auf Gespensterjagd sind.“

Ein kalter Schauder zuckte durch Carols Glieder. „Die Nacht ist unheimlich“, flüsterte sie heiser, „ich möchte zum Hotel zurück. Hier draußen ist es mir nicht ganz geheuer.“

„Na, du kleiner Angsthase.“ Peter lächelte belustigt. „Dann muss ich mich also darauf einstellen, dass es mit dir keine romantischen Mondscheinspaziergänge am See gibt?“

„Natürlich nicht, du unverbesserlicher Romantiker.“ Carol schnitt eine kleine Grimasse. „Die Anspannung der letzten Tage steckt mir einfach noch in den Knochen. Sobald ich mich ein bisschen ausgeruht habe, bin ich bereit, mit dir nicht nur alle Seen und Flüsse, sondern auch jeden einzelnen Tümpel im Mondschein zu erobern.“

„Großes Indianerehrenwort?“

„Großes Indianerehrenwort.“

Sie hoben gleichzeitig die Hand und klatschten sich ab, in derselben Reihenfolge, wie sie es früher während der Schulzeit getan hatten – waagrechter Faustschlag, Faustschlag oben, Faustschlag unten und zum Schluss ein seitlicher Handschlag mit der geöffneten Handfläche. Carol begann zu lachen und Peter stimmte mit ein. Wie selbstverständlich griff er nach ihrer Hand und umschloss sie mit seinen Fingern. Ein Strom von Wärme pulsierte durch Carols Körper. Sie war angekommen. Ihr Herz hatte ein Zuhause gefunden.

Gemächlich spazierten sie den nur schwach beleuchteten Kiesweg entlang, der vom See zum Hotel zurückführte.

Plötzlich stockte Carols Fuß. War da nicht ein Geräusch hinter ihr gewesen? Sie verlangsamte ihren Schritt und warf einen Blick über die Schulter zurück. In diesem Moment verspürte sie einen schmerzhaften Einstich im linken Oberschenkel. Sie schrie auf, dann wurde es dunkel um sie.

Kapitel 59

Samstag, 27. Juli, 23.20 Uhr

Als Carol wieder zu sich kam, hatte sie keine Ahnung, wo sie war. Mühsam ließ sie die Augen durch den großen Raum wandern, der durch eine schwache Glühbirne erhellt wurde. Kahle Wände, zwischen denen blaue Nylonseile gespannt waren, und weiße, quaderförmige Maschinen, die wie riesige Wäschetrockner aussahen. Wie war sie in dieses Gebäude gekommen? Und wo war Peter?

Ihr Kopf fühlte sich an, als ob er fünf Meter über dem Boden schweben würde. Sie bemerkte, dass sie sich in einer halb sitzenden Stellung befand und mit dem Rücken an der Wand lehnte. Weshalb hatte sie bloß das Gefühl, dass die Nervenbahnen zwischen ihrem Hirn und ihren Muskeln durchtrennt worden waren? Eine dumpfe Erinnerung kroch in ihr hoch. Der schmerzhafte Einstich in ihrem Oberschenkel. Der plötzliche Verlust des Bewusstseins. Sie musste mit einem muskulär wirkenden Betäubungsmittel vollgepumpt worden sein.

Ein leises Stöhnen neben ihr ließ sie zusammenzucken. Unter Aufbietung ihrer ganzen Kraft drehte sie den Kopf zur Seite. Etwa einen Meter von ihr entfernt hockte Peter. Er schlug soeben die Augen auf und versuchte, sich vom Boden hochzustützen.

„Das würde ich bleiben lassen."

Carols Blut gerann zu Eis. Diese Stimme hatte sie schon einmal gehört. Sie klang seltsam guttural, so als würden alle Laute ganz hinten in der Kehle gebildet und dann durch einen langen, dunklen Tunnel herausgepresst.

„Ganz still sitzen bleiben." Die gutturale Stimme gehörte zu einer schwarz gekleideten Gestalt mit Kapuzenpullover und einem schwarzen Tuch über Mund und Nase. Sie hielt eine Pistole in der Hand und zielte abwechselnd auf Peter und dann wieder auf Carol. „Meine Kugeln sitzen ziemlich locker. Passt also auf, dass ihr nicht plötzlich eine im Bein oder im Arm habt."

Carol überlegte fieberhaft. Wo hatte sie diese Stimme bloß schon gehört?

„Wo sind wir?“ Ihr Mund war trocken und sie hatte Mühe, die Worte zu formen.

„Schnauze!“, brüllte der dunkel gekleidete Mann.

Hilflos ließ Carol ihre Augen durch den weiß getünchten Raum wandern. Es sah aus wie eine Wäscherei. Befanden sie sich vielleicht noch im Hotel? Normalerweise war die Hotelwäscherei entweder in einem Nebengebäude oder in den Kellerräumlichkeiten untergebracht. Wenn sie beim Einchecken nur besser aufgepasst hätte. Dann hätte sie jetzt wenigstens eine kleine Ahnung, wohin sie verschleppt worden waren.

„Carol, es … es t-tut mir leid. Ich – ich w-wollte d-das eigentlich gar nicht, a-aber m-mein B-bruder ...“ Eine zweite schwarz gekleidete Gestalt war neben die erste getreten und hob in hilfloser Resignation die Hände. Obwohl auch sie einen Kapuzenpullover und ein schwarzes Tuch über Mund und Nase trug, erkannte Carol sie sofort.

„Gregor“, murmelte sie schwach. „Was machst du denn hier?“

„Ich … ich ...“, stotterte Gregor.

Plötzlich fiel es Carol wie Schuppen von den Augen.

„Du hast die anonymen Zettel geschrieben, nicht wahr?“, keuchte sie.

„Ich … ich wollte dich warnen. Ich wollte ...“

„Stimmt nicht“, fiel ihm sein Bruder grob ins Wort. „Du hast dich amüsiert. Du wolltest dich an ihr rächen, weil sie dich damals nicht beachtet hat. Du hast sie bewundert und bist ihr auf Schritt und Tritt gefolgt.“

Ein kalter Schauder jagte durch Carols Körper. Die Begebenheit im Turnhallengebäude, als plötzlich das Licht ausgegangen war. Die Dunkelheit, das Keuchen. Das Gefühl, heimlich verfolgt zu werden.

„Das Spiel mit den anonymen Zetteln hat ihn wirklich amüsiert“, fuhr die gutturale Stimme an Carol gewandt fort. „Sie gaben ihm Macht über dich. Mit einem Mal warst du von *ihm* abhängig und nicht mehr er von *dir*. Und weißt du was? Er hat dir nicht nur anonyme Zettel zugesteckt, sondern auch eine Wanze in deinem Haus installiert. So konnte er dir auf deinen Erkundigungsgängen heimlich folgen. Er ist immer noch ziemlich gut im Nachschleichen. Aber er ist auch noch genauso naiv wie früher. Er hat gehofft, dass du dein Gedächtnis wiederfinden und ihn direkt zu einer Erklärung für die Geschehnisse in der Kulturfabrik führen würdest. Aber er ist nicht abgebrüht genug. Plötzlich hat er es mit der Angst zu tun bekommen. Und dann ist er angekrochen gekommen und hat mir alles gebeichtet und mich gebeten, mich um die Sache zu kümmern."

„Er hat den Brand des Bootshauses also auch miterlebt?" Peters Stimme klang ruhig und gelassen.

„Ja. Dummerweise hat er mich erkannt. Er machte sich vor Angst fast in die Hose und hat so überstürzt das Weite gesucht, als wären zehntausend Höllenhunde hinter ihm her."

„Ich habe mir alle Mühe gegeben, die schrecklichen Bilder von damals aus meinem Kopf zu verbannen", sagte Gregor, der sich wieder ein wenig gefasst hatte. „Und eigentlich ist es mir mit der Zeit ganz gut gelungen. Doch dann hat das Klassentreffen alles wieder aufgewühlt." Er machte einen kleinen Schritt auf Carol zu. „Ich habe die anonymen Zettel geschrieben, weil ich deinem Gedächtnis auf die Sprünge helfen wollte. Aber dann habe ich Angst gekriegt. Deshalb habe ich meinen Bruder eingeweiht. Axel hat daraufhin das Nachschleichen übernommen. Er ist dir am Mittwochabend ins Jugendamt gefolgt, wurde aber leider von der elektronischen Schleuse aufgehalten. Ich habe vor deiner Haustür gewartet. Als du weg warst, konnte ich in Ruhe den nächsten anonymen Zettel an die Türklinke heften. Und als du nach Hause kamst, warst du zum Glück so aufgewühlt, dass du spätnachts noch deine Freundin Sofia angerufen und ihr von Peters Akte, seiner Pflegefamilie und seinem Aufenthalt am Sportgymnasium Magglingen erzählt hast."

„Und dann bin ich auf die Idee mit der falschen Spur zu Andrea und ihrem Mann gekommen." Die Stimme von Axel klang noch immer so, als würden alle Laute ganz hinten in der Kehle gebildet, um anschließend durch einen langen, dunklen Tunnel herausgepresst zu werden. „Gregor hat mir von jedem Telefongespräch, das du geführt hast, berichtet. Wir wissen von der Geschichte mit der Uhr. Uns ist klar geworden, dass du Andrea nicht hundertprozentig traust. Und deshalb haben wir gedacht, wir könnten ein wenig Verwirrung stiften. Den Anruf im Sportgymnasium hat übrigens eine gute Freundin von mir getätigt. Genial, nicht wahr? Ich wette, dass du ganz schön enttäuscht warst, dass dich deine ach so tollen Freunde auf eine solch miese Art hintergangen haben."

Carol ballte die Fäuste. *Bleib ruhig,* redete sie sich verzweifelt zu, *lass ihn ins Leere laufen. Begib dich auf keinen Fall auf sein Niveau. Er wird jede Schwäche von dir gnadenlos ausnutzen.*

„So, und nun erzählt mir doch ein wenig von jener Nacht in der Kulturfabrik." Axel machte einen Schritt auf Peter und Carol zu und schwenkte bedrohlich die Pistole hin und her. „Was ist mit den Leichen von Nils und Jamila passiert? Habt ihr sie entsorgt?"

Peter blickte ihm unbeeindruckt in die Augen. „Das sage ich dir erst, wenn du mir erklärst, weshalb ihr die Hütte angezündet habt. Was hattet ihr gegen die beiden?"

„Du bist der Letzte, der hier Forderungen stellen kann", zischte Axel. Er hob die Pistole und zielte auf Peters rechte Schulter. „Wenn du nicht sofort parierst, kann ich meiner Bitte problemlos ein wenig Nachdruck verleihen."

„Nicht!" Gregor hielt ihn am Ärmel zurück. „Du hast mir versprochen, dass du ihnen nichts tun wirst!"

Ein bösartiges Knurren stieg aus Axels Kehle empor. Einen kurzen Moment lang sah es so aus, als wolle er Gregors Einwand ignorieren, aber dann senkte er endlich die Waffe und trat einen Schritt zurück. „Ich warne euch", blaffte er. „Eine falsche Bewegung und ich schieße!"

Er holte tief Luft. „Wir waren zu dritt", sagte er schließlich. „Julian, Nils und ich. Irgendwann im Rahmen des Geschichtsunterrichts haben wir uns mit alten germanischen Bräuchen und Sitten befasst. Wir waren fasziniert davon und haben beschlossen, einen Bund zu gründen – die Siegfriedianer. Wir haben uns geschworen, die alten germanischen Werte hochzuhalten. Und wir waren strikt für Rassentrennung. Wir haben uns immer in der alten Kulturfabrik getroffen. Dort haben wir germanische Kampfkünste trainiert, geraucht, getrunken und Musik gehört. Doch dann, in unserem Abschlussjahr kurz vor dem Abitur, hat sich Nils in ein Mädchen verliebt. Sie hieß Jamila und war eine Sinti. Ausgerechnet eine Sinti! Das war schlimmer als eine der sieben Todsünden. Julian und ich haben Nils aus unserem Bund ausgeschlossen. Und was macht er? Er geht mit Jamila zum alten Bootshaus. Wahrscheinlich wollte er vor ihr damit angeben, dass er sich auf dem Gelände so gut auskannte. Wir haben sie beobachtet und wollten sie eigentlich nur ein wenig erschrecken. Ein kleines Feuer legen, sie aus ihrem Bau herausholen. Aber dann, als wir unter dem Fenster des

Bootshauses gestanden haben, haben wir gehört, wie sie sich gemeinsam über die Siegfriedianer lustig gemacht haben. Damit hatten sie ihr Todesurteil besiegelt."

„Wie hast du deinen Bruder erkannt, Gregor?", fragte Peter sachlich.

„Er … er war ein großer Fan von Wagner", stotterte Gregor. „Seine liebste Oper war *Lohengrin.* Der heilige Gral. Er hat sich das Wort *GRAL* hinten auf seine Lederjacke aufgesprüht. Die Farbe muss phosphoreszierende Bestandteile gehabt haben. Auf jeden Fall begann sie im Feuerschein zu leuchten. Ich habe sofort gewusst, dass das Axels Jacke sein musste."

„Wer nun dem Gral zu dienen ist erkoren, den rüstet er mit überird'scher Macht", deklamierte Axel spöttisch. „An dem ist jedes Bösen Trug verloren, wenn ihn er sieht, weicht dem des Todes Nacht."

In Carols Ohren explodierte etwas. *Wer nun dem Gral zu dienen ist erkoren. Erkoren. ERKOREN.* Die Worte begannen zu gellen, wurden immer lauter. Die Konturen der beiden schwarzen Gestalten verschmolzen miteinander. Die weißen Wände kamen näher, begannen sich zu drehen. Carol schrie erstickt auf, dann wurde es wieder dunkel um sie.

Kapitel 60

Samstag, 27. Juli, 23.30 Uhr

Mühsam stützt sie sich auf die Ellenbogen auf, zieht ihre Fußspitzen unter der Wurzel hervor, über die sie gestrauchelt ist. Ein weiterer Blitz zuckt über den Himmel. Und dann sieht sie es: Die Wurzel ist keine Wurzel, sondern ein Fellknäuel. Ein steifes, kaltes Fellknäuel.

Sie beginnt zu schreien.

Im Licht der aufleuchtenden Blitze sieht sie das schwarze Fell, die langen Schnauzhaare, die spitz aufgerichteten Ohren. Eine Katze. Die grünen Augen sind weit offen und starren mit gläsernem Blick ins Nirgendwo. Dort, wo einmal ihr Bauch gewesen ist, befindet sich eine klaffende Wunde. Dunkelrotes Blut hat sich in klebrigen Strömen in dem zerstörten Fell eingenistet. Eine schwarze Lache staut sich auf den modrigen Blättern, die den Waldboden bedecken. Carol wirft einen entsetzten Blick auf ihre Füße. Überall klebt Blut. An der Hose, an den Schuhen, an den Socken.

Ihr Schreien geht in ein panikerfülltes Wimmern über. Sie ist in einem Albtraum gefangen, aus dem es kein Entrinnen gibt.

Plötzlich spürt sie, dass sie beobachtet wird. Ruckartig rappelt sie sich hoch und stößt fast mit zwei dunklen Gestalten zusammen, die wie aus dem Boden gewachsen zu sein scheinen. Die eine Gestalt ist nur ein wenig größer als sie, während die andere sie mindestens um Haupteslänge überragt. Sie sind schwarz und haben kein Gesicht.

Die Gespenster aus der Kulturfabrik.

„Sie hat das Feuer gesehen“, murmelt die kleinere der beiden Gestalten.

„Das macht nichts.“ Die Stimme der großen Gestalt klingt seltsam gepresst, als würden die Laute mit aller Kraft durch einen langen, dunklen Schlund gequetscht. „Ich habe noch ein wenig Stoff. Sie wird so stoned sein, dass sie sich weder an uns noch an das Feuer erinnern wird. Und ich habe auch eine Idee, wie wir den Effekt noch ein wenig verstärken können …“

Die dunkle Gestalt greift in die Jackentasche und klaubt zwei bläuliche Pillen in der Größe eines Kaugummis hervor. „Mund öffnen“, herrscht sie Carol an.

Sie gehorcht, ohne zu überlegen.

„Zerkauen und schlucken."

Wieder gehorcht sie.

In diesem Moment zuckt ein weiterer Blitz über den Himmel. Einen kurzen Augenblick lang ist es taghell. Die Gestalt, die ihr die Pillen gegeben hat, streckt die Hände zum Himmel auf. „Wer nun dem Gral zu dienen ist erkoren, den rüstet er mit überird'scher Macht", deklamiert sie theatralisch.

„Wer nun dem Gral zu dienen ist erkoren", klingt es in Carol nach. Erkoren. ERKOREN. Die Worte werden lauter, brennen sich mit geisterhaftem Gelächter in ihr Gehirn ein. Sie presst die Hände auf die Ohren, versucht sie vor der Kakophonie aus schrecklichen Klängen zu beschützen. Zu spät. Wie ein flammender Pfeil durchstechen sie ihr Trommelfell, bohren sich tief in ihre Gehörgänge.

Der Schmerz hinter ihren Schläfen explodiert.

Sie stürzt durch einen Schacht in die Tiefe. Rote und gelbe Blitze zerbersten vor ihren Augen. Sie prallen an den Wänden des Schachts ab, werden in wabernden Wellen zurückgeworfen. Jetzt formieren sie sich zu überdimensionierten Blasen. Sie hüllen sie ein, legen sich wie klebriges Spinnengewebe um ihren Körper. Eine besonders große Blase lässt sich auf ihrer Brust nieder. Sie ist grellorange und feuert in rascher Folge glühende Blitze ab. Plötzlich verändert sich ihr Aussehen. Aus der glatten Oberfläche schießen dunkle Haare und ein monströser Kopf.

Sie möchte schreien, aber sie bringt keinen Ton heraus. Ein zentnerschweres Gewicht liegt auf ihrer Brust. Leere, glasige Augen starren sie an, werden größer, halten ihren Blick in einer tödlichen Starre gefangen. Die schlitzartigen Pupillen werden zu dunklen Gewölben. Plötzlich platzen sie auf und zwei riesige, schwarz behaarte Spinnen krabbeln aus dem Inneren. Ihre Beine sind wie dicke Keulen. Zuckend und tastend kriechen sie vorwärts, winden sich um Carols Brust, drücken ihr den Atem ab. Sie kann das pelzige Fell spüren, den giftigen, todbringenden Hauch, der aus jeder Pore strömt.

Ihr Herzschlag stockt, stolpert weiter, stockt wieder. Die Spinnen verschwinden, stattdessen befindet sie sich in einem glühenden See aus rot-gelben Flammen. Die Hitze dringt durch ihren Körper, versengt ihre Organe. Ein leises Dröhnen brodelt in den unergründlichen Tiefen, wird lauter, steigert sich zu einem ohrenbetäubenden Knurren, feindselig, bösartig, hasserfüllt. Plötzlich verwandelt sich die glühende Flüssigkeit in Eiswasser. Bläulich schimmernde Eiskristalle setzen sich auf ihrer Haut fest, lassen ihr Blut gefrieren. Sie schwebt durch eine Gletscherlandschaft nach oben. Jetzt ist sie in einem Eiskanal, dessen glatte Oberfläche von messerscharfen Eiszacken durchzogen ist. Lähmende Furcht ergreift von ihr Besitz. Wenn sie sich an einer dieser Eiszacken stößt, wird sie elendiglich verbluten. Sie muss ihnen ausweichen, und zwar um jeden Preis. Verzweifelt rudert sie mit den Armen.

Und dann, mit einem Mal, ist die Gletscherlandschaft verschwunden.

Wieder starren tote, glasige Augen sie an und wieder will sie schreien, bringt aber keinen Ton heraus.

Die leblosen Augen schwellen an. Die schlitzartigen Pupillen quellen auf, werden zu dunklen Gewölben, die jäh auseinanderbrechen. Diesmal winden sich Tausende von feurigen Schlangen aus dem finsteren Schlund. Sie kriechen langsam auf sie zu, rollen sich um ihre Brust, drohen sie zu ersticken. Ihre kleinen, flinken Zungen ringeln sich vor und zurück. Gleich werden sie ihre Giftzähne in ihre Haut bohren.

Ihr Puls flattert. Sie muss fliehen.

Plötzlich sind die Schlangen verschwunden.

Tote, glasige Augen starren sie an.

Doch diesmal werden sie nicht größer. Sie sind einfach da, gleich neben ihrem Gesicht. Sie sind grün und die Pupillen sind schlitzförmig. Tot. Leblos. Starr. Ein erstickter Schrei bahnt sich den Weg durch ihre Kehle. Verwirrt stellt sie fest, dass sie auf dem Rücken liegt. Der Boden unter ihr ist feucht und glitschig. Die toten Augen starren sie an. Sie möchte die Hand heben, aber ihre Glieder gehorchen ihr nicht. Auf ihrer Haut spürt sie etwas Pelziges. Ein Würgereiz schnürt ihr den Hals zu. Verzweifelt schließt sie die Augen und dämmert weg.

Als sie die Augen wieder öffnet, hat sich die albtraummäßige Benommenheit zum größten Teil verflüchtigt. Sie stützt sich auf die Ellenbogen und richtet sich auf. Ein nasses Fellknäuel gleitet langsam von ihrem Oberkörper in ihren Schoß. Die glasigen Augen starren kalt und leblos ins Nirgendwo. Sie stößt einen gellenden Schrei aus und springt auf. Eine tote Katze. Wie ist sie auf ihre Brust gekommen? Wo ist sie überhaupt? Suchend blickt sie sich um. Es ist dunkel. Und es regnet. Über und neben ihr befinden sich Bäume. Sie muss irgendwo im Wald sein. Tastend macht sie einen Schritt. Dann noch einen. Irgendwann stößt sie auf eine geteerte Straße.

Mechanisch setzt sie einen Fuß vor den anderen. Sie gelangt in eine Gegend, die ihr bekannt vorkommt, und ist erstaunt, als sie mit einem Mal vor ihrem Haus steht. Leise öffnet sie die Tür, schleicht sich in ihr Zimmer. Ihre Kleider und Schuhe sind voll von geronnenem Blut und dem Schmutz des Waldbodens. Wie in Trance zieht sie sich aus, stopft die modrige Kleidung in einen Müllsack. Sie will sie nicht mehr sehen, will nichts mehr mit ihnen zu tun haben. Diese Nacht hat es nie gegeben. Es ist alles nur ein böser Traum gewesen.

Keuchend schlug Carol die Augen auf. Sie mussten ihr damals, in jener Nacht, ein Halluzinogen verabreicht und sie auf einen Horrortrip geschickt haben, der sie nicht nur fast um ihren Verstand, sondern auch um ihr Leben gebracht hätte. Kein Wunder, dass sie sich danach an nichts mehr hatte erinnern können. Sie war durch einen höllisch finsteren Abgrund gegangen, der einmal mit Feuerflammen und dann wieder mit klirrend scharfen Eiszacken gepflastert gewesen war.

„So, und nun möchten wir wissen, was mit Nils und Jamila passiert ist." Axels Augen funkelten bösartig. „Wo sind ihre Leichen? Warum war die Brandstelle mit frischen Ästen und Zweigen abgedeckt?"

Peter schob den Unterkiefer vor. „Ich sage es euch, wenn ihr Carol gehen lasst. Sie hat nichts damit zu tun."

„Zu spät." Axel lachte. „Sie weiß, wer wir sind. Wir können sie nicht gehen lassen."

„A-aber", wandte Gregor ein. „Wir haben das nicht so abgemacht. Du hast gesagt, dass wir nur in Erfahrung bringen wollen, was damals passiert ist. Danach lassen wir sie ohnehin gehen."

„Das Drehbuch hat sich geändert, Kumpel."

„Ich bleibe dabei", sagte Peter mit fester Stimme. „Zuerst lasst ihr Carol gehen. Danach sage ich euch, was damals passiert ist."

„Das ist nicht gut." Axel schüttelte nachdrücklich den Kopf. „Du zwingst uns, drastischere Mittel anzuwenden. Wenn du uns nicht sofort sagst, was mit den Leichen von Nils und Jamila geschehen ist, jage ich deiner Freundin eine Kugel ins Bein. Das tut weh, glaub mir."

Peter zögerte. Dann, plötzlich, begann er zu husten. Er krümmte sich zur Seite. Sein ganzer Körper bebte, als würde er von einer riesigen Hand durchgeschüttelt. Er sank immer weiter zur Seite, bis sein Gesicht und seine Hände den kalten Betonboden berührten.

„Schluss jetzt!", brüllte Axel. Er ging auf Peter zu, den Lauf der Pistole direkt auf seinen Kopf gerichtet. „Hör sofort auf zu husten! Du bringst mich ganz durcheinander!" Er holte aus und trat mit dem Stiefel nach Peters Gesicht.

In diesem Moment schnellte Peter hoch. Mit einem gezielten Fußkick schlug er Axel die Waffe aus der Hand. In hohem Bogen flog die Pistole durch den Raum. Axel stieß einen erstickten Schrei aus, ballte die Fäuste und ging wie ein wütender Stier auf Peter los. Peter duckte sich zur Seite und verpasste ihm einen Seitwärtshaken an den Kopf. Axel taumelte zurück, fing sich wieder, ging von Neuem auf Peter los.

„Stopp." Gregors Stimme bebte. Er hatte die Waffe vom Boden aufgehoben und zielte mit zitternden Händen erst auf Peter, dann auf Axel und schließlich auf Carol. „H-hinsetzen. Und keine Mätzchen mehr. Ich … ich muss überlegen."

In Peters ausdrucksvollem Gesicht arbeitete es. Er biss die Zähne zusammen. Seine Augen waren hart wie Stahl. Er atmete tief durch, dann wich er langsam zurück und ließ sich dicht vor Carol auf den Boden sinken. Seine breiten Schultern schirmten sie wie ein menschlicher Schutzschild vor möglichen Angriffen durch ihre Kidnapper ab.

„Gib mir die Waffe." Mit einem Haifischlächeln trat Axel auf seinen Bruder zu. „Du hast sowieso nicht die Nerven, eine so große Sache durchzuziehen."

Gregor zögerte.

„Polizei! Keine Bewegung!" Die trockene Stimme hallte wie ein Gewehrschuss durch den nackten Raum.

Axel hielt mitten in der Bewegung inne. Gregors Augen wurden groß und ängstlich. Seine Arme begannen unkontrolliert zu zucken.

„Waffe ganz langsam auf den Boden legen." Der Polizist mit der trockenen Stimme schritt geschmeidig wie eine Katze auf Gregor zu, während sich sein Partner hinter Axel stellte und ihm die Arme auf den Rücken drehte. „Waffe – langsam – auf – den – Boden – legen", wiederholte er in knappem Befehlston.

Am ganzen Körper zitternd leistete Gregor seinem Befehl Folge. Klappernd fiel die Waffe zu Boden. Sofort packte der Polizist seine Arme und ließ die Handschellen, die er blitzartig aus dem Gürtel gezogen hatte, um seine Handgelenke schnappen.

Carol fühlte sich seltsam losgelöst. Was war Traum, was war Wirklichkeit? Konnte es sein, dass sich ihr verwirrtes Hirn diese ganzen

Geschehnisse bloß einbildete? War sie jetzt vollends durchgedreht? Ihr Kopf fühlte sich so vernebelt an, als ob sie tagelang nichts gegessen hätte. Wie in Trance ließ sie sich von Peter auf die Beine ziehen. Ihre Knie zitterten so stark, dass sie sich an ihm festklammern musste, um nicht mitten im Raum zusammenzuklappen. Der Geruch seines Rasierwassers brachte sie wieder in die Wirklichkeit zurück. Im Traum funktionierte der Geruchsinn nicht. Sie musste sich also in der Realität befinden.

„Bist du in Ordnung, Carol?", fragte Peter zärtlich.

Wortlos nickte sie. Er legte die Arme um sie und drückte sie vorsichtig an sich. Sie spürte seinen pochenden Herzschlag und die Kraft, die von jeder Faser seines Körpers ausging. Carol fühlte sich so geborgen wie noch nie in ihrem Leben und wünschte sich, dass dieser Moment niemals endete. Aber es war noch zu früh, um ihren Verstand auszuschalten und in seiner Umarmung zu versinken. Sie wollte es langsam angehen lassen. Peter von Neuem kennenlernen als den Mann, zu dem er herangereift war und dessen Persönlichkeit es behutsam, Schritt für Schritt, zu erkunden galt.

Sachte löste sie sich aus seiner Umarmung und wandte sich an die beiden Polizisten, die neben Gregor und Axel standen und sie über ihre Rechte aufklärten. „Wie haben Sie uns gefunden?", fragte sie in sachlichem Tonfall.

Der Polizist, der Gregor entwaffnet hatte, warf einen Blick über seine Schulter zurück. „Pratheep, wo bist du?", rief er durch den Raum. Ein Junge mit indischen Gesichtszügen trat zaghaft aus dem Schatten eines Wäschetrockners. „Er wollte uns unbedingt begleiten", sagte der Polizist mit einem entschuldigenden Schulterzucken, „aber wir haben ihm natürlich eingeschärft, dass er im Hintergrund bleiben muss. Ein Tatort ist nichts für einen dreizehnjährigen Jungen."

„Hat er Sie benachrichtigt?" Peters Stimme klang so ruhig, als käme er gerade von einem Sonntagsspaziergang zurück.

„Ich glaube, es ist das Beste, wenn du es ihnen selbst erzählst, nicht wahr, Pratheep?"

„Ich …", druckste der Junge herum. „Ich … ich habe auf Sie gewartet, weil ich Ihnen etwas Kleines geben wollte. Zum Dank, weil Sie mir mit den Koffern geholfen haben. Ich habe gesehen, wie Sie vom See zurückgekommen sind. Und dann habe ich gesehen, wie die beiden schwarzen Gestalten Sie ins Wirtschaftsgebäude geschleppt haben. Da habe ich Angst bekommen und die Polizei gerufen."

„Danke, Kumpel." Der harte Funke in Peters Augen wich einem sanften Leuchten. „Das hast du gut gemacht." Er streckte dem Jungen die Hand hin.

Mit einem schüchternen Lächeln schlug Pratheep ein.

„Wenn es Ihnen nichts ausmacht, würde ich Sie gern aufs Revier einladen", sagte der Polizist, der das Kommando zu haben schien. „Wir würden gern Ihre Aussage aufnehmen und mit den Aussagen der beiden festgenommenen Personen abgleichen."

„Was meinst du, Carol?", fragte Peter. „Wird das nicht zu viel für dich?"

„Nein, es geht schon." Carol atmete tief durch und straffte die Schultern. „Je eher wir die Angelegenheit abschließen können, desto besser. Ich möchte endlich wieder zu leben beginnen und nicht bei jedem Blätterrascheln zusammenzucken müssen. Bringen wir es hinter uns, solange alles noch frisch ist und wir den Tathergang genau vor Augen haben."

„Gut." Die beiden Polizisten packten Gregor und Axel an den Oberarmen und führten sie zu dem bereitstehenden Polizeiwagen. „Wir haben bereits Verstärkung angefordert. Unsere Kollegen werden Sie zum Revier bringen. Wir sehen uns dann dort."

Sie verfrachteten die beiden Festgenommenen auf den Rücksitz ihres Streifenwagens und fuhren los. Carol blickte ihnen nach, bis die Schlusslichter des Wagens in der Ferne verschwunden waren. Trotz der Hektik der vergangenen Stunden und einer wahrscheinlich beträchtlichen Dosis Betäubungsmittel fühlte sie sich erstaunlich fit. Mit halbem Ohr hörte sie, wie sich Peter von Pratheep verabschiedete. Seine tiefe Stimme klang weich und ein wenig belustigt. Ihr Herz begann schneller zu schlagen. Peter hatte sie mit seinem eigenen Körper vor Axels Wut beschützt und dabei sein Leben aufs Spiel gesetzt. Sie wollte sich gar nicht ausmalen, was passiert wäre, wenn die beiden Polizisten nicht rechtzeitig eingegriffen hätten.

„Carol." Aus Peters tiefer Stimme war alle Belustigung verschwunden. Er trat einen Schritt auf Carol zu. Sachte hob er die Hände und legte sie um ihre Wangen. „Ich werde warten, bis du so weit bist", sagte er leise. „Ich habe alle Zeit der Welt. Aber ich werde auf keinen Fall zulassen, dass uns noch einmal etwas trennt oder du plötzlich über Nacht wieder aus meinem Leben verschwindest."

„Ich auch nicht", flüsterte Carol. „Ich möchte dich auch nie wieder verlieren."

Peter lächelte.

In seinen dunklen Augen spiegelte sich das Leuchten der Sterne.

Epilog

Samstag, 25. Januar

Ich bin noch einmal mit einem blauen Auge davongekommen.

Zwar musste ich einige Tage in Untersuchungshaft verbringen, aber Peter und Carol haben sich für mich eingesetzt und der Polizei glaubhaft versichern können, dass Axel mich für seine Zwecke missbraucht und mich gegen meinen Willen gezwungen hat, bei der Sache mitzumachen.

In Axels Taschen sind bei der Durchsuchung hochwirksame Betäubungsmittel gefunden worden. So wie es aussieht, wollte er erst die Informationen aus Peter und Carol herausquetschen und ihnen dann eine Überdosis verabreichen. Wahrscheinlich wollte er es wie einen Selbstmord aussehen lassen.

Die Polizei hat mich stundenlang verhört. Sie wollte alles von mir wissen. Weshalb Axel auf die Idee gekommen ist, Peter und Carol zu entführen. Warum ich mich nicht gewehrt habe. Ob es ein belastendes Ereignis in der Vergangenheit gibt, das uns alle miteinander verbindet.

Ich habe eisern geschwiegen. Sollen sie es doch selbst herausfinden. Nur als sie mich gefragt haben, ob Axel schon früher zu Gewalttätigkeit geneigt hat, habe ich geantwortet. Diese Frage konnte ich mit gutem Gewissen bejahen.

Er hat Tiere gequält, Katzen vergiftet, jüngere Kinder geschlagen und terrorisiert. Seine Wutausbrüche waren legendär. Das ganze Quartier hat sich vor ihm gefürchtet. Mir erging es nicht viel besser. Wenn ich nicht genau das tat, was er wollte, hat es Prügel gegeben. Oder Schlimmeres. Einmal hat er mich eine ganze Nacht lang im Keller eingesperrt. Ein andermal hat er mich mit dem Kopf so lange unter Wasser gedrückt, dass ich um ein Haar ertrunken wäre. Und einmal hat er meinen rechten Arm auf die kochend heiße Herdplatte gepresst und erst losgelassen, als ich vor Schmerz ohnmächtig geworden bin. Ich hatte Verbrennungen dritten Grades und musste eine komplizierte Hauttransplantation über mich ergehen lassen. Zum Glück ist das schon so lange her, dass ich mich kaum noch daran erinnern kann. Ich war erst vier oder fünf – zu klein, um zu verstehen, was sich zwischen meinem Bruder und mir abspielte. Meine Mutter hat es ebenfalls nicht verstanden. Sie war alleinerziehend, berufstätig und ständig überfordert.

Als Axel aufs Gymnasium kam, entspannte sich die Situation zwischen ihm und mir schlagartig. Er war nicht mehr so oft zu Hause. Ich hatte den Verdacht, dass er irgendwo einen Unterschlupf gefunden hatte. Einen Ort, an dem er seine Gewaltfantasien ausleben konnte. Wenn ich von einem toten Tier hörte oder las, war ich mir sicher, dass er dahintersteckte. Deshalb war ich auch nicht erstaunt, als ich ihn damals in der Kulturfabrik erkannte. Trotzdem habe ich Todesängste ausgestanden. Ich war immer davon überzeugt gewesen, dass er nie bis zum Äußersten gehen würde. Er war grausam und unberechenbar, aber nicht in der Lage, einen Menschen umzubringen. Aber dann musste ich mit eigenen Augen mitansehen, wie er einen Mord beging. Wie würde Axel reagieren, wenn er herausfand, dass ich ihn beobachtet hatte? Würde er mich ebenfalls umbringen?

Deshalb habe ich die ganzen Jahre hindurch geschwiegen.

Axel ist mit der Zeit ruhiger geworden. Natürlich habe ich meine Angst vor ihm nie ganz verloren. Aber das Gefühl der Familiensolidarität war stärker als die Angst. Deshalb habe ich ihn irgendwann nach dem Klassentreffen über meine Mitwisserschaft informiert. Und über die Mitwisserschaft von Carol und Peter. Ich war mir sicher, dass er ihnen nichts antun würde. Er würde ihnen vielleicht einen Denkzettel verpassen, aber das wäre ja nicht weiter schlimm, oder?

Doch ich habe mich geirrt.

Ich habe ein schlechtes Gewissen.

Aber nur ein bisschen.

Irgendwie empfinde ich nämlich ein seltsames Gefühl der Schadenfreude, wenn ich daran denke, dass die beiden einen Augenblick lang Todesangst ausgestanden haben müssen.

Das war die Strafe dafür, dass sie mich immer ignoriert haben.

Nach der Gerichtsverhandlung, bei der Peter, Carol und ich als Hauptzeugen aufgetreten sind, ist Axel schließlich wegen versuchten Mordes zu einer achtjährigen Gefängnisstrafe verurteilt worden. Doch die ganze Verhandlung hat einen mehr als schalen Nachgeschmack bei mir hinterlassen. Die Hauptfrage wurde nämlich nicht nur nicht beantwortet, sondern nicht einmal gestellt. Niemand hat etwas über die Ereignisse in der Kulturfabrik vor vierundzwanzig Jahren gesagt. Niemand hat ein Wort über Carols seltsamen Gedächtnisverlust oder die anonymen Zettel verloren. Peter und

Carol haben lediglich erklärt, dass Axels Aktion sie völlig überrascht habe. In dem Gespräch zwischen ihm und mir im Wirtschaftsgebäude sei von irgendeiner unbeabsichtigt erfolgten Zurückweisung von früher die Rede gewesen. Mich habe Axel unter der Vorspiegelung falscher Tatsachen in die Entführung mit hineingezogen.

Weshalb?

Weshalb haben sie geschwiegen?

Ein Mord verjährt erst nach fünfundzwanzig Jahren – es hätte also durchaus einen Einfluss auf das Strafmaß gehabt, wenn sie die Geschehnisse von damals erwähnt hätten. Axel hätte mit sehr großer Wahrscheinlichkeit lebenslänglich gekriegt. Und Julian ebenfalls – falls er sich im Zuge dieser ganzen Angelegenheit nicht schon längst ins Ausland abgesetzt hat.

Aber Peter und Carol haben geschwiegen. Und somit hämmern die bohrenden Fragen weiterhin mit knochigen Fingern gegen meine Stirn.

Wo sind die Leichen der beiden Personen, die im Bootshaus verbrannt sind?

Wer hat sie damals beseitigt?

Was ist in jener Nacht in der Kulturfabrik wirklich geschehen?

Ich werde es nie erfahren.

Vor einiger Zeit hat mich Peter für ein Wochenende nach Davos eingeladen. Wie erwartet sind er und Carol ein Paar geworden. Anfang März werden sie heiraten. Langweilige Spießer. Ich weiß nicht, weshalb Peter den Kontakt zu mir sucht. Hat er vielleicht das Gefühl, er müsse mich für die verletzende Nichtbeachtung während unserer Schulzeit entschädigen? Das habe ich nicht nötig. Ich bin nicht auf Almosen angewiesen. Andererseits ist er der einzige Zugang zur Vergangenheit. Nur er weiß, was damals wirklich geschehen ist. Mit etwas Glück könnte ich ihm vielleicht eine Bemerkung über die Ereignisse jener Nacht entlocken. Nur einen kleinen Hinweis. Etwas, das mich aus dieser Ungewissheit erlöst.

Ich habe lange nachgedacht.

Für und Wider gegeneinander abgewogen.

Schließlich habe ich abgesagt.

Wie schon erwähnt: Ich möchte keine Almosen.

Auch wenn ich einen hohen Preis dafür bezahle. Ich werde nie erfahren, was in jener Nacht in der Kulturfabrik wirklich geschehen ist.

Aber wer weiß, vielleicht will ich es ja auch gar nicht erfahren.

Weitere Romane bei FRANCKE

Lisa Wingate
Blue Moon Bay
ISBN 978-3-86827-392-2
384 Seiten, Paperback

Eigentlich hatte Heather Hampton nicht vor, jemals nach Moses Lake zurückzukehren. Doch ihr erstes eigenes Großprojekt lässt der ambitionierten Architektin keine andere Wahl. Sie muss in ihrer Heimatstadt den Verkauf ihres alten Familienbesitzes vorantreiben.
Leider machen ihr ihre exzentrische Mutter und ihr unzuverlässiger Bruder einen Strich durch die Rechnung. Und auch der attraktive Bankier Blaine Underhill stellt sich ihrem Projekt in den Weg.
Nach und nach entdeckt Heather, dass ihre Familie und ihr Besitz lange verschüttete Geheimnisse bergen. Kann es sein, dass alles ganz anders ist, als sie immer dachte? Irgendwie muss sie die Wahrheit ans Licht bringen, ehe sie alles verliert, wofür sie gearbeitet und was sie am Ufer des Moses Lake gefunden hat.

Ein bewegendes, aber auch humorvolles Buch, brillant geschrieben.

Elizabeth Musser
Der Garten meiner Großmutter
ISBN 978-3-86827-390-8
448 Seiten, Paperback

„Das Leben beantwortet dir nicht jede Frage. Manche Antworten bekommst du nie. Aber solange du die wichtigste Frage geklärt hast, kannst du damit leben, dass andere unbeantwortet bleiben."

An dieser Aussage seiner Großmutter beißt sich Emile fast ein Leben lang die Zähne aus. Soll er wirklich einfach so hinnehmen, dass sein Vater einst auf mysteriöse Weise aus seinem Leben verschwand? Dass er sein Zuhause in Frankreich Hals über Kopf verlassen und mit seiner Mutter in die USA ziehen musste?
Gerade als Emile meint, damit leben zu können, dass er manche Antworten wohl tatsächlich nie bekommen wird, wirbelt ein hochaktueller Fernsehbeitrag die alten Fragen wieder auf. Und mit ihnen meldet sich eine Frau in seinem Leben zurück, die ihm einst alles bedeutete, die aber nie wirklich die seine war …

Kristen Heitzmann
Das Echo der Vergangenheit
ISBN 978-3-86827-393-9
400 Seiten, Paperback

Obwohl sie von ihrer liebevollen und chaotischen italienischen Familie umgeben ist, fühlt Sofie Michelli sich einsam. In der Hoffnung auf einen Neuanfang verlässt sie die Bronx und findet bei ihrem Bruder Lance in der Villa im Weinberg Zuflucht.
Dort begegnet sie Matt, einem Jugendamtmitarbeiter, der es sich zur Aufgabe gemacht hat, die Schwachen und Unschuldigen zu beschützen. Trotz der Narben an Sofies Handgelenken fühlt er sich sofort zu ihr hingezogen.
Doch ehe die beiden sich näherkommen können, zwingt der Anruf eines Kindes Sofie dazu, nach New York zurückzukehren. Wird Sofie es schaffen, dem Mann, der sie einst in die Selbstzerstörung getrieben hat, standzuhalten? Und werden sie und Matt das Kind retten können, das Sofie so am Herzen liegt?

Irene Hannon
Im Angesicht meines Feindes
ISBN 978-3-86827-397-7
416 Seiten, Paperback

Die Sozialarbeiterin Alison Taylor hat es sich zur Aufgabe gemacht, Kinder zu beschützen und dafür zu sorgen, dass zu ihren Gunsten Recht gesprochen wird. Doch als sie plötzlich beunruhigende Anrufe und bizarre „Geschenke“ bekommt, scheint es, als wäre sie mit einem Mal diejenige, die Schutz braucht.
Gut, dass sie Beziehungen zur Bezirkspolizei hat. Detective Mitch Morgan wird schnell klar, dass die Vorfälle mit Alisons Arbeit zusammenhängen. Doch der Verfolger spielt mit ihnen und kommt seinem Ziel, sich an Alison zu rächen, immer näher. Mitch setzt alles daran, Alison aus der Schusslinie zu bringen. Sie zu beschützen, ist längst mehr als ein Job für ihn. Aber wird ihm das gelingen?

Tamera Alexander
Wie ein Flüstern im Wind
ISBN 978-3-86827-391-5
544 Seiten, Paperback

Seit dem schändlichen Tod ihres Mannes ist Olivia Aberdeen gesellschaftlich ruiniert. Deshalb willigt sie dankbar ein, als die beste Freundin ihrer Mutter ihr anbietet, bei ihr auf der berühmten Belle Meade Plantage zu leben. Olivia hofft auf die Stelle als Hausdame, aber ihre Erwartungen werden bitter enttäuscht. Rasch merkt sie: Sie ist auf Belle Meade mehr geduldet als gewollt. Doch so schnell lässt Olivia sich nicht unterkriegen. Sie will zeigen, was in ihr steckt. Genauso Ridley Adam, der zeitgleich mit ihr nach Belle Meade gekommen ist. Er will von dem berühmten Pferdetrainer des Gestüts alles lernen, was es über Pferde zu wissen gibt. Doch Ridley hat ein dunkles Geheimnis. Sollte es ans Tageslicht kommen, würde er alles verlieren: seine Anstellung, seinen Traum vom eigenen Gestüt, seine Hoffnung auf eine Zukunft mit der Frau, in die er insgeheim verliebt ist …

Jody Hedlund
Die Assistentin des Fotografen
ISBN 978-3-86827-395-3
336 Seiten, Paperback

Michigan 1883
Lily Young ist die Assistentin eines Fotografen. Ihre Arbeit führt sie in unzählige Holzfällerdörfer und damit mitten hinein in das bunte Treiben ihrer Zeit. Doch eigentlich hat Lily eine ganz andere Mission: Sie will ihre Schwester finden. Um jeden Preis.
In Harrison begegnet sie Connell McCormick. Der ist fasziniert von der waghalsigen Lily, doch ihren Kampf gegen die Ausschweifungen in Harrison kann er nicht verstehen. Dabei hätte gerade er die Macht, etwas an den Umständen zu ändern. Aber reicht es nicht, wenn jeder auf sein eigenes Handeln achtet?
Unweigerlich verstrickt Connell sich immer tiefer in Lilys Suche. Doch will er wirklich seine Zukunft für sie aufs Spiel setzen? Und kann es ihnen gemeinsam tatsächlich gelingen, Lilys Schwester zu retten?

Jenny B. Jones
Ein Sommer am See
ISBN 978-3-86827-222-2
320 Seiten, Paperback

Maggie Montgomery ist lebenslustig, mutig und unkonventionell. Ihr Job als Kamerafrau führt sie rund um den Globus. Doch ihre perfekte Welt steht Kopf, als sie wegen eines Notfalls in ihre alte Heimat zurückkehren muss. Nichts scheut die furchtlose Maggie so sehr wie Ivy, das Städtchen ihrer Kindheit, die Begegnung mit ihrem Vater und … den See.
Ihre 10-jährige Nichte Riley, ein unbändiger kleiner Wildfang, treibt Maggie bald an die Grenzen ihrer Belastbarkeit. Doch damit nicht genug, reißt sie die Freundschaft zu dem attraktiven Tierarzt Connor Blake in einen Strudel von Gefühlen, der ihr Angst macht. Denn die echte Maggie hat Angst vor der Liebe, Angst vor dem Leben und Angst vor sich selbst. Aber am meisten fürchtet sie die Erinnerung an den Abend, an dem ihre Mutter im See ertrank …

Ein tiefgründiger, aber auch humorvoller und temporeicher Roman, der zeigt, dass die herausforderndste und befreiendste Reise nicht auf den Meeren oder über den Wolken stattfindet, sondern in uns selbst – hin zu dem Menschen, als den Gott uns geschaffen hat.

Gina Holmes
Wo mein Gestern dein Heute berührt
ISBN 978-3-86827-364-9
272 Seiten, gebunden

Eigentlich wollte Jenny Lucas nie mehr zurückschauen. Doch als bei der alleinerziehenden Mutter eine lebensbedrohliche Krankheit diagnostiziert wird, kehrt sie mit ihrer kleinen Tochter Isabella ins Haus ihres distanzierten Vaters zurück. Gut, dass es da noch Großmutter Peg gibt, die Jenny und Isabella liebevoll und mit viel Humor willkommen heißt. Wenn Jenny jetzt nur nicht David, ihrer inzwischen verheirateten Jugendliebe, beibringen müsste, dass er Isabellas Vater ist. Und wenn da nur Craig nicht wäre, der fest entschlossen scheint, ihr Herz zu erobern. Eines ist Jenny klar: Nie zuvor war es so wichtig, dass sie die richtigen Entscheidungen trifft – für ihre kleine Tochter, für sich selbst, für die Ewigkeit.